미국 환상곡

AMERICA FANTASTICA

Copyright ⓒ 2023 by Tim O'Brien
All rights reserved.

Korean translation copyright ⓒ 2025 by ISLE AND MOON
Published by arrangement with Mariner Books,
an imprint of HarperCollins Publishers
through EYA Co., Ltd.

이 책의 한국어판 저작권은 에릭양 에이전시를 통해
Mariner Books, an imprint of HarperCollins Publishers와 독점 계약한
섬과 달에 있습니다.
저작권법에 의해 한국 내에서 보호를 받는 저작물이므로
무단 전재와 무단 복제를 금합니다.

미국 환상곡
America Fantastica

장편소설

팀 오브라이언
이승학 옮김

섬과 달

미국 환상곡

1판 1쇄 발행 2025년 11월 10일

지은이	팀 오브라이언
옮긴이	이승학
펴낸이	이승학
펴낸 곳	섬과 달

출판 등록	2019년 6월 5일 제2019-000057호
주소	(03360) 서울특별시 은평구 불광로 170, 101-1503
전화	070-7333-7212
팩스	02-6305-7212
전자우편	isleandmoonpublisher@gmail.com
인스타그램	@isleandmoon

기획·편집	이승학
디자인	이정하
제작	영신사

ISBN 979-11-980420-4-0 03840

* 이 책의 내용을 재사용하려면 반드시 섬과 달의 동의를 받아야 합니다.
* 섬과 달의 모든 책은 실매기 방식으로 제본해 낱장이 떨어지지 않습니다.

"진실처럼 들리면 그게 진실이야."

차례

13
제1부

291
제2부

595
작가와의 대화

605
옮긴이의 말

608
이 책에 쏟아진 찬사

메러디스, 티미, 태드에게

우리가 공상으로 마음을 키우니
그 대가로 마음은 잔인해지더라.
- 윌리엄 버틀러 예이츠

우리는 진실을 사랑하는 국민이 아니다.
- 헌터 S. 톰프슨

일러두기

1. 이 책은 팀 오브라이언의 『America Fantastica』(Mariner Books, 2023)를 우리말로 옮긴 것으로 초판을 번역 대본으로 삼았다.
2. 국립국어원의 어문규범을 따르되 용례가 없는 경우 관용적 표기를 따랐다.
3. 책·장편은 『　』로, 단편은 「　」로, 영화·음악·매체 등은 〈　〉로 묶었다.
4. 주석은 모두 옮긴이의 것으로 간단한 것은 본문에 소괄호로 달았고 긴 것은 각주로 내렸다.
5. 원서에서 이탤릭체로 강조한 부분은 굵은 고딕 글자로 바꿨다.

제1부

자동차, 총, 범죄,

카지노, 돈, 영화, 피부 관리, 하느님,

모노폴리, 캠핑카, 청취자 연결 라디오방송, 야구,

그리고 공공장소의 거짓말쟁이들

1

아프리카만큼이나 오래된, 바빌론보다는 더 오래된 그 전염병은 햇빛과 달빛과 나불거리는 혀들의 진동을 타고 세기에서 세기를 떠돌았다. 그 전염병은 21세기의 20년대에 캘리포니아주 풀다에 내려앉아 맥북 에어의 바이트(byte)에 올라탔다. 풀다 개신교 극성쟁이 파(Holy Rollers)의 지도자 딩크 오닐은 풀다 시장인 제 남동생 첩을 감염시켰고 첩은 상공회의소 소장 얼 펜스터마허를 감염시켰으며 감염 당일 저녁 얼 펜스터마허는 개인소득세 신고서가 불륜, 불임, 고환암을 야기한다고 폭로했단 이유로 사우스비치의 순진한 처녀 하나가 미국 상원 휴게실에 구류되었다는 게시물을 자신의 주간 블로그에 헤드라인으로 올렸다. 소식은 삽시간에 퍼졌다. 몬트필리어에서 브라운즈빌, 이스트포트에서 바스토에 이르기까지 따분한 현실은 기상천외한 망상으로 대체되었다. 분노를 먹고 자란, 오고 가는 입놀림 속에서 되살아난 허언증은 채팅방 이용자들 중에서 제일 먼저 희생양을 낚았다─실망한 자들, 패배자들, 무시당하는 자들, 그리고 천성적으로 의심 많은 자들. 풀다에선 면역력이 약한 키와니스 클럽 회원들이 슈라이너스*와 미국재향군인회에 그 병을 옮겼고 각 단체 회원들은 저희 자식들에게 그걸 옮겼으며 그 자식들은 주일학교로 그걸 실어 날랐다. 마스크는 무용지물이었다. 그 병은 북으로 오리건, 동으로 아이다호를 파고들어 2017년 1월엔 펜실베이니아 애버뉴에 도달했다. 공익 신고를 했던 사우스비치의 순진한 처녀, 열일곱 살 먹은 그 롤러블레이드 소녀는 그 뒤 얼마 안 있어 위스콘신주 북부의 연방 교도소로 이송되었다. 파충류**들은 국세청(IRS) 전화로 선거 유세를 했다. 탐욕스러운 자들은 진실을 꿀꺽해버렸다. 리오그란데강엔 장벽이 세워졌다. 여자들 포함 대안우파***의 동조자들은 음담패설에 관한 미합중국 대통령의 거짓말을 용서한 지가 오래였다. 세월이 흘렀다. 2019년 여름쯤 해서 빙하도 녹고 정치적 통일체에서 점잖은 축들도 갈라져 나가자 허언증자들은 저희가 건설한 세상으로 피신했다. 미주리주 세인트조지프의 마흔일곱 살 먹은 월리드 스위프트라는 가부장은 저는 성대한 월마트의 냉동식품 코너에서 미국의 왕이었다고 제 아내와 일곱 자식에게 공표했다. 그날 저녁 스위프트 왕은 50갤런 용량의 러버메이드(Rubbermaid) 재활용품 통 여덟 개에 제 가족의 시체를 나누어 담곤 고양이 모래로 대미를 장식했다. 그와 거의 같은 시각에 1000마일(약 1609킬로미터) 떨어진 볼티모어 외곽 주택가에선 정치적으로 바쁜 정형외과 의사요, 인종주의자 하나가 땅에서 발굴된 노예들의 뼈에선 "건강하고 즐거운, 특혜 받은 생활양식"의 징후가 보인다고 보고했다. 수정 헌법 제13조****는 "단어 낭비"라고 그는 말했다. 뉴멕시코주에선 고속도로 속도제한이 핵심적 자유에 대한 침해라며 도전을 받았다. 워싱턴 D.C.에선 부유한 로비스트들이 권총은 "살아 있는 인간적 생물"이라고 선언했다. 그리고 심야 청취자 연결 라디오방송에선 알카셀처(Alka-Seltzer) 소화제가 중국의 "선택적 무기"가 되었다고, 일반 감기엔 매일 찍어 바르는 브릴크림(Brylcreem)이 특효제라고, 리 하비 오즈월드는 "war nicht so schlecht(그리 나쁜 이가 아니었다)"라고 밝혔다.

---

* 키와니스(Kiwanis)는 비영리 봉사 단체. 슈라이너스(Shriners)는 친목, 독지 활동 등을 목적으로 하는 프리메이슨계 단체.
** reptile. 비열한 정치인을 가리키는 비유이기도 하지만, 개중에는 일부 정치인을 진짜 '파충류 인간'이라고 믿는 음모론자들도 있다.
*** Alt-Right. 미국 주류 우파의 대안으로서 제시된 극우파.
**** 수정 헌법 제13조는 노예제 금지를 골자로 한다.

2

 2019년 8월 말 어느 오후, 사우스스프루스 거리에 자리한 JC페니* 매장 문을 잠그고 나온 보이드 핼버슨은 제 차로 성큼성큼 걸어가 시동을 건 다음 몇 분을 꼼짝없이 앉아 있다가 눈을 비비곤 인생을 바꾸기로 마음먹었다. 그는 합성 소재, 특히 레이온에 진절머리가 나 있었다.
 그날 저녁 그는 여행 가방을 꾸렸다. 나중에야 생각이 나서 그는 여권 두 권, 『일리아드』한 권, 만료된 트리브** 기자증, 수영복 두 벌을 가방에 던져 넣었다. 그는 저녁 끼니를 때운 뒤 윈스턴 처칠 자서전을 들고 침대에 들었다.
 다음 날 오전 ─ 토요일 오전 ─ 느지막이 보이드는 격월에 한 번 있는 키와니스 브런치 모임에 참석했다. 그는 행사 중반에 자릴 떠 길 건너에 있는 지역사회 국법은행***으로 나아갔다. 오전 11시 34분이었다. 토요일이면 그 은행은 정오에 문을 닫는 데다 출근하는 직원도 앤지 빙이라는 조그만 빨강 머리가 유일했다. 보이드는 출금전표를 작성해 서명을 한 뒤 그 출납원에게 다가갔다.

앤지는 낄낄거렸다.

"이 돈이면 한 트럭인데요," 그녀는 말했다. "라스베이거스에 갈 거면요, 보이드, 나도 데려가요."

그러더니 그녀는 또다시 소리 내어 웃었다. 그녀는 보이드와 2년 가까이 추파를 주고받아온 사이였다.

그녀는 출금전표를 박박 찢었다.

"삼십만은 여기에 있지도 않아요. 또 뭘 도와드릴까요?"

"수중에 얼마나 있는지 말해볼래요?"

"수중에요?"

"다 내놨으면 싶은데."

"나를 털겠단 거예요?"

"당신 말고요," 보이드는 말했다.

그는 총을 꺼내어 그녀에게 내보였다. 장난감이 아니었다. 템프테이션 38구경 스페셜이었다.

앤지 빙은 8만 1000달러 조금 밑도는 돈을 어찌어찌 긁어모았는데 그건 캘리포니아주 풀다라는 소도시의 작은 은행에선 상당한 액수였다.

보이드는 현금을 식료품 종이봉투에 담았다.

- *   JCPenney. 1902년 설립된 미국의 백화점 및 유통 체인으로 중저가, 서민의 이미지가 강하다.
- ** Trib. 신문사 이름으로 많이 쓰이는 '트리뷴(tribune)'의 줄임말.
- *** Community National Bank. 연방 정부의 인가를 받아 미국 전역에서 영업이 가능한 상업은행. 나라에서 직접 운영하는 국립은행과는 다르다.

"이렇게 돼서 미안하지만," 그는 말했다. "내 차에 타달라고 부탁하지 않을 수 없겠네요."

차가 마을 남쪽으로 달리고 있을 때 앤지 빙은 50마일(80킬로미터 남짓)도 못 벗어날 거라고 전망했다. 하지만 일요일 오전 둘은 베이커스필드 근처의 모텔이었다. 월요일 오후엔 멕시코였다. 비록 앤지가 사진 하나와 간신히 닮아 보이긴 했지만 두 권의 여권이 막판에 신의 한 수가 되어준 터였다. 세관원과의 조마조마한 매수 논의가 끝난 뒤 보이드는 8만 1000달러 거의 전부를 들고 통과해서 다행이다 하고 여겼다.

그는 자동차를—조회 가능한 9년 지기 1993년형 뷰익 르세이버를—내버리더니 나중에 이른 저녁을 들면서는 앤지더러 경찰과 접촉할 거면 자기한테 우선출발권을 줄 수 있겠느냐고 부탁했다. 둘은 산펠리페라는 마을의 해변을 바라보는 레스토랑에 있었다. 앤지는 구운 참치를 먹는 중이었다. 보이드는 닭 날개 요리에 공을 들이고 있었다. 저 밖에선 격자무늬 전망창을 액자로 삼은 캘리포니아만(灣)이 석양의 황홀한 그늘 속에서 제 모습을 뽐냈다.

"얼마나 우선 출발하게요?" 앤지는 물었다. "나 곤란해지기 싫어요."

"사흘이요. 나흘."

"난 혼자 뭐 하라고요?"

"수영을 해도 되고 스페인어를 점검해도 되죠. 휴가 보내듯이 보내요. 현금을 좀 두고 갈게요."

"얼마나요?" 앤지는 물었다.

"글쎄요. 한 천?"

"농담이시겠지, 설마. 팔만 천 중에서요?"
"이천으로 할게요."
"사만 이천으로 하죠."
보이드는 어깨를 으쓱했다. "탐욕은 발암물질이에요, 앤지. 하룻밤 자면서 생각해보는 게 좋겠어요."
"그러는 게 좋겠네요."

아침에 그녀는 말했다. "난 범죄자가 아니에요. 싫어요."
남행하는 버스를 잡아탄 둘은 흠잡을 데 없는 하루 내내 악착같이 가다 서다를 했다. 은행을 턴 지 얼마 안 되었다면 보이드 핼버슨은 아마 아홉 홀짜리 신나는 골프에 이어 풀다 컨트리클럽 석제 테라스에서 마시는 아주 알싸한 드라이 마티니 두 잔을 마음에 품었을 것이다. 멕시코 풍경의, 그리고 발밑에서 하염없이 덜컹거리는 이 다 낡아빠진 그레이하운드 버스의 팔딱팔딱하는 선명한 현실성에는 무언가 감탄스러운 면이 있구나 하고 그는 반추했다. 거기선 오렌지와 인체 노폐물이 뒤섞인 냄새가 풍겼다. 통로 건너에는 스텟슨*과 빨간 보타이 차림의 풍화된 노신사가 푸드덕대는 불행한 수탉 큰 놈을 무릎에 두고 태연히 앉아 있었다. 불과 며칠 전만 해도 이 모든 건 범상치 않아 보였을 텐데, 하고 보이드는 판단했다. 키와니스 소년들을 위한 슬라이드 쇼로 딱이었다 ── 이건 은행을 터는 제 모습이네요! ── 이건 멕시콥니다! ── 이건 수탉이에요!
산타로살리아까지 절반쯤 다다랐을 때 앤지는 그에게 솔직한 의

---

*   Stetson. 카우보이모자 상표. 통상 카우보이모자를 일컬음.

견을 물었다. 8만 1000달러면 어디까지 닿을 거라고 생각해요?

보이드는 어깨를 으쓱하곤 아무 말도 하지 않았다.

"당신한테 다 생각이 있길 바라요," 그녀는 말했다. "당신은 아주 어마어마하게 쫄리는 입장이니까요. 당신은 은행에 권총을 들이댔어요, 보이드. 나를 납치했고요."

"난 어차피 쫄리는 입장이었어요," 보이드는 말했다.

"어쩌면 기도를 드려야 할지도 모르겠다. 당신이랑 나랑."

"구상이 하나 있긴 해요."

"진지하게 말하는데, 당신 먼저 해요," 그녀는 그에게 말했다. "그냥 '우리 소중하신 하느님'으로 시작해요, 그러다 막히면 내가 바로 끼어들게요. 나는 곤경에 처할 때마다 ─ 가령 내가 뭘 훔친다거나 누구네 남편 때문에 안달이 나면 ─ 예수님하고 사태를 바로잡는 데 어영부영하지 않아요. 그게 유일한 방법이거든요, 보이드." 그녀는 잠시 눈을 감았다가 손가락 하나를 제 콧가에 들었다. "여기 이 작은 구멍 보이죠? 근무 중이 아닐 때 난 여기다 십자가를 차요, 조그만 은제 코 피어싱이요. 은행 사람들, 그 사람들은 그걸 좋아하지 않죠. 그들이 생각하기에 그건 ─ 왜 있잖아요 ─ 이를테면 너무 괴짜 같거든요, 너무 대도시적이고. 하지만 난 오순절교도*랍니다, 진짜배기죠, 딱 봐도 각 나오잖아요."

"단호하군요," 보이드는 말했다.

"맞아요, 단호가 맞는 표현이고, 우리는 강도질 같은 거 안 해요. 엄격한 종파라서요." 앤지는 양쪽 손가락을 깍지걸이하더니 몇 초 조용히 생각에 잠겼다. "중요한 건요, 주 예수님이 나를 구원해줬다고 해서 그게 나를 광신도나 숫처녀 같은 걸로 만들진 않는다는 거죠. 그분은 돌아오신다, 그게 다예요. 아마 당신이 생각하는 것보다 훨씬 빨리요."

"돌아오신다고요?"

"당신의 구세주가."

"아, 그럼," 보이드는 은근히 위협을 느껴 눈을 감고 말했다. "그분이 익일 속달우편을 담당하고 있길 희망합시다."

앤지는 못마땅한 듯 찌푸린 얼굴로 그를 쳐다보았다. "당신은 그리스도의 어린양이 그 말에 재미있어할 것 같아요?"

"나야 모르죠."

"안 그럴 거예요."

"좋아요 그럼. 양 떼한테 사과한다고 전해주세요."

"그것도 재미없어요. 당신도 준비해두는 게 좋아요, 보이드. 특히 지금은요. 은행까지 턴 뒤니까." 앤지는 통로 건너의 수탉이 다소 잠잠해진 걸 보더니 혼자서 키득거렸다. "하나만 물어볼게요. 지역사회 국법은행의 당신 계좌에 당신이 얼마를 보관해놨게요?"

"잘은 모르겠지만 대충 ——"

"칠만 이천 하고 잔돈이요. 난 알고 있어야 해요, 그렇죠?"

"그렇죠," 보이드는 말했다.

"그래요. 그리고 당신은 우리한테서 팔만 천을 털었어요. 그러니 또 한 번 권총을 들이대러 돌아갈 계획이 아니라면 —— 근데 그건 세상에서 제일 좋은 구상은 아니네 —— 내가 보기엔 순수익을 거의 구

---

*   오순절교회(Pentecostal Church)는 하느님에 대한 직접적, 개인적 경험을 중시하는 개신교 종파로 성경의 무오류성을 믿는 등의 특징이 있다.

천 비슷하게 취하게 되죠." 그녀는 잠시 멈추었다. "당신은 돈 때문에 일을 벌인 게 아니에요, 그렇죠?"

"네."

"그럼 왜 그랬어요?"

보이드는 이유를 조금 생각해보았다. 저 질문은 버스나 수탉과 마찬가지로 깜짝 놀랄 만큼 초현실적이었다.

"음," 그는 말했다. "오락 삼아 그랬어요."

"오, 그렇구나. 스퀘어댄스 대신에, 그쵸?"

"바로 그 점에 참신함이 있는 거예요, 앤지."

"어련하실까. 알겠어요."

"알겠다고요?"

앤지는 짜증이 나서 턱을 내들었다. "난 예의를 차리고 있어요, 보이드. 알겠다는 건 당신이 정신적으로 아프단 뜻이에요."

버스는 칙칙한 마을을 거치더니 캘리포니아만을 테 두르는 자홍색 고원을 오르기 시작했다. 그 지형은 동식물의 삶을 스스로에게서 거의 비워낸 모습이었는데, 몇 마일 술이 깬 채로 그 모습을 접한 보이드는 자신의 삶이 비우는 쪽으로 방향을 잡았다는 데에 놀라움을 느꼈다.

이렇게나 불모지라니, 그는 생각에 잠겼다. 다른 사람이었다면 불안불안했을 텐데. 어쩜 이리 반대의 감정일까.

수 마일 지나 앤지가 한숨을 쉬었다. "혹시 나한테 묻는다면 말인데, 오락은 좋은 대답이 아니에요. 내가 그런 짓을 하면 어쩌려고요? 이를테면 지금 내가 저 수탉을 순전히 재미로 목 졸라 죽인다면?"

"그렇게 해요," 보이드는 말했다. "저 영혼을 차지하려면 뭐든."

"그래요, 영혼, 적어도 그 단어는 알고 계시네. 그게 시작이겠죠, 아마도, 당신한테 계획이란 게 있길 바라지만."

"나라면 그걸 계획이라고 안 하겠어요. 구상이라면 모를까."

앤지는 그를 엄격히 감정했다. "망상 말이군요, 당신이나 나나 결과가 뻔할 걸 알지만."

"아마 그렇겠죠."

"성공 못 해요," 그녀는 말했다. 그녀는 지나가는 만을 바라보며 잠시 뜸을 들였다. 척박하고 적막한 시골 지역이었다. "잘 들어요, 보이드, 처음엔 나도 당신이 무서웠지만 이젠 아니에요. 쥐꼬리만큼도요. 내가 만약 원했다면요, 지금 당장 벌떡 일어나 고래고래 비명을 지르기 시작했을 수도 있어요. 그랬으면 어쩔래요? 총 꺼내서 날 쏠래요?"

"설마."

"확실해요?"

"확실하다마다."

"얼마나 확실한데요?"

"80퍼센트."

"팔십?"

"그쯤요."

"난 당신이 날 좋아하는 줄 알았는데."

"좋아하죠. 당신은 멋져요, 앤지. 하지만 말이 너무 많아요."

산타로살리아에서 둘은 버스를 내려 수수한 바닷가 호텔까지 네 블록을 걸었다. 둘은 아래층 식당으로 가 토론토에서 온 초로의 말다툼 중인 부부가 동석한 가운데 저녁을 때웠다. 나중에 둘은 침대에 들기 전까지 해변을 짧게 산책했다. 토요일 이래 둘의 관행대로 앤지는 화장실과 샤워실 우선사용권을 썼고, 그러고 나선 옷을 완전히 갖춰 입은 채로 침대에 기어들었다.

나중에야 보이드는 제 순서를 챙겼다.

둘 다 자리를 잡자 앤지는 말했다. "내일은 산뜻한 옷이 있어야겠어요. 속옷이랑 청바지랑 셔츠랑 양말이요. 전동 칫솔도요. 코 피어싱 새거랑 잘하면 카메라도. 그리고 괜찮은 손목시계도."

보이드는 끙 하고 눈을 감았다. 앤지 빙 때문에 그는 기진맥진이었다.

"신발도 있어야겠어요," 그녀는 말했다. "캐주얼한 걸로요, 샌들 정도, 그리고 품위 있는 힐도 두어 켤레 — 난 뾰족한 게 좋던데 — 또 매번 밖에 나가서 먹을 거면 — 그, 레스토랑 같은 데서요 — 드레스랑 스커트 같은 것도 있어야 되고, 밤에 쌀쌀할지 모르니까 숄이랑 또 매니큐어 세트도 있어야 돼요. 용돈도요."

보이드는 목에서 불쾌한 맛이 치밀었다. "집에 가는 건 어때요?"

"어째서요?"

"집에 가요," 그는 말했다. "가고 싶지 않아요?"

"가고야 싶죠. 하지만 그때까지 — 그 '때'가 언제건 — 있을 건 있어야죠. 발찌도 있어야겠어요."

"앤지 —"

"침대 밑에 팔만 천이나 있잖아요, 보이드. 납치해달라고 부탁한 건 내가 아니거든요 — 그건 당신의 구상이었죠 — 그러니 그렇게 좀스럽게 굴지 마요."

"내가 뭐가 좀스러워요, 앤지."

"**듣다 보니** 좀스러운걸 뭐. 구두쇠인 줄."

"그래요, 나 구두쇠예요," 보이드는 말했다. "집으로 가는 거 어때요? 나한테 우선출발권만 주면 당신은 자유예요."

"그렇게 쉽게요?"

"나한테 약속만 해주면 돼요."

앤지는 속이 빵빵한 침대에서 모로 누워 연민과 즐거움이 뒤섞인 눈으로 그를 내려다보았다.

"거참 안일하네요, 보이드. 내가 약속하고서 곧장 경찰서로 달려가면 어떻게 막을 건데요? 당신도 상식을 좀 활용해보는 게 좋겠어요." 그녀는 어둠 속에서 한 손을 흔들었다. "어쨌든 우린 여기 있다고요 — 멕시코예요, 맙소사. 한 침대에요."

"약속을 저버리시겠다?"

"그렇게 말 안 했거든요. 내가 예시에 없는 짓을 하면 어떻게 막을 거냐고 예시를 든 거지. 내 말은 당신은 지금 범죄자고, 그러니 안일해선 안 된단 뜻이었어요. 강도들은 누굴 믿고 돌아다니지 않는다고요."

"하루 선발로 하죠. 24시간."

"솔직히는 약속 못 하겠어요, 보이드. 난 뻥쟁이가 될 거예요."

"딱 한 번인데요?"

"네, 미안해요. 못 해요." 그녀는 잠시 말을 끊고 생각에 잠기더니 고개를 절레절레했다. "전에 말했듯이 나는 주님의 종인데, 그렇다고 해서 그게 알몸이 되면 큰일 나는 줄 아는 순둥이란 뜻은 아니에요. 기독교인들도 할 거 다 하고 다녀요."

"나도 그렇게 들었어요," 보이드는 말했다.

둘은 얼마간 잠자코 누워 있더니 앤지가 한숨과 함께 이불을 퍽 걷어차곤 꿈지럭꿈지럭 치마를 벗었다. 객실의 고색창연한 에어컨이 어둠 속에서 분쇄기 소리를 냈다.

"보이드, 당신 몇 살이에요? 솔직하게."

"마흔아홉이요."

"그래요? 난 곧 서른인데."

"무척 안 좋네요," 보이드는 말했다.

"뭐가요?"

"당신이 우선출발권을 약속해주지 않으리란 거."

"우리 그 얘길 하고 있던 게 아니잖아요. 인생 얘길 하고 있었지. 당신 우호적으로 굴지 않으면——"

"앤지, 난 당신을 보내주려고 애쓰고 있어요. 그게 우호적인 거죠."

"아니요."

"맞을걸요."

"아닐걸요."

보이드는 일어나더니 타일 바닥에 저만의 잠자리를 폈다.

"우호적이란 건," 앤지는 퀴퀴한 어둠 속에서 말했다. "사적인 대화를 나눈다는 거예요."

아침에 둘은 파란 쌤소나이트 여행 트렁크를 샀고 앤지 빙은 그것을 옷과 장신구와 화장품과 바하산(產) 옥수수 껍질 기념품으로 채웠다.

그러고 나서는 기다림의 시간이었다. 둘은 산타로살리아의 호텔에서 주로 지역사회 국법은행의 돈을 써가며, 때론 베란다의 연철 탁자 앞에 앉아 해가 저무는 걸 바라보며 여드레를 보냈다. 늦은 저녁이면 둘은 샌디에이고에서 송출되는 영어 라디오방송을 들었다 ─ 은행 권총 강도 뉴스는 일절 없고 국경 이북의 소동에 관해서만 잔뜩이었다. 탄핵의 일로에 선 미합중국 대통령, 페이스북에서 조직적으로 활동 중인 러시아인들, 필라델피아, 투손, 텍사스 서부, 빌록시에서의 총기 난사. "총소리는," 상원의 어느 정열적인 직원은 공표했다. "미국의 자유가 추는 춤곡이다."

호텔에는 토론토에서 온 호전적인 노부부 한 쌍 말곤 투숙객이 없었다. 밤은 길고 캄캄하고 태곳적 같고 무미건조했다. 낮은 펄펄 끓었다. 앤지는 말이 엄청나게 많았다. 보이드는 듣지 않으려고 애썼다. 그녀는 과거 고등학생 시절 체조 선수였다. 그녀는 황인종이지만 괘념하지 않았다. 그녀의 어머니는 언젠가 그녀가 전능하신 분의 이름을 함부로 들먹이자 그녀의 눈을 스테이플러로 후려친 적이 있었다. 그녀에겐 전기 기사로 일하는 랜디 어쩌고라는 이름의 한결같은 남자 친구가 있었다. "당신도 주의를 기울이면," 어느 날 오후 그녀는 말했다. "현대 세계, 현대 여성에 관해 뭔가 배우는 게 있을 거에요. 이를테면 그 있잖아요, 어째서 순무는 영양 만점의 훌륭한 찜 요리에 좋은가, **영계**(chick)란 단어는 어째서 모욕적인가, 그리고 이 순간 당신이 잠든 척하는 건 어째서 좋은 생각이 아닌가 하는 거요."

9월 12일 정오경 둘은 로스앤젤레스로 가는 버스에 올랐다.

보이드에게 그나마 계획이란 게 있다면, 멕시코에 입국했던 자취를 흩뜨려놓고 현금의 거점으로 돌아가 몇 가지 개인적인 용무를 처리할 시간을 벌었으면 한다는 것이었다. 그에겐 환상이 없었다. 이 일은 끝이 안 좋을 걸 그는 알았지만 당장은 그런 데 신경 쓸 겨를이 없다는 것도 그는 모르지 않았다. 10년 가까이 JC페니 매장을 관리한 뒤 보이드는 지독히도 길었던 밧줄 끝에 다다른 참이었다. 그는 단조롭기 그지없는 제 직업뿐 아니라 저 자신의 따분한 친교에도 넌덜머리가 나 있었다 — 공손한, 검소한, 보잘것없는 복장과 태도, 심지어 스스로도 거들떠보지 않을 법한. 그는 자신의 핸디캡*이 열네 타인 게 싫었다. 그는 키와니스도 여성 양말류도 싫었다. 그는 윈스턴 처칠 같은 사람과 잠자리에 드는 게 싫었다.

진정한 미래는 없고 곱씹을 마음 안 드는 과거만을 가진 보이드에겐 잃을 게 별로 없었다. 아니, 더 정확히 말하면 아무것도 남은 게 없었다. 그는 세상으로부터 꼭꼭 숨은 터였다. 굴욕이 그 한 가지 이유였지만 — 끔찍한 이유였지만 — 이혼에 무산된 경력에 또 미래에 대한 온갖 욕구 상실로 대가는 이미 치른 터였다. 그거면 벌은 충분히 받은 듯했다.

세세한 부분에서 차이가 있을 순 있지만, 그가 은행을 턴 건 그보다 나은 일을 떠올릴 수 없어서였다는 게 진실이었다. 그러다 어쩌면, 혹시라도 일이 잘 풀리면 짐 두니에게 한두 차례 앙갚음도 할 수 있을지 몰랐다.

그는 앤지 빙이 팔꿈치로 콕 찌르기 전까지 이런 유의 생각들에 잠겨 있느라 바빴다. "이봐요, 강도 씨," 그녀는 말했다. "당신 혼잣말하고 있어요."

"미안해요," 보이드는 말했다.

"괜찮아요?"

"그런 것 같아요."

그녀는 그를 잠시 뜯어보더니 말했다. "혼잣말이어도 말을 한다는 건 건강하다는 거겠죠. 압력 밸브 같은 거랄까, 일종의 ― 온갖 해로운 증기를 빼는 거죠 ― 아니면 복권 당첨되게 해달라고 무릎 꿇고 비는 거랑 같다거나. 남들도 다 그렇게들 해결하니까." 자신의 말에 담긴 지혜를 곱씹는 앤지의 표정은 자축의 향연이었다. "그래서, 두니가 누군데요?"

"별일 아니에요."

"설마."

"별일 아니에요."

앤지는 어깨를 으쓱했다.

5분에서 10분이 지나갔다.

도로엔 돼지들과 닭들이 있었다. 자전거를 탄 사내 하나가 있었고 그 뒤엔 아무것도 없는 수 마일의 길이 이어졌다.

그러다 앤지는 말했다. "저기요, 난 다그치는 타입이 아니에요 ― 그런 건 질색이에요 ― 하지만 조만간 당신은 이게 다 무엇 때문인지 설명해야만 할 거예요. 내가 알던 보이드 핼버슨은 말이죠, 그는 은행 강도가 아니었거든요. 누굴 납치하겠다고 설치는 사람이 아니었다고요."

"그 부분은 즉흥적이었어요," 보이드는 말했다.

---

*   handicap. 골프 용어로 경기당 기본 타수를 초과하는 만큼의 타수. 고수와 겨루는 경우 전체 타수에서 그 숫자만큼을 감해준다.

"즉흥적이요?"

"거의 그랬어요. 당신이 경보를 울리지 않았으면 했거든요."

"그래서 날 납치했다고요?"

"그 대신 당신을 쏠 수도 있었죠."

"하하."

"웃긴 일 아니에요, 앤지."

"안 웃긴 거 **나도** 알아요. 그러니까 '하하' 그러죠."

그녀는 권총이 든 보이드의 코트 주머니를 힐끗 내려다보곤 두 손을 무릎에 도로 공손히 두었다.

"당신 무서워요," 그녀는 웅얼거렸다.

이 아가씨 골칫거리네, 하고 보이드는 판단했다. 4피트 10인치(147센티미터 남짓)*에서 한 치도 안 넘는 키, 끽해야 100파운드(45킬로그램 남짓)의 몸무게, 그렇더라도 새로 한 은제 피어싱과 터키석 발찌를 한 그녀의 모습은 만만찮아 보였다. 끝이 날카롭게 들린 코 때문에 그녀는 에메랄드섬의 보다 까만, 어쩐지 악동 같은 소인**의 인상을 띠었다.

몇 분 지나 그녀는 말했다. "한 가지만요, 보이드. 꺼내기 쉽지 않은 얘기긴 한데요, 나는 — 뭐랄까 — 당신이 나한테 홀딱 반한 줄 알았어요. 줄곧 나한테 추파를 던지길래."

"아니에요."

"내가 어쩌다 그런 생각을 했을까요?"

"나도 모르겠네요."

"나도요. 내가 그만큼 괜찮은 여자가 아니었나 보다."

"당신은 충분히 괜찮아요, 앤지."

32

"똑똑하기도 해요. 머리도 잘 돌아가고."

"두말하면 잔소리죠."

"그런데요?"

"아무 짓도 안 했죠," 보이드는 말했다. "그건 날강도질이었으니까."

"그게 다예요?"

"확실합니다."

그녀는 그 말에 잠시 몰두하여 가느다란 입술로 독설 내뱉을 태세를 취했지만 이내 어깨를 으쓱하곤 말했다. "당신한텐 내가 겁나는 존재인가 보네요. 대개 나이 많은 남자들은요, 귀엽고 고결한 여자들한테 위축되잖아요."

"그렇죠," 그는 말했다. "그 말이 맞는 것 같네요."

수 마일이 지나갔고 앤지 빙은 꾸벅꾸벅 졸았다. 산펠리페 외곽, 파랗던 하늘이 사막의 연보랏빛을 통과할 때 보이드는 제 안에 스르르 잠겼다. 재앙의 첫 삐걱거림이 그를 덮쳤다 — 금속피로, 붕괴의 진행. 그는 자신이 저지른 짓의 심각성에 충격을 받았다. 은행털이의 참신함도 효력이 줄어 있었다.

그는 에벌린과 테디가 찍힌 스냅사진들을 꺼내어 그 둘을 일견하곤 치워버렸다. 그는 얼마간 짐 두니 생각을 했다.

저물녘에 버스는 미리 싸둔 샌드위치와 감자칩과 초콜릿 바를 파

---

* 블라디미르 나보코프의 소설 『롤리타』에서 어린 롤리타와 동일한 키.
** 1959년 영화 〈다비 오길과 소인들Darby O'Gill and the Little People〉을 염두에 둔 것.

는 주유소에 들렀다. 보이드와 앤지는 주유소 밖의 연석에 앉아 샌드위치를 먹었다. 이때다 싶은 순간이 되자 보이드는 우선출발권에 대한 그녀의 입장이 어떤지 물었다.

앤지는 푸 하고 숨을 뿜었다. "아직 안 정했어요. 지금은 모든 게 달라졌으니까."

"뭐가 달라졌는데요?"

"모든 게요."

"예를 하나만 들어볼래요?"

"음, 우선 한 가지는," 그녀는 말했다. "난 당신이 나한테 홀딱 반한 줄 알았는데 아니었고, 그것 때문에 거래 전체가 변했죠."

"어째서인지 모르겠군요."

"그냥 그렇게 됐어요."

보이드는 고개를 끄덕거렸다. "내가 반했다고 해봅시다. 그럼요?"

"안 반했다면서요."

"가정해보자고요. 나한테 우선출발권이 주어졌을까요?"

그녀는 세상에서 가장 둔한 사람 보듯 그를 쳐다보았다.

"당신이 반했다면요, 보이드, 우선출발권을 **원하지** 않았겠죠. 날 차버리느라 이 시간을 몽땅 허비하지 않았을 거라고요." 그녀는 마스(Mars) 초콜릿 바를 뜯어 한입 베어 물곤 야무지게 씹었다. "내가 나 똑똑하다고 했잖아요. 그리고 말 나온 김에, 당신이 생각 못 한 게 또 있어요. 장담하는데 경찰은 내가 당신을 도왔다고 생각할걸요. 카메라 영상을 보고 나를 공범으로 여길 거예요."

"어쩌면요."

"어쩌면이 아니에요. 반드시 그렇게 생각할 거라니까요. 내가 알기로 당신은 그것도 계획을 해두었겠지만."

"그럴 리가요, 앤지. 내가 왜 그랬겠어요?"

"왜인질 대체 **누구한테** 묻는 거예요? 대답할 사람은 자기면서. 요점은, 난 집에 어떻게 가라고요? 내 남은 인생, 그 모든 하루하루를 사람들은 날 보면서 생각하겠죠, 야, 저기 은행 강도 간다. 강도가 아니란 걸 난 어떻게 증명할까요?"

"내가 편질 쓰면 돼요."

"편지요?"

"반드시."

앤지 빙은 일어섰다.

그녀는 길다 싶을 만큼 오랫동안 그를 노려보더니 고개를 절레절레하곤 돌아서 버스로 걸어갔다.

그들은 새벽 2시쯤 다시 미합중국으로 넘어갔다. 동틀 녘엔 로스앤젤레스였다.

둘은 택시를 잡아타 샌타모니카에 있는 아담한 회칠 주택에 닿았다.

앤지는 말했다. "여긴 뭔데요?"

3

두 개의 샌타모니카가 있다. 하나는 스팽글* 장식의 야회복과 말도 안 되는 가슴과 타블로이드지에 등장하는 얼굴 들이 있는, 큰돈과 성형한 코와 마약에 찌든 보컬 선생들과 스케이트보드를 타는 상속녀들과 훨씬 큰 돈이 있는 동화 속의 샌타모니카. 죽은 줄 알았고 또 죽은 것처럼 보이는 영화배우들이 있다. 황색의 위험천만한 절벽을 따라 바다 쪽으로 폭포수처럼 자리한 테라스형 공동주택 건물들이 있다. 올림픽 대표 수영 선수들과 힙합을 하는 살인 청부업자들과 구원팔이를 하는 기획자들과 서터스** 라운지 바에서 계약을 철회하는 스물여섯 살의 부동산 중개인들이 있다. 요가 스승들과 거리의 마술사들이 있다. 포르노 제왕들과 쏜살같은 차들과 미량의 마약을 복용하는 예언가들과 넉살맞고 뺀질뺀질한 전도사들과 문신을 한 거물들과 어마어마하게 더 큰 돈이 있다. 치아엔 크라운을 씌우고 뒷주머니엔 8×10인치 고급 광택 사진을 꽂고 다니는 수단 출신의 버스보이***들이 있다. 아이비리그 출신의 걸인들, 한물간 10대들, 다이아몬드와 모피 코트를 걸친 홈런왕들, 술탄 아버지를 둔 딸들, 중죄인 아버지를 둔 아들들, 은막의 과부들, 돈이 무엇인지 잊을 만큼의 이른바 의미 없이 큰 돈이 있다.

그런 것이 있다.

하지만 부두에서 출발해 남동쪽으로 나아가다 보면 대동소이한 모습의 회칠 주택들이 14피트(4미터 남짓) 폭의 시든 잔디만큼 간격을 두고 가지런히 늘어서 있는 동네가 나온다. 이 중 다수의 가정에서 당신은 1940년대 중후반부터 이곳을 쭉 지켜온 가족 내지 그 가족의 후손 들을 만나게 될 것이다. 그들에겐 진입로에 셰비를 세워두는 게 호강이었다. 엄마는 1갤런(약 3.8리터)에 10센트 하는 쿨에이드****를 타주었고 아빠는 윌셔 대로에서 떨어진 어느 대리점에서 중고차를 강권했으며 아들 주니어는 신문 배달을 돌았고 누이는 주말에 더러 육아 도우미 일을 했다. 아빠가 3만 7000달러에 산 집은 요즘으로 치면 불황에도 200만 달러 육박하게 팔리겠지만 아빤 은근히 뿌듯해서 이렇게 말하길 좋아했다. "그 값 받아서 어느 집을 사라고? 소형 텐트나 살까? 라구나에 공구 창고나 마련해?"

누이는 1995년 물에 빠져 죽었다. 아빠의 심장은 21세기에 접어들어 15분이 지나도록 불안정하게 똑딱거렸다 — 혹은 훗날 주니어의 주장이 그러했을 것이다. 뚱뚱하긴 해도 쉽게 무너지지 않는 외모였던 엄마는 밀크셰이크와 늦은 밤의 시드 섀리스 영화와 세자르

---

*   spangle. 비늘처럼 반짝이는 합성수지 장식.
**   Shutters. 샌타모니카에 있는 고급 호텔.
***   busboy. 일종의 웨이터 보조로서 접시를 치우는 등의 허드렛일을 하는 사람.
**** Kool-Aid. 물에 타 마시는 가루형 음료 상표.

로메로*의 중후한 용모 못지않은 매너 좋은 구혼자에 힘입어 칙칙폭폭 자꾸만 멀어져갔다.

주니어는 어땠는가 하면 — 아직은 보이드 핼버슨이라는 이름이 아니었지만 곧 그리될 예정이었던 — 그는 자수성가를 했다. 야심만만한 어린이 아이쇼핑꾼이요, 마법의 왕국 바깥의 관음증자였던 주니어는 허기진 독서로 윤색할 건 윤색해가며 소년의 매혹적인 꿈을 꾸었다. 그는 서던 캘리포니아 대학교(USC)를 세 학기 내내 껄렁하게 다녔고, 중퇴했고, 2년간 증발했고, 퍼플 하트**와 은성 무공훈장을 달고서 샌타모니카에 다시 나타났고, 한 달을 묻혀 있었고, 그러다 깨어나 보니 자기가 한때 열두 살짜리 신문 배달원으로 일했던 신문사의 광역 편집부(metro desk)에 있었다. 아이쇼핑꾼임은 여전했다, 그랬다, 하지만 — 이제는 보이드인 — 주니어는 저널리즘에서 소명을 찾은 터였다. 결국 그는 소년기부터 남들의 삶에 추파 던지는 연습을 해온 거였다. 그리하여 시간이 흐르면서 일은 꼬리를 물었다. 패서디나, 새크라멘토, 망가진 결혼 생활, 멕시코시티, 마닐라, 퓰리처상을 받을 뻔했던 일, 에벌린, 다시 결혼식 종소리, 홍콩에서 한 해, 자카르타에서 거의 두 해, 테디의 탄생, 그리고 나선 수십 년을 끈질기게 예견해온 느닷없고 무자비한 자업자득의 대참사를 끝내 맞닥뜨린 LA로의 최종 귀향. 어느 오후 한 나절 만에 주니어의 운명은 홱 뒤집혔다. "당신은 거짓말쟁이야, 있지, 썩어빠진 인간이라고," 원고 심부름을 하던 말총머리 남자아이의 그 말에 대꾸를 하는 대신 어깨를 으쓱하고 하행 엘리베이터에 오를밖에. 거짓말쟁이라고? 물론이지. 썩어빠졌다고? 말하나 마나지. 밖에서 캘리포니아의 눈부실 만큼 새하얀 보도에 실직 상태로 서 있던 주니어는 무언가를 손에서 떨어뜨렸다는 불안에 사로잡혔다―― 작은 수박이랄까 자신의 인생이랄까, 뭐 그런 것이 발치에서 걸쭉하게 부패하기 시작했다―― 그 뒤론 과도한 음주, 무기력, 곧 파탄 날 한 번의 찬란한 연애가 이어졌다. 어느 습한 저녁, 두 번이나 한 침대에 들었던 여자 바텐더의 경계 어린 눈을 빤히 들여다보던 주니어는 자기가 서른아홉 번째 해의 불쾌한 우울감에 빠져 있음을 깨닫곤 화들짝 놀랐다. "당신은 나를 좀 우울하게 만들어," 그럼에도 불구하고 이후 한 달가량 그의 잔을 어김없이 채워준 그 여자 바텐더는 말했다.

북부를 전전하던 주니어는 오리건주 경계에서 12마일 떨어진 풀다라는 소도시로 쓸려 들었다.

그는 JC페니와 계약을 맺었다.

아무런 기대도 없는 그에게 세계는 배달되었다. 아침상에 위스키 한 잔, 점심상에 위스키 한 잔, 하루가 끝나면 위스키 두 잔. 스스로의 삶을 기똥찬 실패로 인식해보는 건 주니어가 누구에게나 권해줄 만한 경험이었다. 환상에서 해방된 그는 실망에서도 해방되었다. 거기엔 이미 저지른 짓보다 나쁜 짓을 저지를 가능성은 없다는 앎을 수반하는 가혹한 정화 효과가 있었다. 직물류는 그에게 요구하는 바가 거의 없었으므로 주니어는 환불된 스웨터들과 4시 정각 골프 리그의 분주함 속에서 10년 가까이 스스로를 지우는 데 만족했다. 그 세월은 쏜살같지 않았다. 하지만 틀림없이 지나가기는 했다. 그는

---

* 시드 채리스(Cyd Charisse)는 미국 무용수 겸 영화배우. 세자르 로메로(Cesar Romero)는 미국 영화배우 겸 사회운동가.
** Purple Heart. 미국에서 상이군인에게 수여되는 훈장.

행복하지도 않았고 서글프지도 않았다. 극도로 빠른 트랙들 가운데 느린 쪽에서 성장한 그는 어느 어정쩡한 곳의 정체된 세계에 몸을 내맡겼다─한때 오션 애버뉴의 아이스크림 매장 밖에서 로버트 스택*의 개랑 장난감을 던지며 놀아주던 사내로서는 출세한 거였다. 그는 달걀을 3분 30초 동안 삶았다. 그는 사람들에게 웃음을 지어 보였고 단정한 옷차림을 했다. 이따금 그는 시를 썼다. 어떤 시는 무언가를 손에서 떨어뜨리는 것에 관한 내용이었다. 어떤 시는 가공의 공병(工兵)과 가시철조망에 관한 내용이었다. 또 어떤 시는 에벌린에 관한 내용이었다. 그리고 상당수는 그가 클리넥스 상자에 담아 침실 벽장 꼭대기 선반에 보관 중인 38구경 템프테이션 스페셜에 관한 내용이었다.

그의 과거에 대해서는 문의가 거의 없었다. 그가 정중히 회피하지 못할 문의는 전혀 없었다.

그는 제집 잔디를 깎았고, 청구 대금을 치렀고, 식사를 차렸고, 초특가 세일 기간이면 광대 꼴로 차려입었고, 제 무모한 창작 행위 속으로 다시 뛰어들겠단 욕구를 과연 찾을 수 있을지 무심코 궁금해했다. 그러다 풀다에 눌러앉은 아홉 번째 해 7월, 주니어는 밤에 수면장애를 겪기 시작했다. 그는 집 안을 배회하고 혼잣말을 했다. 자살을 진지하게 생각해보았다. 많이. 부단히. 그는 지역사회 국법은행을 터는 상상을 했다. 그러는 데에는 어머니가 마침내 돌아가셨다는 이유도 있었지만 한편으론 JC페니 매장 매니저조차 마음속에 중죄를 품을 수 있단 걸 알게 되었다는 이유도 있었다.

그는 많은 계획을 세우지 않았다─그저 기본에 충실했다.

보이드는 토요일에 은행을 턴 다음 멕시코로 내뺐다는 거짓 흔적을 남기고 나서 오래전에 처리했어야 할 일들을 처리하러 집으로 향할 셈이었다.

---

*   Robert Stack. 미국 영화배우 겸 TV 쇼 진행자.

4

"여긴 뭔데요?" 앤지가 말하자 보이드는 녹슨 열쇠를 현관문에 강제로 밀어 넣었다. 그는 열쇠를 꼼지락꼼지락하더니 무릎으로 문을 차곤 말했다. "돼지우리이긴 한데, 그래도 내 집이에요."

집 앞엔 경찰차가 없었고 보이드에게 이는 선물처럼 여겨졌지만 그는 이미 시간의 압박을 느끼는 중이었다. 그는 진이 빠지고 조마조마했다. 머잖아 그는 사이렌 소리, 또는 남의 돈 8만 1000달러를 들고 달아난 사람이 듣게 될 소리를 듣고 있을 터였다. 멕시코로의 소풍으로 며칠, 잘하면 일주일도 시간을 벌었을지 모르지만, 잠깐의 사실 확인이면 그는 오션파크 대로에서 떨어진 이 수수하지만 지금은 값비싼 방갈로식 주택과 결부될 터였다.

집은 그의 어머니가 돌아가신 두 달여 전부터 쭉 비어 있었다. 앞마당에는 고독한 '매매' 표지가 부동산업자의 이름과 전화번호를 불분명하게 만드는 잡초 숲 중간에 길 잃은 듯이 서 있었다. 전기와 수도는 잠재 고객들을 위해 남겨져 있었지만 언젠가 부를 창출할 건 토지지 낡고 추레한 집이 아니었다. 그런 점에서 시세 차익은 자신과 무관하리란 걸 보이드는 알았다.

그는 창문을 열고 실링 팬을 켠 다음 그대로 서서 유행이 지난 제 젊었을 적 환경을 둘러보았다. 30년 전 요리하던 냄새, 부엌 바닥 여기저기서 배를 까고 누워 있는 수생곤충들이 눈에 밀려들었다. 야심만만한 주니어가 젊은 날의 탈출을 단행했던 게 이 때문이었지, 보이드는 생각했다 ─ 너그럽게 말한다면 신분 상승이랄까 ─ 합판 가구와 비닐 식탁보의 구렁텅이에서 시침 떼고 아득바득 기어 나오기. 불쌍한 엄마아빠, 그는 생각했다. 불쌍한 야심가 주니어.

"음," 앤지는 말했다.

"알아요," 보이드는 말했다. "별로 볼 게 없죠."

앤지는 여행 트렁크를 내려놓고서 먼지투성이인 천갈이 의자에 큰대자로 철퍼덕 앉았다 ─ 한때 주니어의 아버지가 밤늦도록 자기계발서를 파던 그 의자였다.

"창문 좀 더 열어봐요," 앤지는 말했다. "맙소사, 이곳 냄새 꼭…… 꼭 뭔지도 모르겠네. 소시지나 웨슨(Wesson) 식용유 같은 걸 태워먹은 냄새 같아요." 그녀는 새로 산 샌들을 탈탈 벗었다. "반대로 보면, 트레일러 주차장에서 16년을 살아도 당신은 불평이 없겠네요. 환기 잘하고 약간의 노동만 하면 우리 둘이 지내기 괜찮겠어요."

보이드는 어깨를 으쓱했다. "여기에 그리 오래 있지 않을 거예요. 하루나 이틀 정도. 상황에 따라서."

"어떤 상황이요?"

"몇 사람 찾아야 해요."

"그런 다음에는요?"

"모르죠," 보이드는 시인했다.

"아, 그렇지, 당신이 사전에 계획 세우는 걸 얼마나 좋아하는지 내가 깜빡했네요." 앤지는 넌덜머리 난다는 소리를 내곤 눈을 감았다. 그녀는 '그는 돌아온다'라는 현란한 은색 글자가 가슴에 등사된 검정 탱크톱을 입고 있었다. 그녀의 머리는 갈래머리였다. "아무튼, 일이 어떻게 진행 중이건 간에 내 생각엔 안 좋은 쪽 같은데요."

"맞아요," 그는 말했다.

"그런데도 당신은 설명하고 싶지 않은 거고요?"

일순 능글맞은 파란 눈을 한 짐 두니의 무시무시한 이미지가 해명할 것들 목록에 추가되어 그의 앞에 펼쳐졌다. 해명은 혼란을 부를 거라고 그는 판단했다.

"당신 말이 맞아요," 그는 말했다. "여길 좀 치워야겠어요."

"당신 괜찮은 거죠, 보이드?"

"그럼요."

"저기, 이 말은 해야겠는데, 당신 괜찮지 않아 보여요. 방울다다기양배추* 먹을 준비를 하는 사람처럼 보인다고요."

그의 눈길은 그녀를 외면하곤 복도를 따라 14년간 누이와 함께 쓴 작은 침실로 향했다. 그토록 허망하게, 하고 그는 생각했다.

그의 신경은 만신창이였다 — 그레이하운드 버스를 타고 열여덟 시간이었다.

"개판을 치는 건," 그는 말했다. "내가 최고죠."

"당신 눈 좀 붙여야겠어요."

"그래야겠군요."

"그래야겠어요. 누구 작살내기 전에요." 그녀는 그의 팔을 붙들고 침실 쪽으로 이끌었다. "그리고 욕은 하지 마요, 보이드. 난 욕하는 거 싫어요."

그는 얼마간 가까스로 잠이 들었다가 — 누가 문을 두드리는 듯한 초조한 잠이었다 — 일어나서는 휴대폰을 열어 벨에어에 있는 에벌린에게 전화를 걸었다. 응답이 없길래 그는 짧은 메시지를 남겼다. **은행 텃, 멕시코 다녀옴, 대화 요망, 장인 양반의 행방은?**

그는 샤워를 하고 면도를 한 다음 대걸레질과 먼지떨이질을 했다.

앤지는 좀 더 잤다.

이후 누가 봐도 개운해진 그녀는 미네랄워터를 들고 그의 노동을 지켜보면서 제 인생의 잡록을, 제 뒝벌 같은 머릿속에 불쑥불쑥 끼어드는 온갖 잡다한 것들을 태평하게 조잘거렸다. 그녀는 두 주 동안 숨 가쁘게 조잘거려온 참이었다.

보이드가 욕실 세면대에서 제 어머니의 머리카락 뭉치를 뽑아낼 때 앤지는 새크라멘토 동부에서 오순절교도로 자라온 이야기, 즉 일주일에 나흘이나 교회에 나가긴 했지만 공정히 말해 그것이 저를 지금같이 품위 있고 도덕적인 사람으로 만들어주었다는 이야기를 들려주었다. 그녀는 자신의 네 번째 키스에 관해서 들려주었다. 그녀는 옷을 구하기도 무척 힘들고 또 사람들에게 존중을 받으려면 뒤공중돌기까지 해야 할 지경이라며 엑스트라 프티**의 삶에 관해서 들

---

*   brussels sprouts. 미국에선 토 맛과 방귀 냄새가 난대서 꺼리는 이들이 있다.
**   extra petite. 옷 단위로 XS(엑스 스몰)보다 작은 사이즈.

려주었다. 그녀는 택배로 미용 제품을 판매하는, 그 전에는 로데오 대장장이의 조수로 일했던 제 여동생 루스에 관해서 들려주었는데 앤지가 자신의 현 남자 친구 랜디를 만난 건 그 로데오 경기에서였다. 그 사람은 전기 기사지만 아무튼 남의 집을 깨고 들어가거나 차량 절도를 하느라 바쁘지 않을 땐 직접 로데오도 좀 한다고 그녀는 말했다.

"내가 그런 부류한테 인기가 있나 봐요, 범죄 분자한테요," 앤지는 자랑스러운 양 엉뚱하고 자조적인 목소리로 말했다. "그래도 그 사람은 6피트 3인치(약 190센티미터)에 살도 안 쪘고 지루하지도 않고 늙지도 않았고 뭐 그래요. 당신 키는 몇이에요?"

"5피트 11인치(약 180센티미터)," 보이드는 말했다. "그리고 살은 안 쪘죠."

"그래요," 그녀는 말했다. "나도 납치 피해자 앤지 빙이 아니고 말이죠. 아무튼, 누가 당신 얘기 중이래요? 주제는 나였던 것 같은데."

"분명히 그랬죠," 보이드는 말했다.

그는 눈길을 거두곤 제 여행 트렁크를 열어 깨끗한 셔츠와 넥타이를 넣었다.

앤지는 알아차리지 못하는 모양이었다.

그녀는 대학 2년 내내 웨이트리스로 일했다는 둥 백신은 악마의 수공품이라는 둥 은행에서 제 상사는 긴 나눗셈을 힘들어한다는 둥, 그리고 어느 날 오후 성질이 좀 뻗친 랜디가 어떤 남자의 HP 제트 프로 프린터를 집어 들곤 밖으로 끌어다 수영장에 휙 던졌다는 둥 계속해서 떠들어댔다. 그 남자의 냉장고도 같은 꼴을 당했다고.

이 여자의 후두는 우주 시대의 티타늄으로 만들어진 거야, 보이드는 추론했다.

앤지는 그를 힐끗 보더니 말했다. "티타늄?"

"생각이 헛나왔어요," 보이드는 말했다. "당신의 그 전기 기사요, 고급한 인물처럼 들리는군요."

앤지는 얼굴을 찌푸렸다. "그게 티타늄이랑 무슨 상관이죠?"

"몰라요," 보이드는 말했다.

"음, 저기요, 그게 혹평이어도 난 상관없어요, 왜냐하면 랜디는 나한테 반했으니까요, 아주 크게. 우린 약혼했어요. 게다가 그는 서른하나죠. 당신은 몇 살이랬더라?"

"마흔아홉이요."

"그러면, 내가 그 사람에서 갈아탈 거라 생각하는 까닭은 뭐죠?"

"그런 생각 안 하는데요."

"그건 당신 생각이고요."

"당연히 내 생각이죠."

"생각하는 거 **맞네**."

보이드는 머리가 지끈거렸다. 그는 부엌으로 가 어머니의 보드카 병을 들추어내더니 깨끗한 유리잔을 찾다가 단념하곤 병째로 한입 꿀꺽했다. 그는 넥타이를 바로잡곤 손목시계를 힐끗 보았다.

"설상가상," 앤지는 말하고 있었다. "랜디의 성질머리가 당신으로선 믿기 힘들 정도란 걸 왠지 말해야겠네요. 전에 어떤 바에서 그 사람이 담배를 있잖아요, 불붙인 걸, 어떤 남자한테 찔러 넣는 걸 봤어요, 갑자기 팍, 귀에다 정통으로요, 그 남자가 나한테 추파를 던진 것도 아닌데. 거의 안 그랬는데 말이죠." 그녀는 눈썹을 유쾌하게 튕겼다. "아무튼 난 랜디가 이 납치 건 때문에 식식거리고 화낼 거라는

데 팔만 천 달러를 걸게요. 멕시코로 달아나서 나한테 장신구도 사주고 잠도 한 침대에서 잤는데 또 뭔 일이 있었는지 알 게 뭐에요."

"앤지, 뭔 일 없었잖아요."

"오, 물론이죠. 랜디한테 그렇게 말해요."

"그가 무슨 수로 알아내겠어요?"

"음, 글쎄요. 그 사람도 읽을 순 있잖아요, 안 그래요?"

보이드는 그녀를 쳐다보았다. "읽다니 뭘요?"

"뭐든지요. 카탈로그, 만화책. 그 사람 허수아비 아니에요, 보이드. 저 밑에 산타로살리아의 호텔에서 그 그림엽서들 기억나죠, 로비에 있던 거?"

"그 친구한테 엽서 부쳤어요?"

"그 사람은 내 약혼자니까요, 그렇잖아요?"

보이드는 보드카를 또 한입 삼켰다. 나중에 그는 그녀의 휴대폰을 압수하고 그녀를 식탁 의자에 묶었다.

"재갈도 물리겠네요?" 앤지는 말했다.

"그게 좋겠군요," 보이드는 말했다.

그는 버스를 두 번 갈아탔고, 햄버거를 먹었고, 그런 다음 지나치게 풍족한 지역인 벨에어에 자리한 에벌린의 하얀 저택까지 남은 4분의 1마일(약 400미터)을 하이킹했다. 그의 전처는 현명한 재혼을 한 터였다. 그건 이해하고도 남을 일이었다. 보이드로선 진입로에 놓인 벤틀리를 보고도 그녀를 내주지 않을 순 없었다.

초인종을 눌러도 누구 하나 응답이 없자 실망스러웠다. 그는 달리 어떡해야 할지 모른 채 40분 가까이 에벌린의 하얀 대리석 계단에 앉아 있었다. 당연히 예상했어야 했는데 — 이렇게 하면 저렇게 되겠지 하고 — 하지만 이런 선견지명이라면 향후의 10년도 JC페니 신세겠군. 그는 이미 평생 치 생각을 한 터였다. 자신이 저지른 휘황찬란한 비행(非行)에 얽매여 매일같이 측은한 밤을 보내면서. 에벌린의 값비싼 대리석에 반사된 햇빛을 실눈으로 바라보는 지금도 그는 아내와 제게 망신을 가져다주었던 제 용서받을 수 없는 짓들에 깜짝깜짝 놀랐다. 거짓말만으로도 에벌린은 치를 떨고 도망갔어야 했지만 당장 그러지는 않았었는데, 그것은 오롯한 사과로 보이진 않는 술 취한 사과를 그녀의 참을성이 몇 주나 견뎌준 덕분이었다. 그로선 자신만을 탓하는 것이 특히나 그 탓을 환경이라든가 전국적으로 퍼진 거짓말 감염병이라든가 자신의 동료에게 돌릴 수 있는 상황에서는 지나친 듯 보였었다. 그는 짐 두니를 탓했다. 그는 샌타모니카의 아담한 회칠 주택을 탓했다. 무엇보다도 그는 제 현재의 모습이 아니길, 그러니까 대여한 슈윈(Schwinn) 자전거를 페달질하는 볼품없는 신문 배달원이 아닌 무엇이 되길 너무나도 간절히 원했던 열두 살 먹은 꼬맹이를 — 그것이 부정할 수 없는 사실이었으므로 — 탓했다. 그는 에벌린에게 이 모든 걸 설명했으므로 몇 주 동안은 용서를 받은 줄 알았었다. 하지만 상황은 호전을 보기도 전에 악화되어갔는데 그것은 호전되었던 적이 한 번도 없었던 탓이었다.

역사의 셔터를 내리기 위해 마침내 일어선 보이드는 에벌린의 능숙하게 손질된 뒤뜰로 이어지는 구불구불한 통로를 따라갔다.

이곳 잔디는 더 푸르구나.

레몬나무, 대추야자, 위압적인 그리스 조각상들이 수호하는 올림픽 규격의 어마어마한 대형 수영장, 그곳은 지중해의 잘 보존된 사유지 같은 인상이었다. 한 쌍의 분수도 햇빛 속에서 물거품이 일고 있었는데 그것들 각각은 에벌린의 티 없이 푸른 잔디를 더욱더 격렬한 푸른색으로 만드는 부겐빌레아 화단의 후원을 받고 있었다.

이런 부유함이라면 로데오길에서 보낸 힘든 하루의 티끌을 확실히 갈아 없애고도 남지, 보이드는 사색했다. 그는 그녀의 새 남편이 무슨 일로 먹고사는지 애써 떠올려보았다. 여행 관련 일이었는데. 요트, 구명 뗏목? 구명 뗏목은 아니었어, 아니야, 하지만 그런 일반적인 유형의 것이었는데 — 안전벨트였지, 아마. 아니면 낙하산.

보이드는 현관 계단으로 돌아와 초인종을 마지막으로 한번 꾹 눌러본 다음 뒤로 돌아 세펄베다에서 품위 있어 보이는 바를 만나기까지 열다섯이나 되는 긴 블록들을 터덜터덜 걸었다. 이후 두 시간 동안 그는 94달러의 무게를 내려놓았고, 사우스다코타 출신의 야심찬 시나리오작가와 담소를 나누었고, 마지막에는 심각한 궁지에 몰린 남자의 휘청휘청하는, 유체를 이탈한 듯한 당혹감을 안고 그곳을 나섰다. 버스에 올라 샌타모니카로 느릿느릿 돌아가는 동안 보이드는 저도 모르게 울먹였다. 스스로가 너무나 측은하고 어이없을 만큼 통제 불능이란 사실이 명백해져 있었다.

어느 시점에 그는 제 권총을 꺼내어 옆자리에 앉은 말쑥한 옷차림의 젊은 파키스탄 신사에게 보여주었다. "원한다면 이거 가져요," 그는 말했다. "내 거의 확신하는데 아마 제대로 먹혀들 겁니다."

신사는 고개를 가로젓곤 창밖을 내다보았다.

"마음대로 해요," 보이드는 말했다. "하지만 믿을 수 있는 훌륭한 총인데."

그의 뱃속에서 무언가 요동을 쳤다. 그는 공이치기를 젖히곤 플라스틱으로 안을 댄 버스 천장에 구멍을 냈다. "완전 품위 있는 총이라고," 그는 말했다.

5

그림엽서에는 멕시코 산타로살리아의 새하얀 해변을 내려다보는 호텔 베란다가 포함되어 있었다. 베란다에는 연철 탁자가 있었고 탁자에는 세로 홈이 장식된 두 개의 유리잔, 오렌지가 담긴 그릇, 긴 단송이 꽃병, 이슬 맺힌 샴페인병이 놓여 있었다. 꽃병에선 빨간 카네이션이 위를 빼꼼히 쳐다보고 있었다. 탁자를 잡고 하얀 고리버들 의자에 앉아 빈둥거리는 한 쌍의 잉꼬는 굴이라도 한 통 삼켰는지 쪽쪽쪽 알콩달콩 — 정말이지 이것은 참으로 아픈 풍경이었다 — 키스하고 싶어 안달 난 정신 못 차리는 눈으로 바다를 물끄러미 바라다보고 있었다. 어쩌면 신혼부부. 혹은 무슨 관계인지 알 게 뭐람. 어떤 관계건 바로 지금 그 연철 탁자에 앉아 그 바다를 쓰라리게 응시하고 있는 랜디 재프에겐 모두 마찬가지였다.

요 며칠 랜디는 잠이라곤 눈만 한두 번 붙였다 뗀 정도였다. 비록 — 강도질 경험이 있는 전기 기사직 — 노동자이긴 했지만 그는 1200마일(약 1931킬로미터)의 질주로 뼛속까지 기진맥진해 있었다.

그의 앞에는 따뜻한 코카콜라가 놓여 있었다. 그의 앞에는, 그러니까 연철 탁자에는 앤지의 염증 나는 엽서도 놓여 있었다.

랜디가 산타로살리아에 도착한 건 불과 몇 시간 전이었다. 그는 이미 호텔 매니저, 자부심 강한 객실 여직원, 평생 벌어들인 쏠쏠한 수확과 강경한 지론을 들고 토론토에서 온 초로의 부부랑 면담을 한 터였다. 특히 토론토 부부는 앤지를 이글이글 선명하게 기억하고 있었다. "그 조잘조잘하는 난쟁이," 부부 중 한 사람, 그러니까 여자 쪽은 말했다. "쉴 새 없던걸," 그녀의 남편도 말했다——"발동 걸린 치와와같이." 앤지의 일행에 관해 묻자 세세한 것들을 두고 옥신각신하던 부부는 그 남자가 어지간한 나이에 어지간한 겉틀을 갖추었는데 태도로는 나무랄 데가 없었다고 입을 모았다. "그녀를 어떻게 참아줬나 모르겠어요," 둘 중 덜 강경한 쪽, 그러니까 허약한 데다 어깨가 구부정한 남편이 말했는데 그의 희부연 눈은 눈구멍 속에서 불안한 듯 빙빙 돌다가 제 아내를 향했다. "귀마개를 했겠죠, 아마."

태양의 기운이 소폭 꺾였을 때 랜디 재프는 보이드 핼버슨을 어떻게 해줄까 하는 엉뚱한 생각을 틈틈이 누리느라 베란다에서 꽤 긴 시간을 빈둥거린 참이었다.

스크루드라이버. 콧구멍 깊숙이 넣어주면 재미있겠는걸.

암, 앤지도 마찬가지고, 랜디는 생각했다. 은행 강도, 그것도 그거지만——그건 제도적인 문제지만——이 엽서는 도발적이었다. 앤지를 사귄 지 얼추 6년, 그리 길지는 않아도 그녀의 암호를 파악하기에는 충분하고도 남는 시간이었다. "우리 은행 털었어——보이드가 나한테 카메라 사줬어!"라고 적힌 그녀의 엽서에서 판독되는 뜻은 얼른 남쪽으로 죽어라 달려오는 게 좋을 거야, 라고 그는 이해했다.

뾰족코 펜치. 압정 한 상자랑 절연테이프도 한 롤 있어야겠어.

랜디는 요령을 알았다.

언젠가 그는 프레즈노에서 로데오 친구 하나가 4분의 3톤 나가는 날뛰는 황소*의 눈에 쇠 지렛대를 찔러 넣는 장면을 본 적이 있었다. 그는 돼지가 스스로 돼지같이 몸을 던져 전기 도살되는 장면을 본 적이 있었다. 그는 몇몇 멋지고 훌륭한 장면을 본 적이 있었다. 보이드 핼버슨에게 해줄 일은 아직 미정이었지만 내일 아침 그는 누가 귀띔해준 고속버스를 추적할 셈이었고, 그러고 나선, 방법은 잘 모르겠지만 하여튼 그러고 나선, 케이티, 빗장 걸어**.

랜디는 부츠를 탈탈 벗었다.

그는 사색에 잠겼다, 나 참, 도대체 어떤 여자가 은행을 털고 키와니스 따위랑 살림을 차린 뒤 네게 그림엽서를 보내냐? 나 참, 그는 생각했다.

그는 콜라를 단숨에 끝내고 한 잔 더 주문했는데 얼음은 없는 것이, 이곳은 멕시코였다.

텍사스 남동부의 침체되고 황량한 최남단, 전화가 울렸을 때 짐 두니는 뜨거운 욕조에 있었다. 그는 전화를 받았어야 했지만 그러기는커녕 제 파트너 캘빈에게 "놔둬, 우리 시간 없어" 하고 말했고, 그러다 저녁 늦게야 제 딸 에벌린의 메시지를 검색하곤 답신 전화를 넣었다.

"은행?" 그는 말했다.

그는 한동안 듣더니 말했다. "아니, 난 그 소리도 못 믿어, 어림없지. 하지만 좌우지간 그놈은 날 어디서 찾아야 하는지 모르잖니, 그렇지?"

그러더니 그는 말했다. "넌 그놈을 **증오해야만** 돼."

그러곤 나중에 전화를 끊기 직전 그는 말했다. "저기, 미안하다. 내가 원체 그렇잖니, 아가."

두니는 문이며 창을 단속하곤 침대로 갔다.

"이게 다 무슨 일인데 그래?" 하고 캘빈이 말하자 두니는 대답했다. "우리 내일 미네소타에 있는 내 집에 건너가게 될 것 같아."

"문제 생겼어?"

"생길지도 몰라."

두니는 제 쪽 취침등을 끄곤 한동안 생각에 잠겨 누워 있다가 말했다. "요사이 당신한테 이 얘길 안 하긴 했는데, 난 당신을 마음 깊이 사랑해, 캘."

"그래?"

"암. 당신은 아름다운 남잔걸."

"음, 거참 달콤한 말이네," 캘빈은 말했다. "난 그런 환상이 좋더라, 좋다마다, 그런데 있잖아 — 그 왜 — 나도 일흔셋이야. 아름답다는 건 확대해석이지." 그는 잠시 머뭇거렸다. "괜찮을까 모르겠지만, 지미, 진지한 질문 하나 해도 돼?"

"괜찮고말고," 두니는 말했다.

"우리 아무 일 없는 거지?"

---

* bucking bull. 로데오 경기에서 선수를 떨쳐내려고 길길이 날뛰는 경기용 소를 가리킴.
** Katy, bar the door. 주로 미국 남부에서 사용하는 관용어로 위험에 대비해 만반의 준비를 하라는 뜻.

"누구 딴 사람 있어?"

캘빈은 잠시 잠잠해지더니 이내 한숨을 쉬었다. "자세히 좀 말해 줘, 제발. 내 귀는 다 열려 있으니까."

"**다는** 아니지," 두니는 말했다.

보도를 걸어 올라오는 보이드를 발견할 만큼 운이 좋았던 에벌린은 거의 한 시간을 위층 옷방에 잠자코 앉아 그가 계단에서 발을 떼고 떠나주길 기다린 터였다. 둘 사이엔 나눌 말이 없었다. 보이드는 한두 가지 방면에서 흥미로운 사람이었고 에벌린도 한땐 그를 사랑했지만 역사는 그녀에게 너무 버거웠다. 아무렴, 이렇게 숨는 건 비겁한 짓이었다. 그렇긴 해도 그녀는 주니어스와 새 삶을 살고자 — 완전 멋들어진 삶이 안 된다면 그럭저럭 괜찮은 삶이라도 살고자 — 아등바등 애를 써온 터라 지금은 시끄러운 일을 피하는 게 보이드를 포함해 모두에게 최선이었다.

지금 에벌린에게 필요한 건 이 언덕 위의 집이 주는 얼음장 같은 고요함이었다. 하소연도 싫고 징징 짜는 용서도 싫었다. 10분 더 지나 다시 창가로 가보니 보이드는 사라지고 없었다. 콕 하는 죄책감이 그녀의 전신을 훑고 지나갔다.

에벌린은 한숨을 짓더니 한 벌인 랑방 바지와 하얀 실크 블라우스를 걸치곤 거울을 들여다보았고, 그리고 나선 주니어스인지 그의 비서인지가 그녀의 마흔다섯 번째 생일을 기념해 골라준 귀고리 세트를 착용했다. 두 시간 뒤면 그녀는 열두엇 되는 주니어스의 친구들 앞에서 충실한 안주인 역할을 하고 있을 터였다. 그녀는 적당히 마실 생각이었다. **하소연**이란 단어는 피할 생각이었다. 이런 모임에선 접객을 돌지 않으면 친분이 위기에 빠지므로 그녀는 자신의 가장 진심 어린 웃음을 지으며 반드시 접객을 돌 생각이었지만 물론 친분이야 누구에게도 관심사가 못 되었다. 그녀는 보이드 핼버슨을 입에 올리지 않을 생각이었다. 그녀는 두니도 입에 올리지 않을 생각이었다. 마실 것과 핑거 푸드, 이것은 더없이 수수한, 아무런 가식이 없는 회합이 될 예정이었지만 그렇다고 해서 그녀도 그녀의 손님들도 진실 게임이나 하는 칵테일파티를 바라지는 않았다. 금융 사기는 오늘 밤 대화의 주제가 되지 않을 터였고 스테로이드도 보톡스도 호의적이지 않은 영화평도 마찬가지였다. 사람들은 하하호호 웃고 돌아다니면서 시사에 정통한 양 굴다가 저희의 고급 자동차에 풀쩍 올라타 귀가할 터였다 — 얼른 가주었으면, 하고 그녀는 바랐다.

에벌린은 제 허벅지를 찰싹 기운차게 때리곤 화장대로 이동해 립스틱을 얇게 펴 발랐다.

해야 할 일은 보이드를 그가 속한 곳으로, 내 상념의 저 밑바닥으로 돌려보내는 거야, 그녀는 판단했다. 즐겁게 지내려고 해보자.

그 전에 재낵스* 한 알 할까. 한 알 반 할까.

보이드한테 뺏길 관심도 없지만.

그녀는 다시 한 번 거울 속의 자신을 살폈다. "자 그만하고," 그녀는 중얼거린 다음 바(bar)를 개시하러 아래층으로 내려갔다.

700마일(약 1127킬로미터) 떨어진 벽지, 캘리포니아의 소도시 풀다에선 지역사회 국법은행 은행장인 더글러스 커터비가 그 은행 임

---

*   Xanax. 항우울제 상표.

원이기도 한 제 아내 로이스 커터비에게 복잡한 상황을 설명 중이었다. "이 시점에," 더글러스는 말하고 있었다. "우린 사실상 아는 게 많지 않아, 그러니 우리 둘 다 서둘러 결론짓진 말자고. 침착해, 사랑벌레. 침착이야말로 극비 사항이야."

더글러스의 말투는 쾌활한 것이 약간 거들먹거리는 투였다. 그는 큰 키에 은발, 화통한 얼굴로 제 검정 은행원 정장을 입으면 세련미가 풍겨 인상적이지만 욕조에선 훨씬 덜 세련되어 보이는 사람이었다. 자기 아내를 떠보는 지금은 웃음에서도 세련미가 배어났다.

로이스는 그를 욕조에서 보고 나온 참이었다.

"팔만 천 달러가 날아간 건 알지?"

"날아가긴, 자기야. 행방불명인 거지."

"금전등록기가 비어 있잖아. 금고실이 비어 있다고."

"그래 보이는 거지."

"그럼 내가 장님이다, 그 소리야?"

"에이, 그럴 리가," 더글러스는 다정하게 말했다. "하지만 살짝 근시인지는 모르지. 마음에 담아두면 안 좋던 게 더 안 좋아지는 법이야."

"겪어보고 하는 소리지?"

"확실히 그래."

둘은 서로를 몇 초 가만히 바라보았는데, 그러다 로이스는 무감동하고 짜증 나는 자족적 태도로 앉아 있는 남편 앞의 장미목 책상을 쿵 내리쳤다.

"우리의 빌어먹을 은행이 강도를 당했어," 그녀는 날카롭게 말했다. "그런데도 당신은 당신이 경찰도 못 부를 만큼 멍청하다고 말하고 있네?"

더글러스는 그녀를 보고 방긋 웃었다. "천만에. 멍청하니까 법률 집행관을 소환하는 거야. 멍청하니까 일을 만드는 거라고, 이를테면 우리의 수익성 좋은 소사업자들이 철저히 감사(監査)를 하게끔 말이야—은행감독원, 포렌식 회계사*, FDIC** 떨거지들. 과연 그게 우리가 바라는 바일까?" 그는 눈썹을 치켜들었다. "아니올시다지. 당신이라면 특히나 말이야."

"하지만 모르는 척할 수는—"

"있고말고," 더글러스는 말했다. "평소랑 다를 거 없어. 위반도 없고 해도 안 끼쳐. 당분간, 끽해야 한두 달은 우리도 절약을 좀 해야겠지, 어쩌면 당신이 눈독 들이던 남아프리카 다이아몬드 광산 관련한 계약금도 좀 미룰 수 있고."

"머리핀이야. 두 알짜리."

"그에 걸맞은 담배 케이스도 있어야지?"

"담배 케이스라," 로이스는 말했다. "블랙잭 테이블에 놓아두면 근사해 보이겠네."

"섬으로 은퇴도 하고?"

로이스는 그를 보고 얼굴을 찌푸렸다. "젠장, 더글러스. 그곳은 싸구려더라, 1에이커(약 1224평)에 칠백이 될까 말까 한. 집까지 다 해서 말이야."

"그 말인즉 당신도 비밀이 지켜지길 원할 거라고 내가 가정해야

---

*   forensic accountant. 회계 범죄 수사 분야에서 전문적으로 활동하는 회계사.
** Federal Deposit Insurance Corporation. 연방예금보험공사.

한다는 거지?"

"그럼, 그렇게 가정합시다. 그래서 우리가 뭘 하면 되는데?"

"기다리는 거지 뭘 물어," 더글러스는 말했다. "조만간 우리 분실된 자금을 수습 조치하게 될 거야."

로이스는 소화기 문제를 겪고 있는 여자의 언짢은 표정으로 제 남편을 쳐다보았다.

"그 자금은 분실된 게 아니야, 더기. 그 카메라 영상들 —— 핼버슨이 현금 팔만 천을 들고 왈츠 추듯이 나가는 거 봤잖아. 내 돈, 당신 돈을."

"어, 맞아. 하지만 원칙대로 하면, 내가 보기에 그건 기관의 돈 같은데."

"원칙? 우리가 우리 은행을 털어온 게 몇 년이야."

"차용이지," 더글러스는 말했다.

"뭐든 간에."

더글러스는 제 책상 뒤에서 일어서더니 정장 재킷 단추를 채우곤 아내한테 또 한 번 활짝 웃음을 지었다. "어쨌든, 나의 비둘기님, 내가 즉각적인 예방 조치를 적절히 해뒀어. 영상들을 지웠어. 카메라들은 고장 났고. 현금은 신용환(換)으로 돌렸어." 그는 책상을 빙 돌아 나와 외교상 그녀를 끌어안았다. "아, 그리고 우선은 당신 당좌예금 계좌에서 십만을 지역사회 국법으로 이체해뒀어. 다 극복을 위해서니까 당신이 이해해 —— 유동성이니 뭐니 다. 당신은 요지를 알리라 난 확신해."

로이스는 고개를 뻣뻣하게 끄덕였다. "그래, 알다마다, 훨씬 가난하고 근시인 나도. 우리가 생고생해서 훔쳐놓은 사백만을 웬 FBI 회계 도둑놈이 못 훔쳐 가도록 팔만 천을 희생시키는 거잖아."

"사백팔십만," 더글러스는 나긋나긋하게 말했다. "하지만 우리 은행인걸, 안 그래?"

"몽땅 다," 로이스는 말했다. "내 섬 그대로 유지해?"

"머리핀도," 더글러스는 말했다. "다만 경찰은 안 돼, 연방준비제도*의 의례적 방문도 안 되고. 우리가 관련된 이상, 은행 강도 주의 기간 따윈 없어."

"좋아," 로이스는 말했다.

은행을 나와 서로 팔짱을 낀 채 점심을 먹으러 길을 건너면서 로이스는 말했다. "다음 주에 벨라지오**에 잠시 다녀올 것 같아."

"나도 아마 합류할 거야," 더글러스는 말했다.

양단(洋緞)으로 된 누비이불과 플란넬 시트에도 불구하고 캘빈은 한기를 느끼는 중이었다. 그는 족히 10분 동안 아무런 중단 없이 두니의 얘기를 들은 터였는데 그것은 미네소타로의 여행이 분별 있는 처사였음을 이해하기에 충분한 시간이었다. "아주야, 당신은 운이 아주 좋은 거야," 캘빈은 말했다. "그 친구가 전기톱을 들고 쫓아오진 않으니까."

"과실이었어," 두니는 말했다. "내 잘못도 아니었고."

"다만 그 친구 생각은 다르다?"

"틀림없이."

---

* 연방준비제도이사회(Federal Reserve Board)를 가리킨다.
** Bellagio. 라스베이거스에 있는 카지노 호텔.

"음, 듣자 하니"—캘빈은 반은 진짜로 파르르 떨었다—"듣자 하니 그 친구 광분한 것 같은데."

"다 잦아들 거야," 두니는 말했다.

"글쎄. 은행 강도라고?"

"저기, 모르긴 몰라도 그거 다 똥 싸는 소리야," 두니는 말했다. "최하의 시나리오라고, 은행을 털든 뭘 털든 보이드는 여전히 기본이 틀려먹은 놈이니까. 며칠 있어봐, 그럼 그놈은 제 거시기를 쏴 날릴걸." 두니는 몸을 돌려 캘빈을 쳐다보았다. "당신도 위축되지 않더구먼."

캘빈은 고개를 절레절레했다. "그 친구가 당신을 죽이고 싶어 한다고."

"그런 지 10년은 됐어."

"하지만 갓난아기는."

"걸음마쟁이였어, 캘. 그리고 말했잖아, 내 잘못이 아니었다고."

"아니었길 바라자."

"에이, 아니었다니까," 두니는 말했다. 그는 안심을 주고자 캘빈의 팔을 꼭 쥐었다. "내 말 믿어. 우린 이류를 상대하는 거야. 실제로 전에 에벌린한테도 그랬어, 이렇게. '얘야, 이 양반은 이류구나.'"

"딸아이가 뭐래?"

"온통 허튼소리지 뭐. 그놈이 퓰리처상을 받을 뻔했다더군. 그래서 나도 응당 말했지. '**거봐**, 아가. 받진 못했잖니.'"

"문 잘 잠갔지?"

"잠갔고말고."

...

랜디는 운전대를 다른 손가락 일절 없이 엄지 하나로만 운전하길 좋아했다, 가벼운 통제하의 그 넘치는 마력, 성질 고약한 야생마에 올라탔을 때랑 똑같아, 녀석을 몰아붙이려 들지 마, 그럴 **생각조차** 말라고, 8년 같은 그 다사다난한 8초 동안 그저 말에게 몸을 내맡기는 거야, 그래서 박차를 가할 땐 앞꿈치를 세워두지 — 앞꿈치를 세워야 점수를 따거든, 겁쟁이가 아님이 입증돼서 — 그러니까 녀석을 우격다짐으로 몰지 마, 양다릴 찰싹 붙이지 말라고, 순전히 균형이야, 말과 순전히 하나가 되는 거야, 그러면 야생마도 제 악취 나는 가죽 못 떨어내듯 날 떨어내지 못해.

그것이 랜디의 운전법이었다 — 프로 로데오 선수다운.

지금 이 순간 그는 예비 부품이 필요할 때만 아니면 제법 괜찮은 휠을 세트로 장착한 자신의 1987년식 커틀러스(Cutlass)를 타고 시속 78마일(시속 125킬로미터 남짓)의 안전한 주행을 하는 중이었다. 그는 45분 전 다시 미합중국으로 건너온 참이었다.

샌디에이고를 뒤로한 지금, LA까지는 총알 같은 직진만 남았으므로 랜디의 머릿속에 있던 골똘한 생각은 머잖아 앤지 빙과 보이드 핼버슨을 뒤쫓을 기쁨으로 바뀌어 있었다. 엄지로 운전대를 다룰 때의 이점은 복수 따위에 쓸 기력을 아낄 수 있다는 것이었다.

뉴포트 해변 외곽에 근접했을 때 랜디는 실행 가능한 일들을 담은 개인 목록을 주르륵 훑고 있었다. 예를 들어 언제였더라, 오래전 새크라멘토 시절 그는 어떤 사내에게 염소를 합판에다 못으로 고정할 수 있다고 내기한 적이 있었다, 네 발굽 모두, 탕탕, 볼트로 고정된 그 법원 앞 조각상처럼. 운 없는 염소, 그 점엔 의문의 여지가 없었지만 월급날의 지갑은 제법 두둑했다.

장도리와 못, 그것도 한 가지 방법이지.

염소에 관한 향수에 몇 초 탐닉하던 랜디는 자연히 낄낄거려졌고, 그러다 더 획기적인 수단들에 관한 숙고로 이끌렸다.

뭔가 느린 것도 재미있고.

소프트볼 공하고 비닐 랩(Saran Wrap)으로 할 수 있는 일은 놀랍거든. 아니면 구식 감자 으깸이(masher) 중 하나라든가. 아니면—에라 모르겠다— 침술도 뭐, 더할 나위 없이 느리지, 침은 축촉한 생살에나 박히지만.

그는 그 생각에 웃음이 지어졌다. 랜디는 이런 것들을 연구해온 터였다. 그는 이런 유용한 지식 하나 없이 아등바등 인생을 살아나가는 사람들이 안타까웠다.

그는 뉴포트 해안 주변에서 커틀러스를 지그재그로 몰다 속도를 붙이더니 자기보다 여섯 마신 앞에 있는 은색 콜벳을 겨냥해 액셀러레이터를 부드럽고 꾸준하게, 꾹 하고 섬세하게 쥐어짰고, 그제야 콜벳은 제 백미러 속에서 안쓰럽게 헐떡거리는 얼룩을 보곤 주춤했다.

랜디가 LA에 도착한 건 어두워지고 세 시간 뒤였다.

그는 슈퍼 에이트*에 체크인하고 샤워를 때린 다음 풀다에 있는 경찰 친구에게 전화를 걸었다. 아니나 다를까 응답이 없길래 그는 살얼음 낀 닥터 페퍼 두어 캔을 해치운 뒤 제 커틀러스로 다시 기어들어 이스트 7번가(East Seventh)에 있는 그레이하운드 버스 터미널로 넘어갔다. 마지막에 듣기로 핼버슨과 앤지가 산타로살리아에서 LA행 고속버스를 탔다는 것이었다. 모험과도 같은 도박이었지만 모험과도 같은 도박엔 으레 거물급 배당이 따랐다.

요령은 긍정적으로 생각해야 한다는 것이었다.

랜디는 수하물꾼들과 승차권 판매인 하나와 눈을 깜빡깜빡하는 것으로 노도스** 복용 사실을 감추는 결백한 그레이하운드 기사 서넛을 탐문했다. 작고 건방진 4피트 10인치 키의 빨강 머리, 혹은 중년에 중간 키에 중도 성향에 미래가 없는 변변찮은 인물을 기억하는 사람은 아무도 없었다.

그레이하운드엔 기대를 걸지 마요. 언젠가 누가 그런 말을 해준 적이 있었다.

그래도 걱정은 없었다, 랜디에겐 아이디어가 있으니까. 우연찮게도 그는 누구든 찾아낼 수 있는 확실한 누구를 어쩌다 보니 알았는데, 누구든 찾아낼 수 있는 그 슈퍼 탐정이 우연찮게도 바로 저 자신이었던 것이다.

밖에서 그는 담뱃불을 붙이곤 생각에 잠겼다가 길 맞은편의 그럭저럭 괜찮아 보이는 대중식당으로 건너갔다. 그는 카운터 자리에 앉아 양파 넣은 간 요리를 주문했다가 꽃등심으로 바꾸더니 다시 간 요리로 되돌렸다.

놀아줄 방법이 몇 가지 있지.

고생스러운 방법은, 공공 도서관을 찾아, 찾아서 파헤쳐, 파헤쳐서 엉터리 은행 강도 씨를 놓고 어떤 방안이 떠오르는지 어디 한번 보는 거야.

---

*   Super 8. 개업 당시 싱글 룸 하루 숙박비 8.88달러를 내세웠던 미국의 저렴한 호텔 체인.
** NoDoz. 흥분제, 각성제 상표.

다른 방법은, 풀다에 있는 네 경찰 친구한테서 소식이 들려오길 얌전히 기다리는 거지.

제일 쉬운 방법은, 간 요리를 즐겨, 아이스티로 그걸 씻어 내리고, 그런 다음 일어나 벽에 사슬로 걸려 있는 저 크고 낡은 전화번호부로 가는 거야. 손가락을 핥고서 H 항목이 나올 때까지 페이지를 넘겨. 그다음 할 일은 핥은 손가락을 다른 손가락에 걸치고서* 좋았어, 하고 속으로 생각하는 거야, 그런 뒤엔 안타 한두 개를 바라고, 그러다 혹시 안타를 날리면, 이를테면 '핼버슨'에서 말이지, 흠, 그러면 빅(Bic) 볼펜을 꺼내서 주소를 적기 시작하는 거야.

랜디는 경찰이 되었어야만 했다. 재미있는 건 죄다 경찰들 차지였다. 테이저 총도 들고 다니고 사람들도 가지고 놀고.

나중에 안 일이지만 그 전화번호부는 태곳적의 —— 1994년의 —— 것이었고 기름에 전 낡은 공중전화는 사용 불능이 된 지가 못해도 한참은 전이었다. 행운 하나 얻기가 이리 고돼서야. 그래도 랜디는 열네 명의 핼버슨(Halverson)이 담긴 명단을 찾았고, 추가로 e가 포함된 핼버슨(Halversen) 넷에 l을 겹으로 쓰는 핼버슨(Hallverson)도 한 사람 있었다. 아무리 추려도 잡아 족칠 스웨덴 놈 숫자가 제법 되는걸, 그는 판단했다. 그는 카운터 안쪽의 아가씨한테 펜을 빌려 주소를 베껴 적은 다음 도로 자리에 앉아 코코넛 크림 파이 한 조각을 주문했다.

다음 생엔 그도 경찰이 될 셈이었다. 그에겐 소질이 있었다.

에벌린은 그럴듯한 이유를 숱하게 내세워 재혼을 했는데, 그럴듯한 건 거의 다 갖다 붙였는데도 사랑만은 빠져 있었다. 물론 절대적으로 나무랄 데 없는 주니어스가 좋기는 했다. 그녀는 그의 결의와 안정감이 좋았다. 그녀는 언덕에 자리한 그의 대리석 집도, 남편으로서 간섭 않는 방침도 좋았고, 그가 어쩜 이리 불평 한 번이 없는지 엎질러진 우유 앞에서 우는 법도 없고** 죽기 살기로 돈 벌어 오는 기계마냥 돌아다니기만 하는 것이 그저 감사할 따름이었다. 주니어스가 영양 결핍의 불도그 같은 얼굴을 한, 해골같이 수척한 쪽이란 건 인정하지 않을 수 없었지만 그래도 역시나 그는 믿음직한 데다 감정적이지 않은, 지독한 부티가 나는 불도그 종임을 전적으로 입증한 사람이었다.

예를 들어 방금 "뭔 일 있어?" 하고 물으면서도 주니어스는 그 이상 중대한 의견은 보태진 않은 터였다. 심지어 그녀를 쳐다보지도 않은 터였다. 그러기는커녕 그는 두 건의 금융 사기 혐의에서 지난주에 무죄를 선고받은, 수영장 건너편의 어느 예쁜 아가씨를 지금도 그러듯 쭉 지켜보던 참이었다. 이 파티는 그 젊은 여자를 축하하는 자리였다.

"아무 일 없어요," 에벌린은 말했다. "나 괜찮아요."

"심란해 보이는데," 주니어스는 말했다.

"아니에요."

그는 어깨를 으쓱하더니 "그렇다면 됐고" 하고 중얼거리곤 훌쩍 자리를 떴다.

위층 침실로 물러나 문을 닫아건 에벌린은 쭉 숨어 있을까 하고

---

*　검지와 중지를 교차시키는 건 행운을 비는 제스처다.
**　지나간 일에 연연하지 말라는 속담에서 온 표현.

일순 고민에 빠졌다. 방금 두 시간은 그녀에게 힘든 시간으로 어떨 땐 참을 수가 없었다. 이보다 고상할 수 없는 소규모 파티라 하지 않을 수 없었다. 횃불들이 타고 있었다. 분수들이 반짝거렸다. 위작인 하얀 조각상은 사람들이 수영장 주변의 덱 의자에 앉아 수다 떠는 걸 구경하고 있었다. 그들 중에는 남자 배우 둘, 은퇴한 라인배커* 하나, 늠름한 인상의 CFO** 하나, 조경가 하나, 최근 패배를 맛본 캘리포니아 부지사의 후처 하나가 있었다. 아름다운 저녁, 아름다운 장소, 뒤뜰에서 에스터 윌리엄스*** 영화의 총천연색 미광이 아른거리는. 실제로 두 배우 중 하나도 그런 말을 한 터였다. "에스터는 누구보다도 바로크적****이었죠." 그가 공모를 꾸미듯 발언하자 주니어스의 CFO는 고개를 끄덕이며 대꾸한 터였다. "난 **당최** 무슨 소린지도 모르겠네."

에벌린은 접객을 돈 터였다. 그녀는 적당히 마신 터였다. 재낵스가 도움이 된 터였다.

이제 시간이 밤 11시 정각에 다가서고 있길래 그녀는 마지막에서 두 번째 접객을 시작했다. 그녀는 미네랄워터를 내놓고, 모르는 남자에게 알랑거리고, CFO와 수영장에 살짝 몸을 담갔다가 가운을 챙겨 입곤 수영장 가에 앉아 웃음을 짓다가 괴로워 죽겠는 10분의 시간이 지난 뒤에야 남편에게 뭐라 소곤거리곤 횃불들 너머의 그늘 속으로 슬쩍 사라졌다. 맨발에 여전히 가운을 걸친 채로 그녀는 주니어스의 격렬하게 푸른 잔디에 누워 스모그 없는 밤하늘을 자세히 살피면서, 파티 수다에 한가히 귀를 기울이면서 보이드 핼버슨은 잊으라고, 의무는 끝났고 내 소관 밖이라고, 게다가 나도 이런저런 문제로 곤란한 지경 아니냐고 되뇌었다.

예를 들어 에스터 윌리엄스*** 수영장의 수면 밑에서 능숙한 손길로 엉덩이를 쓸고 간 CFO**를 어쩌면 좋지?

바로크적으로**** 다뤄줘야지, 하고 그녀는 마음먹었다. 여차하면 감사의 표시와 함께.

또 예를 들어 이제 엄마가 못 되는 문제는 어쩐담?

어쩔 수 없는 문제니까 어쩔 것도 없지.

대신 네가 할 일은 용달 아저씨를 불러서 용달차가 오면 아기 울타리랑 아기 침대랑 기저귀 갈이대랑 미쳐서 누굴 죽이고 싶어질 때까지 반짝반짝 작은 별을 들려주는 충전지식 모빌을 거기에 싣는 거야. 장난감이랑 아기 모니터랑 유모차도 수북이 쌓아, 그런 다음 그걸 한 아름 안고 용달차에 가서 던져 넣어, 그리고 나중에 용달차 아저씨가 저것들을 구드윌*****에 가져다주었으면 하느냐고 물으면 아니라고 말하는 거야, 저 빌어먹을 쓰레기를 행성 밖으로, 로켓에 실어 목성으로 날려주었으면 한다고 말하고 나서, 보이드는 불편하고 그 외엔 같이 울어줄 사람이 없으니까 그 아저씨의 어깨에 기대서 슬퍼하는 거야.

자리에서 일어선 에벌린은 잠시 휘청거리다 균형을 잡곤 이 시각 다 죽어가는 파티에 도로 가담했다.

"나 괜찮아요," 그녀는 제 남편에게 조금 짓궂게 말했다. "그러니

---

* linebacker. 미식축구 포지션 중 하나로 상대를 태클하며 방어하는 수비수.
** Chief Financial Officer. 최고재무책임자.
*** Esther Williams. 수영 선수 출신의 미국 여배우.
**** baroque에는 파격적, 감각적, 지나치게 장식적이라는 뜻이 있다.
***** Goodwill. 나눔 사업, 자선사업 등을 목적으로 하는 비영리 기업.

까 그만 물어봐요."

주니어스는 아내가 괜찮지 않다 싶었다. 또 그는 보이드 핼버슨이 엮여 있다 싶었다.

수영장 파티가 파하자 주니어스는 제 CFO를 한쪽으로 데려가 이 문제를 좀 검토해보라고 요구했다. "이것 좀 처리했으면 좋겠어," 주니어스는 말했다. "누구 좀 불친절한 사람 통해서."

"제가 그런 친굴 압니다," 헨리 스펙이란 이름의 CFO는 말했다.

"넌 알 줄 알았어," 주니어스는 말했다.

6

보이드는 주저 없이 생각했다, 내 이름은 보이드 핼버슨, 나는 거짓말을 일삼는, 은행을 터는, 다소 괴짜 같은 알코올중독자다. 나는 이루 말할 수 없는 고통의 원천이다. 나는 전염병이다. 나는 밀밭과 강 유역과 숲과 활기 없는 마을과 인터넷 채팅방을 휩쓸고 다니는 감염병이요, 거짓말쟁이 중의 거짓말쟁이, 부정직의 화신, 퀴퀴한 사람, 출생무새*들과 루비리지** 추종자들의 충직한 입심, 참뉴스를

---

*   birther. 남의 출생을 헐뜯는 사람, 특히 버락 오바마 전 미국 대통령의 출생을 물고 늘어지는 사람을 폄하하는 말.
**   1992년 8월 미국 아이다호주 루비리지(Ruby Ridge)에서 미 연방보안청과 연방수사국이 지명수배자 및 그 가족과 열흘간 대치한 사건을 가리킨다. 사건인즉 백인 우월주의자이지만 열성분자는 아니던 랜들 위버(Randall Weaver)가 불법 개조한 총기를 유포한 일을 계기로 그 '일당'에 대한 체포 작전이 실시되었는데, 이 과정에서 위버의 아내와 10대 아들과 반려견, 그리고 연방보안관 한 명이 사망했다. 이 일은 인터넷으로 매일같이 생중계되었고 과잉 진압이라는 비난을 샀다. 이 일로 연방주의를 반대하는 남부인들 사이에서 신흥 민병대가 조직되기도 했다.

날조하는 진영들을 떠받치는 아랫바람, 무시당하고 실망에 찬 별 볼 일 없는 못난이들의 헛된 최후의 희망이다.

새벽 2시에서 똑딱임이 한두 차례 지난 시각, 보이드는 엄마의 식탁 의자에 큰대자로 널브러졌다. 앞에 놓인 감자술 큰 병은 술이 술을 마신 모양이었다.

앤지 빙은 그의 바로 맞은편에 앉아 있었다.

"그만 마셔요," 그녀는 말하고 있었지만 그녀의 목소리는 바닥을 보이는 병의 주둥이에서 나오는 소리라 할 만큼 이상했다. "내가 정중히 부탁 중이잖아요, 보이드. 당장요. 쏟아버려요."

그는 제 깨진 커피잔에 남아 있는 반 인치 높이의 액체 감자를 살펴보았다.

"내가 버스를 쐈어요," 그는 말했다. "크고 파란 버스를."

"그래요, 다 설명했잖아요," 앤지는 말했다. "수천억 번은 되겠네. 체포되지 않아서 다행이었죠. 지금도 내가 말을 걸어주고 있으니 훨씬 다행이고요."

"네, 나도 그 점을 의아해하던 중이에요."

"무슨 점이요?"

"그 있잖아요. 당신이 어떻게 병에서 목소릴 나오게 하는 건지. 당신이 어떻게 숨 한번 안 돌리고 그러는지. 내내 말하고 말하고 말하고."

앤지는 그를 째려보았다. 그녀는 아직도 식탁 의자에 단단히 묶여 있었다. "음, 한 가지 확실한 건," 그녀는 말했다. "지금 내 눈에 또렷이 보이는 게 진짜 보이드 핼버슨이라는 거죠." 그녀는 몇 초 기다렸다. "이거 풀어줄 셈이긴 하죠?"

"아닐걸요. 악의는 없어요. 재갈은 이미 풀어줬잖아요, 안 그래요?"

"풀어줘요, 보이드."

"내가 쏜 버스 말이에요, 실제로 거기에 이름이 붙어 있더군요 ── 큰 파랑 버스(Big Blue Bus). 참 낯서네, 그런 생각 안 들어요? 이젠 구멍 난 큰 파랑 버스라 불리겠군."

"보이드, 나 슬슬 화나려고 하는데, 만약 당신 ── "

"내가 왜 버스를 쐈는지 알고 싶죠?"

"아니요," 그녀는 말하더니 눈살을 찌푸렸다. "왜였는데요?"

"그게" 하고 보이드는 말했지만 만족스러운 답변이 나와주지 않았다.

그는 배가 울렁거렸다.

그는 커피잔을 내려놓고 멍청히 웃더니 욕실이길 바라는 쪽으로 크고 힘겨운 걸음을 걸었다.

그는 방광을 비웠고 그 뒤엔 속을 게웠다. 그는 그 난장판을 닦아냈다.

막연한 ── 몇 초보다는 몇 분에 가까운 ── 시간이 흐른 뒤 보이드는 어느 결에 세면대 위 거울 속의 제 모습을 검사 중이었는데 거기엔 살이 부어오른 슬픈 생물이 어렴풋이 비쳐 있었다, 충혈된 눈, 패배자의 자세, 희끗희끗하고 매력 없는 까칠한 수염이 뺨과 턱을 덮은 야수. 그는 의아했다, 이게 어떻게 나지? 그 즉시 그는 제 흠잡을 데 없는 문법에 기뻐했다.* 아직 저널리스트답군. 아직 교양도 있

---

*   앞 문장 "이게 어떻게 나지?(Could this be I?)"에서 I는 흔히 me로 잘못 쓰인다.

는데, 그럴 만한 게 문법이 교양이 아니면 뭐겠어, 교양의 사절(使節)이 아니면, 혹은 교양의 쇠락해가는 마지막 보루가 아니면? 이 거울에 비친 건 실제 나야, 라고 보이드는 추정하곤 얼굴에 냉수를 끼얹으면서 자신의 윗입술에 아주 분명히 낀 얇고 거뭇한 껍질 같은 것에 주목했다. 이 물질은 의심할 나위 없이 음식물이군, 하고 그는 판단했지만 지난 이삼십 시간 동안 한입이라도 먹은 기억이 그에겐 없었다. 하지만 에벌린의 하얀 대리석 계단만큼은 확실히 기억났다. 그는 사우스다코타 출신의 시나리오작가며 과한 값이 매겨진 여러 잔의 극도로 독한 술도 기억났다. 가장 생생히 기억나는 건 큰 파랑 버스에 승차했던 일, 그리고 템프테이션 38구경의 충격적일 만큼 시끄러웠던 앙탈, 그리고 파키스탄 신사가 경악하여 내지른 컹컹 소리였다.

"내가 버스를 쐈어," 보이드는 씩 하는 지긋지긋한 웃음을 언뜻 내비치는 거울한테 말했다. "거짓말이 아니야. 버스를."

보이드는 저 자신에게 씩 웃어준 뒤 입술에서 그 수상한 물질을 뗀 다음 방광을 한 번 더 비우곤 거울 앞에 가만히 서서 자기는 취침술이 필요한 지명수배자라는 결론에 도달했다. 지명수배자 — 보이드는 그게 좋았다. 누가 저를 몹시 원하는 건 오랜만이었다.

상쾌해진 그가 부엌으로 힘겹게 돌아오자 앤지는 말했다. "화장실 휴가는 어땠어요?"

"나쁘지 않았어요," 그는 말하곤 찬장을 샅샅이 뒤졌다. 그는 어머니의 미니 사이즈 버번병 두 개를 찾아 그 내용물을 커피잔에 조심조심 따랐다. "한 모금 할래요?"

"아니요. 풀어나 줘요."

"괜찮은 이유를 대볼래요?"

"난 제정신이니까요," 앤지는 말했다. "당신은 제정신이 아니고요. 내가 알기로, 난 이 세상에서 당신의 유일한 친구이기도 하니까요. 또 난 백만 번이나 달아날 수 있었는데도 달아나지 않았으니까요." 그녀는 약점의 낌새를 찾아 그를 관찰했다. "당신이 날 믿어만 준다면—나한테 설명을 하려고 노력한다면—내가 어떻게든 도와줄 수 있을 거예요."

"어떻게 돕는데요?"

"날 믿어요?"

"조금도 못 믿겠어요," 보이드는 말했다.

앤지는 풋 하고 실소를 지었다. "아, 내가 랜디한테 완전 결백하다는 엽서를 보내서 그런 거구나…… 철 좀 들어요, 보이드. 언제까지 뒤끝을 품고 사시려고."

"뒤끝은," 그는 말했다. "내 장기인걸요." 그는 제 잔을 내밀었다. "자, 한 모금 해요."

"날 좀 풀어줬으면 하는데요."

"네, 나도 이해는 해요. 정당한 요청이죠."

"요청이 아니라고요, 도대체가. 풀어요."

보이드는 버번을 단숨에 끝냈다.

"그런데," 그는 말했다. "로즈메리 클루니*가 한때 여기서 한 블록도 안 되는 거리에 살았던 거 알아요? 그땐 더 이상 아가씨가 아니었죠, 인정할게요. 풍채가 좋았어요."

---

*   Rosemary Clooney. 미국 가수 겸 영화배우.

"누군데요?"

"몰라서 물어요? 로즈메리 클루니를?"

"얼른요, 보이드, 제발 풀어줘요."

"농담이 아니라, 로즈메리 댁에 조간신문을 배달한 사람이 나예요 —— 좋은 부인이었죠, 정말 천사 같은."

"제발이라고 하잖아요," 앤지는 앙칼지게 말했다.

"제발 뭐요?"

"제발 좀이요오."

"잘하면 들어주고, 못하면 안 들어주고," 보이드는 말했다. "당신이 집에 간다고 약속한다, 그게 잘하는 거예요. 약속 안 한다, 그건 못하는 거예요."

"내가 왜 집엘 가요?" 그녀는 물었다.

"나 좀 아파요, 앤지."

"취했으니까 그렇죠. 당신 참 역겨운 아저씨네요."

"네, 근데 진짜로 아파요. 어딘가…… 어딘가 안 좋은 쪽으로 치달나 봐요. **아프**다란 말은 안 맞는군요. **어둡다**가 맞겠어요."

앤지는 고개를 끄덕였다. "저기요, 주님과 사도들이 저기 계시는 게 바로 그래서예요. 밤이건 낮이건. 그분은 어둠 때문에 거기 계세요."

"그러니까! 집집마다 방문하는 게 그 사도들이죠?"

"맞아요," 그녀는 말했다. "당신이 묶어두지만 않으면."

시소를 타는 듯한 느낌, 배에서 시작해 밑으로 내려간 다음 입천장으로 로켓처럼 치솟는 감각이 또 한 번 그를 휩쓸었다. "이거이거," 그는 말했다. "내가 내내 술만 마시고 있었군요, 앤지."

"그러게요," 그녀는 말했다.

"당신을 풀어줘야겠군요, 그렇죠?"

"이제라도요."

그는 더듬더듬 조금 서툰 손으로 그녀를 풀어주고 말했다. "배고프네요. 먹을 거 있어요?"

"아니요," 그녀는 말했다. "가서 당신 좀 누웁시다."

"내가 한 번인가 두 번 결혼했던 거 얘기했던가?"

"그건 깜빡하셨나 보네. 두 번째 거."

"어린 아들이 하나 있었어요."

"그래요?"

"그랬죠. 네, 그랬어요. 내가 그 앨 떨어뜨렸어요."

그녀는 피가 돌도록 양손을 턴 다음 그가 기대했을 만큼보다 다정하게 그의 팔을 붙잡곤 그를 어머니 침실로 인도해주었다. 그녀는 누비이불을 젖힌 다음 그의 신발을 벗기고 그를 눕혀주었다.

얼마 뒤 그녀도 침대 속 그의 옆자리에 들었다.

"나 궁지에 몰린 것 같아요," 그는 말했다.

"몰랐죠, 보이드."

"재갈 물렸던 거 미안해요. 말이 너무 많아서 그랬어요."

"내가 좀 그래요."

"그러게요. 말이 엄청 많아요."

"잠이나 자요."

"배고프네요. 내 아들이 그리워요."

7

코코넛 크림은 일품이었다. 랜디는 파이를 재차 주문해 천천히 들면서 대중식당과 파이와 카운터 안쪽의 활달한, 활달하지만 12파운드(약 5.5킬로그램)는 줄여도 됨 직한, 코코넛과 크림을 삼가야 할지 모르는 웨이트리스를 두고 흡족한 생각에 젖었다. 대중식당은 제법 특별하다니까, 랜디는 판단했다. 그중에서도 비둘기 내장탕 같은 맛, 콕 집어 말할 수 있는 모 화물차 휴게소 식당 같은 맛이 아니라 코코넛 맛이 나는 코코넛 크림 파이로 대미를 장식한 간 조각을 음미할 줄 아는 부류의 손님이 드나드는 버스 터미널 건너편의 식당들은. 대중식당에선 재미있는 인간들도 만나지 — 예를 들어 스툴 세 개를 늘어놓고 앉은 거구의 흑인 사내. 랜디는 이 개체가 대단한 과거를 지녔을 거라는 데에 최대의 판돈을 걸었을 것이다, 혼자서 활동하는 저 먹물*, 이두박근도 그렇고, 옆자리의 앙상한 백인 사내한테 난 찰리 맨슨**을 실물로 봤어, 코코런(Corcoran) 주립 교도소 말고 어디서 그를 볼 수 있겠어? 하고 얘기하는 것도 그렇고. 그것은 랜디가 생각하기에 반은 공정치 못한 대화였고, 따라서 그는 제 접시를 카운터에 톡 내려놓곤 찰리 맨슨이 뒤에서 성경을 즐겨 읽었던 게 사실이냐고 물었다. "난 그렇게 들었거든요," 랜디는 말했다. "코코런에서 들은 건 아니고요."

문신을 한 그 거구의 사내가 제 일행을 쳐다보며 "성경 읽는 건 한 번도 못 봤는데. 넌 성경 읽는 거 본 적 있어?" 하고 말하자 앙상한 사내는 고개만 가로저을 뿐이었다.

"팝시클***도 먹는다던데" 하며 랜디는 대화에 끼어들었다. "찰리가 팝시클을 먹는대요, 뒤에선 성경도 읽고, 그러면서 감방 생활을 한다나."

"그래?" 거구의 사내는 말했다.

"네," 랜디는 말했다.

"너도 아는 얘기겠네, 그렇지?"

"안다면 알지."

"그 코코넛 크림은 어떤가?"

"좋은데요," 랜디는 말했다. "훌륭해요."

"똥 맛은 본 적 있나?"

랜디는 눈도 깜빡하지 않았다. 그는 각본을 알았다. "두어 번 먹어봤죠. 저기 코코런에서는 아니지만." 그러더니 그는 손을 내밀며 "랜디 재프(Zapf)예요" 하고 말했고, 그러자 두 사내는 잠시 뜸을 들

---

* 원문은 "ink"로 문신을 뜻하는 속어 내지 혹인에 대한 멸칭.
** Charles Manson. 1960년대 히피 문화의 주요 인물로 떠올랐던 살인마. 임신 중이던 영화배우 섀런 테이트(Sharon Tate)를 죽인 것으로 유명하다.
*** Popsicle. 알록달록한 얼음과자.

이다 악수를 받더니 먹물을 새긴 흑인 사내가 말했다. "재프라, 한 이름 하는데."

"독일계죠," 랜디는 말했다.

"철자가 어떻게 되지?"

"들리는 대로요, p가 들어가긴 하지만."

"재프(Zaff)?"

"거의 비슷해요."

"한 이름 하는걸."

"한 이름 하죠, 맞아요," 랜디는 말했고, 그러고 나서 그들은 흑인 사내의 문신에 관해 그게 무슨 뜻이냐, 어디서 했느냐 한참 이야기를 나누다 나중에 식대를 치르고 어슬렁어슬렁 이스트 9번가의 어느 장소로 넘어가 과하게 치장한 아가씨 몇이 고무 끈 팬티를 입고 춤추는 모습과 TV에서 나오는 테니스를 구경했다. 알고 보니 그 먹물은 코코런을 구경도 못 해본 자식이었는데, 그곳엔 어차피 자기도 가본 적이 없었으므로 랜디는 조금도 개의치 않았다. 한편으론 세 사람 모두 글렌데일 유치장에서 콩밥을 든든히 먹은 적이 있었다 ─ 실로 멋들어진 우연이었다 ─ 먹물 사내의 앙상한 친구는 조니 캐시 노래를 직접 들은 적도 있다고 주장했는데 그건 아마 1968년도 폴섬*을 가리키는 것일 테고, 그 얘긴 그 사내가 바로 그 태곳적의 범죄자여야만 한다는 뜻이었다.

랜디로선 허풍을 떨 까닭이 전혀 없었다. 그러면 저 위 오리건에 있는 스네이크강 교정 시설을 언급할 수도 있었으련만. 로데오 이야기를 들려줄 수도 있었으련만. 그러는 대신 그는 말했다. "저 고무 끈 팬티요, 하나 구하려면 어딜 가야 할까요? 너무 비싸지 않은 걸로?"

"끈 팬티 입는구나?" 나이 든 백인 사내가 말했다.

"네, 입어요." 랜디는 점잖은 경고의 표시로 그 자식에게 그저 한 차례 눈길을 보냈다. "지금 저 중 한 아가씨한테 부탁하면, 저기 저 대담한 탈색 머리 아가씨요, 저 여자가 입고 있던 끈 팬틸 나한테 팔까요?"

"언제나 시도는 해볼 수 있는 거야," 먹물 사내가 말했다.

"암요," 랜디는 말했다. "그리해보죠."

그는 일어나 건너가서는 그녀에게 말을 걸더니 노란 끈 팬티를 들고 돌아왔다.

"이십 달러," 그는 자랑스럽게 말했다. "게다가 저 여자도 지금이 한결 나아 보이는데요."

"짐스럽게," 거구의 먹물 사내가 말했다. "그 팬틸 누구 주게?"

그리하여 랜디는 그들에게 앤지며 은행이며 엽서며 멕시코로의 여행이며 자기가 보이드 핼버슨의 뒤를 캐느라 얼마나 열심인지 풀어놓았다. 그는 그들에게 혹시 아이디어가 있느냐고 물었다.

두 사내는 그를 쳐다보았다.

"은행을 털어?" 거구 쪽이 말했다.

"풀다에 있는 지역사회 국법이요——주(州) 경계 바로 근처에 있는. 대단한 은행은 아니지만 돈은 되나 봐요."

"진짜 돈이라면 또 모르지."

---

* Folsom. 미국 캘리포니아주의 도시로 교도소가 자리해 있다. 조니 캐시의 앨범에는 1968년 폴섬 교도소 라이브를 녹음한 〈At Folsom Prison〉이 있다.

"거짓말 아니에요," 랜디는 말했다. "그리고 내가 왜 그녀를 뒤쫓을 필요가 있는지 이해들 되시잖아요. 그 아마추어 사기꾼이랑 훌쩍 떠나선 나한테 엽서를 보냈다니까요."

"널 보니 이해가 잘돼," 거구의 사내가 말했다.

그쯤 하여 랜디의 뇌리엔 이만 사요나라를 날리고 슈퍼 에이트로 냉큼 돌아가 내일을 위해 쉬어야 한다는, 초인종 누를 준비를 해야 한다는 생각이 스친 반면 이 두 놈은 흥미를 보이고 있었다. "내가 확실히 아는 건," 랜디는 말했다. "엽서에서 읽은 내용뿐이에요. 왜, 은행이 강도를 당하면 가끔 TV에서 강도질 테이프를 틀어주잖아요, 그 흑백으로 된 거요, 왜 그 무성영화 같은 거 있죠? 뭐, 내가 가진 건 그녀가 은행을 털었다는 엽서뿐이지만 그게 내 머릿속에선 그 비디오 같아요, 계속해서 돌고 도는 게."

"칼하고 나도 — 난 사이러스야 — 그런 영상에 출연해본 적이 있어," 문신을 한 거구의 사내가 말했다.

"오, 그랬어요?"

"그럼. 칼하고 나하고 저 대담한 스트리퍼하고."

농담이겠거니 해서 랜디는 소리 내어 웃었다. "어쨌든요, 앤지다 워요 — 앤지 그 친구가 내 여친인데 — 꼭 나를 조롱하는 것 같다니까요, 알죠? 그저 진짜 짜증 나요. 그리고 그 은행털이 녀석, 그놈이 그 친구한테 빌어먹을 카메라를 사줬더군요, 믿어져요?"

"나까지 짜증 나는군," 초로의 칼, 백인 사내 쪽이 말했다.

거구의 흑인 쪽은 말했다. "그래서 계획이 뭔데? 끈 팬티로 그 여자 목 조르는 거?"

"에이, 아니요, 내가 볼 때 그 친군 강도 사건에 연루돼 있지 않아요. 앤지는 아니에요."

"너도 아니겠지, 안 그래?"

"절대로요." 랜디는 망설였다. "앤지는 뭐랄까 — 글쎄요 — 협조하는 여자죠, 속이기 쉬워서 뭐에 잘 빠져드니까."

"그들이 얼마나 했어?"

"돈이요?" 랜디는 말했다.

"아니, 사이러스 말은 달달한 떡질 말이야," 앙상한 백인 늙은이가 말했다. "떡질 말한 거 맞지, 사이러스?"

"아니아니," 사이러스는 말했다. "랜디가 날 뭘로 보겠어. 내 말은 액수 말이야."

거북해진 랜디는 끈 팬티를 제 주머니에 넣었다.

그는 슬슬 일어나려 했으나 사이러스는 말했다. "앉아 있어, 랜디 지퍼. 같이할 사업이 있을 것 같으니까."

랜디도 항간의 온갖 면세소득에 대한 생각이 딱히 없어 보이진 않았는데, 왜냐하면 실제로 생각이 있기도 했고, 또 도둑질쟁이 여친의 현금을 들고 튀어봐야 예컨대 시민 검거*처럼 재미가 반감될 것이기 때문이었다, 그로선 누굴 검거할 일도 없고 누구한테 돈을 반납할 일도 없지만.

랜디는 동업자가 필요하지 않았다.

그는 그 은행 돈 관련해서 제 입을 봉했어야 했다는 확신이 들었다. 핼버슨들의 주소가 적힌 명단도 두 교도소 꼴통에게 보여주지

---

* citizen's arrest. 경찰이 아니라 시민이 범죄자를 검거하는 것을 가리킴.

말았어야 했다고. 아니면 슈퍼 에이트를 입에 담지 말든가.

그리하여 이 꼴 이 모양으로, 한밤중 그는 빌어먹을 맨바닥에 담요 한 장 없이 눕고 칼과 사이러스는 랜디가 지갑을 탈탈 털어 지불한 킹사이즈 침대에 널브러져 있었다. 랜디가 싫어하는 게 하나 있다면 바로 룸메이트, 특히 문신과 고환과 징역살이 이력이 있는 부류였다. 처음부터 다시 할 수만 있다면 양파 들어간 간 요리 먹으러 길을 건너는 일 따위 절대 않겠다는 게 그의 솔직한 심정이었다.

그는 등이 배겨 죽을 지경이었다.

새벽 4시까지 기다렸다가 커틀러스로 살짝 빠져나가 냅다 빼는 게 현명한 짓이야, 그는 생각했다.

랜디는 어둠 속에서 씩 웃으며 생각했다, 암, 그게 네가 할 일이야.

재미로 지갑도 몇 개 쌔비고.

그가 눈을 떴을 땐 해가 떠 있었고 늙고 앙상한 백인 사내 칼이 몇 피트 거리에서 샤워 물기를 닦고 있었다. 랜디는 눈을 감았다가 다시 떴지만 그 장면은 개선되어 있지 않았다.

사이러스는 모조 호두나무 책상에 앉아 손톱을 다듬고 있었다. 눈이 어깨뼈에 달렸는지 그는 한 번을 올려다보지 않고 말했다. "바닥은 잘 만해, 지퍼?"

"아주 끝내주던데요," 랜디는 말했다. "침대는요?"

"몸이 쑤셔서 그래?"

"에이, 아니요. 돈이니 뭐니 내가 냈으니까 그러죠."

사이러스는 그 말을 곱씹었다. "침대 점수를 매겨보자면," 그는 말했다. "슈퍼 에이트."

초로의 백인 사내가 웃음을 터뜨렸다. 통통 튀는, 기력 넘치는, 시니어 올림픽 해머던지기 같은 데서 뼁글뼁글 도는 쇠공 같은 웃음이었다. 그 활기를 접한 랜디는 이 머저리들을 되도록 빨리 떼어내자고 또 한 번 생각했다.

아침 식사는 방에 딸려 있었다. 이후 세 사람 모두 커틀러스에 꽉 꽉 자릴 잡자 랜디는 사이러스가 말한 방향, 그러니까 컬버시티가 있는 서쪽으로 차를 돌렸다. 주소록은 사이러스의 무릎에 놓여 있었다. 앙상한 칼은 뒷좌석에 앉은 걸 별로 탐탁지 않아 했다.

"네 여자 친구 말이야," 사이러스가 말하고 있었다. "문제가 되진 않겠지? 문젠 원하지 않잖아, 그렇지?"

랜디는 고개를 가로저었다. "딱 하나 문제는," 그는 현재 느끼는 것보다도 명랑하게 말했다. "앤지가 끈 팬티 멍 자국을 감추는 데 제격인 크림을 월그린*에서 찾고 있다는 거죠."

"그럼 그 강도 놈은?"

"그놈은 별거 아니에요."

"별건 아닌데 은행을 털 똘끼는 있군."

"맞아요, 근데 나라면 이렇게 표현하겠어요," 랜디는 말하더니 잠시 말을 끊곤 그걸 어떻게 표현할지 궁리했다. 그는 뜸 들이기가 화자에 대한 존중을 자아낸다고 어디서 읽은 적이 있었다. "제대로 대우해주자면, 그 저질 놈은 제시 제임스**가 아니에요. JC페니죠."

---

*   Walgreens. 1901년 시카고에서 처음 문을 연 드러그스토어.
** Jesse James. 19세기 중후반에 활약한 악명 높은 은행 및 열차 강도.

"그 친구랑 아는 사이군, 그럼?"

"개인적으로 말이에요?"

"개인적으로든 게이적으로든 말이야, 지퍼."

랜디는 컬버시티 나들목을 찾느라 도로에서 눈을 떼지 않았다. 9월 중순의 월요일 아침이었고 태양광발전에 투자해도 좋을 만큼의 교통량이었다. "안다고 말할 순 없어요, 사이러스. 돌아다니다 몇 번 본 것 같긴 한데, 하지만 백화점 매니저를 주목하는 사람이 어디 있겠어요. 영화표 파는 아줌마랑 같은 거죠, 매표소에 있는 사람이요. 관심도 안 가는."

"난 그런 아줌마랑 결혼했는데," 뒷좌석에서 칼이 말했다.

"네 연인 말이군," 사이러스가 말했다.

"그래, 내 연인," 칼이 말했다.

그들은 잠시 껄껄대더니 사이러스가 말했다. "그러니까, 랜디, 우리가 궁금한 건 이거야. 네가 그 보이드라는 친굴 우연히 만난다 쳐, 네가 그 친굴 알아볼 것 같아? 우리 노크 소릴 듣고 그 친구가 문에 나와보는 일이 생기면?"

"아, 그거요," 랜디는 말했다. "무슨 말인지 알겠어요."

"쟤가 네 말 알겠다는데," 칼이 말했다.

랜디는 선글라스를 걸쳤다. 무례함이 그의 신경을 긁고 있었다. 이 잘난 치들이 알아두어야 할 건 저희가 대하고 있는 게 보통 사람이 아니라는 사실이었다. 그는 저치들 중 하나가 가령 포도 절도 같은 화제를 꺼내길, 그래서 그 참에 자기가 저기 나파 지역의 어느 포도 농부, 포도 여사에 관한 제 이야기로 장단 맞춰줄 수 있길 바랐다 — 정말이지 살가죽 안이 다 비치는 팔순의 노파한테 호감이 있다면 모를까 참으로 날카로운 인상의 포도 여사였다 ─ 그녀가 랜디를 고용해서는 수요 이상으로 포도가 넘쳐나는, 커다란 최악의 포도 광에다 철망을 다시 치라고 했던 일, 또 랜디가 대여한 픽업트럭에다 네 번째 포도 통을 싣느라 바쁠 때마다 그 늙은 탕녀가 번번이 나타났던 일, 또 그녀가 삼지창 괭이를 들고 랜디에게 달려드는 바람에 급기야 그녀를 우격다짐으로 광에 밀어 넣어 아주 질퍽한 포도 주스로 만들어주었던 일 등 근사한 이야기가 많았으나 랜디가 시작도 하기 전에 사이러스는 이렇게 말했다. "어이, 지퍼, 네 나들목 저기 있다."

유턴을 두 번이나 하긴 했지만 그들은 랜디의 주소록에 있는 첫 집을 찾았는데, 만약 그것이 집이라면 그 집은 손이 많이 갈 집이었다. 아홉 살 내지 열 살쯤 되는 꼬맹이 하나가 앞뜰에서 놀고 있었다.

"네가 말한 은행 강도가 쟤야?" 앙상한 칼이 말했다.

"확인해보는 게 좋겠어," 사이러스가 말했다.

"가서 확인해봐, 랜디," 칼이 말했다.

랜디는 어깨를 으쓱했다. 그는 제 그늘을 젖히고 차에서 나와 유유히 꼬맹이를 지났고, 현관 초인종을 눌렀고, 1분을 기다렸고, 그러곤 거기에 굳게 기댔다. 그의 일부는 이마에 그늘이 드리운 자기 모습이 어떨까 궁금해하고 있었다. 영화 장면 같으려나, 그는 생각했다. 랜디가 아는 최고의 자세 가운데 몇은 영화를 통해 알게 된 것들이었다.

초인종을 한 번 더 눌러도 꽝, 그래서 그는 현관을 따라 창문 쪽으로 간 다음 두 손을 동그랗게 말아 반사광을 막곤 몸을 바짝 기울였다. 자신의 코 말고는 딱히 보이는 게 없었다. 선글라스를 이렇게 살짝 들어 올리면 제법 멋져 보이겠지, 그는 생각했다.

그는 앞뜰의 꼬맹이를 돌아보고 말했다. "근처에 누구 핼버슨 씨 있니? 엄마든 아빠든?"

꼬맹이는 가지고 놀던 킥보드에서 눈을 들지 않았다.

"야," 랜디는 말했다. 그는 현관에서 내려와 남자아이한테 건너가더니 아이의 팔을 꼬집었다. "너한테 말하고 있잖아, 버스터 브라운*."

꼬맹이는 뒷걸음을 쳤다.

"얼른 지껄여," 랜디는 말했다.

그때조차 남자아이는 아무 말 않았고 그게 랜디의 화를 돋우었다. 그는 눈 마주칠 줄도 모르고 인사성도 부족한 애새끼들을 보면 참질 못했다.

"야, 너 **귀머거리냐**?" 그는 말했는데, 그러다 어쩌면 진짜로 그 문제일 수도 있겠단 생각이 들었다.

어린 똥싸개는 이제 울고 있었다.

랜디는 꼬맹이의 킥보드를 걷어차곤 커틀러스로 돌아가 올라탔다. 왜 저 꼬맹이가 청각장애여야 하는지 랜디는 알지 못했다. 누가 그렇게 설계했나 보지.

"너 참 고약한 놈이다," 사이러스가 말했다.

"그럴지도요," 랜디는 말했다.

그들은 핼버슨의 주소를 정오까지 세 곳, 점심 식사 후 한 곳 더 찾아가보았지만 별 볼 일 없는 인물들만 튀어나왔다. 랜디가 초인종

심부름을 하는 동안 사이러스와 칼은 차에 남았는데 랜디는 이것이 공정치 못하다 여겨졌다. 그들의 마지막 정거장은 애너하임으로 그곳엔 장미에 물을 주고 있는 노인이 있긴 했지만 그 무렵 랜디는 경찰 친구를 다시 접촉해봐야겠다는 생각을 하고 있었다.

슈퍼 에이트로 돌아가는 길은 온통 침묵이었다.

주차장에서 사이러스는 말했다. "그래서 지퍼, 이 엉터리 주소들은 어디서 났어?"

"전화번호부요," 랜디는 말했다.

"전화번호부? 요즘 세상에 전화번호부는 없어. 전호번호부는 치마바지랑 같이 은퇴한 지 오래라고."

"그렇긴 한데, 뭐, 내가 한 부 찾았어요——94년도 거였나. 그게 뭐 대단한 문제예요?"

사이러스는 칼에게 힐끗 눈치를 보냈다. "20년 묵은 전화번호부에서 이름을 추적한다고? 가뜩이나 너의 그 은행 강도, 그 친군 LA 출신도 아닌데, 그렇다면 왜 넌 그 친구가 **최신** 전화번호부에 있을 거라고 생각했을까?"

"글쎄요⋯⋯ 가족 때문이겠죠. 그놈은 이유가 있어서 여기에 왔어요, 내가 보기엔."

사이러스는 두 눈을 감고 숨을 내뿜더니 또 한 번 칼을 쳐다보았다.

칼은 말했다. "미련퉁이 바보."

---

*   Buster Brown. 19세기에 후반부터 20세기 초반 활동한 미국 만화가 리처드 F. 아웃콜트(Richard F. Outcault)의 동명의 만화 속 개구쟁이.

랜디는 그럴싸한 반박거리가 머릿속에 탁 떠오르길 기다렸지만 아무런 소식이 없었고, 그러자 이렇게 말했다. "뭐라고 했어요?"

"미련퉁이 바보라고," 칼은 말했다. "그것도 도를 넘는."

세 사람은 잠시 조용해졌고, 그러다 사이러스가 한숨을 짓더니 랜디의 어깨를 손으로 짚었다.

"칼이 지적 중인 건 말이야," 그는 다정하다 싶은 투로 말했다. "저 친구가 말하고 있는 건 우리 권총 강도 친구가 여기에 **다른** 이유로 왔으면 어쩔 거냐는 거 아니겠어? 그런 경우라면 전화번호부는 쓸모가 없잖아. 중세 암흑기 적 전화번호부가 아니어도 말이야."

"그렇죠," 랜디는 말했다.

"이해했지?"

"하고말고요. 근데 그놈이 가족 때문에 여기에 왔다면 어쩔 건데요?"

사이러스는 고개를 절레절레했다. "지퍼, 이해를 못 하고 있군. 그가 **다른** 어떤 이유로 왔다면 어쩔 거냐니까?"

"이를테면요?"

"거참, 그건 중요하지 않아. 할리우드 볼*에서 오줌이나 누려는 거겠지."

"에?"

"나중에 설명할게. 일단 먹어."

"지능에 좋은 음식을," 칼이 말했다.

그들은 주차장을 가로질러 애플비**로 향했다. 랜디는 화제 전부를 기꺼이 내려놓을 생각이었지만 사이러스와 칼은 아직 덜지 않은, 완벽에 가까운 양파 링 접시를 앞에 두고도 보이드 핼버슨이 LA에

왔을지 모를 갖가지 이유에 관해 너무나도 상세히 논하기 시작했다. 그는 강탈한 돈을 들고 대도시에 숨어들고 싶어서 왔을지 몰랐다. 그는 이곳에 친구들이 있어서 왔을지 몰랐다. 그는 복싱 경기를 보거나 은행을 또 한 곳 털거나 하와이행 크루즈 선박에 올라타러 왔을지 몰랐다. "다시 말해서," 사이러스는 말하더니 주소록을 랜디 앞에다 휙 떨어뜨렸다. "이 전화번호부니 뭐니 하는 뻘짓은 순전히 까딱수다 이거지, 안 그래?"

"오케이," 랜디는 말했다.

"문젤 알겠어?"

"그럼요, 그런 거 같아요." 랜디는 양파 링을 뚫어져라 쳐다보았다. "흑인으로 사는 거 어때요, 사이러스?"

"다시 말해볼래?"

"틀림없이 맘에 들겠죠?"

사이러스는 일단 칼을 쳐다보고 나서 랜디를 쳐다보았다. "흑인이 씨발 여기서 뭔 상관인데? 20년 된 전화번호부가 문젠 걸 아는지 모르는지 묻고 있는 거잖아."

"물론이라고요. 내가 오케이라고 하지 않았어요?"

"근데 **알겠느냐니까?**"

"네, 알겠어요," 랜디는 말했다. "다만 핼버슨이 LA에 가족이 있다면 그들 이름이 전화번호부에 있을 거예요."

"이야, 이거," 칼이 말했다.

---

*   Hollywood Bowl. 1922년 문을 연 할리우드의 원형극장.
**   Applebee's. 1980년 설립된 미국 레스토랑 체인.

랜디는 어깨를 으쓱하곤 주소록을 내려다보았다. 다음 정거장은 저기 샌타모니카, 오션파크 대로에서 바로 떨어진 곳이었다.

그는 주소록을 주머니에 집어넣고 말했다. "전화번호부는 잊어요. 다른 생각이 있어요——풀다에 있는 내 저 경찰 친구요. 그 친구라면 아마 도움을 줄 거예요. 정확히 말하면 친구는 아니지만. 날 한 번 체포했던 적이 있죠."

칼은 눈썹을 치켜들었다. "어이쿠 이거, 범죄자셨구먼그래?"

"그렇게 말하고 싶으면 말해요," 랜디는 말했다. "그 양파 링 좀 먹어도 되죠?"

8

허언증, 즉 거짓말병은 악취를 달고 왔다. 황화물 냄새와 썩은 가재 냄새가 뒤섞인. 2019년 늦여름엔 국가의 수도에서 백악관 리무진들과 상원 청문회실들이 불쾌한 장소가 되어 있었다. 고위직, 중위직, 하위직 사무실의 점유자들이 배포한 연설문 속의 난무하는 뻥카에 대한 반응들은 이제 말 그대로 비린내라든가 쥐 냄새를 맡은 듯이* 구는 거였다. 국립보건원(NIH) 역학자들에 따르면 수치심을 모르는, 사실상 허위나 다름없는 행위의 맹습은 그 나름 후각신경의 손상을 유행시켜 입헌 민주주의뿐 아니라 인간의 생명까지 위협하고 있었다. 대통령 선거운동 선발 요원 두 명이 몬태나주 뷰트에서 천연가스 누출을 감지하지 못해 비명횡사했던 것이다. 남자 여섯, 여자 하나로 구성된 음담패설 관련 대통령자문위원회는 상한 치킨 타라곤 만찬을 이번에도 감지 못 하고 먹었다가 병원에 입원했다.

---

* 낌새를 눈치채거나 수상쩍게 여긴다는 뜻.

콧병은 타격이 심했다. 변깃물들이 내려지지 않았다. 우유가 시큼해졌다. 데친 케일을 아이들이 먹었다.

더 놀라운 것은 유행성 거짓말하기와 유행성 후각장애가 허언증의 숱한 결과 중 하나에 불과하다는 것이었다. 왕따도 급증했다. 결혼 생활들도 붕괴했다. 기도회 무리들은 폭력적으로 변했다. 그해 7월 말일쯤에는 위증죄가 모자 위의 깃털만큼이나 가벼워져 있었고, E는 더 이상 mc²이 아니었고, 진실과 거짓이 서로 호환되는 탓에 정신과 대기실들은 만석이었다. 편집부의 오류검수자들은 현기증, 혼란, 격분, 절망, 고립을 호소했다 — 이 국가의 일흔여섯 개 진실가의씨앗(Truth Teller Seed)들로선 거저먹는 격이었다.

케이프코드에서 진주만에 이르기까지 사이버공간에는 가상의 만나를 지닌 창의적인 진실가들이 넘쳐났다. 버뱅크에서 인기 많은 진실가의씨앗은 텔레비전 화면이 "여섯 살배기들을 노리고 잠재적인 LGBTQ 프로파간다"를 슬쩍슬쩍 내비치고 있다는 뉴스를 중계했다. 그 씨앗이 주장하길 **스펀지밥**을 착안한 건 고래와 포옹하는 청백리 민주당원들이었다. 일본 아니메는 "제2차 세계대전의 결과를 전복"하는 게 목표였다. <미국 아빠!>*는 "다섯 번째 계명에 대한 무신론적 맹공"이었다.** 마찬가지로 콜로라도주 블랙호크에선 세계 최초로 순수 휴대용 핵무기를 개발한 열세 살 보이스카우트 소년 에드거 피츠의 셔츠에 전 부통령 후보가 수훈 배지를 달아주는 가짜 촬영상을 어느 진실가의씨앗이 게시하기도 했다.

국가의 성인 시민 중 약 3분의 1은 — 6900만 명의 미국인은 — 이런 우스꽝스러운 거짓말을 한 개 이상 믿었다.

그러므로 캘리포니아의 소도시 풀다의 (중계 씨앗들과 대비되는)

원천 씨앗은 진실하지 않은 참신한 거짓 진실 콘텐츠를 전해야 한다는 중압감에 알게 모르게 시달리고 있었다.

얼 펜스터마허가 분투 중이었다.

"보이스카우트의 핵무기를 어떻게 톱에 올린담?" 얼은 제 공모자들에게 푸념했다. "크리에이티브 디렉터는 나야, 물론, 하지만 나도…… 나도 마법사는 아니잖아. 난 보이드 핼버슨이 아니라고. 찬장이 텅 비었다 이 말이야. 백신 반대론, 기저귀 반대론—좋은 건 죄다 써먹었어. 총의 편도염 예방 효과를 식품의약국(FDA)이 인정하지 않으리란 건 보이드가 입증했으니까 그다음은 뭘로 할까? 또 뭐가 있더라?"

"힐러리?" 딩크 오닐이 말했다.

"지겹게 써먹었잖아."

"시민전쟁은?" 첩 오닐이 제안했다. "탄약을 비축하라—환경보호국(EPA)에 맞서는 우리?"

"진부해빠졌군." 얼은 진력이 나서 고개를 흔들었다. "저기, 내가 허심탄회하게 말할게. 우리에겐 아직 일어나지 않았고 **일어날 수도 없었던** 무언가 새로운 게 필요해. 쇼를 이끄는 게 좌빨***들만 아니라면. 섹시한 게 필요하지. 엉뚱한 게. 이를테면—글쎄—가령 연방순사****들이 벌새 안에다 스파이 카메라를 심어놓고 있다 하

---

*   American Dad!. CIA 요원과 그 가족이 주인공인 미국 풍자 만화영화.
**   기독교의 십계명 중 다섯 번째 계명은 "네 부모를 공경하라"다.
***   원문은 "libtard"로 liberal(리버럴)과 retard(저능아)를 합친, 진보주의자들에 대한 멸칭.
****   원문은 "fed"로 연방수사관를 달리 이르는 말.

는, 뭐 그런 거."

"그건 핼버슨이 이미 트윗 했을걸," 더그 커터비가 말했다. "그 애송이가 재능 하난 있었지."

얼은 고개를 끄덕였다. "암, 그리고 그게 우리의 문제지. 멋대로들 말해도 좋지만, 핼버슨은 있지 — 그의 일그러진 혓바닥에 축복이 있기를 — 저기 저 미합중국 대통령이랑 맞먹는 급이었어." 그는 잠시 말을 끊었다. "물론 미국에도 축복이 있기를."

"아멘," 딩크가 말했다.

"아멘 추가요," 그의 동생 첩이 말했다.

네 명의 사내는 침묵에 잠겼다. 그들은 트와일라이트 클럽의 후미진 테이블에 앉아 있었는데 그곳은 LA의 상류층 대상 음주 시설에 대한 풀다의 응수였다. 딩크는 제 클랜* 문신 하나를 일없이 꼬집었고 더그 커터비는 벨라지오에서 우연히 목격했던 테일러 스위프트에 관한 몽상에 잠겼으며 첩은 제 보드카 토닉을 앉아서 젓던 중 목을 가다듬곤 얼에게 말했다. "한번 부닥쳐봐. 딩크 말이 맞아. 힐러리가 답이야."

"무슨 내용으로?"

"알 게 뭐야? 그 여자가 『꼬마 흑인 삼보』**를 썼다?"

"구식이군," 얼이 말했다. "마흔은 넘어야 알겠네."

"맞아, 그럴 거야," 첩이 말했다. "이건 어떨까? 이렇게 헤드라인을 다는 거지. 다섯 쌍둥이를 기대하는 힐러리, 혈통을 부인하는 오바마."

"아니면 그 여자가 다섯 쌍둥일 이미 낳았다거나!" 딩크가 말했다. "그러곤 다 잡아먹었고!"

얼의 입술은 혐오감으로 잔주름이 졌다. "아서, 너무 낡고 식상한 뉴스야. 근사한 걸 생각해봐. **불가능**한 걸."

원천 씨앗은 또 한 번 침묵에 잠겼다. 몇 분이 흐른 뒤에야 얼이 웃음을 짓더니 끙 하고 의자에서 벌떡 일어섰다.

"뭔데?" 딩크가 말했다.

"제일 최근에 가졌던 키와니스 브런치를 떠올려봐, 왜 보이드가 우리 일 그만둔다던 거, 그 친구가 은행 문 닫기 전에 가봐야 한다고 했던가? 걸어 나가기 직전만 해도 보이드는 신나게 떠들고 있었어 — 새로운 아이디어들을 시험해보겠다고 — 어째서 열두 명의 미국 대통령이 사실상 **존재**한 적이 없었는가 하는 게 주된 내용이었지. 기억나? 러더퍼드 B. 헤이스 — 아무도 몰라. 문자 그대로 말이야. 숨 쉰 적도 없는 사람이지. 존 타일러 — 완전 허구야. 밀러드 필모어, 제임스 포크, 잭 케네디, 윌리엄 헨리 해리슨*** — 누구 하나 산타클로스의 반만큼의 현실성도 없어. 자세한 건 까먹었는데, 그래도 그 사람들 뒤에 누가 있었는지 기억나지?" 얼은 딩크를 쳐다보았고, 그러곤 첩을 쳐다보았고, 그러곤 더그 커터비를 쳐다보았

---

* 큐 클럭스 클랜(Ku Klux Klan), 즉 KKK단의 줄임말.
** The Story of Little Black Sambo. 스코틀랜드 여성 작가 헬렌 배너먼(Helen Bannerman)이 1899년 출간한 아동문학. 그 시절 일찍이 흑인 영웅을 주인공으로 내세워 유명해졌지만 20세기 중반에는 흑인을 단순미개하게 그렸단 이유로 비판의 대상이 되기도 했다.
*** 모두 미국 대통령으로 러더퍼드 B. 헤이스(Rutherford B. Hayes)는 제19대, 존 타일러(John Tyler)는 제10대, 밀러드 필모어(Millard Fillmore)는 제13대, 제임스 포크(James Polk)는 제11대, 잭 케네디(Jack Kennedy, JFK)는 제35대, 윌리엄 헨리 해리슨(William Henry Harrison)은 제9대 대통령을 역임.

다. "선거인단이지 누구긴 누구야! 선거에서 이길 사람이 지들 맘에 안 들면 그 새끼들이 대통령을 **발명**하잖아. 약력도 싹 다 **발명**하고. 막장인 배우들 고용해서 취임식 때 출석시키고. 가짜 대통령이 가짜 비행기 계단에 올라서 경례하는 영상을 수단 방법 안 가리고 마련한다고. 부정선거지! 보이드가 그런 식으로 떡밥을 던졌어. 맙소사, 선거인단이 케네디 암살을 기도했던 거라고, 왜냐하면 케네디 같은 건 **없었거든**, 케네디 같은 건 **결코**, 매킨리나 링컨이 없었던 것처럼."

"링컨이 없었어?" 딩크가 말했다.

"보이드의 말을 들어보면 그래."

"그러면 노예해방선언도 없었던 거네? 다들 아직 노예야?"

"결론은 알아서들 내려," 얼은 신이 나서 말했다. 그는 제 위스키 사워를 쭉 들이켜더니 손목시계를 슬쩍 보곤 말했다. "누구 더 좋은 아이디어 없으면 다 같이 인스타그램에 그걸 띄우자는 데 난 한 표. 서둘러들. 당장. 선거가 코앞이야, 큰 건이라고, 밭 갈기 시작해서 나쁠 거 없어. 하느님께 맹세하는데, 보이드가 마지막으로 끝내주는 작별 선물을 준 거나 마찬가지군."

딩크는 얼굴을 찌푸렸다. "난 잘 모르겠는데. 링컨이 없었다고? 누가 그 얘길 덥석 물어?"

"자네도 놀랄걸," 얼은 말했다. "이 나라의 3분의 1, 내가 장담해."

9

아침 8시가 채 안 된 시각, 그들은 랠프스*에서 장을 보고 있었고 손수레에는 보이드로선 먹을 수 있는지 몰랐던 품목들이 산처럼 쌓여 있었다. "당신 나이쯤 되는 사람은요," 앤지 빙은 말하고 있었다. "음주 문제가 있는 사람이라면 슬슬 심장을 돌보는 게 좋을 거예요. 어유(魚油)가 좋대요. 어유랑 목이버섯이랑 시금치랑 다량의 과일요. 내일 당장 쓰러져도 이상하지 않을 나이잖아요. 신경이 쓰인단 얘긴 눈곱만큼도 아니지만."

그녀는 그 자리에서 고대로 함구령에 놓여 있었다. 입도 뻥긋하지 말라고 보이드가 주의를 준 터였지만 그건 반 시간 전의 일이었다.

"난 마흔셋이에요," 보이드는 지긋지긋해하며 말했다. "마흔아홉이건 뭐건 어젯밤은 예외적인 일이었고 당신은 말 한 마디 안 하기

---

* Ralph's. 1873년 로스앤젤레스에서 설립된 슈퍼마켓 체인.

로 약속했을 텐데요."

"지금은 **장 보는** 중이잖아요."

"그래서요?"

"에이, 그러니까 이건 다르죠."

"다르지 않아요."

"보이드," 그녀는 말하더니 그를 향해 휙 돌았다. "내가 소란 피우고 있어요? 나 좀 봐봐요. 내가 소리 지르고 있어요?"

"아니요."

"내가 소리 질렀으면 좋겠어요?"

"아니요."

"원하면 말해요, 질러줄 테니까. 나 소리 끝내주게 질러요."

"하지 마요, 앤지."

"알았어요, 그러니까 이쯤 해요. 내가 이러는 건 전부 당신 목숨을 부지해주려는 거니까. 왜냐곤 묻지 마시고."

앤지는 제 사정권에 있는 손수레 손잡이를 움켜쥔 다음 그를 힐끗 흘겼다. 약국에서 그녀는 생강 추출물과 망종화정*과 버섯 분말과 변비약을 양껏 담았다. 소품 코너에서는 마늘 압착기와 줄자를 집어 들었다. 물어봐야 의미가 없겠다고 보이드는 판단했다. 그는 매장에서, 통로들을 훑고 있는 서른대여섯 감시 카메라의 눈길에서 벗어나고 싶었다. 이 나들이는 원래 후딱 들어왔다 나가기로 되어 있었고 앤지는 잠자코 있기로 맹세했었다.

그는 잘 속는 자신이 짜증스러웠다.

잠시 후 그는 그녀의 팔을 잡았다. "이만 갑시다," 그는 말했다.

"보이드, 이거 좀 아프네요."

"아프라고 그러는 거예요. 갑시다."

"지금이라도 소리 지를 수 있거든요, 아저씨."

"좋아요, 그럼. 폭풍처럼 질러보시든가."

"그러죠, 그럼 체포되겠네?" 그녀는 그의 손을 비집어 떼어냈다. "가서 소고기 좀 고르죠. 당신 혈관이 터져나가는 걸 보면 재미있을 거예요."

그녀는 스테이크와 소고기찜을 쟁취하는 데 5분을 더 썼다.

보이드는 결국 한숨을 짓고 말했다. "부탁 좀 들어줄래요? 진심으로 말하는데, 정말로요, 당신 남자 친구랑 직장이랑 뭐 그런 데로 돌아갈 마음 없어요?"

앤지는 포크 춉 세 팩을 손수레에 던져 넣었다. "없어요," 그녀는 말했다. "왜냐하면 인생은 살기 위한 거니까요. **당신**은 크고 화려한 모험을 해도 되고 나는 안 돼요? 게다가 내 직장은 구려요. 남의 돈이나 세는 게 짜릿하다고 생각해요? 그게 재미있을 것 같아요?"

"재미없긴 감옥도 마찬가지예요."

그녀는 감 상자가 진열된 쪽으로 손수레를 밀면서 말했다. "도둑은 당신이에요, 보이드. 내가 아니고요. 그나저나 그 설명을 아직도 못 들었네. 설명해주겠다고 어젯밤에 맹세했으면서."

"랠프스에서는 말고요," 그는 말했다.

"핑계도 참," 앤지는 말했다.

"좋아요. 당신이 나한테 호의를 베풀어주면 나도 설명할게요."

앤지는 몸을 돌리더니 판돈을 모두 걸지 판을 접을지 판단 중인

---

* 망종화(St. John's wort) 성분은 우울증 개선에 효과가 있다고 알려져 있다.

도박꾼처럼 그를 뜯어보았다.

"어떤 호의요?" 그녀는 말했다.

"전화 두어 통."

"그게 다예요? 그러면 슬슬 말해줄 거예요?"

"오늘 밤엔 확실히. 시간이 좀 걸려요."

앤지는 그를 잠시 가만히 쳐다만 보았다.

"오케이, 거래 완료," 그녀는 마침내 말했다. "하지만 까먹지 마요, 소리 지르기는 내가 프로란 거."

계산을 마치곤 보이드가 300달러를 추가로 내놓고 나서야 앤지는 제 휴대폰을 꺼내어 전화를 두 통 걸더니 그에게 '당신!'이란 단어를 갈겨쓴 종이쪽을 건넸다.

"행운을 빌어요," 그녀는 말했다. "일 보는 데 얼마나 걸려요?"

"두세 시간요," 보이드는 말했다.

"고맙단 말은 알죠?"

"고마워요, 앤지."

"천만에요. 그리고 당신이 한 약속 잊지 마요 —— 술은 금지. 그건 양심을 처리하라고 악마가 보낸 킬러니까."

"그럴 수만 있다면요," 보이드는 말했다.

"최대 세 시간 줄게요," 앤지는 말했다. "사람은 쏘지 말고요."

비벌리 대로를 벗어나 노스라시에네가(North La Cienega)를 질러 가는 인근엔 까만 화강암 사무실 빌딩이 서 있었는데 호화로운 외관 덕분에 이 빌딩은 시간과 자본이 주체 못 할 만큼 넘쳐나는 이들의 구미에 맞았다. 큰 파랑 버스가 그렇듯 이 최신식 건물에도 ——

'당신!'이라는—나름의 이름이 주어져 있었지만, 이상하게도 그 상기된 대명사는 풀다발(發) 버스에서 막 내린, 해진 구두에 지갑은 홀쭉한 촌뜨기를 누가 보기에도 보듬지 못하고 있었다. 당신!(YOU!)은 **당신**(you)을 뜻하는 게 아니었다. 당신!에서 **당신**이란 유명인 내지 유명인의 수행원들을 뜻하는 거였다, 대략 대리인이나 배우자나 고달픈 자금주 같은 이들. 만약 당신이—누구건 간에—가령 JC페니 옷으로 꾸며 입고 이 빌딩의 로비에 흘러든다면 당신은 열렬하지 않은 환영을 받게 될 것이다—경비원의 칙칙한 눈초리, 서민을 알아보는 데 귀신인 안내원의 눈길.

이 빌딩의 현관 회전문 근처, 불투명에 가까운 인상적인 스모크 창유리 안쪽에선 신중히 각인된 명판이 입주 기업들을 알리고 있었는데 그중엔 헬스 스파 하나, 피부 관리실 하나, 사람 눈꺼풀 전문 외과 하나도 있었다. 터무니없이 고급인 소매점 몇 개는 부지 내에서 빤히 날강도질을 하고 있었다. 이를테면 향수 판매점, 골동품 상점, 보석상, 쿠바산 담배 가게, 그리고 특실을 차지한 법률사무소가 그랬다. 유리창 하단에는 판매용일 수도 있고 아닐 수도 있는 다수의 물품이 하얀 공단 위에 전시되어 있었는데 그중 가장 눈길을 끄는 건 체스 세트, 겉만 번드르르한 티아라*, 에메랄드 조각 내지 그럴싸한 유리 조각을 부착한 황금 숟가락, 비바람에 닳은 노멘(能面)**, 옷핀 한 쌍, 겉보기엔 콘크리트 재질 같지만 그렇지 않은 게 거의 확실한 항아리였다. 어떤 것도 가격은 공시되어 있지 않았다.

---

*　　tiara. 왕관 같은 여성용 머리 장식.
**　일본의 전통 가무극인 노(能)에서 사용하는 가면.

이 잘빠진 검고 우람한 빌딩의 맨 위 여섯 층은 태평양 선박선적 (Pacific Ships and Shipping, PS&S) 미국 본사의 차지였다. 신중한 청동 명판은 주니어스 키라코시안을 CEO로, 제임스 R. 두니를 명예 회장으로 열거했다. 명판에는 그들의 사진도 옥타비아누스와 카이사르처럼 박혀 있었다.

보이드 핼버슨은 스모크 창유리 앞에서 한동안 어정거리던 참이었다. 이때, 그러니까 9월 중순의 이 찬란한 아침에 그는 문득 부와 특권의 상대성에 관한 사색에 빠져 있었다. 얼마 전 그는 은행에서 금전등록기의 동전 한 닢까지 탈탈 턴 몸이었지만 이곳에서는 당신!의 기준 때문에 하찮은 옷핀 하나 겨우 살까 말까 한 가난뱅이가 되어 있었다.

영원한 아이쇼핑꾼.

보이드는 기분 전환으로 스모크 창유리를 쏘아도 재미있겠다는 생각에 골똘히 잠겼는데 — 빗맞을 일이 없는 솔깃한 표적이었다 — 그 순간 코트를 묵직하게 만드는 권총에서 앤지가 총알을 빼 갔단 사실이 떠오르자 실망감이 들었다. "다시 돌려받을 수 있어요," 그녀는 말한 터였다. "당신이 전처와 대화를 나누고 나면요. 난 살인에 관여될 마음이 없어서요."

보이드가 술을 끊겠단 공약을 갱신하고 어머니의 부엌에 앤지를 놓아두고 온 건 불과 한 시간 전이었다. 상식과 분별력이 순간적으로 부족했음을 그는 시인한 터였다. 버스를 쏘는 건 금지라고 맹세도 했다.

"다른 것도 쏘지 마요," 앤지는 말한 터였다. "불법적인 일은 안 돼요."

"맞아요."

"그리고 이게 다 무엇 때문인지 오늘 밤 나한테 말해줘야 해요. 전부요. 그게 우리 거래예요, 알죠?"

"당연하죠."

앤지는 제 커피잔 테두리 너머로 그를 빤히 쳐다본 터였다. "지금 여기, 바로 이 순간이에요, 보이드. 이런 게 바로 신뢰예요. 이제 총 알 내놔요."

앞서 앤지의 전화 통화는 두 가지 결과를 도출했는데 하나는 에벌린이 이날 오전 얼굴 피부 재생술을 받는단 걸 알게 되었다는 것이었다. 다른 하나는 당신!의 3층 특실에 최고급 미용실이 자리한단 걸 알아냈다는 것이었다. 오전 10시가 몇 분 지나 비장전된 권총을 주머니에 넣은 채 둘은 보이드의 어머니 댁 문간에서 갈림길을 걸은 터였다. "날 속였단 생각은 마요," 앤지는 말했다. "어림도 없으니까. 지금부턴 완전히 정직하기예요." 그녀는 뒤꿈치를 들고서 그의 턱에 대뜸 키스한 터였다. "난 당신의 적이 아니니까."

이 순간 스모크 창유리에 비친 자신의 모습을 평가 중이던 보이드는 신중하지 못했던 절주 공약이 후회스러웠다.

그에겐 술이 필요했다.

그에겐 세 잔이 필요했다.

잠시 후 그는 창유리를 기력 없이 툭 치곤 회전문을 통과해 엘리베이터를 타고 3층에 올라갔다. 고요한 바다색 조명이 들어와 있는 복도 끝에서 그는 '내면의 당신'이라는 시설을 발견했는데 그것은 상팔자 딱지가 붙은 여자들의 겉가죽에 봉사한다는 점에서 진심 어리지만 사리에 안 맞는 명칭이었다. 그가 들어서자 멜로디 좋은 쇼팽

혹은 바흐 혹은 피아노 경력이 있는 누군가의 곡을 연주했다. 바람과 흰 파도 소리가 그를 에워쌌다. 카펫과 태피스트리에선 바다 냄새가 났다.

거드름스러운 것에 보이드는 — 늘 그래왔듯 — 취약했으므로 그의 복부는 궤도에 잘못 올랐다는 익숙한 불안으로 울렁거렸다. 여기는 부가 작동하는 곳이었다. 누군가 돈맛을 본 터였다.

그의 정면에는 살을 잘 태운 말도 안 되게 젊고 사랑스러운 안내원이 고풍스러운 호두나무 데스크 너머에 공중 부양을 한 듯 껑충서 있었다 — 100파운드(약 45킬로그램)를 조금 웃도는 로스앤젤레스의 떠오르는 샛별 같았다.

보이드는 위 근육이 팽팽해졌다. 그는 자세를 똑바로 세웠다.

"잠시만요," 샛별은 속삭였다.

그녀는 단연코 아무 일도 하고 있지 않아 보였다. 그녀의 시선은 둘 사이의 산소에 붙박여 있었다.

보이드는 웃음을 지었다. 이 여자아이에 대한 그의 반감은 즉각적이고 격렬했다.

"나 잡상인 아니에요," 그는 마주 속삭였다.

젊은 여자는 대답을 하지도 않았고 전경(前景)에의 초점을 옮기지도 않았다. 똑딱똑딱 몇 초가 흘렀다. 그녀의 유리 같은 녹청색 눈동자는 눈구멍 안에서 얼어붙은 모양이었다. 그는 그녀가 숨은 쉬고 있는지 궁금했다.

시간이 더 경과했다.

"계세요?" 그는 부드럽게 말했다.

여자가 손가락 몇 개를 — 거의 티도 안 나게 — 옴찔거리자 보이드의 반감은 증오심으로 변모했다. 부끄럽게도 그는 그 순간 최대 높이로 일어서 있었다. 좀 고약한 의미에서 본다면, 이런 여자들에게 그는 — 그리 오래지 않은 과거의 에벌린에게도 — 가질 수 없는 것을 탐하는 봉이었다. 난 투명 인간이군, 그는 생각했다. 나를 조지 클루니의 특사라고 밝힐 방법이 있겠지, 아니 그보단 권총으로 그녀의 관심을 끄는 게 나을까 하는 생각이 그에게 스쳤다.

"이봐요, 그쪽," 그는 말했다. "지금 똥개 훈련시켜요?"

여자는 놀란, 민첩한 웃음과 함께 그를 보며 눈을 깜빡거렸다.

"네?" 그녀는 말했다.

"우려가 되시나 본데," 보이드는 말했다. "나 변변찮은 사람 아니에요. 나 따르는 사람 많아요."

젊은 여자는 또 한 번 웃음을 지었는데 그녀의 이는 치과 진료를 받아 화사했다. "농담을 잘하시네요," 그녀는 말했다. "그렇죠?"

"농담 맞아요. 내 주머니에 총이 든 것도."

여자는 감흥 없이 고개를 끄덕였다.

불가사의하게도 데스크 서랍을 열어 가죽 장정 일지를 꺼낼 때 그녀는 좀 더 높이 공중 부양을 한 듯했다.

"그럼 예약이 되어 있으시겠네요," 그녀는 딱히 질문도 아니고 뭣도 아닌 투로 중얼거렸다. "그렇다면 성함이……"

"미스터 크랜스턴," 보이드는 말했다. "브라이언."*

그녀의 눈이 초점을 찾았다.

"농담이에요," 보이드는 말했다. "유(Yu)예요. 미스터 유. 아내를

---

*   브라이언 크랜스턴(Bryan Cranston)은 미국 남자 배우 이름.

데리러 왔어요."

"유 부인이시겠네요?"

"아니요, 에벌린 키라코시안 부인일 거예요."

"아," 그녀는 속삭였다. "방금 어떻게 발음하셨죠?"

"에벌린."

"아니요, 성이요."

"키라코시안."

"까다롭네요."

"그러게 말이죠," 보이드는 말했다. "근데 저기, 물어볼 게 있어요. 지금 저 종소리 들려요?"

"어떤 소리요?"

"**종**이요. 이러잖아요. '이봐, 사람이 들어오면 쳐다보고 예의를 차리는 게 좋겠어.'"

"앉으시죠," 그녀는 말했다.

"진짠데. 안 들려요?"

"미스터 유," 그녀는 말했다. "앉아주세요."

보이드는 어깨를 으쓱하곤 그녀 바로 건너편에 앉았다. 은행 한 번 털어봤다고 혀가 쌩쌩 나불거리지네, 놀라워, 그는 생각했다. 또 그는 10년에 걸친 참회의 침묵 이후 내가 마력(魔力)을 슬슬 되찾고 있구나 하는 생각도 들었다. 그는 미스터 유는 누굴까 하고 막연히 궁금해했지만 — 보나 마나 잘 차려입은 알랑쇠겠지 — 어떻든 이 연극은 생각보다 잘 풀리고 있었다.

여자는 수화기에다 이야기하곤 끊더니 그를 쳐다보지도 않고 이렇게 말했다. "5분 있으면 부인이 나오실 거예요."

"좋아요," 보이드는 말했다.

바다의 시간이 웬만큼 지났다.

그러다 보이드는 말했다. "그거 어떻게 하는 건지 물어봐도 될까요?"

"하다니요?"

"그런 공중 부양이요."

안내원은 추상적으로 웃음을 지었다. 그녀로선 다 들어본 말이었다.

"하느님을 걸고 말하는데," 그는 말했다. "거기에 공중 부양 중인 걸로 보여서요. 공기쿠션이나 뭐 그런 건가?"

"미스터 유, 모쪼록 —"

"사실 미스터 유는 아니에요," 보이드는 말했다. "하지만 물건은 사고팔아요. 주로 부동산이요. 예를 들어 이런 빌딩."

"소유주세요?"

"두말하면 잔소리. 종, 태피스트리, 엘리베이터 — 당신!은 내 소유랍니다."

젊은 여자는 그를 날카롭게 쳐다보았다. "그게 선생님께서 유혹하는 방식이라면," 그녀는 말했다. "선생님은 운이 없네요. 아무도 절 소유하진 못하거든요."

"당신 말고요. 당신!이요. 장소를 소유하고 있다고요."

"당신!을 소유하고 계시다고요?"

"네," 보이드는 말했다. "그리고 어젠 총으로 버스를 쐈죠."

이게 해방감이지, 보이드는 판단했다. 좋은 거짓말에는 예를 들어 훈제 소시지처럼 지방질에다 건강에 해롭지만 맛난 것의 풍미가

109

있었다. 때마침 에벌린이 안내실로 걸어 나오지 않았다면 그는 그 맥락을 쭉 이어갔을 것이다. 그녀는 오후 다과회용 옷차림인 듯했다.

"저기, 죄송합니다," 여자는 에벌린에게 말했다. "이분이 미스터 유인 줄 알았는데 그게——"

"아는 사람이에요," 에벌린은 말했다.

"당신!을 소유하고 계시다는데요."

에벌린의 눈길이 모로 쏠렸다.

그녀는 물러나려고 했지만 보이드가 일어나서 그녀의 팔을 잡더니 10분이면 돼, 전화를 먼저 했어야 했는데 너무 미안해, 그래도 기왕 이렇게 된 거 나가서 한잔하며 잠시 옛이야기 좀 나누다가 당신 벤틀리에 폴짝 올라 낙원이든 열반이든 그런 데 얼른 돌고 오면 어떨까? 하고 말했다.

"당신 참 대단한 사람이야," 에벌린은 말했다.

"맞아, 근데 얼마 전까진 변변찮았지. 그러다 권총 들고 은행을 강도질했고."

그는 제 총을 그녀에게 보여주었다.

"좋아," 그녀는 말했다. "10분이야."

"당신은 친절한 사람이야, 에벌린," 보이드는 말했다. "당신 피부, 정말이지 새것 같다."

"총이나 치워," 그녀는 말했다.

10

 둘은 라시에네가 대로를 두 블록 내려가 도로변 카페를 발견하곤 그곳의 발랄한 노랑 차양 밑에 앉았다. 에벌린은 팔짱 낀 상반신을 전방으로 꼿꼿이 기울인 방어 자세를 취한 채 불안감 반 피로감 반으로 그를 대했다. 9년이 지나도 변한 것은 거의 없었다. 그녀는 날씬하며 침착했고, 여전히 아무져서 재혼을 했고, 전남편 같은 부류와 여전히 몇 광년 떨어져 있었다. 보이드는 그녀에게 항상 느꼈던 감정, 주로 경외감을 느꼈다.
 고무줄 같은 시간이 다소 흐른 뒤에야 에벌린은 말했다. "총은 재미없었어, 주니어. 날 쫓아다니는 것도 재미없긴 마찬가지고. 다음번엔 내 집 초인종을 울리기 전에 초대장부터 기다려." 그녀는 눈을 흘겼다. "그래서 원하는 게 뭔데?"
 "뭐," 그는 말했다. "진 토닉."
 "주니어."
 "기념이잖아, 안 그래? 옛날처럼, 우리 단둘이." 그는 망설였다.

"나 정말로 은행 털었어, 알잖아. 백주 대낮에."

"어련하시겠어."

"실수였다, 그런 생각이 점점 들어."

"그럼 총은?"

"과시용," 그는 말하더니 잠시 그 말을 곱씹었다. "어쩌면 아니었을 수도 있고. 내 생각을 말하자면, 그래야 사람들의 관심을 끌거든. 그 경험 있지 ─ 은행털이 말이야 ─ 그게 다 인격을 다듬는 형석반이었어. 중요한 것들이 따귀를 후려갈기더라."

"가령?"

"가령 지금 여기 이곳 같은 거. 내 전 여보와 한잔 나누려고 하는."

에벌린은 잠시 눈을 감더니 한숨을 쉬곤 의자에 푹 기댔다. "그만두질 못하네, 안 그래? 그 헛소리."

"내가 은행 턴 거 못 믿어?"

"당연히 못 믿지."

"열흘 전이었나, 열이틀 전, 열엿새 전. 이젠 가물가물하네."

"원하는 게 뭐야?"

"두니 그 양반," 보이드는 말했다.

"그 양반이라. 뭣 때문에?"

보이드는 씩 하고 의식적으로 웃었다. "뭣 때문이냐고? 당신도 알잖아." 보이드는 웃음기가 잦아드는 걸 느꼈다. "요즘 그 양반 어딜 가면 찾을 수 있어?"

"전혀 몰라."

"에," 그는 말했다. "설마 **전혀** 모르진 않겠지. 그냥 쪼끔만 알려주지?"

무표정한 얼굴로 최소한의 불안만 드러낸 채 그녀는 말했다. "진짜로 몰라. 아빠 어디서 나타나더니 CEO를 사임하곤 내 남편을 그 자리에 앉히고 캘빈이랑 훌쩍 떠났어. 어디 있는지 나도 몰라. 우리 대화 없어."

에벌린은 선글라스를 끼었다가 곧장 다시 벗었다. "당신 그 커다란 총으로 아빠 쏠 계획이야?"

"꼭 그런 건 아니지만 피바다는 확실히 예상돼," 보이드는 웨이터를 찾느라 두리번거리며 말했다. "말이 나와서 말인데, 내가 은행 왜 털었는지 알려줘?"

"은행 안 털었잖아. 당신 거짓말쟁이잖아, 기억 안 나?"

"어, 맞아."

"당신은 결코 있지, 결코 진실을 말하는 법이 없어."

"결코라고 할 것까지야."

"결코에 가까워."

보이드는 여유를 드러내느라 어깨를 으쓱했다. "저기, 들어봐 — 이거 흥미로운 얘기거든 — 내가 개과천선한 걸 알면 당신도 행복할 거야. 나 레이온 전문가야. 핸디캡은 열네 타, 퍼팅도 나쁘지 않아. 요 9년 동안 키와니스의 충실한 회원이었어. 아마 당신은 몰랐을 거야."

"몰랐어."

"당연해. 키와니스는 격주 토요일이야. 우리의 신조는 봉사, 긍지, 자선."

"당신답다," 에벌린은 말했다.

"그래?"

"아니."

보이드는 고개를 끄덕끄덕하더니 말했다. "허, 맞는 말씀일세, 그럼 은행을 못 털 것도 없네? 두니 그 양반 어디 있어?"

"그는 빌어먹을 내 아버지야, 주니어."

"그야 영락없는 당신 아버지지⋯⋯ 잠깐만 있어봐."

보이드는 팔을 내뻗어 지나가는 웨이터를 세우곤 진 토닉 네 잔을 주문했다.

"넷이요?" 웨이터는 말했다.

"아, 여섯," 보이드는 말했다. "그리고 다 부어 넣을 큰 유리잔도 두 개. 그리고 가능하면 예상 도착 시간 좀 지켜요, 그래야 당신이 여기 직원인 줄 내가 알지."

에벌린은 말했다. "예의 없이 굴면 나 갈 거야."

"좋으실 대로," 보이드는 말했다.

둘은 한동안 말없이 앉아 있었고, 그러다 에벌린이 말했다. "오늘 오전에 나 어떻게 찾았어?"

"친구의 조력으로. 전화 통화. 그리 어렵지 않았어."

"친구도 있네, 응?"

"음, 말이 친구지," 보이드는 말했다. "내가 납치한 여자야."

"그래서 당신 친구가 —?"

"따르릉. 보아하니 하인인지 뭔지 몰라도 당신 입 싼 사람한테 전화 업무 맡긴 것 같더라. 내 친구 있잖아 — 앤지라는 여자야, 은행 출납원 — 그녀가 수다쟁이야, 멈추질 않아, 혀에 LA 전력망이 걸려 있거든, 그러니 당신 하인 너무 심하게 나무라진 마."

에벌린은 고개를 끄덕였다. 보이드는 그녀가 그 피고용인과의 면담을 염두에 두고 있음을 알았다.

"그렇다면," 그녀는 말했다. "당신 돌아온 거구나."

"돌아왔지," 보이드는 말했다. "우리가 복수심이라 부르는 것을 품고."

"허풍이나 더 늘어놓으러?"

그는 그 말에 낄낄거렸다.

"공정하게 말하면," 그는 말했다. "내 허풍은 무뎌. 두니 그 양반 허풍에 비하면 말이지." 그는 잠시 말을 끊었다. "나 좀 도와줘. 그 양반 어디 있어?"

"다 말했잖아. 나도 잘——"

"당신은 알 것 같은데."

보이드는 지갑에서 테디의 스냅사진을 꺼내더니 테이블 건너 그녀 쪽으로 삭 내밀었다. 그녀의 표정은 변화가 없었다.

"힌트만 줘," 보이드는 말했다. "휴스턴? 자카르타?"

"말했잖아, 주니어, 난 아무것도 몰라. 안내 데스크에 전화해봐."

"이미 해봤어."

"그러면," 그녀는 말했다. "운이 없는 거네, 안 그래?"

웨이터가 진 토닉 여섯 잔을 들고 와도 사진을 치우기는커녕 한 번을 내려다보지도 않다니 에벌린도 참 대단해, 보이드는 생각했다. 웨이터는 라임 조각과 큰 유리잔을 깜빡한 채였다.

"건배," 보이드는 말했다. "그래서 그 양반이 사임했다고?"

에벌린은 고개를 짜증스럽게 끄덕였다. "사실상 은퇴. 이제 주니어스가 쇼를 운영해. 아빠랑 캘빈은—— 서로 사랑하는 사이 같은데

─── 둘이서 쌍으로 아주 세계 유랑자야, 이 집 저 집 돌아다니면서. 지난번에 듣기론 아빠가 아홉 채를 소유하고 있더라." 그녀는 보이드가 잔 하나를 끝내고 다음 잔에 손 뻗는 모습을 지켜보았다. "우리 모두 처음부터 다시 시작해야 했어, 안 그래? 아빠도."

"우리 거의 모두가," 보이드는 말했다.

"내가 무슨 말을 해주길 원해? 잘못은 당신이 저질렀잖아."

"거의 그렇다고는 인정할게. 전적으로는 아니야. 당신도 기억하겠지만 공갈협박이 좀 있었으니까."

"아빠가 한 일이라곤 당신 목에 밧줄을 걸어준 게 다야, 주니어. 바닥문*을 연 건 당신이라고. 아빨 탓하려거든 맘껏 탓해, 하지만 역사를 다시 쓰진 말자."

"물론이지," 그는 말하더니 웃음을 지었다. "그건 그렇다 쳐. 부자 되니까 좋아?"

에벌린은 홱 젖히는 고갯짓을 했다. 보이드가 기억하기로 그 몸짓은 나 그럴 기분 아니다 하는 뜻이었다. 아울러 내가 떡밥을 물 것 같으냐 하는 뜻이기도 했다. 그녀는 턱을 단단히 굳힌 채 자신과 전 남편 사이의 어린 사내아이를 여전히 피하고 있었다. 그녀의 목은 힘줄들이 감옥 철창살처럼 불거져 있었다.

"부자인 건 좋아," 그녀는 말했다. "난 항상 부자였어. 나한테 거짓말하는 사람도 전혀 없었고."

"그냥 궁금해서."

"자업자득이야. 당신은 궁금해할 권리를 박탈당했어."

"그럴 테지. 하지만 그, 내가 좀 초조해서 그러는데, 내가 원하는 건 그저 그 양반이 ──"

제 휴대폰이 울리자 그녀는 잠자코 가만있으라는 험악한 얼굴로 그를 쏘아보았다. 그녀는 핸드백에서 전화기를 낚아채더니 일어서서 목소리가 안 들릴 만큼 보도 쪽으로 몇 걸음을 옮겼다.

보이드는 변한 게 거의 없다는 사실에 또 한 번 놀라지 않을 수 없었다.

여기도 성형 저기도 성형, 하지만 본바탕은 정확히 제자리에 있었다. 그녀는 뇌간에 온도조절기가 장착되어 있는지 자신의 감정을 오싹할 만큼 엄격히 통제하는 사람이었다. 그는 그 점을 한 번도 알아보지 못했었다. 둘의 초창기 자카르타에서도 에벌린은 그에게 거대한 지프로크(Ziplock) 비닐백 속에서 사는 여자로 비쳤었다. 뭘 딱히 받아들이지 않는. 딱히 내보내지도 않는.

잠시 후 그녀는 전화를 끊고 테이블로 돌아왔다. 그녀는 징벌적일 만큼의 시간을 들여 자리에 앉았다.

"5분 남았어," 그녀는 말했다. "타이머 맞춰둘 거야."

"운전사 오고 있구나?"

"맞아."

"풀 먹인 유니폼을 입었겠군, 아마도. 왜 그 반짝반짝하는 검은 챙이 달린 회색 캡 모자일 거고? 사모님 소리 많이 들어?"

"5분 남았어."

보이드는 스냅사진 쪽을 손짓했다. "테이블 위에 있는 거 당신 아들이야."

"그러네. 내가 울길 원해?"

---

*   trapdoor. 이를테면 교수 집행을 위해 교수대 바닥에 설치한 그런 문.

"그러고 싶으면."

"그러고 싶지 않아."

"그럼 됐어," 보이드는 말했다. "그 양반에 대해서 힌트 좀 줘. **그 양반** 질질 짜는 꼴 보게 될 거야. 장담하는데 난 그 양반 울릴 수 있어."

에벌린은 선글라스를 다시 걸치더니 이번에는 벗지 않았다. 그녀는 의자에 앉은 채로 몸을 살짝 틀었다.

"이 모든 게," 그녀는 조용히 말했다. "날 피곤하게 만들어."

"그는 괴물이야," 보이드는 말했다.

"그래, 명백해. 누군 안 그래?"

보이드는 잠시 기다렸다가 손을 내밀어 스냅사진을 회수했다.

"저런, 당신 강한 사람 아니구나, 에벌린."

"나야 강한 사람이지."

"예쁜 아인데, 아무리 그래도."

둘은 서로를 쳐다보았다. 비닐백 속에서 살면 저렇게 견뎌지는구나 하는 생각이 보이드는 들었다.

그는 두 잔째 진 토닉을 끝내더니 셋째 잔을 쭉 감소시키곤 말했다. "그러니까 이런 상황이야. 그 양반의 행방을 말하고 나랑 작별을 하면 당신은 두 번 다시 나를 참아줄 필요가 없을 거야."

"두 번 다시?" 그녀는 물었다.

"평생 두 번 다시. 긴 시간처럼 느껴질 수도 있지만, 은행을 털고 보니까 또 그렇지도 않아."

그녀의 두 눈에서 일순 질색 같은 것이 스쳤다. "내가 그런 헛소리 믿을 거라 생각하나 본데," 그녀는 말했다. "당신이 지금 누구랑 대화 중인질 기억해. 난 그 얘기 신문에서도 못 보고 TV에서도 못 봤는데 아주 웃기서."

"당신 회의론자야?"

"회의론자는 무슨. 슬프단 생각이 든다. 당신 진짜 거짓말을 못 끊는구나, 그렇지? 그거 병이야, 주니어."

"주니어는 이름이 아니야," 그는 그녀에게 말했다. "밋밋한 보이드가 이름이지."

"그래? 보이드 뭔데? 보이드 핼버슨이야 보이드 버드송(Birdsong)이야 아니면 보이드 뭐 새로운 성이야? 뭐 또 새로운 위장이야?"

보이드는 어깨를 으쓱하곤 말했다. "본래로 돌아가는 거야."

은색 벤틀리가 오더니 둘의 테이블에서 40피트(약 12미터) 떨어진 연석 쪽에 정차했다. 에벌린은 일어서서 핸드백과 휴대폰을 챙겼다.

"참고로 말하는데," 그녀는 말했다. "당신이 어제 그 알 수 없는 문자를 남긴 뒤에 내가 아빠한테 경고를 줬어. 당신의 그 심층 면담을 아빠가 좋다고 앉아서 받아줄지 의문이네. 그 양반은 내버려둬."

"그렇단 건, 사실 당신은 그 양반이 어디 있는지 **알긴** 안다는 거네?"

"휴대폰 번호를 아는 거지. 아빠 여행 중이야."

"맞다, 세계 유랑자라고 했지."

"세계까진 아니겠지만 유랑 중인 건 확실해. 아빠랑 캘빈은 있잖아, 해될 거 없는 노인 커플이야, 송곳니도 없고 삼지창 같은 꼬리도 없어. 당신 실망스럽겠다, 걱정이네."

"두고 봐야지," 보이드는 말했다. "그래도 울릴 순 있을 것 같아."

에벌린은 정차된 차를 향해 한 발짝 내딛더니 다시 그를 향해 돌아섰다. 보이드는 혹시 그녀가 제 품으로 달려들까 싶어서 일순 컥 숨이 막혔다.

"잘 가," 그녀는 말했다.

"그래, 잘 가," 보이드는 말했다. "마지막 질문 하나만 해도 돼?"

"하지 말아줘."

"당신 나 밀고했어?"

"밀고?"

"신뢰를 저버렸느냐고."

"주니어, 그게 농담하는 거면 좋겠다."

"농담하는 거 아니야," 그는 말했다.

에벌린은 거짓 웃음을 터뜨렸다. "당신이 3년 반 동안 나한테 거짓말한 걸 내가 남들한테 까발리고 다녔는지 묻는 거야? 자동적인 거짓말. 강박적인 거짓말. 그런 걸?"

"응," 보이드는 말했다.

"트리브에 거짓말한 거? 500만 독자가 신문 펼칠 때마다 거짓말을 읽은 거? 맙소사, 엑서터 대학교? 프린스턴 대학교? 로즈메리 클루니 — 당신 **대모**랬지? 당신은 당신 이름을 갖고도 나한테 거짓말했어. 생일을 갖고도 나한테 거짓말했고. 당신의 면도 습관과 배변에 관해서도 나한테 거짓말을 했고…… 그게 다가 **아니야**…… 당신은 지출 내역을 갖고도 거짓말을 했어. 당신은 흡연 갖고도 거짓말을 했고, 제대로 하지도 못하는 푸시업을 갖고도 그랬어. 당신은 당신 어머니에 관해서도 거짓말을 했잖아…… 큰 영화사 하나에서 중요한 장면들을 감독하셨다며, 그렇지? 폭스사였나? 패러마운트? 그리고 사랑하는 우리 아빠께선 전투비행사인데 심장마비로 돌아가셨댔지——그게 당신이 한 말 아니야? 한데 그분이 어느 날 현관문 앞에 나타나서 인사를 하고 싶어 하시네, 아주 완전히 돌아가시질 못해서. 기억상실증 환자인 거지. 전투기 몰았던 것도 까먹고 화장당한 것도 까먹은 불쌍한 분. 당신은 치과 진료에 관해서도 거짓말했어. 굴에 관해서도 거짓말했고. 공중그네를 가르친다고도 거짓말했고 보스턴 마라톤*, 앨프리드 히치콕과의 저녁 식사에 관해서도 거짓말을 했어. 산더미 같은 당신의 전쟁 훈장들에 관해서도 거짓말을 했지——다 해서 일 달러 오십 센트짜리. 당신은 당신 팔에 난 이른바 총상에 관해서도 거짓말을 했어. 당신은 폴로며 불쌍하게 익사한 당신 누이며 당신의 퇴직연금이며 당신이 묵어본 적도 없는 그 호텔들이며 걸려본 적도 없는 뇌종양이며 당신이 서랍 구석에 처박아둔 채 납부하지 않은 청구서들에 관해서도 거짓말을 했는데…… 내가 **그놈의** 신뢰를 저버렸느냐고?"

"다시 말하지만 응," 보이드는 말했다.

에벌린은 깔깔깔 웃기 시작했지만 이내 "와우" 하더니 대기 중인 벤틀리 쪽으로 성큼성큼 힘찬 걸음을 했다.

---

* 폭탄 테러가 있었던 2013년의 대회를 가리키고 있다.

11

반 마일 떨어진 곳에선 주니어스의 CFO가 말했다. "그 일 맡을 친구를 찾았습니다, 대표님. 아주 적임자예요, 제 생각엔."

"성깔은 있고?"

"있다 뿐인가요."

"한번 봐야지?"

"그러시죠."

"잘했어," 주니어스는 말했다.

"그 밖에는요?" CFO는 물었다.

"있을 거야, 아마, 생각해보지."

주니어스는 1만 3000달러 하고도 몇 푼이 더 들어간 제 베그너(Wegner) 회전의자에 앉아 빙글 돌았다 — 어이가 없다니까, 매번 돌 때면 그는 생각했다. 가격표를 따져보면 선박 일 때려치우고 의자 사업에 뛰어들어야 하는지 의구심이 들었다.

그의 등 뒤에선 CFO 헨리 스펙이 다소 유들유들한, 위장된 자제

심을 갖고 대기했다.

"내가 성깔이 있느냐고 물을 땐," 주니어스는 느릿느릿 설명했다. "은유법을 쓰는 게 아니야. 내가 햅버슨 그 비열한 놈을 다시 보게 된다면, 병실 침상에서였으면 좋겠어."

"두말하면 잔소리죠."

"좋아, 근데 잔소리가 나오는군."

주니어스는 마찬가지로 큰돈 들여 마련한 경관인 캐털리나* 쪽을 물끄러미 바라보다가 도로 빙글 돌더니 제 기운 넘치는, 늠름해 보이는 CFO를 뜯어보았다. "헨리, 너도 네가 실제론 CFO가 아니란 걸 알고 있어, 그렇지? 그건 하는 일 없이 돈 받는 최고게으름뱅이** 노릇을 하라고 우리끼리 정한 작은 별명이잖아. 그 점 너도 알 거야, 아마?"

"대표님, 저라면 하는 일이 없다곤 말 안 하겠어요. 대표님께서 요구하시는 건 제가 다 하잖아요."

"알았어," 주니어스는 말했다. "하지만 재무는 아니잖아, 맞지?"

"엄밀히 말하면 아니죠."

"그게, 엄밀히 말하면, 헨리, 난 너한테 머릴 쓰라고 돈을 주는 게 아니야. 넌 내 근육이야, comprendes?(이해해?) 네가 불룩하게 유지하는 그 인상적인 흉근을 위해서 내가 돈을 낸다고. 내 말은, 네가 운동을 상당히 한다는 거야, 맞아?"

---

*   Santa Catalina. 로스앤젤레스 롱비치에 면한 휴양 섬.
**   원문은 "chief fuck off"로 최고재무책임자(CFO)의 머리글자를 활용한 말장난.

"매일 하는 건 아니지만——"

"최소 이틀에 한 번은," 주니어스는 말했다. "몸매 하난 최상급이지. 어젯밤 내 수영장에서 보니까 딱 알겠던데. 에벌린도 알았겠지."

"적당한 몸이라고 봅니다, 대표님."

"그렇게 본다는 게 딱 보여."

"네?"

주니어스는 캐털리나 쪽으로 도로 빙글 돌았다.

"또 한 가지 질문은 이거야, 헨리. 지금 저기 롱비치에서 건조 중인 우리 선박이 몇 척이지? 두 척, 맞아?"

"세 척일 겁니다. 발주는 네 척이고요."

"자카르타에서는?"

"다섯 척입니다, 대표님. 척당 천오백만에서 팔천오백만이 걸려 있고요. 우리 선박 사업은, 말재간을 부려도 될까 모르겠습니다만, 아주 쌈박하죠. 우수한 것 이상이에요."

"그래, 잘됐지," 주니어스는 근심에 잠겨 제 손톱을 내려다보곤 끙 소리를 냈다. "그러니까 달리 말하면, 신난 근로자들이 작업장에 잔뜩 있는 거네? 철공, 목공, 삭구 담당?"

"제 생각도 절대적으로 같아요, 대표님."

"그래 그럼. 이거 받아 적어. 네 운동 능력이 네 생각만큼 쌈박하지 못한 경우엔 네가 조수를 한두 명 구했으면 해. 살집 좋은 애들로. 왜 그거, 병실 침상."

"그러시다면요. 그게 답니까?"

"그래, 거의." 주니어스는 잠시 침묵에 잠겼다. "날 빡치게 만드는 게 뭔지 알아, 헨리?"

"아니요, 대표님."

"요즘 물가야. 철공들, 목공들, 치리오*, 마누라들, 윈스턴 담뱃갑. 항공권도 싼 게 있어야 말이지 — 저기 앨러미다**에 있는 텍사코 주유소에서 타이어 타령이나 하고 앉았고." 주니어스는 반만 돌았다. "이를테면, 예를 들어 내가 너한테 얼말 주더라?"

"월급 말씀이세요?"

"그래, 월급."

"넉넉해요. 명세서로 확인이 되거든요, 주니어스. 보여드릴게요."

"됐어." 주니어스는 습 하고 빠는 비통한 소리를 냈다. "그놈을 손만 봐주되 싼값에 해. 전부 마치기까지 사나흘이어야 해. 그놈을 찾아내서 메시질 전달하는 거야. 아주 간단하게. 잡스러운 것 없이."

"네, 대표님. 그게 답니까?"

"다는 아니야," 주니어스는 말했다. "어젯밤 내가 연 그 파티 말이야, 그 비용이 얼만 줄 알아? 한번 맞혀봐."

"아주 크겠죠," CFO는 말했다.

"형편없는 핑거 푸드 쪼가리에 프랭클린이 400장***인데 아무도 손을 안 대더군, 다들 당근 다이어트에 빠져서."

"훌륭한 파티였어요, 그래도."

주니어스는 어깨를 으쓱했다. "재미있었어?"

---

* Cheerios. 시리얼 상표.
** Alameda. 미국 캘리포니아주 서쪽의 항만도시.
*** 미국 화폐 중 100달러짜리 지폐엔 미국 '건국의 아버지들' 중 한 사람인 벤저민 프랭클린의 초상이 들어가 있다. 400장이면 총 4만 달러.

"그럼요, 고맙습니다."

"그거 알아, 헨리?"

"뭐요?"

"내 아내 엉덩이에서 네 앞발을 멀리 둬."

"엇, 대표님, 저는——"

주니어스는 빙글 돌아 외면하더니 말했다. "망할, 넌 안 그랬겠지. 그럼 내 소원이 뭔지 알아? 사탕 사업으로 돌아가 있는 게 내 소원이야. 그때 그 시절에 내가 그걸로 시작을 했어. 선박이 아니라. 사탕으로. 1갤런에 십이 센트를 받아가면서 설탕을 끓이고, 옥수수 시럽을 끓이고, 향미료를 집어넣고. 물건을 현금으로 만드는 거지. 고루해, 그렇지? 내 샴페인을 축내는 놈이 한 놈도 없었어. 수영장에서 내 마누라랑 몸풀기 운동을 하는 보디빌더도 한 놈 없었고."

CFO는 말이 없었다.

"그 얼간이를 손봐준 다음에," 주니어스는 말했다. "넌 나한테 급여명세서를 제출하는 게 좋을 거야."

12

 21세기의 열아홉 번째 해, 주간(州間) 고속도로를 마구잡이로 달려 화물차 휴게소마다 들르고 교각과 고가교와 이데올로기 들을 가로지른 허언증은 나들목을 쌩쌩 빠져나가 로드아일랜드부터 알래스카에 이르는 모텔과 식당과 캠핑카 주차장 들에서 번식을 하더니 한담과 결탁하고, 반복을 통해 인가받고, 케이블방송 뉴스로 점화된 다음 국민 주파수* 무전기의 단파들을 통해 미국을 발동시켰다.
 2019년 9월 중순경 캘리포니아주 풀다의 진실가의씨앗은 테네시주 몬트이글, 아이오와주 스톰레이크, 텍사스주 크리드무어의 씨앗에 이어 미국에서 네 번째로 왕성한 씨앗이 되어 있었다. 총 마흔아홉 개 주에서 일흔여섯 개의 씨앗이 참뉴스를 날조하는 수원(水源)으로서 군림 중이었다. 풀다 지부는 그 씨앗들 명단을 사형 집행을

---

*   citizens band, CB. 신고 없이 누구나 이용할 수 있는 27메가헤르츠대의 생활 무전 주파수.

모면한 티머시 맥베이*가 오마하에서 가명을 쓴 채 비(非)유기농 인증 청과물 유통업자로 일하며 잘 살고 있다는 뉴스를 기리는 딩크 오닐의 연속 트윗에 바로 뒤이어 쏘아 올린 터였다. 딩크는 그 뉴스를 가리켜 맥베이의 "재기(再起)"라 했는데, 그 재기 덕분에 자기가 미합중국 대통령의 곧 있을 두 번째 임기 중 농무부 장관 자리를 따 놓았다는 것이었다. 14만 명의 열광적인 리트위터를 제외한 사람들에겐 터무니없는 얘기였다.

허언증은——혹은 평범한 거짓말증은——교회, 학교, 미용실, 기업 회의실, 법정, 나이트클럽 할 것 없이 침투했다. 토피카 시장 선거에선 스미스 앤드 웨슨**이 700표의 기명투표를 받았다. 의회도서관은 구텐베르크 성서가 **남색*****이라는 단어의 첫 두 음절과 **간통하다**(fornicate)라는 단어를 부각하므로 그 사본 열람을 금지하라는 압박에 놓였다. 연설문 작성자들도 가세했다. 애리조나주 프레스콧의 시의원들과 보모들은 미합중국 헌법의 적법절차 조항에 악마의 고문서가 이식되어 있다고 규탄했다. NASA는 아이다호주의 숲들을 태워 없애고 있었다. 인구조사국은 파란 눈 인구수 세기를 거부하고 있었다. 워터게이트 복합 단지**** 밑에는 그로버 클리블랜드*****의 해골이 묻혀 있었다. 파고(Fargo)에서는 자경단원들이 민주당원들과 케냐인들을 찾아 밤거리를 돌아다녔다. 컬럼바인 총기 난사 사건은 CIA의 작전이었다. 진주만은 일어난 적이 없는 일이었다. 법인은 사람이었다. 아마존은 귀한 시민이었다. 풀다에선 딩크 오닐, 그 동생 첩, 상공회의소 소장 얼 펜스터마허, 진실가의씨앗을 이끄는 이 세 사람이 가짜 참뉴스 뿌리기의 버거움 때문에 2019년 9월의 무더위 내내 발을 동동 굴렀다. 보이드 핼버슨의 기여가 몹시도 간절했다. "보이드가 소질은 있었어," 키와니스 격월 브런치가 파한 뒤 첩은 얼에게 말했다. "우리가 그 친굴 대체할 수나 있을지 모르겠네."

"**내가** 대체했잖아," 얼은 살짝 발끈해서 말했다. "내가 크리에이티브 디렉터 아냐, 맞지? 존재한 적 없는 대통령들에 관한 그 죽이는 게시물을 짜낸 게 누군데? 소생이올시다. 입소문도 났어, 내가 알기론."

"보이드의 아이디어였지. 자네 입으로도 그랬잖아."

"알았어, 근데 가짜 대통령 둘을 추가해서 열넷을 열넷으로 만든 건 나고, 거기다 존 퀸시 애덤스******가 나폴레옹의 사생 딸이라는 멋진 묘안을 덧붙인 것도 나야. 인정할 건 인정해줘야지."

첩은 어깨를 으쓱했다. "좋아, 자네 그 트윗 올릴 때 부탁 하나만 들어줘—맞춤법 좀 잘 봐. 포크 대통령은 P-O-L-K야, P-O-K-E가 아니라. 그리고 앤드루 존슨이 LBJ의 연애 상대였단 건 좀 아닌 것 같아."

"알 게 뭐야? 앤드루는 존재한 적도 없어, 기억나지?"

---

*   Timothy McVeigh. 1995년 4월 19일 미국 오클라호마주 오클라호마시티의 연방 정부 청사에 폭탄 테러를 가한 주범으로, 걸프 전쟁에 참여해 훈장을 받은 적도 있는 전직 군인.
** Smith & Wesson. 1852년 설립된 미국 무기 제조 기업.
*** sodomy. 단순히 '남색' 외에도 '항문 성교' '수간' 등을 뜻한다.
**** Watergate complex. 미국 워싱턴 D.C.에 있는 여섯 개의 건물로 호텔과 사무실 등이 포함되어 있다. 워터게이트 스캔들이 시작된 바로 그곳이다.
***** Grover Cleveland. 미국의 제22대, 제24대 대통령.
****** John Quincy Adams. 미국 제6대 대통령.

"그래. 하지만 그건 다른 **세기**에 존재한 적이 없었던 거지."*

"거 사사건건," 얼은 투덜거렸다. "폭스 뉴스에 우리 게 인용될 거야. 작작 해!"

13

 열두 번의 시도가 있긴 했지만 결국 랜디는 풀다에서 근무하는 경찰 친구 토비 밴 더 켈런과 연락이 닿았는데, 그는 아주 엄밀한 의미에서 본다면 친구라기보단 그 정반대의 인물로 다만 자동차며 범죄 등 몇몇 취미를 랜디와 공유할 뿐이었다. 칼과 사이러스는 랜디의 휴대폰에 바싹 다가붙어 풀다 경찰이 자꾸 내뱉는 이 말을 귀담아듣고 있었다. "무슨 은행 강도?"
 랜디는 도저히 집중이 안 되었다.
 사이러스의 숨 냄새는 그냥저냥 참아줄 만했지만 칼은⋯⋯ 그런 걸 뭐라더라? 법원 청사를 날려버릴 때 사용하는 일종의 화학비료. 가뜩이나 슈퍼 에이트의 객실도 꽃집은 아니었다.
 "지역사회 국법이라니까요, 빌어먹을 은행이 거기 그쪽에 몇 개나 된다고 그래요?" 랜디는 제 경찰 친구에게 말하는 중이었다. "기

---

*   앤드루 존슨은 1808년, LBJ, 즉 린든 B. 존슨은 1908년 태어났다.

관이 팔만 얼마를 뜯겼다고요. 몇 주 됐을 거예요, 아마."

"권총 강도다, 그 얘기야?"

"당신 수갑을 걸고 말하는데 권총 강도예요. 대체 당신은 무슨 경찰이 관할 은행들 강도당하는 것도 몰라요?"

전화회선엔 침묵이 내렸는데 너무 큰, 너무 긴 침묵이었다.

"여보세요?" 랜디는 말했다.

"끊었군," 사이러스가 말했다.

"끊었네," 칼이 말했다. "내 생각에도 개나 소나 팔만 천을 차지한단 게 말이 안 돼."

랜디는 휴대폰이 고장 났나 싶어, 거기서 나오던 말이 뭉개졌나 싶어 멀거니 서서 휴대폰만 들여다보았다.

"지퍼, 너 소설 쓰는 거 아니지?" 사이러스가 말했다.

"혹시 범죄소설?" 칼이 말하더니 랜디의 귀뺨을 장난스럽게 올려붙였다.

랜디는 풀다의 제 동무가 다시 전화를 받을 때까지 30분이나 버튼을 때려댔다. 얘기가 과거로 갔다 현재로 왔다, 앤지 빙이니 보이드 핼버슨이니 이름들이 오르내렸지만 끝내 풀다 경찰은 말했다. "내가 이 말을 얼마나 더 해야 하는지 모르겠는데 — 아마 내가 널 체포한 횟수만큼은 되겠지 — 은행 권총 강도는 없었어. 막 확인했어. 관련자한테."

"관련자 누구요?" 랜디는 물었다.

"더그 커터비. 은행장. 이름은 들어봤나?"

"네, 들어본 듯해요. 앤지한테서."

"더그가 뭐랬는지 알고 싶어?"

"물론이죠."

"전혀."

"네?"

"전혀 그런 말 없었다고. 날 보고 껄껄대던데. **그러고 나선** 뭐라고 하더군."

"뭐라는데요?"

"더그 말이 ─ 정확히 이 말이었던 것 같은데 ─ 이러더라. '허위 신고는 감방서 몇 년 살아요?' 난 알아보겠다고 했지. 그 사람이 '좋은 생각입니다' 그러던걸."

랜디는 최고 속도로 생각을 굴렸지만 칼의 숨 냄새가 죽음의 구름처럼 드리워서야 아무래도 사고가 빠를 수 없었다.

"그가 거짓말하는 거예요," 랜디는 토비에게 말했다.

"거짓말을 누가?" 토비는 말했다.

"그 은행 놈, 이름이 ─?"

"더그가 거짓말 중이라고?"

"맞아요."

경찰 친구 토비는 잠시 조용했다. "누구네 은행 하나가 팔만 천을 뜯겼는데 그 사람이 '뜯기긴요, 우린 씨발 좆나 괜찮아요'라고 말한다는 거야?"

"뭐, 네."

알아듣기 어려운 소리가 풀다에서 들려왔다.

"내가 바라는 게 있는데," 경찰은 말했다. "난 네가 스마트해졌으면 좋겠어. 네 뇌를 쿠키 반죽으로 갈아치워. 그럼 조금 더 스마트해질 거야."

그 말에 랜디는 수없이 연습했던 말로 만회했지만 전화회선엔 이미 만회당할 사람이 아무도 없었다.

사이러스가 말했다. "점심시간이야, 지퍼. 네가 쏴."

애플비로 가는 길에 랜디는 이 두 아마추어는 처분하고 샌타모니카의 그 주소로 넘어가 대체 은행을 어떻게 털었길래 아무도 네가 은행 턴 줄을 모르느냐로 시작하는 질의응답 파티를 앤지 빙에게 열어줄 때라고 판단했다.

애플비의 칸막이 자리로 살포시 들어가면서 랜디는 씩 웃고 있었다.

하고 싶은 대로 말해, 하고 그는 생각했지만 완전범죄란 일어난 적도 없는 범죄여야 했다.

"뭐 먹을래, 지퍼?" 사이러스가 말했다.

랜디는 그 자식에게 아주 냉정한 눈길을 보내며 말했다. "까맣게 태운 닭, 괜찮을 거 같죠?"

로이스는 3번 테이블, 더글러스는 카지노 구역 저편의 16번 테이블에 앉아 있었는데 이 순간 로이스는 또 한 번 나온 열다섯이란 숫자를 못 미더운 눈으로 쳐다보고 있었다.* 이번엔 아홉하고 여섯이었다 ─ 어제 오전 눌러앉은 이래 열다섯만 아마 수억 번은 나온 듯했다. 딜러는 흔히 나오는 열을 까 보였다. 오케이, 로이스는 추가 카드를 받아야 했지만 ─ 그것이 기초 전략이었다 ─ 수천 판을 돌지 않는 한 열다섯으론 평생 끗수가 나본 적이 없었으므로 손을 휘휘 내젓곤, 딜러가 제 열다섯을 뒤집어 보인 뒤 카드 패에서 여섯을 뽑아 압승하는 모습을 지켜보았다.

"매우 유감입니다," 딜러는 중얼거렸다.

"네, 그래요," 로이스는 말했다.

그녀는 구역 저편의 더글러스를 힐끗 보았는데 그도 딱히 나을 것 없는 형편이었다. 정오를 향하는 시각, 오줌 누는 짬을 빼면 24시간 꼬박이었으므로 그녀는 다리 스트레칭을 해준 뒤 오줌을 한 번쯤 더 누어도, 그런 다음 지금껏 3만 2000달러와 잔돈 몇 푼이 들어간 무료 점심을 꾸역꾸역 넘겨도 나쁠 건 없겠거니 싶었다. 잘하면 3만 3000달러에 가까웠다.

그녀는 초콜릿 칩 두 개를 우걱우걱 삼키곤 진공 밀봉된 탄산수 소짜를 들고 꿈지럭꿈지럭 스툴을 벗어나더니 더글러스가 제 열다섯을 두고 우스갯소리 중인 쪽을 향해 카지노 구역을 빙 돌았다.

"그것도 기술이다, 더기," 그녀는 씁쓸하게 말했다. "점심 먹자."

"한 판만 더," 더글러스는 말했다.

더글러스는 은행장다운 상냥한 태도로 딜러에게 웃음을 지어 보이더니 자기가 9만 2000달러짜리 메르세데스를 끌고 벨라지오에 와서 50만 달러짜리 고속버스를 타고 돌아가게 생겼다고 농담을 했다.

예쁜 아시아계 여자인 딜러는 정중히 키득거렸다. 그녀는 더글러스의 패로 여섯과 열을, 자신의 패로 붉은색 퀸을 깠다.

"맙소사," 로이스는 딜러에게 말했다. "그 지랄맞은 거 어떻게 했

---

* 블랙잭을 하는 상황. 블랙잭은 딜러와 겨루는 카드놀이로 숫자 총합이 21에 가까운 사람이 이기되 21을 넘으면 지는 게임. 딜러와 플레이어는 카드를 각각 두 장씩 받되 원할 경우 추가 카드를 받을 수 있다. 에이스(A)는 1 또는 10이며 잭(J), 퀸(Q), 킹(K)은 각각 10으로 친다.

어요?"

딜러는 아무 의미 없는 소리를 냈다.

"오케이, 가봅시다," 더글러스는 말했다.

그는 테이블을 탁 치곤 넷을 뽑았다. 기적적이게도 예쁜 딜러는 제 열을 스물여섯으로 둔갑시켰다.

"점심시간!" 더글러스는 환성을 질렀다.

둘은 점심은 올리브로 때우자 결정하곤 더블 샷 블러디 메리를 들고 도박장 바로 바깥에서 회합을 가졌다. 로이스는 3만 3000달러, 더글러스는 2만 6000달러를 잃었는데도 벌써부터 두 사람은 블랙잭 사업에 복귀하고 싶어 몸이 근질거렸다.

"판돈을 한 판에 오백으로 올려, 바로 본전 찾으려면," 더글러스는 말했다. "손실을 감수해야 수익이 쏠쏠하지."

"그리고 만약 우리가 져도," 로이스는 말했다. "은행은 여전히 우리 거니까."

"바로 그거야. 요리한 장부*로 풀 수 없는 문젠 없어." 그는 그녀를 보고 화사한 웃음을 지었다. "더구나, 내가 물론 마스터 셰프랑 결혼까지 했으니."

"결혼 하난 당신이 우라지게 잘했지," 로이스는 말했다.

더글러스는 올리브를 잠시 충실히 씹었다.

"소소히 말해야 할 사항이 하나 있는데," 그는 말했다. "한 시간 전에 있잖아, 한 시간 반 전, 풀다에서 전화를 한 통 받았어. 토비 밴더 켈런."

"누구?"

"경찰 토비."

"그러니까……?"

"바로 그 사람. 휠 뚜껑** 토비."

로이스는 속내를 캐고자 더글러스의 표정을 살폈다. 그녀는 넉 달간 띄엄띄엄 휠 뚜껑 토비와 매트리스 성능을 시험해온 터였다.

"그 사람이 원하는 게 뭐야?" 그녀는 신중히 물었다.

더글러스는 설명했다.

그가 말을 마치자 로이스는 안도하며 말했다. "별거 아니네 그럼."

"더없이 내가 바라는 일이지," 더글러스는 말했다. "토비의 관심에서 멀어지는 거, 손해도 없고 위반도 없이."

"은행 강도도 없었고 말이지," 로이스는 말했다.

"말 잘했네, 은행 강도도 없었고," 더글러스는 말했다. "그래도 주의는 당부해야겠어. 토비가 어쩐지 관심이 좀 커 보이거든. 하나 더 있는데, 이 별난 경찰관이 가끔가다 내 마누라랑 떡을 친다는 점도 유념해두자고."

"떡?"

"떡."

"당신이 아는 줄 몰랐어," 로이스는 말했다.

"에이, 몰랐지. 찍은 거야."

로이스는 빨대로 제 블러디 메리에 공을 들였다.

---

* 　원문은 "cooked book"으로 회계상 나아 보이게끔 조작한 장부를 뜻한다.
** 　원문은 "hubcap"으로 차바퀴 중심축인 허브의 측면을 덮는 뚜껑, 즉 휠캡을 뜻하지만 속어로는 남근의 굵기나 여자 덮치는 행위에 빗댄 성적 농담.

"잘 찍었네," 마침내 그녀는 우물거렸다.

"고마워, 예쁜이."

"도박 테이블에서도 그렇게 해보지 그래? 어떤 카드가 나올지 맞혀봐."

더글러스는 허심탄회하게 웃었다. "은행가로서 최선을 다할게. 한데 지금 당장은 당신이 토비랑 몇 주나 떨어져 지내는지 한번 보자고. 있지, 우리 돈을 되찾을 때까진 원장들 정리해놔."

"그건 나한테 맡겨," 로이스는 말했다.

"아주 좋아," 더글러스는 말했다. "테이블로 돌아갈까?"

"돌아갑시다."

캘빈이 미네소타주 베미지에서 방방 뛰도록 행복한 건 아니었다. 그는 먹파리라든가, 자동차로 3마일은 달려야 1쿼트(약 1리터)짜리 우유랑 냉동 고기파이 몇 개를 건질 수 있는 미니 마트라든가, 송사리 어항 냄새가 나는 집이라든가, 매일 저녁 땅거미가 지면 깔리는 짙고 습한 안개라든가, 헤어드라이어로 한참을 괴롭혀도 눅눅해서 소름이 돋는 침대 시트 따위엔 조금도 호감이 없었다. 캘빈은 모기한테도 호감이 없었다. 그는 이미 적십자를 운영할 만큼의 피를 빨린 참이었다.

포트애런사스*부터 도착지까지는 문에서 문까지 열세 시간의 여정이었다. 짐 쌀 틈도 없이 새벽같이 출발, 그 뒤 지방 항공기를 타고 기착과 연착을 반복하는 불행의 열 시간.

그 모든 것의 결과가 이거냐고 캘빈은 생각했다.

창밖의 크고 파란 호수에 그는 털끝만큼도 매혹당하지 않았다.

부두나 보트 창고나 저택 우측 별관에 딸린 볼링장이나 물가에 빽빽이 늘어선 침엽수 및 자작나무에도. 두니가 지금은 고인이 된 고객에게 사기를 쳐 손에 넣은 침실 열한 개짜리 휴가용 궁궐은 지음새가 꼼꼼하고 숨어 지내기가 좋았지만 밤만 되면 숲속 가득한 모기들이 턱받이를 하곤 캘빈 만찬을 들겠다고 의자에들 앉았다.

"당신 탓이야, 내 탓이 아냐," 그는 짐 두니에게 징징거리는 중이었다. "세상에 대고 등 긁어달랄 순 없잖아."

"긁어봐야 부스럼만 생겨," 두니는 말했다.

"그건 장기적인 얘기고," 캘빈은 제 흉곽을 파헤치며 말했다. "단기적으론 가려워 죽겠다고."

"알았어, 진정해."

"진정할 수가 **있어야** 진정하지. 긁기나 해. 간지럽히지 말고."

두니는 고기파이 한 쌍을 오븐에 쓱 넣곤 식탁에 샐러드를 대령한 다음 캘빈의 반바지 수영복으로 손을 닦았다. "긁는 건 안 되지만 ─ 그건 금물이니까 ─ 칼라민**은 발라도 되겠지." 그는 고개를 절레절레했다. "아기가 따로 없다니까, 캘. 쪼끄만 모기 몇 마리가 물었을 뿐인데."

"몇 마리? 피부가 **땡땡이** 무늬야."

"그대로 있어."

두니는 로션을 가져와 캘을 식탁에 엎어뜨려놓고 마구 문질렀다.

---

*   Port Aransas. 멕시코만을 면하고 있는 미국 텍사스주 항구 마을.
**   calamine. 여드름, 습진, 가려움 등을 진정시켜주는 로션 내지 연고에 들어가는 성분. 보통은 그 제품을 가리킴.

"긁으라니까!" 캘빈은 말했다.

"그럴 순 없지. 일단 긁기 시작하면 밤새 그러고 있을 텐데."

"한 번만 짧게 긁어줘."

"안 된다니까."

"지미!"

캘빈은 저녁 식사 내내 가만있질 못하고 파리며 모기, 그리고 권총과 복수심으로 무장한 백화점 매니저한테 황야로 쫓겨난 일을 두고 투덜거렸다. "난 우리가 한 팀이라고 생각했어," 캘빈은 말했다. "당신이랑 내가. 우리가 비밀이란 비밀은 다 나눈 줄 알았다고."

"이 일은 내가 간과했어," 두니는 말했다.

"웬 놈이 당신을 죽이겠다는데 간과했다고?"

"죽이긴. 그놈은 너무 교활해서 그러지도 못해. 뭔가 다른 걸 할 테지."

"어쨌든 간에 나한테 말은 해줬어야지. 나 상처받아."

"그렇다면 미안해, 캘. 사과할게."

"이 고기파이는 끔찍하네."

"내 말이. 피자나 하러 나갈까?"

캘은 일어나 부엌 벽으로 가더니 거기에다 등을 긁었다.

"우리가 여기 있는 걸 그 친구가 찾아낼까?"

두니는 어깨를 으쓱했다. "글쎄. 자, 이제 가서 피자나 한 판 때리자고. 등은 나중에 긁어줄게, 내가 얼마나 미안한지 보여주지."

"비밀 더 있어?"

"한두 개," 두니는 말했다.

"힌트 좀 줘," 캘은 기운이 없다 못해 갓난아기 울음 같은 소리로 말했다. "우리가 왜…… 그러니까 장소도 좋고 다 좋아, 통나무로 만든 저택 하며 아주 색달라, 한데 우리가 왜 여기에 있는 거야? 정확히 무슨 일이 있었길래?"

두니는 잠시 답안을 고민 중인 모양이었다. 해야 할 말, 해선 안 될 말. "일이 복잡해, 캘 ─ 경제, 철강 등급, 조선술. 다 감당할 수 있겠어?"

"간단히 해. 난 모발 관리사야."

"내 **두피** 관리사지," 두니는 말했다. "그리고 죽을 때까지 내 파트너고. 그 셔츠 벗어, 등 긁어줄게." 두니는 숨을 고르곤 생각을 재정리했다. "오케이, 이렇게 시작하지. 난 PS&S의 명예 회장이요, 전 CEO인데 그건 당신도 다 아는 사항이잖아, 그렇지?"

"그런 셈이지. 더 아래쪽 긁어줘."

"그럼 PS&S가 무슨 뜻이야? 태평양 선박선적이야. 그러니까 그게 우리의 주력 사업이란 얘기야."

"보트?" 캘빈은 말했다.

"선박 말이야, 보트 말고. 차이가 있어. 대형 선박이야. 원양기선. 괴물이지. 수백 톤짜린데 주로 화물선이고, 그리고 우린 ─"

"더 박박! 거기가 미치겠어."

"캘, 젠장, 잠자코 좀 있어. 간단히 하려고 노력 중이잖아. 선박이야. 우린 그걸 소유하고, 그걸 판매하고, 물건을 수송해. 그게 주력 사업의 절반이야. 한데 우린 그걸 제조하기도 해. 그러니까 선박 말이야. 대형에 엄청난, 비싼 모선인데, 그걸 우리가 설계하고 기초부터 지어, 주로 저기 자카르타에서 ─ 세금 문제며 인건비며, 잡스러운 요식은 또 좀 많아야지, 어깨 뒤에서 3초마다 감시하질 않나. 좌우간……"

"잘하고 있어, 지미, 근데 날 위해서 요약을 좀 해줘. 내가 원하는 건 그저…… 더 박박! 내가 원하는 건 우리가 왜 여기 있느냐 하는 것뿐이야."

두니는 한숨을 짓더니 말했다. "세 문장으로 요약할게. 우리가 제조한 그 선박들? 그중 둘이 가라앉았어. 일곱 달 간격으로, 서로 다른 대양에서."

"당신 선박이 가라앉았다고?"

"그중 두 척이. 다른 하나는 전복됐어, 가라앉는 게 아니라. 음, 다시 말할게, 결국엔 그것도 아예 가라앉았어, 북태평양에서 한 달여를 까닥까닥하다가. 그러다 가라앉더라고."

캘빈은 뒤돌아 두니를 쳐다보더니 셔츠를 도로 걸쳤다.

"그것 때문에 우리가 여기서 모기 밥이 된 거라고? 당신 선박이 가라앉아서?"

"일부는 그 때문이야. 주로 그 때문이지. 불량 철강. 싸구려 철강——부적합 등급인 거. 어떤 재수 없는 몇 군데에는 철강이 아예 안 들어갔어. 접합부도 용접이 안 됐고. 정밀 검사도 없었지. 여기저기서 순진하게 뇌물은 오가고. 헤엄칠 줄 모르는 뱅충이 선원들이 한 다발이었는데."

"어이구 저런."

"에벌린이 고자질을 했어. 햅버슨한테 말했더라고. 그놈이 보도원이었거든."

"그러니까 당신이 범죄자란 거야?"

"나야 사업가지," 두니는 말했다. "난 그 일을 덮고 강경하게 나갔어. 이제 피자 하러 갈까."

슈퍼 에이트에선 랜디가 진짜 고약한 야생마, 적어도 어지간히는 고약한 야생마를 모는 저만의 기술을 칼과 사이러스에게 설명 중이었다. "말몰이는요," 랜디는 말하고 있었다. "뉘 집 푸들처럼 총총총 데리고 다니는 거랑은 다른데, 그건 그—— 혹시 몰라 말씀드리는데 그런 걸 말몰이라고 불러요—— 말몰이는 독한 어머니가 돼서 꼭 열받은 투견에 올라탄 것처럼 느껴야만 하는데, 안 그러면 심판들이 몹쓸 소리 갈겨 적으면서 이 점수 저 점수 깎기 시작하거든요, 암만 박차를 가해도, 말몰이에 암만 신장이식을 해대도. 근데 한편으론 끝내주는 야생마쯤 되는 애들은 꺼려져요, 나여도 그런 애들은 꺼린다고요, 왜냐하면 어떨 땐 끝장이 나는 수가——"

사이러스가 손을 들었다.

"네?" 랜디는 말했다.

"대체 야생마 얘길 하는 이유가 뭐야?"

랜디는 그 이유를 알았고 사이러스가 그 이유를 안다는 것도 알았지만 지금은 강도당했는지 안 당했는지 모를 8만 1000달러를 논할 시점이 아니었다. 그건 민감한 주제였다.

"그냥 말하는 건데요," 랜디는 말했다. "말몰이가 계집애 같아서 별로신가 보구나."

"그런 거야?" 사이러스는 말했다.

"네, 그런 건데요," 랜디는 말했다. "그냥 그렇다고 얘기 중이었잖아요, 아니에요?"

슈퍼 에이트 객실의 킹사이즈 침대에 팬티만 걸치고 누워 있던 칼은 일어앉더니 팬티를 벗곤 어기적어기적 화장실로 갔다. 그는 제 어깨 뒤로 말했다. "나를 몰아줘, 지퍼. 나도 그럭저럭 어지간히 고약하니까."

사이러스가 웃음을 터뜨렸다.

샤워기가 켜졌다.

"칼이 너무 예의 발라서 못 한 말이 뭐냐면," 사이러스가 다독이다시피 설명했다. "네가 주제를 바꾸려 한다는 느낌이 저 친구한테 든다는 거야. 네가 왜 우릴 잘못된 쪽으로 끌고 가는지 알고 싶은 거라고, 알겠어? 혹시 우릴 속이는 건지, 공짜로 무슨 보디가드를 세우려는 건지."

"누가 보디가드 서달랬어요?"

"따로 말은 안 했지," 사이러스는 말했다.

"**결코 말** 안 했거든요," 랜디는 말하더니 절대적인 단정은 하지 말았어야 했는데 하고 곧장 깨달았다. 이제 그는 끝장을 짓든 자기가 낙인찍은 계집애처럼 보이든 해야 했다. "그 대중식당에서, 기억하죠? **돈** 얘기 나오니까 당신들 둘이 달려들었잖아요."

"돈?" 사이러스는 말했다. "칼이랑 내가 돈 팔만 천에 관심 갖는다고 생각하는 거야?"

랜디는 얼른 머릴 굴렸다.

"아뇨," 그는 말했다.

"아뇨이 맞을 거야," 사이러스는 말했다. "왜냐하면 팔만 천 따윈 **없으니까**. 오늘 우리가 그걸 규명하지 않았던가?"

"대충요. 그래도 난 앤지를 믿어요. 그녀는…… 그녀는 종교적이거든요. 앤지는 털지도 않은 은행을 털었다고 말할 사람이 아니에요."

사이러스는 한숨을 쉬곤 방 안에 하나뿐인 안락의자에서 몸을 일으켰다. 그는 거구에 인상적인 사내였다.

"네 그 값진 커틀러스는 얼마나 나가, 지퍼?"

"내 커틀러스요?"

"왜 그거 있잖아. 현금. 칼이랑 내가 관심 없는 거."

화장실 샤워 칸에선 노랫소리가 흘러나오고 있었다.

"큰 값어친 없을걸요, 아마," 랜디는 말했다. "자동차 취향이 별로라면 말이죠."

"음, 내일 그걸 팔아치우자. 그 몫을 셋으로 쪼개는 거야. 공정한 것 같군, 그렇지? 우린 있잖아, 칼하고 나는 이것저것 죄다 곧이곧대로 받아들일 수가 없어, 내 말 알아들어?" 그는 낄낄거렸다. "우리 셋은 말이야, 지퍼, 도둑놈들마냥 너무나도 절친한 사이니까."

"아이참, 사이러스," 랜디는 말했다. "난 저 커틀러스랑 일종의 사랑을 하고 있다고요."

"그게 말이지, 난 네가 그 점을 고민해봤으면 좋겠어," 사이러스는 말했다. "네 그 넓은 마음속에서 무엇이 발견되는지 보라고."

그는 티셔츠를 벗은 다음 사각팬티를 벗더니 슈퍼 에이트 객실의 미니어처 같은 화장실로 기동해 나아갔다.

랜디는 가만히 서 있었다 — 그는 내내 서 있던 참이었다.

커틀러스를? 그는 생각했다.

랜디는 전도유망한 샤워 듀엣을 따라 흥얼대면서 청바지, 티셔츠, 팬티, 신발, 양말, 그리고 손목시계 한 개와 지갑 두 개를 재빨리 챙겨 들었다. 1분 뒤 차에 오른 그는 이스트 7번가를 타고 제일 좋아하는 대중식당을 지나 당일 오전 살펴두었던 데이스 인*을 향해 달리고 있었다.

그는 입술이 아릴 만큼 웃음이 지어졌다.

왜 나 말곤 모두가 나를 과소평가하는 걸까? 그는 의아했다.

14

에벌린의 벤틀리가 떠난 뒤 보이드는 거의 아무것도 안중에 없이 이런저런 회상에 젖느라 라시에네가의 도로변 카페에서 20분을 미적거렸다. 지구에서 50년, 길기도 한 세월, 하지만 문제가 되는 건 고작 2, 3초였다.

1분은 60초, 한 시간은 60분, 매 시간은 3600초. 네가 살아온 시간들을 전부 곱해봐.

놀랍구나, 그는 사색에 잠겼다.

3초를 빼봐, 그럼 넌 다른 사람이야. 넌 은행 강도가 아니야. 넌 권총을 들고 다니지 않아. 넌 라시에네가에 혼자 있지도 않아, 네 전처가 호화로운 차를 타고 벨에어로 가고 있을 때. 그는 그 일을 떨쳐낼 수 없었다. 숨 한 번 들이켜는 데 드는 시간, 아이고, 네가 어린 아들을 떨어뜨리는 데 든 시간이기도 하구나, 철퍼덕, 그것으로 끝

---

*　　Days Inn. 미국에서 1970년 설립된 중저가 호텔 체인.

장나 영원히 그 상태로 머무는.

몇 분이 지나고서야 보이드는 한숨을 내뱉곤 똑바로 일어앉았다. 그는 스냅사진을 도로 지갑에 넣고 테이블 위의 음료를 마저 끝낸 다음 죄지은 사람처럼 젊은 웨이터를 불러 척추 보양주를 주문했다.

그는 생각했다, 보이드, 네 연인이야말로 진정 말없이 고통받는 사람이야. 조강지처가 으레 그렇듯 에벌린은 인생이라는 학살극을 아주 세련되고 근사하게 참아내는, 단연 일품인 사람이었다. 그녀는 견디는 법을 알았다. 물론 새 결혼의 물질적 보상이 상처를 일부 치유해주긴 했다, 영혼을 위한 향유가 들어찬 저택, 밤늦은 시각의 오한을 쫓아줄 은색 벤틀리가.

그러고도 남지.

조금 뒤 그는 생각했다, 그 고통에 관한 네 견해가 비뚤어졌단 건 물론 부인할 게 못 돼.

왜냐하면 사실이 그러니까.

새 잔을 손에 든 보이드는 자리에 앉은 채로 비벌리힐스의 정신없이 들뜬, 대체로 죽이는 옷들을 입은, 눈길 가지 않는 이가 하나도 없는 인파를 관찰했다. 그는 상당수가 쓸 만한 유방에 슈퍼맨 같은 이두박근임을 눈여겨보았다. 심지어 어린이들도 멋들어지고 스타일이 좋았다. 저런 건강해 보이는 태를 만드느라 저 사람들은 뭘 소비했을까 그는 궁금했다. 안장주머니 같은 넓적다리랑 불룩한 배들은 다 어디로 간 거지? 망할 기미들은 다 어디로 갔고? 아하, 다들 마흔아홉 살이 아니구나, 그는 생각했다. 튀긴 돼지고기랑 맥주를 점심에 아무도 안 먹는 거야.

건배.

그의 척추가 보양되었다. 이제 대략 한 잔만 더 하자. 그는 종잡을 수 없는 세상을 경계 중이었다.

지근거리인 라시에네가 맞은편의 공원 벤치를 보니 당신!의 무례한 안내원 아가씨가 복숭아로 보이는 작은 것을 앉아서 먹고 있었다. 그녀 옆에는 토포 치코* 병이 놓여 있었다. 보이드는 스스로도 영문을 모른 채 그녀에게 손을 흔들어 제 테이블로 불렀다. 점심시간에 진 한 잔의 취기라면 그녀도 이해해줄 거라고 그는 생각했다. 게다가 카드놀이만 잘 풀어간다면 그녀가 공중 부양술에 깃든 역학적 원리를 공유해줄지도 몰랐다.

기분도 허탈하고 그 일도 허탈한데 왜 그 일을 곱씹는 걸까? 가뜩이나 햇살 좋던 아침도 이젠 서쪽 언저리가 눈에 띄게 위협적으로 변했는데.

날씨는 잘도 흘러가는구나, 그는 생각했다.

하기야, 될 대로 되라지 —— 환상곡 작곡가 납신다!** —— 그리하여 그는 머잖아 로스앤젤레스 전부가 새빨간 거짓말을 하고 있는 모습을 상상했다 —— 저 안내원, 그녀는 손으로 투표용지나 세고 있을 것이고 아이들은 공민학*** 시간에 『신데렐라』를 읽고 있을 것이며 할리우드 사람들은 〈왈가닥 루시〉****에서 따온 대사로 각주 트윗

---

*   Topo Chico. 탄산수 상표.
**   원문은 "Après moi (…) a fantasist's deluge!"로 이 말은 커트 보니것의 장편 소설 『자동 피아노Player Piano』에도 인용되었던 허무주의적 프랑스어 관용구 "Après moi, le déluge(나 죽은 뒤에야 홍수가 오든 말든)"를 변용한 것.
*** 시민의 권리와 의무, 정부의 역할과 구성 등을 배우는 수업.
**** I Love Lucy. 1950년대에 방영된 TV 시트콤.

을 날리고 있겠지—구름도 거짓말, 카드 패도 거짓말, 노아의 끝 장나는 홍수처럼 미국 전역에 전염병이 번지고, 보이드처럼 토끼 굴에서 산다, 그럼 토끼 굴도 행복한 우리 집이니, 고로 목을 자르라! 기후학자들? 화학자들? 혀를 자르라! 〈베놈〉이 있는데 현실이 과연 필요할까? 스스로 지어내면 되는데 역사가 왜 필요하지? 에벌린이 가진 그의 거짓말 목록은 확실히 인상적이긴 했지만 철저한 것과는 거리가 멀었다. 그녀가 아는 건 무척 적었다. 보이드는 자기 시대의 사람이었다—선구자였다. 그는 교수형을 좋아하는 살렘의 재판관이자 조 매카시*의 귓가를 맴도는 벌레이자 지금도 페이스북에서 나불거려지는 웅장한 뻥카의 저자였다—**히로시마는 영리하게 날조된 겁니다, 홀로코스트는 공상과학소설이죠, 재키 로빈슨은 흑인으로 분장한 백인이었습니다, 파충류들이 국세청 전화로 선거 유세를 했습니다**…….

아이고 이런, 그러다 보이드는 자리에서 일어서더니 뒤로 손을 뻗어 지갑 속의 죽은 아들을 톡톡톡 얼러주었다.

그제야 그는 휘청거리는 갑판 걸음으로 조심조심, 길 건너로 힘겹게 나아가기 시작했다. 물결은 이내 그를 젊은 안내원의 2피트 거리에 던져놓았는데 그녀는 그 샛별 같은 눈으로 알아보았다는 깜빡임 한 번 없이 앞에서 멍하니 쳐다만 보며 남은 복숭아를 음미했다. 왜 경찰이 나를 철창에 잡아넣지 않는지 이걸로 설명이 되는구나, 그는 추론했다. 유령을 체포하는 거랑 다를 게 뭐람.

그는 휭 하고 지나가는 바람에 휘청거리더니 다시 균형을 잡곤 버스 정거장으로 나아갔다. 이번 버스는 쏘지 말자고 그는 생각했다.

샌타모니카로 달리다 서다 하는 건 곧 에벌린이 언급한 죄악의 목록을 재생하는 일이었다. 그는 굴(oyster) 때문에 신경이 쓰였다. 굴에 대해선 그도 거짓말한 적이 없었다. 굴 70여 개. 히치콕의 집 잔디를 깎던 사내와.

그는 어머니 집 세 블록 거리에서 내렸다.

오, 이런, 하고 그는 생각했다. 하늘은 어쩌자고 진(gin)을 보도에 버리시는 거야?

길에 경찰차도 특수기동대(SWAT) 팀도 없어 보이드는 선물을 받은 기분이었다.

안에선 앤지가 거실에 앉아 발톱을 칠하고 있었다. 그녀가 째려보았지만 보이드는 아무 말 않고 부엌으로 걸음을 서둘렀다. 그는 커피포트에 물을 채우곤 싱크대를 구부정히 내려다보다가 커피포트의 내용물을 제 머리에 부었다. 좀 낫군, 많이는 아니지만, 하고 그는 판단했다. 몇 분 뒤 진짜로 커피 물을 준비한 그는 두 잔을 만들어 거실로 내갔다.

그의 짐작대로 앤지는 그 때문에 언짢아져 있었다.

"나를 열받게 하는 건," 그녀는 토라져서 말했다. "당신이 하느님 당신께, 당신의 창조주이자 만물의 인지자께 맹세를 했다는 거예요. 술 안 하겠다면서요, 안 그러면 지옥에서 구워지길 바라겠다고."

"갈증이 났어요," 보이드는 말했다.

"그래서 **족쇄**를 풀었단 소리 같군요."

"앤지, 창가에 가봐요── 하느님이 우리한테 진을 내리고 계시니까. 나 너무 피곤해요. 낮잠 자야 돼요. 가서 재갈 찾아와야겠어요?"

---

* 반공주의를 선동한 매카시즘의 그 조지프 매카시(Joseph McCarthy).

"높은 곳에 계신 구세주께 약속했잖아요, 우리 교우님. 나한테도 물론이고요."

"알았어요, 내가 말을 잘못했어요," 그는 말했다. "미안합니다."

그녀는 얼굴을 찌푸렸다. "보이드, 미안하단 대답을 하느님이 다 받아주셨으면 지옥엔 아무도 없었을걸요. 미안한 게 무슨 소용이에요? 이 커핀 너무 센데."

"난 센 게 필요해요."

"그럼 나는요? 여기서 이제나저제나 기다리기나 하고, 당신이 혹시라도——"

"재갈 가져올게요," 보이드는 말했다.

"행운을 빌어요. 여호와를 재갈 물릴 순 없어요."

보이드는 선 채로 일순 깊은 잠에 들었다가 딸깍하고 깨더니 부엌으로 가 노란 스펀지와 테이프 한 통을 들고 돌아왔다.

앤지는 그를 올려다보았다.

"그거 소독했어요?"

"아니요. 입을 다물면 내가 다 설명해줄게요."

그녀는 스펀지를 몇 초 바라보았다. "알았어요, 들을게요, 근데 앞뒤가 맞는 게 좋을 거예요."

처음에 보이드는 어디서부터 시작해야 할지 몰라 입이 떨어지지 않았지만 자신의 짐작보단 빠를 속도로, 쪽팔린 세부 사항들은 건너뛰어가며 제 인생의 최근 10년을 요약했다.

그의 말이 끝나자 앤지는 말했다. "그러니까 당신은 강박적인 거짓말쟁이네요. 모든 것에 대해서."

"네."

"당신 이름도 핼버슨이 아니라는 거죠? 버드송이요?"

"맞아요. 핼버슨은 내 어머니 성이었죠. 혼인 전 성. 어머닌 버드송을 좋아하지 않았어요. 우리 아빠가 돌아가시자 그 성을 되돌린 거예요. 내 성도요."

"그렇군요. 근데 버드송이 뭐 잘못됐어요?"

"모든 면에서요," 보이드는 말했다. "그게 잘됐을 건 뭐예요?"

"음, 서정적이잖아요."

"우스꽝스럽기도 하죠. 난 당신이 비웃지 않을 성을 원했어요. 버드송, 짹짹…… 꼬맹이 때 얼마나 굴욕을 받았는지."

앤지는 매니큐어 뚜껑을 제자리에 돌려놓곤 어색할 만큼 긴 시간 동안 바닥을 응시했다. 그녀는 두 차례 입을 떼려다 두 차례 모두 다 물었다.

"좋아요," 마침내 그녀는 말했다. "당신은 중독된 데다 멈출 줄도 모르는, 하느님을 믿지도 않는 거짓말쟁이예요. 큰 거든 작은 거든. 거짓말, 거짓말, 거짓말. 평생을. 그러다 그 두니라는 사람이 그걸 간파하는데 — 전 장인어른이랬죠, 맞아요? — 그 사람은 그 거짓말들을 빌미로 당신의 낙원 같은 결혼 생활을 파탄 내요. 스캔들. 몰락한 삶. 존부인* 문제. 당신은 결국 풀다에 굴러들어 브래지어나 팔게 되죠. 혹시 빠진 거 있나요?"

"존부인이요?" 보이드는 말했다.

"검색해봐요."

"무슨 뜻인진 나도 알아요. 당신이 쓰니 놀라워서요."

---

* '부인'을 높여 이르는 말. 원문은 '아내의'라는 뜻의 "uxorial".

"왜요? 내가 무식해서요?" 그녀는 그가 눈을 피할 때까지 그를 빤히 쳐다보았다. "아무튼 존부인 문제. 그리고 나중엔, 어라 이것 봐라, 당신의 전처가 줄리어스 뭐시기랑 결국 함께하게 되는데, 그는 한때 두니의 사환이었지만 지금은 악취 풍기는 부유한 CEO예요. 간단히 말해서 그 얘기죠?"

"주니어스요, 줄리어스가 아니라."

"그래요, 주니어스," 앤지는 말했다. "요점은, 그 두니가 당신을 때려눕혔다는 거죠. 버드송을 가루로 만들어놓았다."

"맞아요," 보이드는 시인했다. "난 어둠 속에서 빛나는 사람이에요."

"게다가 이제는 권총을 들고 다니면서 하느님의 노여움을 부르는 사람이기도 하죠."

보이드는 제 커피잔을 들여다보면서 모면할 수 있는 벌과 없는 벌을 따져보았다.

"시놉시스 좋네요," 그는 말했다. "같이 한잔해야겠네?"

"내가 전에 말했죠, 난 트레일러 거지가 아니라고." 앤지는 잠시 뜸을 들이더니 꼼지락꼼지락 양발에 샌들을 신었다. "생각 좀 하고 올게요."

그녀는 현관문으로 갔다.

"산책 다녀올게요, 보이드——아마 길어질 거예요. 스펀지는 치워놔요. 무릎 꿇고서 나 돌아오게 해달라고 비열족 성인께 뻔뻔하게 기도나 해요."

"오케이," 그는 말했다.

・・・

커피 탓에 보이드는 한 시간쯤 깨어 있었지만 결국엔 어머니의 울퉁불퉁한, 화려하게 천갈이를 한 소파에서 꾸벅꾸벅 잠이 들었다. 잠이 깨자 그는 자기가 얼마나 비루한 인간이 되었는지, 얼마나 비참한지, 또 얼마나 무능하면 고백이란 행동을 할 때조차 진실을 오롯이 입 밖에 내질 못하는지 문득 깨닫곤 식겁했다. 그에게 거짓말은 자동적이기만 한 게 아니라 생물학적이기도 했다. 그는 남들이 오르가슴에 다다르는 식으로 거짓말을 했다.

앤지는 아직 돌아오지 않은 상태였다.

그는 커피포트를 설거지한 다음 말리곤 여행 트렁크에서 윈스턴 처칠을 꺼내어 아버지의 안락의자에 자리 잡더니 문장 하나를 읽다 말고 일어나 밖으로 나가서는 현관 계단에 앉았다. 무더웠던 낮이 무더운 밤이 되어 있었다. 공기에서 진 냄새가 났다.

조금 있으니 앤지가 보도를 씩씩하게 걸어 올라왔다.

그녀는 계단 그의 옆자리에 털썩 주저앉았다. 몹시 성난 그녀의 한숨이 배출되기까지는 30초가 걸렸다.

"내가 무슨 생각 중인지 안 물어볼 거예요?"

"무슨 생각이길래요?" 보이드는 말했다.

"몇 가지요," 앤지는 말했다. 그녀는 부드러운 타락의 밤을 눈을 가늘게 뜨고 쳐다보았다. "별로 중요한 건 아닌데, 이것부터 시작하죠. 누구나 결혼 생활을 망치는데 그건 하느님의 책에선 죄악이고, 그러니 당신이 앙갚음을 하려는 이유는 알겠어요. 복수는요, 그건 성경만큼 오래됐는데, 다만 복수는 성경에서도 하느님이 주체가 아닌 한 끝이 좋질 못해요. 나도 당신 편이긴 한데요, 보이드, 당신도 이젠 상식을 좀 발휘할 필요가 있어요."

"예를 들면요?"

"뭐, 예를 들면," 그녀는 말했다. "지금까지 모든 게 얼마나 **쉬웠는지** 당신은 눈치 못 챘죠? 누가 은행을 털었어, 그럼 곤경에 처할 게 예상되는데 경찰이 한 사람도 안 보이잖아요. 그리고 나를 멕시코로 데려갈 때 당신 전처의 여권을 사용한 것도 그래요. 난 빨강 머리, 그녀는 콜라병 같은 흑갈색 백인이고 내가 최소한 열 살은 어려요, 그런데도 우린 세관을 가뿐히 통과했죠. 또 하나. 당신이 여기 있단 걸 알아내기가 얼마나 어려울 것 같아요 — 당신 어머니 집에 있단 걸? 인터넷에서 6초면 돼요. 당신도 곤경에 처할 게 예상될 거예요."

"곧 닥쳐오겠군요," 그는 말했다.

그녀는 고개를 가로저었다. "잘은 모르겠어요. 어느 정도 그렇다고 보는 거죠. 내가 내 상사 얘기 했던 거 기억나요, 그 여자가 긴 나눗셈을 거의 못 한다던 얘기?"

"안 나요," 보이드는 말했다.

"내 말을 **듣는** 것부터 해야겠네요."

"앤지, 지금까지 내내 들었 — "

"**지금도** 안 듣는군요. 내 상사 말이에요, 이름이 로이스인데, 그녀가 지역사회 국법의 두 번째 우두머리고 기본적으로 여러 가질 관리해요. 대여섯 번인가 — 그보다 많을 건데 — 내가 내 금전등록기 출력물을 들고 가서 계산이 하나도 안 맞는다고 그녀한테 보여줬어요, 예금 대비 인출금을요. 로이스가 한 일은 자기가 확인해보겠다면서 마치 내가 금전등록기를 한 번도 열어본 적 없는 세상 멍청한 촌뜨기라는 식으로 나한테 웃음을 보낸 게 전부였죠, 마치 내가 오십 달러짜릴 환전할 줄도 모른다는 식으로."

"그러고요?"

"그러고요라니요? 각본이 어떻게 흘러갈지 보이잖아요, 그죠?"

"어느 정도는요. 실은 모르겠어요."

"그게, 일이 많답니다," 앤지는 말했다. "이를테면 그녀가 자기 개인 대여금고에 보관 중인 그 한 질의 장부라든가. 아니면 어쩌다 내가 금고실에 가 보면 수백 달러가 있었던 자리에 떡하니 구멍이 나 있다든가. 으레 내가 어찌 된 일이냐 물으면 그녀는 너 참 딱할 만큼 어리석다 하는 웃음으로 날 깔아뭉개면서 자기가 처리하면 된다고, 내 안 굴러가는 머리론 걱정하지 말라는 거예요. 꼭 저기 풀다에서 사는 멕시코 사람들 대하듯이요, 다 해서 틀림없이 사오백 명쯤 되는 사람들, 불법체류가 족히 절반, 아마 그 이상은 될 사람들. 하지만 그 마을엔 은행이 지역사회 국법 하나뿐이죠. 이해돼요? 그러니까 그들, 그 멕시코 사람들은 죄다 고향 티후아나에 계신 할머니한테 돈을 부쳐요, 맞죠? 다만 로이스가 거래 수수료 7퍼센트, 환전 수수료 4퍼센트를 붙여놓고선 송금 자체를 까맣게 잊는다 이거예요. 당신이 불법체류자다, 멕시코 사람이다, 그럼 뭘 할 수 있겠어요?"

"그녀가 부정하다는 건가요?"

"아니요," 앤지는 말했다. "그 **은행 자체**가 부정하다는 거예요. 그래요, 나 하찮은 출납원 맞아요, 하지만 그렇더라도⋯⋯ 그 큰돈이 내 눈에 안 보이는 건 무슨 영문이냐니까요? 융자 상환금, 자동차 할부금, 저당물, 민간투자? 아마 로이스는 연방순사들이 그것들 하나하나를 너무 꼼꼼히 들여다보지 않길 바랄걸요."

보이드는 그 말을 이젠 좀 더 신중히 헤아려보았다.

"억지스럽네요," 그는 마침내 말했다.

"그럴지도요. 하지만 당신이 당신 자신의 은행을 턴다면 '저기요, 우리가 강도를 당했어요!' 하고 소리칠 일은 처음부터 없겠죠."

"감시 카메라는요?"

"버튼만 누르면," 그녀는 말했다. "카메라 영상은 없는 거나 마찬가지예요."

둘은 이웃 여자가 개 산책시키는 걸 한동안 말없이 앉아 바라보았고, 그러다 보이드는 웃음을 터뜨렸다.

"뭐가 웃겨요?" 앤지는 말했다.

"아무것도 아니에요. 그냥, 내가 은행을 턴 건 털었다고 하기도 뭐해서요. 별로 웃긴 일은 아닌 것 같네요."

"웃긴 일 아니죠," 그녀는 말했다. "조만간 당신 여행 트렁크에 있는 현금을 쫓아서 누군가 올 거예요. 경찰은 아닐 거예요, 아마도, 하지만 로이스는 자신의 다이아몬드랑 블랙잭이라면 껌뻑 죽는답니다. 더글러스는 심지어 더해요."

"더글러스?"

"당신의 키와니스 동료요. 그녀의 악마 같은 서방님. 이빨 드러내기 전까진 전부 천사라니까요."

"나 술 필요해요, 앤지."

"아니, 안 돼요. 당신한테 필요한 건 머리가 잘 굴러가는 여자예요."

위층에서 둘 다 잘 준비가 되었을 때 앤지는 말했다. "내 생각은 이래요— 내가 볼 땐 당신이 나랑 잠자리 가질 때가 된 것 같아요. 당신 스스로 얼마나 거짓말을 일삼는 인간인지 실토했으니 그게 시작인 거죠. 우리 사이에 어떤 기본적 신뢰가 형성됐달까. 당신이 사실상 결실을 맺고 번식을 하고 잘하면 나한테 한두 번의 전율을 선사하지 않으면 안 되는 그런 신뢰요."

"고맙지만 됐어요," 보이드는 말했다.

그는 바닥에 담요를 펴더니 전등을 탁 끄곤 누웠다.

앤지는 얼마간 그의 어머니 침대 가장자리에 걸터앉아 그를 가만히 쳐다보더니 숨을 가다듬곤 말했다. "비밀 하나 말해줄게요, 그럼 당신도 날 신뢰하게 될 테니까. 과거 고등학생 때 내가 체조 선수였다고 한 거 기억나요?"

"네, 어렴풋이," 보이드는 기억나지 않았지만 말했다.

"그래요, 나 실력 좋았어요. 졸업반 때 레딩*에서 있었던 주(州) 대회 결승에 올라갔는데 종합 순위에서 있잖아요, 왜, 내가 2위나 다름없는 거예요. 아직 마지막 경기가 하나 남았는데 그게 도마였어요, 내 취약점, 근데 1위를 하던 여자애, 걔가 도마 미국 대표 아가씬데 그게 걔 전문이고. 그러니까 내가 아주 곤란한 지경인 거죠. 난 내 순서를 잘 치르지만 드라마틱한 부분은 없어서, 그 자리에서 내가 할 수 있는 일이라곤 거기 앉아서 대회를 지켜보는 것뿐인데, 당연히 도마 아가씬 미쳐가지고 만점을 받는 거죠. 오르기, 착지, 그 사이의 모든 것에서 실수 하나 안 하고. 내 트로피가 날아가는 거예요. 창밖으로요. 하지만 내가 울까요? 어림없죠. 난 총총총 걸어가서 러시아식으로 애정의 키스를 전할 뿐이에요."

"저기," 보이드는 말했다. "요지를 잘——"

---

*　　Redding. 미국 캘리포니아주의 도시.

"아직 안 끝났어요."

"아."

"그러고 나중에 다들 탈의실이에요. 난 거기 그 벤치 위의 트로피를 알아봐요. 그러니까, 그게 거기에 혼자 덩그러니 놓여 있는 걸 보고 내가 하는 생각이, 자, 얼른 가, 얘. 가져와. 그래서 난 그렇게 해요. 트로피를 내 운동 가방에 던져 넣고서 지퍼를 직 닫고 버스를 타러 나가는 거예요. 그러곤 그걸로 끝."

"알았어요," 보이드는 말했다. "이제 당신을 신뢰해요."

앤지는 고개를 짜증스럽게 흔들었다. "보이드, 세상에, 그냥 좀 들을 수 없어요?"

"그거 돌려줬어요?"

"보이드, **누가** 말하면 좀 내버려둬요."

어둠 속에서도 그는 그녀가 째려보는 게 느껴졌다. 그녀는 일어나더니 가서 창문을 열곤 상체를 그리로 내밀었다.

"당신이 원하면," 그녀는 말했다. "강간범이다 하고 외쳐줄게요."

"알았어요. 그 뒤엔 어떻게 됐어요?"

그녀는 다시 침대로 기어올랐다.

"그렇게 2년이 지나요. 난 저기 치코(Chico)에 있는 대학에 다니죠, 경영학과요, 그 트로피는 내 방에 그대로 있고요. 다만 이제는 죄책감이 들기 시작한 상태죠. 만기가 다 된 느낌, 알아요? 나도 성장을 한 거죠. 신체적으론 아닌 것 같은데, 그래도 이제 양심은 있어요, 윤리도 알고, 그래서 혼자 이렇게 생각해요, 앤지, 도마 아가씰 어쩌다 만나면 있잖니 — 10억 년이 걸리더라도 말이야 — 그 시시한 트로피는 돌려주렴. 그다음은 어떻게 됐게요?"

그녀가 어둠 속에서 앉아만 있자 보이드는 말했다. "잘은 모르겠지만 틀림없이 ——"

"이봐요, 좀, **당신**이 말할 때 내가 어디 끼어들던가요?"

"난 당신이 물어본 줄 ——"

"제발요, 제발, 입 좀 다물어요. 그래서 한 달인가 3주쯤이 지나 내가 첫 직장을 잡으려고 은행 면접을 보러 다니던 때에 풀다에 면접이 있어서 차를 몰고 올라가요. 지역사회 국법에 걸어 들어가죠. 그랬더니 거기 출납 창구에 누가 서 있는지 알아요?"

보이드는 아무 말 않았다.

"어서요," 앤지는 말했다. "맞혀봐요."

"싫은데요," 보이드는 말했다.

"어서요, 맞혀봐요."

"알았어요. 도마 아가씨요."

앤지는 그를 빤히 쳐다보았다. "당신 **참** 안일해요, 안 그래요? 그건 너무 우연적이잖아요. 다시 맞혀봐요."

"앤지, 단서라도 줘야죠."

"**당신**이요."

"내가 뭐요?"

"당신이 거기에 서 있었다고요. 은행에요. 수표를 현금으로 바꾸느라."

"그게 체조랑 무슨 상관이 있어요?"

"상관없어요. 당신을 처음 본 게 그때라고요."

보이드는 고개를 끄덕끄덕했다. 이번이 처음은 아니지만 세상에 대한 앤지의 접근 방식은 우회적이라는 생각이 들었다.

"좋아요," 그는 말했다. "이야기 마저 끝내요."

"**그게** 끝이에요. 난 그냥 당신한테 커다란 비밀을 들려준 거예요."

"어떤 점이 비밀이에요?"

"당신을 어쩌다 처음 봤는가 하는 거요, 보이드. 우리가 처음 만난 게 언제 어디서였는지, 그 전부를 난 정확히 기억한다는 사실."

"그 트로피는 어떻게 됐어요?"

앤지는 어깨를 으쓱했다. "그건 이제 내 거예요. 하지만 당신은 조금이나마 내 말을 믿어줬으면 좋겠어요."

보이드는 이만하면 됐겠지 싶을 만큼 뜸을 들였다.

"앤지," 그는 다정하다 싶게 말했다. "오늘 밤엔 결실 못 맺겠어요."

"그럼 당신만 손해죠," 그녀는 말했다.

15

토비 밴 더 켈런이 멕시코인들을 잡아대는 이유는 첫째가 재미요, 수익은 둘째였지만, 교통 정체가 끝난 후 페드로*가 자동차 삼각창을 통해 그렇게나 현금을 찔러주고 싶어 할 땐 그도 이 명목으로 10달러 저 명목으로 20달러 개의치 않고 주머니를 채웠다. 토비에게 그들은, 심지어 여자들까지도 모두 페드로였다. 하긴 그들이 애초에 불법을 저지른 바에야, 미등 하나 고치지 못하는 바에야, 그리고 메이플라워호** 승객 명단에 이름이 없었던 바에야 10달러건 20달러건 뭐 어때서? 이건 오리 사냥이나 마찬가지야, 토비는 생각했다. 오리들은 그냥 휙 하고 날아가지 출입국관리소를 거치는 법이 없었으니, 경찰인 토비처럼 오리 사냥 면허가 확실하다면야 도로에 깃털 한 다발 날린들 뭐가 문제람? 오리는 그냥 오리였다.

---

*   Pedro. 흔한 멕시코계 남자 이름. 멕시코계 이민자를 업신여겨 이르는 말.
**   1620년 미국의 초창기 이민자인 청교도들이 영국에서 타고 온 배의 이름.

확 뜯어내자, 그는 생각했다.

그러다 그는 그걸 소리 나게 말했다. "확 뜯어내자." 확고하고 단호하게, 그는 오늘 밤 그렇게 트윗을 올릴 예정이었다. 확 뜯어내자. 마치 신문 헤드라인이나 뭐 그런 것처럼.

그 순간 사우스스프루스 거리에 자리한 JC페니 매장을 지나 순찰 중이던 토비는 페드로 넷을 짐칸에 안전벨트도 없이 태운 픽업트럭을 발견한 참이었다. 그는 잠시 브레이크를 밟았지만, 그러다 당장은 범미주의라 할 박애의 기분이 들기도 하고 은행에 볼일이 있지 않느냐는 판단도 들었다.

그는 키와니스-에이스 기자재 건물 앞에 차를 세우곤 주차 요금 징수기는 무시한 채 사우스스프루스 거리를 건너 지역사회 국법으로 걸어가면서 혹시 타이어 공기압 위반은 없는지 살폈다.

페드로 숫자의 5분의 1은 족히 될 3400명의 잠재적 범죄자를 떠맡은 이 마을의 유일한 풀타임 경찰, 참 고생스러운 일이야, 하고 그는 생각했다. 물론 엘모가 있기는 했지만 엘모는 이따금 대신해주는 파트타임이었고 완다 제인은 상황실 책상에 앉아 제 젖꼭지 매무새나 정리하는 여자였다. 그가 완다 제인을 전혀 존중하지 않는 건 아니었다. 그 젖꼭지도 뭐랄까, 39인치에서 40인치짜리 가슴에 달린 젖꼭지마냥 존중을 받았다.

보도에 올라선 토비는 지역사회 국법의 한 집 건너에 서더니 쿨(Kool) 담배에 불을 붙이곤 로이스가 아침 도넛을 들고 달려오길 기다렸다. 지역사회 국법과 관련해 중요한 건—전처가 없는 이 나라의 어지간한 장소에서 중요한 건—이제 쿨을 즐길 수 없다는 거였다. 밖에 나가 눈보라 속에서 폐렴이나 걸릴밖에. 민주당원들이 문제였다. 민주당 것들만 없으면 지금도 암 걸리고 싶은 사람은 걸리고 경찰 배지로 세뇨리타도 슬쩍 후리는 건데, 하고 토비는 생각에 잠겼다.

그는 담배도 피우고 완다 제인에 대한 존중도 좀 더 하면서 15분을 그대로 서 있었다.

로이스가 마침내 은행 정문에서 튀어나오자 토비는 그녀의 팔뚝을 잡아채더니 말했다. "도넛은 관둬. 당신의 그 얼간이 남편이 나한테 거짓말을 했어. 당신네 강도당했잖아, 그렇지?"

로이스는 팔을 팔랑팔랑 흔들더니 그에게 당장 손 치워 하는 눈길을 건넸다.

"입 다물고," 그녀는 속삭였다. "경찰관 행세나 해."

그녀는 그를 끌고서 도넛 가게를 지나고 모빌 주유소를 지난 다음 선라이즈 공원을 대각선으로 질러가는 오솔길을 따라 저만치 내려갔다. 공원은 지역사회 미화를 위한 키와니스 클럽의 작은 답례로서 망가진 시소 하나, 시든 과꽃 화단 하나, 그리고 미로 형태로 널리 웃자란 산울타리를 특징으로 하는 반 에이커(약 2023제곱미터)의 부지였다. 두 사람은 미로 한가운데에 있는 녹슨 2인용 철제 안락의자에 앉았다. 로이스는 그가 시작도 하기 전부터 닦달을 했다. "뭘 기대했는데?" 그녀는 말하고 있었다. "우린 라스베이거스였어, 사방팔방이 사람인데 더그가 무슨 말을 해? '오, 그래요, 우리 은행이 털렸군요'라고 해? **전화기**에 대고?"

"음," 토비는 낮게 읊조렸다. 그는 무언가 다른 말을 떠올려보려다가 생각이 안 나서 다시 "음" 하고 말했는데 다만 이번엔 마뜩잖음을 드러내는 그르렁거림과 함께였다. 잠시 후 그는 생각 끝에 이렇게 덧붙였다. "그러니까, 당신네가 권총 강도를 당했단 얘기 같은데?"

"그런 말은 안 했어, 아니야?"

"꼭 그런 말은 아니었지만 보아하니 확실히 —"

"토비, 중간 휴식을 좀 갖자," 로이스는 말했다. "난 멕시코인이 아니야, 이건 교통 정체가 아니라고."

"음, 그랬어?"

"그랬어라니 뭐가?"

"은행 말이야, 젠장. 당했느냐니까?"

"털렸느냔 얘기야?"

"대체 내가 무슨 얘길 하는 것 같아?"

"그렇기도 하고 아니기도 해," 로이스는 말했다.

"털리기도 했고 안 털리기도 했다는 거야?"

"바로 그거야, 이제야 알아듣네."

토비는 쿨 담뱃갑에 손을 뻗어 한 개비를 흔들어 꺼냈고, 그러다 로이스가 남의 담배는 피우지 않는단 사실이 기억났다. 그는 담배를 귀 뒤에 슥 걸쳤는데 그건 그가 제일 즐겨 하는 행동이었다.

"공식적으론," 로이스는 말했다. "안 털렸어. 비공식적으론 털렸고. 나로선 그 말도 많이 하면 안 돼."

"핼버슨이야?"

"틀림없어. 어떻게 맞혔담?"

토비는 어깨를 으쓱하곤 말했다. "내 정보원이 있거든. 랜디 재프라는 놈인데, 지가 알 카포네인 줄 알지만 실은 빈집 털러 침대 밖으로 나서지도 못하던 놈이야." 토비는 로이스도 내심 웃음을 지었으면, 훗날의 어떤 가능성에 대해 속을 터놓았으면 하는 심정으로 웃음을 지었지만 그녀는 별로 실실거리는 상이 아니었다. 그는 한 박자 기다렸다가 말했다. "그 볼품없는 출납원 여자앤 어때, 그 누구더라? 그 여자도 가담했어?"

"앤지야," 로이스는 말했다. "지금 휴가 중이야."

"그래? 공식적으로 아니면 비공식적으로?"

"공식적으로."

"음," 토비는 말했다. "출산휴가는 아니어야 할 텐데. 아기는 그녀보다야 크겠지."

그는 이번에도 꽤나 근사한 농담이라고 생각했지만 로이스는 덥석 물지 않았다. 그녀가 덥석 무는 경향이 있는 건 대체로 그의 좆, 돈, 그리고 4분의 1은 페드로인 은행 고객들을, 즉 토비와 대화해야만 할 때 우스개로 써먹을 만한 걸 제공하는 이들을 등쳐먹는 것이었다.

"비공식적으론," 로이스는 너무 많은 누설을 하고 있나 싶어 망설이면서 말했다. "비공식적으론 앤지가 얼마나 가담했는지 말하기 어려워. 그랬을 수도 있고 아닐 수도 있고. 지금으로선 휴가 갔단 얘기를 고수하는 중이야. 확실해, 은행 카메라 영상은 더글러스가 냉큼 처리했어, 영리한 짓이지, 근데 그도 처음엔 무슨 일인가 싶어 멀뚱히 살피더라고. 앤지가 큰 어려움을 겪고 있진 않았거든. 화들짝 놀란 듯이 굴더니만 내 현금을 퍼 담는 데 동조했을 줄이야. 은행 문도 다 열어놓고." 로이스는 말을 끊고 그를 빤히 쳐다보았다. "공식적으로 그 일은 공식적인 게 아니야. 일어나지 않은 일이라고. 알았지?"

"알았어," 토비는 말했다.

"이유는 당신도 알 거야, 그치?"

"모를 리가 있나," 그는 말하곤 씩 웃었다.

둘은 말없이 앉아 있다가 1, 2분이 지나서야 로이스가 그의 어깨에 머리를 기댔는데 그의 무릎엔 그녀의 탐욕스러운 손끝이 얹혀 있었다. 토비는 그게 좋았다. 그는 2인용 안락의자에 등을 기댔다.

"한편으론," 로이스는 말했다. "그 팔만 천을 되찾고 싶어."

"꼭 그렇게 될 거야," 토비는 말했다.

"그리고 그 랜디. 그들이 어디 있는지 그 사람은 정보를 알지 싶은데?"

"그렇게 보여," 토비는 말했다. "말도 못 해. 그놈은 카우보이 차림을 한 멍청이의 끝판왕이야. 나라면 그놈한테 돈을 걸진 않겠어."

"나도," 로이스는 말했다. "하지만 당신한테라면 걸 수도 있지."

"걸 거잖아, 아니야?"

"일단 더글러스랑 얘길 나눠볼게, 우리가 어떤 대책을 마련할 수 있는지. 그 랜디라는 애는 지금 어디 있어?"

"LA," 토비는 말했다. 그는 잠시 기다렸다. "할 얘기 있으면 해, 자기야."

"전부?" 로이스는 말했다.

"당신이 감당할 수 있는 만큼."

"잘하면 당신한테 줄 일자리가 있을 것 같아."

"나도 당신한테 줄 일자리가 있는데," 토비는 말했다.

분명한 사실이었다, 그녀에게 보이드와의 결혼 생활은 첫날부터 꽉 맞물려 돌아갔었다. 즐거운 순간은 때로 찬란할 만큼 즐거웠지만 비참한 순간은 지독했다. 마닐라와 자카르타에선 좋았으므로, 대체로 좋았으므로, 아니 적어도 겉으로 볼 땐 좋았으므로, 즉 환상이었으므로, 완전히 도래하진 않았지만 저기 저쪽 모퉁이까지는 와 있는 무언가를 약속해주었다.

둘은 물론 사랑에 빠져 있었다. 에벌린은 다른 모든 것이 거짓말이 되었을 때에도 사랑만은 의심해본 적이 없었다.

결혼 초창기, 특히 자카르타에서는 절대적 진실과 차이가 있는 보이드의 모습이 **바이시클**을 **팝시클**로 바꿔 말하는, 나중엔 **프린스턴**을 USC*로 바꿔 말하는 소년의 모습처럼 가소롭고 귀여워 보였었다. 그녀는 한동안 그것을 어색하다고만 치부했었다. 서행 차선에서 자라 지금은 가젤과 나란히 달리는 사람. 어떤 면에서 그녀는 스스로를 탓했다—정확히 말하면 자기 자신이 아니라 자신의 환경을, 다시 말해 거물의 딸이므로 본인도 꽤나 거물급이라는 사실을. 재정적으로나 무엇으로나 두 사람의 순자산 간에 존재하는 지독히도 큰 격차를 줄여야 한다는 점이 보이드에게 중압감을 준 건 틀림없었다.

어떻게 보면 측은했다.

주니어는 늘 주니어로서 아등바등했지만 그가 동경하는 게 정확히 무엇인지 에벌린은 이해가 되었던 적이 없었다. 대강 1953년 버전의 할리우드식 행복일까. 엄마랑 아빠랑 죽기 전의 죽은 누이랑 밤늦게 TV에서 보았던 옛 영화들—그레이스 켈리, 로버트 스택—그에게 그것은 마치 자신의 시대를 내주고 다른 세대의 환상을

---

* 프린스턴 대학교는 동부 아이비리그 명문, USC(University of Southern California), 즉 서던 캘리포니아 대학교는 서부 명문 대학교.

빌려 온 듯한 기분이었다, 꿈같은 칵테일파티, 꿈같은 리비에라*, 돈과 화려함이 있는 3차원 상류사회.

둘은 서로를 사랑했다. 정말이었다. 하지만 가끔씩 에벌린은 그게 시네마스코프 같은 사랑이 아니었을까 의심했다. 자카르타에서 그날 밤, 그 프러포즈의 밤에 보이드는 그녀에게 "당신은 나의 공주님" 하고 속삭였는데 어쩌면 그가 말한 건 당신은 나의 애바 가드너, 나의 아이다 루피노**인지도 몰랐다. 혹은 그렇지 않은지도 몰랐다. 어쩌면 그는 거물급의 더러운 갑부한테 속삭이고 있었는지도 몰랐다. 혹은 그마저도 아닌지 몰랐다. 어쩌면 그저 사랑이었는지도 몰랐다.

보이드는 이미 자수성가한 상태였으니 참 아이러니야, 하고 에벌린은 종종 생각했다. 그에겐 공주님이 필요 없었다. 날마다 아침이면 몇 십만 개의 눈이 베이컨을 앞에 둔 채 그의 필명을 눈여겨보았다. 그는 각국 대사들과 겸상을 했다. 그는 트리브의 떠오르는 슈퍼스타요, 그곳의 총아로 나이 서른에 동아시아 특파원을 지냈다. 그는 CNN에 출연했고 〈언론을 만나다〉***에는 두 번이나 나갔다. 이것으로도 그에겐 충분하지 않았다. 그는 퓰리처상을 원했다. 그는 십 수 개의 퓰리처상을 원했다. 그는 잇단 대형 특종, 잇단 샴페인 잔, 뇌물 수수건 인권침해건 혹은 그 상의 위원회가 보기에 보상이 필요하다 판단되는 것이건 폭로의 꼴로 만들 수 있는 잇단 가십거리를 원했다. 자카르타는 일이 되었다.

이제 와 돌아보니 보이드도 억울한 게 많았겠다, 하고 그녀는 깨달았다. 태평양 해역의 특종을 보도하노라면 누구여도 녹초가 되었을 텐데 — 발리에선 태풍, 필리핀에선 권력 쟁탈, 어김없이 늘.

보이드가 미국 본토로 재발령받아 그 신문의 LA 사무소로 돌아간 뒤 잠깐은 호전이 있었다. 에벌린은 마침내 여장을 풀 수도 친구를 사귈 수도 열대병과 실속 없는 야심을 염려하지 않을 수도 있었다. 아기도 도움을 주었었다 — 보이드도 조금은 정착을 했다. 그는 매일 아침 출근을 하고, 귀가를 하고, 저녁을 먹고, 그러곤 바닥에 엎드려 테디와 놀아주곤 했다. 그도 한번은 자신이 가진 것에 만족해 보이던 때가 있었다. 21개월 두 주 나흘 내내 보이드는 맹목적인 사랑을 품은 아빠로 변해 있었는데 그것이 마치 평생 잡힐 듯 잡히지 않던 환상을 마침내 궁지로 몬 양 내심 안도하는 사람의 모습이었다.

하지만 아니나 다를까 그 모든 건 길바닥에 처박히고 말았다.

9년, 거의 10년의 시간이 지났으므로 그녀도 이제는 아무렇지 않았다.

그녀는 운전사며 만찬회며 주니어스 키라코시안 같은 불도그 같은 남편을 아주 멋들어지게 다루었다. 지불은 그의 몫이었다. 그는 그녀를 격정으로 곤란하게 만드는 법이 없었다. 그녀에게 신경 쓰이는 건 주니어스가 냉혹해질 수 있는 사람이라는 사실이었다. 그녀는 전날 있었던 보이드의 재등장과 관련해 주목을 끌지 말았어야 했다. 그녀는 제 눈에 눈물이 글썽거리게 내버려두질 말았어야 했다. 조각

---

*   Riviera. 이탈리아와 프랑스에 걸쳐 있는 지중해 연안의 휴양지.
**   애바 가드너(Ava Gardner)는 미국 배우, 아이다 루피노(Ida Lupino)는 영국 배우 겸 영화감독.
*** Meet the Press. 1947년 11월 6일부터 방송된 NBC 방송국의 시사 대담 프로그램.

상은 그런 짓을 하지 않았다.

테일러, 스위트, 두니의 법률사무소 밖 콘크리트 벤치에 앉은 보이드와 앤지는 다수의 수렴 사항을 재점검했다. 태평양 선박선적 유한책임 회사의 사장 및 CEO 자리에서 은퇴하고 사위에게 바통을 건넨 뒤 짐 두니는 여전히 제 이름을 내세워 이전의 법률 업무로 돌아와 있었다. 두니는 PS&S의 명예 회장으로 편안히 남아 있었고 그의 로펌과 PS&S는 보석상, 쿠바산 담배 가게, '내면의 당신'이라는 헬스 스파도 입주해 있는 까맣고 현대적인 당신!이라는 빌딩에 그 이상으로 편안하게 적을 두고 있었다.

이 모든 걸 앤지는 제 휴대폰으로 5분 만에 알아낸 터였다.

"자기도 어제 여기 있었으면서," 그녀는 보이드를 꾸짖는 중이었다. "로비의 그 멋대가리 없이 큰 명판을 어떻게 놓쳤는지 이핼 못 하겠네. 테일러, 스위트, 두니라고 적혀 있잖아요."

"옷핀에 홀려 있었어요," 보이드는 말했다.

"그리고 당신이 말한 그 안내원한테도요," 앤지는 말했다. "그 공중 부양을 한다던 여자요."

"그녀에게도 그랬죠," 보이드는 시인했다. "계획이 어떻게 돼요?"

앤지는 제 휴대폰을 확인하곤 일어나서 말했다. "당신은 여기 있어요, 난 안면 관리에 늦었으니까. 사백 달러 있어야겠어요."

"안면 관리가?"

"거기다 마사지까지. 칠백 주면 불평 안 할게요."

보이드는 마지못해 현금을 꺼냈다.

"조언 하나 하죠," 그녀는 날카롭게 말했다. "꼼짝도 하지 마요.

입에서 나는 술집 냄새 지긋지긋하니까."

어깨를 세련되게 조정한 앤지는 빙글 돌아 당신!의 유리 회전문을 유유히 통과했다.

스모그며 쏟아지는 햇살, 방독면 날씨, LA의 여느 아침이었고 일이 뜻대로 풀린다면 앤지는 짐 두니의 행방에 관한 정보를 들고 나타날 터였다. 샌타모니카서부터 택시를 타고 오는 동안 앤지가 설명해주길 안면 관리와 마사지에 관해 알아둘 점은 사람이란 상대방을 마음껏 주무를 수 있을 때 흉금을 터놓게 된다는 것이었다.

이제껏 승산 없는 게임으로 보였었다. 지금도 그랬다. 반면에 앤지 빙은 고집 빼면 시체인 사람이었다.

보이드는 팔짱을 끼고 다리를 꼬더니 내가 어제의 응석에서 아직 정신을 덜 차렸구나 하고 자각했다. 담배를 피우는 건 가끔뿐이지만 지금이 바로 그때란 판단이 들었고, 그래서 조금 뒤 그는 벤치에서 일어나 당신! 바깥의 보도에 정렬한 분대급의 추방된 흡연자들에게로 다가갔다. 그는 말버러 라이트 한 개비를 4달러에 확보하곤 구부정하게 성냥불을 받은 뒤 벤치로 돌아왔다. 몇 초가 지나자 니코틴 추방자들 중 하나가 옆자리에 앉더니 말했다. "당신을 압니다, 선생님."

"네?" 보이드는 말했다.

"아는 분 같네요."

보이드는 올려다보았다. 큰 파랑 버스에서 총소리에 컹컹 소리를 보탰던 그 파키스탄 신사를 알아보기까지는 금방이었다.

"어, 네," 보이드는 말했다. "내가 당신한테 술빚도 졌죠."

필요 이상으로 공손한 그는 낄낄거리더니 말했다. "아니요, 아니요, 아닙니다 — 술을 빚진 건 저예요." 그는 주뼛거렸다. "물론 저로선 안 될 일이긴 한데, 절대로요, 절대로, 근데 저도 그 화학 작동을 좀 배운 것 같습니다…… 화학**작용**이요, 죄송합니다, 단어가…… 술의 화학작용이요." 그는 제 입술을 찰싹 때렸다. "저도 담배는 피우지만 하느님께서 용서를 해주시죠. 가끔씩 완벽한 영어를 깜빡깜빡하네요."

"괜찮아요," 보이드는 조금 어리둥절해서 말했다. "**나한테** 빚을 졌다고요?"

"오, 졌지요. 선생님 권총이요 — 빵! — 제가 놀라서 방방 뛰고. 아이고! 하지만 이제는 제 아내, 제 친구들에게 버스 쏜 얘기를 들려줄 수 있어요." 남자는 환한 웃음을 지었다. "황량한 서부, 제시 제임스."

"즐거웠다니 다행이군요," 보이드는 말했다. "그 술이란 건 당연히 원치 않으시겠죠?"

그는 또 한 번, 이번에는 더 길게 주뼛거렸다. "휴식 시간이 15분뿐이지만 잘하면……"

"여기서 일하세요? 당신!에서?"

"확실히 그렇습니다, 선생님."

둘은 간단히 마실 만하되 비싸 보이는 바(bar)를 향해 같이 길을 건넜다. 보이드는 보드카 토닉 두 잔, 파키스탄 신사는 토마토 주스를 주문한 뒤 조명이 어슴푸레한 매장 저 안쪽 칸에 자리 잡았다.

남자의 이름은 후자이파였다. 나이는 서른하나였다. 알고 보니 그는 태평양 선박선적의 IT 쪽 관리자로 중독성 강한 웃음을 짓는 사람이었고 9월의 어느 흐린 오전을 함께하기에 탁월한 동료였다.

남자는 이슬라마바드에서 자랐지만 LA에서 좋은 수익을 거두며 산 지 3년째였다.

"이슬라마바드요?" 보이드는 말했다. 재미있는 거짓말 하나가 그의 혀에 올라탔다. 그는 꿀꺽 삼켜버렸다. 착상과 발화 사이에는 언제나 반 초의 동요가 있었다. "이슬라마바드, 나도 그곳 알아요."

"이슬라마바드를 아신다고요?"

"시인하자면 잘은 아닌데, 하지만 몇 년 전 내 직업 때문에 — 이전 직업 때문에요 — 거기에 갔었어요. 매력적인 도시였죠. 누추한 소굴 같기도 했고."

무엇이 웃긴지 보이드는 알 수 없었지만 후자이파는 웃음을 터뜨렸다.

"혹시 선생님, 버스 쏘는 걸 이슬라마바드에서 익히신 건 아니죠?"

"다치진 않았죠," 보이드는 어깨를 으쓱하며 말했다. "황량한 동부에서."

"오, 그러셨구나."

둘의 15분은 명랑하게 지나가 반 시간으로 늘어지더니 또 한 번 늘어졌다. 어느 순간 보이드는 태평양 선박선적에 관해 물었다 — 후자이파는 주니어스 키라코시안과 아는 사이인가?

"오, 네, 그럼요," 후자이파는 말했다. "주니어스 씨를 아세요?"

"내 처가 알아요. 전처가요. 잘 알아요."

"아," 후자이파는 말했다.

"'아'는 무슨 뜻이에요? 좋은 뜻 아니면 나쁜 뜻 아니면 단지 말할 게 있다는 뜻?"

"그 뜻은," 후자이파는 몸을 내밀면서 공모자들의 음역에 가깝게 목소릴 낮추어 말했다. "하느님만 용서하신다면 선생님이 파랑 버스를 쐈던 것처럼 가끔은 주니어스 씨를 쏴버리고 싶다는 거죠. 구두쇠인 거, 아시죠? 커다란 복합기업이죠, 선박만 가지고 있는 게 아닌. 야구, 사탕, 스팅어*. 하지만 주니어스 씨는 동전 주름까지 편다니까요. 너무 열심히 쥐어짜요."

"스팅어?" 보이드는 말했다. "미사일 말하는 거예요?"

"틀림없어요. 저한테 친구들이 있는데…… 이슬라마바드를 아신다 이거죠?"

"확실히 알아요," 보이드는 말했다. "토마토 주스 한 잔 더?"

다시 채운 음료 앞에서 둘은 양고기 스튜부터 파키스탄의 핵무기며 오사마 빈 라덴을 포괄하는 주제들로 의견을 나누며 다수의 분야를 넘나들었다. 둘은 번갈아 빈 라덴의 부인들 숫자를 합산하다 놓치다 했는데 그것은 링컨과 오사마 중에서 누가 더 장신인가 하는 논의로 이어졌고 다시 그것은 여러 세기에 걸친 독실한 전사자들 수에 관한 정중한 공방으로 이어졌다. 마침내 후자이파는 말했다. "그러니까 절대적인 진짜 사실을 말하자면, 실제론 이슬라마바드에 가보신 적이 한 번도 없는 거네요, 맞죠?"

"맞아요," 보이드는 말했다. "하지만 가까워요. 카라치, 1999년도."

"당시 첩보원이셨어요?"

너무나 솔깃한 얘기였다. 보이드는 제 잔에 손을 뻗으면서 어슴푸레 웃음을 내비쳤다. "흠" 하고 그는 말했는데 이 말은 얼핏 그렇다는 소리로 들렸다.

"유령 첩보원!" 후자이파는 말했다. "버스 격발, 스팅어 미사일, 이 모든 게 다 들어맞네요."

"미사일은 빼요," 보이드는 말했다. "그건 우리 아빠 얘기니까."

"'아빠'는 또 뭐죠?" 후자이파는 말했다.

"우리 아버지요. 그분은 개발 팀을 책임지셨어요. 스팅어요, 다시 말해서. 전투기 조종사, MIT, 레이시언**. 그게 우리 아빠였어요."

후자이파는 그 말을 잠시 곱씹었다. "첩보원치고 훌륭한 아버님이셨네요, 네, 선생님. 우리 파키스탄에선 아버지를 **왈리드**(waalid)라고 해요, 정식으로는요, 하지만 어떨 땐 **아바**(abba)인지 **아부**(abbu)인지라고도 하죠." 그는 제 입술을 또 한 번 찰싹했다. "제 영어가요, 고장이 나버렸네요, 그렇죠? 미합중국처럼요 — 고장 났잖아요? 선생님이 버스를 쏴서 저를 방방 뛰게 놀래켰을 때 같네요. 총이면 총! 거짓말이면 거짓말! 언젠간 파키스탄이 거물 미합중국을 방방 뛰게 놀래킬지도 몰라요. 잘하면 그 멍청한 낙타몰이꾼***이 미국인의 너무나도 뚱뚱한 엉덩이에 핵무기를 찔러 넣을 수도 있지 않겠어요?"

보이드는 지긋지긋하게 안다는 투로 고개를 끄덕였다.

"흥미롭네요," 그는 말했다.

"카펫도 끝내주지만 폭탄은 그보다도 낫죠." 후자이파는 그를 빤히 쳐다보았다. 후자이파의 영어는 향상되어 있었다. "카라치에 가 보신 적이 없다, 맞죠?"

---

*   Stinger. 휴대용 방공 미사일 무기.
**   Raytheon. 미국 매사추세츠주에서 1922년 설립된 미국 방위산업체.
***   camel jockey. 이슬람 사람을 가리키는 멸칭.

"1박 여행이었어요. 리야드에 있었죠, 주로. 다마스쿠스랑. 가끔은 이스탄불."

"하지만 파키스탄엔 안 가보셨고요?"

"그 즐거움은 누려본 적이 없군요," 보이드는 말했다.

남자의 두 눈썹이 일자로 꾹 모아졌다. 그는 제 손목시계를 힐끗 보았다.

"황당하네요," 그는 말했다. "거물급 스파이라니. 보나 마나 순 거짓말."

"그게 고통거리예요," 보이드는 말했다.

후자이파는 또 한 번 제 시계를 들여다보았다.

남자가 칸막이 자리에서 슬그머니 일어나 비틀비틀 서두르다 이리저리 치이자 이윽고 보이드는 출입구까지 그를 마지못해 따라갔다. 방금 얼마나 긴장감이 넘쳤는지, 얼토당토않은 얘길 내뱉고 싶어 입이 얼마나 근질거렸는가 하는 건 머릿속에서 잊혀 있었다.

밖으로 나서니 LA의 오염된 오전은 LA의 오염된 정오가 되어 있었다. 앤지는 당신! 앞의 그 콘크리트 벤치에 앉아서 기다리고 있었다. 보이드가 새로 사귄 제 옛 친구를 소개하자 그녀의 표정에 짜증이 서리는 건 놀랄 일도 아니었다.

"당신의 유령 같은 분이 있잖아요, 그가 제 버스를 줬답니다," 후자이파는 근엄하게 말했다. "하지만 완전히 용서를 받았죠. 훌륭하면서 이상한 첩보원이세요."

"네," 앤지는 말했다. "나의 영웅이죠."

후자이파는 꾸뻑 인사를 하곤 당신!의 회전문을 통과해 제 길을 갔다.

"꼼짝 않고 있어줘서 참 고맙네요," 앤지는 투덜거렸다.

두 사람이 탄 우버 자동차가 오션파크 대로에서 떨어진 방갈로식 주택에 멈출 때까지 대화는 거의 없었다. 그것도 모자라 그녀가 그를 팔꿈치로 쿡 깨우더니 무릎 꿇고 창조주께 자비를 구하라고 말한 새벽 3시까지도 사실상 나온 말은 없었다.

아침밥 때나 되어서야 그녀는 그에게 길쭉한 쪽지 하나를 건넸다.

"어떻게 알아냈어요?" 보이드는 말했다.

그녀는 샐쭉하게 찻잔만 응시했다. "안 한 일을 말하자면요, 테러리스트랑 꽐라 되는 일을 안 했어요."

"에이, 그러지 마요, 그 사람 테러리스트 아니에요. 굉장한 친구던데요, 유머 감각도 좋고. 그리고 꽐라 됐던 건 사과했잖아요."

"무릎 안 꿇었으니까 안 한 거에요."

"무릎 꿇었었어요, 앤지. 도움이 안 되던데요."

"손을 모으면 도움이 돼요. 자비를 구해야 도움이 되죠."

"어떻게 알아냈어요?"

"대체 어떡해야 어떻게란 말이 나온담?" 그녀는 말했다. "당신이 흥미 있을까 봐 말하는데, 내 관리사 피터 있죠, 그 사람은 침례교도라 몇 번을 꿇어도 아무렇지 않아 할 거에요."

"피터가 뭘 알던가요?"

"전부 다요. 당신이 들고 있는 쪽지가 그거에요." 그녀는 제 찻잔을 그의 쪽으로 밀었다. "이거 마셔요. 뇌세포를 되돌려줄 거에요."

"관리사가 어떻게 ——?"

"보이드, 맙소사. 전문 마사지 받아본 적 한 번도 없어요? 수다들을 떨잖아요! 피터는 나긋나긋 알랑거리고 있고 — 내게서 손도 못 떼고서요, 그게 그의 직업이라지만 — 그래서 그게 그렇게 이어지는 거죠."

"그래서?"

"그래서 지금," 앤지는 말했다. "두니의 주소가 당신한테 있는 거예요."

"마사지사한테서?"

"아니요, 피터한텐 단서가 없었죠. 결국 내가 엘리베이터를 타고 두니의 법률사무소로 올라가서 에디라는 그 다른 남자한테 물어봤어요. 다 해서 10초 걸리데요."

"그러면 내 칠백 달러는 얻다 썼어요?"

"관리받았죠, 틀림없이, 근데 그건 **당신**의 칠백 달러가 아니라 **우리**의 칠백 달러거든요. 어느 쪽이든 간에 당신은 원하는 걸 얻었으니 됐잖아요."

그녀는 몸짓으로 그 쪽지를 가리켰다.

"포트애런사스는 또 어디람?" 보이드는 말했다.

다음 날 아침 8시경엔 보이드가 집을 문단속하고 어머니의 낡은 엘도라도에서 방수포를 걷어내고 시험 주행을 위해 차를 꺼내고 연료 탱크를 채우고 1쿼트의 엔진오일을 들이붓고 타이어를 부풀리고 남동쪽으로 탈것을 돌려놓고 하는 일이 끝나 있었다.

둘은 피닉스 외곽에서 그날 밤을, 엘패소에서보다 훨씬 짧은 밤을 보낸 다음 10번 주간 고속도로*를 질주하다가 텍사스주 커빌이라는 곳에서 일단락을 지었다.

둘은 퀸사이즈 침대에서 열세 시간을 잤다. 아침이 되자 앤지는 팬케이크 너머로 말했다. "당신 진짜로 나한테 반하지 않은 것 같네요."

"악의는 없어요," 보이드는 말했다. "반하고 말고 할 상황이 아닌 거지."

"한 침대였잖아요. 그건 반할 상황이죠."

"시럽 좀 건네줘요," 보이드는 말했다.

나중에 앤지는 말했다. "그래서 다음은 뭐예요?"

"아침 식사를 끝낸다. 갈라선다. 당신은 당신 길을 가고 나는 내 길을 간다." 보이드는 제 포크를 살폈다. 그녀를 쳐다볼 수가 없었다. "지금은 상황이 고약해졌어요. 난 당신을 보호하려는 거예요, 오케이?"

"갑자기? 갈라선다고요?"

"네."

그녀는 잠시 말이 없었다. "난 진실을 원해요. 내가 뭐 잘못했어요? 내가 그동안 그랬던 거는요, 죄다 당신한테 친절하려고 애썼던 거예요, 한 번을 캐묻지 않았잖아요, 은행을 턴 이유라든가 그 말도 안 되는 총을 주머니에 넣고 다니는 이유를 단도직입적으로 물은 적이 한 번도 없는데 그…… 내 말은, 은행은 **왜** 털었어요?"

"말했잖아요. 상전벽해 같은 변화."

---

* I-10 또는 Interstate 10. 캘리포니아주 샌타모니카에서 플로리다주 잭슨빌에 이르는 길이 3959.53킬로미터의 대륙 횡단 고속도로.

"진실! 한 번이라도 노력해봐요, 그런다고 입 안 헐어요."
"하지만 난 그럴 수 없 ─"
그녀는 식탁 너머로 손을 뻗어 그의 포크를 낚아챘다.
"날 봐요, 보이드. 눈을요. 당신이 돈을 원했다면 그 집을 통째로 팔았으면 돼요. 하고많은 지역 가운데 샌타모니카니까 ─ 천년만년 편안하게 살 값이 되는. 돈이 문제가 아니잖아요, 그쵸?"
"그렇죠."
"좋아요, 그럼. 왜죠?"
"나도 정확히 모르겠어요. 단절 때문이겠죠. 스스로를 움직이려고."
"그 두니란 사람하고 관계된 거죠?"
"맞아요."
"총도요?"
"그것도요. 그래서 내 총알을 돌려받아야겠어요."
앤지 빙은 고개로 뭐랄까, 은근히 유혹하는 동작을 할 뻔했다. "그래서 그 사람이 당신한테 어쨌는데요? 뭐였든 간에 틀림없이 안 좋은 일이었겠네요."
"당신한테 이미 다 말했어요. 스캔들. 몰락한 삶."
"하지만 그게 다가 아니에요, 그쵸? 그 밖에 다른 게 있잖아요. 당신이 말하지 않을 무엇이."
아찔하게도 바닥문 같은, 밑으로 쑥 빠지는 기분을 한순간 느낀 보이드는 손바닥을 내보이며 이렇게 말하는 것으로 그걸 감추었다. "총알 줘요, 제발."
"위층에 있어요, 내 핸드백에."

보이드는 수표를 지불하곤 앤지의 팔을 잡고 객실로 그녀를 호송했다. 그녀는 여섯 개의 둔해 보이는 총알을 건넸다.

"당신한텐 간직하고 있는 비밀이 있어요," 그녀는 확신에 차 무감정한 목소리로 말했다. "하지만 이것만큼은 알려드리는데, 당신은 꼼짝없이 나랑 있어요." 그녀는 숨을 골랐다. "그리고 잊을 뻔했는데, 나도 당신하고 자겠다는 마음 바꿨어요. 내일은 새 잠옷이 필요하겠다."

"좋아요," 보이드는 말했다.

"분홍색으로," 앤지는 말했다. "자물쇠 달린 걸로."

그는 그녀가 샤워 중일 때까지 기다렸다. 그러다 엘도라도로 냉큼 나가 여행 트렁크를 던져 넣고 모텔 주차장에서 후진으로 차를 뺀 뒤 남쪽으로 방향을 돌려 멕시코만으로 향했다. 20마일(32킬로미터 남짓)을 달렸을 즈음 그는 되돌아갈 뻔했지만 — 그는 그녀가 좋았다 — 그러는 대신 액셀을 꾹 밟았다. 그게 최선이었다. 그녀를 좋아하기 때문이었다.

16

　샌타모니카의 방갈로식 주택 앞엔 세 대의 경찰차가 주차되어 있었다. 노란 테이프가 쳐져 있지 않음을 랜디는 알아차렸지만 경찰차 한 대의 트렁크를 보니 **과학수사**라는 글자가 아주 세련되게 등사되어 있었다. 집 앞엔 꼬맹이 무리가 날리기 원반(Frisbee) 같은 눈들을 하고 서 있었는데 마치 전에는 경찰을 본 적이 없다는 투였다. 랜디는 감흥이 없었다. 경찰이라면 한두 번 맞닥뜨린 적이 있었다. 경찰도 제복을 벗겨놓고 보면 알몸의 식충이에 지나지 않았고 벨크로 테이프로 말 위에 단단히 붙들어놓아도 야생마 하나 몰 줄 모르는 치들이었다. 경찰들은 우라지게 과대평가되어 있었다. 바로 저기 저 녀석들, 그러니까 한 손에 공책을 든 채 눈만 가늘게 뜨고 제 손가락 끝이나 쳐다보는, "거주자 없음" 같은 글자나 대충 끄적이려고 하는 저 멍청이 하나랑, 방금 셀프로 전기 처형을 마쳤는지 바싹 탄 피부에 머리엔 헤어롤을 만 노부인과 질의응답 중인 다른 두 얼간이처럼.

심한 단속이라 생각했다면 경찰한테 문을 안 열어주었을 거라고 랜디는 생각했다. 이미 튄 거야, 안됐군, 세금만 더 낭비했으니. 물론 랜디는 세금을 내지 않았다, 어림없었다, 하지만 그렇더라도 기자한테 투서를 하고픈 기분이었다. 그는 낄낄거렸다. 기자님에게: 보이드 핼버슨이라는 찌질이가 있어요, 그가 은행도 털고 약혼자도 납치했는데, 그거 아시려나, 당신들의 팔푼이 같은 경찰이 샌타모니카 동부의 그놈 은신처를 알아내려면 천 년은 걸려요. 거짓 없이 말씀드리는데 난 하루 반이 걸렸죠. 순전히 나 혼자서, 그것도 태곳적 전화번호부랑 약간의 휘발유만 가지고.

그 집으로부터 반 블록 거리의 차 속에 있던 랜디는 뒤로 푹 기대앉곤 이 상황이 제게 마술을 부려주도록 계략을 짜는 데 전념했다.

좋은 소식은 그가 정상 궤도에 있다는 것이었다.

안 좋은 소식은 그 자신도 한발 뒤처져 있다는 것이었다.

그가 해야 할 일은 퇴각일 터였다. 앤지는 단서를 남기는 데 늘 선수였다, 가령 멕시코에서 온 그것, 그녀에게서 받은 그 메슥거리는 그림엽서 같은 것. 그냥 지도를 그려서 그 위에 커다란 엑스 자를 찍은 다음 "나 여기 있어, 와서 날 데려가" 하고 말하는 편이 나았을 텐데. 귀여운 여자지만 완전 꼴통이었다. 자존심 하고는, 그는 생각했다. 4피트 10인치의 키, 누가 그녀를 탓할까마는, 그 4피트 10인치는 쌔고 쌘 4피트 10인치와는 다른 것이, 단지 소형일 뿐 모든 부위가 알맞은 비율을 갖춘 아주 미끈한 몸매였다.

지금으로선 꼬맹이들이 커틀러스의 바퀴를 보고 우아 하든 말든 내버려둔 채 차 안에 이대로 붙박여서 경찰들이 꽁무니 뺄 기다렸다가 느지막이 건너가 그 자취를 엿보는 게 정석이었다.

랜디는 거의 한 시간을 기다렸다. 하지만 결국 학을 떼곤 커틀러스를 뛰쳐나와 리더로 보이는 경찰에게 건너가서는 여기 무슨 일 났느냐고 단도직입적으로 물었다. 그 경찰은 집게로 넥타이에 명찰을 차고 있었는데 그 모습이 꼭 치과의 협회에 참석한 치과의 같았다. 맵시 없긴, 랜디는 생각했다. 명찰은 이자가 보안관보 보크임을 말해주었는데 랜디에겐 그 이름 또한 맵시가 없었다.

보크는 떠버리과(科)가 아니었다. 껌을 질경질경하면서 빤히 노려보는, 고자세로 구는, 필요하면 2피트짜리 곤봉을 본격적으로 빼들면서까지 경찰의 의무를 다하는 과였다.

그러거나 말거나 고자세 경찰치고는 끔찍한 자태였다.

그가 랜디에게 이것이 네 특수 용무는 아니지 않느냐는 식으로 관심의 이유를 묻자 랜디는 말했다. "이유는 없어요."

경찰은 말했다. "이유가 없어요?"

"이유는 없어요," 랜디는 말했다.

'경찰차가 잔뜩 왔는데 **누군들** 관심이 없겠어요?'라 말했어야 했는데, 하고 랜디는 깨달았다. 하지만 당연히 그 말은 하지 않았다. 그는 연석을 걸어차곤 방갈로식 주택을 올려다보면서 자기는 저기 한 블록 밑, 한 블록 서쪽에서 사는 이웃이라고 설명했다.

"그래서?"

"그렇다고요."

"당신 번호판이 하는 얘긴 다른데?"

"에?" 랜디는 말했다.

그는 곧 그 말을 후회했다. "에"란 어쩐지 촌뜨기, 리틀록*발 버스에서 방금 내린 밀짚모자 인간이나 내놓았을 말이었다.

"당신 번호판," 경찰은 또 한 번 말했다. "저쪽에 주차돼 있는 저 87년형 고물 쪼가리 커틀러스에 달린 거. 번호판이 시스키유 카운티라는군. 700마일(약 1127킬로미터)이라, 나라면 그걸 이웃이라고 하진 않을 텐데 말이지, 이웃 양반."

"나 같은 사람을 새 이웃이라고들 하죠, 이웃 양반," 랜디는 말했다.

"이젠 새 이웃? 슬슬 갈 길이나 가시지."

그 순간 랜디는 제법 빠르게 생각을 정리했다. "그러니까 나한텐 최신 정보를 안 줄 거라는 거군요?"

"안 주지," 보크는 말했다.

"내가 어떻게든 도와드릴 수 있을 것 같은데. 실마릴 건네준다거나."

"그래줄 수 있어?"

"아뇨," 랜디는 말했다. "그럴 수만 있다면?"

"저리 가, 이 친구야."

랜디는 씩 웃었다. 그는 폼이 돌아와 있었다. "오케이, 몹시 실례했네요, 괜히 은행 강도 따윌 들쑤셔서 온 경찰 코 후비고 있는 걸 방해할 뜻은 없었어요."

"은행 강도 따위라니?" 보크는 방금 전보다 유연해져서 말했다.

"에?" 랜디는 말했다.

"친구, 자네가 방금 은행 강도라며, 그래서 **무슨** 은행 강도인질 묻고 있는 거야. 우린 버스를 쏜 사람 때문에 여기 온 거라고."

---

*   Little Rock. 미국 아칸소주 중부에 자리한 아칸소주의 주도.

"뭘 쏴요?" 랜디는 말했다.

"버스," 경찰은 말했다. "망할 놈의 버스를 쐈더군."

"오, 맞아요," 랜디는 말했다. "내가 말하고 있던 게 그건데, 그렇죠?"

보크는 그를 잠시 뜯어보더니 무언가 마음을 먹은 모양이었다. "내가 저리 가라고 할 땐, 사람들 보는 데서 찍소리도 안 나오게 체포해버리기 전에 꺼지라는 뜻이야."

랜디는 어깨를 으쓱했다.

그는 버스 국면 때문에 혼란스러웠지만 웃음을 짓곤 제 커틀러스를 향해 슬금슬금 몇 발짝 물러났다. 그러다 잠시 후 그는 생각했다. 한번 부닥쳐봐?

그는 뒤돌아 경찰을 마주했다.

"그거 알아요?" 그는 말했다. "내가 어떤 놈이랑 친구처럼 지내는데, 그가 보안관보가 되고 싶다더군요, 당신처럼. 그랑 나는 같이 로데오를 했어요."

"나중에 얘기하세," 경찰은 말했다.

"안 돼요, 이거 좋은 얘기라고요," 랜디는 말했다. "당신도 흥미가 있을 거예요, 확실해요. 그게 말이죠, 그 왜, 언제더라, 한 6년 됐나 보네요. 내 친구가 로데오 광대인데 ─ 위험한 일이죠 ─ 그 친구가 한 터프 하는 굉장한 녀석이죠. 목숨 걸고 믿어도 되는 친구요. 문제는, 로데오에서마저 광대는 중간중간 웃겨야 한다는 거예요. 그런데 내 친구 그 녀석은 웃기는 데엔 젬병이었어요."

"로데오 광대란 게 있다 그 말이야?"

"바로 그거예요."

"그래서?"

"그래서 안 좋은 상황이란 거죠. 그 입장이 돼보세요. 광대인 거예요, 빌어먹을 — 빨강 머리 가발이며 뭐며 — 아무도 웃질 않는. 그래서 그 친구가 다른 계통의 일을 찾아 여기저길 찔러보더니만, 자기가 보안관보 자격이 된다고 판단을 하데요. 쇠못처럼 터프하고, 이발을 아주 좋아하고, 똥도 뚫어지게 쳐다볼 줄 알고. 게다가 진짜 진짜진짜 안 웃겨요. 보안관 일이 딱이다 해서 그 친구가 시험을 치죠. 당신도 아마 같은 시험을 쳤을 텐데, 맞아요?"

보크는 눈을 가늘게 뜨고 그를 쳐다보았다.

"그 **시험**을 볼 땐 말이죠," 랜디는 말하더니 뒷걸음을 하기 시작했다. "누가 농담하길, 거기 멍청이같이 앉아서 스포츠머릴 문지르다가 결국 이런다더군요. '이게 다 뭔 소리람.' **안 웃긴** 시험인 거죠, 왜. 당신한테 유머 감각이 없단 걸 그게 확실히 증명해주네요."

경찰은 잠시 뚫어져라 쳐다보았다.

그러더니 그는 말했다. "내가 무슨 생각 하는지 알아?"

"잘은 모르겠죠," 랜디는 말했다. "하지만 보크랑 뭐랑 라임이 맞는지는 알아요."*

길 따라 한 블록 아래에선 주니어스 키라코시안의 CFO가 두 그루의 갈변 중인 야자수 밑에 주차된 너무나도 눈에 잘 띄는 Z3 안에서 자기가 핼버슨을 샌타모니카의 수수한 방갈로식 주택까지 어떻게

---

* "보크(Bork)"는 경찰을 가리키는 속어 '포크(pork, 돼지고기)'랑 발음이 비슷하다.

추적했는지 주니어스에게 막 설명한 참이었다. 휴대폰 연결이 들쭉날쭉 엉망이긴 했지만 이 일에 비용이 과하게 들어간다는 주니어스의 통상적인 불만이 담긴 마지막 반 문장은 알아들은 터였다.

헨리 스펙은 잠자코 있는 법을 익힌 터였다. 대면 보고였다면 그는 고개를 끄덕끄덕했을 테지만 지금은 앞 유리창에다 맞습니다 맞습니다 하는 얼굴만 하고 있었다.

"좋아, 그러니까 그놈을 찾은 거네," 주니어스는 말하고 있었다. "그놈 다리는 어째서 당장 깁스를 하고 있지 않은 거야? 내가 시급으로 주는 줄 알아?"

스펙은 눈을 굴렸다.

"대표님," 그는 말했다. "제가 경찰차 세 대를 지켜보고 있단 걸 명심하세요. 배지를 단 제복이 여섯 벌이에요. 다릴 분지르기에 좋은 환경은 아닙니다."

"제기랄, 이렇게 간단한 것을."

"그게, 그리 간단하지 않을 수도 있어요," 스펙은 말했다. "경관들 가운데 하나랑 얘길 나눠봤는데 그가 ─ "

"그래서 추가 비용 든다고? 경찰하고 얘기하는 데?"

"한 푼도 안 들어요, 대표님. 저 월급 받잖습니까."

전화상에서 씩씩거리는 소리가 나더니 주니어스가 말했다. "너도 그렇고 죄다 마찬가지야 ─ 경찰, 노조, 내 무능한 야구팀. 내가 그 꼴통들한테 얼마를 지불하는지 알지?"

"압니다, 대표님. 엄청나죠."

"알긴 아네," 주니어스는 말했다. "각각 일곱 자릿수*인데 ─ **각각** 말이야 ─ 와츠** 한복판에서 히트앤드런 하날 못 해낸다니까. 경찰은 뭐래?"

헨리 스펙은 앞 유리창에다 웃기지 말고 엿이나 까 잡수라는 동작을 날렸다.

"저, 우선, 여기엔 아무도 없습니다. 집이 비었어요."

"쥐어 터뜨릴 불알이 없다는 거야? 그 자식이 내 아내랑 붙어먹고 있는데."

스펙은 "꼭 그렇지는 않아요" 하더니 이내 이렇게 말했다. "않을 겁니다."

"않을 거라고, 어?" 주니어스는 말했다.

"네, 대표님."

통화 저편에서 끽 소리가 났다가 조용해지더니 또 한 번 끽 소리가 났다. 스펙은 도금된 회전의자겠거니 했다.

"그게 다가 아니에요, 대표님. 핼버슨이요, 그 친구가 버스를 쐈어요. 그것 때문에 지금 경찰차 세 대가 보이는 걸로 짐작됩니다."

"버스는 왜 쐈대?"

"듣자 하니 재미로요. 파키***한테 그렇게 말했다더군요."

"무슨 파키?"

"좀 복잡한데, 제 생각엔 —"

"안 복잡하게 해봐," 주니어스는 짜증스러워서 말했다. "안 복잡하게 하라고 내가 너한테 과한 돈을 지불하는 거 아냐."

---

* 100만 달러, 즉 최소 10억 이상의 돈을 가리킴.
** Watts. 로스앤젤레스의 남쪽 동네.
*** Pak 또는 Paki. 파키스탄 사람을 가리키는 멸칭.

스펙은 차 문을 활짝 열었다 쾅 닫았다.

"대체 뭔 소리야?" 주니어스는 말했다.

"모르겠어요, 대표님." 스펙은 수영장에 있던 주니어스의 아내, 그 훌륭했던 여자, 훌륭했던 모든 걸 떠올리며 웃음을 지었다. "아무튼 어떤 파키스탄 여자한테 팁을 주고서 들어보니까, 그 여자의 남편이 대표님의 그 문제아랑 친한 것 같아요. 핼버슨하고 아주 끼리끼리네요."

그 끽 소리가 다시 한 번 났다.

"대표님?"

"듣고 있어," 주니어스는 말했다.

"관심 있으실지 모르겠지만 저한테 아이디어가 하나 있어요. 핼버슨을 어떻게 찾을지에 관해서요."

"그건 비용이 얼마나 드는데?"

무진장, 헨리 스펙은 생각했다. 어쩌면 아내까지 팔아야 할 만큼.

반반이라고 랜디는 생각했다. 데이스 인으로 돌아가든가 저 방갈로식 주택에 기어들어도 될 때까지 맥도널드에 가서 죽치든가.

랜디가 머릿속에서 동전을 튕겨 올리니 죽치기가 나왔고, 그리하여 그는 이후 여러 시간을 빨간 플라스틱 의자에 앉아 살쪄가는 시민들을 구경하며 보냈다.

폐점 시간이 되자 그는 다시 방갈로식 주택으로 차를 몰았다.

그즈음 시간은 자정이 조금 넘어 경찰차는 없었다. 그는 제 연장 가방을 꺼내더니 사람들이 현관을 흔쾌히 걸어 오르듯 사뿐사뿐 걸어 올랐다. 그가 열려라 참깨 하고 말할 준비가 되자 휴대폰이 악을 쓰기 시작했다. 랜디는 휴대폰을 무시한 채 발을 들인 다음 범죄막이(Crime Stopper) 손전등을 탁 켜곤 딱 10분간 집 안 곳곳을 뒤졌다.

욕실에서 그는 마지막 방울이 맺혀 있는 주근깨 제거제 튜브 및 병, 코털깎이, 피부 비타민 A 및 E 보충제, 각기 다른 과일 향의 유명 여성 위생용품 세 개가 들어 있는 휴지통 하나를 발견했다. 비싼 티셔츠만 봐도 이건 앤지네, 하고 그는 생각했고 그 생각 때문에 화가 났다. 늙다리 범죄자와의 줄행랑, 그것도 꽤나 모욕적이었지만 그녀가 제 은밀한 부위에 향을 내는 것, 그것은 선을 넘은 거였다.

랜디가 부엌과 침실을 털자 그곳들은 터키옥 발찌 하나, 사골 콜라겐 반 단지, 정돈 안 된 침대 하나를 내주었다.

나 참, 하고 그가 생각 중일 때 휴대폰이 다시 울부짖었다.

랜디는 녹색 버튼을 때리고 말했다. "꺼져, 나 바빠."

앤지는 말했다. "너무 바쁘진 않았으면 좋겠어."

"에?" 랜디는 말했다.

그는 '어, 기막힌 우연이네, 난 지금 자기의 그 거시기 향수 쿵쿵 대면서 어떻게 지내고 있었나 궁금해하던 중인데'란 말을 하려던 참이었지만 그 문장은 그녀가 먼저 입을 떼고 주절거릴 때까지도 절반밖에 형성되지 않은 채였다.

그녀는 텍사스주 커빌에서 오도 가도 못하고 있었다. 그녀는 리프트*를 필요로 했다.

"리프트?" 그는 말했다.

"요컨대 지금 당장, 알았지?"

---

*   리프트(lift)에는 자동차로 주로 단거리를 태워준다는 뜻이 있다.

"텍사스주 커빌이 대체 어딘데?"

"내가 어떻게 알아?" 앤지는 말했다. "지도를 구해봐, 제발. 자긴 남자 친구야 아니야?"

"정확히는 모르겠어. 내가 잘 지내는지 어떤지는 안 물어봐?"

"지금 이 순간에 어울리는 얘기가 아니잖아," 그녀는 말했다. "오도 가도 못하고 있는 건 나야, 맞지? 왜 **나한테는 자기** 어때 하고 안 물어봐?"

"알았어, 자기 어때?"

"최악이지! 리프트가 필요하다고."

랜디는 제 휴대폰에 대고 씩 웃었다.

"자, 첫째로," 그는 말했다. "리프트란 내가 자기를 수선실에서 태워갖고 월마트에서 내려주는 게 리프트야, 얼추 여덟 블록을. 그런 걸 리프트라고 해. 텍사스주 커빌까지는 리프트가 아니지. 거기 이봐요, 모스크바까지 태워줘요, 호놀룰루까지 태워줘요 하는 게 무슨 리프트야. 그건 **리프트**의 뜻하곤 달라. 둘째, 난 지금 샌타모니카의 이 정돈 안 된 침대에 앉아 있어. 셋째, 자기를 기다리는 거의 새것 같은 이 노랑 끈 팬티가 내 손안에 있어. 고무 재질이네. 이걸 얼다 쓰는진 자기도 모를 리가 없겠지."

"뭐?" 앤지는 말했다.

"이건 자기가 지난 몇 주 동안 뭔 짓을 하고 다녔는지 물어볼 때 쓰는 물건이야. 이를테면 얼마나 많은 은행을 털었느냐, 누구랑 같이 털었느냐 하는 거. 여성의 위생에 관한 질문이지."

"말 다 했어?" 앤지는 말했다.

"시작도 안 했는데. 왜?"

"난 포트애런사스까지 내려가기만 하면 돼."

"정말로? 포트애런사스는 또 뭔데?"

"**장소야**," 그녀는 말했다. "팔만 천 달러가 있을 장소."

랜디는 정돈 안 된 침대에 벌렁 누웠다.

"그래?" 그는 말했다.

"그래," 앤지는 말했다.

그는 제 손전등을 껐다 켰다 하면서 천장에다 절도범 불꽃놀이를 했다. 그것은 그의 트레이드마크였다. 남의 침대에 누워 불꽃놀이하기.

"그거 알아?" 그는 잠시 후 말했다. "누가 이 근처에서 버스를 샀다더라."

"나도 들었어. 아직 출발 전이야?"

"출발이라니 어디로?"

"어딘지 알잖아," 앤지는 말했다. "안녕."

랜디는 집 안 곳곳을 몇 분 더 들쑤시더니 훔칠 게 별로 없자 길에 나가 커틀러스에 오른 다음 지도를 확인하곤 10번 주간 고속도로를 향해 동쪽으로 달렸다. 밤 운전, 그건 번거로움 없는 섹스였다.

그가 도로에 오른 지 두 시간 반, 이젠 새벽 4시였고 그 시각 그의 휴대폰은 브루스 스프링스틴을 재생하고 있었다.

또 한 번 앤지의 연락 —— 이번에는 이런 문자메시지였다. **리프트 취소. 보이드가 차를 아예 세웠어. 마음을 바꿨대. 이제 오도 가도 못하는 사람은 자기야, 카우보이.**

17

 돈벌이는 식은 죽 먹기라고, 뭣도 아니라고, 수직적인 포커를 치거나 국제 복합기업을 운영할 때랑 같다고 두니는 생각했다. 고객을 호구라 부르는 게 아니었다. 호구를 고객이라 불렀다. 패를 쌓아두는 게, 스트레이트 패를 옷소매에 꼬불쳐두는 게 아니었다. 확실한, 보수적인, 수직적으로 짜둔 게임을 기본에 충실히 하는 게 전부로, 이는 자신이 바로 도박장이고 딜러요, 1루와 2루와 4루*에 직원들을 거느리고 있는 3루 진루자이기 때문이었다. 게다가 게임을 운영하는 것도 물론 자신이므로, 이런, 올인을 해서 돈을 잃어도 수직적으로 조직한 자신의 직원들이 포커 칩을 긁어모을 만큼 승률은 아주 좋았다. 한마디로 져도 이기는 거였고 그 덕에 승률은 높아지는 경향이 있었다. 아울러 당연한 것이지만, 도박판에 둘러앉은 누구나처럼 자신도 자신에게 7퍼센트의 기본 수수료를 냈고 이는 자신의 고객도 예외가 아니었는데, 그 고객이 주로 하는 일이란 악담을 퍼붓곤 매직펜을 꺼내서 어마어마한 수표를 쓴 다음 악담이 다 끝나면 마저 용무를 보러 돌아오는 것이었다. 고객 우선주의, 그게 두니의 신조였다.

개처럼 번 돈을 쓰는 것이야말로 어려운 일이라고 그는 누누이 되뇌었다.

예를 들어 그의 그 100만 달러짜리 보트가 그랬다. 기본적으로 그건 바다낚시에 정평이 난 52피트(약 16미터)짜리 요트였다, 온갖 장치를 갖추고선 그리 크지 않은 미네소타호(湖)를 떠다니는. 두 대의 냉장고, 생선 냉동고, 우주선 같은 제어반, 최고 시속 40마일의 힘을 뿜어내는 560마력의 세븐 마린(Seven Marine) 아웃보드엔진 네 개, 주문 도색한 선체, 탄소섬유 내장재, 에어컨이 구비된 수면용 선실, 캘빈이 좋아할 정도로 볼륨을 높이면 베미지가 날아갈 만큼 데시벨을 울려대는 음향 시스템. 문제는 이 보트를 건조한 게 태평양 선박 선적, 그러니까 두니 자신의 회사, 혹은 그가 명예 회장이자 여전히 지배주주로 있는 전 회사여서, 조금도 원하지 않고 필요하지도 않고 좋아하지도 않는 보트에 지불한 돈 수백만 달러가 다 제게서 나와 제게로 돌아간다는 점이었다. 돈을 쓰도록 노력하라, 그럼 벌리는 돈이 훨씬 많아지리라. 골칫거리도 많아졌다. 정비, 수리, 휘발유, 보험, 기타 등등. 빌어먹을, 보트에서 방수포를 걷어내는 것, 52피트나 되는 **빳빳한** 캔버스를 접는 것만 해도 노가다라고. 늙으면 방수포도 무겁다니까. 방수포도 질리는군. 물도 질리고. 낚시도 질리고. 귀를 뜯어 먹을 만큼 큰 파리들, 수혈하려고 줄을 선 모기들은 또 어떻고.

---

*   야구에서 홈베이스를 일컫는다.

평생을 열심히 일해서 그동안 긁어모은 돈푼이나 쓰려고 했더니 무슨 일이람? 인생이 질리는 건지 비참한 건지 아니면 이 경우엔 둘 다인지, 결국 그리되고 마는군.

두니는 활동할 때가 그리웠다. 자기가 개자식일 때가 그리웠다.

베미지에서 닷새, 그는 저 엔진에 깃든 560마리의 씩씩한 말을 전부 끌고 어린것들을 들이받을 준비가 되어 있었다. 캘빈도 더는 행복하지 않았다. 휘발유가 바닥나 까닥까닥, 뭍으로 다시 예인되길 기다리는 이 순간 두 사람은 미네소타를 벗어나 알프스의 아담하고 예스러운 호텔에서, 이탈리아 북부에서, 잘하면 프랑스에서, 어디든 파리 떼가 없는 곳에서 손님을 전부 내쫓고 에어컨이란 에어컨은 다 켜둔 채 뿌연눈강꼬치고기(walleye)구이랑 미지근한 콩조림이 아닌 문명화된 만찬을 즐기는 데 그 돈을 왕창 썼으면 하는 공상에 잠겨 있었다.

"내가 알고 싶은 건," 캘빈은 말하고 있었다. "애초에 당신같이 똑똑한 사람이 어쩌다 우리 자신을 이 난장판에 처박았는가 하는 거야. 내가 뭔가를 놓치고 있는지는 모르지만."

"놓치고 있어," 두니는 말했다. "수직성이라는 것을 놓치고 있지."

캘빈은 손차양을 하더니 약속된 예인선을 찾아 하늘색의 호수 지대 저편을 내다보았다. 두 사람은 45분을 까닥거린 참이었다.

"**수직성**이 다 뭐람. 난 머리 깎아주고 면도해주는 사람이야. 못 알아듣는다고, 짐."

"오케이, 타코나이트가 뭔지는 알지?"

"아니," 캘빈은 말했다.

"타코나이트는 철광석이 일부 함유된 폐기물 암석이야. 예전엔

버려지곤 했지만 요즘엔 거기서 철을 추출해서 그 철로 철강을 만들고, 그 철강으로 차량 선박이랑 고층 건물이랑 배관이랑 종이 클립을 만들어. 달리 말해서 타코나이트는 돈이 된다 이 소리야, 이해했지?"

"그래, 어느 정도는."

"그래서 만약에 아주아주 많은 돈, 엄청난 돈을 벌고 싶잖아, 그럼 당신이 수직적이어야 돼. 타코나이트가 나는 땅을 갖고 있어야 하지. 타코나이트를 채광할 장비도 갖고 있어야 하고. 채광기를 만드는 회사도 갖고 있어야 돼. 광석을 제강소로 끌어다 놓을 트럭이랑 바지선도 갖고 있어야 돼. 제강소도 갖고 있어야 돼. 철강을 구입할 자동차 회사도 갖고 있어야 돼. 자동차 타이어를 만들 고무나무도 갖고 있어야 돼. 종이 클립 회사, 배관 회사도 갖고 있어야 돼. 고층 건물에 출자할 은행도 갖고 있어야 돼. 망할 놈의 고층 건물도 갖고 있어야 하고."

캘빈은 얼굴을 푸푸 문질렀다. "뭐 하나 물어봐도 돼?"

"꽉꽉 물어봐," 두니는 말했다.

"나 더워. 예인선은 언제 와?"

"바로 올 거야, 아마," 두니는 말했다. "근데 난 당신이 이런 걸 알고 싶어 하는 줄 알았는데."

"어, 알고 싶지," 캘빈은 말했다. "내가 이해를 못 하겠는 건 글쎄…… 타코나이트가 어쨌길래 누가 당신 얼굴에 총알을 박아 넣고 싶어 하는지가 이해가 안 돼."

"수직성 때문이지," 두니는 말했다.

"응?"

"피라미드는 수직적이야. 이란-콘트라 사건*도 수직적이었지."

"수직적인 건 불법이네?"

"수직적인 건 아드레날린이지. 원하지도 않는 백만 달러짜리 보트를 살 수 있을 만큼 수직적이라면 말이지, 주유장에서 20야드만 가도 휘발유가 바닥나는 보트."

"하지만 불법이잖아, 맞지?"

"그건 변호사들이 다툴 문제야, 캘. 당신 변호사 아니잖아?"

두니는 생선 냉동고로 손을 뻗어 과냉장된 2007년산 외노테크**를 꺼냈다. 그는 마개를 따서 100달러어치를 벌컥벌컥 마시곤 캘빈에게 건넸는데 캘빈은 내일이면 일흔네 번째 생일을 맞는 사내에게 걸맞은 스피도 수영복을 멋지게 걸친 모습이었다. "캘, 당신도 JFK가 누군진 알잖아, 그렇지? 그의 부친인 조가 말이야, 그 사람이 나 같은 사업가여서 생전에 럼주 밀수도 좀 하고 법칙이니 규정이니 하는 걸 다소 느슨하게 갖고 놀았는데, 그러다 JFK가 끝내 미합중국 대통령이 돼버리니까 늙은 조가 이렇게 말했다는 거 아냐. '잭, 네가 알아야 할 게 하나 있다. 사업가란 죄다 개자식이란다.'"

"다정하기도 하셔라!" 캘빈은 말했다.

"나도 그렇게 생각해," 두니는 말했다.

캘빈은 턱을 문지르며 심사숙고하더니 말했다. "그러니까 로이드인지 뭔지 하는 그 핼버슨이란 놈, 그놈이 당신을 쏘려는 게 당신이 개자식이기 때문이다?"

"보이드야, 로이드가 아니고," 두니는 말했다. "그리고 날 쏘려는 건 내가 녀석의 불쌍한 인생을 파괴했기 때문이고. 저기 예인선 오네."

⋯

포트애런사스 7마일(11킬로미터 남짓) 외곽에선 앤지 빙이 보이드의 심리적 곤경에 대한 철저하고도 고도로 똑바른 진단을 마친 참이었다. 요약하자면 그는 서너 가지 성격장애를 앓고 있는데 그중 한 가지가 어떨 땐 허언증이라 불리고 어떨 땐 새빨간 거짓말증이라 불리는 공상허언증(pseudologia fantastica)으로 표면화되는 병적인 열등의식이라고 그녀는 말하고 있었다.

"당신 마흔아홉 아니죠, 그쵸?" 그녀는 말했다.

"쉰셋이에요," 보이드는 말했다.

"키도 5피트 11인치(180.3센티미터)가 아니고요."

"그게, 마지막으로 쟀을 땐——"

"뻥 좀 그만 쳐요," 그녀는 말을 탁 끊었다. "재봤으니까."

"재봤다고요?"

"틀림없이 재봤어요." 앤지의 눈은 흡족함으로 빛났다. "랠프스에서 산 그 줄자 있죠? 당신이 자고 있더군요."

"자고 있는데 키를 쟀어요?"

"물론이죠, 단신 아저씨. 당신은 5피트 10인치(177.8센티미터)에서 그 하얀 털끝 두 개만치 모자라요."

보이드의 눈은 내내 도로에 붙박여 있었는데 이 도로는 텍사스주

---

*   Ian-Contra affair. 로널드 레이건이 미국 대통령으로 재임 중이던 1986년 발각된 사건으로, 행정부 국가안전보장회의(NSC)가 레바논에 억류되어 있는 미국인 인질을 석방시킬 목적으로 이란에 몰래 무기를 내주고 그 판매금의 일부를 니카라과의 콘트라 반군, 즉 반(反)혁명 게릴라 세력에 지원했던 사건.

**   돔 페리뇽 외노테크(Dom Pérignon Œnothèque). 프랑스 고급 빈티지 와인.

남동부의 단조롭고 맥 빠지는 평탄한 해안 군도 길로 접어든 참이었다. 361번 주립 고속도로(State Highway 361) 양편의 물과 모래는 수평선까지 뻗어 있었다. 전방은 쭉 캠핑카들의 퍼레이드였다.

"다소 당신의 문제라면," 앤지는 지난 240마일(386킬로미터 남짓)을 그래왔듯이 짜증 날 만큼 콕콕 찌르는 짓궂고 끈질긴 말투로 얘길 이어갔다. "스스로에게까지 거짓말을 한다는 거예요, 보이드, 나한테 반하지 않았다는 그 말도 안 되는 소리처럼요. 아니면 왜 차를 돌려서 나한테 돌아왔겠어요? 그게 다 반해서 그런 거잖아요."

"아니면 당신을 이용해먹을 수 있겠다 생각했겠죠," 보이드는 말했다.

"반한 거예요!" 앤지는 소릴 내질렀다. "듣지도 않을 거예요?"

45분 뒤 둘은 포트애런사스 해안 도로에서 떨어진 나이트캡 카페의 칸막이 자리에 들어가 털썩 주저앉았다. 앤지는 게살 케이크를 주문했다. 보이드는 버드와이저 두 병과 새우튀김을 주문했다. 누가 보아도 그곳은 초로부터 인생 말년의 관광객들에게 특화된 곳이었다.

보이드는 버드와이저 첫 병을 급히 들이켰다.

"공상허언증?" 그는 말했다. "그래서 그게 뭔데요?"

"말했잖아요, 병이라고. 허언증이랑 똑같아요."

"알아요, 근데…… 단어가 거창하잖아요."

앤지는 그를 잠시 쳐다보았다. "그게 내가 받은 교육에 대한 논평이라면 당신 조심하는 게 좋을 거예요. 자기계발이라고 못 들어봤어요? 이 나라 전체가 **그렇잖아요**. 자기계발이랑 하느님."

보이드는 최대한 지체 없이 고개를 끄덕였지만 그녀는 이미 순회

강연 중이었다. 주문한 음식이 나오고 지저분해진 접시가 치워지고 버드와이저 빈 병들이 식탁 위에 감질나게 서 있었지만 앤지는 스물아홉 해를 살면서 건져온 온갖 훌륭한 단어들의 알파벳순 기록장에서 그제야 J 항목을 통과하는 중이었다.

"알아들을 수 없는(jabberwocky), 적황색(jacinth), 던지다(jaculate)," 그녀는 말했다. "미성년자(jailbait) —— 이 말은 당신도 분명 알겠죠."

"존부인(uxorial)," 보이드는 훌쩍 건너뛰길 바라며 말했다.

"그럼요, 그건 내 맨 첫 목록에 있었어요, 아주아주아주 예전에. 이 목록들은 메일로 받는 거예요, 매달 쉰 단어씩, 더 흥미롭고 매혹적인 사람이 될 거라 보장한댔어요." 그녀는 무언가를 기대하듯 그를 쳐다보았다. "그럼?"

"그럼 뭐요?"

"알면서 그래요. 매혹적이라잖아요. 무슨 말이든 해봐요."

"오, 알았어요. 우리 두니 찾으러 갈까요?"

동트기 직전 랜디는 체크인한 지 5만 년은 된 듯한 데이스 인의 주차장에 차를 댔다. 10번 주간 고속도로를 동쪽 방면으로 두 시간 반, 다시 서쪽 방면으로 두 시간 반 달린 뒤라 그는 왜소한 빨강 머리 같은 이들은 물론 사람들 누구에게도 시달리고 싶은 기분이 아니었고, 그래서 값을 족히 치르고도 거의 사용을 못 한 여관방에 커틀러스 문을 잠그고 들었을 때 베갯머리에서 나와 제 팔꿈치를 30초가량 움켜잡는 손은 일절 신경 쓰이지 않았다, 팔꿈치가 견갑골 뒤로 치켜지는 일도, 사이러스의 이런 말도. "어서 와, 지퍼."

・・・

40피트(12미터 남짓) 안 되는 거리에선 토비 밴 더 켈런이 흑과 백으로 칠해진 풀다 경찰서 순찰차 안에서 주차장을 유심히 지켜보고 있었는데 그건 저도 그 주차장에 차를 댄 데다 지금이야말로 어느 흥미로운 시합을 길고 따분한 기다림 끝에 1열에서 관람할 기회였기 때문이다. 토비가 아는 한 랜디 재프는 멕시코 사람 다음으로 최고, 아니 최악에서 두 번째인지 몰랐고, 그래서 그는 팔꿈치가 견갑골 뒤로 매우 솜씨 좋게 들리는 모습을, 거구의 흑인 사내가 그 팔꿈치를 불편한 것보다 조금 더 꺾는 모습을 즐겁게 지켜보았다.

다른 사내, 그러니까 감옥같이 하얗고 깡마른 할아버지뻘의 사내는 창인지 정원용 괭이인지 어둠 속에선 알아보기 힘든 것의 뾰족한 끝을 드러내면서 흑인 친구를 거들고 있었다.

일방적인 대화가 진행 중이었다. 백과사전 따위를 파는 외판원처럼 흑인 사내가 권유의 말을 전하는 중일 수도 있었지만 매우 확실한 건 그 백과사전이 저 녀석에게, 즉 가동 범위를 벗어난 곳까지 들린 팔꿈치 때문에 고생 중인 랜디에게 똥 나올 정도로 겁을 주고 있다는 것이었다.

법률 집행을 위한 시간이 된 것 같군, 토비는 생각했다.

혹은 아직인지도 몰라.

풀다에서부터의 장거리 운전으로 그는 혼쭐이 나 있었고, 더구나 대기 시간만 됐다 하면 쨍쨍 울려대던 랜디의 그 휴대폰, 게다가 팔꿈치가 팔꿈치가 아니려면 가동 범위를 얼마나 벗어나야 할까 하는 다소 직업적인 흥미가 돋고 있다는 사실도 한몫하고 있었다.

어 느 것 을 고 를 까 요, 토비는 생각했다.

그러다 그는 로이스라면 무엇을 원할까 하는 생각을 했고, 그 생각 때문에 자기가 로이스에게 바라는지도 모르는 몇 가지가 기억났다.

토비는 하루가 또 시작이구나 하는 경찰관의 한숨을 지으며 차 문을 열었다.

마을의 보다 안전한 지역, 에벌린은 처음엔 기괴한 꿈이다 싶더니 곧이어 주니어스의 CFO와 조우했던 어마어마하게 기괴한 전날의 기억으로 변한 무엇에서 깨어났다.

그녀 옆 주니어스의 침대 자리는 공석이었다. 요즘은 늘 공석이었다.

그녀는 가운을 걸치곤 저택의 엘리베이터들 가운데 하나를 타고 부엌으로 가 커피를 내린 다음 김이 모락모락 나는 머그잔을 들고 수영장으로 나갔다. 그녀가 전날 일광욕을 하며 누워 있을 때 헨리 스펙이 튀어나왔던 데가 여기였다, 상자 속 잭*처럼 상냥하게, 비단결 같은 웃음을 줄곧 지으면서, 그녀가 처음부터 경멸스러워했던 그 내 근육 좀 봐요 하는 자신감으로 충만한 채. 경멸스러웠어, 하지만…… 도리가 없었는걸.

그녀는 커피를 급히 마셨다.

경멸스러웠어, 근데 뭐? 그녀는 무릎에다 손을 모으곤 1, 2분 아주 다소곳이 앉아 있다가 스스로를 비웃었다.

확실히 경멸스러웠다, 하지만 그녀가 놀란 건 그를 당장 쫓아내기는커녕 백치같이 웃음을 지은 채 홀터 끈을 당기면서 이렇게 나타

---

*   jack in the box. 뚜껑을 열면 용수철 인형이 튀어나오는 깜짝 장난감.

나서 깜짝 놀랐잖아요 하고 말한 자신 때문이었다 ─ 놀라면서 **신나 하긴**, 맙소사 ─ 더구나 그가 넥타이와 셔츠를 끄르고 그녀 옆 덱 의자에 대자로 누웠을 땐 어째서 꺼지란 말도 안 했는지.

경멸스러웠다. 하지만 당연히 그녀는 그와 잘 터였다. 아마도 조만간.

지금 에벌린은 그런 생각들을 밀어내려고 애쓰느라 상스러운 말을 툴툴 내뱉곤 가운을 벗고 수영장을 열두 번 왕복한 다음 어느새 더워진 아침 공기로 몸을 말렸다. 그녀는 제 고리버들 라운지 의자에 한참을 누워 그냥 빈둥거렸다.

생각하지 말자, 그녀는 생각했다.

어제는 잊어. 헨리 스펙은 잊으라고.

그러다 그녀는 또 생각에 빠져 있었다. 주니어스의 수영장 파티를 두고 정말 성공적인 파티라고 그와 한참 수다를 떨었던 일, 급기야 사소하게 처리할 과제를 주니어스가 주더라며 스펙이 아주 태연하게 말했던 일. 그는 보이드 핼버슨을 추적해야만 했다. 그녀가 아는 게 있었던가? "자 그러니까," 스펙은 즐겁게 주절거렸다. "난 전남편 따위 콧방귀도 안 뀌어요. 아니면 현 남편이어도. 하지만 주니어스는 콧방귀를 꽤나 크게 뀌는 것 같더군요. 간섭쟁이 전남편을 단념시키고 싶은 모양이더라고요. 그를 비난할 일은 아니죠."

"단념이요?" 에벌린은 말한 터였다.

"단념, 네."

"나는 도와야 하고요?"

"그래줬으면 해요."

"셔츠 입어요," 에벌린은 말했다. "흉근 풀기 운동 그만하고요. 감흥 없으니까."

스펙은 낄낄거렸다. "힌트만 쪼끔 줘요, 응? 그 바람직하지 못한 전남편 어디 가면 찾을 수 있죠? 세상이 한결 나아질 거예요."

에벌린은 "보이드는 아무한테도 위협이 안 돼요"라고 말하더니 그건 사실과 한참 다르다고 이내 생각을 고쳤다. "그가 원하는 건 내 아버지예요, 내가 아니고요. 주니어스한테 철회하라고 말해요."

"**당신이** 말해요. 지시하는 사람은 그고 나는 돈 받는 사람이니까."

"그가 당신한테 수영장에서 엉덩일 주무르라고 지시했어요?"

"아니요. 설마요. 그건 흉근의 지시였어요."

"뭐, 좋아요. 다음번에 그런 일이 생기면 당신 귀를 붙잡고 내 엉덩이에 코 박게 해줄게요."

헨리 스펙은 웃음을 터뜨리더니 셔츠를 다시 걸치곤 제 덱 의자에서 일어나 말했다. "실은요, 정부님, 당신은 이미 도움이 좀 됐답니다. 두니를 찾고, 바짝 밀착하고, 핼버슨이 등장하길 기다리는 게 내가 할 일인 것 같군요."

"내가 언제 그런 말을 했다고——"

"질문 하나 더요. 내가 또 들르면 좀 그래요?"

"당신 참 징그러운 사람이다, 그렇죠?"

"맞아요, 그런데 좀 그래요?"

로이스와 더글러스 커터비는 지역사회 국법 회의실, 그러니까 캘리포니아주 풀다에 있는 저희 집 야외 안뜰의 콘크리트 탁자와 두 개의 녹슨 의자에 소집된 참이었다. 더글러스는 아침으로 제 두 번째 크루아상에 공을 들이고 있었다. 로이스는 자신이 시행한 다수의 구제 조치에 관한 내용을 그에게 갱신해주고 있었다.

"브라보!" 그녀가 끝마치자 더글러스는 말했다. "대출이라니! 내가 마법사랑 결혼을 했네그래!"

"장부엔 그렇게 들어가는 거야, 여하튼," 로이스는 말했다. 그녀는 제 앞의 원장철을 힐끗 내려다보았다. "물론 고금리 대출이지, 핼버슨 씨의 증서가 만기일 때를 위해."

"고금리라면……?"

"좆나 높은 거," 그녀는 말했다.

더글러스는 환해진 얼굴로 크루아상에 버터를 발랐다.

"달리 말하면," 그는 말했다. "권총 강도가 아니라, 그냥 지역사회에 대한 공덕심 넘치는 서비스가 있었던 거군. 그래서 우리가 여기 있는 거야, 맞지? 자금 대출해주느라."

"정확해," 로이스는 말했다. "회계감사원들이 우리 자취를 못 찾는 거야 말할 것도 없고. 팔만 천 달러짜리 대출이야, 누가 딴지를 걸겠어?"

"그것도 그래," 더글러스는 말했다.

"서류 작업이 좀 남았어."

"오, 그래. 그러면 얼른——"

"진행 중이야."

더글러스는 추상적으로 고개를 끄덕였다. 그는 세 번째 크루아상에 버터를 바르곤 한입 깨물었다.

"문서는?" 그는 말했다. "토씨까지 신경 쓰고 있지?"

"당장은," 로이스는 말했다. "노골적으로 위조하는 방식으로 해뒀어, 그냥 핼버슨의 서명을 휘갈겨서. 나중에 깔끔히 매만져야 할 거야." 그녀는 숨을 고른 다음 과감히 입을 떼었다. "내가 추심업자를 고용했어 — 프로야, 신중하고. 그가 두 가지를 한 번에 처리할 거야, 서류 작업이랑 원금 상환을."

"이자까지야, 잊지 마."

"잊긴."

"훌륭해. 커피 할래?"

"괜찮아," 로이스는 말했다. "근데 크루아상이 태어난 곳으로 두 주짜리 여행은 너무 가고 싶다."

"빈?" 더글러스는 말했다.

"파리," 로이스는 말했다.

"미안하지만, 내가 알기로 크루아상은 틀림없이 빈에서 태어났는데. 그래도 응당 파리에서 먹어야 **제맛**이지."

"빈이라고, 어?"

"그럴걸."

"오케이, 그럼 절충하자," 로이스는 말했다. "몬테카를로로 해."

"좋아," 더글러스는 말했다. "질문 하나 더."

로이스는 한숨과 함께 제 원장을 닫았다. 그녀는 무엇이 올지 알았다.

"프로 추심업자라고 했지?" 더글러스는 달래는 투에 가까운 다정한 웃음과 함께 말했다. "그 사람 이름이 오입쟁이는 아닐 거야, 그렇지?"

그들 넷, 그러니까 사이러스, 칼, 랜디, 토비는 데이스 인의 204호 실로 자리를 옮긴 참이었는데 그곳은 한때 랜디의 방이었지만 지금은 대부분이 다른 세 사람의 소유였다. 트윈 베드는 사이러스와 칼, 인조가죽 안락의자는 토비의 차지였고 아주 더럽지만은 않은 바닥 전면 카펫이 랜디의 차지였다. 실제론 카펫이 더 이득이야, 랜디는 생각 중이었다. 면적으로 따지면 바닥 전면이 침대보다 두 배, 어쩌면 세 배는 더 커, 신경 쓰지 마.

네 사람 모두 랜디의 커틀러스 조수석에 아주 편안히 앉아 있던 냉장고 덕분에 촉촉해진 쿠어스 맥주병을 들고 있었다. 도대체 대관절 무슨 일이냐고 토비가 막 질문을 던지자 사이러스가 "우선, 지퍼가 내 팬티를 훔쳤어" 하고 말하는 중이었는데, 거기에 칼이 "내 것도 그래, 게다가 신발이랑 양말도" 하고 끼어들자 사이러스는 콧방귀를 뀌고 말했다. "난 존엄성도, 내 말 알아들어?"

"그래, 존엄성," 칼이 말했다.

"인간적 자존심," 사이러스가 말했다.

"일반적으론 존엄성," 칼이 말했다. "그거 따끔따끔 아리지."

토비는 랜디를 내려다보며 말했다. "저 말 사실이야? 네가 속옷 도둑이란 게?"

"빌린 거예요," 랜디는 말했다.

"속옷을 빌려?"

"뭐, 네. 그게 그렇게 대단한 일이라면, 죄다 트렁크에 있어요. 내가 속옷 몇 장을 가져다 전당포에 맡기기라도 했을라고."

"네 그 트렁크 좀 보자," 사이러스가 말했다.

그들은 맥주병을 내려놓더니 랜디의 커틀러스가 토비의 흑과 백 자동차 옆에 날렵한 모습으로 서 있는 곳을 향해 우르르 나갔다. 랜디는 트렁크를 열곤 물러섰다. "거봐요, 속옷이 저렇게 있잖아요,"

그는 신나서 말했다. "신발도요. 다들 다시 친구가 되었으면 싶은데요."

사이러스는 포장도로에 앉아 신발을 신었다. 칼은 제 코를 옴질옴질하더니 말했다. "어이, 너 트렁크 좀 어떻게 해야겠다. 저기다가 뭘 보관해온 거야?"

"로데오 똥이지 뭐," 사이러스가 말했다.

그들은 안으로 다시 우르르 들어갔다.

한동안 그들은 랜디가 개인적으로 꼬불쳐둔 쿠어스를 꾸역꾸역 해치웠다. 악감정이 돌고 있었다. 원래도 좁고 갑갑했던 방이 수축해 적개심을 짜내고 있는 듯했다. 토비가 결국 상황을 정리했다. "좋아, 염병할, 까놓고들 얘기하자고," 그는 대뜸 말했다. 맥주와 콧속 불순물 때문에 그의 목소리는 고르지 못했다. "진실을 말하는데, 난 검둥이건 말건 딱히 상관없어. 멕시코인, 공산주의자, 민주당원, 노인, 그리고 랜디 재프건 말건 상관없다고. 내가 상관하는 건 팔만 천이야."

"잠깐만," 사이러스가 말했다. "너 진짜 경찰이야?"

토비는 의자에 앉아 자세를 바꾸었다. "당연하지. 넌 진짜 검둥이고?"

사이러스는 제 몸을 훑어보더니 말했다. "엡."

"어, 나도 그래, 나도 진짜야. 제복, 배지, 하는 일. 그럼 내가 몽정할 때 무슨 꿈 꾸는지 알아?"

"알 듯하군," 사이러스는 말했다.

"내 꿈은," 토비는 말했다. "오염 방지야."

랜디가 말했다. "누구 TV 보실 분?"

"무슨 말인가 하면," 토비는 말했다. "지도자의 장벽*이야 훌륭하고 멋들어졌지 — 에이 플러스감이야 — 한데 이 나라가 필요로 하는 건 보호구역이다 이 말씀이야, 우리가 이미 겪은 오염을 붙들어 맬 장소. 너는 너 나는 나대로 살자 이거지. 보호구역에서 지내기만 한다면."

"저번 선거 때 누구 찍었어?" 칼이 물었다.

토비는 경찰다운 눈으로 그를 응시했다. "선거?"

"너 리버럴이지?"

"입조심해," 토비는 이를 갈며 말했다. "민좆당원 800만이 투표를 한다는데 무슨 선거야, 그중 반은 깜시고 반은 페드로인데. 그건 사기지, 우리 친구. 설상가상으로, 그놈들이 투표용지, 투표 집계기에 그 그 DNA 테스트를 심어놨단 얘긴 들어봤겠지? 멕시코 사람이 투표를 해, 흑인도 투표를 하고, 그럼 그게 세 배로 집계된다고."

"나도 들어봤어," 칼이 말했다. "멍청이한테서."

"여기서 누가 경찰이더라?" 토비는 말했다.

"나를 잡는군 아주," 사이러스가 말했다. "원하는 게 정확히 뭐야?"

"이미 설명했잖아. 팔만 천 달러," 토비는 말했다.

일단 돈 얘기가 저변에 단단히 깔리자 상황은 잠시 진정되었다. 랜디는 거의 당혹스러운 기색으로 앉아 얘길 들었다. 그는 다섯 시간의 헛된 밤 운전을 한 뒤라 죽도록 피곤했다. 그는 카펫에 그대로 누워 얼핏 잠이 들었다가 척추가 결리고 아려오자 다시 일어앉았다. 사이러스가 말하고 있었다. "그러니까 공식적인 게 있고 비공식적인 게 있다? 은행 범죄가 일어났어, 그런데 또 안 일어났다고?"

"패나 예리한걸," 토비가 말했다. "아프리카 사람치곤."

"그럼 그 로이스는 또 누군데?"

"자, 우선," 토비는 말했다. "로이스는 백인 여자야. 나를 고용한 사람, 나를 추심업자로 만들어준 사람이지. 그래서 내 생각은 뭐였느냐면, 여기 이 랜디서부터 시작하자, 얘 여자 친구에 관한 정보를 얻자는 건데, 근데 그 여자 친구가 누구냐, 바로 피그미족을 좋아하는 사람한테는 멋지게 여겨질 여자야. 로이스는 그 팔만 천이 철석같이 자기 돈인 줄 알아. 어쩌면 은행 범죄 전반에 관여했을지 몰라."

"흑인이랑 그래본 적은 없어?" 칼이 말했다.

"뭘 물어보는 거야?" 토비는 말했다.

"방금 그 로이스라는 걸레가 백인이라고 하지 않았어? 흑인이랑 해본 적은 없느냐고 묻는 거야."

토비는 제 경찰 벨트를 추켜올렸다. "어이, 넌 벌써 천 년쯤 살다 왔잖아. 얼마나 더 살다 오고 싶어서 그럴까?"

"진정들 해, 여기선 다들 신사답게 굴자고," 사이러스가 말했다. 그는 웃음을 지었지만 목소리는 그렇지 않았다. "아무나 차지할 수 있는 현금이 있어. 검둥이, 흰둥이 — 알 게 뭐야? 여긴 USA야. 기회가 문을 두드린다고."

랜디는 한 번도 착용된 적 없는 고무 끈 팬티에 관한 공상에 잠겼다가 또다시 스르르 잠이 들었는데, 한참 만에 일어나 귀를 기울이니 토비가 사이러스와 칼에게 지역사회 국법의 권총 강도 사건은 장

---

* 　미국-멕시코 국경 장벽을 가리킴.

부에 기재되어 있지 않다, 비역사적이다, 일어난 적이 없다, 은행이 수십 년가량 제 금고실을 털어온 게 주된 이유고, 보이드 햅버슨과의 상황이 청산될 때까지 경찰이 여기저기 찔러보고 다니는 걸 내 여자 로이스가 원치 않는 게 이유다 하는 얘길 하고 있었다. "그 시점에 내가 발을 들였어," 토비는 말했다. "그 녀석이 서명할 대출 서류를 내가 들고 있어. 뭐 기초적인 추심 일이야."

사이러스가 휘파람을 불더니 말했다. "여, 나도 나한테 훔칠 은행 하나 사줘야겠는걸."

칼이 말했다. "그걸 뭐 하러 사? 내가 알맞은 은행을 아는데."

토비는 칼을 잠시 쳐다보았다가 사이러스를 쳐다보곤 다시 칼을 쳐다보았다. "너희 이 좆만이들 설마——?"

사이러스는 씩 웃었다. "은행 누구 하나 은행 강도 건을 보고하지 않으니 그 불결한 팔만 천을 우리가 쫓는 건 어때?"

"풀다가 어디에 있댔지?" 칼이 말했다.

랜디는 참을 만큼 참아준 참이었다. 그는 일어서서 냉장고로 가더니 취침 술로 쿠어스를 가져왔다. "부끄러운 줄 알아야죠," 그는 토비에게 말했다.

"뭘?" 토비는 말했다.

"이 두 좆만이가요 —— **좆만**이라니 말 잘했네 —— 이 두 좆만이가 은행을 털려고 하잖아요. 그거 불법이나 뭐 그런 거 아니에요?"

"그래서?" 토비는 말했다.

"그래서 난 당신이 경찰인 줄 알았다고요."

"그래서?"

"그래서 어째서 그렇게 그…… 어째서 그렇게 실실거리기만 하는 거예요?"

토비와 칼과 사이러스는 눈알로 서로 탁구를 쳤고, 그러다 칼이 방바닥으로 손을 뻗어 제 정원용 괭이를 집었다.

"할 말 더 있어?" 칼은 말했다.

"음, 말이 나와서 말인데, 당연히 더 있죠," 랜디는 말했다. 그는 사이러스를 건너다보았다. "아까를 떠올려봐요, 반 시간 전이요, 아까 '내 말 알아들어?' 그랬잖아요. 기억나요? 내가 당신 팬티를 훔쳤다 그러곤 '내 말 알아들어?' 그랬잖아요. 지금 여기서 선을 넘고 싶진 않지만 —— 형제 같아서인지도 모르죠 —— 그쪽 당신들은 항상 뭘 말하고 나면 좀 있다가 '내 말 알아들어?' 이래요. 애초에 알아듣게끔 말한 적도 없으면서. 내 말 알아들어요?"

사이러스가 칼을 돌아보더니 말했다. "이 얼간이 놈 없애버리는 거 어때?"

"애매한걸," 칼은 말했다. "입을 꿰매는 건?"

"다른 걸로 하죠," 랜디는 말했다. "누구 조식 드실 분?"

18

거짓말 전염병은 네브래스카주의 옥수수밭을 쏜살같이 내달려 서쪽으로 와이오밍주, 남쪽으로 캔자스주와 콜로라도주로 뻗치고 동쪽으론 아이오와주로 뻗쳐 대븐포트에서 미시시피강과 붙어먹더니 혀와 폐를 타고 아버지 수역*을 따라 여행하다가 오늘날 되살아나고 있는 남부동맹(Confederacy)의 목화밭에 들어서는 등 미국의 심장부를 휩쓴 참이었다. 허언증은 미주리주 해니벌에서 진실가인 그 마을 사학자를 사로잡았는데 그는 "하느님도 증오하시는 샘 클레먼스**"를 "유대인이자 정체를 감춘 이슬람교도"라고 매도했다. 그 몰역사적, 반역사적 사학자는 마크 트웨인이라는 필명이 단적으로 셈족임을 나타낸다고, 단적으로 잡종이라고, 샘의 "이른바 걸작이라는 것들"은 "흑과 백의 잡혼에 관한 교육용 소책자"에 지나지 않는다고 관광객들과 초등학생들에게 알렸다.

   그 해니벌 사학자의 정신과 의사는 제 환자의 정신 건강과 관련해 거짓말을 했다. 그 정신과 의사의 진실가 단체에 속한 하원 의원은 자기에겐 정신과 의사가 하나도 필요 없다며 정신과 의사와 관련해 거짓말을 했다.

19세기 말 성격장애로 이해되었던 허언증은 최근엔 인기 정상의 팝송만큼이나 귀에 쏙쏙 박힌다는 것이 입증되었다. 음악과 마찬가지로 그 병은 성대의 진동과 울림으로, 기타 줄의 쟁쟁거림과 얼굴 표정의 리듬으로 전염되었다. 동화와 마찬가지로 그 병은 지긋지긋한 현실의 타개로 여겨졌다. 백일몽과 마찬가지로 그 병은 불가능한 것 또는 있을 법하지 않은 것 또는 유보된 것 또는 충족되지도 않았고 충족될 수도 없는 것에 대한 갈망에 호소했다. **허언증**이라는 용어는 원래 신화 자체에 대한 열정 또는 집착을 가리키는 것이었다*** ── 영웅신화, 여정 신화, 구원 신화, 오래오래 행복하게 살았대요 하며 두루두루 달래주는 허풍스러운 신화. 개인뿐 아니라 문화 전체가 감염에 최적의 상태였다. 터무니없이 공상적인 것들은 ── 지극히 튀는 거짓말은 ── 지적이되 진심으로 빠져 있는 이들에게 으레 의심을 샀다. 허언증자들은 거저 얻은 위풍으로 제 삶을 장식하면서 가녀린 자아를 보강하기 위한 거짓말을 했다.

그리하여 매사추세츠주 콩코드에선 진실가의씨앗 민병대가 옛 노스 다리****를 재점령하겠다는, 이번에는 AR-15*****을 들고 그리

---

* Father of Waters. 미시시피강의 별칭.
** Samuel Clemens. 미국 소설가 마크 트웨인의 본명.
*** 허언증(mythomania)의 어근 myth에는 '신화' 외에 '허구'란 뜻도 있다.
**** Old North Bridge. 1775년 영국을 상대로 하는 미국독립전쟁의 본격 시작을 알린 총성이 울린 곳.
***** 미국에서 개발된 돌격 소총.

하겠다는 취지를 밝히는 헤드라인 바로 위에 성조기를 펼쳐 걸어 저희 웹사이트를 장식했다. "멕시코인들이 몰려온다!"라고 폴 리비어 식료품 상점의 선대 진실가는 외쳤다. 그리하여 또다시 코네티컷강을 따라 북쪽으로 멀지 않은 뉴햄프셔주 월폴의 진실가의씨앗은 버몬트주 퍼트니에 결집한 "실성한 민주당원들"의 임박한 침공에 대비하는 토목공사가 시행되었단 소식을 트윗 했다. 또 그리하여 캘리포니아주 풀다에선 상공회의소 소장 얼 펜스터마허가 방금 손턴 와일더의 『우리 읍내Our Town』를 용감한 진실가들, 유쾌한 은행장, 사회주의자인 사탕무 농부, 친절코자 네오나치인 오토바이 주자, 그리고 얼 펜스터마허 자신을 닮은 내레이터를 등장인물로 내세워 개작한 참이었다. "그게, 이크, 난 잘 모르겠네," 시장인 첩 오닐은 말했다. "요지가 뭐야?"

"**예술**을 모르는군," 얼은 약간 상처를 받아 방어적으로 말했다. "말미에 모두가 합심해서 법원 청사를 폭파하잖아. 중학생을 위한 부활절 야외극으로 딱이지."

"그 점은 논쟁의 여지가 없는데," 첩은 말했다. 그는 잠시 그 말을 곱씹었다.

"'친절코자 네오나치인'은 말이 안 되는 것 같아. 맞춤법 검사기 좀 쓰지 그랬어."

19

　포트애런사스는 시시각각 무기력해져만 가는 곳, 적어도 보이드 핼버슨에게는 그렇게 보였다. 포악한 한낮의 더위는 그가 이 마을의 보도며 부두며 해변 들에서 찾아낸 몇 될까 말까 한 인간들을 무력화한 게 틀림없었다. 이제 코앞에선 엄청난 구름 덩어리가 굼뜬 자세로 가만히 수평선 위에 똬리를 틀고 있었는데 그것은 우울한 수채화가가 하늘에 붓질을 한 양 비현실적인 데 가까웠다. 용광로 같은 더위 탓에 짙어진 혼미한 습도는 이 위도에 존재하는 만물에게 힘겹고 느린 움직임을 야기하는 모양이었다 ─ 물새, 캠핑카들, 맥고모자와 샌들을 걸친 푹 쩌진 관광객들에게.
　보이드와 앤지는 그럴싸한 모텔에 체크인한 터였다. 적어도 창문형 에어컨이 그 방의 전등과 벽과 침구에 닿아 곧장 응결하는 눅눅하고 짠내 나는 증기를 마지못해 뻑뻑 토해낸다는 점에서 그럴싸했다.
　둘은 각각 두 번 샤워를 했고, 두 번 옷을 갈아입었고, 그러고 지금은 그의 어머니 차인 저 옛날의 엘도라도에 다시 올라타 이번에도 캠핑카 뒤에서, 이번엔 길 잃은 뱃사람(Lost Mariner)이 지휘하는 차 뒤에서 시속 6마일(시속 약 10킬로미터)로 주행 중이었다.

"다음에 우회전 같아요," 앤지는 한 손엔 종이쪽지, 한 손엔 지도를 들고 말했다. "아니 ─ 잠깐만요 ─ 다음에 좌회전하고 우회전 같아요. 나 걸스카우트 낙오자예요."

"번지수가 어떻게 되는데요?" 보이드는 물었다.

"그게 헷갈려요."

"숫자가 헷갈릴 게 뭐가 있어요? 그냥 숫잔데. 죄다 다른데."

"까탈스럽게 굴지 마요, 보이드. 이 주소는 그 사람이 써준 거예요, 두니의 사무실에 있던 그 사람, 2가 8로 보이는데 어떡해요. 아니면 반대인가, 알아볼 수가 있어야지. 가뜩이나 당신은 이 주소를 구한 대가로 나한테 꽃이랑 초콜릿 세례를 해줘도 모자라요. 난 이거 때문에 맨살을 보여줘야 했어요. 그 사람 책상에 쿵 찧고서 다리 저는 시늉을 해야 했다고요, 꼭 다리 절단이라도 해야 할 것처럼, 그랬더니 심지어 그 사람이……"

"우회전 좌회전?" 보이드는 말했다.

"좌회전해봐요," 그녀는 말했다.

둘 앞의 캠핑카가 차를 왼쪽으로 돌렸다.

"우회전해봅시다," 보이드는 말했다.

차가 방향을 꺾어 저물녘길(Sunset Years Drive)에 들어서자 앤지는 찡그린 눈으로 습기 속을 헤치며 번지수를 찾았다.

"25388 같아요," 앤지는 말했다. "아니면 85322. 5가 좀 3 같아 보이는데, 그렇다면 3은 아마 5란 뜻이겠군요."

"도로명은 확실해요?"

"꽤 확실해요," 그녀는 말했다. "Y는 좀 F 같아 보이네요."

"죽을녘길(Sunset Fear Drive)이라고 누가 이름을 지어요?" 보이드는 말했다.

"당신은 식겁하겠네요."

"저무는 게 무서워요?"

"장난해요? 사람들은 많은 걸 무서워해요. 저무는 걸 무서워하는 데서 나온 이름도 아마 있을 거라고요, 전적으로 심리학적 측면에서요, 이를테면 당신과 당신의 공상허언증처럼."

보이드는 연석 쪽으로 차를 끌어다 세웠다.

"문을 두드려봅시다," 그는 말했다.

"걸어서요? 이 더위에?"

"네," 그는 말했다.

"못 하겠어요, 톤토족* 아저씨. 내 몸무게가 110파운드(약 50킬로그램)인데 그중 대부분은 한때 물이었다고요."

"그 입도," 보이드는 말했다.

둘은 운이 없게도 문을 열세 개나 두드렸는데, 그래도 열네 번째에는 두니라는 이름을 아는지 모르는지 모를 포동포동한 중년의 신사와 얘길 나누었다. 그 남자는 수영 반바지, 쪼리에 상의 탈의, 그리고 **걸프전 참전 용사**(Gulf Vet)라고 금실로 화려하게 자수된 캡 모자 차림이었다.

"그렇습니다," 남자는 사려 깊게 말했다. "두니랬죠? 나이 든 사람

---

* Tonto. 아파치계 아메리칸인디언 부족. '미치광이'란 뜻도 있다.

인가요? 작은 마을이긴 해요, 그 왜, 특히 비수기에는요, 한데……크고 하얀 머린가요? 그 사람 똥 냄샌 구리지 않을 것 같죠?"

"그 사람 맞습니다," 보이드는 말했다.

남자는 고개를 끄덕끄덕했다. "오케이, 좋아요, 근데 그 사람이 이 거리에 사는지는 잘 모르겠군요. 어쩌면 마을 건너편일지도요, 서쪽이요, 거기선 쌈박한 남자애들이 죄다 스피도 수영복을 널어놓죠." 그는 씩 하는 웃음을 지으며 앤지를 쳐다보았다. "그쪽하고 그쪽 할아버지께서 스피도 쇼핑 중이시구먼?"

앤지는 보이드의 팔을 낚아채며 그에게 바싹 다가붙었다.

"보이드는 내 피앙세거든요," 그녀는 단호하게 말했다. "그리고 장담하는데 이이가 아저씨보다 어릴 거예요."

"그럴 수도," 남자는 말했다.

"보이드는 마흔아홉인데, 아저씨는요?"

"쉰하나요, 아줌마, 하지만 기운은 만땅이고." 그는 그녀를 계속해서 훑었다. "잠깐 들어갈까요, 버번 레모네이드라도 한잔하시게?"

"괜찮아요," 앤지는 말했다.

"좋아요," 보이드는 말했다. "그럼 고맙죠."

남자의 소주택은 광이 날 만큼 티끌 하나 없이 깔끔했다. 그들은 포마이카 상판 탁자에 둘러앉았다, 중앙엔 레모네이드 피처 하나, 피처 측방엔 잭 대니얼스 한 병, 그리고 차렷 자세로 선 유리잔 세 개.

"그 두니라는 친구가," 남자는 말했다. "내 머릿속에 있는 그 사내가 맞는다면 그는 애런사스에 파트타임으로 머무는 사람인데, 대체로 자기 자신한테 충실해서 일주일, 잘하면 보름씩 들어왔다가 더 푸른 초원으로 훌쩍 떠나요. 그와는 얘길 나눠본 적이 없군요. 마을에서 몇 번 봤죠, 바, 레스토랑, 뭐 그런 데서. 내가 당신네들이었으면 우체국에 한번 들러봤을 거요." 그는 말을 끊곤 앤지에게 또 한 번 씩 웃었다. "아, 그렇지, 난 h가 빠진 존(Jon)이고, 당신들은 필시…… 어디 봅시다. 정력가이신가?"

"그게 딱 저죠," 그녀는 말했다. "모잔 어떻게 된 거예요?"

"모자라니 어떤 거 말이신가?"

"아저씨 머리 위에 있는 거요."

"아, 이거." 그는 모자를 벗어 그걸 쳐다보다가 도로 걸쳤다. "일종의 말장난이에요, 알죠? 지금 여기가 만(Gulf)이잖아요, 멕시코만, 그리고 난 이 부근에서 오래 살았다고 말할 수 있고, 정확히 말하면 51년 평생을. 그러니 걸프전 참전 용사래도 말 되는 것 같은데."

아직 아무도 레모네이드를 배분하지 않은 상태였다. 보이드는 뭐라 중얼거리곤 손을 뻗어 유리잔 하나를 절반쯤 채우더니 버번으로 마무리를 장식했다.

"맛있군요," 그는 말했다. "다시 한 번 고마워요, 존."

남자는 살집 있는 두꺼운 입술로 아직도 촉촉한 웃음을 머금은 채 앤지에게서 눈을 떼지 않고 고갤 끄덕끄덕했다.

"키가 어떻게 되시나, 자기는?" 그는 물었다.

"내가 얼마나 작은지를 물으시는 건가요?" 앤지는 말했다.

"아이고 참, 자기야, 그런 식으로 계산하고 싶다면야 그러시고."

앤지는 보이드에게 여기서 나가자는 눈길을 보냈다.

보이드는 어깨를 으쓱했다.

"다시 말하죠," 이젠 어느 정도 불안정함이 깃든 목소리로 그녀는 말했다. "아저씬 생판 모르는 남한테, 모르는 **여자**한테 사적인 통계를 묻고 있네요?"

"바로 맞혔군," 존은 말했다.

"지금 이 자리에 내 피앙세가 있는데요?"

"그럼 흥미진진하지요."

앤지는 보이드를 돌아보고 말했다. "주머니에 그 총 아직 있죠?"

"있어요. 레모네이드 놀라운데요."

둘의 초대자는 보이드가 하는 꼴을 굳이 쳐다보지 않고 의자에 푹 기댔다. "총이라면," 그는 말했다. "사구? 사일공?"

"존한테 당신 총 보여줘요," 앤지는 말했다. "당장이요."

보이드는 거의 비운 제 잔을 내려놓곤 템프테이션을 꺼내어 잠깐 쳐다보더니 빨간색과 흰색의 포마이카 상판에 내려놓았다.

"알고 싶은 치수 또 있어요?" 앤지는 말했다.

남자는 소리 내어 웃었다. "내가 어떻게 알아볼 수 있을 것 같군요. 내가 거기 그 당신 잔 채워드리지, 정력가 양."

"내 것도요, 채우시는 김에," 보이드는 말했다.

그 순간 찢어지는 듯한 천둥소리가 남자의 부엌을 들어서 흔들듯했다. 창문 저편에선 벼락이 번쩍했다 사라지더니 도로 번쩍했고 멕시코만은 포트애런서스 상공에 붕 뜨더니 앙심에 찬 일격으로 제 내용물을 쏟아내기 시작했다.

부엌 전등이 나갔다.

"여긴 비가 안 와요," 남자는 말했다. "하지만 가끔은 뭐라 부르든 간에 이런 게 제대로 오지." 그는 잠시 말을 끊었다. "내 탁자에 있는 그 총, 그거 진짜요?"

"뭐 대충요," 보이드는 말하곤 유쾌하게 웃음을 지었다. "화제를 잠시 바꿔도 되겠습니까?"

남자는 제 입술을 핥았다.

"당신 모자 말인데요, 존," 보이드는 말했다. "거기에 관심이 가는군요."

"내 모자 말이오?"

"걸프전 참전 용사라고 돼 있는. '훔친 무공'*이란 말 들어보셨죠?"

폭우로 귀가 먹먹해지는 바람에 보이드는 목청을 높여야 했다.

"자, 이렇게 하죠," 그는 말했다. "당신이 내 피앙세랑 재미를 보는 건 상관없어요, 그건 그녀가 알아서 할 일이고, 또 당신의 환대, 그건 나무랄 데가 없습니다. 하지만 그 모자. 그 모잔 문제가 있어요."

보이드는 한숨을 뱉고 레모네이드 잔을 비운 다음 또 한 잔을 준비하곤 앞에 놓인 총을 내려다보면서 웃음을 짓더니 다시 집주인을 향해 웃음을 짓곤 셔츠 단추를 풀어 제 어깨의 누더기 같은 흉터를 내보였다.

"재미있는 건 좋은 거죠," 그는 말했다. "하지만 힌두쿠시**는…… 쿠시는 재밌지가 않았어요. 팔루자***, 그곳은 재미론 몹시 떨어지죠. 그 모자의 문제점이 이해되십니까?"

"이건 농담인걸요," 남자는 말했다. "내가 설명했잖소, 아닌가?"

---

*   stolen valor. 군 복무를 한 적이 없으면서 군복을 입고 군인을 사칭하는 사람을 가리키는 말.
**   Hindu Kush. 중앙아시아 파미르고원 남쪽에서 아프가니스탄을 거쳐 이란으로 뻗은 산맥.
*** Fallujah. 이라크 중부에 위치한 대도시로 전략적 요충지여서 여러 차례 전투지대가 되었다.

보이드는 웃음을 짓더니 제 이마를 가리켰다.

"이 안을 보시면," 그는 말했다. "강철 쪼가리가 있을 겁니다, 길이가 1인치도 안 되고 무게도 위티스(Wheaties) 시리얼보다 덜 나갈."

"당신 걸프전 참전 용사시오?"

"1차랑 2차, 둘 다죠," 보이드는 말했다.

"이크, 이거, 내가 그럴 뜻은 —"

"그래서 쟁점은 이거예요, 존. 그 쪼그만 강철 쪼가리 있죠, 그게 걸프전 참전 용사라 적힌 모자를 못 견디게 만드는데, 하물며 걸프전 참전 용사 모잘 쓴 민간인이 날 투명 인간 취급하면서, 쿠시에서 머리에 강철 박고 끝난 사람 취급을 하면서 내 피앙세랑 붙어먹으면 어떻겠어요."

보이드는 남자에게 함박웃음을 쩍 지어 보였다.

"빌릴 수 있는 비옷 두 벌 있습니까?"

"그럼요," 남자는 말했다. "있다마다요."

"그리고 당신 탁자를 총으로 쏴도 괜찮겠어요?"

"이걸 쏘고 싶어요?"

"곤란할 게 없다면요."

1, 2분 뒤 축축한 폭우를 뚫고 엘도라도까지 잰걸음을 하는 동안 앤지는 보이드의 손을 잡았다.

"피앙세래!" 그녀는 꺅 소릴 질렀다.

"과한 기대는 금물이에요," 보이드는 말했다.

20

    비가 멎고 별들로 이글거리는 밤, 둘은 하얀 리넨, 촛불, 케이준 요리로 특화된 파도 변의 비싼 레스토랑에서 호사를 누렸다. 보이드는 아직도 포마이카 건으로 들떠 있었다. 앤지는 시기상조인 존부인 건으로 들떠 있었다.
    포트애런사스는 나름 괜찮았다고 둘은 결론을 냈다.
    남은 곤란이라면 짐 두니가 이젠 거주하고 있지 않다는 거였다. 그는 미네소타를 향해, 미네소타주 베미지를 향해, 어디건 포트애런사스 우체국장이 묘사하길 건포도 대신 파리가 들어간 월도프 샐러드를 즐길 줄 모르는 사람에겐 지옥이라는 곳을 향해 북쪽으로 달아난 터였다. 앤지가——트레일러 주차장이며 체조며 오순절교회의 구원론 같은——애길 해나가자 늙고 친절한 그 우체국장은 마침내 TKO를 선언하곤 그녀에게 회송 주소, 그러니까 베미지 우체국 사서함 주소를 넘겨준 터였다.
    이제 코스 요리 중 달콤한 피망과 셀러리 새우를 앞에 둔 앤지는 미네소타는 미루고, 두니는 미루고 임신을 준비하는 게 어떠냐고 제안했다. "오순절교회 식으로 하면 그래요," 그녀는 말했다. "하느님하고 직거래를 하는 거죠, 일대일로, 요식 필요 없이."

"당신의 남자 친구 어쩌고요?" 보이드는 물었다.

"요식 추가," 앤지는 말했다.

"무슨 뜻이에요?"

"내가 아예 임신을 하면, 그 사람한테 반갑잖은 소식을 투하할 거란 뜻이에요."

보이드는 구조 요청을 하려고 레스토랑을 둘러보았다. 레스토랑은 거의 비어 있었다. 4인이 앉은 테이블이 하나, 바 근처 테이블에선 남자 하나가 혼자 휴대폰을 들고 앉아 있었다.

"저기요," 그는 말했다. "피앙세인가 하는 아이디어는 당신이 꺼낸 거잖아요. 내가 한 거라곤 거기에 편승해서 장단 맞춰준 것밖에 없어요."

"진짜 어찌나 소름이 돋던지!"

앤지는 일어나 제 의자를 그에게로 더 가까이 가져가더니 그의 손을 잡고 거기에 입을 맞추었다.

"존하고 있을 때 당신이 내 편 들어줬던 거요," 그녀는 말했다. "그거 진짜 뭔가 특별했어요. 이런 생각이 들더라고요, 그래, 앤지, 이건 진짜야, 이 사람이 네 사람이야, 비록 나이가 은퇴자나 휠체어 신세 급이긴 하지만 말이야. 무슨 말이냐면, 탁자를 쏜 거 말이에요, 그러지 않아도 내 선에서 해결됐을 거란 말이죠— 난 기본적으로 내 성(城)을 지켜야 할 때 빼고는 처음부터 총기 규제 파니까요, 누구네 개 때문에 뜬눈으로 밤을 새운다든가 아니면 존이 그랬던 것처럼 웬 머저리가 내 약혼자한테 꼬리를 치기 시작할 때 말고는요 ─ 그러니 한 번까진 괜찮을 것 같아요 ─ 탁자를 한 개까진 쏴도 된다고요 ─ 하지만 어떤 수상한 인물이 우리 애들한테 와서 사탕을 주고 사탄이니 진화니 하는 얘길 할 때가 아니면 우리 애들 근처에선 총을 들고 있지 않았으면 좋겠어요. 탕! 날 위해 탁자를 쏠 줄이야! 내 평생 그런 일을 해준 사람은 아무도 없었는데, 심지어 랜디조차도요. 근데 참고로 말하는데, 랜디도 꽤 자상한 면이 있긴 해요, 어느 날 밤에 꽂으며 편자며 왜 그 렌실바(Wrensilva) 오디오 콘솔을 두 개나 가져다줄 만큼 말이죠. 랜디랑 내가 평생을 함께할 일은 없겠…… 뭐 아무튼. 우리는 뭘 축성해본(consecrated) 적이 없었죠."

"달성해본(consummated)* 적이," 보이드는 말했다.

"그것도요," 앤지는 말했다.

그녀는 웨이터를 불러 세우더니 저희 둘의 사진을 찍어달라며 그에게 휴대폰을 건넸다.

"보이드랑 제가요, 우리가 방금 약혼을 했거든요," 그녀는 말했다. "그러니 사진 찍어주시고 그 뒤에 그 서비스 디저트도 주세요, 기념일이랑 장례식 때 나오는 거요. 그리고 발표도 할 수 있으면 해주세요. 모두한테 박수를 받을 수 있게요."

웨이터는 둘에게 케이준 쌀 푸딩과 루이지애나산 피노누아 반병을 증정했다. 4인 테이블 사람들과 고독한 식사자가 일어나 축하해주었다.

"마지막으로 하나만 더요," 푸딩이 다하자 앤지는 말했다. "당신

---

* 'consummate'에는 첫날밤을 치러 결혼을 완성한다는 뜻도 있다.

머리에 든 그 강철 조각. 그 거짓말은 그만해요."

"거의 사실인걸요," 보이드는 말했다. "종양이에요."

"어깨에 있는 그 흉터도요."

"그건 라켓볼. 그래도 흉터는 진짜예요."

"보이드, 나 진지해요."

"그래요, 네, 나도 진지해요," 보이드는 말했다. "당신의 그 입술 두꺼운 애인 말이에요, 그자도 자기 모자로 거짓말을 하고 있었잖아요. 내가 그걸로 뭐라고 했고. **당신도 거짓말을 했어요** — 피앙세라던 그 말, 기억하죠? 두니도 거짓말을 했어요. 에벌린도 거짓말을 했죠. 이 나라의 절반이, 그치들이 거짓말 **없이는** 아무것도 못 하는 괴물을 숭배해요. 당신의 그 하느님, 그분도 **거짓말쟁이**예요. 수태 — 거짓말. 오래오래 행복하게 살았다 — 개뻥."

"말 다 했어요?" 앤지는 말했다.

"다 하긴요" 하고 보이드는 말했지만 더는 생각나는 말이 없었다.

"그렇게 나오신다, 내가 두 가지만 말할게요."

"좋아요, 근데 내가 세고 있을 거예요."

"하나, 우리 애들한텐 좋은 본보기가 필요하다. 둘, 즉시 그 술병 내려놔라. 셋 — 아참 세 가지구나 — 난 어쨌든 당신을 사랑한다."

헨리 스펙은 저쪽 공간에 있는 새로 약혼한 커플을 축하해주느라 기립했다가 주니어스 키라코시안과의 휴대폰 통화를 재개했다.

"무슨 말씀인가 하면요," 헨리는 말했다. "제대로 된 사진 서너 장을 저한테 이메일로 보내주셔야 한다고요, 최근 것으로요, 안 그러면 무엇을 어떻게 찾을지 막막…… 네, 대표님, 저 **일반석** 이용했습니다."

 번쩍번쩍 광이 나는 단종된 검정 타운카* 스트레치 모델의 맨 뒷좌석에서 주니어스와 에벌린이 서로 다른 창밖을 멀거니 내다보는 동안 선셋 대로는 저녁의 풍요로움을 슬라이드쇼로 선사했다. 벨에어의 잔디, 반짝반짝 현란한 할리우드, 말리부와 퍼시픽팰리세이즈에 자리한 모래밭 귀족령들. 주니어스가 전화기가 부서져라 끊어버리자 에벌린은 제 쪽 창에서 돌아보지 않고 말했다. "헨리예요?"
 "맞아," 주니어스는 말했다. "애가 돈값을 못 해."
 "그건 그래요. 그래도 나름 장점은 있잖아요, 그렇죠?"
 "장점? 걔는 내가 시키는 일만 해. 대체로."
 주니어스는 제 휴대폰 속의 사진을 휙휙 넘기는 중이었다.
 "헨리의 문제가 뭐냐면," 조금 뒤 그는 말했다. "데리고 있는 것보다 자르는 데 비용이 더 든다는 거야. 요즘 세상이 그래. 누굴 자르잖아, 그 사람은 자동으로 연금 받지, 퇴직금 받지, 종신 의료 받지, 그게 노조 없이도 그런데, 근데 나한텐 노조까지 있어, 그 빨대가 일곱, 피고용인이 전 세계에 1만 2300명이야. 중요한 건, 노조가 있으면 그중 단 한 명도 해고를 못 한다는 거야, 평생, 아예. 정당한 사유니 뭐니 하는 그 똥 싸는 소리나 하면서 빈둥거리고 있지 않으면 그렇단 얘긴데, 근데 그것도 나만을 위한 경찰력을 고용하지 않으면 증명하기가 불가능하니까 난 고용 중이고, 그러느라 또 일이백만을 깎아먹는 거지." 그는 잠시 말을 끊고 제 휴대폰 사진 하나를 가만히

---

* Town Car. 링컨사의 고급 세단형 자동차.

들여다보았다. "나한테 야구팀이 하나 있어 — 내가 말했지? — 꼬맹이 야구단도 못 이길 야구팀이 나한테 있는데, 내가 그 바보천치들을 해고할 수 있을 것 같지? 내가 어떡하고 싶은 줄 알아? 그 한심한 팀 전부를 벤치에 앉혀놓고 싶어, 당신은 팀이라 부를지 몰라도 난 안 그러거든, 난 그걸 개판 5분 전이라 부르거든. 내가 유니폼을 입고 나가서 필리스*랑 한 사람 대 아홉으로 붙고 싶은 심정이야, 필리스를 나 혼자서 상대한다고, 누가 이기나 보라지."

"한번 해봐요," 에벌린은 말했다.

"해보라고?"

"당신 팀이잖아요, 안 그래요? 즐겨요."

주니어스는 짧은 문자를 친 뒤 사진을 첨부하고 보내기 버튼을 눌렀다.

"벌금 물걸," 그는 침울해서 말했다. "즐기는 거, **그조차** 돈이 든다고."

"나한테도 돈 들죠?" 에벌린은 말했다.

"음, 들기야 들지. 왕창은 아니지만."

에벌린은 말리부를 내다보면서 헨리 스펙을 생각했다.

"오늘 밤 파티는 누구 거랬죠?" 그녀는 말했다.

"김."

"오 맙소사."

"그 김 말고. 다른 김."

"무슨 애길 한담?"

"돈 얘기 해," 주니어스는 말했다.

・・・

헨리 스펙은 휴대폰 사진들로부터 고개를 휙 쳐들어 황급히 레스토랑을 둘러보더니 냅킨을 팽개치곤 신성모독적인 말을 중얼거리고 보이드와 앤지의 비어 있는 테이블을 후닥닥 지났다. 밖으로 나서니 둘의 자취는 없었다.

젊은 여주인이 나와 헨리의 어깨를 톡톡 두드렸다.

"우리 뭐 잊은 거 있죠?" 여자는 말했다.

"우리가요?" 헨리는 말했다.

여주인은 웃음을 터뜨렸다. "우린 배급소가 아니에요, 미남 오빠."

"오, 그렇지. 미안해요."

헨리는 100달러짜리 지폐를 끄집어내어 그녀에게 무심코 건넨 다음 인적 없는 거리를 이쪽저쪽으로 응시했다.

그가 고개를 되돌리니 여주인이 환하게 웃음을 짓고 있었다.

"왜요?" 그는 말했다.

그녀는 100달러짜릴 그에게 펄럭여 보였다.

"아직 절반 남으셨네요," 그녀는 말했다.

"새우랑 핫소스가요?"

안주인은 환한 표정 그대로 그를 실내로 인도해 금전등록기까지 데려갔고 거기서 그들의 거래는 완료되었다.

"우리 집 소스가 병째로 판매 중이니까," 그녀는 말했다. "원하시면 말씀하세요."

"얼만지 묻기가 겁나는데요."

---

*   Phillies. 메이저리그 필라델피아 야구팀.

"가격 말씀이시군요?"

"네," 헨리는 말했다. "근데 핫소스를 얻다 쓰라고요?"

"나한테 발라줘요," 그녀는 말했다.

랜디는 커틀러스의 운전대를 맡아 엄지 하나로 차를 몰았고 사이러스와 칼은 뒷좌석에 앉아 있되 칼은 괭이와 함께였으며, 토비는 제 흑과 백 자동차로 4분의 1마일(약 400미터)가량 뒤를 따르면서 랜디의 속도를 측정해보더니 저기 저 풀다의 지역사회 국법을 털러 가는 도중 체포될 사람은 없음을 확신했다.

시속 70마일(시속 112킬로미터)로 스톡턴에 접근 중인 지금, 랜디는 사이러스에게 데이스 인에 있는 자길 마술의 비법이나 독심술도 아니고 어떻게 뒤밟았느냐고 묻고 있었는데, 그 말에 사이러스가 내숭을 떨면서 휴대폰이라는 발명품에 관해 들어본 적이 있느냐고 반문하자 랜디는 이렇게 말했다. "빌어먹을 만큼 들어봤죠."

뒷좌석은 얼마간 침묵이 돌았다.

"이 새로운 발명품은 있잖아," 칼이 말했다. "네가 뭐만 하면 되느냐, 버튼 몇 개 누르고 거기다 말을 해, 왜 그 워키토키처럼, 그럼 누가 '데이스 인입니다' 하고 말하는데, 네가 '여보세요, 데이스 인이군요' 하고 말하면 좀 있다 숙박부에 재프라는 그 로데오 얼빵이가 있단 걸 알게 되지."

"허," 랜디는 말했다. "거참 신통하네."

5마일에서 10마일을 더 하행하고서 랜디는 말했다. "그러니까 나를 데이스 인 급으로 봤다는 거네요?"

"우리가 주로 한 일은," 사이러스가 말했다. "널 반푼이로 보는 거였어."

"그래요?" 랜디는 말했다.

"멍청이," 칼이 말했다. "누가 실명으로 숙박을 하나?"

랜디는 살가움을 유지한 채 이번에도 "그래요?" 하고 말했는데 이는 잠시 굴욕을 참아주다 웃음 비슷한 걸 짓곤 누군가의 귓구멍에 당구 큐를 꽂아버리는 사내 발 킬머의 대사를 따라 한 것이었다. 실지로 랜디는 뒷좌석의 저 두 기생충에게 진절머리가 나 있었다. 존중심이 전혀 없어. 나한테 아주 막 해도 된다고 보는지. 반 시간 전에는 랜디의 엄지 운전법이 업신여김을 당하던 중으로, 칼은 그것을 계집애 운전이라 불렀고 사이러스는 자기가 누구보다도 똑똑하고 터프하고 나은 다재다능의 범죄자인 양 나름의 그 굵은 목소리로 마치 리머스 아저씨*처럼 껄껄거린 참이었다. 태도가 문제라고 랜디는 생각했고, 따라서 누구라도 랜디 재프를 지나치게 죄인 취급하거나 지나치게 엄지 운전 대하듯 하면 오리건주에선 냉혹한 하루가 될 터였다. "그래서요, 칼, 내내 궁금했던 건데," 그는 1, 2마일 더 가서 말했다. "그 괭이는 어떻게 된 거예요? 사연이 있을 것 같은데."

"사연 없어," 칼은 말했다.

"보나 마나 정원에 관한 사연이겠죠."

"없다니까. 슈퍼 에이트 밖에서 찾았어, 거기 그냥 놓여 있길래 내 운명이다 생각했지."

---

* Uncle Remus. 조엘 챈들러 해리스(Joel Chandler Harris)의 이야기책에 나오는 인물로 아이들에게 동물 이야기를 들려주는, 농장에서 일하는 늙은 흑인 아저씨.

"그럼 그렇지. 운명, 이야. 그럼 괭이로 은행을 털겠단 뜻인가?"

랜디는 칼이 사이러스를 잠시 돌아보는 걸 백미러로 지켜보았다.

"차 대려면 대," 칼이 말했다. "괭이를 얻다 쓰는지 보여줄게."

"해본 소리예요," 랜디는 말했다.

"헛소리 집어치워," 사이러스가 말했다. "안 그러면——"

"에이, 아니라니까요, 그게 쿨할 수도 있어요. 설렁설렁 완전 험상궂게 은행에 들어가선 '다들 손 들어' 한 다음 모두한테 괭이를 들이밀고 그 벙쩐 표정들을 하나하나 보라고요. 내 말 알아들어요?"

"차 대," 칼이 말했다.

랜디는 어깨를 으쓱하곤 말했다. "나중에요, 봐서."

스톡턴 지나 시속 75마일(시속 120킬로미터 남짓)까지 속도계 바늘을 높이면서 랜디는 진짜 은행 범죄에서 어떻게 발을 뺄까 하는 데 전념했는데, 그런 절도는 그의 전공도 아닐뿐더러 제대로 문제가 될 수도 있었던 것이다. 주안점은 칼과 사이러스랑 떨어지는 거야, 이번엔 영원히, 하고 그는 생각했지만 그 생각을 곱씹을수록 그것은 더욱더 불가능한 일 같았다. 그러고 보니 그들은 꼭…… 음, 꼭 팬티처럼 밀착해 있었다. 그가 움직이면 그들도 움직였다. 한 시간 전 주유를 하러 차를 세웠을 때에도 칼은 그가 남자 화장실로 가는 내내 괭이를 들고 미행하더니 휘발유와 미니 치토스 몇 봉지와 꽤 먹음직한 소고기 육포 소량의 값을 치르러 계산대로 가는 내내, 그리고 나서 커틀러스로 돌아오는 내내 따라붙었다. 말하자면 사생활 침해가 따로 없다니까, 랜디는 생각했다. 게다가 털려도 괜찮다는 은행을 터는데 무슨 도움이 필요해?

20마일을 더 가 새크라멘토가 코앞일 즈음 아이디어 통의 바닥을 기느라 좌절감에 젖어 있던 랜디는 사출 버튼을 누르면 저 교도소 알랑쇠 둘이 공중으로 핑 날아가는 뒷좌석을 설치해둘걸 하고 상상했다.

그는 백미러를 힐끗했다.

그의 뒤에는 토비의 순찰차뿐이었다. 전방의 도로는 울창하고 인적 없는 넘실대는 초원 사이로 구불구불 이어졌다— 농장도 없고 차량도 없었다.

랜디의 머릿속 자물쇠가 찰칵 풀렸다. 찰싹하고 무릎을 칠 만한 일이었다. 이렇게 쉬운 것을 두고 200마일(약 322킬로미터)을 멍청히 달렸으니.

그는 액셀러레이터를 밟아 속도계 바늘을 최대한도로 높였다.

뒷좌석에서 사이러스가 말했다. "워."

칼이 말했다. "속도 낮춰, 멍텅구리야, 안 그럼 프레츨 봉투에 처넣어줄 테니까."

랜디는 내리막 커브에서 커틀러스를 밀어붙이곤— 속도감 죽이네, 그는 생각했다— 급제동을 건 다음 도로 밖으로 차를 빼더니 냅다 후진 기어를 넣어 높은 덤불과 희귀한 소나무들의 숲에 그대로 들어섰다. 토비의 흑과 백 자동차를 따돌리는 건 일도 아니었다.

"씨발 뭐야?" 사이러스가 말했다.

랜디는 차에서 뛰어내려 칼 쪽 뒷문을 열더니 괭이를 움켜잡곤 그 앙상한 늙다리에게 상당히 빠른 괭이질을 했다.

원 미시시피, 투 미시시피.*

---

*   케인 브라운(Kane Brown)의 컨트리음악 〈One Mississippi〉의 노랫말.

랜디는 조금은 낄낄거리면서, 조금은 놀라면서 트렁크를 빙 돌았고 사이러스가 문을 활짝 열었을 땐 거기서 기다리고 있었다. 사이러스는 크고 강했으므로 랜디는 주로 안면에, 그 외 다수의 부위에 트웰브 미시시피까지 괭이질을 해야 했다.

그는 꿀이 말이 아닌 칼에게 건너가 꺅 소리가 멎을 때까지 정원 관리를 마저 하다가 사이러스에게 잰걸음으로 돌아가서는 확인차 다섯에서 열 번의 미시시피를 더 했다. 그는 사이러스를 덤불로 질질 끌어낸 다음 칼을 그의 친구 곁에 털썩 부리곤 숨을 돌렸다.

푹하고 고요한 날이었다. 기분 좋은 잔바람이 불었다. 좋은 아이디어가 이제야 떠오르다니 별일이군, 랜디는 생각했다.

그는 칼을 내려다보면서 말했다. "당신 죽었네요, 칼."

그는 사이러스를 내려다보면서 말했다. "당신은 더 죽었네요."

별일이야, 그는 자꾸만 생각했다.

그는 트렁크에 괭이를 숨기곤 커틀러스에 다시 올라타 덜거덕덜 거덕 고속도로에 다시 들어선 다음 풀다가 있는 북쪽으로 힘껏 페달을 밟았다.

그는 치토스를 한 봉지 뜯었다.

오케이, 그는 생각했다. 난 야생마 위에서 별로 오래 버티진 못할지도 몰라, 내 여잔 날 갖고 노는지도 모르고, 근데, 나 참, 괭이질은 죽어라 할 수 있단 말이지. 암. 그래서야 프레즐 봉투에 잘도 처넣겠다. 말은 잘하지.

21

"우리가 기업의 수직성을 논하긴 했지만," 짐 두니는 캘빈에게 말했다. "우리의 작금의 문제를 이해하고 싶다면 — 우리가 핼버슨 문제라고 부르는 것 말이야 — 당신도 다른 몇 가지 개념을 파악해야 돼."

캘빈은 한숨을 쉬었다. "지미, 우리 MBA 학위는 건너뛰면 안 될까? 내가 관심 있는 건 당신을 살아 있게 하는 게 전부니까."

"태평양 선박선적은," 두니는 활기차게 계속했다. "수평축으로 조직돼 있기도 해, 우리 지주회사가 선박선적을 훌쩍 넘어선다는 뜻에서. 예를 들면 사탕. 페인트. 실내외 카펫류. 녹음실 — 그건 여섯 채야. 담배 라이터. 혈압계. 야구팀. 템프테이션 권총. 대포. 토스터. 기관총. 철사 끈. 약 한 줄 빨까?* 재채기하지 마."

---

* 코카인을 하는 상황으로, 코카인은 다진 가루를 가늘게 죽 늘어놓고 코로 흡입한다.

캘빈은 몸을 수그린 다음 콧구멍을 꼬집곤 각인이 있는 유리 빨대를 쉭 들이켜더니 조금 지나고서야 말했다. "그 품목은 오래됐어?"

"오래됐지," 두니는 말했다.

"그 모든 게 의미가 있는 거지?"

"의미가 있지 그럼."

두니는 침입 중인 무당벌레를 엄지로 짓이긴 다음 400에이커(약 1.6제곱킬로미터)에 달하는, 수천 그루의 자작나무와 단풍나무와 침엽수, 수천 종의 식물상과 동물상, 수조 마리의 육식 파리를 아우르는 제 호숫가 부지를 물끄러미 내다보았다. 지금 두니와 캘빈은 이중 방충망이 된 정자에 앉아 사실상 야외의 위험 요소 없이 야외를 즐기고 있었다.

"자, 수평축이 하는 일이 뭐냐," 두니는 말했다. "울타리를 치고, 다각화를 하고, 주력 사업을 보호해 — 우리 경우엔 선박선적을 — 우리가 하락하지 않게 보호하고, 위험 요소를 분산하는 거야. 아마존을 봐, 예를 들어서. 수직적이면서 수평적이야, 그렇지? 책장사로 시작했잖아. 주력 사업이. 그러다 수직적이 돼서는 출판업도 시작하고 저희가 팔던 물건이랑 똑같은 걸 제작하는 일도 시작해 — 책 말이야, 다시 말해서 — 그러더니 또 다른 종류의 출판업체인 오더블*을 띄우지만, 그러는 동시에 수평적으로도 가고 있어, 이해돼? 저희가 스트리밍하는 영화를 만드는 영화사 말이지. 그걸 알아두기 전에, 걔들은 팔 수 있는 건 다 팔아 — 책은 잊어버려 — 걔들은 애플소스도 팔고 생일 초도 팔고 가위랑 식수대도 팔아 — 이렇게 수평으로 무한히 가는 거야, 캘 — 그리고 수완이 좋은 게, 그러는 내내 수직으로도 간다는 거야, 트럭이랑 하이브리드 차가 그 수평적인 것을 **배송**하지, 델라웨어 크기의 물류 센터에서, 자기만의 우편번호까지 갖고서. 혹시 당신이 생각하기에 ——"

"질문" 하며 캘빈은 한 손을 들었다.

"응?"

"이 코카인은 어디서 났을까?"

두니는 눈살을 찌푸렸다. "아마존? 농담이지?"

"음, 정확히는 아마존이 아니야. 그 택배 기사 중 하나한테서지."

"와우," 두니는 말했다.

"그래서 아마존을 비판하는 이유는?"

"누가 비판을 해? 난 기립 중인 거야, 망할. 앙코르를 외치고 있는 거라고. 수평적인 것에 관해 얘기하자고."

"알았어," 캘빈은 말했다. "근데 아직도 모르겠는 게 ——"

"다 됐어!"

"나한테 땍땍거리지 말아줄래, 지미."

"땍땍거리긴, 흥분해서 그렇지, 내가…… 좋아, 미안해."

"한결 낫네."

"한 줄만 더 빨까?"

"딱 한 줄이야," 캘빈은 말했다. "한데 발 길이만큼은 돼야지."

이때 잔바람이 불어와 그들의 숲속 재미를 위협했다. 그들은 힘을 합쳐 소풍 탁자를 덮을 작은 텐트를 설치했다. 캘빈이 새 면도날 묶음을 끄르는 사이 두니는 말했다. "당신이 원하면 이 모든 것에 대한 설명을 미룰 수 있어. 내 말은, 당신이 핼버슨에 관해서 자꾸 질

---

*   Audible. 아마존의 자회사로 오디오북 사업체.

문을 하니까 내가……"

"계속해," 캘빈은 말했다. "근데 어쩌면 —— 그냥 제안하는 건데 —— 어쩌면 우리 코카인은 그만해야 할까 봐. 내 면도 용구함에 괜찮은 최신 옥시*가 있거든." 그는 손을 뻗어 두니의 코를 닦아주었다. "당신 생일이잖아, 일흔다섯 살이야 —— 새로운 시작이지!"

한 방 맞은 두니는 고개를 절레절레하며 말했다. "그래서 내가 어디까지 했더라? 애덤 스미스는 완전히 틀렸어. 경쟁이 하고 싶으면 라크로스를 해야지. 그럴 거면…… 미국에서 제일 대중적인 보드게임이 뭐더라?"

"모노폴리," 캘빈은 말했다.

"옳거니. 모노폴리. 미국의 선택받은 게임. 모노폴리는 밤새도록 가족을 한데 묶어주지. 호텔을 설립해서 모두가 모두를 등쳐먹어, 엄마는 여동생을 등쳐먹고 아빠는 조지 삼촌을 등쳐먹고. 모노폴리 판에서 독점 금지 구역 본 적 있어? 딴 사람이 집을 너무 많이 가졌다고, 호텔을, 철도를 너무 많이 가졌다고 툴툴대는 모노폴리 정치인 본 적 있어? '당신은 독점(monopoly)을 했으니 감옥에 가시오'라고 적힌 찬스 카드 뽑은 적 있어? '좆까, 이 반경쟁주의자야'라고 적힌 공동 기금 카드는? 지금 우린 미국의 오락에 관해서 얘기하고 있는 거야, 딴게 아니라——"

"사랑해," 캘빈은 말했다. "정열적인 당신을."

"나도 그런 나를 사랑해" 하고 두니는 말하곤 잠시 회상에 잠겼다. "농담 아니야, 캘, 나 독보적으로 훌륭한 CEO였어. 최고 중의 최고 중의 최고였어. 사실 난 은퇴하지 말았어야 해, 비용 절감이나 하는 그 상상력 없는, 야망 없는 내 사위한테 돈의 횃불을 건네주지 말

앉아야 한다고. 내가 아는 한 그 녀석은 지금도 사탕을 만들고 있었어야 해."

"주니어스 말이야? 난 당신이 손수 택한 줄 알았는데?"

"오, 맞아, 그랬지. 에벌린의 짝으로도 손수 택해줬지."

"지미?"

"어?"

"내가 들 낯이 있을까?"

"있지, 내 사랑, 그것도 예쁜 낯이. 계속할까?"

"계속해야지 그럼," 캘빈은 말했다. "근데 언급할 게 있어. 우리 나이에 — 괜한 오해는 하지 말아줘 — 우리 나이에 우리의 이 생일 파티가 의학적으로 신중한 건지 난 잘 모르겠네."

"그럴 수 있지," 두니는 말했다. "당신이 몇 살이더라?"

"예순아홉," 캘빈은 말했다.

"몇 살?"

"일흔하나."

"캘."

"일흔둘," 캘빈은 말했다. "확신이 들면 스톱 해."

두니는 웃음을 터뜨린 다음 코카인을 한 줄 빨더니 잠시 숨을 참았다가 내뿜곤 말했다. "예순아홉에서 확신이 드네. 거기서 하루도 안 늙어 보여."

둘은 키스를 나누었다.

"오케이," 두니는 말했다. "이제 집중해. 첫 번째 해악, 경쟁. 두

---

*　Oxy. 마약성 진통제 옥시코돈 또는 옥시콘틴.

번째 해악, 정부. 그러니까 당신이 인정받을 만한 사람이라 쳐, 미국 최고의 악덕 자본가야. 당신은 물을 아껴라 뭘 아껴라 하는 환경보호국 식의, 국세청 식의, 증권거래위원회(SEC) 식의, 민주당전국위원회(DNC) 식의, 또 누구 반역자 이름 대봐, 그런 식의 온갖 것이 아주 지긋지긋해. 누굴 빨아먹을 수 없다면 어떡해야 악덕 자본가가 되겠어?"

"모르겠는데," 캘은 말했다. "은퇴해야 하나?"

"아니아니," 두니는 말했다. "수직적으로 생각해. 정부에 진절머리가 난다, 그럼 당신이 발 벗고 모자 벗고 나서야지. 당신이 **정부**가 되는 거야. 수직적으로 가는 거라고. 저기 저 피라미드의 아슬아슬한 꼭대기에 스스로를 앉혀. 법인이 있잖아, 캘 —— 법인도 **사람**이야. 국법이 그래. 따라서 당신은 당신 법인을 미합자본가국의 대통령으로 추대해, 그게 당신이 하는 일이야, 인수를 하고, 대통령이라 불릴 자회사를 사고, 당신 자신을 총사령관직에 앉히고 —— 아마존을 앉히는 거야, PS&S 귀하를 앉히는 거라고 —— 왜냐하면 PS&S는 당신이랑 나 그리고 제프 베저스처럼 살아 숨 쉬는 진짜 인간이거든 —— 인권도 있고 법적 권리도 있어 —— 그리고 나면, 빙고, 국세청은 당신의 심부름꾼이요, 증권거래위원회는 당신의 개인 마사지사요, 환경보호국은 저 아래 플로리다에 있는 당신 골프장의 관리인이고, 또 있지, 봐봐, 혹시 당신이 비난이라도 받는다, 남들이 안 따라준다, 그럼 그 내부 고발자를 해고한 다음 당신 말을 고대로 따라줄 센스 있는 누군가를 고용하는 거야, PS&S가 원하는, 아마존과 USA가 원하는. 당신이 이 나라를 다시 위대하게 만드는 거야. 왜냐하면 **당신이** 이 나라니까. **당신이** 위대하니까. 그러다 누군가 당신을 글렀다고 여기면, 괜찮아, 당신 자신에게 자회사를 하나 더 사줘, 의회를 사주라고, 그러면 **당신이** 바로 의회야, PS&S 의회, 그러고서 생각이 다른 녀석들한텐 똥 지릴 만큼 겁을 주는 거지. 그게 수직적인 거야. 그게 모노폴리 판의 왕이지. 그게 시바의 여왕이야. 그래서 청교도인들도 등장한 거야."

"지미?" 캘빈은 말했다.

"뭐?"

"핼버슨은 왜 당신을 죽이고 싶어 해?"

두니의 심장은 둥둥둥둥 뛰고 있었다.

"핵심을 말해줘?" 그는 말했다. "내가 신문사를 하나 인수했어. 수평적으로 갔던 거지 — 그 LA 트리브. 핼버슨이 다니던 신문사."

"신문사는 돈이 샐 텐데, 아마."

두니는 고개를 끄덕였다. "체 치듯 하지, 당신 말이 맞아. 한데 당신 딸이 트리브의 수완 좋은 가짜뉴스 기자한테 시집간다고 상상해봐. 그리고 그 수완 좋은 가짜뉴스 기자가 들어선 안 될 개똥 같은 소릴 듣는다고 상상해봐 — 배 두 척이 가라앉았는데 싸구려 철강이더라, 정밀 검사도 안 했다더라 — 그리고 그자가 바로 그 반(半) 불법적인 개똥 같은 소리로 1면을 도배할 계획이라고 상상해봐. 당신이 버니 메이도프*처럼 끝장나긴 원치 않는다, 콘크리트를 바라보면서 스파게티오스**를 먹긴 원치 않는다 상상해보라고."

---

*   Bernard Madoff. 전 나스닥 증권거래소 위원장으로 수십 년간 다단계 금융 사기를 저질러 유죄를 선고받았고 복역 중에 사망했다.
** SpaghettiOs. 캠벨사에서 나오는 통조림 스파게티.

"이런," 캘빈은 말했다. "당신이 규정을 왜곡 적용했어?"

"그럴 리가 있겠습니까. 내가 규정을 **만들었지**. 내 말은, 의회가 '기업 친화적'인 게 무슨 뜻인질 모른다면 당신이 당신의 법안 몇 개를 통과시키면 된다 이거야. 올리 노스* 식의 법안들을. 기관총 몇 정, 신경가스 조금, 대포 몇 문 파는 거야. 그게 뭐 해될 거 있어?"

"글쎄," 캘빈은 말했다. "감옥에 간다는 거?"

"그렇지. 그건 빼고. 잠깐 실례할게."

두니는 열이 뻗치는 중이었다. 그는 코카인 반 줄을 쭉 빨아들였다.

"좋아," 그는 계속했다. "그래서 난 핼버슨을 처리해야 했어 ─ 그놈은 가짜뉴스 기자잖아, 그렇지? ─ 그리고 밟은 첫 번째 단계는 아주 뻔한 거였지. 수평적으로 가라, 그 녀석의 구질구질한 신문사를 사라, 기자 몇을 내쳐라, 내 인물을 고용해라, 루퍼트**처럼 말이지. 적어도 그거면 임시방편이 돼. 특종이 안 나와. 하지만 그래도 핼버슨은 주체가 안 되더라고. 그놈이 퓰리처상을 원하거든. 그놈이 저기 저쪽에서 검열이 어쨌네 저쨌네 헛소리 해가면서 난리를 떨고 있길래 난 당연히 두 번째 단계를 밟아야 했어. PS&S 변호사 수십을 그 건에 투입한 거지. 걔들이 파고들어서 뒷조사를 하더니 나한테 두께가 2인치나 되는 핼버슨 문서를 넘겨주더군. 속전속결, 나도 1면에 실릴 스캔들이 있긴 한데, 다만 이번엔 곤경에 처한 가짜뉴스 기자님이 먼저였지."

"개똥과 개똥이 싸우는 거네?" 캘빈은 물었다.

"빙고. 말 잘했어. 다만 차이점이라면 핼버슨의 개똥은 참된 개똥이란 거야. **진짜** 개똥 같은 소리, 그거에 비하면 난 성모마리아라니까."

"걔 게이였어?"

두니는 얼굴을 찌푸리더니 말했다. "까분다, 캘."

"그냥 장난이야. 걔가 무슨 짓을 했는데?"

"무슨 짓을 안 했느냐고?" 두니는 말했다. "부풀린 이력서, 거기서부터 시작해야겠군. '부풀린'이라는 건 **온갖 걸** 그렇게 했단 얘기야. 몸무게, 키, 생년월일. 엑서터 대학교? 아니. 프린스턴 대학교? 아니. 폴로 팀? 아니. 숨마 쿰 라우데***? 아니. 미 육군? 아니. 쿠웨이트, 이라크, 아프가니스탄? 아니, 아니, 아니. 퍼플 하트? 아니. 은성무공훈장? 아니. 추천서? 네 사람이더군, 로즈메리 클루니, 로버트 스택, 팻 히치콕****, 세실 B. 드밀*****. 위조야, 물론. 내 말이 농담 같지? 아니야. 그 교활한 놈 옆에 있으면 피노키오도 들창코에 초짜로 보여."

"팻 히치콕이 누구야?" 캘빈은 물었다.

"맞혀봐."

캘빈은 저희 앞에 놓인 크고 파란 호수, 먼지투성이 소풍 탁자, 그러고 끝으로 코피가 조르르 흐르고 있는 짐 두니를 바라보며 몇 초 침묵에 잠겼다. "음, 그럼," 그는 마침내 말했다. "걔한테 그 조사서

---

*   Oliver North. 베트남전쟁 참전 군인 출신의 정치평론가. 올리(Ollie)는 애칭. 이란-콘트라 사건 당시 이란에 판매한 무기의 수익금을 투자하는 일에 관여.
**   미국 언론 재벌 루퍼트 머독(Rupert Murdoch)을 가리킴.
***   summa cum laude. '수석 졸업'을 뜻하는 라틴어.
****   Pat Hitchcock. 영국계 미국 배우 겸 영화제작자.
*****   Cecil B. DeMille. 미국 영화감독.

던져줬겠네? 신뢰성이 문제라고 밝혔어?"

"아니, 에벌린한테 던져줬어," 두니는 말했다. "거짓말쟁이랑 결혼한 건 그 애니까, 내가 아니라."

"퓰리처는 어떻게 됐고?"

"내가 아마 우리 트리브 기자들한테 말을 해줬을 거야. 핼버슨이 스웨터나 파는 신세가 됐다고."

"생일 축하해," 캘빈은 말했다.

"고마워," 두니는 말했다. "근데 당신 생일 같은데."

22

 자카르타 하면 에벌린에게 가장 먼저 떠오르는 것은 열에 아홉 로스앤젤레스 국제공항이었다. 인파, 찌듯이 더운 게이트 구역, 비행기 지연, 그리고 노트북을 도도도 쪼아대는 더벅머리의 날씬하고 젊어 보이는 남자를 자기가 어느 순간 눈여겨보았던 일, 달에서 혼자인 듯이, 벽장에 갇힌 듯이 그토록 철저히 자신에게 몰두해 있던 그 남자. 타이핑할 때 움직이던 그 남자의 입술. 중간중간 손목시계를 힐끗하곤 눈살을 찌푸린 뒤 도로 자신에게 몰두하던 그 남자의 모습.
 자카르타 하면 그다음 떠오르는 것은 그녀가 배정받아 들어간 3A석 옆 3B석에 그 더벅머리 남자가 앉아 있는 걸 보고 두근두근하던 순간이었다.
 그녀는 그때 스물여섯 살이었다.
 그녀는 기적을 기대하고 있었다.
 두 사람은 도쿄로 가는 긴 비행 중에 틈틈이 잡담을 했다. 그러곤 나중에 자카르타로 날아가는 동안 잡담을 계속하려고 그녀는 다른 승객과 좌석을 바꾸었었다.

긴장감이 넘쳤던 초반의 그 몇 주가 떠오른 지금, 에벌린은 한땐 사랑이었던 것의 희미한 잔류감각을, 혀에 도는 그 감미로움, 살에 와닿는 그 감촉, 그녀의 뼛속뿐 아니라 그녀 주변의 무생물 속에서도 지르르하던, 그녀에게 낯설었던 어느 도시의 보도 속에서도, 바나나 잎이 수북이 쌓인 손수레 속에서도, 생선 진열대와 실크 크바야*와 검정 펠트 페치** 속에서도, 디젤 매연과 요란한 경적 속에서도, 그리고 물론 그녀가 보이드와 파사르바루***에서 문어를 시식하거나 해안가에 있는 그의 아파트로 걸어가던 그 푸르스름한 저녁들 속에서도 지르르하던 그 고통스러울 만치 사나운 전류를 순간순간 넋 놓고 느꼈다.

에벌린에게 그것은 첫사랑이 아니었다. 세 번째 아니면 네 번째였다. 디어필드****에서는 수줍은 독일 소년 앤더스가 있었고 스탠퍼드에서는 둘 다 테니스 라켓을 다루는 데 재능이 있고 팔자 편할 만큼 잘생겨서 의기양양하던 보비 또 그 뒤의 필립이 있었으며, 그러고 나중에는 물리학자인, 아마 사랑이었을 다른 필립이 있었다. 하지만 영원한 사랑의 콕콕 쏘는 두려운 감정, 그 고양(高揚)과 황홀은 한 번도 있어본 적이 없었는데 그것을 보이드는 자카르타에서 그녀에게 안겨주었었다. 그때껏 그녀의 삶은…… 그녀로선 표현할 말이 없는데…… 안정적으로 즐거웠다. 즐겁게 따분했다. 그녀가 고통을 조금도 겪지 않은 것은 아니었다. 에벌린에겐 족보, 특권, 미모, 그리고 의미 없을 만큼의 돈이 있었다 ─ 두니가 그렇게 처리해둔 돈이었다. 초창기 그 시절, 보이드는 그녀를 나의 오드리 헵번, 나의

킴 노백***** 하고 부르곤 했다. 이 말에 가끔씩 그녀는 식겁했었다. 하지만 그녀는 보이드도 저희의 사랑을 마법같이 여긴다는 확신, 그 사람 스스로가 동경하는 빛바랜 옛 영화 속의 사랑같이 여긴다는 확신에 위안을 받을 때가 더 잦았었다.

그리하여 백일몽에 젖어 있는 지금, 에벌린은 두 가지 꿈을 동시에 꾸었다, 과거의 모습인가 싶은 꿈과 현재 모습의 꿈. 하나는 동화였다. 하나는 아니었다. "진실처럼 들리면," 보이드는 말하곤 했다. "그게 진실이야." 그렇든 아니든 자카르타는 전기를 띤 듯이 보이고 들리고 느껴졌었다.

그의 프러포즈는 신속했었다. 에벌린은 아빠가 받아들이는 수밖에 없어요 하고 두니를 설득하느라 두 달이 지나서야 그것을 수락했었다.

결혼식 자체는 수디르만 센트럴에 있는 PS&S 동아시아 본부의 17층 로비에서 — 경영진의 매력적인 감색 비즈니스 정장이 넘쳐나는 가운데 — 치러졌다. 그 쓸데없는 거액 융자 결혼식은 에벌린이 양보한, 그녀에겐 불가피한 멍이었다. 두니에겐 흥정을 하기에 적격인 행사였다. 그리고 보이드에겐 와이드스크린 속의 승리였다, 찰턴 헤스턴이 되는 순간, 샌타모니카의 신문 배달원 시절부터 리허설해 온 쇼.

---

*　　kebaya. 인도네시아의 여성용 전통 의상.
**　　peci. 인도네시아 등지의 전통 모자.
***　　Pasar Baru. 인도네시아 자카르타 중심에 있는 쇼핑센터.
****　　Deerfield Academy. 미국 매사추세츠주 디어필드의 명문 사립 기숙학교.
*****　Kim Novak. 미국 영화배우.

둘은 보르네오섬으로 신혼여행을 다녀왔었다.

이후 둘은 두니가 준 결혼 선물, 그러니까 한때 수하르토*의 세 번째 석유 장관이 거처했던 프랑스식 인도네시아 양식의 방 열한 개짜리 호화 저택으로 이사했었다.

그곳 응접실 바닥에서 감사장을 휘갈기며 둘은 두니가 준 다른 결혼 선물을 개봉했었는데 그것은 두니의 자회사인 템프테이션 군수 물자가 있는 매사추세츠주 로월에서 제조된 그 하나뿐인 38구경 권총으로 거기엔 이런 문장이 각인되어 있었다. **내 사위, 어디 내 딸한테 개수작만 부려봐.**

보이드는 낄낄거렸다. 에벌린은 그 뒤 한 달 동안 아빠에게 말을 걸지 않았었다.

그래도 충실함이 문제가 되었던 적은 없었다.

아니, 더 정확히 말하면 로맨틱한 충실함이 문제가 되었던 적은 없었다.

문제는 야심이었다 ─ 만족을 모르는 강박적인 야심 ─ 첫 1년가량은 그녀에게 귀여워 보였던 자질. 그것은 노트북을 도도도 쪼아 대던 근면한 전 신문 배달원을 그녀가 흠모하는 또 한 가지 이유였다. 즐거운 순간은 찬란했다, 그랬다, 하지만 큰물의 저널리즘과 혼약하면서 보이드는 처음엔 천천히, 그러다 급속히 그녀에게서 문자 그대로 떨어져 나가기 시작했다 ─ 늘 그렇듯 하노이에서 엿새, 방콕에서 나흘, 타이베이에서 보름. 모든 신문사가 그렇듯 트리브도 자체 해외 보도를 축소해 홍콩, 마닐라, 싱가포르 보도국을 닫고 연합통신(AP)과 파트타임 통신원의 속보에 의존하던 터라 보이드가 서른둘의 나이로 단 하나뿐인 태평양 해역 통신원이 되는 사태가 벌어졌다. 산출의 압박이 따랐다. 업무량이 말도 못 했다. 발리의 태풍, 민다나오의 폭동, 썩어가는 산호초, 성 노예, 경제 노예, 이슬람 원리주의의 부상(浮上), 쿠알라룸푸르에서의 권력 쟁탈, 홍콩 주권 이양, 메콩삼각주의 흉작, 부와 맞닿은 가난, 수 세기에 걸친 착취, 과두정치의 수장이니 쿠데타니 전제군주니 테러리스트니 요새 같은 왕실에서 금색 수술을 걸친 가슴을 떡하니 내미는 군부 독재자니 하는 것들.

 그것들 전부의 규모와 다양성은 트리브 통신원이 천 명이어도, 심지어 만 명이어도 오롯이 감당해내지 못할 터였다. 하지만 보이드는 해냈다. 해내는 것 이상이었다. 그는 제 힘으로 명성을 얻고 있었다. 이따금 사실 보도를 대체하는 긴 호흡의 성실한 해설 기사를 쓸 때면 그는 밤늦도록 잠자리에 들지 않았다. 그의 익명 정보원 숫자가 실명 정보원 숫자를 넘어서기 시작했다. 에벌린과의 친밀했던 저녁은 메르데카 팰리스 호텔에서 보내는, 혹은 미국 대사관 리셉션에서 보내는, 혹은 외교관 무도회장에서 외교관 칵테일로 보내는, 보이드가 모 대사의 보좌관의 보좌관과 신뢰를 주고받는 동안 에벌린은 웃음을 짓느라 이가 뻐근해지는 의무적인 저녁이 되었다. 비록 자신의 깜냥을 한참 벗어난 것이었지만 보이드는 현자같이 다 안다는 듯한 그 함구하는 웃음을 습득한 터였다. 그러더니 아니나 다를까 거짓말을 했다. 그는 큰 것이든 작은 것이든 거짓말을 했다. 그는 자신을 낮추는 겸손한 예의로 거짓말을 했다. 그는 거짓말할 이유가 없어도 거짓말을 했다. 이상하게도 그녀에게는 그녀 자신이 훨씬 대

---

* Suharto. 31년간 대통령으로 군림한 인도네시아의 독재자이자 학살자.

담한 거짓말의 수취인일 수 있다는 생각이 스친 적이 없었다.
 그는 그녀를 사랑했을까? 그렇다, 그는 사랑했다.
 그녀도 그를 사랑했다.
 어느덧 그 시절 생각에 잠겨버린 지금, 에벌린에겐 보이드의 잇따른 기만이나 자기 자신의 천진함이 더는 충격적이지 않았다. 둘 다 이해가 되었다. 그는 사랑을 위해 거짓말한 거였다. 그녀는 사랑을 위해 믿은 거였다. 병신 같았어, 맞아. 썩어 문드러졌지, 영락없이. 하지만 더 이상 충격은 없어. 실은 그 반대야. 그녀의 더벅머리 아이는 **아이**였다. 시네마스코프 탓에 성장이 멈춘 여덟 살배기 아이. 반사 신경이 자동으로 공상적인 것에 곧장 가닿는, 되어야 하지만 되지 못하는 것에 가닿는, 탐나지만 갖지 못한 것에 가닿는, 밤늦게 시청하는 영화 버전의 행복과 열망에 가닿는, 멀쩡히 살아서 나타나는 죽은 아버지에게 가닿는, 세자르 로메로와 데이트하는 어머니에게 가닿는, 고생고생해서 딴 한 움큼의 군사 훈장에 가닿는 아이 — 전당포에서의 무공, 제 상상 속에서의 무공, 버트 랭커스터라는 영웅적인 꿈을 꾸는 아이의 무공으로 딴 훈장들. 초창기를 되돌아볼 때면, 샤워 중 가끔씩 울 때면 에벌린은 억만장자네 딸과의 결혼이 보이드에겐 그 황금빛 공상 속의 챔피언벨트 등급을 아무래도 한 단계 올려주었던 게 아닐까 하는 의문이 들지 않을 수 없었다.
 어떤 면에서 보면 빤히 보이는 것에 스스로를 눈멀게 만든 건 물론 그녀 자신이었다, 진짜 보이드 핼버슨, 진실한 보이드 핼버슨과 접속해 있다는 상상 속에서, 미덥지 못한 애송이가 아니라 남자다운 남자와 접속해 있다는 상상 속에서 기만에 면역이 되어 있는 척, 로맨스 예방접종을 한 척. 그녀의 눈멂은 어쩌면 부부 생활의 표면이 잔잔했던 탓일 수 있었다. 대립도 없었고 문 쾅도 없었다. 보이드가 끊임없이 여행을 다닌 것도 사실이었고 가끔 그의 감정 기복이 심했던 것도, 가끔 그가 귀한 기명 기사 때문에 산만했던 것도 사실이었다. 하지만 둘은 어른인 데다 의무가 있었으므로 단지 자신의 일을 심지어 잘한다는 데에 탓을 돌리는 건 부당해 보였다. 가뜩이나 그녀도 부잣집 천주교 여자아이들한테 대수학을 가르치는 일, 그러니까 물리학자 필립과 깨진 이후 아버지가 마련해준 직업으로 나름 산만해 있었다. 대수학이 그녀를 사로잡는 일은 거의 없었고 가르치는 일도 딱히 매력을 끌지 못했지만 그것이 물리학을 사정없이 물리쳐주기는 했고, 따라서 시간이 남아도는 초고학력의 응석받이 아가씨에게는 자카르타에서의 미래가 흥미진진해 보였었다.

그것은 **실제로** 흥미진진했다.

지금의 슬픔이 이토록 슬픈 건 그래서였다.

그녀는 사랑하는 남자와 결혼을 했었다 — 그것은 도취적이었다. 그것은 로켓 공학이었다. 그것은 대수학과의 하루, 지루해하는 부잣집 천주교 여자아이들과의 하루를 뒤로한 채 귀가하는 일이었고, 또 노트북에서 고개를 들어 저만의 로켓 공학을 수줍어하며, 멋쩍어까지 하며 웃음 짓는 보이드를 만나는 일이었다. 그것은 다소 경직된 외교관 파티가 끝나면 청바지와 티셔츠로 갈아들 입고서 소가족이 운영하는 와룽(Warung)까지 여덟 블록을 걸어가는 일, 그러면서 덮밥과 채소볶음을 먹고 디젤 매연을 숨 쉬고 전 세계 사람들이 하고 있는 짓과 대동소이할 밤중의 복작복작하고 평범한 세상사를 구경하는 일이었다. 그것은 임신을 하는 일이었다. 그것은 출산을 하는 일이었다. 파랗고 뽀송뽀송한 테디 베어를 잘 때 꼭 움켜잡는 모습에서 어이없게도 테디란 이름을 얻은 두 달배기 아들의 기저귀를 가느라 부부의 침실 마룻바닥에서 씨름을 한 건 보이드였다.

두니가 그녀의 식탁에 두꺼운 일건서류를 툭 떨구는 이날 아침 그 슬픔이 이토록 괴로워 견딜 수 없는 건 그래서이기도 했다. "네 남편을," 그는 말했다. "네게 소개해주고 싶구나."

23

 헨리 스펙은 주니어스와 통화를 하면서 자기가 그들에게 근접했었다, 어쩌다 고작 1, 2분 차이로 놓쳤다, 하지만 발품을 팔아두었으니 문제없다 해명 중이었다. 핼버슨과 빙은 돌아가신 핼버슨 어머니의 재산인 형광 오렌지색의 낡은 엘도라도를 몰고 있었다. 포트애런사스 우체국장에 따르면 미네소타가 있는 북쪽으로 향하고 있는 게 매우 확실했다.
 "미네소타가 어디건," 헨리는 말했다. "그만두길 원하세요, 계속하길 원하세요?"
 헨리로선 뭔지 모르겠는 쨍쨍거리는 소리가 통화 저편에서 났다. 확성기인가. 그러더니 국가가 흘러나왔다.
 "계속해," 주니어스는 말했다. "그리고 좋은 소식 없으면 다시 전화하지 마. 야구 시합 있으니까."
 "네?"
 "나랑 필리스랑."

"대표님이랑요?" 헨리는 말했다.

"어이, 나 가봐야 돼, 근데 네가 전화로 말한 그 진행비 말이야 —— 핫소스는 또 뭐야?"

"아, 맞다," 헨리는 말했다.

"여덟 병?"

"엄청 할인받았어요, 대표님."

주니어스는 끙 소리를 냈다. "좋아, 핫소스, 근데 그건 네 돈으로 지불해. 난 지금 자기 힘으로…… 자기 힘으로 해체도 못 하는 무능한 야구팀도 모자라 밤마다 샤워하면서 우는 마누라까지 데리고 있으니까. 미네소타, 몬태나, 그딴 건 상관없어. 핼버슨을 찾아. 그놈이 장애를 안고 살아가도록 반드시 만들라고."

"그러죠," 헨리는 말했다. "그 필리스와는 행운을 빕니다."

"그래," 주니어스는 말했다. "긴 시합이 될지 모르겠군."

코퍼스크리스티*에서 보이드는 엘도라도에 2만 6000달러의 웃돈을 얹어 2001년식 플레저웨이(Pleasure-Way) 중고 캠핑 밴을 구입했는데 이 거래로 지역사회 국법의 남은 돈은 절반 가까이 잡아먹었다.

그날 밤 10시 언저리에 둘은 37번 주간 고속도로에서 떨어진 캠핑카 주차장에 차를 댔다. 앤지는 차양을 세우는 그를 돕고, 전기를 연결하고, 물탱크를 채우고, 콩조림과 소시지로 가벼운 저녁을 준비했다. 나중에 어둠 속에서 차양 밑에 앉아 앤지는 말했다. "우리 꼭 노년기 부부 같아요, 안 그래요? 큰 모험을 떠나서 나라를 구경 중이잖아요, 아무도 없이 당신이랑 나 단둘이서. 일정이랄 것도 없죠.

우리가 가고 싶은 데로 가고, 서고 싶은 데서 서고. 그래서 캠핑카가 있는 거죠. 그게 우리 같은 노년기 부부를 위한 아메리칸드림이잖아요, 늙은 사람은 당신뿐이지만. 내가 앤지 빙이라서 당신은 아주 운이 좋아요. 에이지스트**가 아니라는 거죠, 내 말은── **에이지스트**도 내 자기계발 프로그램에 들어 있는 단어였어요. 에이지스트란 당신처럼 허약한 백발의 사람들을 차별하는 사람이에요── 하지만 내가 보기에 당신은 그렇게 하품하려고 할 때 말곤 늙은 줄 모르겠네요. 그건 그렇고, 사람은 동침조차 안 하면 임신하기 힘들답니다. 내가 보니, 음, 아기 만드는 일에 관한 한 당신은 대략 보수적인 것 같아요. 문제는 나도 다른 방법을 모른다는 거죠. 그러니 어쩌면 비타민 D랑 버섯 추출물 대짜를 구비해둬야 할지도 모르겠네요, 그게 정자 수랑 체질 같은 것에 기적을 행하니까. 우리 아빠가 실은 버섯 농사를 지었어요── 내가 얘기했던가? 버섯이랑 시금치였는데, 내 체질이 이렇게 완벽한 게 그 덕분이죠. 내가 어렸을 때요, 우리 트레일러 뒤쪽에 버섯이랑 시금치에 이상적인, 나무가 우거진 그늘 많은 지역이 있었어요, 그게 실제론 농장이 아니라 누구네 숲에 가까웠을 건데, 하지만 우리 아빤 그걸 농장이라 불렀어요, 적어도 전문적으로 키우던 특정 버섯 때문에 체포될 때까진요── 무슨 말인지 당신도 알 거예요, 그쵸?── 하느님한테 더 가까이 데려다주는 그거요. 그때 셰이커*** 교도였어요, 우리 아빠가요. 아빤 오순절교도이기도

---

*   Corpus Christi. 미국 텍사스주의 항구도시로 멕시코만 서쪽 기슭에 있음.
**   ageist. 노인차별주의자.
***   Shaker. 노동, 자급자족, 공동 소유와 공동 생산, 독신 생활을 지향하는 개신교 종파.

했는데, 하지만 셰이커 오순절교도였죠, 아이다호에 있는 그런 거요, 왜 소득세도 안 내고 또 세상의 종말에 대비해 통조림 식품을 비축하고 누구한테 혹시 저주를 들을까 봐 세탁 세제를 가지고 다니는 부류. 하지만 중요한 건 구원이죠. 여기서 진행 중인 일도 그거잖아요, 그쵸? 내가 당신을 구원하고 있다고요. 바로 지금 여기 마냥 앉아서 당신은 아무도 쏘지 않고 있고, 권총으로 은행을 털고 있지도 않고, 곁에는 당신만의 바퀴 달린 작은 집과 완전 예쁜 피앙세가 있고, 믿기 힘들겠지만 상황의 암울함도 맨 처음 당신이 나를 납치했을 때의 절반이 안 돼요. **구원론**(soteriology)이란 말 무슨 뜻인지 알죠?"

보이드는 안다는 말이 목까지 차올랐지만 이미 앤지가 폐를 채운 참이었다.

"구원의 교리는 그게 다예요," 그녀는 점점 기어들어가는 소리로 말했다. "혹은 다른 온갖 교리들도. 가끔씩 완전히 바닥을 쳐봐야 구원에 대한 생각이 그나마 난달까. 내가 염두에 두는 건 그 점이에요. 내 말은, 그날 오전에 **다른 사람**이 출납 창구에 있었으면 어쩔 뻔했어요? 당신이 루터교도나 감리교도한테 반했으면 어쩔 뻔했을까요? 당신은 지금 이 순간 궁지에 몰려 있었을걸요. 바닥을 친 거예요, 보이드, 그게 바로 당신의 입장인데, 그런데 지금 당신은 여기서 별들 아래 앉아 있네요── 하느님의 별들이요 ── 술도 안 마시고 있고 내가 어딜 안 가니 나를 묶어놓거나 할 필요도 없죠, 지금 난 납치됐다고 할 수도 없어요. 난 당신의 기적이에요, 난 사울이 다마스쿠스로 가는 길에 바닥을 치고서 본 저 밝은 은빛인데, 어머나, 당신은 참 운도 좋다니까요. 근데 당신 또 그거 알아요? 구원이 정말로 뜻하는 건 그저 당신이 어느 정도 순응한다는 거예요. 그렇게 복잡할 것 없어요. 숨을 아주 깊이 들이켜고 '좋아요, 앤지, 아기 몇 명 만듭시다. 우리 캠핑카에 들어가 그랜드캐니언도 보러 가고 그 어리석은 총도 지문을 닦아 강물 속 1마일 되는 깊이에 던져버립시다' 하고 말해요, 그런 다음 라스베이거스로 차를 몰고 올라가서 누구나 환영받는, 심지어 당신 같은 무신론자도 환영받는 낭만적인 예배당에서 식을 올려버리라고요. 비밀을 말해줄게요, 보이드. 무신론자들도 할머니가 길을 건널 땐 도와요. 당신이 신뢰 못 하는 보이스카우트가 그렇죠. 감리교도들도, 루터교도들과 천주교도들도. 예를 들어 우리 아빠 셰이커교에 대해 가나다도 몰라서 마냥 흔들흔들(shake)만 했지만, 우리 아빠가 **알아야 할** 건 그게 전부였단 생각이 들어요, 왜냐하면 흔든다는 건 말하자면 스스로를 정화하는 거니까요 — 개가 그러듯이요, 알죠? — 온갖 안 좋은 걸 흔들어서 떨어내는 거예요, 내 원죄와 실수를 떨어내고, 내킬 때마다 자식들한테 스테이플러를 집어 던질 수 있는 내 기본 인권과 버섯을 빼앗긴 FBI 요원을 떨어내고. 내 말 알아듣죠, 보이드? 순응한다. 다 떨어낸다. 정화한다. 저기요, 어디 가는 거예요?"

다음 날 정오경 둘은 샌안토니오 외곽의 35번 주간 고속도로를 타고 있었다. 플레저웨이는 시속 53마일(시속 약 85킬로미터) 이상의 속도를 버거워했고, 그리하여 웨이코를 향해 북쪽으로 거북이걸음을 하는 동안 보이드는 엘도라도를 교환하자는 앤지의 생각에 동의했던 걸 후회했다.

둘은 그날 덴턴 외곽의 풀이 무성한 초원에서 밤을 보냈다.

다음 날 오전 오클라호마주를 향해 달리면서 앤지는 당신은 세계사를 통틀어 따라붙는 경찰이 없는 유일한 은행 강도일 거다 하는 점을 짚으며 보이드의 행운을 구체적으로 설명해주었다. 실은 은행을 턴 적도 없는 은행 강도였다, 적어도 공식적으로는. 이후 위로 200마일(약 322킬로미터)을 더 달려 스틸워터 바로 남쪽에 이르렀을 땐 구원이라는 주제로 역행해 있었는데, 그 주제는 중학교 시절 그녀의 풍선껌 중독이며 그녀 자신을 구원하는 유일한 길은 40일 밤낮 트레일러 뒤쪽 숲에 나가 시간을 보내는 것이었다는, 다만 그 시간이 40분이었던 건 구원을 향한 헌신이 문제지 숫자가 문제가 아니었기 때문이라는 논의에 물 흐르듯 녹아들었다.

"완강(pertinacity)," 그날 저녁 웬디스에서 식사를 하며 그녀는 말했다. "그것도 진짜 좋은 자기계발 단어예요."

"네," 보이드는 말했다. "나도 그 단어 알아요."

"그게요, 그걸 아는 거랑 행하는 건 다르거든요. 풍선껌을 씹지 말아야 한다는 걸 알 순 있는데, 그러면 실제로 끊어라 이거죠." 그녀는 환한 기대감으로 그를 쳐다보았다. "시무룩한 찌질이는 되지 마요. 구원은 당신 앞 테이블 건너에 있으니까."

오클라호마와 캔자스의 평지를 가로지르는 동안 앤지는 음계를 오르락내리락하는 음악성 띤 수사적 말투로 끊임없이 말을 했다. 아동복지시설과의 쪽팔렸던 작은 충돌, 트레일러 주차장 두 군데서 가족이 퇴거를 당했던 일, 출세하겠다던 자신의 결심, 생명이 있는 신성한 모든 것에 대한 자신의 타협할 수 없는 믿음──거기엔 물과 불과 보이드 핼버슨도 포함되어 있었다──다소 불확실하지만 영광스러울 미래에 대한 자신의 믿음, 훔친 오디오를 귀찮게 권하는, 당구장에서 협잡꾼들과 모독쟁이들로부터 자신의 명예를 지켜주던, 그리고 모르면 몰랐지 자기가 늙은 남자랑 행복하게 결혼해서 임신을 하면 썩 곱게 봐주진 않을 랜디 재프와의 띄엄띄엄한 관계를 그녀는 이야기했다.

"나 쉰셋이에요," 보이드는 말했다. "늙은 남잔 아니죠."

"우아," 앤지는 말했다. "**그러신 줄 몰랐네.**"

"게다가 싱글이에요."

"네?" 그녀는 말했다. "아직은 그렇죠."

위치토와 아이오와주-미주리주 경계의 중간에서 앤지의 목소리는 마침내 다다다 달아올랐다가 서서히 잦아들었다. 그녀는 플레저웨이의 뒤쪽으로 기어들어 잠으로 침묵의 일곱 시간을 보내더니 앨버트리 남쪽 몇 마일 아래인 미네소타주 경계에 근접해서야 깨어났다.

다섯 시간 뒤 밤을 묵고자 미네소타주 브레이너드라는 휴양도시 외곽에서 멈추었을 때 앤지는 보이드의 심리학적 측면에 관한 분석을 거의 끝낸 상태였다. "결론은요," 그녀는 캠핑카에 전기를 연결하면서 말하고 있었다. "당신은 당신 자신의 거의 모든 걸 바꿀 필요가 있다는 거예요. 진실을 말하는 것부터 시작해요. 나한테 어떤 개인적 관심을 보이는 것부터 시작하라고요, 이를테면 내가 며칠 뒤 내 생일에 무얼 원하는지 묻는다든가요, 내가 이미 천 번은 말했구먼. 진지하게 하는 말인데, 서른 살이 되는 건 큰일이거든요, 보이드, 그러니 약혼반지라면 힌트를 줘요, 내 사이즈가 몇이냐, 각인을 원하느냐, 뭐 그런 거요. 그리고 나를 '자기'나 '여보'나 '아기'라고 불러요, 그냥 '머스터드 좀 건네줘요' 그러지 말고요, 이거 어디 부탁한다 말하길 하나, 세상에나 예의를 다른 피앙세들의 절반도 안 지키니. 그리고, 그나저나 당신 그 피의 복수는 잊어요, 그게 무슨 놈의 복수든 간에요—그 두니 일, 난 아직도 그거 이해 안 돼요—완전 불건전하고 완전 이기적인 처사예요. 내가 그랬다면 어땠을까요? 내가 뭐 전 남자 친구를 뒤쫓느라 하느님이 창조하신 온갖 델 전전한다면 어땠겠어요? 당신이라면 그게 흡족했을까요? 어림없었을걸요, 아마. 분명 나를 다시 묶어놓거나 무릎 꿇고 용서 빌게 만들거나 그런 식이었을 거예요, 왜냐하면 당신은 너무 질투가 나서 견디지 못했을 테니까. 그리고 당신이 진짜 알고 싶을까 봐 말해주는데, 난 우리가 어딘가 특별한 데로 신혼여행을 가야 한다고 봐요, 대략 나이아가라 폭포, 아니면 그 밖엔 파리, 거기 가면 내가 아는 몇몇 프랑스어 단어 연습해보기 좋겠다, 예를 들어 아무르랑 앙상트랑 프랑부아즈랑 앙트레랑 살뤼랑 프로마주랑 쿠르티잔이랑 봉 비방이랑 셰어*, 그리고 그 외 다수. 〈지지〉**라는 영화 봤어요? 아주아주 오래된 영화라 당신은 아마 100년 전에 봤겠네요. 거기에 지지라는, 나랑 많이 비슷한 여자애가 나와요, 발레리나처럼 아주 날씬한 데다 코는 코끝이 들려서 작고 귀여운 게 아주 예쁜 여자죠, 아주 사랑스러운데, 다만 모두가 그녀를 하찮게 여겨요, 꼭 누군가의 정부나 될 여자란 듯이요. 하지만 마지막에 가서는 그녀가 그 늙은 신사, 왜 그 **봉 비방** 개스턴이요, 그의 마음을 얻는데, 왜냐하면 지지는 너무 근사하고 아름다워서 그가 견디지 못할 정도거든요. 유사점이 뭔지 당신도 알 거예요, 그죠? 결국 그 늙은 프랑스 남잔 '어린 여자아이들이여 고마워라(Thank Heaven for Little Girls)' 하고 노래를 하는데, 그게 바로 이 시점에 당신이 부르고 있어야 할 노래라고요. 당신이 원하면 노랫말을 가르쳐줄 수 있어요. 하지만 요점은…… 보이드, 듣고 있는 거죠?"

"아니요," 그는 말했다.

"방금 한 말도 못 들었을 텐데 어떻게 아니요라고 해요?"

"모르겠는데요," 보이드는 말했다. "아니요는 아무 데나 다 쓰는 말이에요."

앤지는 그를 오싹한 눈으로 쳐다보았다. "저기요, 아저씨, 당신 성격에 문제가 있다는 예시가 하나 더 생겼네요."

둘은 캠프장에 있는 미니 마트에서 식료품을 샀고, 저희의 설익은 햄버거에 대한 권리를 지키느라 파리들과 싸웠고, 그러고 나서는 플레저웨이 안에서 저희 몸을 봉인한 채 밤을 보냈다.

다음 날 아침 보이드는 해 뜨기 훨씬 전에 옷을 걸치곤 캠핑카 주차장 기슭에 있는 작은 호수의 물가로 갔다. 공기에 초가을의 한기가 배어 있었다. 새벽의 사각사각 살랑살랑하는 소리를 몇 분간 서서 귀담아들으며 그는 두렵기도 하고 희망차기도 한 다가올 하루에 관해 생각했다. 도로를 두 시간만 상행하면 베미지였다.

보이드는 주머니에서 템프테이션을 꺼내어 몇 초 들여다보더니 모종의 새가 있다고, 아마 아비 새일 거라고, 뭍에서 20야드 떨어진 거리에서 까닥거리고 있을 거라고 여겨지는 방향으로 시험 삼아 방

---

* 모두 프랑스어로 아무르(amour)는 '사랑', 앙상트(enceinte)는 '임신한', 프랑부아즈(framboise)는 '산딸기', 앙트레(entrée)는 '전채', 살뤼(salut)는 '안녕', 프로마주(fromage)는 '치즈', 쿠르티잔(courtesan)은 상류계급 남성을 상대하던 '매춘부', 봉 비방(bon vivant)은 '낙천가', 셰어(cher)는 '소중한'이라는 뜻.
** Gigi. 1958년작 미국 뮤지컬 영화.

아쇠를 당겼다. 권총은 잘 작동했다. 그에게 남은 총알은 네 발이었다 ── 세 발이나 많았다.

토비 밴 더 켈런, 로이스 커터비, 더글러스 커터비는 노스스프루스 거리의 풀다 경찰서 건물 밖 토비의 순찰차 안에 불편하게 앉아 있었다. 로이스는 찌푸린 낯, 더글러스는 싱글벙글이었고 토비는 무념무상이었다. 한편 토비는 내가 이러저러해서 마을로 돌아오게 되었다, 핼버슨을 뒤쫓던 하나뿐인 선두를 이러저러해서 놓쳤다, 하지만 휴대폰 위치 추적은 이미 의뢰해두었다 설명한 터였다. 24시간 뒤면 핼버슨은 죽은 고깃덩이라고 그는 말한 터였다.

반면 로이스는 경찰 업무가 어설프다면서 그에게 신나게 감정 배출 중이었다.

"간단히 말해서 당신은," 그녀는 투덜대고 있었다. "아이큐가 한 자리인 밥통 샌님이 당신보다 앞서게 내버려뒀다는 거네. 내 말 맞지? 당신이 그 인간 꽁무니나 쫓다가 보내줬다는 게?"

"어느 정도는," 토비는 말했다. "하지만 나라면 앞섰다고 말하진 않겠어."

"뭐라고 할 건데?" 로이스는 물었다.

"운," 토비는 말했다. "나는 운이 나빴고 재프는 좋았고."

더글러스는 뒷좌석에서 내내 싱글벙글이었다. 앞자리 토비 옆 좌석에 앉은 로이스는 고개를 절레절레했다.

"당신 경찰이잖아," 그녀는 표독스럽게 말했다. "당신 직업이 그거잖아, 맞지? 사람을 찾아서 겁박하는 거잖아. 그래서 월급 받는 거 아니야?"

"여보," 더글러스가 중얼거렸다. "좋게좋게 해."

토비는 우물쭈물했다. 그는 더글러스가 저를 보고 싱글벙글이어도 아랑곳하지 않았다.

"내가 이핼 못 하겠는 건," 로이스는 계속했다. "어떻게 그럴 수 있었느냔 거야. 700마일을 달려서 랜디라는 그 꼴통을 찾아놓고선 그 먼 길을 도로 거슬러 제자리라니. 알 수가 없네."

"이미 말했는데," 토비는 말했다.

"말하다니 뭘?"

"그 왜 — 내가 내 연줄을 쫓고 있었다는 거, 그 카우보이. 걔가 빙이라는 여자한테로 날 이끌고, 그러면 핼버슨한테 이어질 줄 알았어. 경찰의 기본이지. 팔만 천을 되찾고 싶으면 참을 줄 알아야 돼."

토비는 지역사회 국법을 다시 턴다는 언급은 삼가는 게 최고다 싶어 거기서 일단 멈추었다.

잠시 아무도 말이 없었다.

"괜찮다면," 뒷좌석에서 마침내 더글러스가 말했다. "질문이 있는데."

"하시죠," 토비는 말했다.

"우리의 난제를 해결해준대서 로이스가 지불하고 있는 돈이 얼만가?"

"반값도 안 돼요," 토비는 말했다.

"그래서 그게 정확히 얼마일까?"

토비는 로이스를 힐끗 건너다보았다.

"나한테 얼마를 주고 있더라?" 그는 단도직입적으로 말했다. "내가 까먹어서."

로이스는 토비를 노려보며 말했다. "당신 값어치는 넘지."

더글러스는 "이런이런" 하더니 계속 싱글벙글이었다. 조금 있다 그는 낄낄거리곤 말했다. "여기 있는 사람 모두 어른이잖아. 적당한 임금을 정해보자고. 얼마면 좋겠어, 우리 당신은?"

"모르지," 로이스는 말했다.

"자 그럼," 더글러스는 명랑하게 주절거렸다. "난 한 달 치 경찰 봉급을 제안하지. 거기다 경비까지 물론. 거기다 잘하면 마누라랑 떡도 일고여덟 번. 그거면 다들 만족 아닌가?"

"나야 좋죠," 토비가 말했다.

"자기는?" 더글러스가 말했다.

로이스는 아무 말이 없었다.

더글러스는 진심 어린 웃음을 터뜨렸다. "반대표 무! 따라서 전방으로 행군. 밴 더 켈런 경관님은 —— 휠 뚜껑이라 불러도 되지? —— 계획대로 진행해주시면 돼. 휴대폰 위치 추적하고, 실종된 우리 자금 찾아내고, 그 대출 서류에 서명 받고, 그런 다음 그 도둑놈들한테 혼쭐을 내주자고. 솔깃들 하신가?"

"당신한테 엿도 먹여야지," 로이스는 말했다.

"멋진걸," 더글러스는 말했다.

토비가 한 손을 들었다.

"휠 뚜껑요?" 그는 말했다. "그게 **무슨** 뜻이죠?"

더글러스는 들떠서 윙크를 하곤 말했다. "애정 어린 별명."

"내가 휠 뚜껑을 슬쩍한단 얘깁니까?"

"음, 그런 것 같긴 한데, 우린 한 범죄를 저지르는 형제잖소, 아닌가?" 더글러스는 로이스에게 윙크를 했다. "남매라 해야겠군."

더글러스는 순찰차에서 나왔다. 그는 장신에 과체중인 남자로 마지막 윗몸일으키기를 지난 세기에 실시한 전 운동선수였다.

그는 토비의 열린 창문 쪽으로 이동해 허릴 숙이고 기댔다.

"그쪽 떡쟁이 두 분 즐거운 시간 보내시라고," 그는 말했다.

"고맙군요," 토비는 말했다.

"천만의 말씀," 더글러스는 말했다. "그거 다 가불한 걸로 칠 거야."

정장 재킷 단추를 채운 더글러스는 노스스프루스를 시골 대지주처럼 성큼성큼 걸어 오르며 혼자 콧노래도 부르고 지나가는 사람에게 고개인사도 했다.

로이스는 그를 몇 초 사려 깊게 지켜보았다.

"내가 당신이었으면," 그녀는 토비에게 말했다. "조심했을 거야. 저 사람 위험해."

"더그?"

"그래, 더그."

"당신은 어떤데?"

"나?" 로이스는 말했다. "나야 더그의 꿈속에서 사는 뱀이지."

24

 길되 그리 기억할 것 없는 주니어스 키라코시안의 인생에서 지난 몇 시간만큼 긴장감 넘치는 기억은 없었다. 그는 반 이닝도 채 지나지 않아 강제 종료된 필리스와의 시합에서 43 대 빵으로 패배한 터였다. 하지만 팬들은 그가 최초에 이단뛰기 투구를 할 때부터 그와 함께한 터였다. 운전사가 딸린 벤틀리를 타고 벨에어의 제집으로 부드럽게 달리고 있는 지금도 주니어스는 자기가 두 시간 20분 만에 이끌어낸 기적적인 첫 아웃을 추체험하며 그 흥분으로 전율하고 있었다.
 100만 달러의 과태료가 따끔한 건 사실이야, 그는 생각했다. 게다가 야구를 금지당하는, 잘하면 팀을 강제 매각해야 하는 처지가 될 가능성도 컸다. 아무려나 상관은 없었다. 그게 예순세 살 먹은 톨리도* 출신 전 사탕 제조업자의 장대한 커리어의 종결이든, 아니면 과도한 급여를 받는, 그가 9년간 몹시 괴롭게 견뎌왔던 것을 벤치를 지키며 견뎌야 하는 함량 미달의 패배자들을 위한 인생 수업이든.

그의 옆에 앉은 에벌린마저 의기양양해 보였다.

"있잖아," 주니어스는 그녀에게 말하는 중이었다. "당신 아빠가 나한테 이 너절한 직업을 제안했을 때 난 이런 말로 딱 잘라 거절할 뻔했었지. '고맙습니다, 대표님, 하지만 저는 사탕에나 매달릴게요, 조선소랑 회전의자가 쓸모나 있겠어요?' 그런데 오늘 밤…… 내가 필리스랑 붙었다는 거 아냐! 스타인브레너가 삭스랑 붙은 거고, 오트리가 양크스랑 대결한 거지.** 그리고 그거 알아?"

"뭐요?" 에벌린은 물었다.

"재미있었어."

"그랬을 것 같아요." 스스로 놀랍게도 그녀는 손을 뻗어 그의 손을 가져와서는 보내주지 않고 잡고 있었다.

"재미있었어," 주니어스는 말했다. "과소평가된 시합이야."

"그래요, 맞아요," 에벌린은 말했다.

주니어스는 소리 내어 웃었다.

"몇 분 만에 시합이 늘어진 건 인정할게. 포수가 없었으니까, 내 말은. 맙소사, 오늘 밤 틀림없이 20마일(32킬로미터 남짓)은 걸었을 거야, 마운드에서 백네트로, 백네트에서 마운드로. 내가 했어야 하는 건, 나를 원정팀으로 칭했어야 한다는 거야. 최소한 나 자신한테 안타 몇 개는 선사했어야 했는데."

---

*   Toledo. 미국 오하이오주의 도시.
**   조지 스타인브레너(George Steinbrenner)는 미국 사업가로 뉴욕 양키스의 구단주. 삭스는 메이저리그 야구팀 보스턴 레드 삭스. 진 오트리(Gene Autry)는 미국 가수 겸 배우로 메이저리그 야구팀 로스앤젤레스 에인절스의 구단주. 양크스(Yanks)는 뉴욕 양키스의 약칭.

"다음이 있잖아요," 에벌린은 말했다.

그들은 흘러가는 LA를 한동안 지켜보았다. 샌타모니카, 웨스트우드, 그리고 위로 더 들어가서 벨에어.

주니어스는 그녀의 손을 놓아주었다. 그는 작고 수척한 남자로 에벌린보다 열여덟 살 연상이었다. 가끔은 말쑥해 보일 때도 있었다. 지금 그는 늙어 보였다.

"우리 사이에 정리가 필요한 일이 몇 있는데," 그는 말하더니 망설였다. "이 일을 꼬치꼬치 캐묻고 싶진 않지만 — 우리 모두 프라이버시는 존중돼야 하니까 — 당신의 그 전남편 있잖아, 그가 10년이 지나서도 나타나던데." 그는 또 한 번 망설였다. "당신 샤워할 때 소리 다 들려, 에벌린."

"내 소리가 들려요?"

"들려. 울음이 아니더군. 통곡이지."

에벌린은 숨을 후 내불었다. 그녀는 이런 일이 생기리라 예상했었다.

"맞아요, 분명 통곡이에요," 그녀는 말했다. "하지만 당신이 생각하는 식의 통곡은 아니에요."

"내 식이 어떤데?"

"잘못된 식. 나 며칠 전에 헨리랑 애길 나눴어요. 그 사람이 날 찾아왔죠. 당신이 내가 아직도 보이드를 — 뭐라고 해야 하나? — 아직도 동경한다고 판단 내린 거 알아요, 아직도 사랑에 빠져 있다고, 아직도 특별한 게 있다고, 게다가 당신이 해결사를 보낸 것도 알아요, 스펙 씨요, 보이드를 사라지게 만들어라, 그만두게 만들어라, 당신이 무슨 말로 시켰든 말이죠. 하지만 내가 통곡을 하는 건 보이드 때문이 아니에요. 잃어버린 사랑이니 로맨스니 하는 그런 것들 때문이 아니라고요."

"아니라고?"

"조금도 아니에요. 당신의 폭력배가 그에게 겁을 준다고 해도 샤워 중에 벌어지는 일은 못 막아요."

"헨리가 당신을 찾아왔어? 그게 언젠데?"

"중요하지 않아요 — 며칠 전이에요 — 그런데 난 당신이 그 사람 철회했으면 좋겠어요. 내가 원하는 건 오직 평화니까요. 멋지고 따분한, 부잣집 마나님 같은 삶이요."

"핫소스 없는?"

"핫소스요?"

"표현하자면."

에벌린은 그의 손을 다시 잡아 서로 깍지를 걸었다. "봐요, 주니어스," 그녀는 조용히 말했다. "당신이랑 나랑 함께한 요 8, 9년의 세월은, 불꽃이라 할 만한 게 별로 없었단 자각이 들어요. 하지만 우리 나름의 — 왜 있잖아요 — 그저 그런 방식도 **만족스럽지** 않았어요? 우리 웃으면서 살잖아요, 그렇죠? 오늘 밤처럼요. 우리 **웃었잖아요**. 안 싸우고, 추태 안 부리고. 그렇게 끔찍하진 않아요, 그렇죠? 난 오래오래 행복하게 산 척 못 해요."

"알아," 주니어스는 말했다.

"평화는 잘못이 없죠, 안 그래요?"

"없지. 그래서 헨리가 있는 거야. 평화를 복원하려고."

"그 사람 철회할 거죠?"

"그러길 원해?"

"보이드는 아파요, 주니어스. 병에 걸렸어요. 위협이 안 되는 사람이라고요."

"뭐," 그는 말했다. "당신에게 필요한 게 그거라면."

"당신은 좋은 사람이에요."

"내가?"

그들은 저희 집 기다란 반원형 진입로에 들어섰다. 새벽 2시가 조금 넘은 시각이었다. 러셀이라는 그들의 나이 지긋한 기사가 벤틀리 문을 열어주곤 하얀 대리석 계단을 오르도록 에스코트했다.

"외람된 말씀입니다만, 대표님," 기사가 말했다. "대표님께선 오늘 밤 한 늙은이를 행복하게 만들어주셨어요. 필리스와의 대결 있잖습니까, 대표님, 그건 모든 아이가 품는 환상이죠."

"그래요?" 주니어스는 말했다.

"꼭 야구만을 말하는 건 아니에요 —— 뭐든지 그렇죠 —— 아마추어와 일류의 대결. 오늘 밤 운전하는 내내 내가 대표님이다 하는 환상을 품었습니다."

주니어스는 어느새 러셀을 포옹하고 있었다. "다음 시합 땐," 그는 말했다. "우리 둘이 양키스에 맞섭시다. 당신이 포수 해요."

"네, 대표님. 같이 혼쭐을 내주시죠."

오전 4시 정각에 헨리 스펙의 휴대폰이 드르륵거렸다.

"간밤에 내 시합 봤어?" 주니어스가 물었다.

"안타깝지만 아니요. 이기셨겠죠, 아마?"

"당연히 이겼을 리가 없잖아. 뭐 잘못 먹었어? 네 상사가 필리스랑 시합을 하는데 라디오 주파수도 번거로워서 안 맞춘다 이거지?"

"죄송합니다, 대표님." 헨리는 소스투성이인 시트를 밀어젖히곤 소스투성이인 베개를 받치고 앉았다. "오늘 빠른 비행깁니다. 베미지인데, 기억하시죠?"

"그래, 기억해. 네 가지 사항이 있어. 사항 하나, 가서 핼버슨의 다리 분지르지 않는다고 에벌린에게 약속했어. 발가락 두 개만 분질러. 사항 둘, 한 번만 더 내 아내한테 접근하면 너도 너 같은 놈의 방문을 받게 될 거야."

"제가 한 일이라곤 ——"

"사항 셋, 급여명세서를 좀 봤으면 해."

"저기, 대표님 ——"

"사항 넷. 그 비행기? 일반석 타."

오전 4시 3분에 짐 두니의 휴대폰 종소리가 울렸다. 그는 휴대폰을 들어 10분간 에벌린의 얘길 듣곤 캘빈을 흔들어 깨웠다. 42분 뒤 그들은 베미지 지방 공항으로 향하는 택시 안에 있었다.

스펀지 목욕을 마친 보이드는 오전 4시 20분경 제 템프테이션 38구경 스페셜을 시험 발사하더니 지금은 머그잔에 하루의 첫 커피를 따르고 있었다. 그는 버터를 바르지 않은 베이글과 함께 일출을 보러 나가 플레저웨이의 차양 아래 앉았다.

조금 뒤 앤지가 합류했다. 둘 다 잠을 설친 터였고 이번만큼은 앤지도 할 말이 없었다.

오전 6시 30분 직전에 길을 나선 둘은 371번 주립 고속도로를 타고 리치호*를 향해 엉금엉금 힘을 냈고, 그러고 나선 베미지로 들어가는 2번 US 고속도로(U.S. Highway 2)와 접선했다. 앤지가 그 지역 우체국에 들어가 있는 동안 보이드는 캠핑 밴에 머물렀다. 똑딱똑딱 15분이 흐른 뒤에야 그녀는 스물다섯 살가량의 장신에 수염이 덥수룩하며 북유럽계로 보이는, 폴 버니언** 페스티벌 차림의 청년을 동반한 채 나타났다. 그 남자의 나무꾼 같은 모습은 길거리 펑크족의 되바라진 머리 모양새, 다시 말해 1, 2파운드(약 450-900그램)쯤 될 밸리언트 왕자*** 같은 풍성한 모발을 탈색해 상투를 높이 튼 머리로 개조되어 있었다.

앤지는 우체국 밖에서 그와 몇 분 이야기를 나누더니 그를 데리고 플레저웨이 쪽으로 넘어와 보이드의 창문을 두드렸다.

"이쪽은 앨빈," 그녀는 말했다. "내가 이 사람을 방금 고용했어요. 우리 가이드로요. 앨빈, 이쪽은 우리 아빠긴 한데 나처럼 보이드라고 불러도 돼요."

남자는 씩 웃으면서 열린 창문으로 보이드와 악수를 나누었다.

"반갑습니다," 그는 말했다.

"나도요, 그 머리 참 멋지네," 보이드는 말했다. "근데 있잖아요, 여기 내 딸이 — 이걸 어떻게 말해야 좋을지 모르겠는데 — 얘가 괴짜라 좀 별나요. 우린 가이드가 전혀 필요 없어요."

앤지는 그를 쏘아보았다.

"난 별난 게 아니고 **재능**을 타고난 거예요," 그녀는 앙칼지게 말했다. "그리고 우리한텐 **정말로** 가이드가 필요해요. 우체국 사람들이, 그들이 주소를 내주질 않는다고요, 무슨 범죄나 뭐 그런 건 줄 알고.

---

*   Leech Lake. 미네소타주 중북부에 있는 416.6제곱킬로미터 면적의 호수.

앨빈이 마침 그 자리에 있었으니 하늘이 도운 줄 아세요. 이분이랑 노닥거리다 보니까 이 지역에 빠삭하더라고요. 거의 여기서 자랐대요." 그녀는 나무꾼에게 눈썹을 한 차례 튕겨 보이곤 다시 보이드를 마주했다. "그러니 배은망덕하고 유치하게 질투하지 말고 나이답게 행동하세요…… 나이를 기억하실까 모르겠지만. 앨빈은 두니를 어디서 찾아야 하는지 정확히 알아요. 안 그래요, 앨빈?"

"꼭 그렇진 않지만," 청년은 눈으로 앤지의 몸 구석구석을 배회하며 말했다. "생각나는 건 몇 곳 있어요."

"자, 봐요, 아빠," 앤지는 말했다. "이제 앨빈에게 사백 달러 주세요."

"사백?"

앤지는 한숨을 쉬었다. "종일 치 보수예요. 차로 엄청 돌아다녀야 할 수도 있고 오늘 밤이나 내일이나 다음 주에도 가이드가 필요할지 모르니까."

"잠옷은 가져왔대?"

"얼른 주세요."

보이드는 글러브 박스를 열어 지역사회 국법의 점점 줄어가는 지폐를 꺼내서는 창문을 통해 앤지의 나무꾼에게 건넸다. 청년은 그 현금을 미심쩍은 듯 살피더니 어깨를 으쓱하곤 덥수룩한 웃음을 앤지에게 활짝 지어 보였다. "시작하죠," 그는 말했다.

**	Paul Bunyan. 미국과 캐나다 민간전승에 나오는 거인 나무꾼.
***	Prince Valiant. 1937년 핼 포스터(Hal Foster)가 선보인 연재만화의 주인공. 앞머리를 일자로 자른 단발머리가 특징.

앤지와 앨빈은 캠핑 밴에 올라 보이드 뒤쪽의 접이식 장의자에 나란히 앉았다. 그들은 한동안 북쪽, 그러다 정서쪽, 그러다 비포장도로를 남행하여 끝내 자작나무와 소나무 벽으로 길이 막힐 때까지 나침반의 네 방위를 한 시간 훌쩍 넘게 덜컹거리고 다녔다. "두니랬나요, 제가 잘 알아들은 거 맞죠?" 앨빈은 웅얼거리고 있었다. "도니인지 대니인지 다른 건지 긴가민가해서요. 두니라는 이름 확실하죠?"

"아주 확실해," 보이드는 말했다. "거의 어디서였어?"

"네?"

"앤지가 그러는데 자네가 거의 여기서 자랐다며. 거의 어디서였는데?"

"이런, 시카고인데요. 좋은 생각이 있는데, 터틀리버까지 우리의 운을 시험해보죠, 리틀배스호랑은 반대쪽이에요."

오후 중반경 그들은 베미지로 돌아가 연료를 재주입하고 있었다. 이후 그레이스호를 향해 남동쪽으로 달리면서 보이드는 10분, 최대 20분만 더 해보자 마음먹었지만 이윽고 앨빈이 캠핑 밴 뒤쪽에서 목이 쉴 듯한 외침을 내뱉었다. "두니!" 그는 소리 질렀다. "아주아주 아주 부자잖아요, 맞죠? 저기에 제 친구가 있는데 지난주에 걔가 그들을 예인해줬어요. 호로* 호수에서요, 이런 — 차 돌려요!"

"확실해?" 보이드는 물었다.

"네, 이런. 거의요!"

방향을 뒤집어 베미지로 돌아갔다가 꼬부랑길을 북행해 호로 호수, 그러니까 느지막한 오후의 그늘에 벌써 철회색으로 변해가는 아담한 크기의 수역에 다다르기까지는 40분이 걸렸다. 베미지에서 채 14마일(약 22.5킬로미터)이 안 되는데도 그 호수는 대여섯 채의 오두막만이 물가를 따라 흩어져 있는 것이 마치 버림을 받아 반은 잊힌 듯했다.

서리로 들뜨고 깨진, 호수를 싸고도는, 그리고 빽빽이 자란 단풍나무와 자작나무와 소나무가 이따금 캠핑 밴 양쪽을 날카로운 소리로 긁고 짓누르는 좁은 포장도로. 20분 뒤 보이드는 전조등을 켰다.

앤지와 앨빈은 이젠 황혼으로 변해버린 것을 지긋이 내다보았다.

"이 오두막들이요," 앨빈은 말하고 있었다. "보통은 이것들 입구에 표지판이 있어요 —— 왜 **한스의 은신처**, 뭐 그렇게 적힌 널빤지요. 그런데 꽤 어두워지네요. 아침 되면 우리 혹시 ——"

"보이드, 내 휴대폰 줘요," 앤지는 말했다.

"꿈도 꾸지 마."

"아니, **진짜**로요. 얼른 인터넷 검색해서 찾을 수 있어요."

"안 돼," 보이드는 말했다.

"두니 찾고 싶지 않아요? 위치를 지금 알잖아요, 현재의 호수요, 뭐 좀 검색해보면 돼요. 폰 내놔요."

"안 돼."

보이드는 상태가 안 좋은 시큼한 숨을 내쉬었다. 조금 뒤 그는 차를 세우곤 글러브 박스를 열어 앤지에게 폰을 건넸다. 황혼은 완전한 어둠으로 바뀌어 있었다.

"진작 주지," 앤지는 툴툴거리곤 자판을 두드리기 시작했다. 몇 분이 지나서야 그녀는 말했다. "오케이, 알아낸 것 같아요, 아닌 것 같기도 하고. 직진이에요. 500야드(약 457미터) 더 가면 호수로 내려

---

* "호로"의 원문은 '도둑질'이라는 뜻의 "larceny".

가는 긴 진입로가 나와요. 우릴 물귀신 만들진 마요, 아빠."

그녀는 웃음을 터뜨리더니 앨빈에게로 더 바짝 다가붙었다.

보이드는 액셀러레이터를 살짝 밟아 바큇자국이 깊게 파인, 주르르 늘어선 나무 사이로 100야드를 나아가면 제멋대로 조성된 호숫가 수목원이 열리는 자갈 진입로에 천천히 들어섰다. 네 개가 한 조인 기둥 위 농장 조명이 잔디와 정원 그리고 호숫가로 구불구불 내려가는 유령 같은 은색 자작나무 들을 비추었다. 바로 전방에는 한 쌍의 테니스 코트와 캔버스 천으로 덮어둔 수영장이 있었다. 호수에서 오륙십 야드(약 45-55미터)쯤 떨어진 우측 저편으로는 변경의 으리으리한 궁궐 같은 것이 어렴풋이 보였다 ─ 아일랜드 사람들이 대감집(Grand House)이라고 부르는 것이었다 ─ 여러 개의 굴뚝, 여러 개의 현관, 여러 개의 포탑을 지닌, 규모가 무색하게 통나무집 형태로 건축된 저택이었다. 보이드는 거대한 차고 앞에 주차했다.

"뭐," 앤지는 중얼거렸다. "아늑하네요."

앨빈이 그녀의 허벅지를 착 때렸다.

통나무 궁궐은 철저히 캄캄하게 서 있었다. 보이드는 캠핑 밴의 엔진을 끄고 밖으로 나가 차고 측면에 난 네 개의 창문 중 하나로 걸어갔다. 안에는 어느 양반이 주최한 만찬회의 회원들처럼 부가티 한 대, 페라리 812 슈퍼패스트 한 대, 포드 픽업트럭 한 대, 동일한 테슬라 두 대, BMW SUV 한 대, 스노모빌 한 대, 그리고 아마 포르셰 스파이더일 비닐 덮개 밑의 자동차 한 대가 모여 있었다. 넓이가 두 배인 아홉 번째 주차 칸은 머슴들, 그러니까 존 디어(John Deere) 트랙터와 보트 트레일러가 차지하고 있었다.

두니가 확실했다.

보이드는 혼자서 반쯤 웃음을 띠고 빙글 돌더니 돌로 된 테라스를 잽싸게 가로질러 궁궐 정문으로 갔다. 그는 주머니에서 템프테이션을 꺼내더니 제 옆에 대롱대롱 들고 있었다. 묘하게도 그는 평생 알아왔던 것과 다른 차분함을 느꼈다.

이곳이 그가 있는 곳이구나, 그는 실감했다.

초인종이 있는지는 몰라도 찾을 수가 없어서 그는 권총 손잡이로 문을 쾅쾅 두들겼다. 그에겐 두려울 게 없었다. 그는 제 호흡, 제 역사, 손에 쥔 총을 의식하고 있었다. 그는 권총의 공이치기를 두 엄지로 젖혔다. 그는 소리 나게 웃고 싶었다. 그는 총구를 관자놀이에 직각으로 대고 눌렀다. 이곳이 응당 그가 처할 곳이었다. 치욕과 반감. 그의 방아쇠 쪽 손가락이 한 차례 씰룩였다. 그의 응징, 그의 보상, 그의 행복한 망각.

"문 열어!" 그는 소리를 질렀다.

"집에 아무도 없어요," 뒤쪽 어둠 속에서 앤지가 말했다.

25

"요약하자면, 핼버슨이 나를 십자가에 못 박으려고 했다 이거야," 짐 두니는 캘빈에게 이야기하고 있었다. "웬일로 녀석이 — **어찌 된 일**인지 난 알 것 같지만 — PS&S가 법률 몇 개를 여기저기서 왜곡 적용했다는 제보를 받았어. 하지만 그게 뭐 **새로워**? 녀석이 록펠러란 이름을 못 들어봤을까? 굴드, 밴더빌트, 포드, 프릭, 모건이란 이름을 못 들어봤을까? 내 말은, 새로울 게 없다면, 빌어먹을, 그게 어떻게 뉴스가 되고, 뉴스가 못 된다면 그게 **신문**에 실려서 뭘 할 건데? 구문(舊聞)*이 아니잖아, 안 그래? 가짜뉴스라고 — 옳아 안 옳아?"

"당신이야 항상 옳지," 캘빈은 말했다.

"항상은 아니야. 녀석이 내 딸과 결혼하게 내버려뒀으니."

야단스러운 며칠이 지나 있었다. 베미지에서의 갑작스러운 출발, 시카고로의 비행, 로스앤젤레스 국제공항까지의 순탄치 않은 여객기 환승. 이제 둘은 로스앤젤레스 상공의 언덕에 자리한 두니의 제1

주거지 실내, 즉 주니어스와 에벌린의 벨에어 하숙집에서 20분도 안 되는, 엘튼 존과는 엎어지면 코 닿을 거리인 문 딸린 방벽 안에 있어서 안전했다. 이곳의 보안은 빈틈없었다. 두니는 24시간 현장 순찰을 제공하는 업체를 고용 중이었다 — 곤봉과 테이저 총을 소지한 건장한 신사들이 함께했다. 개들도 함께했다. 세 마리의 이빨이 총 126개였다.

그런데도 문과 창문은 잠겨 있었다.

"그래서 그 신문사를 샀구나," 캘빈은 말했다. "해결된 거네, 맞지?"

"잠정적으론 그래. 영구적으론 아니야." 두니는 샤워를 하고 나와 물기를 닦고 가운을 걸치곤 캘빈이 몸을 담그고 있는 화석화한 나무 욕조에 걸터앉았다. "생각해봐, 그게 — 몇 년이더라? — 10년 전이야. 나는 자카르타에 있어, 거기가 우리 태평양 운영의 근거지니까, 요체 말이야, 그리고 말하고 자시고 할 것도 없이 내가 온갖 시시껄렁한 웹사이트나 매수하러 빨빨대고 다닐 순 없잖아, 걸레짝 같은 온갖 떼쟁이 구문을 사겠다고 말이지 — 그건 벼룩을 인수하는 거나 마찬가지니까. 하나를 얻잖아, 그럼 100만 마리가 더 튀어나와. 뭐가 문젠지 알겠지? 핼버슨이 지가 원하는 데서 낡은 뉴스를 팔 수 있다 이거야."

"다른 조치를 취했겠네?" 캘빈은 말했다. "강력한 걸로, 분명히."

"인생을 걸고 취했지. 감옥에서 입는 그 점프슈트를 내가 입는 게 상상이나 돼?"

---

* 원문은 newspaper(신문)와 대비되는 "oldspaper".

"음——"

"말하지 마. 난 뭐든 잘 어울리니까."

"두말하면 잔소리지!" 캘빈은 말했다.

"오렌지색은 말고," 두니는 끙 하더니 씩 웃었다. "그래서 코니 밴더빌트* 안내서에서 한 페이지를 모방했어. 인용할게. '난 당신을 고소하지 않을 거요, 법은 너무 느리거든. 난 당신을 망치리다.'"

"우아하다," 캘빈은 말했다.

두니는 손으로 제 턱의 은빛 그루터기들을 쓸었다. "여하튼 핼버슨은 날 십자가에 못 박을 작정이었어, 이른바 기업의 부정행위라 부르는 것의 그 대단한 폭로를 통해서. 두세 척의 선박 침몰? 거기에 무슨 범죄가 있는데? 내가 한 일이라곤 녀석보다 선수를 쳤던 게 다야. 내 나름의 폭로를 마련했지."

"거짓말한 거 말이지?"

"셀 수도 없는 거짓말," 두니는 말했다. "제 진짜 이름도 못 밝히는 신문사 파렴치한의 말을 누가 믿겠어? 보이드 버드송이야. 실제 이름."

"버드송?"

두니는 웃음을 터뜨렸다. "그래, 욕조에서 뛰쳐나오면 더 말해줄게. 면도를 받을 걸 그랬네, 캘."

"면도 때문에 날 사랑하는구나."

"아니야 아니야," 두니는 놀렸다. "이발 때문이지."

저택 2층, 1930년대 아르데코풍의 이발소에서 두니는 캘의 재래식 면도칼 놀림을 받으며 긴장을 풀었다. 그것은 둘에게 의식(儀式)이었다. 때때로 둘은 캘빈의 수압식 이발소 의자 두 개에 나란히 앉아 레드스톤 양모제와 텔컴파우더와 톡 쏘는 민트 성분 면도 비누의 향기에 젖어 수다를 떨거나 조용히 책을 읽곤 했다. 둘은 여러 해 전 이런 식으로 만났다 — 두니는 고객, 캘빈은 웨스트할리우드의 모발 관리사. 격의 없던 우정이 처음엔 서서히, 그러다 급속히 지금의 놀랍고 풍요로운 사랑으로 진화해온 것이었다.

눈을 감고 귓가에서 면도칼 긋는 소릴 들으면서 두니는 곁에 캘도 없이 어떻게 일흔다섯 해를 지나왔나 하고 놀라워했다.

"보이드 버드송," 캘빈은 말하고 있었다. "그것참…… 그것참 **근사한** 이름이네. 내 이름이었으면 좋겠다. 그 이름을 왜 바꿨대?"

"모르지," 두니는 말했다. "너무 이국적이어서? 놀림이라도 받았나, 혹시?"

"음, 그렇지, 여덟 살이면 그럴 수 있는데, 그래도 — "

"핼버슨은 여덟 살이 **맞아**, 캘. 디즈니 영화 속에서 살아 — 〈판타지아〉**일걸, 아마. 뭔가 성장이 멈춘 게지."

캘빈은 풋 하는 웃음을 흘리곤 말했다. "우리도 우리만의 **판타지아**가 있는걸, 안 그래? 당신이랑 나랑?"

"어설프게 굴지 마. 우린 사람이야, 요정이 아니라고."

"지미, 농담이었어."

"핼버슨은 빌어먹을 놈의 요정이야. 실존 인물이 아니야. 사실 여부가 제 마음에 안 들면 그걸 지어내는 놈이야. 듣자 하니 개명을 해

---

* Cornelius Vanderbilt. 밴더빌트 대학교를 설립하기도 한 미국 거물 사업가.
** Fantasia. 디즈니사의 세 번째 장편 애니메이션. 1940년작으로 클래식 음악에 애니메이션을 접목한 기념비적 작품. 판타지아는 우리말로 '환상곡'을 뜻함.

서 제 아비 마음을 찢어놨다고 에벌린이 그러던걸. 이를테면 거 뭐야……"

"의절," 캘빈은 말했다.

"그래. 그런 거."

캘빈은 혼자 콧노래를 흥얼거리며 한동안 두니의 뒷목을 면도질하다가 중간에 노랠 끊더니 말했다. "주제넘은 것 좀 물어봐도 돼?"

"안 되면 알려줄게."

캘빈은 이발소 의자 너머의 커다란 벽거울로 제 파트너를 자세히 보았다. "햄버슨의 그 폭로 말이야—아니면 버드송의 폭로—그거 사실이야? 기업의 부정행위? 뭐 그런 거?"

"안 되겠는데," 두니는 날카롭게 말했다.

"지미—"

"우리 합의했잖아. 법 관련해선 더 이상 묻지를 말라니까."

"난 그냥—"

"내가 뭘 자진해서 말하는 건 괜찮아, 하지만 법 관련해선 금지야. 다국적기업을 운영하는 사람은 말이야, 누구나 독사를 데리고 노는 거거든. 하지만 그것도 다 역사가 됐군. 나 은퇴했어. 말라니까. 묻지를. 더 이상."

"미안," 캘빈은 웅얼거렸다.

그는 이발사 앞치마를 끄르고 두니의 목을 솔질한 다음 애프터셰이프를 조금 토닥거려준 뒤 뒤돌아 조용히 그 방을 떠났다.

그날 저녁 식사는 단음절 단어들의 축제였다.

취침할 땐 더 안 좋았다.

캘빈은 베개와 잠옷을 가지고 극장실로 내려갔다. 동틀 무렵 두니는 결국 그에게 합류했다.

"삐치기는," 그는 속삭였다.

"삐치지 그럼," 캘빈은 말했다. "난 우리가 비밀을 넘어선 관계인 줄 알았거든."

방에 걸린 커다란 TV 화면에서는 음소거된 진저 로저스가 음소거된 프레드 어스테어를 나무라고 있었다. 곧이어 그들은 춤추기 시작할 터였다.

두니는 잠시 감상했다.

"좋아," 그는 조용히 말했다. "핼버슨의 가짜뉴스가 완전히 가짜는 아니야. 이 얘기 정말 듣고 싶어?"

"웅," 캘빈은 말했다.

두니는 숨을 고른 다음 이날 오전 상당한 시간까지 이어질 암송의 첫 음절을 내뱉었다. 캘빈은 설명을 요구하느라 가끔씩 말을 끊었다. 대체로 그것은 부당이득, 시세조작, 탈세, 금수 조치 불이행, 내부자거래, 사취 모의, 무기수출통제법(Arms Export Control Act) 위반, 그리고 구속 가능성이 있는 기타 대여섯 개의 위법행위에 관한 무뚝뚝한 수업이었다. "나는 개자식이었다고 내가 말했잖아," 두니는 말했다. "한데 유치장 생활 300년을 바라보던 개자식이었지. 버니 메이도프의 두 배. 내 사위가 날 거기 집어넣을 계획이었고."

"거참," 캘빈은 말했다.

"그래, 거참."

"걔한테 증거가 있었어?"

"엄청나게."

"그렇다면 어떻게——?"

"에벌린이야, 아주 확신이 들어. 여하튼 녀석더러 날 뒤밟게 만들 만했지. 민감한 걸 내가 집에 보관해뒀었거든. 딸애가 거기에 접근했던 거야."

캘빈은 제 콧등을 꼬집었다.

"아으 머리야," 그는 두니의 눈길을 피하며 말했다. "다시 말해서, 당신은 당신 목숨 건지자고 딴 사람을 파괴한 거네…… 단지 진실을 말한다고 해서."

"단지가 아니야," 두니는 말했다. "인쇄되는 거라고. 1면에."

"그렇기는 하지만."

"제발 좀, 캘, 그건 전쟁이었어. 난 **내** 진실로 **녀석의** 진실과 싸운 거야. 그게 어때서? 좋아, 내가 녀석의 신용을 떨어뜨리고 녀석을 망쳤어, 당신이 말하고 싶어 하는 대로, 하지만 그 안쓰러운 피노키오를 만든 건 내가 아니야."

"버드송 말이군. 당신이 버드송을 파괴했어."

"그래, 내가 그랬어."

"후회는 없고?"

"조금도 없어," 두니는 말했다. "아침 먹자."

반 마일 떨어진 벨에어에선 한때 에벌린 핼버슨이었거나 에벌린 버드송이었던, 혹은 자기도 모르는 성을 가진 에벌린일 수도 있었던 에벌린 키라코시안이 미네소타주 베미지행 아침나절 항공편 예약을 방금 마친 참이었는데 그곳은 예약을 받은 여행사 직원도 들어보지 못한 곳이었다.

에벌린은 짐을 꾸린 다음 저 아래 로비까지 여행 트렁크를 나르곤 주니어스를 찾으러 갔다. 상당히 큰 집이었지만 몇 분 뒤 그녀는 부엌에서 단백질 셰이크를 타고 있는 그를 찾아냈다. 필리스와의 랑데부로 그는 여전히 싱글벙글이었다.

에벌린이 뜸을 들인 건 잠깐뿐이었다. 그녀는 대뜸 얘길 꺼내곤 주니어스가 스푼을 빨고 그걸 핸드 타월에 조심히 내려놓는 걸 지켜보았다.

그는 이유를 묻지 않았지만 그녀는 어쨌거나 말해주었다. 보이드가 아프다. 누굴 해칠 수도 있는데 아마 보이드 자신일 거다.

"당신이 다치진 않아요," 그녀는 말했다. "심지어 나도요. 그냥 옳은 일이라서 그래요. 정말로 내가 **무언가**를 해야 돼요. 화해요. 보이드랑 나랑. 대화가 도움이 될 거예요."

"다른 이유는?" 주니어스는 말했다.

"없어요, 다만……" 에벌린은 숨을 골랐다. "당신이 보이드를 해치지 않기로, 헨리를 보내지 않기로 약속한 거 알아요. 하지만 당신의 그 CFO란 사람, 그 사람은 사이코패스예요 — 헐거운 나사요 — 폭력적인 나사. 난 끔찍한 일이 생기지 않았으면 해요."

"뭐," 주니어스는 말했다. "내가 그 친구한테 연락해볼게. 여행 잘 다녀와."

"다예요?"

"내가 어떡할까? 안 된다고 해? 당신한테 명령이라도 할까?"

둘은 서로를 바라보았다.

"명령은 됐어요," 에벌린은 말했다. "하지만 키스라면 또 모르잖아요?"

제2부

자동차, 총, 범죄, 카지노,

음모, 영화, 돈, 로드 트립, 리모델링,

얼음낚시, 패스트푸드, 복수, 재회,

탐조(探鳥), 하느님, 결혼, 쇼핑, 아편,

그리고 공공장소의 거짓말쟁이들

26

플로리다주 탤러해시, 와이오밍주 캐스퍼, 아이오와주 스톰레이크, 그리고 캘리포니아주 풀다에선 미국의 진실가의씨앗들이 위대한 북아메리카대륙을 잠식한 토끼들처럼 증식 중인 훨씬 숙련된, 훨씬 뻔뻔한, 훨씬 성실한 허언증자들의 편도샘을 거쳐 줄줄줄 흘러나오는 비현실적인 현실을 따라잡느라 애를 먹고 있었다. 텍사스주 윔벌리에선 모 중학교 영어 교사가 『마인 캄프』*의 저자에 관해 거짓말을 했는데, 그가 말하길 골방에서 투쟁을 해온 건 제 스물여덟 살 먹은 아내로 머잖아 그녀가 그 "절대적 증거"를 제시할 거라는 것이었다. 북쪽으로 가 시카고에선 시의원 후보 하나가 최근에 있었던 베어스 대 라이언스**의 시합 점수에 관해 거짓말을 했다. 로드아일랜드 해안에서 약간 떨어진 블록섬(Block Island)에선 신혼여행 중

---

*   Mein Kampf. 아돌프 히틀러가 옥중에 집필한 자서전 『나의 투쟁』.
**   미식축구 팀 시카고 베어스와 디트로이트 라이언스.

인 어느 부부가 침몰한 구소련 시절의 잠수함을 타고 해골 승무원과 "그 어느 때보다도 좋은" 캐비아 더미랑 주말을 보냈다고 거짓말을 했다. 나라의 수도에선 미합중국 대통령이 쉰세 번의 슈퍼볼과 자신의 전임자들이 끌어모았던 군중을 간과한 채 자기가 방금 미국 역사상 가장 "어마어마한 군중" 앞에서 연설을 했다고 주장했다. "우리가 뒷방으로 밀려나고 있어," 첩 오닐은 제 형 딩크에게 말하고 있었다. "밀어붙일 때라고. 우리 거짓말에 대해서 거짓말을 해야 돼, 그런 다음 그 거짓말에 대해서도 거짓말을 해야 되고, 이해해?"

"예시가 있어야겠는데," 딩크는 말했다.

"왜, 형 팔에 그 역만자* 있잖아. 이를테면 그걸 사진 찍어서 누구 팔에다 포토샵 하는 거야, 그 왜, 조 바이든이나 뭐 냄새나는 민주당원한테, 그런 다음 웹에 이런 설명과 함께 올리는 거지 — 이건 그냥 생각난 거야 — '바이든이 피닉스시를 중공한테 내주다'. 만약 그것 때문에 우리가 호명되면 있잖아, 대박인 거지, 우린 그대로 밀어붙여서 그 인간 팔에 붉은 별을 박아주면 돼. 누가 **그것** 때문에 우릴 호명한다? 우린 바이든이 '흑인의 목숨도 중요하다?(Black Lives Matter?)'라고 적힌 표지판을 들고 있게 포토샵 하면 돼. 구두점이 얼마나 놀라운 일을 하는데."

"구두점이 뭐야?" 딩크는 말했다.

"나 참," 첩은 말했다. "보이드 핼버슨이 무척이나 그립군."

27

앤지는 두니네 앞 현관 계단을 올라 보이드의 등 뒤에 붙어 있었다. 그녀는 "집에 아무도 없어요"라고 속삭이곤 권총을 그의 손에서 비집어 빼낸 참이었다.

보이드는 뒤꿈치에 쪼그려 앉았다.

어둠 속에서 제 웃음소리가 들리자 그는 숨이 컥 막혔다. 그는 말하려 해보았고, 그러고 나선 다시 하하 웃으려 해보았다. 그가 용케 낼 수 있는 건 푸념 소리뿐이었다.

"괜찮아요," 앤지는 말했다. "하느님과 함께할 때에요."

나중에 보이드는 아마 두니의 것일 커다란 주철 욕조에 어느새 몸을 담그고 있었다. 몇 피트 밖에선 앤지와 앨빈이 한 쌍의 이발소 의자에 앉아 대화 중이었는데 그들의 조용조용한 목소리는 묘하게도

---

* swastika. 영어에서는 불교의 만(卍)자를 뜻하는 동시에 역(逆)만자, 즉 나치의 상징인 하켄크로이츠를 뜻하기도 한다.

멀게 들렸다. 보이드로선 확신이 안 섰지만 고작 1분이 흐른 것도 같았고 몇 시간이 흐른 것도 같았다. 시간을 멈추려고 부단히 노력해온 사람에게 시간은 큰 의미가 없었다. 지금껏 몇 달을 그는 단 하나의 맹렬한 생각으로 살아온 터였다. 내 평생 마지막 햄버거, 내 마지막 신발 끈 매기, 내 마지막 악몽, 내 마지막 "미안해", 내 마지막 가엾은 헐떡임. 모든 게 마지막이던 참이었다. 마지막 "좋은 아침이야", 마지막 "잘 있어". 마지막 어제.

앤지는 이발소 의자에서 슬그머니 나와 욕조 옆에 꿇어앉았다. "돌아왔군요, 벌거숭이 아저씨. 하느님이 뭐라시던가요?"

보이드는 힘없이 웃음기를 비치더니 비누 거품 밑으로 몸을 미끄러뜨렸다.

더 나중에, 꼬박 하루 이상의 시간이 흘렀을 때 보이드는 자기가 무언가 맛있는 걸 삼키고 있다고 알 뿐 눈만 껌뻑거리고 있었다. 그의 앞엔 생선튀김 한 접시가 있었다. 늦은 오후의 푹한 고요 속에서 앤지와 앨빈은 소나무와 자작나무와 붉은 옻나무로 테가 둘린 파랗고 사랑스러운 호수를 굽어보는 소풍 탁자 앞에 그와 마주 앉았다. 밝을 때 두니의 호숫가 부지는 호수 쪽을 뺀 전 방향으로 삼사백 야드(약 274-366미터) 뻗어나가듯 보였는데 호수 쪽은 땅이 급하게 경사져 깎아지르듯 수면으로 이어져 있었다. 이 비싸 보이는 광활한 땅은 회양목들과 우거지게 자란 정원들과 오리 연못과 그 모두를 정갈하게 관리하는 타인들의 노동에 힘입어 영국 지주계급을 상기시켰다.

태양의 열기와 침엽수의 테레빈유(油)* 향이 풍겼다. 새들도 있었다 — 살아서 지저귀는 새들이었다. 놀랍네, 보이드는 생각했다.

조금 뒤 앨빈은 실례한다면서 두니의 커다란 대저택 안으로 어슬렁어슬렁 사라졌다.

"자," 앤지는 말했다. "우리가 지상에 돌아왔네요?"

보이드는 아무 말 않았다.

10분이 지나서야 앤지는 한숨을 쉬고 말했다. "어젯밤 분명해졌어요, 보이드. 당신은 누군갈 쏘려고 한 적이 없어요, 그쵸? 당신 자신 말고는요. 그걸 두니가 지켜보게 하려는 거죠. 맨 처음부터 — 은행을 털던 첫날부터 — 내내 그럴 계획이었던 거예요, 그쵸?"

보이드는 스스로 말하는 법을 깨쳐야 했다. "거의 그래요."

앤지는 고개를 끄덕였다. "그래서 이 모든 사달이 난 거네요? 자살 쇼 연출하느라."

"재미있어 보였어요."

"재미라. 하느님이 무슨 충고 안 주시던가요?"

"하느님은 비웃으시던데요. 집에 아무도 없잖아요, 기억하죠?"

앤지는 잠시 그를 뜯어보았다. 그녀는 고개를 절레절레하더니 식사 접시들을 겹쳐 들곤 집에 들어갔고, 그러다 돌아와서는 다시 자리에 앉았다.

"하느님은 우릴 안 비웃으세요," 그녀는 완고하게 말했다.

"그래요?"

"네. 하느님은 웃음이 없으시거든요, 우리 교우님."

보이드는 제 생각보다도 원통한 눈으로 그녀를 응시했다. "하느님이 웃고 싶으면 웃는 거죠. 당신이 뭔데 하느님이 못 한다고 판단

---

*   송진을 수증기로 증류하여 얻는 정유.

을 해요?"

"나 앤지 빙이에요. 나 교회 다녀요. 기도드리는 법도 알아요."

둘은 침묵에 잠겼다. 수십 구의 야외조명에 불이 들어왔다. 호수 저편에서 남보랏빛 그늘이 기어오고 있었다. "내가 배우기로는," 마침내 보이드는 말했다. "하느님은 하느님이 하고 싶은 일을 해요. 내 중대한 순간에, 피날레에 하느님은 무릎을 탁 치고 이렇게 말을 하죠. '미안해, 개자식아, 집엔 아무도 없어.'"

"하느님은 욕도 안 하시거든요," 앤지는 앙칼지게 말했다. "그건 악마가 하는 얘기예요."

"그거나 그거나," 보이드는 말했다.

다음 날 아침 앨빈이 답사를 좀 하고 왔다고 보고하러 밥상머리에 나타날 때까지 둘은 한마디도 나누지 않았다. 앨빈이 아는 한 이 거대한 집은 바로 최근까지 사람이 들었다가 아주 황급하게 비워진 터였다. 그가 세기로 침실이 열하나, 정돈되어 있지 않은 침대가 하나였다. 두 대의 식기세척기엔 지저분한 접시들이 들어 있었고 두 대의 서브제로 냉장고엔 음식이 한가득이었다. 동쪽 곁채에선 레인 두 개짜리 볼링장이 조명을 환히 켠 채 볼링 핀 세팅기를 아직도 윙윙거리고 있었고 서재에선 높다랗게 쌓인 칠면조 접시가 콜라와 함께 발견된 터였다.

"뛰어난 수준이라고 덧붙여야겠네요," 그는 말하더니 수염 사이로 웃음을 슬쩍 내비쳤다. "아무튼 저는 우리가 왜 여기 있는지 당최 모르겠지만, 두 분이 원하시면 얼마쯤 더 붙어 있어도 돼요."

"네, 붙어 있게 될지도," 앤지는 말했다.

"아니면 아닐지도," 보이드는 말했다.

"아니면 영영 붙어 있게 될지도," 앤지는 앙칼지게 말했다. "지금 우리 아빠 스스로의 힘으로 내세를 이해할 필요가 있어요." 그녀는 딱히 보이드를 쳐다보진 않은 채 뒤로 기댔다. "자살은 누가 봐도 대죄예요 —— 지옥 불에 구워진다고요 —— 그러니 그 방안은 논외로 하죠. 질문할 건 이거예요. 이제 어쩌지?"

그녀는 앨빈에게 웃음을 지어 보이곤 보이드에게 인상을 썼다.

"두 분 다 즐기세요," 앨빈은 말했다. 그는 문으로 걸어갔다. "저는 페라리 좀 살펴보고, 볼링도 한두 차례 굴릴지 모르겠어요. 이런, 솔직히 말해야겠는데, 여긴 아주 낙원인데요."

캘리포니아주 풀다의 12마일(약 19킬로미터) 밖에선 집으로 향하던 랜디 재프가 칼과 사이러스에 대한 팽이질을 되짚어보기 시작했다. 뜻밖이긴 하지만 그는 어쩐지 그들이 그리웠다. 맞다, 그랬다, 그들은 프로인 그를 프로가 아닌 듯이 대하며 매 순간 업신여겼으므로 훌륭하고 숙달된 팽이질을 당해도 쌌다. 하지만 제법 나무랄 데 없는 동행이기는 했다. 끝내주는 감옥 얘기 —— 나이프로 찌르기며 샤워 중의 사주경계며 찰리 맨슨의 스파게티 섭취술, 이를테면 한 번에 한 가닥씩 새끼손가락에 둘둘 감아 소스에 찍고선 그 물렛가락을 세월아 네월아 쪽쪽 빤다던 얘기. 그런 쿨한 것들. 그것은 저릿저릿 가슴 아픈 종류의 그리움이 아니라 그저 뒷좌석이 너무 허전하게 느껴지는 그런 것이었다.

너무 안됐어, 그는 생각했다. 그렇게 되지만 않았다면 칼하고 사이러스도 지금은 아마 나를 존중했을 텐데.

동쪽으로 천천히, 풀다에 진입하는 마지막 회전을 하면서 랜디는 엎질러진 물이다 판단하곤 〈저릿저릿 아픈 가슴〉*을 빌리 레이처럼 불러보려 했으나 그가 기억하는 건 첫 반 소절뿐이라 휘파람으로 눙치지 않을 수 없었는데, 그러는 사이 그는 몇 개의 말라붙은 양파밭을 지나 마을에 들어서고 있었고, 그런 다음에는 농기구 도매점과 JC페니 매장을 지나고 지역사회 국법은행, 즉 따끈따끈한 칠면조 샌드위치를 먹고 토비 밴 더 켈런과 허심탄회한 대화를 나눈 뒤 사전 답사를 해야겠구나 싶은 장소를 지나, 가문비나무(spruce)는 죄다 고대사가 되어버린 사우스스프루스 거리를 똑바로 내려갔다.

그러나 무엇보다 먼저인 것은 빨간색, 파란색, 흰색의 애국적인 스팽글로 장식된 그의 제일 좋은 로데오 셔츠에 덕지덕지 말라붙은 피였다. 멋대로 말하자면, 칼과 사이러스는 피를 제대로 흘릴 줄 알았다. 특히 사이러스. 그자는 올림픽 참가자급의 피흘리개 중에서도 제일이었다.

랜디는 커터비 대로로 꺾어 들어 제 셋방 건너편의 공지에 주차를 하곤 더플백과 괭이를 들고 계단참 두 개를 터덜터덜 걸어 올랐다. 방은 가로 12피트(약 3.7미터)에 세로 14피트(약 4.3미터)로 좀 작은 구석이 있었지만 랜디는 그 방으로 놀라운 일을 해온 터였다— 유광 검정으로 래커를 칠한 벽, 섬광전구들, 우체국 친구가 보내준 것을 액자에 담은 지명수배 전단들, 그것과 균형을 맞추기 위한 '법률 집행을 지지합니다'** 포스터 둘, 포틀랜드에서 슬쩍한 오디오 시스템 하나, 상자에 담긴 채 이 방의 하나뿐인 벽장으로 이동할 준비가 된 여분의 오디오 시스템 셋, 화장실에 못질해둔 편자, 그가 상으로 받아 TV 위쪽에 걸어둔 아프리카 말리산 타코바 검(劍), 벽면에 붙어 있는 앙증맞은 흑백 머그숏과 나란히 붙은 것으로서 앤지 빙이 데이트 첫날 아비스***의 칸막이 자리에 앉아 날카롭게 쳐다보고 있는 훨씬 커다란 천연색 사진.

 그 순간 랜디는 앤지를 보니 아주──아주 이상으로──약이 올라 그 사진에 여느 때와 같은 애정 행각을 하지 않고 샤워를 때리러 갔다.

 그는 비누 거품을 냈고, 로데오 셔츠를 헹구었고, 〈저릿저릿 아픈 가슴〉을 또 한 번 불렀고, 물기를 닦았고, 깨끗하다 싶은 청바지에 두 번째로 좋아하는 셔츠를 입었고, 괭이를 침대 밑에 숨겼고, 거울로 제 모습을 살폈고, 그런 다음 따끈따끈한 칠면조 샌드위치와 풀다 경찰서를 찾아 자리를 떴다.

 샌드위치는 나무랄 데 없는 점수로 끝났지만 경찰 본부에 도착해 보니 토비는 멕시코인들을 들볶거나 로이스 커터비에게 살살대거나 그도 아니면 거리의 안전을 지키고자 할 일을 하느라 바쁜 것으로 드러났다.

 경찰서에 걸어 들어가면서 랜디는 무슨 경찰서가 장난하는 것도 아니고 이렇담 하고 생각했다. 풀다에선 멍하니 무료함에 젖어 있는 영혼이 암만 4000명도 안 된다지만, 유치장이 두 개인 이 작은 건물이 법률 집행에 대한 마을의 의지를 실제보다 한심해 보이도록 만든

---

*   Achy Breaky Heart. 미국 가수이자 배우 빌리 레이 사이러스(Billy Ray Cyrus)의 곡.
**   I Support Law Enforcement. 경찰의 치안 활동을 독려하는 캠페인.
*** Arby's. 미국 패스트푸드 샌드위치 체인.

다는 사실은 꽤나 한심했다. 풀타임 경찰 하나, 파트타임 경찰 하나, 그리고 상황실 책상 앞의 완다 제인 엡스타인.

랜디는 여느 때처럼 뒤에서 껴안기와 귀 핥기로 완다 제인을 깜짝 놀래키더니 유치장 한 곳에 들어가 편안히 쉬었다. 그는 철창 너머의 여자와 족히 45분을 노닥거렸다. 오래전 고등학교 시절 그녀는 그를 좋아했었다. 늘, 심지어 중학교 시절에도 그랬고, 그래서 랜디가 이곳을 며칠 밤 공짜 숙소로 이용할 때면 둘은 서로 연락을 해온 터였다. 그는 완다 제인의 유머 감각이 좋았다. 그는 징글징글한 놈이라느니 둔치라느니, 자기를 부르는 애칭이 그녀에게 많은 것도 좋았고, 또 자기가 그녀 앞쪽에 올라붙은 끝내주는 이중 소음기*를 두고 은근한 칭찬으로 알랑댈 때 그녀가 최선을 다해 진절머릴 내는 것도 좋았다. 지금 그는 그녀가 몸을 수그려 엘모의 공을 뱅크 샷** 때리면 진짜 멋질 거라고 말하고 있었다. "제대로 처리해," 그는 말하고 있었다. "아마 나도 갈 수 있을 건데, 글쎄, 10시쯤으로 하자. 나랑 같이 쓸어버리는 거야, 오케이?"

완다 제인은 소리 내어 웃었다.

"넌 참," 그녀는 말했다. "둔탱이야."

"그럼 날 인두로 지지고 주리를 틀어—아예 고문 틀에 묶지 그래," 랜디는 말했다.

"너 여자 친구 있는 것 같더라."

"아니, 이젠 없어. 앤지랑 나, 우리 사이 나빠. 뒤집을 수 없는(unreversible) 차이가 있어."

"양립할 수 없는(irreconcilable)," 완다 제인은 말했다.

"양 뭐?"

"그냥 어휘야. 어휘가 뭔진 알지?"

"나도 좀 알거든," 랜디는 명랑하게 말했다. "하여튼, 쥐가 없으면 이 고양이님이 완다 제인과 에이트 볼을 뛰어줄게."

"그 반대잖아, 바보야."

"뭐가?"

"쥐랑 고양이 말이야," 완다 제인은 말했다. "네가 반대로 말했어, 딴것들도 다 그러더니." 그녀는 하품을 하고 기지개를 켰다. "그러니까 네가 멍청이에 부도덕한 시간 낭비란 걸 앤지도 결국 안 거구나? 나처럼 0.5초 걸렸네. 7학년 때 기억나? 급식 줄에 서 있는데 네가 나한테 자꾸 와서 부딪쳤잖아 — 부딪칠 게 사방에 널렸는데. 기억나?"

"쪼금," 랜디는 말했다.

"내가 포크를 너한테 써먹었는데, 그치?"

"그래, 포크."

"그리고 포크가 어딜 찔렀더라?"

"어딘지 알잖아," 랜디는 말했다. "그래서 당구 치러 갈래 아니면 여기 앉아서 추파나 나눌래?"

완다 제인은 그를 물끄러미 쳐다보았다.

"넌 진짜 둔해," 그녀는 말했다. "아주 인상적이야."

"알겠어," 랜디는 말했다. "오늘 밤 몇 시?"

문이 활짝 열리더니 토비가 걸어 들어왔다. 썩을 인연, 랜디는 생

---

*   dual muffler. 양쪽 유방을 가리킨다.
**   bank shot. 당구에서 때리거나 맞힐 공을 쿠션에 튕기는 타법.

각했다 ─ 좀 있으면 이 짓도 끝이야.

토비는 두 엄지를 벨트에 걸고서 빤히 쳐다보았다.

"**너희** 대체 어디 갔었어?" 하고 그는 말했는데 완다 제인을 가리키는 건 분명 아니었다.

"지체됐어요," 랜디는 말했다. "정원 관리하느라."

"밖으로 나와," 토비는 말했다.

랜디는 완다에게 씩 하는 웃음을 과시하곤 토비를 따라 밖으로 꾸물꾸물 나갔다.

"차에 타," 토비는 말했다. "뒷좌석."

"난 우리가 ─"

"차. 뒷좌석."

랜디는 어깨를 으쓱했다. 안에 들어간 그는 토비가 앞자리에 똑바로 앉아 둘 사이를 가르는 작은 방탄 창문을 열길 기다렸다.

"좋아, 얘기해," 토비는 말했다. "별것 아니기만 해봐."

랜디는 눈을 크게 뜨곤 경찰과 로데오 심판 그리고 크리스마스를 깜빡한 남자 친구를 대하는 앤지 빙을 위해 아껴둔 누구 말씀이세요-나 말입니까 하는 표정을 지었다.

"뭘 어떻게 얘기해요?" 그는 말했다.

"내가 어디 갔었느냐고 묻잖아. 고속도로에선 1분 차이로 앞서가더니 곧이어 후디니*처럼 사라지는 묘기를 부리던데, 귀엽게."

"그랬어요?"

"그래, 그랬더라. 네 기결수 친구들은 뭔 일 있어?"

랜디는 누구 말씀이세요-나 말입니까 하는 표정에서 압력을 조금 빼고 씩 하는 웃음으로 분위기를 띄웠다. "알았어요, 토비, 내가 좀 늦은 것 같은데—"

"토비가 아니지," 토비는 말했다. "경관님이지."

"맞다, 깜빡했어요," 랜디는 말했다. "무슨 일이냐면, 칼하고 사이러스 그 둘이 꽁무니를 뺐어요. 레딩으로 넘어오는 내내 내가 운전을 하고 거기 버스 터미널에서 그들을 내려줬어요. 잘 쫓아낸 것 같아요. 그래서 그렇게 혼자 레딩에 있는데, 아시다시피 커틀러스 팬 벨트가 딸꾹거리잖아요, 그래서 팬 벨트가 뭔지 그 정비공 자식이 기억해내는 동안 똥물 같은 커피를 들고 한나절 죽치다가 결국엔 가서 값을 치르는데 그거 알아요? 지갑이 없는 거예요. 믿어져요?"

"한마디도," 토비는 말했다.

"그래요, 그럼 있잖아요, 좀 터무니없는 얘길 들려드려야겠네요. 그 정비공 말이에요, 그 자식은 내 커틀러스를 안 돌려주려 하고, 그래서 나는 근처에서 기다리고, 왜, 거의 새벽 2시까지요, 그러다 결국 가게에 무단으로 들어가 내가 내 차를 도로 슬쩍해 왔다니까요."

랜디는 토비가 이 얘길 어떻게 받아들이고 있는지 씩 하는 웃음을 유지한 채 떠보았다. 반응은 그리 좋아 보이지 않았는데 이 때문에 랜디는 개탄스러운 것이, 그 말 중 일부, 적어도 그가 괭이질을 하느라 분주한 동안 뒷주머니에서 튀어나간 그 지갑에 관한 부분은 사실이었기 때문이다. 그는 차를 돌려 범행 현장으로 고대로 돌아가 족히 10분을 이곳저곳 발로 짚어보다 우리의 거구 사이러스의 3피트도 안 되는 거리에서 마침내 지갑을 찾은 터였는데, 그렇게 입을 벌리고 있던 사이러스는 꽤나 멍청해 보이기는 해도 태양 아래 있는

---

* Harry Houdini. 헝가리계 미국인 마술사. 탈출 묘기로 인기를 끌었던 인물.

지 몇 시간 만에 훨씬 죽은 사람다운 모습이었다.

진실이 내가 지어낸 얘기보단 낫지만 그렇다고 그게 경찰 앞에서 떠벌릴 얘긴 아니지, 하고 랜디는 판단했다.

"그게 그래서 그렇게 됐어요," 랜디는 말했다. "칼도 없고 사이러스도 없어요. 두 길로 갈라서서 이젠 나랑 경관님뿐이에요." 그는 토비를 보고 또 한 번 씩 웃었다. "같이 은행 털어요 말아요?"

토비는 그를 미심쩍은 듯이 쳐다보았다. "그래, 잘하면. 로이스한테 얘기해볼게."

"허락을 구한다고요?"

"어느 정도는," 토비는 말했다.

최첨단 기술과는 거리가 먼 지역사회 국법 금고실은 이전에는 얇은 철문에 장난감에서 떼어낸 것으로 보이는 숫자식 자물쇠가 달린 저장고였다. 그렇더라도 금고실은 한번 닫히면 불길하고 으스스한 기분이 들었는데 특히 리놀륨 바닥에서 몽당초가 타고 있는 밤 11시 15분에는 더욱 그랬다. "저기, LA에서는 미안해," 토비는 로이스에게 말하고 있었다. "하지만 핼버슨이랑 빙, 그 두 사람은 이미 아무도 모를 곳으로 날았잖아. 시간 낭비야. 그게 안 좋은 뉴스야. 하지만 좋은 뉴스도 있어."

"좋길 기대하자," 로이스는 말했다. 그녀는 토비의 엄지를 젖혀 제 허벅지에서 그의 손을 들어냈다. "계속해, 나를 위로해봐."

그가 제안을 끝내자 로이스는 리놀륨을 잠시 내려다보다 혀를 딱 차곤 말했다. "나쁜 아이디어는 아니네."

"나도 그렇게 생각해," 토비는 말했다.

"당신하고 당신의 천치 동생이 우릴 턴다, 맞지?"

"맞아. 다만 그놈은 내——"

"당신 몫은 3분의 1이야. 더그랑 나, 우리가 3분의 2."

"자, 어디 보자, 내가 설명한 고대로는 아니군."

로이스는 그를 빤히 쳐다보았다. "잘 들어, 휠 뚜껑, 여긴 미국이야. 보상은 위험 감수자한테 돌아가. 더그랑 나, 우리가 당신들이 훔칠 십만을 마련하고 자금을 댈 거 아냐."

"맞아," 토비는 말했다.

"당연히 맞지," 로이스는 말했다.

"내 말은 다만," 토비는 징징거리지 않으려 하며 말했다. "나도 나름의 위험을 감수한단 거지. 이를테면 거길 걸어 들어가서 권총 강도 노릇 하는 거. 만에 하나⋯⋯ 글쎄. 만에 하나 누가 경보를 때리면 어쩔래? 경찰들이 들이닥쳐서 날 쏴 죽이면?"

"토비," 로이스는 느릿느릿 말했다. "**당신이** 경찰이야."

"어, 그렇지."

"그럼 됐네. 은행엔 나뿐일 거야. 경보 안 울려. 그냥 들어왔다가 나가는 거야." 그녀는 잠시 말을 끊고 생각에 잠겼다. "이제 당신 손도로 갖다 놔도 돼."

"고마워," 토비는 말했다.

"천만에," 로이스는 말했다. "구체적으로 얘기해보자. 우린 뭘 하느냐, 우린 다가오는 목요일에 배춧잎을 주문해서 금요일 정오까지는 들여놓을 거야. 당신하고 당신 동생은 언제 나타나느냐⋯⋯ 영업 끝나기 반 시간 전으로 하자. 동의?"

"내 동생 아니야."

"뭐가 됐든. 그 천치. 걔 이름이 뭐더라?"

"랜디."

"맞아. 나중에 걜 지울 수 있을까?"

"지워 없앤다 할 때 그 지우다?"

"암, 그거지 뭐겠어. 그만 꼬집어."

"마사지였어."

"좋아, 근데 살살 해. 그러니까 우릴 강도질하고 나서 당신이 그 천치 동생을 어디 사탕무밭에다 심을 건데, 이 얘긴 직계가족끼리 묻어두자고."

"녀석을 심어라, 어?"

"중간 깊이로. 사탕무 당도를 높이자고."

토비는 마사지를 그만두었다. 이를테면 비료가 되거나 하는, 무언가 유익한 일을 할 기회를 랜디에게 주기 싫은 건 아니었지만 나도 직계가족의 일원은 아니다 하는 생각이 그는 들었다.

"모르겠어," 그는 신중히 말했다. "지우는 거 말이야. 그건 당신 분야 밖이잖아."

"그렇게 생각해?" 로이스는 말했다.

"어느 정도는 그렇게 생각해."

"그래, 어쩌면. 생각해볼게." 그녀는 뒤로 기대곤 오들오들 떨더니 스무 줄의 대여금고들을 물끄러미 올려다보았다. 금고실은 재미있었지만 영업시간 후에는 쌀쌀해졌다. "당신도 알다시피," 그녀는 말했다. "이 모든 건 나도 더글러스한테 상담해봐야 돼."

"예상했어."

"그 사람은 직진할 거야, 안 봐도 확실해. 대충 잡아 십만의 3분의

2야, 그걸 연방순사들이 와서 찔러보고 다닌들 어디 신경이나 쓰여? 그냥 개인 자금을 은행에 이체해둘 거야 — 매우 빠르게 모든 건 균형을 찾고 — 그러면 나중에 그 돈을 도로 이체하는 거지. 내 말은, **우리 돈**이니까. 처음부터 우리가 훔친 거잖아, 그렇지? 다시 말해 우리는 은행 속 은행이라 이거지. 이해돼?"

"그런 것 같아," 토비는 그런 것 같지 않았지만 말했다.

그의 마음은 내내 어수선했다. 지우는 건 그의 방식이 아니었다. 게다가 그 말, 혹은 그녀가 그 말을 사용하는 모습에서 무언가 특별한 게 느껴져 은행 따윈 잊고 원래대로 타이어 공기압이나 확인하고 다녀야 하는 건 아닐까 하는 의문이 들기도 했다. 한편으론 저 팬티스타킹도 살금살금 내려가고 있었다.

"아울러 그냥 상황을 말해주는 건데," 로이스는 말하고 있었다. "내가 핼버슨 건을 맡아왔어. 우리 은행에 그 사람 예금이 칠만 이천 있는 걸로 나오길래 당연히 내가 몰수했지. 그래도 구천이 비는 게 사실이지만, 뭐 대출금 연체나 마찬가지야, 사업하는 데 드는 비용이랄까…… 와우, 여기 완전 냉장고다. 안 추워?"

"나라면 춥다기보다는," 토비는 그녀에게 말했다. "바쁘다고 하겠어."

"질문 있어?"

"어, 하나. 1분 안에 물어볼게."

"1분?"

"1분도 안 돼," 토비는 말했다.

열 몇 번의 심장박동 후 토비는 말했다. "이런, 당신 말이 맞다, 여기가 **춥긴** 춥네."

"무슨 질문이야?" 로이스는 말했다.

"나한테 그림을 좀 그려줘. 내가 걸어 들어가서 손 들어 하고 말하면 그 뒤엔 정확히 무슨 일이 벌어져?"

"무슨 일이 벌어질 것 같은데?" 로이스는 쏘아붙이듯 말했다. 그녀는 팬티스타킹을 씰룩씰룩 도로 올리고 있었다. "꾸물대지 마. 마스크 쓰고. 총을 내 얼굴에 들이대고, 현금 움켜쥐고, 그러고 나가." 그녀는 웃음을 지었고, 그러다 웃음을 터뜨렸다. "이 일의 미학을 알겠어? 당신은 단순 강도가 아니야, 사건 직후 내가 부를 경찰이지. 당신한테 당신을 신고하는 거나 마찬가지라고. 당신이 '그 강도들에 관해 말씀해주시죠, 부인' 하면 나는 '음, 그중 한 명은 아주 나무랄 데 없는 크기의 좆이 달렸어요' 하고 말해, 그래서 당신이 '묘사해주실 수 있겠습니까?' 하면 나는 '말로는 표현이 안 돼요' 하는데, 그러면 당신은 '네, 부인' 한 다음 '말로는 표현이 안 되는 좆'이라고 경찰 수첩에 적는 거야. 재미있겠다."

"좋은 계획이네," 토비는 말했다.

"그럼 금요일이야. 더그랑 얘기해보고 이대로 직진할지 말지 알려줄게."

"알겠음," 토비는 말했다.

그는 바지를 끌어 올리곤 그녀를 따라 금고실 밖으로 나갔다.

어둠 속에서 로이스가 문을 잠글 때 토비는 마치 제 남은 인생에서 저 금고실 문이 영영 닫혀버린 듯 무언가 종결을 맞았다는 불안이 격통처럼 들었다.

속을 숨기고자 그는 말했다. "언제 저기서 한 번 더 해."

"오, 그래야지," 로이스는 웅얼거렸다.

"지금 바로?"

"아니, 하지만 곧. 약속할게."

다음 날 아침 이사회에서 더글러스는 그 계획을 승인했다.

"질문 두 개만," 그는 말했다. "3분의 2보다는 100퍼센트가 낫잖아?"

"낫기야 훨씬 낫지," 로이스는 말했다.

"그럼 내 산탄총 쏠 줄은 알아?"

"배우면 그만이지."

28

그 뒤 며칠 사이 두니의 통나무 저택 아래 선창에서 보이드 핼버슨은 자신이 현실을 사는 게 아니라 템프테이션 38구경의 총구를 제 관자놀이에 겨누어본 자의 외딴 방랑 속에서 살고 있음을 알게 모르게 깨달았다.

그는 캠핑 밴에서 홀로 잤다. 그는 설명할 수 없는 것을 설명하느라, 즉 크고 대담한 거짓말을 어쩌다가 악의 없이, 의도 없이, 통찰 없이, 그리고 ─ 스스로도 인정하듯 ─ 콕콕 쑤시는 도덕적 죄책감 없이 숨을 쉬듯 자동으로 내뱉게 되었는지 설명하느라 몇 날 며칠 저 자신과의 대화에 빠져 지냈다. 그는 읽은 적 없는 책, 맛본 적 없는 음식, 가본 적 없는 도시, 마주친 적 없는 유명 인사, 걸린 적 없는 질병, 겪은 적 없는 전쟁 부상, 받은 적 없는 훈장, 묵은 적 없는 호텔 방, 참석한 적 없는 고등학교 졸업 무도회, 잡은 적 없는 병살*, 그린 적 없는 그림, 맞서본 적 없는 학교 깡패들, 재깍재깍 멋지게 응수해본 적 없는 말재주에 관해 여러 번 여러 계기로 거짓말한 터였다. 그 밖에도 많았다. 그는 제 나이, 제 키, 제 소화력, 제 이름에 관해 거짓말한 터였다. 그는 이유 없이 거짓말한 터였다. 그는 장난으로 거짓말한 터였다. 그는 거짓말의 음(音)을 들으려고 거짓말한 터였다. 그는 편의상 거짓말한 터였다. 그는 긴장감을 즐기려고 거짓말한 터였다. 그는 원하는 직업, 원하는 존경, 원하는 사랑, 원하는 아내를 얻으려고 거짓말한 터였다. 그는 오티스 버드송 주니어라는 열두 살짜리 신문 배달원에서 벗어나려고 거짓말한 터였다.

하느님이 비웃는대도 놀라울 게 없었다.

호로 호수의 흰 물결로 곤두박질치는 검은 광택의 어마어마한 까마귀 한 쌍을 방금 보낸 게 하느님이래도 놀라울 게 없었다.

10월의 열아흐렛날, 보이드는 호수를 내려다보는 두니의 테라스에서 개최된 회담에 호출되었다. 주재자는 앤지였다. 앨빈과 보이드는 주로 벙어리였다.

"여기엔 맡을 사람이 아무도 없으니," 앤지는 시작했다. "이후의 일에 관해 내가 몇 가지 결정을 내렸습니다. 가장 중요한 건, 우리가 얼마간 여기 머물 거라는 거예요. 근사한 경치, 알제리만 한 크기의 집, 그러니 좀 쉰들 어때요? 우리 중 한 명 — 성을 거론하진 않겠지만 보이드라는 이름과 운이 맞아요 — 우리 중 한 명은 스스로의 미래를 생각해볼 필요가 있어요. 자살 이후의 삶이요, 이를테면. 둘째, 우리한텐 현금이 부족해요. 캠핑 밴 때문에 상당한 지출이 있었고, 휘발유니 음식이니 저 아래 멕시코에서의 호텔이니 기타 온갖 것도

---

*   double play. 야구에서 두 사람의 주자를 한 번에 아웃시키는 것.

말할 나위가 없죠. 요점은, 현실을 무시할 순 없다는 거예요. 우리 중 누구한테 요양원이 필요하면 어떡할래요? 나한테 아기가 있으면 어떡할래요?" 그녀는 말해보라고 부추기듯 눈을 보이드 쪽으로 굴렸다. "아무튼 아빠가 아직 모를까 봐 그러는데, 앨빈하고 난 그동안 몇 가지를 내다 파느라 바빴어요. 두니의 물건을요, 말하자면."

"너랑 앨빈?" 보이드는 말했다. "화기애애한가 보다."

"빈정대봐야 나한텐 안 먹혀요. 내가 오래전에 말했듯이 난 범죄자 부류한테 인기가 있어요, 왜인지는 몰라도. 하지만 애인은 앨빈이에요. 앤 나한테서 거의 손을 못 떼고, 게다가 구매자를 주선해주어서 현금 조달도 틀림없이 돕고 있죠. 요령이 있다니까요. 안 그래, 앨빈?"

"지당하신 말씀," 앨빈은 씩 하고 겸손하게 웃으며 말했다. "상술한 모든 것이."

"우리가 운이 좋군," 보이드는 말했다.

"**당연히 좋죠**," 앤지는 말했다. "주로 아빠한테요. 내 말은, 아빠가 원하는 게 복수라면 차고가 빈 걸 두니가 알게 될 때까지 기다려요. 집도 비고 온갖 게 비었단 걸 알게 될 때까지. 몇 주 안으로, 아마 그보단 짧겠지만, 채광창, 온수 욕조, 당구대, 양쪽 볼링 레인도 팔아치울 수 있어요——그 사람 걸 싹 처분하는 거죠. 보트도요. 테니스 네트도. 정자도. 온실도. 앨빈이 지붕널은 사람을 고용하면 된다고 하니, 그러면 우린 자잘한 걸 처리하러 가요. 리넨류. 식기세척기. 컴퓨터. TV. 은식기류——진짜 은이요." 그녀는 또 한 번 보이드를 쳐다보았는데 이번에는 막다른 길을 마주한 듯한 맥없는 표정을 짓고서였다. "자살 생각 싹 달아나네, 그죠?"

"그런 것 같다," 보이드는 말했다.

"같다는 말은 그만두는 게 좋아요, 청부 살인자 아저씨. 아빠의 그 붕괴, 뭐라 부르든 그것 이후에 우선순위를 한번 정리해보길 권해요. 악의가 있는 건 아니지만, 아빠 꼴이 말이 아니거든요. 늙고 병들고 허약한 데다 자포자기에 반송장 같아요."

앤지는 눈썹으로 그의 의욕을 북돋웠다.

"좋아요, 이것으로 매듭짓죠," 그녀는 말했다. "이제 난 상황을 어떻게 보느냐——"

그녀는 의자에 푹 기대곤 두니의 보르도 와인을 한 모금 한 뒤 상황을 다소 두서없고 긴 줄거리로 정리하는 데 진입했다. 길 위에선 삶이 늙어갔다. 그녀는 멕시코 이후로 매니큐어를 칠한 적이 없었다. 그녀에게 생일 케이크를 구워준 사람도 전혀 없었다. 그녀에겐 휴가가 필요했다. 더구나 지금은 일행이 셋이라 플레저웨이도 너무 좁아터진 까닭에 그들은 이제부터 관리인처럼 짐 두니의 임시 객식구가 되어 서브제로며 테슬라며 볼링장을 들어내는 등 이곳이 너무 난잡하지 않게 관리할 예정이었다. "말 나온 김에 하는 말인데," 그녀는 말했다. "나 볼링 꽤 잘 쳐요. 한땐 둘이서, 그러니까 랜디랑 볼링 리그에 참가한 적도 있어요. 그가 등에 히맨과 쉬걸*이라고 적힌 커플 티를 사줬는데, 아니면 어디서 훔쳤든가요, 근데 자기가 던진 공이 자꾸 도랑에 빠져서 화를 내더니만 어느 날 밤 거기에 침입해

---

* 히맨(HE-MAN)은 애니메이션 〈우주의 왕자 히맨〉의 주인공. 쉬걸(SHE-GIRL)은 히맨과 운을 맞춘 것으로 애니메이션에서 짝꿍의 실제 이름은 쉬라(SHE-RA)다.

서는 시멘트를 잔뜩 개가지고 도랑에 부어버린 거 있죠. 난 정말로 실력이 점점 좋아지고 있었지만 그때부로 볼링은 그만뒀어요, 비록 랜디는 그럴 수——"

"랜디가 누구야?" 앨빈이 말했다.

"말 끊지 마," 앤지는 말했다. "랜디는 내 선택안 중 하나야."

앨빈은 그 말을 곱씹어보더니 말했다. "알겠음. 질문 하나 더. 침실 상황은 어때? 우리 둘이 한 침실에 들면 아빠가 싫어하실까?"

"에이," 앤지는 말했다. "어때요, 아빠?"

그들은 고갤 돌려 보이드를 쳐다보았다.

보이드는 입을 떼려 했지만——"당신이랑 나는" 하고 말할 뻔했다——괜히 애먹을 필요가 없어 보였다. 단절된 기분이 그를 와락 덮쳤다. 그가 원하는 건 템프테이션을 찾아 다시 한 번 시도하는 것뿐이었다.

"너 자고 싶은 데서 자렴," 그는 말했다. "쟤가 믿을 만한 애면 좋겠다."

"누구요? 앨빈이요?"

"달리 누가 있니?"

앨빈이 손을 휘휘 젓더니 말했다. "이봐요, 아빠, 제가 있잖아요. 저 앨빈 잘 알아요."

"얘는 부상당한 새고요," 앤지는 말했다. "난 구조 사업 중이니까 전부 나한테 맡겨요." 그녀는 무슨 말을 더 하려다가 앨빈을 보며 고개를 획 내저었고, 그러자 앨빈은 고갤 끄덕이곤 일어나 혼자 휘파람을 불며 자리를 떴다.

"방금 무례했어요," 앨빈이 사라지자 앤지는 낮게 으르렁거렸다.

"무례하고 쪽팔리네요. 당신은요, 보이드, 당신의 영혼이나 걱정해요. 얻다 팔아먹지 말라고요, 내 말은."

보이드는 어깨를 으쓱했다. 그의 머릿속은 비어 있었다.

그는 두니의 광활하고 푸른 잔디를, 그 너머의 호수를, 저 멀리 뭍에서 겹겹이 펼쳐지는 숲을 한동안 내다보았다. 예기치 않게 살아 있는 삶도 즐거움이 없진 않구나, 그는 생각했다. 깨끗하게 씻긴 느낌이었다. 속에서 플러그가 뽑힌 듯했다.

그가 돌아보니 앤지는 사라지고 없었다.

시간이 지나 뭐 좀 먹을까 고민하던 중 바로 옆 덱 의자에 놓인 그녀의 휴대폰에 별 뜻 없이 눈길이 떨어졌다. 그는 휴대폰을 열어 그녀의 문자메시지를 한번 들여다보았다. 한 개뿐이었다.

안녕 멋진 랜디—나 여기 미네소타주 베미지인데, 아마 지도에서 찾을 수 있겠지만 날 데리러 올 생각은 하지도 마. (나 약혼했거든!) 만일 진짜로 올 생각이라면, 내 생일은 거의 일주일 전이었단 거 알아둬.

추신. 보이드가 총으로 자기 머릴 날릴 뻔했어.
추추신. 괜찮은 겨울 코트, 스노 부츠, 그리고 은색 자루가 달린 솔빗이 필요해. 진짜임!

보이드는 폰을 주머니에 챙겼다.

이런 끝에 처하다니 이상했다. 이토록 철저히 혼자라니.

한 시간쯤 뒤 앨빈이 옆에 나타나 있었다. 그는 보이드에게 두니의 와인을 한 잔 건네며 말했다. "따님한텐 제가 줬단 말 하지 마세요. 절 산 채로 불태울 거예요."

"건배," 보이드는 말했다.

"앉아도 돼요?"

"안 될 리가," 보이드는 말했다. 그는 와인을 단번에 기분 좋게 비웠다. "그런데 한 가지만."

"네?"

"그녀는 내 딸이 아니야. 내 피앙세야."

"아, 그래요?" 앨빈은 말했다.

"응," 보이드는 말했다.

두 사람은 한동안 말이 없었다.

"그 말씀은 제가 그쪽을 아빠라 부를 수 없단 뜻이죠?"

29

 헨리 스펙은 미네소타의 호수와 숲 들에 딱히 관심이 없었다. 그는 도시적 취향을 지닌 도시의 아이였다. 그러므로 그는 7박 8일을 베미지에서의 둘째 날 밤 만난 젊은 카지노 여종업원과 호로 호수의 밀폐된 오두막 셋방에서 보낸 터였다. 확신컨대 그녀의 이름은 엔니였다. 혹은 아네키일 수도. 혹은 다른 무엇이든가. 그가 아는 한 그녀는 핀란드 사람이었지만 그렇지 않을 수도 있었다. 그녀의 영어 능력은 끽해야 턱걸이 수준이라 헨리는 그 아가씨의 잘 못 알아듣겠는 인생담을 파편적으로만 받아들인 터였다. 유스호스텔과 YMCA 전문가, 전 유모, 크루즈 선박 세탁부, 등산가, 탭댄스 강사, 보르네오 여행 가이드, 브루클린 해충구제 공무원, 방콕 사육사, 새로운 볼거리와 들을 거리를 찾아 방랑하는 얼음 같은 눈매에 표정이 싱그러운 사람. 현재는 베미지 주립 대학교 경영학과에 등록된 시간제 학생으로, 저기 '블루 플라이 리조트 앤드 카지노'에 나가 입에 풀칠을 하고 있었다.

로맨스란 단어가 어울리는지는 모르지만 그 로맨스는 신속하고 수월했다. 그녀는 그의 몸매, 그의 태닝, 그의 신용카드에 감탄한 터였다. 헨리도 무엇이든 잘 먹는 엔니의 식성과 더불어 그녀가 감탄 중인 것에 똑같이 감탄했다.

핀란드 사람이건 플랑드르 사람이건 그녀는 귀한 발견물이었다 ── 고생 끝에 부리는 출장지에서의 농땡이였다.

헨리는 이미 이곳 베미지에서의 필수 용무를 사실상 마친 상태였다. 카운티 법원에 잠깐 들르니 호로 호수 동쪽 연안에 자리한 두니의 사유지 주소가 나왔다. 그는 20분을 운전하고 한 시간 숲을 사찰한 끝에 핼버슨과 앤지 빙의 위치를 파악, 주니어스에게 보고한 다음 최종으로 몇 가지 수를 강구하기 시작했다. 철물점, 그는 판단했다. 장도리랑 펜치. 약간의 재미를 위해 멍키렌치도. 이 모든 게 하룻날 부지런한 아침에 일군 성과였다. 어린 엔니는 그날 시간이 지나 그가 블루 플라이에서 취침 술을 들며 자축하는데 그의 가시 범위에 성큼성큼 걸어 들어온 터였다, 우선 엉덩이가, 이윽고 만점짜리 상반신이. **관능적**이란 말은 그가 쓰지도 않고 쓸 수도 없는 단어였지만 ── 그는 그게 실내 배관을 일컫는 용어가 아닌가 했다 ── 그의 머리엔 피와 살을 지닌, 완전 생기 넘치는 환상이란 이런 거구나 하는 관념이 곧바로 스친 터였다. 북극 지방의 반짝이는 눈(目)과 빙하색의 하얀 머리, 그 여자아이를 보니 그는 ESPN에서 보고 감탄했던, 적어도 몇몇은 그와 같은 과(科)일 것 같던 탄탄한 몸의 올림픽 스키 점프 선수들이 떠올랐다. 이 일은 충동적으로 꼬리를 물었다. 다음 날 점심때 그는 두니의 집에서 남쪽으로 부동산 세 개만큼 떨어져 있는 관광용 오두막을 빌려 핫소스를 비축해놓곤 엔니와 들어앉아 관계 발전을 노리고 있었다.

이제 헨리는 기진맥진인 데다 욕창이 날 것 같아 내가 힘을 너무 과하게 썼나 하는 생각을 하고 있었다.

이날 아침 식사 때 — 그 이름이 맞는다면 — 어린 엔니는 스스로 "오두막열"이라 부르는 질환을 두고 불평을 하던 참이었다. 그녀에겐 햇빛이 필요했다. 그녀에겐 운동이 필요했다. 평화를 유지하고자 헨리는 10월 중순 어느 눈부신 아침의 환한 빛 속으로 주저주저하며 마지못해 끌려갔다. "우리가 뭘 하느냐," 그녀는 그의 손을 찰싹 때려 물리곤 알렸다. "물가에서 오래도록 좋은 구조를 할 거야."

"그게 뭐 하는 건데?" 헨리는 말했다.

"허파 청소. 호수 둘레 구조."

그녀는 웃음을 터뜨리곤 심호흡을 하더니 저 아래 물가로 탄력 있는 질주를 시작했다. 헨리도 뒤따랐지만 질주는 아니었다.

한 시간 못 가 가시덤불을 헤치고 있던 그는 문득 이런저런 통찰이 어지럽게 교차했다. 내 나이가 서른셋이다, 구조는 내 특기가 아니다, 자연은 눈엣가시다, 나는 사랑에 빠진 게 제법 확실하다. 그는 느린, 불확실한 걸음에 들었다. 미네소타 기준으로 호로 호수는 큰 수역이 아니었지만 작지도 않다 보니 헨리는 어느새 LA의 평평하고 단단한 보도가 나오는 백일몽에 빠져 있었다.

마침내 그는 사람 녹초로 만드는 물가의 운동장을 마지막 몸부림으로 따라 내려갔다. 엔니는 그를 두니의 선창에서 기다리고 있었는데, 비싸 보이는 요트 옆에 발을 담근 채 여전히 싱그러운 표정으로 물을 젓고 있었다.

헨리는 그녀 옆에 앉더니 말했다. "구보(jog)네. 구조(job)가 아니라."

"난 **구조**랬는데."

"그 단어가 **구보**야. g 발음에 신경 써."

"구조, 구보," 그녀는 열심히 말했다. "이제 우리 크고 깨끗한 허파가 됐어, 오키도키? 오늘 밤엔 춤도 추고 좋은 것도 먹으면서 잘하면 신용카드 쓰겠다."

"글쎄," 헨리는 말했다. "우리 사장이, 그 양반이 안 된다고—"

"사장! 당신 사장은 엔이야." 여자아이는 일어나더니 옷을 벗고 물에 뛰어들었다. "이제 헤엄치기!"

헨리는 한동안 앉아 물을 가르는 그녀의 화살을 지켜보았다, 매끈하고 원기 왕성한, 그의 나이트클럽의 쾌적한 룸에서 나온 듯한. 그녀가 한 점 물거품으로 서서히 사라지자 그는 한 쌍의 테니스 코트, 정자, 낡아빠진 캠핑 밴, 인상적인 통나무 저택으로 이어지는 경사진 푸른 잔디를 눈으로 마음껏 좇았다. 진입로엔 유홀* 트럭 한 대가 주차되어 있었다. 두 인물이 집 밖에 나타난 참이었는데 하나는 금발 수염을 기른 건장한 사내였고 그 뒤쪽은 믿기지 않을 만큼 작은 앤지 빙이었다. 그들은 소나무 바닥재로 보이는 것을 한 짐 가득 날라 분투 끝에 트럭 안에 올려다 넣었다.

그들은 다시 실내로 들어가더니 둘둘 만 카펫 하나를 들고 돌아왔다. 페르시아산이구나, 헨리는 생각했다. 이 또한 트레일러행이었다. 그다음은 보다 작은 카펫 세 개. 그다음은 또다시 바닥재 한 짐.

혼자 뭘 할지 몰라 망설이던 헨리는 선창을 벗어나 냉랭한 호로 호수로 입수했다. 사실 헨리는 헤엄을 칠 줄 몰랐으므로—그는 그냥 태닝인이었다—실제 태양이 아니라 태양등을 이용한—머리를 물 위로 띄우느라 어느새 까치발로 동동 뛰고 있었다.

이 고생값은 주니어스가 현금으로 지불해줄 테지, 그는 되뇌었다.

그 뒤 수 분을 뼛속까지 얼어가면서 헨리는 집부터 트럭까지 왕복 운동을 하는 앤지와 금발 수염 사내를 구경했다. 앤지는 난쟁이치고 관리를 잘했군, 그는 음미했다. 그녀는 TV며 암막 커튼이며 컴퓨터며 볼링공이며 수 마일은 될 듯한 징두리널을 우격다짐으로 밀어붙였다. 무거운 물건은─소파 여럿에 두 개의 거대한 책상은─수염 사내가 틈틈이 거들어주었지만 대부분은 약탈자로 태어난 여자의 투지로 앤지가 혼자서 처리했다.

어느 시점이 되자 보이드 핼버슨의 병약한 모사본이 캠핑 밴에서 나오더니 앤지가 전자레인지를 들어 트럭에 넣는 걸 서서 지켜보았다. 핼버슨은 구부정하니 불안정한 자세에 어리둥절한 표정이었는데 마치 중년기로 접어드는 도중 노망이 든 것 같았다. 헨리는 저 사내를 주니어스의 사진에서 본 터였지만 이건 같은 인물이 아니었다. 이건 쇠락이었다.

조금 뒤 핼버슨은 말없이 뒤로 돌아 캠핑 밴으로 비틀비틀 들어갔다. 안됐군, 헨리는 생각했다. 어쩜 멍키렌치는 관둬야 할지도 모르겠어. 그냥 볼기짝이나 한 대 시원하게 때려줘야 할지도.

그러다 그는 고개를 가로저었다. 그는 스펙이었고 스펙은 스펙의 할 일을 했다.

좀이 쑤실 만큼 오랫동안 그는 같은 장면을, 그러니까 호숫가의

---

* U-Haul. 미국의 이삿짐 포장 및 보관, 트럭 대여 업체.

최신식 복합건물이었던 것의 느리고 능률적인 해체를 더 관찰했다. 유흘 트럭은 항목별로 따져 샹들리에, 촛대, 두꺼비집, 연회용 크기의 식탁, 열두 개의 천갈이 의자, 구리 코일, 볼링 핀 여덟 상자, 볼링 핀 자동 세팅기, 주크박스, 거울, 2인용 고리버들 안락의자, 세탁기와 건조기, 샤워 기구, 조명 기구, 문손잡이, 급탕기 두 대, 조리대의 화강암 상판, 물침대, 한 쌍의 짝 맞춤 호두나무 협탁, 그리고 미합중국 재임 대통령의 등신상으로 마무리되었다.

좆같은 호로 호수, 감탄은 아닌 중얼거림이 헨리의 입 밖으로 나오다시피 했는데, 그런 사색에 빠져 있는 사이 엔니가 옆에서 모습을 드러냈다.

"이거 뭐야?" 지나치게 큰 소리로 그녀는 말했다.

헨리는 그녀에게 쉿 했지만 금발 수염 사내는 이미 빙글 돌아 선창 쪽으로 걸어오는 중이었고 앤지도 그 뒤를 따르고 있었다.

"좋아, 잘 들어," 헨리는 조용히 말했다. "우린 새 이웃이야. 살갑게 굴어."

엔니는 놀리다 못해 조롱에 가까운 눈길을 그에게 보냈다.

"오키도키," 그녀는 말했다.

여자아이는 제 알몸이 불편하지 않은 모양이었다. 철벅철벅 물을 헤치고 뭍에 오른 그녀는 머리카락을 뒤로 튕기더니 수염 사내에게 다가가 정력적으로 악수를 나누고 말했다. "살가운 이웃이에요!"

"그 점은 의심의 여지가 없네요," 수염 사내는 말했다.

"미안해요, 옷을 안 입어서," 엔니는 명랑하게 지저귀었다. "이젠 옷을 입어야겠네요."

"그러게요," 앤지 빙이 말했다. "저도 같은 맥락의 생각을 하고 있었어요."

엔니가 선창으로 총총 걸어가 홀터 상의와 베미지 주립 대학교 육상 반바지를 꼼질꼼질 걸치는 동안 몇 분의 시간이 지나갔다. 헨리는 사과할 순간을 포착했다.

수염 사내는 말했다. "괜찮아요, 이런."

앤지 빙은 말했다. "저쪽은 몇 살이에요?"

"누구요?" 헨리는 말했다.

"저 부력 장치요. 살가우신 분."

"아, 네, 저 친군…… 서른?"

"열아홉이네," 앤지는 심드렁하게 말했다.

헨리는 엔니를 힐끗했다. "그렇게 생각하세요? 제 말은, 저 친군 세계를 아마, 글쎄요, 천 번은 돌았을걸요. 등산도 하고, 어른이에요."

"열아홉," 앤지는 거듭 말했다. "아닐 수도 있지만."

"그게, 저 친군 핀란드 사람이고, 또 저기서……."

헨리는 말을 멈추었다. 이제 됐어, 그는 생각했다. 누구와 사랑에 빠지든, **진짜**로 사랑에 빠지든 말든 그건 그의 마음이었고, 더구나 사랑은 빠지는 것이지 계산해서 나오는 게 아니었다.

"플랑드르 사람 같아요, 잘은 모르지만," 그는 변변찮게 말을 마쳤다.

"등산이요?" 앤지는 말했다.

"자기가 그러던데요. 한 마디 한 마디 다 알아듣긴 힘들어요."

앤지는 제 수염 친구를 쳐다보았고 수염 친구는 엔니가 헨리에게 쪼르르 다가가 그에게 팔짱 끼는 모습을 신중히 지켜보았다.

"좋아요, 운이 없으시네, 저희가 이웃이라," 앤지는 날 선 목소리로 말했다. "저는 앤지예요. 이쪽은 앨빈 — 제 두 번째 아니면 세 번째 피앙세죠." 그녀는 엔니에게 도전적인 눈길을 보냈다. "지금 저희가 좀 바빠서요."

"그리 급할 것 없는데," 앨빈은 말했다. "예의는 지켜야지."

"**그게** 예의야," 앤지는 말하곤 뒤로 돌았다.

저희의 빌린 오두막까지 짧은 걸음을 하는 동안 헨리는 앤지 빙을 어느새 격렬히 싫어하고 있었다, 그 신앙심 하며 흥을 깨는 도덕성도. 그녀는 그의 끝내주는 흉근을 거들떠도 안 본 터였다. 그는 주니어스에게 원 플러스 원을 제안해야 할지 모르겠단 생각이 들었다, 우선 핼버슨, 그러고 나서 빙. 멍키렌치에 딸린 경품.

그렇긴 했지만, 점심을 먹고 3분간의 로맨틱한 샤워를 마친 뒤 그는 엔니에게 여권을 보여달라 요청했다. "형식적인 절차야," 그는 말했다.

"섹스 뒤에 여권을?" 엔니는 말했다.

"여긴 핀란드가 아니니까. 여긴 여기만의 규칙이 있어."

엔니는 미심쩍단 투로 고개를 끄덕이곤 여권을 가지러 자리를 떴다.

알고 보니 앤지 빙이 크게 틀린 건 아니었다. 엔니는 가까스로 스무 살이었다. 그 점에 관해선 문제 될 게 없었지만 헨리는 정보를 바로잡아주고자 그녀를 자리에 앉혔다. 그는 제 이름부터 시작해 자기는 그 유명한 스펙 가계의 헨리 스펙이라고 밝혔다.*

여자아이는 그를 멍하니 쳐다보았다.

"스펙은," 그는 말했다. "핀란드로 치자면…… 거기엔 연속 살인범** 같은 거 없지?"

"'연속'이 뭐야?" 엔니는 물었다.

"그건 누가 있잖아……" 그는 자세를 가다듬었다. "좋아, 집중해. **또 다른** 스펙이 있었어 — 성이 같은 먼 친척이야 — 난 아직 태어나지도 않았을 때지 — 근데 그놈이 무고한 간호사를 여덟 명이나 살육했어. 그중 한 명은 강간했고, 전부 목을 갈랐지. 씻어내기 어려운 오명이야, 그렇지? 내가 나이트클럽에 가서 너처럼 귀엽고 어린 쭉빵녀한테 수작을 건다고 쳐, 내가 제일 먼저 하는 일은 나는 평화로운 사람이다, 나는 육가공품을 안 먹는다, 나는 바보 같은 롤러코스터는 멀미가 나서 쳐다보지도 못한다 하고 설명하는 거야. 쪽팔린 일이지. 네 이름이 만약, 글쎄, 만약 히틀러나 뭐 그런 거라면 어떻겠어? 넌 어떤 기분일까?"

엔니는 그의 무릎에 앉아 그에게 눈살을 찌푸렸다. "쭉빵녀라고 했어?"

"응?"

"나더러 쭉빵녀라며."

"어, 그래. 그냥 표현이야. 영어에선 무슨 뜻이냐면 —"

"무슨 뜻인지는 나도 **알아**. 육체만을 사랑한다는 거지."

"어이," 헨리는 퉁명스럽게 말했다. "지금 살인 얘기 중이잖아. 단어 가지고 꼬투리 잡을래?"

---

* '스펙'이란 성을 가진 연쇄살인범 리처드 스펙(Richard Speck)을 염두에 둔 것으로 그는 간호사를 전문으로 죽였으며 말년엔 쉬메일(shemale), 즉 여자 역할을 하며 지냈다.

** spree killer. 단기간에 여러 장소에서 둘 이상의 피해자를 내는 살인범. 여기서 spree는 '한탕' '흥청망청' 등의 뜻이 있다.

"난 **쭉빵녀**엔 존중이 없다고 따지는 거야."

그는 짜증의 한숨을 내쉬었다. "너흰 현대적인 쭉빵녀잖아 — 너희 여자애들 — 너흰 둘러앉아서 남자들더러 짐승남이니 종마니 뭐 그렇게 안 불러? 쭉빵녀, 짐승남 — 무슨 차이야?"

"근데 헨리 씨, 나는 그 쭉빵녀가 아니야."

"좋아, 근데 내 요지는——"

"여자가 '짐승남'이라고 말하는 건 있지, 여자는 깔깔거리긴 해도 그 크고 허풍스러운 당나귀 소린 안 내기 때문이야. 차이가 왜 없어."

"당나귀? 무슨 소릴 하는 거야?"

"남자가 내는 소리 — **힝힝힝**! 섹스할 때 당신도 내."

"설마."

"**힝힝힝**! 꼭 그래."

"저기, 한마디 할게," 헨리는 단호히 말했다. "그건 당나귀 소리가 아니야, 스펙의 소리지. 우리 집 가계도엔 살인자가 있어, 살벌한 것이, 그래서 내가 필요 이상으로 뒤집어쓰는 것 같다."

"그 못된 당나귀," 앤니는 말했다.

헨리는 당황스러워 고개를 절레절레했다. 그녀는 뜬금없는 소리로 그의 게임을 망치고 있었다. "잘 들어," 그는 말했다. "만약 네가 나야, 슈퍼맨이나 버트 레이놀즈나 뭐 그런 모습이야, 그럼 너도 그 덕을 보려고 할걸. 나 짐승남 맞아, 근데 뭐? 내가 어디 불평해?"

"하지만 어째서 당나귀인데?" 앤니는 말했다.

"당나귀라니! 난 너랑 사랑에 빠졌다고!"

"앤니랑?"

"물론이지, 아니겠어?" 헨리는 그녀의 둔부를 로맨틱하게 두드렸다. "그래서 내가 이 스펙 문제를 솔직히 털어놓고 있는 거야. 사람들은 잘못된 생각을 가지고 있어. 사람들은 내가 뭐랄까 — 글쎄 — 어떤 살인병 같은 걸 옮긴다고 생각해. 난 무해한 사람인데. 나도 피검사를 받을 땐 기절해. 농담 아니야. 픽 쓰러져." 그는 진척이 있는지 살피느라 그녀를 쳐다보았다. "더구나 구식의 엄청난 두발이며 엄청나게 탄 몸을 봐, 그자는 역사 속 인물이라고. 난 새로운 나고."

앤니는 웃음을 터뜨렸다.

"당신은 앤니를 옭아맬 생각뿐이라니까."

"뭐, 오케이. 그건 그러네."

그녀는 그의 무릎에서 반은 다리를 벌린, 반은 껴안는 자세로 바꾸더니 말했다. "그 스펙이란 이름이 문제라면, 앤니가 그랬듯이 바꾸는 건 어때? 난 위스콘신주 오클레어(Eau Claire)에서 태어났거든. 페기 쇼너시로."

"이름이 페기라고?"

"페기였지, 오래전에. 당신은 요 새로운 앤니가 좋잖아, 응?"

"핀란드 얘긴 다 뭔데? 나한테 여권도 보여줬잖아."

"껌이지! 앨빈한테 부탁함. 완전한 진짜 여권은 아님."

"앨빈?"

"살가운 이웃, 응. 작은 마을이라 블루 플라이에서 만남. 더할 나위 없었음."

헨리는 그녀를 무릎에서 들어 소파에 내려놓았다.

"사랑 나누게?" 그녀는 말했다.

"아니," 헨리는 말했다. "**대화** 나누게. 앨빈이라면 방금 내가 만났던 남자잖아, 맞지? 수염 기른 남자?"

"전 남친임, 전 남친. 걱정 마, 오키도키?"

"그런 화법은 그만둬. 오클레어 출신이라니, 빌어먹을."

"화법이 어때서?"

"그레타 가르보 같잖아. 말을 띄엄띄엄 하는 게."*

여자아이는 부루퉁해서 두 무릎을 가슴께로 당겼다.

"집어치워," 헨리는 말했다. "그 모든 시간을 나는 가짜 핀란드 사람이랑 사랑에 빠졌던 거네. 부끄러운 줄 알아."

"당신은 내가 평범한 페기이길 원해?"

"내가 뭘 원하는진 모르겠어," 헨리는 말했다. "다만 괴짜 여배우를 맞닥뜨린 것 같긴 하군." 그는 잠시 말을 끊었다. "진짜로 등산은 해?"

"미안, 아니."

"진짜인 게 있긴 해? 크루즈 선박은? 해충구제는?"

그녀는 고개를 가로저었다.

"탭댄스는?"

"탭댄스! 보여줄게."

그녀는 얼굴이 환해지더니 벌떡 일어나 탭댄스를 추었다. "더 나았을 거야," 그녀는 말했다. "맨발이 아니었으면."

"그랬겠지," 헨리는 말했다.

엔니는 소파에 도로 털썩 앉았다.

"우리 이제 그만할까 봐," 그녀는 말했다. "당신은 엔니를 사랑하지만 페기를 사랑하진 않으니까. 우리만의 비밀로 해, 응?"

"그래, 알았어. 1분만 생각해볼게." 헨리는 제 손목시계를 들여다보았는데 그걸 몇 개나 구입한 게 시간에 구애받아서는 아니었다. "이렇게 하기로 해. 페기 얘길 딱 하나만 들어보자. 그런 다음 다시 엔니로 돌아가는 거야."

"확실하지?"

"그래. 얼른 페기 얘기 해봐."

"오키도키." 그녀는 그의 한쪽 귀에 입술을 대더니 속삭였다. "신용카드 꺼냅시다, 형씨, 거 후레자식 등골 좀 빨아먹게." 그녀는 뒤로 기대곤 그를 처다보았다. "페기 얘기 좋았어?"

"그래, 아주 좋았어," 헨리는 말했다. "페기는 몇 살이야?"

"엔니?"

"아니, 다른 쪽. 페기."

"아, 그래. 페기는 거의 열여덟 다 됐어."

"너 열일곱이야?"

"**페기**가 열일곱이지," 그녀는 말했다. "엔니는 스물. 엔니는 전 세계를 여행하면서 랩 댄스**를 가르쳐."

"랩?"

"탭," 그녀는 말했다. "뭘 그런 걸 갖고."

"'랩'이랬잖아."

"랩이든 탭이든. 뭐 문제 있어?"

---

* 영화배우 그레타 가르보는 스웨덴 출신으로 얼음 같은 외모를 지녔고 여성 스파이를 다룬 〈마타 하리〉 등의 영화에 출연했다.
** lap dance. 나이트클럽이나 스트립 클럽에서 돈을 받고 고객 무릎에 앉아 추는 성적인 춤.

헨리는 목구멍으로 신물이 올라왔다.

"그래, 문제가 있어," 그는 말했다. "열일곱 살짜리 랩 댄서? 사람들은 그걸 아마——" 그의 머리엔 그 단어가 떠올랐지만 그 생각을 그녀의 머리에 주입할 이유는 없었다. "이 모든 얘길 진작 해줄 수 있었는데도…… 잠깐 있어봐, 바로 돌아올게."

그는 서둘러 침실에 들어가 제 여행 트렁크를 헤집더니 표준 동의서를 들고 소파로 돌아왔다.

"읽고 서명해," 그는 말했다. "너희 둘 다."

30

에벌린의 미네소타행 항공편은 일주일 이상 지연된 터였다. 그녀는 두 번 취소하고 두 번 재예약한 터였다. 그녀는 이러지 마, 하고 생각했다가 질러버려, 하고 생각했고, 그러다가 안 돼! 하고 생각한 터였다. 심지어 비행기가 쌍둥이 도시*에 착륙한 뒤인 10월 말에도 에벌린은 공항 근처 호텔에서 밤잠을 설쳐가며 스스로와 다툴 만큼, 한밤중의 캄캄한 발코니에 꼼짝없이 앉아 이러지도 저러지도 못할 만큼 좌불안석이었다.

동틀 무렵 그녀는 공항 가는 셔틀버스에 다시 올랐고, 커피를 마셨고, 그러곤 LA로 속히 돌아가는 항공편을 예약했다.

10분 뒤 그녀는 이렇게 중얼거렸다. "겁쟁이."

변경된 항공편을 원래대로 되돌리는 데에는 아침나절이 걸렸다.

---

* Twin Cities. 미네소타주 미니애폴리스와 세인트폴을 묶어 이르는 말. 두 도시는 미시시피강을 사이에 두고 서로 마주하고 있다.

그래놓고도 에벌린은 제 탑승 번호가 불리자 망설였다. 북쪽으로 46분간 난기류를 타는 동안 그녀는 두 잔 반의 보드카 토닉을 소비했는데, 버려졌다 싶을 만큼 황량한 베미지 지방 공항에 들어서는 그녀에겐 그 술도 별로 도움이 되지 않았다. 그녀는 도로 발길을 돌릴 뻔했다. 이 모든 짓에 합당한 목적이 있다 한들 그녀는 잊은 상태였다. 보이드는 보이드야. 가슴 아픈 얘길 지껄여댈 순 없어.

그녀는 주니어스에게 —— **나 도착했으니까 걱정하지 않아도 돼요** 하는—— 짧은 문자를 보내곤 생선 냄새가 나는 낡은 택시를 잡아타 베미지 바로 외곽에 있는 윈디 포인트 리조트로 향했다. 적어도 그곳은 친숙한 면이 있었다.

에벌린은 체크인을 한 다음 샤워를 하고 낮잠에 들었다가 나중에야 시차증에다 보드카의 발길질이 동반된 두통으로 깨어났다.

자, 하고 그녀는 막막해했다. 이제 어쩌지?

바깥은 가을의 황금빛이 칠흑에 가까운 잿빛으로 바뀌어 있었는데 하늘에 짙게 낀 위험해 보이는 구름은 어쩐지 그녀에게 위안을 주었다. 소녀 시절 에벌린은 여기서 몇 마일 떨어진 저기 저 호로 호수에서 아빠랑 엄마랑 여름을 보낸 적이 있었는데 비록 부모님의 이혼은—— 꾸며진 명랑함, 한밤중의 웅어리로—— 진작부터 예정되어 있었지만 대체로 그 시절은 행복한 기억, 아니 무지로 인해 순화된 기억이었다. 두니가 제 잠긴 벽장을 나선 건 10년도 더 된 일이었다. 그녀의 어머니가 신사들의 에스코트를 잇따라 받으며 해안가의 집에서 따로 살다가 폐암을 앓고 사우전드오크스*에 있는 성(聖)우르술라 화장터로 간 지는 13년째였다.

그런 떠들썩한 세월을 기숙학교며 그 뒤 스탠퍼드 대학교에서 모면한 에벌린에게 소녀 시절의 호수들과 숲들은 놀랍도록 마술적이면서 온통 환상적인 것, 즉 여름날의 즐거운 거짓말 같았다. 보이드 햘버슨 오티스 버드송 뭐시기랑 지낸 세월과 다르지 않네, 하고 그녀는 이제 와 깨달았다.

그녀는 객실에 암막 커튼을 치고 다시 잠에, 이번에는 깊게 들었다가 밤늦게야 천둥과 폭우와 휴대폰의 핑 소리에 잠이 깼다. 주니어스의 문자였다. **누가 걱정을? 나 내일 양키스랑 시합 있어. 너무너무 사랑해.**

이겨요, 에벌린은 답 문자를 보낸 다음 룸서비스를 주문했다.

서쪽으로 1800마일(약 2987킬로미터) 떨어진 캘리포니아주 풀다에선 랜디 재프와 토비 밴 더 켈런이 은행털이 최종 리허설을 마치고 지금은 랜디의 도주용 커틀러스에서 여섯 개들이 맥주를 들며 의견을 교환 중이었다. 경찰복을 벗은 토비는 타이즈, 꼬리, 레이디가가 마스크로 변장을 한 채였다. 랜디는 토비가 입만 열었다 하면 "네, 아줌마" 하고 말했는데 이것이 토비의 성질을 긁고 있었다.

"잘 들어," 경찰관은 으르렁거렸다. "한 번만 더 '아줌마' 하면 넌 사탕무 비료 신세야. 그리고 네 그 변장도 나한텐 마초 소리 들을 게 못 돼."

"맷 딜런인데요," 랜디는 말했다. "〈건스모크〉**잖아요, 이런."

---

*   Thousand Oaks. 미국 캘리포니아주의 도시.
** Gunsmoke. 1950년대에 방송된 미국 텔레비전 서부극. 맷 딜런은 연방보안관인 주인공의 이름.

"맷 딜런은 빌어먹을 괭이를 들고 다니지 않았어."

슐리츠* 캔을 따서 흘러넘친 걸 할짝대던 랜디는 문득 전문적인 괭이질을 당하면 토비는 어떨 몰골일지 궁금해졌다. 비료 어쩌고 하는 토비의 언급이 마치 거울 앞에서 연습이라도 해온 양 지체 없이 나왔던 것이다.

랜디는 살가움을 유지하자고 속으로 되뇌었다.

"저기, 여기요," 그는 말했다. "자정 다 됐는데 그 타이츠 벗어 던지고 당구나 때리는 거 어때요, 경관님이랑 나랑 완다 제인이랑?"

"난 범죄자들이랑 친하게 안 지내. 게다가 내일은 털어야 할 은행도 있잖아."

"그렇죠, 맞아요. 몇 시라고 했죠?"

토비는 제 맥주 캔을 으그러뜨리곤 제 쪽 문을 열었다. "넌 진짜 천치야, 맞지?"

"그렇게 생각하는 사람도 있고 아닌 사람도 있고," 랜디는 말했다.

"아닌 사람은 누군데?"

"사이러스요. 칼도 그렇고요. 그 사람들은 별생각이 없어요."

토비는 커틀러스에서 내려 문을 꽝 닫더니 제 순찰차로 건들건들 넘어갔다. 지우는 것도 불가능할 건 없지, 토비는 판단했다.

랜디는 그가 가는 걸 지켜보면서 거의 같은 생각을 하고 있었다.

반 블록 떨어진 지역사회 국법의 금고실에선 로이스 커터비가 갓 배달된 10만 달러 상당의 빳빳한 지폐로 채운 두 개의 베갯잇 밑에 더글러스의 산탄총을 슬그머니 밀어 넣었다.

지켜보던 더글러스는 말했다. "내일 재미있겠어, 안 그래?"

"그럭저럭," 로이스는 말했다. "사무실에서의 여느 하룬걸."

더글러스는 낄낄거렸다. "그거 알아, 사랑벌레? 난 지구의 모든 사람이 왜 은행업에 뛰어들질 않는지 궁금해. 아무래도 탐욕이 모자란 거겠지."

로이스는 고개를 끄덕끄덕하면서 애정 어린 웃음으로 그를 쳐다보았다.

돼지 새끼, 하고 그녀는 생각 중이었다.

700마일(약 1127킬로미터) 남쪽에선 캘빈이 말했다. "알았어, 지미, 그 대기업이라는 거 다 이해해, 수직적이니 수평적이니 뭐 그런 거, 그런데 아이에 관한 얘긴 안 하지 않았어? 죽은 아이?"

"그 얘긴 안 해," 두니는 말했다.

"당신 잘못이었어?"

"아니," 두니는 말했다. "그래도 그 얘긴 안 해."

그리고 호로 호수에선 앤지 빙이 말하고 있었다. "명백히요, 자살은 죄악이니까 우린 그 가능성도 당연히 묵살할 거예요. 생명을 주시는 것도 하느님, 거두시는 것도 하느님, 완전 간단하잖아요. 당신은 처신을 똑바로 할 필요가 있어요, 보이드. 꿈속 세상에서 얼른 벗어나서 여생 동안 당신이 원하는 게 뭔지 헤아려봐요. 당신 나이에는 버릴 시간이 하나도 없다고요. 그리고 나 아직 생일 선물 기다리고 있어요."

---

*   Schlitz. 1849년 미국 위스콘신주 밀워키에서 설립된 맥주 회사.

31

앤지와 앨빈은 아주 사이가 좋았다. 둘은 평소 두니의 복합건물을 약탈하고 나면 수영을 하거나 보트를 꺼내거나 두니의 선창에 누워 일광욕을 했다. 갈수록 쌀쌀해지는 저녁이면 보이드는 이따금 그 둘과 함께 저택의 커도 너무 큰 거실에 앉아, 다시 말해 높은 궁륭천장에 죽은 사슴이며 물고기며 늑대며 물새가 벽에서 동물 쇼를 하는 공간에 앉아 불을 쬐었다.

어떨 때 그들은 카드놀이를 했고 어떨 땐 불을 바라보았으며 어떨 땐 미국의 체통을 마지막 조각까지 찢어발기는 청취자 연결 라디오 방송을 들었다. 정치의 계절이 시작된 거였다. 수사(修辭)적 폭격이 이루어지고 있었다. 보이드는 그 모든 것의 웅장한 규모와 대담함에 어느새 깊은 감명을 받았다, 자부심을 느끼는 아버지마냥, 인광이 번뜩이는 참신한 거짓말로 눈부시게 빛나는 온 도시를 바라보는 에디슨마냥. 가끔가다 보이드는 낄낄거렸다. 대체론 주눅이 들어 있었다. 당연히 그는 유책자였다. 그는 제 머리를 날려버렸어야 했다.

낮은 푹하고 밤은 쌀쌀하다 보니 일방적인 스포츠 경기의 하프타임 같은, 막간에 자리를 떠야 할 것 같은 절실한 기분이 들었지만 견디면서 일의 진행을 보는 것밖엔 도리가 없었다. 앤지도 앨빈도 이곳에 대한 점유를 전혀 걱정하지 않는 눈치였다. 앤지는 짐 두니의 각인이 있는 문구류를 사용해 정원 관리업체, 청소업체, 잡역부, 그리고 두니의 탈것들을 관리 담당하는 자동차 영업소에 해고 통지서를 발송한 상태였다. 앤지는 편지 첫머리를 동일하게 적어 당 재산의 새로운 상주 관리인 셋을 베미지 경찰서에 알린 터였다. "이 부지런한 기독교도들을 나는 절대적으로 신임하는 바입니다," 앤지 두니는 적었다. "아울러 이들이 주요 수선을 맡았으니, 파란 제복의 귀관들께서 모쪼록 협조해주시면 내가 보답을 하겠습니다. 당신의 충실한 (그리고 더없이 부유한) 납세자, 제임스 두니."

방문객은 거의 없었다. 거북한 질문은 없었다.

10월 하순의 바스락바스락하는 시원한 날들이 지나는 동안 보이드는 현실적인 문제에 거의 관심을 쏟지 않았다. 자신의 쓸모를 초과해서 살았다는 느낌에 그는 매 순간 멍하니 붕 떠 있었다. 그는 공허하고 무게 없는 기분이었다. 대체로 그는 제 머릿속에 들어앉아 역사를 재생하며 보냈다. 간혹은 꿈에서 벗어났는지 지금 이곳의 파편들을 부여잡곤 했다. 그는 앨빈이 이남 지역의 토박이요, 시카고 블랙스톤 레인저라는 걸 알게 되었다.* 앨빈은 실직한 배관공, 이라

---

*   블랙스톤 레인저스(Blackstone Rangers)는 시카고의 악명 높은 갱단. 사우스 사이드(South Side), 즉 이남 지역은 시카고의 세 주요 구역 중 하나로 치안이 안 좋기로 유명하다.

크와 아프가니스탄에서 3년을 복무한 재향군인, 베미지 주립 대학교 중퇴자, 바흐 애호가, 유쾌한 도둑, 그리고 차고에 가득한 지금의 그 멋들어진 탈것들을 포함해 수중에 들어왔다 하면 불법적인 품목도 마다하지 않는 거래상이었다. 그는 이미 두니의 스노모빌과 포드 픽업트럭을 팔아치운 터였다. 페라리랑 포르셰는 염두에 둔 값이 있을 거고 부가티는 앤지한테 늦은 생일 선물로— 자기만족적인 기념식과 함께— 선물했을 테지, 보이드는 짐작했다.

녀석은 사기꾼이야, 하지만 살가운 사기꾼이긴 해, 보이드는 결론 내렸다— 호감형에 가깝지.

하루하루 식사를 들거나 두니의 선창에서 낚시를 할 때면 앨빈은 격려의 말도 내뱉고 전쟁담이며 북부의 숲에 얽힌 얘기로 즐거움도 주는 등 간호사처럼 민첩하고 효과적으로 보이드를 돌보았다. 한때 호로 호수가 오지브웨이족 말로 여우 호수를 뜻하는 자가이간 와고쉬(Zaaga'igan Waagosh)로 불렸었다는 설명도 앨빈은 어느 날 오후 해주었다. 그것을 훗날 어느 노르웨이계 농부의 아내가 블루베리 연못이라고 다시 이름 지었다는 것이다. 더 훗날, 그러니까 1870년대의 조약으로 호수를 도둑맞은 뒤에는 폴 성인(聖人)이라는 영리한 지도 제작자가 두운을 맞추어 호로 호수라는 오래갈 이름을 제안했다. 앨빈은 — 보이드가 발견하기로 그의 성씨는 그레이블도 되고 그레이불*도 되었는데 — 자기가 얘기해놓고 자기가 웃는 버릇이 있어 제 입에서 나오는 거의 모든 말을 스스로 누그리거나 조롱했다. 무성한 금발 수염 속에서 씩 하고 사근사근한 웃음을 짓는 앨빈은 팔루자 얘기, 칸다하르** 얘기, 일촉즉발 얘기, 웃긴 얘기, 무서운 얘기를 들려주되 이 얘길 너무 곧이곧대로 받아들이진 말라는 식의 얼버무림을 매번 동반했는데 이것은 마치 보이드 당신이나 나나 진실을 왜곡하는 똑같은 부족이 아니냐 하는 암시 같았다.

앨빈은 나쁜 벗이 아니었다. 그는 잘못에 관대한 사람이었다. 하지만 보이드는 대체로 속을 드러내지 않았다. 그는 앤지와 앨빈이 두니 호숫가 부지의 분할을 추진할 때에나, 다시 말해 자동차며 온수 욕조며 그 밖에 장물로 유리하게 팔든 어쨌든 현금화할 수 있는 것들을 반출할 때에나 은근한 관심을 보였다. 주말이면 그들은 마당에서 벼룩시장을 열었다. 매주 화요일이면 앨빈은 가구를 잔뜩 싣고 미니애폴리스로 내려가 100달러짜리 지폐를 주머니 가득 챙기곤 빈 유홀 트럭으로 돌아왔다. 앤지와 앨빈이 범죄에서뿐 아니라 무언가 더 친밀한 분야에서 동반자가 되었단 건 누가 봐도 자명한 사실이었다. 앤지는 운영의 두뇌였고 앨빈은 홀려 있는 몸뚱이였다. 곁달린 사랑채에서 골동품 핀볼 머신 한 쌍을 발견한 둘은 밤늦은 시각이면 은구슬을 작은 구멍에 탕탕 넣어가며 서로의 사격술을 교대로 칭찬해주곤 했다. 앤지는 원기 왕성한 애정을 불어넣어 평소의 수다를 이어나갔다. 그녀는 앨빈을 호랑이라 불렀다. 아니면 괴물. 앨빈으로 말할 것 같으면, 그는 그녀를 끈적끈적한 숭배의 눈으로 마주 보았다.

최신형으로 이렇게나 빨리 갈아타다니 놀랍군, 보이드는 되뇌었다. 놀랍긴 했지만 대체론 안도가 되었다.

산만한 머리에 떠오르는 대로 불쑥불쑥 주제가 바뀌는 앤지의 탐

---

*   gray bull. '회색 황소'라는 뜻.
**   Kandahar. 아프가니스탄 동남쪽에 자리한 상업도시.

구를 감수하는 건 이제 앨빈이었다 ── 주제들 중엔 물론 종교도 있었지만 만년필의 해악, 마루용 광택제의 해악, 통조림 채소의 해악, 2층 침대의 해악, 싸구려 약혼반지의 해악, 야외 노출의 해악, 그리고 ── 보이드를 바라보며 ── 흐리멍덩한 남자들의 해악도 있었다. 앨빈은 이 모든 걸 초인적인 참을성으로 감수했다. 끄덕끄덕 수염을 쓸어내리며 그녀의 펌프에 마중물을 붓는 사내의 지구력은 굉장했다.

보이드는 처음엔 둔하게, 그러다 단호하게 이것은 로맨스 사기다 결론을 내리면서도 하루하루가 하염없이 흘러가는 데에는 만족했다.

어느 날 아침 그는 자기가 얼굴을 하늘로 향한 채 두니의 테니스 코트에 누워 있음을 깨달았다 ── 이전도 이후도 까닭도 기억엔 없었다.

그날 오후엔 늘처럼 걸쭉한 낮잠에서 깨어나 보니 자기가 호로 호수에 무릎만큼 들어가 있음을 깨달았다. 앨빈은 옆, 앤지는 몇 피트 떨어진 선창에 있었고 보이드 자신은 유명인들에게 신문을 배달하던 시절에 관한 생각을 완성하려고 낑낑대던 중이었다.

"음," 그가 침묵에 빠지자 앤지는 말했다. "내 일곱 번째 남자 친구가 신문 배달원이었는데."

풀다 공공 도서관의 지도책 앞에 앉은 랜디 재프는 미네소타 지도에서 **베미지**라는 단어를 찾느라 안절부절이었다. 지리학은 그의 장기가 아니었고 철자법도, 성질을 다스리는 일도 마찬가지였다.

약혼이니 솔빗이니 나랑은 생판 모르는 사내놈들이니 하는 문자가 휴대폰에 뜬 게 며칠 전이야, 할 수 있는 거라곤 욕지거릴 내뱉는 것뿐인데 지도가 읽혀? 집중이 돼? 하고 그는 생각 중이었다.

랜디가 철석같이 믿기로 알파벳에서 e라는 글자는 i보다 나중인지라 이것이 시간을 다소 잡아먹었고, 그래서 베미지로 보이는 단어에 우연히 눈길이 떨어졌을 때 그는 분통이 터지기 직전이었는데, 다만 그 단어는 미국이 아니라 캐나다 등의 단어, 커틀러스가 피터빌트사에서 나왔다고 해도 모를* 어느 오줌싸개가 만든 단어임이 분명했다.

랜디는 지도책에서 그 페이지를 뜯어 주머니에 쑤셔 넣곤 딱히 섹시하진 않은 사서와 노닥거리다가 도로지도 책자를 훔치러 모빌 주유소로 유유히 걸어갔다.

30분 뒤 허시퍼피** 한 접시를 후다닥 해치운 그는 제 셋방으로 돌아갔고, 벽에서 타코바 검을 내렸고, 길고 시원한 오줌을 누었고, 커틀러스로 척척 내려갔고, 트렁크 속 만화책 더미 밑에 검을 숨겼고, 그러고 나서는 토비 밴 더 켈런을 찾으러 갔다. 몇 시간 뒤면 그들은 은행을 털어야 했지만 급한 일이 먼저였다.

그는 토비가 있을 법하다고 생각되는 곳에서, 즉 마을 반 마일 밖의 웬디스 광고판 뒤에서 차를 세워놓고 속도 측정기를 들고 있는 토비를 찾았다. "해야 할 일이 있는데," 랜디는 설명했다. "당장 출발해야 돼요, 권총 강도는 한두 주 미루고요. 아니면 일단 혼자 하시고

---

*   피터빌트(Peterbilt)는 트럭 전문 자동차 회사. 커틀러스는 올즈모빌(Oldsmobile)에서 만든 자동차다.
**   hush puppies. 옥수숫가루 반죽으로 만든 구 형태의 튀김으로 아메리칸인디언에게서 유래한 음식.

내 주머닌 나중에 채워줘요."

토비는 앉아서 담배를 피우며 랜디의 콧속에 암을 불어 넣었다. 처음에 토비는 발끈하는 눈치였다. 그러다 그의 얼굴에 사려 깊은 표정이 스쳤다.

"미룬다," 그는 능청을 떨다시피 말했다. "거 쫄보가 하는 소리로 들리네. 은행 건이 무서워?"

랜디는 고개를 가로저었다. "아뇨, 앤지 문제예요, 출발해야 돼요. 장거리 운전이에요. 은색 자루가 달린 솔빗 어디서 구하는지 혹시 알아요?"

"대뜸 어떻게 알아. JC페니에 한번 가봐."

"갔다 왔는데 운이 없었어요. 자루 하니까 말인데, 은행 돈 자루는 경관님이 처리하고 몫은 내가 돌아오면 쪼개는 거 어때요?" 랜디는 윙크를 날렸다. "내가 괭이 빌려줄게요."

토비의 얼굴은 여전히 사려 깊은 기색인 것이 마치 돈더미 같은 걸 세느라 바쁜 듯했다.

"그래, 그러든가," 그는 말했다. "괭이는 어디 있어?"

"집에요. 침대 밑에."

"〈건스모크〉 복장은? 맷 딜런 말이야. 내가 빌릴 수 있을까?"

"마음대로 하세요," 랜디는 말했다. "배 부위가 꽉 낄 수도 있어요."

"그거 농담 때린 거지?"

"어느 정도는요. 친구 사이니까."

토비는 또 한 번 암을 내불었다. "가서 물건 가져와. 그러고 나서 떠. 영원히 말이야, 네가 똑똑하다면."

"똑똑하기야 하죠," 랜디는 말했다.

10월 25일 저녁, 앨빈이 버섯, 시금치, 뿌연눈강꼬치고기 캐서롤을 뚝딱뚝딱 차리자 저녁밥을 앞에 둔 보이드는 몇 날 며칠 대체로 가출해 있던 식욕이 괴로울 만큼 휘몰아치는 걸 느꼈다. 그는 먹고 또 먹었다. 처음엔 캐서롤, 그다음엔 샐러드, 그다음엔 오레오(Oreo) 한 갑 중 반 줄. 그가 냉장고에서 샌드위치 남은 것을 꺼내어 해치우러 가는 사이 앤지는 심호흡을 하더니 40분짜리 독백의 후반전에 뛰어들어 관계, 특히 제가 맺은 관계에 관한 이야길 전했는데, 이를테면 6학년 때 세실이라는 남자애가 학교에서 도시락을 훔쳐 갔길래 봤더니 10분 뒤 남자 화장실에서 내 트윙키*를 즐기고 있더라, 그러다 자연히 첫 키스로 이어졌다 하는 얘기였다 — 실제론 네 번째인가 다섯 번째였지만 입속의 혀를 사용한 건 그때가 처음이었어요. 세실의 자리는 7학년 때 도리언과 에버렛과 데번이 물려받았지만 그 셋은 모르몬교도고 난 혼종인 관계를 믿지 않았으니까 그들은 관계의 명단이 아니라 전혀 다른 명단에 들었고, 그래서 입속의 혀가 여전히 첫 키스로 여겨졌지만 매일 밤 내가 용서의 기도를 드리니 8학년 때에는 화학 시간에 개구리를 산 채로 요리했다가 퇴학당해서 안타까웠던 브랜던이 나타났는데 불행히도 그 아이는 딱히 로맨틱하지도 않을뿐더러 키스가 주 관심사도 아니었고, 그래서 난 그 아이를 차버리고 신문 배달원 루서로 갈아탔지만 신문 배달원과의 관계는 질투가 난 브랜던이 손톱 줄을 갖고 루서를 만신창이로

---

*   Twinkies. 케이크류에 속하는 미국 공산품 과자.

만들어 또 한 번 퇴학에 처하는 바람에 네다섯 시간밖에 지속되지 못했는데, 그 퇴학은 완전 부당했던 것이 그 순간의 브랜던은 용감했던 데다 가슴 설레는 모습이었고 그것이야말로 — 로맨틱한 근성이자 — 관계의 요건이기 때문이죠, 왜 모두가 패배자, 하찮은 사람으로 여기지만 무엇을 훔치든 그 우선권을 나한테 꼬박꼬박 갖다 바치는, 다만 내가 흥미를 안 갖는 로데오 용품만은 예외로 하는 랜디 재프의 경우가 그렇듯이요.

앨빈은 입가에 얼어붙은 웃음을 띤 채 비장한 집중력으로 그녀를 응시했다.

보이드는 시험 삼아 포크를 들고 말했다. "반복해줄 수 있어요?"

"반복하다니 뭘요?" 앤지는 물었다.

"전부요. 그 말 다."

앤지는 가는눈으로 그를 쳐다보았다. "'전부'가 뭘 말하는 거예요?"

"그 연설 전체요," 보이드는 말했다. "지난 20년쯤 말해온 그거. 앨빈이 졸았을 것 같아서요."

앤지의 눈길이 잠시 앨빈 쪽으로 이동했다가 보이드 쪽으로 돌아왔다.

"저렇게 웃음으로 꼼수를 부리잖아요," 보이드는 일러주었다. "저러니까…… 관심 있어 하는 것 같잖아요. 즐기고 있다는 듯이."

앨빈은 뭐라 웅얼웅얼하곤 낄낄거리더니 자리를 떴다.

"흠," 앤지는 말했다. "방금은 내가 들어본 중에 제일 무례했던 것 같네요. 하필이면 앨빈이 이제 막 길을 찾아가는 시점에."

"그가 길을 잃었어요?"

"당연히 잃었죠. 안 보여요?"

보이드는 고개를 절레절레했다. "저렇게 방실방실 그러는 건 뭔가 꾸며내고 있었단 거예요. 귀에 한마디도 안 들어왔을——"

"질투가 난다고 해서," 앤지는 부드럽게, 너무나 부드럽게 말했다. "남의 혼을 파괴할 권리가 당신한테 생기는 건 아니에요. 앨빈은 **전쟁**에 다녀왔어요 —— **진짜** 전쟁이요. PTSD 들어본 적 없어요? 당신이 한 말은 앨빈한테 제일 필요 없는 말이었다고요."

"저 친군 도둑이에요," 보이드는 말했다.

"나랑 앨빈은 그것 때문에 노력을 하고 있다고요."

"어떻게요? 대화 요법으로?"

앤지는 표정이 굳어졌다. 울 준비 내지 소리 지를 준비가 된 것 같았지만 그녀의 목소리는 방백 같은 무엇으로 수그러들었다. "당신이 눈치를 못 챘을까 봐 말하는데, 앨빈은 나를 사랑해요. 진짜 사랑이에요. 열정. 헌신. 그런 거요. 나도 필요로 하고 당신도 필요로 하고 남들도 전부 필요로 하는 거."

"저 친구가 당신을 사랑한다고요? 그 말은 내가 풀려났다는 건가?"

"아니요, 그렇지 않아요," 그녀는 말했다. "내 말은 당신이 왜 자꾸 나한테서 벗어나려고 하는지, LA에서 그날 밤 맺은 우리의 관계를 당신이 왜 축성하려고 하질 않는지 가설이 섰다는 거예요. 그 일 기억나죠? 내가 당신 바지 지퍼를 내릴 뻔했던 거? 그때 내가 했던 생각은, 그래, 보이드는 신사답게 구는 거다, 아니면 신혼여행 때를 위해 아껴두는 거다, 아니면 늙고 쇠약하고 살쪄서 숫기가 없는 거다, 아니면 너무 오래돼서 어떻게 하는지를 까먹은 거다 하는 거였죠.

근데 지금은 뭔지 알겠어요." 그녀는 무언가를 기대하듯 그를 자세히 보았다. "내 가설 듣고 싶어요 안 듣고 싶어요?"

"안 듣고," 보이드는 말했다.

"당신은 내가 싱글 맘이 되길 원치 않았던 거예요."

"그래요?"

"그럼요, 그렇죠. 당신은 내가 모든 걸 잃은 고독한 모습으로 세상에 혼자 남아서 아비 없는 자식한테 젖을 물린 채 당신의 죄 많은 관짝에 과부의 눈물을 떨구는 걸 원치 않았던 거예요."

"셰익스피어신가?" 보이드는 말했다.

"나거든요!" 앤지는 빽 내질렀다. "날 밀쳐내고 거절했던 건 당신이 지금쯤 죽어 없어져 있을 생각에서였던 거라고요. 우리가 함께 했던 모든 시간, 그 일분일초마다 당신이 했던 생각이라곤 머리에 구멍을 내는 게 전부였던 데다, 우리에게 함께할 미래는 없단 걸 당신이 알았고 또 내가 섹스 토이가 된 양, 걸레가 된 양 느끼는 걸 당신은 원하지 않았던 거죠. 내 말 맞죠? 물론 맞겠지! 맞는다고 말해요!"

보이드는 이의를 제기할까 그냥 자리를 뜰까 생각했지만 그녀의 말이 맞긴 **맞았다**, 아니 부분적으로 맞았다.

"오케이," 그는 말했다.

"거봐요! 그럼 이제 그 자살은 없는 겁니다 —— 근데 그건 어리석은 순위로 따지면 최정상급이었어요 —— 이제 우린 이 관계를 바탕으로 앞으로 나아갈 수 있어요, 당신이 나를 진짜 인간 대하듯 대하는지 어디 한번 봅시다. 이제야 미래가 **보이네**! 당신 구원받은 거라고요! 두 팔 벌려요, 좀. 당신의 그 힘들고 비참한 마음을 열라고요."

보이드는 정신의 딸꾹질이랄까, 무언가 생각이 휙 스치는 느낌이 들었다.

나도 어떡해야 좋을지 모르겠는 건 사실이니까, 하고 그는 자성했다.

그는 앤지를 보며 바보같이 방실 웃었다.

"단념하지 않을 거잖아요, 그렇죠?"

"네, 안 해요," 그녀는 말했다.

"내 총은 돌려줄 수 있어요?"

32

 캘리포니아주 풀다엔 물 부족인지 물 문제인지 하는 것이 있었고, 그 결과 더글러스 커터비는 자신의 지역사회에 대한 무거운, 가끔은 모순적이라 할 의무와 함께 지역사회 국법은행의 건전성과 안정성에 대한 의무를 지고 있었다. 5년 반이나 계속된 살인적인 가뭄 내내 농부들의 목숨을 부지시켜준 건 더글러스였다. 소한테 사료를 대준 건 더글러스였다. 말라비틀어진 양파밭과 사탕무밭, 말라비틀어진 목초지, 말라비틀어진 관개수로, 말라비틀어진 우물, 말라비틀어진 예금계좌를 저당 잡고 2차 3차로 융자를 내준 건 더글러스였다.
 한편 그가 캘리포니아주 풀다의 그 마을과 인근 지역에서 꾸준히 덕을 쌓을 수 있는 건 오직 지급 능력을 갖고 성업 중인 지역사회 국법은행 덕분이었다. 파산한 은행은 은행이 아니었다. 파산한 은행은 아무런 대출도 내주지 못했고 아무런 가정도 부양하지 못했고 아무런 사업도 구제하지 못했다. 거기에 모순이 있었다. 이따금 압류는 필수였다. 실은 숱하게. 지난 결산 땐 마흔세 번. 지역사회 국법은 이제 1만 1000에이커(약 44.5제곱킬로미터)에 육박하는 캘리포니아 땅에 오리건 남부도 6000에이커(약 24제곱킬로미터)를 소유 중이었다. 게다가 물론 지역사회 국법은 더글러스의 소유였다. 그는 이미 3000에이커를 약간의 신속한 조정으로 식품 유통업자 하나, 속달 배송업체 하나, 석유 재벌 하나, 쇼핑몰 개발업자 하나, 그리고 아주 유명한 외국 자동차 제조사 하나에 떠넘긴 터였다. 원래의 융자 손실은 전부 만회되어 있었다. 더글러스의 자산엔 두 개의 주가 여전히 상당량 포함되어 있었다.

아홉 홀짜리 골프의 첫 티를 놓고 풀다 시장 첩 오닐을 기다리던 그때, 더글러스는 멍청이 같은 두 은행털이와의 곧 있을 거래를 되짚어보고 있었다. 10만 달러짜리 하찮은 감자이긴 해도 감자가 늘긴 느는 거였다. 은행 수수료와 마찬가지였다 — 여기서 15달러, 저기서 30달러, 그러다 보면 이내 벨라지오에서의 이틀 밤을 내다보고 있었다. 악마는 디테일에 있었고 더글러스는 디테일에 능한 자신이 자랑스러웠다.

이날은 금요일, 10월의 스무닷새 오전 10시 30분이었고, 정확히 다섯 시간 뒤면 그는 이곳 첫 티 앞에서 연습 스윙 몇 번으로 설렁설렁 몸을 풀고 있을 때보다 10만 달러 더 부유해질 터였다. 디테일: 금고실 문 활짝 열기, 현금 다발 들고 나갈 준비, 카메라 켜기, 오디오 켜기, 산탄총 장전, 변함없이 탐욕스러운 로이스.

이중장부 기입의 귀재를 잃게 된다니 안타깝기 그지없었다. 뭐 어쩌겠어? 사회봉사 명령* 안 받으려면.

---

* 범죄자들에게 처벌로서 내려지는 사회봉사를 가리킨다.

더글러스는 드라이버를 골프 백에 넣고 퍼터를 꺼내더니 연습용 그린에 가서 8피트짜리 세 개를 식은 죽 먹기로 떨어뜨렸다. 쇼를 위해선 드라이브, 돈을 위해선 퍼팅.*

랜디 재프는 벌써부터 엄지가 헐어 있었다. 지나온 길은 300마일(약 483킬로미터)도 못 되지, 앞으론 아직 1500마일(약 2414킬로미터) 남았지, 트럭 운전사의 친구**는 넘치기 직전이었고 커틀러스는 또 기름을 채워달라고 난리였으며 경치는 당신을 꿈나라로 데려다주지 못하면 환불을 보장하겠다는 내셔널 지오그래픽 영상물 속의 그것이었다. 그런데 두 엄지는 아팠다. 정확히는 아픈 게 아니었다. 말하자면 저린 것, 이를테면 밤새 엄지를 깔고 잔 양 얼얼했다.

그는 10마일마다 엄지를 교대하기로 마음먹었다. 하지만 얼마 못 가 그는 앤지 사태를 어떻게 처리할지, 어떤 재치로 그녀의 콧대를 아주 꺾어놓을지 공상에 잠겨 있었다 — 여행 트렁크 싸는 데 12초 준다고 말하자, 원 미시시피, 투 미시시피 — 그 JC페니 녀석을 다룰 흥미로운 계획들에 대해선 언급하지 마, 전에 저기 리노***에서도 그랬지, 어떤 녀석이 컴퓨터를 돌려달라길래 내가 씩 웃으면서 "응" 하곤 일주일 뒤 남색 더플백을 돌려주었는데 거기에 든 컴퓨터는 대략 5만 조각으로 잘게잘게 아작이 나서 죄다 소형화되어 있었고…… 그러다 쾅, 백일몽 끝, 랜디는 하마터면 도로에서 튕겨 나갈 뻔했는데 그건 그가 엄지 교대하는 걸 잊은 탓에 차를 몰던 엄지가 사이러스처럼, 늙고 앙상한 칼처럼 싸늘하게 죽은 남의 손가락같이 느껴진 까닭이었다.

몇 시간 더 길을 내려가 네바다주 북서부 어디에 이른 랜디는 은행 범죄를 위해 남아 있었어야 했나 하는 의구심이 들었다. 털려도 개의치 않는 은행을 털 기회가 얼마나 되겠어? 모르긴 몰라도 많진 않겠지, 그는 생각했다. 재밌는 걸 놓쳐서 속이 좀 쓰리네. 더욱이 토비에게 팽이를 넘겨준 건 랜디의 인생을 통틀어 우울하기론 아마 서너 번째는 될 순간으로 저 아래 새크라멘토의 소년원에서 쫓겨난 일에 버금가는 것이었는데, 이제 와 생각해보니 소년원은 그에게 무언가 배울 만한 것을 가르쳐준 유일한 곳인 듯싶었다, 이를테면 유리창을 10초 만에 찰과상 하나 없이 깔끔히 열고 들어갈 수 있도록 테이프를 바르는 방법이라든가. 두 번째로 우울했던 순간은 두말할 것 없이…… 그는 그 일에 관해서는 생각하고 싶지 않았다.

그는 트윈폴스****에서 커틀러스에 기름을 가득 채우고 엔진오일을 한 상자 사고 트럭 운전사의 친구를 비우고 누유(漏油)를 닦은 다음 지갑에 든 돈을 확인해보았다. 남은 건 17달러와 훔친 신용카드 두 장이 전부였다. 빅맥 두 개와 바닐라 셰이크를 먹으러 가서 신용카드가 거절당하자 랜디는 지금쯤 지역사회 국법은 벌써 털리고 토비는 내 몫의 노다지를 깔고 앉았겠구나 하는 생각이 들었다.

그는 풀다로 돌아갈까 잠시 고민했다. 반면 맥도널드는 40피트(12미터 남짓) 거리에 있었다. 영업 중, 늙은 아줌마 고객 둘, 한밤중, 마감 시간 임박. 누가 봐도 출입문이 신호를 보내고 있었다 —— **와서**

---

*   Drive for show, putt for dough. 남아프리카공화국 출신의 골퍼 보비 로크(Bobby Locke)가 드라이브보단 퍼팅이 중요하다는 뜻에서 한 말.
**   trucker's pal. 장거리 운전 때 사용하는 간이 소변기, 즉 요강을 가리킨다.
***   Reno. 미국 네바다주의 도시.
**** Twin Falls. 미국 아이다호주의 도시.

나를 털어주세요. 이런, 괭이가 있었다면 최고였을 것을, 하고 랜디는 생각했다.

트렁크 안에서 고를 수 있는 보기는 타이어 지렛대, **타코바** 검, 전기 기사용 공구 세트뿐이었다. 그는 공구 세트로 하기로 했는데 그건 대체로 그편이 더 쿨해 보이기 때문이었고 부분적으론 검을 더럽히고 싶지 않아서였다.

윈디 포인트 리조트의 텅 비다시피 한 식당에서 아침을 먹은 뒤 에벌린은 전화를 몇 통 걸었다. 먼저 그녀는 택시를 불렀다. 그다음엔 청부업자를 철수시켰는지 확인하느라 주니어스와 짧은 대화를 나누었다. 알고 보니 남편은 그를 철수시키지, 혹은 완전히 철수시키지 않은 터였다. "완전히 철수시켰으면 좋겠어요," 에벌린은 말했다. "지금 당장 완전히요." 그녀는 통화 종료 버튼을 찌르듯이 누르곤 커피 반 주전자를 더 주문한 다음 몇 분 기다렸다가 워싱턴주 시애틀에 있는 양로원에 전화를 넣었다. 노인이 당혹스러워하며 인사를 건네자 에벌린은 자리에서 일어나더니 택시를 잡으러 걸어 나가서는 호로 호수에 절반이나 다다를 때까지 여든세 살의 오티스 버드송과 대화를 이어나갔다.

"뭐, 녀석이 날 원한다면, 난 여기에 있단다," 노인은 말했다. "하지만 원하느냐가 먼저겠지."

앞서 한 시간 전, 헨리 스펙은 2파운드(약 900그램)짜리 멍키렌치를 비옷 주머니에 집어넣은 터였다. 그는 엔니의 팔을 잡고 말한 터였다. "이웃 방문 한번 해볼까?"

엔니는 말한 터였다. "어디에 비 와?"

"가는 길에 혹시 모르니까," 헨리는 말한 터였다. "눈이 내릴지도 모르지. 어이, 페기한테 뭐 좀 물어봐도 돼?"

"페기한테?"

"응."

엔니는 그 말을 곱씹었다. "그래도 엔니를 죽도록 사랑할 거지?"

"물론이지."

"오키도키, 페기한테 물어봐."

"발가락 찧어본 적 있어?"

"젠장, 그럼," 페기가 말했다.

"아프잖아, 어?"

"씨발 짱 아프지."

"그럼 기대해도 좋아."

캘리포니아주 풀다에선 토비 밴 더 켈런이 복부가 많이 사라진 채 지역사회 국법은행 금고실의 리놀륨 바닥에 누워 있었다. 로이스 커터비도 나을 것 없는 꼴이었다. 그녀는 세 블록 떨어진 곳의 2인용 철제 안락의자에 멋대로 엎어져 있었다. 그녀 발치엔 '사탕 주면 안 잡아먹지'* 가방으로 보이는 것이 빈 채로 놓여 있었다.

더글러스 커터비가 제 장미목 책상에 앉아 은행 카메라 영상을 마지막으로 흡족히 보고 있던 건 해가 다 뜨려면 제법 남았을 때였다. 사탕 주면 안 잡아먹지 가방을 든 로이스가 영상에 나왔다. 그 가방

---

*   trick or treat. 핼러윈 때 아이들이 집집마다 방문해서 쓰는 관용어.

에 10만 달러를 채워 넣고 있는 맷 딜런도 나왔다. 이번엔 — 맙소사, 괭이를 든 채로 — 로이스의 뺨에 쪽 하고 얼른 입을 맞추는 맷이 나왔고, 그리고 나서는 12구경짜리로 맷의 복부에 쪽 하고 얼른 입을 맞추는 로이스가 나왔다. 사탕 주면 안 잡아먹지 가방을 들고 문으로 향하는 로이스가 나왔다. 그리고 나서는 로이스가 카메라에 잡히지 않은 제 남편과 2인용 철제 안락의자를 향해 사우스스프루스 거리를 정신없이 내달리는 잘빠진 야외촬영분이 나왔다. 12구경 2연발의 둘째 발은 안중에도 없다니, 하여간 별난 여자야, 그는 생각했다.

더글러스 커터비는 자축을 했다. 눈에는 눈, 그는 속으로 말했다. 떡쟁이 연놈한텐 총알을 떡.

보이드 핼버슨은 새벽 2시부터 말똥말똥 눈이 뜨인 상태였다. 그는 두니의 선창에 철벅철벅 부딪치는 물결 소릴 들으며 호로 호숫가를 산책하다가 어느덧 제 인생의 최근 몇 달에 대한 후회에 빠져 있었다. 그는 무엇 하나 원상태로 돌릴 수 없었으므로 은행을 털지 않을 도리가 없었다. 하지만 이젠 JC페니 매장을 관리하는 것도 썩 끔찍할 게 없었고 키와니스도, 윈스턴 처칠과 거창하게 잠이 드는 일도 마찬가지였다.

한동안 그는 거북 한 마리가 달빛 속을 엉금엉금 기어 거북의 미래가 어떻든 그쪽으로 향하는 걸 지켜보았다. 사실 보이드는 생각 중인 게 아니었다. 그저 이것저것이 주마등처럼 스치는 거였다. 아기 침대를 길가로 끄집어내는 에벌린. 식탁 위의 일건서류. 짐 두니의 능글맞은 파란 눈. 잘란수라바야 시장에 진열된 절묘한 수제 앵무새 관. 오션파크 대로를 필사적으로 페달질해 오르는 구질구질한 신문 배달원. 우윳빛인 눈으로 그 아이를 쳐다보며 이렇게 말하는 아이의 아버지. "이름 바꿨니?"

무위(無爲)의 시간이 지나자 해는 떠올랐고, 그러다 고개를 든 보이드는 짐 두니의 긴 자갈 진입로를 덜컹덜컹 내려오는 택시를 보았다.

33

완다 제인 엡스타인은 퍼즐을 맞추느라 애를 먹고 있었다. 토비가 핼러윈 날의 카우보이처럼 잘 차려입은 채 피 묻은 괭이를 곁에 끼고, 복부라 할 부위가 없이 금고실 바닥에 누워 있었다. 길을 세 블록 내려가 로이스 커터비도 심하면 심했지 나을 것 없는 꼴로, 그녀의 시체는 2인용 철제 안락의자에 멋대로 널브러져 있었다. 그리고 더글러스 커터비는 거기 제 책상에 앉아 엄숙한 침묵에 잠긴 채 강도질 실행 영상의 재생을 막 끝낸 참이었다.

토요일 오전 8시 정각이 조금 지난 시각이었다. 더글러스의 전화를 받고서 완다 제인은 시신들을 슬쩍 엿보곤 전화통에 달려들어 카운티 보안관 사무소에 알린 뒤 더글러스와 앉아 기다리던 중이었다. 둘은 이미 45분을 기다린 참이었다.

"괭이라니," 완다 제인은 말했다. "도대체 그게 다 뭐래요?"

더글러스는 어깨를 으쓱하곤 비디오 녹화기를 끄더니 몸을 수그려 두 손에 얼굴을 묻었다. 그는 말이 없었다. 비통하겠지, 아니면 다른 무엇일 수도 있고, 완다 제인은 생각했다.

"진심으로," 그녀는 말했다. "제가 —— 그 왜 —— **뭐라도** 해드릴 수 있다면 좋을 텐데요. 제가 진짜 경찰은 아니라서요. 그 근처에도 못 미친답니다." 그녀는 망설였다. "보기에는…… 로이스가 그를 쏜 다음 돈을 잔뜩 들고 여기서 나간 것 같은데요."

"확실히 그래 보이는군," 더글러스는 중얼거렸다.

"은행장님이 생각하시기에도 ——?"

"**달리** 어떻게 생각하겠어요? 내 아내가 나를 털고 있었다니."

"은행장님을요?"

"은행을. 그게 그거지."

"하지만 누군가 그녀를 쐈어요. 그녀는 사망했고요."

"그러게나 말이지," 더글러스는 말했다.

완다 제인은 도움을 청하고자 주위를 둘러보았다. 공식적으로 그녀는 경찰관이었지만 이제껏 그녀가 해온 치안이라곤 상황실 마이크와 문서 캐비닛 몇 개를 맡는 게 전부였다. 똑딱똑딱 이삼십 초가 지나자 더글러스는 자리에서 일어나더니 책상을 돌아 나와 그녀의 두 어깨에 손을 올리곤 어떤 행동을 했는데…… 그게 무슨 뜻인지 완다 제인은 확신이 안 섰다.

"우리 경관님," 그는 무척이나 조용히 말했다. "우려스럽게도 우리가 명백한 사실에 봉착한 것 같군요. 로이스랑 밴 더 켈런 경관이…… 돌려 말하지 않을게요…… 두 사람이 이를테면 그렇고 그런 사이였단 건 비밀이랄 것도 없어요. 친밀했지. 지금 이건 탐욕이란 껍질 안에 사랑싸움이란 껍질을 두른 은행 강도 사건이에요. 순서가 바뀌었을진 몰라도."

"그런 것 같네요. 근데 로이스는 어떻게 천국에 가고 말았을까요?"

"공범이지, 틀림없이. 게게 누구든 내 돈을 가지고 있고."

"공범이 그랬다고 생각하세요?"

더글러스는 후 하고 은행가다운 한숨을 내쉬었다. "셋이서 저지른 거지. 두말할 것 없이 내 아내, 그리고 내 금고실에 있는 그 죽은 경찰, 그리고 또 다른 누구." 그는 그녀의 어깨를 꽉 쥐었다. "내 생각일 뿐인데, 다른 누구가 누군지 난 확실히 알겠소. 그 괭이를 채집해서 지문을 확인해보셨으면 좋겠군. 카우보이 복장도 마찬가지로. 내 말이 틀리지 않는다면, 당신들은 머잖아 랜디 재프를 찾고 있을 거요."

"랜디요?"

"떠돌이지. 절도범."

"누군지 저도 알아요," 완다 제인은 말했다. "하지만 저로선 ──"

"재프가 당신네 유치장을 십수 번 드나들었어, 서른 번 이상. 문서에 그놈 지문이 있을 거예요." 더글러스의 두 손은 안심을 시키듯 그녀의 척추를 타고 밑으로 밑으로 남하했다. "다소 개인적인 질문을 해도 되겠어요, 완다 제인?"

"뭐, 그럼요."

"몇 살이에요?"

"서른넷이요," 그녀는 말했다.

"매인 몸 안 매인 몸?"

"네?"

"평생지기, 인생 반려자 ── 그런 거 있어요? 얼개가 매력적인 아가셨는데."

"제 젖꼭지를 말씀하시는 건가요?"

"그래요."

완다 제인은 잠시 가만히 앉았다가 몸을 돌려 그를 마주했다.

"커터비 씨, 들어보세요. 지금 그쪽의 은행 금고실에서 토비가 악취를 풍기고 있어요. 그쪽 사모님도 누가 공원 벤치에 쏟아버린 스무디처럼 보이고요. 얼개 어쩌고 하는 말이 나와요?"

"아아," 더글러스는 말했다. "난 감상적인 남자가 아니라서."

"그래요. 자자하죠. 그래도 지금 이 마을에서 은행장님의 법률 집행을 맡아줄 사람은 저뿐이에요. 제 젖꼭지는 이대로 놔두시는 게 좋을 거예요."

더글러스는 어깨를 으쓱하곤 나긋나긋 웃음을 짓더니 은행장 책상 뒤쪽의 은행장 의자로 돌아갔다.

"좋아요 좋아," 그는 말했다. "하지만 우리가 조만간 협상하지 못할 이유는 없지 ─ 그 왜 ─ 어떤 합병에 관해서."

"올챙이배는 빼셔야겠어요."

"타결."

"30년의 세월도요."

"비아그라."

"그리고 그 잘난 체하는 표정도."

"이건 잘난 체가 아니지. 기대지." 더글러스는 희망에 찬 남성성이 우러나는 표정이 되게끔 제 턱을 동작시켰다. "여하튼 작금의 이 사태로 돌아와서, 난 어떤 행동 방침을 권하고 싶군. 두 단어로 하면 ─ 신경 꺼라."

완다 제인은 그를 향해 웃음을 터뜨렸다. "은행 강도는 연방 범죄라서요."

"아니지, 우리 자기, 은행 강도는 범죄가 ─ 아니기도 할뿐더러 ─ 될 수가 없어요, 연방이든 뭐든 간에 은행 강도가 **아예** 없었다면 말이지. 당신네는 피해자가 필요해요, 맞죠? 명심해요, 형체가 훼손돼서 작고한 내 아내는 은행 자금을 지닌 채 여기서 빤히 걸어 나갔는데, 왈가왈부할 것 없이 그녀는 이 은행의 현 ─ 아니면 전 ─ 공동소유자란 말이지. 그러니 피해자도 없다, 강도도 없다, 따라서 보고할 범죄도 없다 이거지. 우리 돈에서 십만 달러가 비긴 하는데, 그 상황은 당국이 신속히 바로잡아줄 거라 믿어요. 지문 기억하죠? 랜디 재프?"

완다 제인은 끙 하더니 말했다. "하."

"'하'라는 건 이해했다는 뜻?"

"아니요, 은행장님. 시체 두 구에 하나는 복부가 잔뜩 사라진 건을 억지로 맡았단 뜻이에요. 그걸 신경 꺼야 한다고요?"

"잘못 알아들으셨군." 사내의 말소리는 가르치려는 투로 질편하게 바뀌었다. "1번 시체, 밴 더 켈런 경관은 로이스 총에 죽었고 ─ 명명백백하지, 우리가 방금 영상으로 봤듯이. 사건 종결. 2번 시체, 나의 사랑하는 로이스는 랜돌프 재프라는 공범의 손에 최후를 맞았고. 이번에도 사건 종결. 내가 말하는 건 다만, 자기야, 이 건을 명백한 것 이상으로 몰아붙이진 말자는 거예요."

완다 제인은 그를 얼핏 살폈다. "생각하시는 것이 하나하나 빈틈이 없네요, 그렇죠?"

"디테일 하나하나," 더글러스는 말했다.

"하지만 영상에는 로이스랑 토비만 나와요. 랜디는 없고요. 공범이 없다고요."

"당연히 없지. 그자는 보나 마나 세 블록 밖에서 약탈물을 기다리고 있었을 테니까."

"그 증거는요?"

"증거?" 더글러스는 말했다. "내장에 총 맞은 내 아내는 뭐고? 괭이에, 카우보이 복장에 남은 재프의 지문은? 실종된 현금은?"

"상당히 확신하시나 보네요."

"오, 그럼. 확신하지."

완다 제인은 제 손목시계를 힐끗 보았다. "좋아요, 가설 감사해요. 이제 문단속하고 대체 그들이 무슨 꿍꿍이 중인지 알 만한 사람을 기다리기로 하죠. 괜찮으세요?"

"괜찮다마다," 더글러스는 말했다. "경찰은 당신인걸."

밖에서 완다 제인은 은행 열쇠들을 챙기곤 더글러스에게 그대로 계시라 말한 뒤 노스스프루스에 있는 엘모 하이브의 당구장까지 반 블록을 걸어갔다. 그곳은 아직 영업 전이었지만 그녀는 후문 바깥의 셰비 픽업트럭 짐칸에서 급탕기를 내리는 엘모를 발견했다.

완다 제인은 할 수 있는 최선을 다해 상황을 설명했다.

"우리 토비, 그 친구가 대가를 치렀군," 엘모는 말했다. "로이스도 그렇고. 놀랍지도 않아. 필요한 게 뭐야?"

"로이스가 남긴 걸 방수포 꼭 붙들고 가서 덮는 거요." 완다 제인은 잠시 생각에 잠겼다. 그녀는 이 일에 즉흥적으로 대처 중이었다. "보안관네 사람들 나타날 때까진 진득하게 있어야죠. 20분, 잘하면 반 시간이에요. 범죄 현장 영상물을 캐낼 수 있는지 두고 볼 셈이에요."

"아이쿠, 이런," 엘모는 말했다. "나 이 급탕기 만져야 돼. 전부 내려놓고 갈 순——"

"엘모."

"응?"

"토비 대타로 당신이 한 달 박박 긁어모아야 삼백이에요. 요전에 들으니 지난 8월엔 세 시간 뛰었다면서요."

"여섯 시간," 엘모는 우물거렸다. "하지만 괜찮아. 이 망할 급탕기나 들여놓게 도와줘. 한 가진 확실해——토비가 불능이 됐으니 오늘 밤 멕시코인들은 마을 대대적으로 신이 나겠어."

완다 제인은 고개를 끄덕끄덕했다. "나만 해도 크게 상심이 안 되니까요."

두 사람은 함께 급탕기를 들고 후문을 통과해 계단을 올랐다. 엘모는 깨끗한 셔츠를 걸치고 시호크스* 캡 모자 챙에 경찰 배지를 채운 뒤 당구대의 합성수지 덮개를 반듯하게 접곤 완다 제인을 따라 길거리로 나섰다. 오전 8시 45분이 채 안 된 시각이었다. 지역사회 국법 앞에서 왔다 갔다 하는 더글러스 커터비를 제외하면 별다른 움직임은 없었다.

"그래서 더그 짓이야?" 엘모는 말했다.

"제법 확신이 들어요. 적어도 로이스 부분에서는."

둘은 더글러스 커터비를 몇 초 서서 지켜보았고, 그러다 완다 제인이 한숨을 쉬곤 말했다. "그거 알아요?"

"뭐?" 엘모는 말했다.

"노란 테이프는 관둬요. 더기네 집으로 드라이브 갈 거예요, 산탄총이랑 십만 달러를 손에 넣을 수 있는지 보러."

엘모는 그녀를 쳐다보았다. "조심해. 교활한 자식이야."

"내가 더 교활해요," 완다 제인은 말했다.

---

*   Seahawks. 시애틀이 연고지인 NFL 미식축구 팀.

34

에벌린, 앤지, 앨빈, 보이드는 노련하게 약탈당한 짐 두니의 호로 호숫가 큰 거실 한가운데에 접의자를 부랴부랴 마련해 앉았다. 대화는 성기고 딱딱했다. 그 공간은 벽에 고정된 늑대 머리들과 그랜드 피아노를 제외하면 세간이 텅 비어 지금은 커피잔 쨍강거리는 소리, 목 가다듬고 다리 꼬는 소리 하나하나가 이상하고도 증폭된 긴장의 메아리를 일으켰다.

보이드는 제 무릎에 두 손을 포개고 앉아 있었다. 그는 상황을 달래느라 최선을 다하는 앨빈을 부드러운 관심으로 구경했다. 기특하게도 앨빈은 커피도 내리고 짝이 안 맞는 잔과 잔 받침 네 벌도 찾고 하더니 이제는 에벌린에게 늑대 머리, 그것의 출처와 역사에 관해서 묻고 있었다. "저 생물들을 아버님께서 참형하셨겠지요, 아마도?"

에벌린은 커피잔을 이제는 합판 바닥인 곳에 조심스레 내려놓았다. 활엽수 및 소나무 마룻널은 일주일 전에 팔린 터였다.

"참형이요?" 그녀는 말했다.

"죽였다는 뜻이에요. 앤지가 쓰는 단어 중 하나죠. 앤지가 기막힌 단어를 좀 알아요."

"그래요?" 에벌린은 말했다. 그녀의 눈길이 앤지 쪽으로 살며시 내려가되 완전히 가닿진 않았다. "그분이 **절도**라는 단어도 아시나요?"

앨빈은 웃음을 터뜨렸다. "제 말씀은, 그쪽이 여기서 자라셨다길래 저 늑대들이 어쩌다 참형했는지 아실까 해서 그랬던 거예요."

"참형**했는지**가 아니지," 앤지는 말했다. "참형**됐는지**지."

"그래," 앨빈은 말했다.

앤지의 입술은 가늘고 팽팽해졌다. 그녀는 에벌린을 겨냥해 10분간 잔인한 생각을 쏟아붙였다. "그리고 **절도**가 무슨 뜻인지는 나도 알아요. 자신의 개인 이발소 의자랑 볼링장을 가진 배부른 자본가들을 뜻하죠. 그들의 더 배부른 딸을 뜻하기도 하고요."

"아," 에벌린은 말했다.

"아 뭐요?" 앤지는 말했다.

"보이드에게 말하고 계셨던 줄로 아는데요."

"보이드는 말을 안 해요. 거의 안 하죠. 당신 아버지의 총알을 자기 머리에 집어넣으려고 시도했을 때 이후로요."

에벌린은 보이드를 힐끗하지 않을 만큼 침착했다. 침착함은 그녀의 기본값이었다. 그녀는 대신 앨빈 쪽으로 고갤 돌렸다.

"사실 난 여기서 자라지 않았어요," 그녀는 환하게 말했다. "미네소타에선 여름을 보냈죠—두세 번, 그리 자주는 아니에요. 그리고 내 아버지가 늑대를 많이 참형했단 얘긴 의구심이 드네요. 아버지 **당신이** 늑대였으니." 그녀는 셋 중 누구도 쳐다보지 않고 불모지 같

367

은 거실을 훑어보았다. "그래도 인정은 해야겠는데, 집이 좀 더 호화롭게 꾸며져 있었던 기억은 나네요. 가구. 뭐 그런 것."

"볼링장도요," 앤지는 툴툴거렸다.

"네, 볼링장도."

"크루즈 선박으로 쓸 수 있는 보트도."

"내가 사과를 해야 하나요?"

"네," 앤지는 말했다. "좋은 생각이에요."

"네, 그럼, 용서하세요," 에벌린은 아무것도 아닌 일에 웃음을 지으며 말했다. 그녀는 밑으로 손을 뻗어 잔을 집곤 한 모금 홀짝이더니 마나님 같은 꼼꼼함으로 잔을 뒤쪽 바닥에 내려놓았다. "자 그러면. 용서는 청해졌네요. 이제 폐가 되지 않는다면 말인데, 내가 남편과 잠시 시간을 보냈으면 하던 참이라서요. 이 사람이랑 내가 있을 만한 장소가——"

"남편이요?" 앤지는 말했다. "이혼했잖아요."

"오랜 습관이라, 미안해요. 내가 참 바보네, 배부른."

에벌린은 또 한 번 웃음을 지어 거실에 광을 냈다. 그녀는 택시에서 발을 내디딘 이래 처음으로 보이드에게 무심코 똑바른 눈길을 떨어뜨렸다. 그는 그녀를 감탄 반 우려 반으로 올려다보았다.

그는 일어서더니 말했다. "이쪽으로. 내 캠핑 밴."

"앞장서," 그녀는 말했다.

보이드와 에벌린이 플레저웨이에 발을 들이려는 순간 60피트(18미터 남짓) 밖에선 호숫가에서 다가오던 핸리 스펙과 엔니가 서로 손을 맞잡은 채 풀 덮인 경사면을 걸어 오르고 있었다. 에벌린은 걸음을 멈추고 뒤를 돌아보았다.

"여기 있어," 그녀는 보이드에게 말했다. "저 남자랑 할 얘기가 좀 있어."

앤지와 앨빈은 창문으로 지켜보았다. 밖에는 가을 햇살 속에서 거의 눈에 띄지 않는 점잖은 눈이 내리고 있었다.

"여기서 무슨 일이 벌어지고 있는지 알아?" 앨빈은 말했다.

"전혀," 앤지는 말했다. "하지만 짐작은 가. 부탁 하나만, 오케이?"

"커피 더 갖다달라고?"

"아니. 우리가 지금껏 현금을 얼마나 만들었더라?"

"보트까지 해서?"

"전부 다 해서."

"많아. 이 집을 아주 많이 벗겨먹었지."

"오케이, 좋아. 부가티에 휘발유 채웠지?"

"부가티는 팔았는데."

"팔았어? 그거 내 생일 선물이었잖아."

"나도 날 못 말리겠어. PTSD야."

"넌 행정병이었잖아, 맙소사."

"상이(傷痍) 행정병이거든." 그는 멈칫했다. "부탁이 뭐야?"

앤지는 창문에서 고개를 돌렸다.

"잘 들어, 내가 생각해봤는데," 그녀는 말했다. "이건 내가 바라던 대로 풀리고 있는 게 아니야. 우리 약혼은 파기야. 정말 미안해, 정말로."

"이크," 앨빈은 말했다.

"이크 소리 나올 만해. 이만 물러나줘."

"물러나라니 어떻게?"

"돈을 쪼갤 건데, 그러고 나면 길을 떠나는 거지. 서두를 건 없어. 앞으로 10분 이내면 돼."

"전처가 겁나서 그래?"

"얼마야?"

"각자 삼만 칠천."

"그게 다야? 어째 액수가 ——"

"장물이잖아, 앤지. 푼돈이라도 벌면 운 좋은 거야. 내가 설명했었는데, 안 했나?"

"했어. 가서 가져와, 그러고 짐 싸."

에벌린과 보이드는 플레저웨이의 비좁은 구석 조그만 접이식 식탁을 가운데에 두고 마주 앉았다. 한때 두 사람이 미치광이처럼 격렬한 사랑을 했던 탓에 20인치(50센티미터 남짓)밖에 안 되는 지금 둘의 거리에선 기이한 거짓 친밀감이 느껴졌다. 20인치에 10년이었다.

잡담은 불가능했다. 둘은 서로를 쳐다보며 이런저런 기억을 떠올렸다. "실은 말이야, 우린 한마디도 나눠선 안 돼," 에벌린은 마침내 말했다. "우린 여기에 잠깐 앉았다 바로 가야 돼."

그녀는 그의 손을 잡고 제 입술 앞에 붙들고 있었다. 아무 일도 벌어질 수 없어서 아무 일 벌어지지 않자 조금 뒤 그녀는 그의 손을 돌려주었다.

"밖에 저 사람," 보이드는 말했다. "누구야?"

"내가 여기 와 있는 이유 중 하나. 주니어스의 일을 해주는 사람이야."

"주니어스는 또 웬 놈이야?"

"주니어스가 누군진 당신도 잘 알잖아. 신사답게 좀 굴어."

"난 본바탕이 신사야," 보이드는 말했다.

에벌린은 앞으로 쑥 수그려 둘의 거리를 없앴다. "밖에 있는 저 사람, 팔 꺾고 돈 받는 사람이야. 팔을 분지른다고. 내 남편이 당신이 내 인생에서 나가줬으면 좋겠대 ── 영원히, 완전히 나가줬으면 ── 무슨 랜슬롯 경 같은 사이코마냥 두 번 다시 나타나지 말고."

"그래," 보이드는 말했다. "당신이 여기에 짠 하고 나타난 것처럼."

"나 여기 이겨먹으러 온 거 아니야, 보이드."

"그럼 왜 왔어?"

"도우러. 당신을 돕고 싶어." 그녀는 다시 뒤로 기대어 캠핑 밴을 둘러보았다. "헨리한테 내가 말했어 ── 밖에 있는 저 깡패가 헨리야 ── 그만두라 그랬어. 하지만 그게 저 사람 일인걸. 저 사람이 당신하고 잠깐 얘길 하고 싶다잖아."

보이드는 고개를 끄덕거렸다. "좋아. 그게 다야?"

"아니," 에벌린은 말했다.

"또 뭐가 있어?"

"봐, 이러니까 어색하잖아. 당신 어쩌자고 ── ?"

"10년 됐어, 에벌린. 빌 수 있는 방법은 다 써봤어. 내 말은, 머릿속에서 말이야. 내가 할 수 있는 말은 싹 바닥났다고."

"난 당신 용서했어. 한 번 더 용서할게."

"그래, 근데 그건 도움이 안 돼. 총알은 도움이 될 줄 알았어. 이젠 그것도 어리석어 보이지만."

"어리석어 **보이는** 거면 좋겠네. 그건 **어리석은 거야.**"

보이드는 그녀를 쳐다보려고 했지만 그럴 수 없었다. 그가 바라는 건 그녀 품에 기어들어 그대로 잠드는 것뿐이었다.

"어색해, 당신 말이 맞다," 그는 말했다. "좀 걸어야겠지?"

"그래, 그러자," 에벌린은 말했다.

호로 호수 쪽으로 내려가는데 둘 앞에서 흩날리던 눈송이들이 소용돌이를 쳤다. 쌀쌀하고 바람 부는 우중충한 날씨가 되어 있었다. 한동안 둘은 말할 필요를 못 느껴 말없이 호수를 돌았고, 그러다 에벌린이 부르르 떨면서 말했다. "10월에 눈이라니. 기후변화 때문인가 봐."

"그런가 봐," 보이드는 말했다. "아니면 미네소타라서."

"그래서구나."

"그래서?"

"그래서 자살 시도를 했구나?"

"나답게 무능하게 했지. 두니 그 양반이 지켜봤으면 했어."

"뭔지 알겠다."

"알겠어?"

"설마. 실은 전혀 모르겠어. 그런데 은행은 진짜로 털었어?"

보이드는 스스로 놀랍게도 웃음이 터졌다. "네, 마님. 이번에도 무능하게. 털려도 걱정 안 하는 단 하나뿐인 은행을 고른 거 있지."

"그게 내내 궁금했어," 그녀는 말했다. 찌푸림, 아니 씰룩임인지도 모를 것이 그녀의 얼굴에 언뜻 나타났다. "인터넷에서도 한마디가 없더라. 당신 가슴에 손을 얹고——"

"그래, 거짓말 아니야. 거짓말 아니라는 것도 거짓말 아니야."

그녀의 눈길이 그를 떠나 이동했다.

"왜 그랬어?" 그녀는 말했다.

"무슨 말인지——?"

"은행 왜 털었어?"

보이드는 왜인지 생각해보았다. "마땅한 답이 없네. 호기심에. 판유리 창문이 있어, 그걸 계속 보고 있으면 망치로 깼을 때 어떤 기분일까 생각하게 되는 거랑 같아, 망치로 와장창, 그래서 하루는······ 글쎄. 이게 나한테 일어날 필요가 있었던 일이 아닐까 싶어. 이거. 지금 이러는 거."

"내가 이해해주는 척해야 해?"

"아니. 그런 척하지 마."

"얼어붙겠다. 팔짱 끼자, 그래줄래?"

"그럼."

"나 당신 증오하지 않아, 보이드."

"그래?"

"증오하지 않아. 난 당신이 무서워."

그는 할 말을 떠올릴 수 없었다. 말로는 마땅치 않을 터였다. 무엇도 마땅치 않을 터였다.

좀 더 멀리까지 걷고서야 에벌린은 말했다. "나한테 화내지 않았으면 하지만, 자살인가 뭐가 하는 그 정신 나간 게 이젠 끝이라는 확신이 나한텐 필요해. 영원히 끝이라는 확신. 견딜 수가 없었거든, 보이드."

"약속해주길 원해? 나 거짓말쟁이야, 잊지 마."

"어쨌든 약속해."

"알았어, 약속해," 그는 말했다.

"그저 날 위해서 그러는 거 아니지?"

"당신 위해서지, 하지만 당신만을 위해서는 아니야. 내가 원하는 건 실현 가능성이 없어 — 되감기 버튼이거든. 처음부터 재시작하는 거. 더 잘하는 거. 순 공상이지, 나도 알아, 한데 지금 같아서는 JC페니랑 골프 한 라운드로도 만족하겠어. 저녁 식사론 린 퀴진* 정도. 야심이 줄었달까."

"하지만 그러는 것도 문제가 있다. 은행을 털었으니."

"겨우 은행 하나야. 하지만 뭐, 문제긴 하지."

"보이드, 키스해도 돼?"

"되감게?"

"아니," 그녀는 말했다. "그냥 하고 싶어서."

둘은 걸음을 멈춘 다음 이혼한 지 오래된 부부의 대수롭잖은 키스를 했다. 조금 뒤 둘은 훨씬 덜 대수로운 키스로 다시 시도했다.

"음," 에벌린은 한숨을 쉬었다. "싸우는 것보단 낫다."

둘은 격렬해진 눈 속을 45분 더 걸었다. 둘은 역사를 피했다. 둘은 테디와 거짓말에 관한 일건서류와 낙원에서의 이국적인 밤들을 피했다. 둘이 말을 나누면 성긴 대화가 되었는데 그것은 지금도 어떤 것들이 둘의 삶을 한데 옭아매고 있음을 인정한다는 뜻이었다. 두니의 통나무 저택을 벗겨먹은 일에 관하여 에벌린이 묻자 — 왜 그런 거야? — 보이드는 어깨를 으쓱하곤 자기는 대체로 관여되어 있지 않다고 말했다. "난 관객이야," 그는 말했다. "하지만 그 샹들리

애들이 사라지는 걸 구경하니 짜릿하더라. 앤지가 내 복수를 가혹하게 해주느라 그런 것 같아."

"그건 어마어마한 오랑캐 짓이야, 보이드."

"그렇기야 한데 난 그 장관에 감탄이 나오던걸."

"감옥에 간다니까."

"그 양반은 안 갔잖아."

에벌린은 짜증 반 경고 반으로 그를 흘겨보았다. "우린 그런 데 안 가," 그녀는 말했다.

"당신 말이 맞다. 미안."

"미안하라고 그러는 거 아니야. 당신이 그런 데 가지 말라는 거지." 그녀는 또 한 번 그의 팔짱을 끼곤 잠시 정적이 깔리고서야 완전한 웃음은 아닌 작고 격한 숨을 내뱉었다. "앤지라는 그 여자애, 걘 날 안 좋아하더라, 그렇지?"

"안 좋아해."

"그래서 당신하고 둘이 뭐 있어? 내가 연적인가?"

"말하자면 그렇지만…… 그 친구한테 꽁한 부분이 있어. 당신은 상류층 거주지 출신의 부잣집 마나님이니까."

"이해된다, 대충. 내 배우자가 하는 말이랑 같네."

"이제 **당신도** 그런 데 가겠구나 — 가기 싫은 곳에."

에벌린은 고개를 끄덕였다. "힘들다, 그렇지? 우리가 나누고 있어야 할 말들을 전부 참고 있기가?"

"힘들진 않아, 무의미할 뿐이지," 보이드는 말했다.

---

*   Lean Cuisine. 네슬레사의 냉동식품 브랜드.

"그렇지. 무의미하지. 하지만 내가 당신을 너무나 좋아하는 건 알잖아, 응?"

"대체론 알아. 어떨 땐 아는 체하는 거고."

"보이드?"

"응?"

"왜 나한테 자꾸 거짓말했어?"

그는 잠시 망설였다. "난 하찮은 놈이니까. 당신을 너무 많이 사랑했으니까."

"진심이야?"

"응."

"좋아. 그만 입 다물자."

에벌린은 한동안 제 안에 잠겨 있다가 나중에 두니의 집 쪽으로 돌아설 무렵 사과를 하곤 자기가 어이없이 굴고 있다고, 당신한테 죄책감을 더 지우려던 건 아니었다고, 도로 추한 상황에 뛰어들려던 건 아니었다고, 도움을 주는 것 외엔 결코 다른 뜻이 없었다고 말했다. "당신이 원하면," 그녀는 말했다. "내가 아빠한테 말해볼 수 있어. 아마 해결할 방법이 있을 거야."

"어떤 걸 해결하게?" 보이드는 말했다.

"음, 첫째로 아빠 집을 갈기갈기 찢어놓은 거. 못질되지 않았던 건 전부 내다 팔고 **못질까지** 되어 있던 것도 무더기로 내다 팔고. 그건 아빠 양동이 속의 물 한 방울이야 — 집이 아홉 채니까, 잘하면 열, 세는 것도 잊어버렸네. 내가 아빠한테 고소하지 말라고 말해줄 수 있어."

"퍽도 안 하겠다," 보이드는 말했다.

"내가 닦달하면 안 해. 어쩌면 거기서 유머를 발견하실지도 모르지."

"그 양반한테 유머 감각이 있어?"

에벌린은 어깨를 으쓱했다. "보이드, 그 양반은 악한들한테 신경 가스를 팔아먹은 사람이야. 당연히 유머 감각이 있지 — 전부 게임이니까. 당신이 그 양반을 잡은 유일한 사람이야."

"맞아, 근데 난 웃어본 기억이 없는걸. 그 양반이 날 좆나게 파멸시켜서."

"그러고 그걸 아주 웃겨 했지. 여전히 그래. 당신이 아빠네 문간에 당신 뇌를 쏟아내도 똑같은 반응일 거야. 2초만 지나면 있지, 자기 친구들하고 코냑이랑 시가를 하면서 그 설을 어떻게 풀어낼지 리허설 중일걸. 나한테 그 양반 말려달라고 하지 마, 난 안 할 거니까." 그녀는 무슨 말을 덧붙이려다 멈칫하더니 다시 말을 시작했다. "나한테 솔직해져봐. 옛 인생을 돌려받고 싶었던 게 정말로 진지했던 건지 — 린 퀴진이 뭐 어째?"

"진지하지 않았어," 보이드는 말했다. "은행을 털었는걸."

"하지만 그 일이 없었다면?"

보이드는 안 보는 척하면서 그녀를 갸웃이 보았다. 그녀의 양쪽 광대뼈 살이 이날의 추위에 에여 있었다. 그녀의 차림새는 캐털리나에서의 오후에 맞게 디자인된 얇은 면 스웨터와 슬랙스가 전부였다.

"그, 분명 일어난 일이고," 그는 말했다. "난 바보가 아니야. 어떤 행복한 결말은 없을 거야."

"행복하지 않다, 당신 말이 맞다. 평화로운 거라면 어때?"

"그것도."

"그럴 수도 있고 아닐 수도 있지," 에벌린은 말했다. "돈으로 살 수 있는 것들을 보면 당신 깜짝 놀랄걸."

앤지 빙은 두니의 거실에서 두 사람을 기다렸다. "세 가지만요," 그녀는 에벌린에게 직접 말했다. "그는 내 거예요. 당신은 졌어요. 당신이 탈 택시를 불렀어요." 그녀는 보이드를 돌아보았다. "네 가지만 확실히 하죠 — 멍키렌치를 든 사람이 캠핑 밴에서 기다려요. 오, 그래요, 앨빈은 소환돼서 갔고 약혼은 파기됐어요. 좀 있으면 우리도 다시 캘리포니아로 출발할 거예요. 다들 잘 알아들었죠?"

에벌린은 앤지 쪽으로 용감히 한 발짝 내디뎠다. "이리 와요, 자기. 한번 안아봅시다."

"그는 **내 거**라고요," 앤지는 말했다.

"당신 거다마다요. 그래서 안아달라는 거예요."

35

집에서 나온 보이드는 10월의 심각한 강설이었던 것을 뚫고 플레저웨이로 나아갔다. 그는 캠핑 밴 문간에서 몇 초 걸음을 멈추어 눈, 추위, 정적, 그리고 자기가 오롯이 혼자는 아니라는, 오롯이 멸시받진 않는다는, 오롯이 미래가 없진 않다는 매우 갑작스럽고 낯선 깨달음에 주목했다. 그것은 그가 공상하던 미래가 아니었다, 엄연히 그랬다, 하지만 고요하고 폭신한 눈 가운데에 서 있으니 그 미래가 분에 훨씬 넘친다는 사실은 이해되었다.

그는 두 손을 내밀어 눈송이 몇 개를 받곤 그것이 순식간에 녹는 모습을 들여다보았다.

인생 참, 그는 생각했다.

캠핑 밴에 발을 들이니 침대가 있는 그의 왼쪽 저편에서 한바탕 소란이 일었다. "빌어먹을," 헨리 스펙이 으르렁거렸다. "노크하면 뭐 어떻게 되나?"

눈치 없게도 스펙은 순결하고 생기 있고 우호적인 웃음을 짓는 단

출한 옷차림의 아가씨와 얽혀 있던 사지를 풀었다.
 스펙은 제 바지를 홱 당겨 올렸다.
 "망할 놈의 1초만 주시지," 그는 투덜거렸다. "눈도 좀 감든가 하고."
 보이드는 눈을 감고 돌아섰다. 등 뒤에서 여자아이의 거슬리는 웃음소리가 들려왔다.
 "좋아," 1, 2분 지나 스펙은 말했다. "이제 돌아도 되는데, 근데 농담이 아니라 누군가 당신한테 매너는 가르쳐야겠어. 저쪽에 앉아." 스펙은 여자아이가 행주처럼 보이는 걸 몸에 걸치고 있는 좁은 침대를 향해 몸짓을 했다. "잘 들어. 난 헨리, 이쪽은 엔니, 우린 볼일이 있어서 왔어. 오랜 안 걸릴 거야."
 보이드는 제 옆의 행주와 상기된 웃음을 의식해 침대 가장자리에 고분고분 앉았다. 그는 스펙이 셔츠를 집어넣고 캠핑 밴 문을 잠근 다음 비옷을 집더니 그 주머니에서 반짝반짝하는 새 멍키렌치를 끄집어내는 모습을 지켜보았다.
 "이 연장의 무게가…… 몇일까? 몇 파운드?" 스펙은 연장을 손바닥에 탁 하고 쳤다. "자, 봐, 기혼자인 그 참한 숙녀분이 여기에 있어, 내 상사의 부인이, 응? 내 생각엔 당신하고 아는 사이 같은데."
 "아는 사이지," 보이드는 말했다.
 "오케이, 좋아, 아는 사이. 그래서 내 상사는 있지, 그분은 당신이 그녀랑 **모르는 사이**였으면 해서. 모르는 사이, 이를테면 당신이 그녀 이름을 기억해내려고 빈둥대고 있다고 해보자고, 응? 그런데 그 이름이 도무지 떠오르질 않는 거야. 죽겠지, 계속 애를 쓰는데도—무득점이야—당신은 명단을 아주 싹 훑어, 100만 명, 200만 명

— 그래도 무득점. 그녀의 머리색, 신발 사이즈, 잠꼬대를 하는지 안 하는지가 기억이 안 나. 그녀가 흑인인지 백인인지 황인인지 여기 이 엔니 같은 알비노인지 기억이 안 난다고. 아무것도 기억이 안 난다 이 말이야. 그게 바로 '모르는 사이'야. 이해가 되시나?"

엔니는 키득키득했다.

보이드는 그렇단 뜻으로 고개를 절레절레했다.

여자아이한테 점수나 따려고 똑똑한 척 중언부언, 어지간히 질질 끄는 녀석이군, 보이드는 생각했다.

"자, 긴장을 놓을 수 없는 건 이거야," 스펙은 말했다. "보라고, 빡이 돈 건 내 상사만이 아니야. 나도 돌았어. 왜냐하면, 이런, 내가 당신 동의를 억지로 받아내려고 별의별 데를 다 다녔거든, 다시는 보고 싶지 않은 곳까지 말이야, 예를 들어 당신이 고갤 돌리는 순간 귀가 잘려나갈 이 형편없는 캠핑카까지. 내 사회생활이 없다고. 태닝도 옅어지고 있고. 엔니만 없었으면, 그녀의 마음씨를 축복하나니, 난 지금쯤 설인이 됐을 거야, 바깥의 저 숱하게 많은 소나무들에 매달린 고드름*이 됐을 거라고." 그는 심호흡을 하곤 자기가 잘하고 있는지 살피느라 여자아이를 힐끗했다. "그래서 질문이 있어. 스펙이란 이름 들어봤나?"

보이드는 말을 해야 할지 고개를 저어야 할지 확신이 서지 않았다. 그는 말했다. "아니."

"자, 친구, 그건 나야, 헨리 리처드 스펙, 헨리만 빼면 내 종조부랑 거의 비슷한 이름이지. 구글에 검색해봐. 스펙 — S-P-E-C-K. 스

---

* icicle. 감정에 무딘 사람을 뜻하기도 한다.

펙을 우연히라도 마주치잖아, 우리 친구, 목에 난 자상에서 새어 나오는 치리오를 삼킬 수만 있어도 다행일 거야. 고로 이 연장 얘기로 되돌아오자고." 그는 멍키렌치를 흔들었다. "어디가 좋을까? 발가락 아니면 손가락?"

"대답을 원하나?" 보이드는 말했다.

"그럼. 여긴 폴란드가 아니거든."

"오케이, 고맙군."

"뭘 그런 걸로. 손가락?"

보이드는 아니란 뜻으로 고개를 절레절레하며 말했다. "실은 있지, 에벌린이 그러더라고 ─ 나랑 모르는 사이인 그 참한 숙녀분이 에벌린인데 ─ 당신이 날 살살 대해줄 거라던걸. 그녀가 느꼈던 바로는……"

"그건 거의 한 시간 전 얘기지."

"아."

"발가락?"

엔니는 살며시 침대에서 나와 헨리 옆에 섰는데 그 반들반들한 갈색 어깨에 행주가 걸린 채였다. "발가락 같은데," 그녀는 명랑하게 말했다. "어쩌면 그리 안 아플지도 모르니까."

"핀란드 출신이지," 스펙은 말했다. "아니면 오클레어. 애 영어 실력에 공을 들이고 있던 참이야."

여자아이는 보이드에게 윙크를 했다. 그녀의 목소리가 한 옥타브 낮아졌다. "계속해요, 형씨. 신발이랑 양말 벗어요."

보이드는 제 신발을 쳐다보았다.

"진심으로 그러는 건가?" 그는 말했다.

"전희는 관두자고," 스펙은 말했다. "그 발가락들 좀 내놔봐. 5분이면 우린 여기서 나가니까."

보이드는 캠핑 밴 문을 힐끗하곤 가능성을 따져보더니 현실적이 되기로 마음을 굳혔다. "참고로 말하는데," 그는 말했다. "난 당신 상사한테 문제가 안 돼. 그 점은 에벌린이 보증해줄 거야. 내 말은, 지금 당장 저 집으로 다 같이 건너가기만 하면 그녀가 내 말을 뒷받침해줄 거라고, 20초도 안 걸려."

"에벌린은 수표 발행을 안 해서 말이야," 스펙은 말했다. "신발. 양말. 주니어스가 사진을 원해."

보이드는 신발과 양말을 벗었다.

"살짝 꼬집는 거야, 그리 안 심하게," 엔니는 경박한 모습으로 돌아와 말했다.

"발을 바닥에 쫙," 스펙은 말했다.

플레저웨이 바닥은 얼음장마냥 차가웠다. 보이드는 늘 의료 기구가, 심지어 청진기조차 무서웠었다. 그는 몇 초간 머릿속의 전에 없던 장소로 떠났는데, 그러고 나니 여자아이가 말하고 있었다. "미스터 헨리 나한테 새끼발가락 약속, 오키도키?"

"새끼 좋지," 스펙은 웅얼거렸다.

"설마 진심이야?" 보이드는 말했다.

"좋은 자세군. 희망을 잃지 말라고." 스펙은 엔니를 돌아보았다. "옷 좀 걸치고 카메라 가져와. 이런, 이 안은 냉장고가 따로 없네."

그리 심하진 않았다.

초현실적, 그러고 나중에는 현실적.

엔니가 기쁨에 찬 탐험가의 휘둥그레진 눈을 한 가운데 스펙은 정비공처럼 절차대로 처리했다. 한쪽 엄지발가락, 다른 쪽 아기 발가락. 베지 않고 전부 으깨기만. 얼마 뒤 그들은 보이드를 맨발 채 눈 속으로 데리고 나갔다.

엔니는 휴대폰으로 접사 두 장을 찍었다. 헨리 스펙은 서부에 있는 주니어스에게 사진을 전송했다.

"아직 감각이 없어요?" 엔니는 말했다.

"아직은," 보이드는 말했다.

"발가락을 고른 건 좋은 아이디어예요, 형씨."

보이드는 오키도키라고 말할까 했지만 그러는 대신 두니 집 방향으로 떠나가는 헨리 스펙을 바라보았다. 누가 믿을까? 보이드는 놀라워서 고개를 절레절레하곤 약간의 눈물을 훔쳤다.

여자아이가 웃음을 터뜨렸다. "좀 재밌다, 그렇죠?"

"좀," 보이드는 말했다.

그녀는 절름절름 캠핑 밴으로 돌아가는 그를 거든 뒤 하루이틀 냉찜질을 하라 말하곤 제 블루 플라이 명함을 살며시 내밀었다. "이름은 페기예요," 그녀는 속삭였다. "페기는 방탕한 짓 안 해요. 엔니가 나쁜 아이예요."

36

플레저웨이에서 반쯤 졸고 있는 그를 앤지와 에벌린이 발견했을 땐 밤이 내려 있었다. 보이드는 자기는 괜찮다며 편히 있게 내버려 달라 부탁했지만 그들은 단호한 말을 숱하게 쏟아낸 끝에 5인치나 되는 눈을 뚫고 그를 두니의 통나무 저택으로 날랐다. 다른 때라면 난방이 안 되어 있을 큰 거실에서는 벽난로가 솔깃한 온기를 몇 피트 거리까지 방출하고 있었다. 거기 바닥에서 그들은 쿠션과 누비이불로 된 잠자리 안에 보이드를 눕혔다. 에벌린은 하이드로코돈* 알약 두 알을 조제해주었다 — 하나는 지금, 하나는 나중 거였다. 앤지는 토마토 수프 솥을 데웠다.

보이드로선 정신이 — 들락날락 — 아득했지만 두 여자의 관계는 분명 개선되어 있었다. 에벌린의 택시는 취소된 터였고 와인이 커피를 대체했으며 자매애도 확보된 모양이었다. 부어 오른 발가락

---

* hydrocodone. 마약성 진통제이며 정신과 치료에도 쓰인다.

때문인지 하이드로코돈 때문인지 모르지만 보이드는 앤지와 에벌린이 나와의 관계보단 자기들끼리의 관계에 훨씬 만족하고 있다고 짐작했다.

어느 때인가 불이 아직 타고 있을 때 그는 에벌린이 행동 수칙 목록, 그러니까 예상표 내지 경고문이라 할 일종의 보이드 핼버슨 사용 설명서를 속삭이는 듯한 소리를 잠결에 들었다. **유치한**과 **줄잡아 봐도**와 **터무니없는**과 **실패에 대한 병적인 공포**라는 말들 때문에 그는 뱃멀미 때 같은 가수면에 빠졌다. 나중에, 여명이 얼마 안 남은 밤에 그는 벽난로에서 반짝이는 붉은 잉걸불 하나를 주시하며 잠 위로 떠올랐다. 둘 다 담요로 몸을 감싼, 둘 다 꿈쩍도 없는 에벌린과 앤지를 좌우 방어 대형으로 둔 채 자기가 누워 있음을 깨닫기까진 시간이 걸렸다. 그는 자기가 혼자가 아니라는, 멸시받지 않는다는, 빈약한 미래나마 없지는 않다는 깨달음이 다시 한 번 들었다. 은행털이는 입장권일 뿐이었어, 그는 판단했다. 범죄가 없었다면 이런 일도 없었을 거야, 반짝이는 잉걸불도, 욱신대는 발가락도, 곁에 있는 두 여자도.

보이드는 일어앉아 하이드로코돈 두 번째 알을 찾아서 삼켰다. 그는 자리에서 조심조심 일어섰다.

굳은 다리를 움직여보더니 뒤꿈치에 무게를 실으면 된단 걸 알게 된 그는 우발적인 통증만을 느끼며 앞문을 향해 발을 끌었다. 그는 밖으로 나가 두니의 현관 계단에 오줌을 누었다.

실패에 대한 병적인 공포?

아마 그럴지도.

터무니없는?

순 수사적 발언이야.

그는 한동안 맨발로 서서, 처음엔 콕 쏘더니 나중엔 발가락을 마비시키는 눈(雪)을 희미하게 의식한 채 간밤 얼었던 것들의 타닥타닥하는 소리에 귀를 기울였다. 병적이건 아니건 그가 템프테이션 38구경을 바로 이 현관에서 사용하는 데 실패했단 건 확실했다. 물론 에벌린과도 실패였다. 부실 운영된 반세기에 걸쳐 마주쳐온 거의 모든 사람 모든 것에 실패였다. 거짓말로 점철된 일생, 그건 틀림없는 사실, 그런데도 허언들이 혀에서 줄줄 흘러나오고 눈앞의 망상들은 스스로를 진실이라 우기는 탓에 그는 그 말 하나하나, 살아보지 못한 삶이며 거저 얻은 순간들 하나하나를 열렬히 믿어온 터였다. 그랬다, 그는 프린스턴 졸업생이 **맞았다**. 그랬다, 그는 힌두쿠시에서 용맹을 떨친 적이, 매킨리산*을 오른 적이, 뇌종양을 이겨낸 적이, 대학수학능력시험(SAT)에서 만점 가까이 받은 적이 **있었다**.

하지만 그게 뭐?

뻥을 치면 되는 것을 뭐 하러 실패를 무릅쓴담?

보이드는 별이 가득한 하늘을 몇 초 올려다보았다. 눈이 멎어 있었다. 밤은 은반짝이로 장식된 크리스마스카드처럼 반짝반짝 빛났다. 발은 아래쪽에서 분리 제거된 듯했다. 통증이, 아무런 감각이 없었다.

그는 문 쪽으로 돌아 발을 내디디더니 좌우로 시소를 탔다. 그는 세게 자빠졌다. 팔꿈치 하나를 돌에 박았다. "이런," 어둠 속에서 앨

---

* Mount McKinley. 공식 이름은 디날리산(Mount Denali)으로 미국 알래스카주 남부에 있다. 높이 6190미터로 북아메리카에서 가장 높은 산.

빈이 말했다. "큰일 날 뻔했는데요."

그는 겨드랑이를 받쳐 보이드를 일으킨 다음 문간에 기대세우곤 보풀이 일어난 하얀 벙어리장갑으로 먼지를 털어주었다.

앨빈이 어디서 나왔는지 혹은 왜 거기 있는지 보이드는 알 길이 없었다. 그 친구는 털실 모자, 방한 부츠, 스노모빌 운전용 바지, 회적색 파카를 걸친 겨울 복장이었다.

"부러진 덴 없으세요?"

"없어," 보이드는 말했다. "발가락은 혹시 모르겠군."

"자요, 어디 따뜻한 데로 데려다드릴게요. 5분만 더 있으면 의족으로 걷고 있겠어요." 앨빈은 뒤로 돌아 보이드의 두 팔을 제 두 어깨에 걸쳤다. "올라타세요. 저기 캠핑 밴까지 업어다 드릴게요. 같이 얘길 좀 나눠야겠어요."

"내가 알기론 앤지가——"

"네, 그랬죠. 저를 쫓아냈죠. 갈 데가 없더라고요, 그래서 결심했어요——그 왜——차고에서 죽쳤죠. 페라리 히터가 아주 근사하던걸요. 이제 꽉 잡으세요."

플레저웨이까지 60피트(18미터 남짓)의 길은 다사다난했던 24시간에 종결을 지어주었다. 앨빈은 캠핑 밴에 시동을 걸고 히터를 켠 다음 보이드의 발에 제 벙어리장갑을 씌워주었다. "동이 트면 우선 의사를 만나보시는 게 좋겠어요," 그는 말하곤 보이드가 끄덕이길 기다렸다. "아프신 거 알아요——누구여도 아프겠죠——한데 몇 가지 들으셔야 할 게 있어요. 들어보실래요?"

한 줄기의 불길이 보이드의 발에서 무릎으로 꿈틀꿈틀 번졌다.

그는 숨을 슙 들이켜고 말했다. "빨리 끝내."

"물론이죠." 앨빈은 잠깐 멈칫했다. 그는 초조하고 안절부절못해 보였다. "들어보세요. 얘기가 길어요. 엔니랑 저요, 우린 예전에…… 뭐라고 해야 하나. 한 벌이었어요, 이를테면. 켄하고 바비. 여기 미네소타 위쪽 시골은요, 대체로——악의 없이 하는 말이지만——늙다리들이라서 우린 서로를 대번에 눈여겨봤어요. 저 아래 엘크스 자선단체 모임에서 스와핑하는 60대들 스토리보단 나았죠. 아무튼 우리는, 그러니까 엔니랑 저는 문제가 있었어요. 저는 물건 훔치길 좋아하고 걔는 사람들하고 얽히길 좋아하고." 그는 다시 멈칫했다. 그는 반쯤 방긋하더니 고개를 세차게 가로저었다. "분노가 문제였어요, 아시죠? 하늘이 맺어준 짝이었는데, 뭐랄까, 너무나도 완벽한 짝이다 보니 꼭 여동생한테 추파를 던지는 것 같더라, 그래서 지금은——그 왜——지금은 그저 서로를 도와주는 사이예요. 서로 돌봐주는 뭐 그런 거죠. 어젯밤엔 걔가 절 호출해서 발가락 얘길 해주지 뭐예요. 완전 뒤집어져서 말이죠. 지금 걔랑 같이 있는 그놈 있잖아요, 그 스펙이란 놈, 그놈은 멍키렌치를 든 조지 해밀턴*이에요. 지금까진 이해되시죠?"

"발에서 불이 난다고," 보이드는 말했다. "요점이 뭐야?"

"엔니가 갈등을 겪고 있어요——눈치채셨겠지만요. 둘이 서로 안 맞아요. 신용카드를 사랑하는 거지, 남의 발 짓이기는 데엔 별 흥미

---

*   George Hamilton. 미국 배우로 표도르 도스토옙스키의 『죄와 벌』이 원작인 미국 드라마 영화 〈미국 죄와 벌Crime and Punishment U.S.A.〉(1959)로 스크린에 데뷔.

가 없다고요. 갠 스펙한테 겁을 먹었어요. 완전 사이코니까. 엔니는 발을 빼고 싶어 해요. 도움을 바라는 중이죠."

"나한테?" 보이드는 말했다.

"아저씨한테요. 그래서 제가 오늘 밤 알짱거린 거예요."

"갠 내 새끼발가락을 으깨놨어. 으깨는 걸 **좋아하던데**."

"맞아요, 그래서 그 점을 몹시 힘들어하고 있어요. 사과드린대요."

"어떤 도움인데?"

"아저씨 총이요."

보이드는 한숨을 쉬며 고개를 흔들다 일어서려 해보았지만 곧 포기했다. "총은 안 돼, 앨빈. 갠 안 그래도 위험해."

앨빈은 낄낄거렸다. "그건 반박할 수가 없네요, 파파. 하지만 엔니한테 주려는 게 아니에요. 걔가 저더러 스펙이란 친구한테 겁을 불어넣어달래요—총을 빙빙 흔들면서 꺼지라 말해달라던데요. 그놈이 냉큼 겁을 거라나."

"미안해," 보이드는 말했다. "총은 안 돼. 적어도 난 안 돼. 앤지가 압수했거든."

"알았어요, 앤지는 나랑 얘길 안 할 테지만. 그게 우리가 바로잡아야 할 또 한 가지가 아닐까 싶네요. 전부 있잖아요, 이런, 처음부터 끝까지 전부가 커다란 위장극이었어요. 앤지랑 저랑은 아무것도 없었다고요, 아시겠어요? 사랑의 사기였죠. 그녀는 아저씨가 맞땡이가 가서 냉큼 달려와 울고불고 빌 거라 생각했어요. 저는 그게 철딱서니 없는 전략이다 하고 말해줬죠."

"그랬더니?"

"그랬더니 아무 일도 없던걸요. 아저씬 거의 눈치를 못 챘고, 그러다 나중엔…… 나중엔 제 연기가 연기가 아니더라고요. 그녀가 저를 퇴짜 놓은 건 그 시점이에요."

보이드는 웃음을 터뜨렸다.

"웃을 일이 아니에요," 앨빈은 말했다.

"아니지, 근데 앤지답군. 어젯밤엔 **나더러** 유치하다 그러더니."

앨빈은 얘길 나눌까 이만 떠날까 판단하듯 보이드를 쳐다보았다.

"이런, 아저씬 뭔가 달라요, 안 그래요? 무릎에 장미가 떨어져도 할렐루야 하고 외칠 줄을 모르죠. 무슨 문제 있어요?"

"난 팔푼이니까," 보이드는 말했다.

"그건 논쟁의 여지가 없네요. 발가락이 헐어버린 팔푼이."

"있지, 나를 다시 집으로 데려다주면……"

"1분이에요. 총 주세요, 그럼 전 볼일 끝이에요. 그 뒤엔 행운을 빌어요 —— 아저씨의 구린내 나는 남은 인생으로 돌아가시라고요." 앨빈은 말을 멈추고 웃음을 지을까 했지만 그러지 않았다. "곧 어떤 명절인지 아세요?"

"아니," 보이드는 말했다.

"핼러윈이요. 며칠 안 남았어요."

"그래?"

"제가 제일 좋아하는 날이에요. 창문을 비누칠하고 정원 가구를 문질러 닦는 유일한 날. 저는 핼러윈을 **위해** 태어났어요. 저 아래 시카고에서 한번은 —— 열한 살인가 열두 살 때인데 —— 사탕 주면 안 잡아먹지 하러 저기 그 백화점에 갔어요 —— 마셜 필즈(Marshall Field's)였던 것 같은데 —— 가서 계산기며 간이 진공청소기며, 원치도 않았던 쓰레기를 들고 나왔죠, 그냥 흥분을 위해서, 아시겠어요? 아저씨가 은행을 턴 거랑 같아요, 대략. 그게 저란 사람이에요. 그게 제가 **되고 싶은** 사람이에요." 오락이었을지도 모르는 일에 앨빈의 눈은 주름이 잡혔는데 이는 아마도 체념인 듯했다. "아무튼 이라크에서 몇 년을 복무하고 나니까, 빙고, 저한테 아주 완벽한 알리바이가 생겼지 뭐에요. 상이용사잖아요, 안 그래요? 손상을 입었다고요. 죄책감이 아가미에 꽉꽉 들어찬 거죠. 그런데 보세요, 진실을 말하자면, 저는 제가 생계로 하는 일이 **좋아요**. 날마다 핼러윈이니까."

보이드는 어깨를 으쓱하곤 말했다. "알았어, 너 참 못됐다. 집까지 가는 거 도와줄래 어쩔래?"

"총은 어쩌실 건데요?"

"되는지 한번 볼게. 근데 총알은 없어."

"전혀 필요 없어요," 앨빈은 말했다. "무기는 차고에 놔두세요. 옛정을 생각해서, 아셨죠?"

"어디 봐서."

앨빈은 지긋지긋해하며 일어섰다. "아저씨, 아저씨랑 저는 있잖아요, 어떤 형이상학을 공유하고 있어요. 막장이다 하는 느낌 말이에요. 유일한 차이라면, 저는 겁쟁이가 아니라는 거죠. 그 엿 같은 방아쇠를 당기는 게 두렵지가 않다고요. 이해되시죠?"

"아니."

"앤지한테 돌려보내드리죠. 그녀한테 제 사랑을 확실히 전해주세요."

11월 7일 아침에 가을은 돌아왔다. 정오쯤 되자 도로는 선명했고 기온은 화씨 50도대 초반(섭씨 10도 남짓)까지 올라 있었으며 에벌린이 부른 택시는 진입로를 갈아 부수며 화창한 하늘 밑을 달려왔다.

그녀의 떠남은 도착만큼이나 어색했다. 그녀도 보이드도 무슨 말을 해야 할지 몰랐다. 앤지는 에벌린을 문간에서 한 번, 택시 앞에서 한 번, 그렇게 두 번 안았다. 보이드는 자기 앞에서 중요한 결정이 이루어진 기분이 들었지만 그게 정확히 무슨 결정이고 얼마나 정확한 결정인지는 알지 못했다.

에벌린은 그에게 하이드로코돈병을 두 병 건넸다. "하루에 네 알이고 가서 엑스레이도 좀 찍어봐. 난 걱정하지 마, 잘해낼 테니까."

그녀는 택시에 올라타 문을 닫더니 다시 문을 열고 나와 말했다. "나 아버님이랑 얘기 나눴어. 잘하면 부자(父子) 두 사람이…… 아버님 나이 드셨더라. 상처 될 일은 없을 거야."

"상처가 될 수도 있지," 보이드는 말했다.

"시애틀에 계셔."

"소재는 나도 알아."

"나한테 화났구나."

"화 안 났어. 체념 중인 거야."

에벌린은 그를 쳐다보곤 다시 택시로 들어갔다.

"이 말이 도움이 될지 모르지만," 그녀는 말했다. "나 당신 용서해. 한 번 더."

"이하동문," 보이드는 말했다.

그날 저녁 눈은 또 한 번 호로 호수를 강타했다.

37

 허언증은 바이러스였을까 저주였을까 원죄였을까 고의적 사익 추구였을까 광포해진 이기주의였을까 옹졸한 오만이었을까 발작적 무례였을까 신경증적 왕따질이었을까 노골적 무지였을까 병적 불안정이었을까 따분함을 기상천외함으로 대체하려는 단순한 갈망이었을까? 아니, 그보단 아이가 의사 놀이를 하거나 병역을 기피한 호텔 경영자가 총사령관 놀이를 하는 것과 다름없었을까? 허언증은 이 모든 것 이상이요, 원인이자 결과로서 학부모회와 의회 법사위원회를 통해 제 길을 터나가는 것으로 드러났다. 2019년 중추엔 7100만 명의 미국 성인이 감염되어 있었다. 교실에선 추가로 2억 2000만 명의 초등학생이 증상을 드러냈다. 부정행위는 유행병이었다. 결석자의 핑계는 공상과학소설을 방불케 했다. 교사들은 반격을 했다.
 놀랍게도 그해 10월 하순, 질병대책센터(CDC) 현장 조사관은 인간으로부터 유럽 찌르레기와 미국 까마귀에 이르는 입증 가능한 첫 "유전적 교차"를 감지했다. 허언증이 어쨌길래 검은새들이 하늘에서 추락하기 시작했느냐 하는 건 불가사의였다. 검은새들이 서로 어떻게 거짓말을 하는가도 마찬가지로 수수께끼였다 — 어쩌면 깃털 배열이라든가 오해를 일으키는 지저귐이 문제일지 몰랐다. 진상이야 어떻든 자동차 앞 유리창과 미국 중서부 위쪽 지역의 뒤뜰을 들이받는 까마귀와 찌르레기의 홍수는 피할 길이 없었다. 허언증은 치명적인 것으로 변해 있었다.

삶은 따분하고 죄악은 원래보다 시시해진 캘리포니아주 풀다에선 저희의 평범해빠진 거짓 진실에 진력이 난 진실가의씨앗 네 사람이 이 순간 참신한 가짜 참뉴스를 물색 중이었다. "외계인과 UFO, 그건 전부 고대사야, 증명된 사실이지," 시장인 첩 오닐은 동맹들에게 설명했다. "구독자가 줄어들고 있어, 미합중국 대통령하곤 경쟁이 안 된다니까 — 그자가 우릴 죽이고 있다고. 우리한텐 어떤 또라이가 필요해. 의견들 편히 내봐." 그는 제 형 딩크, 얼 펜스터마허, 그리고 상중(喪中)인 더그 커터비, 그러니까 얼의 상공회의소 내 진실가의씨앗 전략사무실에 모인 전원의 제안을 기다렸다. 마침내 심오한 한숨과 함께 말을 꺼낸 건 더글러스였다. "지역 공략으로 갈까? 2학년을 가르치는 좀비들? 소방서에 잠입한 마녀들? 개인적으로 난 크게 기여할 형편이 못 돼 — 다들 알겠지만 로이스의 장례식이 바로 코앞이라. 그래도 역시 이 주변 집 청소는 해야겠지. 민주당원 두엇을 내가 알아."

"알렉 볼드윈이 어디에 살더라?" 딩크가 말했다.

"지역 밖이야," 첩이 말했다. "게다가 그 사람은 이미 궁지에 몰린 처지고. 어쨌든 내가 전에도 말했지만 다시 말하는데, 우린 보이드를 다시 게임에 불러들여야 돼, 상상력이 좋은 자를."

"자, 자," 더글러스는 말했다.

그들은 의견을 놓고 20분을 분투했으나 혹하는 건 나오지 않았고, 그러다 더글러스는 제 손목시계를 들여다보더니 가서 꽃도 사고 추도문도 써야 한다고 말했다. "계속들 하시게, 신사 양반들," 그는 명랑하게 말했다. "묘지에서 보자고."

더글러스가 사라지자 첩이 말했다. "속이 찢어지겠지."

"박살 났지 뭐," 얼 펜스터마허가 말했다.

전략사무실 저쪽에선 비행 중이던 찌르레기 다섯 마리가 상공회의소 판유리 창을 쿵 하고 들이받았다.

"저런 유대인 같은 것들!" 딩크가 으르렁거렸다.

38

 미네소타주 파크래피즈(Park Rapids) 몇 마일 외곽에선 커틀러스가 딸딸딸 푸푸거리면서 제 최고 속도를 시속 27마일(시속 약 43.5킬로미터)로 확정 지었다. 자동차 히터는 저기 노스다코타에서 나가떨어진 참이었고 라디오는 끊긴 지 몇 년째였으며 그는 파고 동부의 어느 도랑에서 핼러윈을 보낸 터였고 현찰 보유액은 웬디스에서 절약을 해도 남아나지 않을 액수였다. 그 문제라면 웬디스든 뭐든 눈에 띄는 것도 아니었다. 시각은 오전 1시 30분, 다시 거센 눈이 내리고 있었다. 반투명한 얇은 얼음을 와이퍼가 힘없이 긁는 동안 랜디는 눈을 껌뻑껌뻑하며 도로를 보았다.
 지긋지긋한 1800마일, 엔진오일을 9쿼트(약 9리터)나 써가며 왔는데 결국 얼어 죽게 생겼네.
 세상 참.
 그가 파크래피즈의 번화가를 딸딸딸 거슬러 가는 동안 최우선 과제는 자연히 사라지는 중이었다. 움직임이 전혀 없었다, 차도 사람도. 어떤 끔찍한 북극 눈폭탄에 죽어 자빠진 마을 같다고 랜디는 생각했다. 눈폭탄 두 발이야. 지금 이건.

그는 20분간 연료계 바늘이 애원하는 걸 지켜보면서 길을 무작위로 오르락내리락하다가 영업이 끝난 월그린 주차장에 차를 댔다. 이 도회지엔 모닝콜이 필요하다고 랜디는 판단했다. 예를 들어 한바탕의 미니 범죄.

이후 도난 경보기 하나를 해제한 그는 월그린 온도조절기를 화씨 90도(섭씨 32도 남짓)의 훈훈한 온도로 높이고 있었다. 그는 저녁거리가 될 만한 것들을 찬찬히 둘러보다 M&M과 두 봉지의 처클스*로 낙점했고, 그러고 나선 온열 패드 두 장을 슬쩍해 가정 보건 쪽 통로의 나이퀼** 밑에 전원을 꽂고 잠자리에 들었다.

베미지까지는 50마일(약 80킬로미터 남짓)도 안 되었다. 커틀러스만 손보면 한 시간 내로 도착해 있을 터였다.

그는 푹 잠이 들었다.

랜디가 잠에서 깬 동틀 녘, 바깥 기온은 한 자릿수로 움츠러든 상태였다. 꾸준한 눈이 내리고 있었다. 그가 자동차로 슬그머니 나가 커틀러스의 얼어버린 엔진 크랭크를 돌리고 앉아 있으니 배터리가 죽어버렸다. 나 참, 여긴 캘리포니아도 아닌데, 그는 생각했다. 그는 제 더플백을 거머쥐고 월그린으로 다시 서둘러 들어가 제 실크 로데오 셔츠 세 벌을 전부 껴입은 다음 두 장의 온열 패드에 전원을 꽂고서 몇 분 있다가 두 장 다 제 셔츠 안쪽에 밀어 넣었다. 그는 박스 테이프를 사용해 패드를 앞쪽과 고물 쪽에 단단히 고정했다.

밖으로 다시 나와 보통 걸음 반 종종걸음 반으로 번화가를 거슬러 간 그는 이 재해에서 살아남은 예닐곱 명이 칸칸이 앉아 몸을 녹이고 있는 카페로 들어가 커피를 마시며 포트로더데일***을 꿈꾸었다. 랜디는 카운터 자리의 스툴을 차지하곤 메뉴판을 요청한 다음 현금 비축분을 확인했다 — 단돈 2달러였다.

매력 발휘 시간, 하고 그는 생각했다. 사근사근하게. 너무 사근사근하진 않게.

젊은 웨이트리스가 나타나자 랜디는 한쪽 입가를 최대한 쳐들어 비뚠 웃음을 짓고 말했다. "이 버터밀크 팬케이크. 정확히 설명 좀 해줄래요?"

"팬케이크예요," 여자아이는 말했다.

"건강에 좋겠네. 근데 봐요, 버터밀크를 관두면, 수리수리마수리, 더 싼 팬케이크가 나오겠군요."

여자아이는 그를 쳐다보았다. "버터밀크 빼드려요?"

"뺀다고 말하기는 그렇고," 랜디는 말했다. "그냥 일반 팬케이크로. 소시지도 같이 나와요?"

"자요, 모둠 메뉴를 주문하면" — 그녀는 들고 있던 연필로 메뉴판을 두드렸다 — "팬케이크에 소시지나 베이컨이나 햄이 딸려 나온다고 여기에 적혀 있네요. 해시브라운도요. 그게 모둠이에요."

"모둠 다 해서 얼마?"

"구 달러 구십구요. 쌀쌀하지 않아요, 손님?"

"쌀쌀?"

---

*   Chuckles. 젤리 사탕 상표.
**   NyQuil. 감기약 상표.
***   Fort Lauderdale. 미국 플로리다주의 도시. 대체로 날씨가 온화하고 쾌적하다.

"내 말은, 코트도 없이. 셔츠만 걸치고."

"셔츠 세 겹인데요," 랜디는 말했다. "색깔은 다 다르고. 거기다 온열 패드 두 장. 구 달러 구십구라고 했죠?"

"네, 손님," 여자아이는 말했다. "온열 패드를 입고 있어요?"

"당연 빠따죠," 랜디는 말했다. "전원 꽂고 20분을 기다리잖아요, 하와이가 따로 없어요." 그는 메뉴판을 보고 인상을 찌푸렸다. "구 달러 구십구이긴 한데, 그건 버터밀크가 **들어갈** 때 얘기잖아요."

여자아이는 웃음을 터뜨렸다. 그녀는 끽해야 스무 살에, 노르웨이계 영화배우여도 무방하다면 외모도 나쁘지 않았다.

"버터밀크 아니면 없어요," 그녀는 말했다.

"정당해 보이지가 않는데." 랜디는 한숨을 쉬곤 제 웃음에 비뚤음을 좀 더 첨가했다. "좋았쓰, 버터밀크로 합시다. 연필 준비됐음?"

"준비 후 대기 중이에요, 친구."

"다 갖춘 모둠 세 개로 합시다. 도넛도 하나 추가. 곧 돌아오죠."

결국 해치울 수 있는 건 모둠 메뉴 두 개 반까지였지만 랜디는 오전 중반까지 뻐대면서 화장실을 진짜 볼일을 보느라 두 번, 온열 패드를 바로잡느라 한 번, 총 세 번 이용했다. 그의 앞엔 거의 39달러에 달하는 불가능한 금액의 계산서가 두 시간이나 놓여 있었지만 커피 리필은 공짜였고, 그래서 커피가 누차 공수되는 동안 랜디는 그 젊은 웨이트리스에게 공들여 마술을 걸었다. 그녀의 이름은 프랜이었다 — 이것은 그가 '당신 하기에 따라 당신에게 정기적으로 떨어질 팁이 커질 수 있다' 하는 감언이설로 그녀에게서 쥐어짜낸 사실로, 저기 세일럼에서 그에게 결혼을 안겨줄 뻔했던 것과 똑같은 수작이었다.

프랜은 스물두 살이었다.

스티븐 킹 팬이었다.

소고기 육포만 빼면 채식주의자였다.

또한 아주 흥미롭게도 그 여자아이는 미스 파크래피즈 선발 대회의 준우승자였지만 우승했어야 마땅했는데, 그래서 랜디가 "네, 아가씨, 그 기분 나도 알아요" 하니 여자아이는 이렇게 말했다. "내 근무는 정오에 끝나요."

"그래요?" 랜디는 말했다. "그럼 여기 파크래피즈 사람들은 재미 삼아 하는 게 뭐예요? 혹시 얼음낚시?"

"하는 사람도 있죠. 나는 실내형 인간이에요."

"지금은요?"

여자아이는 그를 빤히 보았다. "당신 무일푼이군요, 그렇죠?"

"얼마 안 됐어요," 그는 말하곤 그녀에게 최대로 비뚠 웃음을 지어 보였다. "그쪽이랑 나랑 주유소 강도질할래요?"

"네?"

"네."

"정오요," 프랜은 말했다.

랜디는 그녀에게 윙크를 하곤 계산서를 구겨서 주머니에 넣더니 뒤에서 보면 자기가 아주 위험인물 같을 거란 생각을 하며 성큼성큼 문을 나섰다.

캘리포니아주 풀다에선 더글러스 커터비가 안전히 닫아건 제 은행의 쌀쌀한 금고실에 들어앉아 상하배열식 2연발 ATI 크루세이더 산탄총을 청소 및 기름칠하고 있었다, 느릿느릿, 머릿속의 로이스와 잡담도 하고 둘이서 수년을 나누었던 즐거움과 이유도 추억하면서. 지역사회 국법은 어른들의 놀이터나 다름없었어, 빛나는 은화 달러를 끊임없이 뱉어내는 슬롯머신이 갖춰진 오락실이었지, 그는 그녀에게 상기시켜주었다. 왜 가서 그걸 망쳐? 중요한 건, 당신 계획이 뭐였는지 당신도 알고 나도 안다는 거야, 그는 제 머릿속의 그녀에게 속삭였다. 아래쪽 총신은 토비 거, 위쪽 총신은 내 거. 내 말 맞잖아, 안 그래? 그래, 맞잖아. 그리고 당신은 좀 더 똑똑했어야 해. 거기 공원 벤치에 앉아서 무릎에 십만을 올려놨으면 말이야, 내가 가차 없는 입장에 설 수도 있단 걸 계산에 넣었어야지, 내가 은행장이란 걸, 내가 농장 압류 따윌 할 때 인정사정없는 놈이란 걸, 사업은 사업이란 걸, 이 사랑스러운, 잘 기름칠한 무기가 손 닿는 거리에 있었던 건 바로 당신 자신에게 조심성이 없었기 때문이란 걸.

불쌍한 내 사랑.

혼인 서약은 여기까지만 하자고.

로맨스도 여기까지만 하고.

더글러스는 한숨을 짓곤 자리에서 일어나 분해된 크루세이더를 두 개의 특대형 대여금고에 담았다.

하지만 잘 들어, 그는 그녀에게 말했다. 작은 산탄 하나 때문에 행복했던 기억까지 방해하진 마.

바로 그 시각 북아메리카대륙 저편에선 수천 마리의 찌르레기 떼가 백악관 상공 200피트에서 저희의 태곳적 발레 공연을 펼치느라 잘하면 눈부셨을 가을 오후를 어둡게 만들고 있었다. 서로 밀리미터 단위까지 단합을 이룬 찌르레기들은 하나의 우아한 유기체같이 위로 아래로, 북으로 남으로 움직였는데, 그러는 사이 땅에서는 어느 대도시의 전 시장이 미합중국 대통령과 팔짱을 낀 채 장미 정원*을 거닐고 있었다. "나야 질 수가 **없지**, 당연히," 미합중국 대통령은 말하고 있었다. "나는 나니까, 하지만 만약 내가 **진짜로** 졌다 — 웃지 마, 난 사람들이 날 보고 웃는 게 싫어 — 만약 내가 **진짜로** 졌다, 그럼 내가 이곳을 이대로 둬선 안 되지, 안 그래?" 그는 백악관의 잔디밭을 눈으로 죽 쓸었다. "이곳이 국민의 소유다 뭐다 죄다 헛소리들을 하는데, 하지만 진지하게 따져보자고. 여긴 내 거야, 그렇잖아?"

"지당하신 말씀입니다," 대도시의 전 시장은 말했다. 그는 걸음을 멈추곤 저희 머리 위 하늘을 향해 손짓했다. "이런 젠장, 저거 보이세요, 각하?"

"뭐가 보이길래 그래?" 미합중국 대통령은 말했다.

"저 위에 저 새들 말입니다. 여섯 마린지 여덟 마린지, 맹세컨대 막 충돌했어요."

"그래?"

"음, 그런 것 같긴 한데, 어쩌면…… 세 마리 더 충돌합니다!"

미합중국 대통령은 어깨를 으쓱했다.

"운 없는 것들," 그는 말했다. "까만 새**군, 맞지?"

랜디는 프랜을 기다릴 만큼 기다린 참이었다. 정오는 네 시간 전이었고 그의 발은 죽을 맛이었으며 온열 패드도 근심거리가 되어 있

---

*   Rose Garden. 백악관에 있는 정원.
**   black bird. 어딘가에 예속된 사람, 노예를 가리키기도 한다.

었다.

그는 셔츠 안으로 손을 넣어 패드를 느슨하게 하려 했지만 그건 보도에 박힌 무언가를 잡아당기는 거나 다름없었다. 그는 손톱도 써 보고 배를 홀쭉하게도 해보았지만 끝내 "답답해 죽겠네"란 말을 내뱉곤 패드를 벗겨낼 어딘가 사적인 공간을 찾아 두리번거렸다. 네 집 걸어 내려가니 '래리네 신발 및 슬리퍼'라는 신발 가게가 나왔다.

1분 뒤 랜디는 로퍼 한 켤레를 심사 중이었다 ─ 앤지의 머리색 같은 적갈색에 진짜 가죽이었다. "이거 신어볼게요," 그는 도와주는 사내에게 말했다. "근데 급한 일 먼저요. 화장실이 어디죠?"

방향을 따라간 랜디는 살면서 본 제일 작은 화장실에 다다랐는데 그곳은 셔츠를 벗고 온열 패드 작업에 착수하기에도 빠듯한 공간이 었다. 알고 보니 대난국이었다. 그의 똑딱이*가 똑딱거리고 있는 바 로 그쪽 가슴에 박스 테이프가 눌어붙어 있었다. 그는 제 잭나이프 를 꺼내어 패드 밑으로 칼날을 밀어 넣어보려 했지만 테이프가 고무 풀처럼 붙들고 있어서 어림없었다.

가벼운 두드림이 있었다. "안에 별일 없죠?" 신발 사내가 말했다.

"그럭저럭," 랜디는 말했다. "혹시 구둣주걱 있어요?"

랜디는 온수 꼭지를 틀어 제게 물을 끼얹곤 한쪽 패드 밑에 엄지 손톱을 걸었다. 저기 월그린 사람 누구랑 얘길 나눠보지 않으면 이 거 우라지겠는데. 잭나이프로 한 번 더 시도해보아도 여전히 운이 없자 그는 거울을 들여다보았다. 패드 때문에 그는 만화책과 감옥 체력단련실에서 보이는 멋진 역삼각형 몸매가 되어 있었다. 아직까 진 더불어 지낼 만하니까, 하고 그는 판단했다. 셔츠를 바지에 쑤셔 넣고 변기 물을 내린 뒤 밖으로 나온 그는 구둣주걱을 들고 얼굴을 찡그린 채 기다리고 있는 신발 사내를 마주했다.

"만사 오케이인 거죠?"

"그럭저럭," 랜디는 말했다. "그 로퍼나 신어보죠."

랜디는 자리에 앉아 카우보이 부츠를 탈탈 벗은 뒤 로퍼를 신곤 카펫이 깔린 시착용 통로를 거닐어보았다. 통로 끝엔 발 거울이 있었다.

"이 술(tassel)이요," 그는 회의적으로 말했다. "조금 도발적인 것 같은데, 어떻게 생각해요?"

"신발의 완성은 술이죠. 술은 왕관에 박힌 보석이에요." 판매원은 주머니 계산기의 버튼을 몇 번 두드렸다. "20퍼센트 깎아드릴 수 있어요."

"그게 얼만데요?" 랜디는 말했다. "최저가. 얼마예요?"

"팔십팔 하고 잔돈이 되겠네요."

랜디는 고개를 절레절레하곤 말했다. "소가죽치곤 많이 비싼데. 그건 그렇고, 그쪽이 래리예요?"

"제가 래리냐고요?"

"'그쪽이 래리예요?'가 뜻하는 게 그거죠."

"어, 아니요," 남자는 말했다. "저는 멜이에요."

"그러면 래리는 어디에 있어요? 터보건** 타고 계신가?"

"래리는 제 남동생이에요. 여기서 저랑 교대로 일해요. 그건 왜 물으시는지—"

---

*   ticker. 속어로 '심장'을 가리킴.
**   toboggan. 얇은 널빤지로 만든, 앞코가 위로 말린 긴 썰매.

"그냥 실대면이 맞나 확인하고자, 그쪽이랑 나랑," 랜디는 말했다. 그는 잠시 말을 끊고 웃음을 지었다. "물물교환도 하잖아요, 그렇죠?"

"음, 저희는——"

"내 저 부츠요, 몇 년 구른 걸로 보이잖아요. 로데오 해본 적 있어요? 비 오는 날이라 합시다, 구정물은 땅에 몇 인치나 고이고, 브라마(Brahma) 소들은 내일이 없단 식으로 똥 싸고 오줌 싸고 하는데, 하지만 저 부츠는 있잖아요, 내 바로 말할게요, 당신 발이 젖어서 질척거리는 일조차 없어요. 오백 달러짜리 부츠죠. 광대 친구한테 이백 달러 깎아서 샀어요——그 친군 지금 죽었어요——죽은 지 6, 7년 됐나——역사상 제일 안 웃긴 광대였는데, 그래도 좋은 부츠를 알아볼 줄 알았단 건 주님을 걸고 말하는데 사실이에요."

"저흰 물물교환 안 해요," 멜은 말했다.

"네, 그래요, 신중히 생각해요. 당신 금전등록기에 얼마가 들었나 가서 봅시다."

금전등록기엔 340달러 조금 넘는 변변찮은 소액이 들어 있어 있었지만 무일푼인 것보단 나았다.

신발 가게는 랜디의 신규 강도 활동 영역이었다. 그는 40인치 길이의 하이톱 신발 끈 노란색을 골라 멜을 화장실 세면대 배수 파이프 밑에 아주 편안히 모셔놓았다. 멜은 입안에 입막음 헝겊이 없는데도 한마디를 하지 않았다.

"지금부터 뭘 할 거냐면," 랜디는 말했다. "여기서 우리 사업을 마무리 지을 거야. 괜찮으면 고개를 끄덕여."

멜은 고개를 끄덕였다.

"좋아. 자, 저 오백 달러짜리 로데오 부츠는 그쪽 거야. 이 팔십팔 하고 잔돈짜리 로퍼는 내 거고. 지금까진 괜찮지? 그러면 그쪽은 나한테 사백십이 달러를 빚진다는 계산이 나와, 맞돈으로. 하지만 그쪽은 나한테 이미 등록기에서 삼백사십을 지불했지. 다 따져보면, 내 돈 칠십이 달러랑 푼돈이 아직 부족해. 질문이 있는데, 우리는 그걸 어떡해야 할까? 아이디어가 있으면 얘기해봐."

랜디는 그에게 몇 초를 주었다.

"자, 있지," 그는 말했다. "나한테 아이디어가 있어. 내가 여자 힐을 하나 발견했는데 그게 할인 없이 육십칠 달러니까 난 이렇게 할게, 그걸로 6.5사이즈*를—내 여자 친구 사이즈인데—상자에 담아서 우리 둘이 에끼는 거지. 그보다 공정할 수는 없을 거라고 봐. 거래 완료?"

멜의 고개가 끄덕여지기까지는 시간이 걸렸다.

"똑똑한 사업가로군," 랜디는 말했다.

그는 화장실 문을 닫고 여자 힐을 수거한 뒤 가게 유리창에 영업 종료 팻말을 걸고 밖으로 나가서는 프랜을 기다리면서야 웃기 시작했다.

---

* 미국 여자 신발 사이즈 6.5는 대략 235밀리미터.

39

 완다 제인 엡스타인은 무덤가에 서서 제 죽마고우 헤더 토트하우저에게 소곤거리는 중이었다. "저 개자식이 지 마누라도 날려버리고 지 은행도 털었는데 그 증거 한 점이 안 나와—무기도, 목격자도, 비듬 한 톨도. 하지만 맹세할 수 있는데, 더기는 우리 손아귀에 있어. 저자는 독이 든 크리스코* 캔이야."
 헤더는 씩씩거리는 소리를 냈다. "그래도 은발은 좀 괜찮은 것 같네. 올챙이배만 빼면—"
 "헤더, 저놈은 연쇄살인범이야."
 "부자에 홀아비에," 헤더는 말했다. "더구나 그가 죽인 건 로이스뿐이잖아, 아냐? 연쇄는 아니지."
 "일단 저지르면 연쇄는 금방이야."
 "너무 장담하지 마라."
 완다 제인은 헤더에게 팔짱을 끼고 몇 발짝 잡아끌더니 100명쯤 되는, 공화당계와 멕시코계로 반반 갈린 장례식 참석자들의 면면을 살폈다. 두 개의 열린 무덤, 두 개의 닫힌 관, 갑절의 장사(葬事)였다. 통로를 사이에 두고 로이스 커터비 쪽에는 풀다의 실력자들이 자리해 있었다. 비탄에 잠긴 더글러스 커터비는 시장 첩 오닐과 상공회의소 소장 얼 펜스터마허를 양옆에 끼고 서 있었는데 그 둘은 도서관 앞 한 쌍의 가고일**처럼 더글러스를 돌보았다. 커터비 선수단은 고상하게 침울해했고, 고상한 모피 차림에 고상한 검은 정장 차림이었고, 고상하게 지루해했다.

토비 구덩이 근처의 분위기는 블랙 프라이데이보단 싱코 데 마요***에 가까운 축전이었다.

"대단도 하다," 헤더는 소곤거렸다. "음과 양이네. 미국적인 실험이야."

"부유층 대 페드로구나," 완다 제인은 무미건조하게 말했다.

"뭐랬어?" 헤더는 물었다.

"아무것도 아니야. 더기 좀 봐 — 나한테 추파 던진다."

헤더는 고개를 절레절레했다. "눈 깜빡이는 거잖아, 애."

"말도 안 되는 소리. 누가 한쪽 눈만 깜빡거려."

나중에 로이스와 토비가 땅속에 무사히 안치되자 완다 제인과 헤더는 20마일 반경 내에서 유일하게 제대로인, 오리건주 경계 근처의 홀리데이 인 레스토랑에 가 머리를 식혔다. 완다 제인은 위스키 두

---

*   Crisco. 통조림 쇼트닝 상표.
**   gargoyle. 중세 유럽 건축에서 흔히 보이는 악마 형태의 석상.
*** 블랙 프라이데이(Black Friday)는 미국 추수감사절 다음 날인 금요일로 연중 가장 큰 할인 행사가 시작되는 날. 싱코 데 마요(Cinco de Mayo)는 멕시코가 1862년 5월 5일 푸에블라 전투에서 프랑스 제국을 물리친 걸 기리는 날.

잔과 갈빗살 모둠 메뉴, 헤더는 위스키 두 잔과 새우 스캠피를 주문했고 두어 시간 뒤엔 둘이서 전략을 나누었다.

일단 전략이 서면 반은 해결된 범죄라고 완다 제인은 설명했다. 은행 카메라 영상은 양손에 괭이를 들고 로비로 걸어 들어가는, 〈건스모크〉 재방송 속의 맷 딜런을 빼닮은 토비를 확연히 보여주었다. 처음에 그것은 전형적인 강도질로 보였다 — 머리 뒤로 손을 올린 로이스, 금고실로 안내하는 로이스, 그녀의 바로 뒤를 따라가는 토비. 금고실 카메라가 둘을 포착했을 땐 토비의 가면이 사라져 있었다. 왜지? 사리에 맞지 않았다. 영상들은 입자가 거칠고 끊겼다 이어졌다 하는 데다 어떨 땐 무용지물이었지만 사건의 전반적 과정은 명확해 보였다. 사탕 주면 안 잡아먹지 가방으로 보이는 것을 든 로이스, 그걸 현금으로 채우는 토비. 어느 시점에 토비는 로이스 쪽으로 한 발짝 다가가 그녀의 뺨에 쪽 하고 얼른 입을 맞추는 듯했다. 혹은 아닐 수도 있었다 — 카메라 각도 탓일 수도 있었다. 어느 쪽이건 3, 4초 후 토비가 그녀에게서 물러나자 산탄총의 총신이 화면 구석에서 나타났다 — 허리 높이로 그걸 들어 올리는 로이스 — 그러고 나선 야간 공중 강습을 받는 바그다드처럼 번쩍하는 빛, 무음의 무시무시한 섬광이 일었다.

"거기까지야," 완다 제인은 헤더에게 말했다. "네가 봐도 〈우리에게 내일은 없다〉인 줄 알았을걸. 딱 하나 놀라운 건, 정말이지 왜 그들은 카메라가 하나하나 녹화되게 놔두었을까 하는 거야. 카메라가 있는 걸 그들이 몰랐던 것 같진 **않은데**."

"또 모르지," 헤더는 말했다.

"또 모르다니 뭘?"

"음, 그 영상들이 결국 쓰레기통 신세가 될 거라 생각했다면 또 모르지. 지워질 거라 생각했다거나."

완다 제인은 웃음을 지었다. "더그 커터비."

"그러니까 그를 감옥에 집어넣어," 헤더는 말했다. "나 같은 사람이랑 한방에."

완다 제인은 위스키 첫 잔을 꿀꺽 해치웠다. "중요한 건, 아직 증거 문제가 남았단 거야. 지금은 모든 게 다른 방향을 가리켜. 괭이에 남은 랜디의 지문, 맷 딜런 같은 모든 게."

"랜디 재프?" 헤더는 말했다. "절대 아냐, 얘. 랜디였으면 금고실 문에 불알이 낚아채였을걸."

"내 생각도 그래," 완다 제인은 말했다.

"그럼 넌 이제 어떻게 되니? 궁지에 빠진 것 같은데."

"그렇진 않아. 지문이 거기 있는 걸 커터비는 **알았어**. 지가 얼마나 똑똑한지 보란 듯이 뽐을 내고 있더라."

두 사람 다 한동안 생각에 잠겨 앉아 있었다. 두 사람은 10학년* 때부터 친구로, 함께 풀다 트로전스(Fulda Trojans)의 응원도 이끌고 한 보따리 되는 버섯**들과 밤샘 공부를 하느라 졸업 무도회도 거른 사이였다. 그리고 나서는 12년 동안 서로 갈림길을 걸어온 터였다. 헤더는 새크라멘토로 이사해 한 남자와 결혼을 하고 이혼을 하더니 결국 풀다로 돌아와 지금은 토트하우저 크로스핏 스파의 주인이요, 트레이너요, 경리요, 강사요, 잡역부로 일하며 여성 1인 기업을 운

---

* 우리나라로 치면 고등학교 1학년.
** 속어로 남성의 '귀두'를 가리키기도 한다.

영 중이었다. 키 6피트 4인치(약 193센티미터)에 몸무게 백구십 몇 파운드(86킬로그램 남짓)일 때 이미 헤더는 영향력 있고 만만찮은, 그러나 외로운 여성으로 성장해 있었다.

지금 그녀는 한숨을 쉬고 말했다. "알았어, 잘하면 내가 도움이 될 수도 있겠다. 더기를 바벨 밑에 붙들어둔다, 때려서 자백을 받아낸다."

"그게 법정에서 유효할진 모르겠다."

"누가 법정 얘기하니? 그럼 그를 수장시키든가. 내 자식들의 아빠가 된 다음에."

"좋지. 새우는 어때?"

"아직까진 위스키 맛 같아." 헤더는 빈 잔을 흔들었다. "그래서 계획이 뭐야? 네가 그놈을 잡고 싶어 하는 게 보이는데. 집착적이야, 내가 볼 땐."

"맞아," 완다 제인은 헤더의 날카로운 말투에 놀라서 말했다. "그놈 마누라는 공원 벤치에서 곤죽으로 있는데, 반면에 그놈은 날 보고 입맛을 다시고 있잖아, 얼개 어쩌고 하면서. 아무튼, 난 경찰이잖니."

"상황실 근무자지."

"상황실 경찰. 적어도 당분간은 내가 경관이야, 나랑 엘모가, 엘모는 자기 집 화장지 수사도 못 하더라만." 완다 제인은 고개를 세차게 절레절레했다. "있지, 명백한 걸 무시할 순 없어. 로이스가 십만을 들고 은행에서 걸어 나가 — 그건 확실해, 영상에 나와 — 그리고 마지막으로 보이는 건 그녀가 공원 쪽으로 향하는 모습이야, 죽어도 좋아 모임을 무료로 가지려고 토비를 만나곤 하던 바로 그 장소. 다음 날 아침 그녀는 햄버거 꼴이지. 돈은 없어. 사라졌어."

"세워둔 가설이 있니?"

"물론 있지. 그 셋 모두 그 일에 발을 들인 거야 — 로이스, 토비, 그리고 더그. 모두가 서로를 등쳐먹은 거지."

헤더는 앉아서 잠시 생각에 잠기더니 방긋 웃음을 지었다가 뒤로 기대곤 웃음을 터뜨렸다.

"거 맘에 든다!" 그녀는 말했다. "미국 스타일의 상거래!"

"말 되잖아, 그렇지? 로이스는 토비를 해치워. 더그는 로이스를 해치우고. 토비가 괭이를 사랑하는 로이스한테 사용할 계획이었다는 데에 난 억만금이라도 건다. 내 말은, 뺨에 쪽 하는 거? 죽음의 키스인 거야. 그리고 그 카메라 영상들 — 세 사람 다 삭제될 거라 생각했지만 더그는 로이스랑 토비만 죄를 뒤집어쓸 걸 깨닫고, 그래서 그 영상들은 그에게 이만큼 엄청난, 엄청난 이점이 된 거지. 더기는 고비를 넘었어. 그는 현금도 있고, 희생양으로 랜디도 있고, 보험금도 타고, 즉시 독신남도 되고, 오쟁이 진 신세를 멋지게 때려치워 앙갚음도 했지. 압승이네."

"달콤하겠다," 헤더는 말했다.

"다만 가설이라는 거."

"그러면?"

"우리한텐 증거가 필요해."

"우리?"

"너."

"잠깐 있어봐," 헤더는 말했다. 그녀는 의자에 푹 기대어 가는눈으로 새우를 잠시 쳐다보았다. "경찰은 너고 나는 크로스핏 하잖아."

완다 제인은 고개를 끄덕였다. "정확히 맞았어, 내가 경찰이지. 난 아무짝에도 도움이 안 될 거야. 함정수사 문제도 있고. 반면에 보통의 모범 시민이라면 — 예를 들어 키가 6피트 4인치인 인물 말이야 — 네가 하고 있을 일은 키스랑 대화뿐일걸. 내 말은, 법정에서 말이야."

"그러니까 네가 원하는 건, 내가 그 사람한테서 자백을 짜내라?"

"나라면 그렇게 말 안 하지."

"어떻게 말할 건데?"

"음," 완다 제인은 말했다. "나라면 타격 연습이라고 말하지."

오전에 시장 첩 오닐은 토비 밴 더 켈런의 대체 후보들을 자기가 면접하겠다고 완다 제인에게 알리러 서에 들렀다. 완다 제인은 귀를 기울이고 고개를 끄덕였다. 새로운 피가 수혈되는 건 괜찮은 일이었다. 그녀는 멕시코 사람들을 들볶는 데엔 흥미가 없었다.

첩은 지역사회 국법의 돈이 가득 실린 커틀러스로 도망 중임이 분명한 랜디 재프를 찾아내고자 연방순사들이 온갖 수단을 동원하고 있다는 얘기로 귀결되는 수사 국면을 검토하느라 아주 오랫동안 앉아 있었다.

"당장은 말이야," 첩은 떠나려고 일어서면서 말했다. "당장은 더 그 커터비를 너무 몰아세우지 않아주면 우리로선 고마울 텐데 말이지 — 풀다도 고마울 테고 — 나도 개인적으로 고마울 테고. 자네와 자네 친구 헤더가 어젯밤 그를 방문했다고 들었네."

"비공식적인 방문이었어요," 완다 제인은 말했다. "조의를 건네려고요."

"뭐, 바람직한 일이긴 한데, 더그의 기분이——" 첩은 고개를 절레절레하곤 낄낄거렸다. "조의라, 내가 그렇게 전해주지. 그 친구 생각엔…… 당장은 그 친구 충격이 아주 커, 로이스니 뭐니 다 잃어서. 두 사람은 한 팀이었으니까, 어쨌거나."

"물론 그랬죠. 애덤스 패밀리요."

시장은 눈을 껌뻑껌뻑하며 그녀를 쳐다보고 말했다. "조의. 조의를 받으면 더그도 마음이 놓이지. 나도 마음이 놓이고. 풀다도 마음이 놓이고."

"저기," 완다 제인은 말했다. "저희는 파이밖에 드리지 못했어요."

"음, 파이**밖에**가 아니지."

"파이에 든 버섯 때문에 그러시나요?"

"그렇게 들렸나 보군. 더그가 오늘 아침 아주 당황해서 나한테 전화 걸었는데, 아무래도 자네 친구 헤더랑 같이 밤을 보낸 것 같더라고."

"애도 상담이었어요," 완다 제인은 말했다.

"분명 그랬겠지. 하지만 여기 경찰서에 자네만 있는 걸 보면 상담은——"

"이봐요, 시장님, 전 애초에 들어가질 않았거든요. 헤더만 들어갔죠. 개도 성인이고 그도 성인이에요. 어느 부분이 문젠가요?"

사내는 잠시 뜸을 들이다가 어깨를 으쓱했다.

"문젠 없지. 다만 풀다는 작은 마을이야, 양파랑 사탕무를 키우는. 경력 성장의 기회가 많질 않아. 고용하는 것도 나고, 해고하는 것도 나라고. 알아들었나?"

"알아서 해라 뭐 그런 건가요?"

"꼭 그런 건 아니고," 그는 말했다.

"꼭 그런 건 뭔데요?"

첩의 웃음은 여전히 그 자리에 있었지만 시장의 웃음은 아니었다. "그냥 현실 검증이라 부르자고. 커터비는 중단해." 첩의 웃음이 활짝 펴졌다. "가봐야겠군, 무료한 하루 보내시게."

완다 제인은 사내가 돌아서더니 내겐 허공에 휘날리는 왕족의 기장이 있어요 하듯 문을 당당히 나서는 모습을 지켜보았다.

그녀는 딱히 생각에 젖어서가 아니라 속에서 열불이 나서 상황실 콘솔 앞에 족히 10분을 앉아 있었고, 그러다 휴대폰을 딱딱딱 두드려 엘모에게 전화를 걸곤 보안관보 배지 달고 서(署)로 좀 만나러 와달라고 말했다.

"지금?" 엘모는 징징거렸다. "여기 바빠 죽겠어, 당구장 돌리느라."

"이 일이 더 재미있을 거라고요," 완다 제인은 말했다.

더글러스 커터비는 진정된 참이었다. 곰팡이 같은 시큼한 뒷맛의 햄 치즈 오믈렛을 들면서 그는 속으로 괜찮다, 아무렇지 않다 되뇌었지만 이날 오전엔 피자 부스러기가 널브러진 침대에서 깨어나 식겁했던 게 사실이었다. 지난밤 현관문으로 등장한 두 여자가 경종을 울린 터였다. 좋지 않은 냄새가 났다. 경찰서 근무복을 입은 엡스타인이란 여자애, 운동용 반바지에 유독 스포티한 스포츠 브라를 걸친 장신의 근육질 여자. 그에게는 둘 모두 공상 속에서가 아니면 모르는 유형이었다.

아침 먹은 걸 설거지 중인 지금, 더글러스는 어느새 머릿속으로 로이스와 잡담을 나누며 지난밤의 국면을 알려주고 있었다. 그는 그녀에게 말했다, 사실은 사실이야, 처음엔 상황이 불편했어, 하지만 엡스타인이 차를 타고 가버린 뒤에는, 그리고 늦저녁에 그 첫 피자 조각을 먹은 뒤에는 적당히 긴장이 풀려서 그 여자 이름을 물어봤지, 왜 애도하는 태도에 허튼 구석이 없는 그 아마존 말이야. 당신 날 자랑스러워했을걸, 하고 더글러스는 부재한 로이스에게 말했다. 이 여자애가 이러더라고, "제 어깨에 기대어 울거나 제 반바지 내리셔도 돼요", 그래서 내가 "우어, 겁나네" 하니까 얘가 "고민하시는 동안 한 조각 더 먹죠" 그래, 그래서 내가 "이름이 뭐랬더라?" 그러니까 그 아마존이 "토트하우저"라는 거야, 그래서 내가 "독일 성이군, 그렇죠?" 하니까 얘가 "Du bist ein 장난꾸러기(당신 장난꾸러기군요)"라더군.

자꾸 들먹이고 싶진 않지만 당신은 이제 죽은 사람이니까 이 심술쟁이 늙은이는 외국어를 배워볼 계획이야, 그는 로이스에게 말했다.

그는 샤워를 하고 정장에 넥타이를 걸친 다음 이날은 일을 거르기로 마음먹었다. 그가 할 일은 제 대여금고에 든 은닉물에서 몇 만을 떼어낸 다음 크로스핏 스파로 차를 몰고 가 배를 홀쭉하게 집어넣곤 토트하우저 양이 크리스마스를 야생 속의 타호(Tahoe) 리츠칼튼에서 캠핑으로 보내는 데 흥미가 있는지 알아보는 것이었다.

괜찮은 계획이지, 로이스?

엘모 하이브는 보스턴 어느 상속녀의 자식으로 태어나 그 돈을 불리는 데 젊은 시절을 보내며 여름은 비니어드에서 나고 겨울은 체어마트* 나고 하더니 휘트니 벌저**의 친척과 결혼 및 이혼을 한 뒤론 슈라이버스(Shrivers) 옛을 안주로 술을 홀짝거리게 되어, 그 결에 세상도 사람도 다 싫은 방랑자로서의 삶이 간절해진 사람이었다. 그는 쉰네 살에 성공했다. 그건 극적인 인생 사건이 아니라 그저 '이만하면 됐어' 하는 적당주의에서 비롯한 거였다. 그는 스테이트 스트리트 법률사무소를 캘리포니아주 풀다의 망해가는 당구장과 바꾸었는데 그곳 풀다에서 브라민 엘모어는 광대 같은 이름 엘모가 되었다. 그는 케네디***의 억양을 잃었다. 그는 예일대 법대 동문들이 보내오는 크리스마스카드를 외면했고, 2014년형 셰비 실버라도를 몰았고, 급탕기 설치법과 맥주 통에 맥주 꼭지 다는 법을 배웠고, 풀다 경찰서에서 파트타임으로 일했고, '엘모네 당구 호프' 위층의 방 네 칸짜리 아파트에서 홀로 안분지족하며 살았다. 그는 재미 삼아 저 아래 레딩에 있는 구세군에 가서 옷 쇼핑 하길 좋아했는데 거기선 갈색 바지, 갈색 셔츠, 갈색 작업화를 헐값에 구할 수 있었다 — 촌놈 위장복이었다. 시간이 흘러 위장은 실제가 되었다. 아무렴, 그에겐 숨겨놓은 2억 달러가 있었지만 대체로 엘모는 촌뜨기 같은 생각을 하고 촌뜨기 같은 말을 하고 촌뜨기 같은 꿈을 꾸었으므로 지금 이 순간 당황해서 입을 떡 벌린 채 완다 제인 엡스타인을 쳐다보는 그의 모습은 영락없는 촌뜨기였다. "나더러 헤더의 보디가드를 서달라고?" 그는 물었다. "걘 보디가드가 필요 없어, 걔한테 필요한 건 여성용 칠레초석****이라고."

"난 **보디가드**란 말 안 했는데요, 엘모."

"더글러스가 걜 해치게 내버려두지 말라며."

"그 말도 안 했는데요. 걔한테서 눈을 떼지 말랬죠. 밀착해라, 그랬잖아요."

"그게 보디가드 서는 거 아니야?"

완다 제인은 단순히 하려고 노력했다. "잘 들어요, 엘모, 당신은 경찰이에요, 그렇죠?"

"어느 정도는," 그는 말했다. "어떨 땐 토비의 순찰차도 타고 돌아다니지. 그 친구가 아프거나 게으름 부리거나 할 때."

"토비는 죽었어요, 엘모."

"맞아."

"그러니 당신하고 나, 우리가 경찰이에요. 경찰은 사람들을 보호하죠. 더그는 위험인물이에요. 여기까진 이해되죠?"

"물론 되지," 엘모는 굼뜨게 말했다.

"미심쩍어하는 말툰데요."

엘모는 눈살을 찌푸렸다. "중요한 건, 헤더를 보면…… 그 왜, 뚱뚱한 쪽발이인지 뭔지랑 레슬링도 하게 생겼다는 거야. 나더러 어쩌라고? 나 쉰여덟이야, 거피***** 한 마리도 못 쓰러뜨려."

"누가 당신더러 레슬링하래요," 완다 제인은 말했다. "바짝 붙어만 있으라고요. 헤더가 어딜 가면 따라가요, 특히 개가 커터비랑 있

---

* 비니어드는 미국 매사추세츠주 남동부 코드곶 서남쪽에 있는 휴양 섬 마서스 비니어드(Martha's Vineyard). 체어마트(Zermatt)는 스위스 남부 마터호른 기슭의 마을.
** James Whitney Bulger. FBI에도 수배된 미국의 악명 높은 범죄 조직 두목.
*** 케네디 집안은 아일랜드계 미국 이민자다.
**** saltpeter. 칠레 등 남미에 분포하는 질산나트륨 광물로 성욕을 억제한다는 속설이 있었다.
***** guppy. 송사릿과의 조그만 열대 담수어.

을 땐. 만약 문제가 생긴다, 그럼 공무 집행 무기를 보여줘요."

"작동은 하려나. 자기는 어디 있게?"

"여기저기요. 더그가 크리스마스 기간에 걜 저 아래 타호에 데려갈 거예요, 아마 정초까지 쭉 있을 건데 어쩌면 더 길어질 수도 있어요 ─ 애도 기간 내내 그러지 않을까요. 일단 그 둘이 마을을 뜨면 내가 그놈 집을 다시 한 번 들쑤셔볼게요, 이번에는 샅샅이. 하지만 그러려면 당신이…… 뭐 씹고 있어요?"

"스콜*. 좀 줘?"

"다음 생에나요. 아무튼, 그러려면 당신이 그 둘을 타호까지 꼬리 붙어야 할 거예요, 헤더한테서 눈 떼지 말고. 크리스마스 계획 잡지 마요."

엘모는 제 시호크스 캡 모자를 벗어 몇 초 면밀히 살폈다. 그는 굼뜨게 말했다. "괜찮겠어? 꼬리 붙기, 집 들쑤시기? 영장은 있고?"

"지금은 없어요."

"지독하게 곤란한 일이군," 그는 말했다. "불법이기도 하고. 수정헌법 제4조.** 헤더가 도청기 달 거 아냐, 맞지?"

"나라면 **도청**이라고 안 하겠어요. 걔 휴대폰 녹음기 앱 쓸 거니까."

"그거나 그거나. 캘리포니아에선 불법이야. 모든 당사자의 동의가 필요해."

완다 제인은 그를 쳐다보았다. "엘모, 지금 장난 까요? 갑자기 배리 셰크***라도 됐어요?"

"내 의견은 기대하지 마," 그는 부드러운 투로 말했다. "잠자리 정담을 녹음하고 싶으면 네바다에서 하길 권할게. 거기선 당사자 한쪽의 동의만 얻으면 돼. 함정수사에 관한 법이 약하지."

"당신 대체 **누구세요**?" 완다 제인은 물었다.

"나? 엘모지."

"엘모 뭐요?"

"엘모 님," 그는 말했다.

---

*　　Skoal. 씹는담배 상표.
**　　미국 수정 헌법 제4조의 내용은 국민의 사생활 침해를 막는 것으로서 부당한 수색, 체포, 압수를 금하고 있다.
***　Barry Scheck. 미국 변호사이자 법학자. O. J. 심프슨의 변호인단으로 활동해 명성을 얻기 시작했다.

40

　　당신!의 꼭대기 층, 호두나무 널빤지로 장식된, 방음 처리된 태평양 선박선적의 이사회실에선 보이드 핼버슨 버드송의 운명을 정하고자 소집된 회장단이 개당 1만 3000달러의 회삿돈이 들어간 짝 맞춤 회전의자에들 앉아 카나페로 양분 공급을 하고 페리에로 수분 화합을 하고 있었다.
　　모임은 이번이 두 번째였다.
　　에벌린은 주재를 맡았고, 주니어스는 속을 부글부글 끓였고, 두니는 홍 하고 비웃더니 이렇게 말했다. "정하고 말고가 뭐가 있어? 우린 그놈을 넘기는 거야. 입장권하고 팝콘을 사서 재판을 즐기면 돼. 은행 강도, 가택침입, 중(重)절도질."
　　"마누라 절도도 시도했죠," 주니어스가 말했다.
　　"내 부가티, 그건 더 악질이라니까."
　　"애정 이전을 하려 하다니."
　　"내 볼링장은 또 어떻고, 세상에나. 어쩌긴 뭘 어째, 그놈을 곤충

마냥 작살을 내야지."

"벌레처럼요," 주니어스가 말했다.

에벌린은 옹졸한 말다툼에 지쳐 있었다.

"좋아요," 그녀는 말했다. "그래서 우리 결정은 이래요. 주니어스, 당신은 그 변태 깡패를 중단시켜요 ─ 으스러진 발가락 두 개, 그거면 충분하니까. 지역사회 국법엔 팔만 천짜리 수표를 끊어줘요. 이자로 이천쯤 보태서, 알았죠? 혹시 필요하다면 은행을 통째로 사버려요. 명예 회장님, 그쪽은 ─"

"아빠라 불러라."

"명예 회장님은 JC페니를 구제해주세요. 거긴 이제 사기업이에요, 그러니 제안을 하세요, 모조리, 무슨 수를 쓰더라도. 보이드가 직장을 되찾는지 꼭 확인하시라고요. 그리고 베미지에 있는 그곳? 그건 제 앞으로 하는 거예요, 저당 없이. 그것도 속히."

에벌린은 주니어스를, 그러고 나서 두니를 쳐다보았다.

"웬만큼 요약됐죠?" 그녀는 말했다.

헨리 스펙은 엔니의 말투도, 그녀가 권총을 흔들고 있는 모습도, 덥수룩한 수염을 한 다람쥐 이름의 덩치 큰 사내가 자기가 빌린 호로 호숫가 오두막 현관의 흔들의자에 앉아 자길 보며 씩 웃고 있는 것도 마음에 들지 않았다. 11월 아침 날씨는 때아니게 푹해 기온이 화씨 40도대 중반(섭씨 7도 안팎)은 족히 되었고 핼러윈 날의 괴상한 눈보라도 과거가 되어 있었다. 다른 괴상한 일이 그것을 대체한 참이었다. 엔니는 폐기가 되고 폐기는 으르렁거리고 있었다.

"나더러 **걸었으면** 한다고?" 헨리는 말했다.

"공항까지 15마일(24킬로미터 남짓), 그게 당신한테도 좋고 나한테도 좋지!" 엔니인지 페기인지 아니면 둘 다인지가 소리쳤다. "당신은 위험하고 불쾌한 미성년자 추행범 개자식 스펙이니까! 걸어!"

"미성년 추행?" 헨리는 말했다. "너도 내 동의서에 서명했잖아."

"하!" 그녀는 오클레어 출신의 확실한 페기로서 소리쳤다. "나 열일곱이거든! 잘하면 스물! 가까스로!"

"어느 쪽이야?"

"어느 쪽이라니 뭐가?"

"지금 누가 말하고 있는 거냐고. 페기야 엔니야?"

"둘 다지! 쌍둥이니까!"

"음, 생각대로네," 헨리는 말했다. "나이를 합쳐봐, 그럼 서른일곱이야. 한물간 나이라고."

"가라니까!" 그녀는 소리쳤다. "질척거리는 무서운 개자식! 걸어!"

"내가 무서워?"

그녀는 보이드의 템프테이션으로 그의 코끝을 톡톡 두드렸다. "먼저 요금을 지불하고," 지금은 아마도 엔니인지 단조로운 말투로 그녀는 말했다. "그러고 나선 걷고 걷고 걷는 거야."

"요금? 무슨 개소리야?" 헨리는 말했다.

그는 도움을 요청하려고 ─ 앨빈인지 뭔지 하는 ─ 수염 사내를 쳐다봤지만 앨빈은 이 일을 즐기고 있었다.

"요금을 부과하겠다고?"

"시간당 이백오십," 여자아이, 아니 여자아이들은 말했다. "먹음직스러운 핏덩이를 갈취한 것치곤 싼값이지."

"이봐, 난 그런 짓…… 다 해서 얼만데?"

"딱 삼만," 수염 사내가 말했다. "근데 엔니는 깎아준대. 페기는 안 깎아주고."

"내가 어느 쪽이랑 얘기 중이지?"

엔니 또는 페기가 눈을 굴리곤 말했다. "이미 말했잖아! 쌍둥이라니까! 이중고야, 갑절로 내!"

"육만? 뭣 때문에?"

"잘 들어, 형씨"── 지금은 확실한 페기였다 ──"내가 탭댄스 춰줬잖아."

헨리는 여기에 어떻게 장단을 맞춰줄지 확신이 안 섰다. 총은 진짜 같았다.

"난 널 사랑했어," 그는 말했다. "진짜로."

"알았어, 깎아줄게." 지금은 엔니가 거의 확실했다. "육천. 공명정대하게."

"신용카드 좋댔지?"

"오키도키," 여자아이들은 말했다.

수염 사내가 ── 앨빈이 ── 씩 웃곤 말했다. "미네소타답군, 이런. 발에 차이는 게 파리 아니면 핀란드 사람이라더니."*

몇 시간 뒤 일몰 가까워 베미지 외곽에 터덜터덜 들어설 즈음 헨리는 호수 지방**에서의 일을 촌극으로 받아들이고 있었다. 사기는 사기였다. 청구서를 보면 주니어스는 당연히 끙끙거리며 죽는소릴

---

* 미네소타 인구는 스칸디나비아계가 큰 비중을 차지하는데 이들은 내향적인 성격이 강해 타지 사람들에겐 속 모를 사람이라는 인상이 강하다.
** 미네소타주를 가리킴. 미네소타주는 호수가 많기로 유명하다.

하겠지만 그래도 발가락을 짓이겨놓았으니 일은 깔끔히 처리되었고, 현지 도우미 사용료가 비싼 건 헨리의 잘못이 아니었다.

미니애폴리스행 환승 비행기에서 헨리는 LA로 돌아간다는 행복감에 젖어 신발을 벗고 발을 주물렀다.

그는 통로 쪽으로 몸을 쑥 내밀어 4B석 젊은 숙녀에게 말했다. "핫소스 겪어본 적 있어요?"

젊은 숙녀는 말했다. "구식이시네. 그 파티 어디서 해요?"

랜디는 래리네 신발 및 슬리퍼 밖에서 정오부터 기다려온 참이었다. 이제 슬슬 저녁때가 되어가는데 프랜은 여전히 무소식이라 그는 내가 날짜를 착각했나 하는 생각이 들기 시작했다. 내일 정오였던가. 아니면 모레 정오였나.

양쪽 손목시계를 확인해보니 잘만 똑딱거리고 있길래 그는 그녀가 주유소 강도질에 팬티스타킹을 하고 갈지 말지 고민 중인 경우를 대비해 반 시간, 최대 50분만 더 기다려보기로 마음먹었다.

몹시 화가 난 랜디는 〈당당하게〉*에 나오는 듀크처럼 팔짱을 낀 자세로 바꾸었다. 확실히 성가신 인간이긴 했지만 적어도 그 끝내주는 새 로퍼를 신은 그의 모습은 폼 나 보였다. 술에 관해선 멜의 말이 옳았다. 왕관에 박힌 보석, 의심의 여지가 없는 그 말을 곱씹던 랜디는 어느덧 신발 가게에서의 일탈을 통째로 되새기면서 자신이 행했던 몇몇 조치엔 웃음까지 짓고 있었다, 그곳을 털던 여유로운 태도, 게다가 물물교환에도 그렇고 배관에 신발 끈으로 묶여 있던 일에도 짜증 한 번 없던 우리 착한 멜.

랜디의 머릿속엔 법의 영역을 벗어난 일탈의 목록이 1위부터 20

위까지 있었는데 이번 일은 그 순위에서 한참 상단에 속해 대략 3위쯤 되었다. 사이러스를 괭이질한 일, 그건 13위였다. 칼은 18위였다. 1위는 저 위 오리건주 유진에서 있었던 일이 차지해야 마땅하다고 그는 헤아렸는데, 그것은 그저 전기 기사가 하는 통상적인 일로서 더럽게 돈 많은 —— 새것 같은 화장실 하나, 새것인 침실 두 개, 엄청난 서재를 갖춘 —— 부잣집 배선을 개보수하는 일이었다, 간접비에 야외 투광조명에 스위치에 콘센트에 전선에 인터폰에 보안장치가 투입되는 대단했던 일, 인터폰이니 전선이니 보안 설비니 하는 것들을 일절 모르던 시절에 비하면 나쁠 것도 대단할 것도 없는 시간당 40달러의 급여를 받으며 두 주 꼬박 고생했던 일. 드디어 작업이 끝나가던 때였다. 그 부자는 주말에 호놀룰루인지 어디인지, 알 게 뭐람, 그곳으로 떠나느라 랜디에게 집 열쇠를 맡기곤 자기가 없는 동안 일을 마무리하라 이른다. 사람을 아주 잘 믿는 분이시네, 랜디는 판단한다. 아무튼 토요일 아침, 랜디는 일하러 나와 열쇠로 집을 열곤 몇 시간 만에 배선을 싹 해치우고 400달러짜리 초인종, 대여섯 개의 스와로브스키 조명을 설치한 다음 이리저리 기웃거리다 서브제로 냉장고를 발견, 맥주를 하나 마시고, 또 하나 마시고, 서재에서 64인치 소니 플라스마로 때마침 다저스 대 파이리츠의 시합을 시청하곤 인터폰을 만지작거리는데, 그러는 내내 그의 주머니 속엔 바로바로 열리는 만능열쇠가 있다. 얼마 뒤 그는 이 집이 내 집, 내 소유처럼 느껴지기 시작한다. 슬림핏 리바이스 바지에 그 열쇠를 간직하는 건 바로 이런 기분이군. 그리하여 그는 인터폰을 깜빡

---

* Tall in the Saddle. 존 웨인 주연의 1944년작 서부영화.

한다. 가서 보안장치를 작업하다 보니 이 집엔 꼭 소니가 아니어도 훔칠 만한 고급한 것들이 분명 있을 거라는 생각이 스멀스멀 든다. 토요일 밤 내내 그는 그 생각에 몰두한다. 생각해봐, 안 될 거 있어? 너무나도 푹신한 이 부잣집 침대에서 잠들고, 일어나서는 저 부잣집 소파에 앉아 있는 거지. 일요일 아침, 일찍 일어난 랜디는 현금이든 호놀룰루산 진주든 혹시 모를 것들을 찾아 그곳을 들쑤신다. 그는 스웨이드 로퍼에서 60달러를 발견한다. 그는 크래커 잭*에서 나온 것 같은 배트맨 반지를 발견한다. 그러고 나서 그는 그곳을 발기발기 헤치며 오후를 보낸다. 그는 소니를 가져가 제 커틀러스에 우격다짐으로 싣는다. 그는 DVD 플레이어와 아주 새삥한 테크닉스(Technics) 스피커에 확 꽂혀서 그걸 훔친다. 그는 〈호텔 캘리포니아〉가 수록된 이글스의 CD도 훔친다. 그는 주로 아르마니인, 가랑이가 끼지만 적당히 들어맞는 그 부자의 정장을 입어본다. 그는 크고 두툼한 스테이크를 싹 굽는다. 그는 재활용품 통에 아주 근사한 웨지우드 도기들을 쓸어 담고 와인 컬렉션을 훔치고 커피 메이커를 슬쩍한 다음 아예 용달차를 빌려 카펫이며 마호가니 작품 들을 실어 갈까도 생각하지만 그 짐을 다 어떻게 부릴지 감당이 안 된다. 다른 도둑들이라면 대개 이쯤 해서 그만둘 거라고 그는 추정한다. 그는 아니다. 그에겐 자부심이 있다. 월요일 오전, 그는 아직도 현장에서 뉴톤(NuTone) 인터폰을 만지작거리는 중이고, 그러다 결국 오후 3시경 부랴부랴 일어나 뛰쳐나가려는데 호놀룰루에서 막 돌아온 부자가 걸어 들어온다. 그 사내가 두리번거리곤 내 TV가 어디 갔느냐고 묻자 랜디는 저기 바깥 커틀러스 안에, 즉 있어야 할 자리에 배트맨 반지랑 같이 있다고 말한다. 랜디는 그를 장도리로 땅 내리찍는다. 무너져 내린 사내가 일어서려 하자 랜디는 그를 한 번 더, 못뽑이로 목젖을 내리찍는다. 세상 온갖 보안장치가 되어 있어도 열쇠가 있으면 무단 점유가 아니지, 그는 생각한다.

"땅," 랜디는 그 멋진 전문용어를 내뱉었다.

암, 그는 판단했다. 정상의 자리는 무조건 미스터 호놀룰루야. 언제나 첫 번째 것이 제일 달콤하거든.

그는 낄낄거리더니 또 한 번 양쪽 손목시계를 확인했다.

8시 30분 다 된 시각, 몹시 어두운 데다 거리엔 인적 하나 없었고 온열 패드는 불편한 수준을 한참 넘어서고 있었다. 잠수복을 네 사이즈나 작게 입은 것 같다고 그는 생각했다. 아니면 보아 뱀한테 친친 감겼다거나.

그는 프랜이 어쩌면 지각하는지도 모른단 생각으로 몇 분을 더 기다리다가 고개를 절레절레하더니 이보단 나은 일들이나 해치우자고 판단했다. 첫째, 온열 패드 제거. 둘째, 커틀러스 점검 조치. 셋째, 우리 멜의 상태 확인. 꼭 이 순서대로는 아니지만.

그는 마지막으로 한 번 더 거리 이쪽저쪽을 훑어보고 연안에 아무도 없음을 확인한 다음 캄캄해진 신발 가게로 어슬렁어슬렁 들어갔다. 그는 화장실에서 제 휴대폰 손전등을 켰다. 멜은 거기 세면대 밑에서 잘 지내는 모양이었다.

랜디는 그의 곁에 무릎앉아를 했다.

"어이, 형씨," 그는 다정하게 말했다. "그 술에 관해서 그쪽 말이

---

* Cracker Jack. 캐러멜 팝콘 같은 미국 과자 상표로 그 안에 장난감 경품이 포함되어 있다.

정확히 맞더라고 말해주고 싶어서 말이지. 아주 미치게 세련됐는데, 이건 고객이 만족해서 내리는 평가야. 그쪽은 아무 문제 없지?"

멜은 아무 말이 없었고 고갤 끄덕이거나 가로젓지도 않았다.

"고양이한테 혀라도 물렸어?" 랜디는 말했다. 그는 멜의 뺨을 꼬집어보았다. 그러다 그는 입막음 헝겊이 기억나 사내의 입에서 그걸 빼내곤 말했다. "미안해, 협력자. 아깐 그쪽이 나한테 노발대발할지 모른다고 얼핏 생각했거든. 나한테 화났어?"

"아니," 멜은 말했다.

"아니라," 랜디는 말했다. "거 확고한 대답이군. 아니는 아니란 뜻이잖아, 맞지? 얘기 끝. 그 신발 끈 졸라매줄까?"

"아니," 멜은 툴툴거렸다. "그보단 가서 네 목이나 졸라매."

"한 번 해봤는데 재민 없더라고," 랜디는 말했다. "그래서 말이야, 멜, 깜빡하고 말 안 한 게 두 가지 있어. 내 부츠 있지, 그거 돌려받아야겠어. 로퍼를 신고서는 야생마를 못 몰 것 같아서. 둘째론 — 이건 질문이야. 혹시 자네 트리플 에이*에 가입돼 있어?"

"숨 막히는 줄 알았다고," 멜은 말했다.

"그래, 알았어. 트리플 에이는?"

"들어본 적도 없어."

랜디는 한숨을 지었다. "잘 들어, 멜, 충고 몇 마디 할게. 자네 고객한테 존중심을 보여. 알았어 몰랐어? 트리플 에이에 가입돼 있어?"

멜은 양쪽 어깨를 굴리곤 말없이 뚱해졌고, 그래서 랜디는 사내의 지갑을 꺼낸 다음 홱 펼쳐 필요로 하던 것을 찾았다. 그는 손전등 빛으로 플라스틱 카드를 꼼꼼히 살펴 만료일 이전임을 확인했다.

"자네 성이 어떻게 돼, 멜? 정확히 어떻게 발음하지?"

"스미스(Smith)," 멜은 말했다.

"좋아. 왜 묻느냐면, 그걸 스마이스(Smythe)라고 하는 사람들이 있거든, y를 쓰듯이, 피츠버그 출신의 거물들처럼. 스미스가 어디서 유래한 줄 알아? 로데오에서 유래했는데 그건 순전히 사실이야. 대장장이(blacksmith), 그렇잖아? 그 언제냐…… 언제가 됐든 말(馬)이 발명됐을 때, 그때부터 유래한 거야. 무슨 소린지 알지?"

"알아," 멜은 말했다. "부츠는 가져가. 입막음 누더기는 안 하면 안 될까?"

"힘들었나 보군, 멜."

"소리치거나 그러지 않을게."

"확실해?"

"절대로."

"아이고, 글쎄," 랜디는 말했다. "강도질에 대단한 방침은 없지만." 그는 약간의 동정이 실린 둥근 소리를 냈다. "좋은 생각이 있어. 트리플 에이랑 전화하면서 곰곰이 생각해볼게. 곧 돌아오지. 어디 가지 마."

랜디는 신발 끈을 검사하곤 계산대로 가 제 낡은 승마 부츠를 회수하더니 크리스마스 선물로 신발 세 켤레를 더 집어 들고 트리플 에이 고객 센터 번호를 꽝꽝 눌렀다. 유선상에 실제 사람이 나타나

---

* Triple A. 미국자동차협회(American Automobile Association)의 약칭 'AAA'를 가리키는 것으로 이곳은 펑크, 방전, 연료 부족 등 자동차에 문제가 생기면 도움을 주는 서비스업도 겸한다.

길 기다리는 동안 가게 앞창으로 간 그는 프랜이 마음을 다잡고 있을지 모른단 생각에 길 건너편의 영업 끝난 카페를 유심히 내다보았다.

얼어붙은 인도와 눈 말고는 아무것도 없었다.

노르웨이계는 공범자 명단에서 빼야겠다, 그는 속으로 말했다. 예외를 두지 말고, 준우승자인 미스 아무개여도.

5분 뒤, 다소 왔다 갔다 하던 끝에 그는 배터리 충전이 필요하다, 견인이 필요할 수도 있다 하는 설명으로 월그린 주차장에서 트리플 에이와의 접선을 잡은 터였다. 그는 교환원에게 제 이름이 y 식으로 발음된다는 점을 분명히 해두었다.

남자 화장실로 돌아간 랜디는 중대한 사항들에 대하여 마음을 놓았다.

그는 입막음 헝겊을 멜의 입안에 —— 이번에는 목구멍까지 —— 쑤셔 넣은 다음 오줌을 누고 손을 씻고 작별을 고하곤 월그린 주차장으로 출발했다. 부츠에 신발 상자 여러 개를 잔뜩 짊어지고 가던 도중 그는 가슴에 쿡 하는 순간적인 통증을 느끼더니 숨이 다소 가빠졌다. 너무 들떴었나 보다, 아마도. 아니면 여태 갈비뼈에 붙어 있는 온열 패드 때문이거나. 트리플 에이 사람한텐 그걸 처리할 도구가 있겠거니 하고 그는 생각했다.

41

크리스마스 두 주 반 전, 헤더는 타호로 가는 길에 있는 화물차 휴게소에서 전화를 걸었다.

"이거 우리 생각보다 일이 빠르게 진행된다," 가쁜 소리를 내며 그녀는 말했다. "더그가 휴가를 일찍 출발했으면 해. 오늘 아침 6시 반만 해도 버피*를 하고 있었는데 바로 뒤엔 그 사람 캐디**에서 사과 따 먹기 놀이를 하고 있는 거 있지. 그 사람은 자기랑 나랑 결혼하는 줄 알아."

"타호라고?"

"리츠. 그 사람 나한테 꽂혔다."

"리츠는, 거긴 캘리포니아야. 옮기자고 해." 완다 제인은 눈을 감고 머릿속으로 지도를 그려보았다. "리츠는 너무 화려해서 네 본모

---

* burpee. 스쿼트, 플랭크, 점프를 섞은 맨몸 전신운동.
** Caddy. 캐딜락의 애칭.

습이 안 나온다고 해, 베스트 웨스턴이어야 한다고. 네바다 쪽. 네바다야 — 이게 중요해."

"음, 얘, 듣기로는 리츠가 더 —"

"하라면 해. 네바다야. 지금까진 운이 좀 따라줘?"

헤더는 웃음을 터뜨렸다. "그저 그런 것 같아. 네가 그 사람을 금융 사기로 가두고 싶어서 그런 거면 뭐, 엄청 운이 따랐지. 더기는 너랑 나 같은 사람 등쳐먹는 오만 가지 방법을 나불거리지 못해서 안달이야. 이 탐욕스러운 돼지한테 나중에 들어봐."

"녹음기는 잘되지?"

"끝내주진 않고 적당해. 아직 살인 등의 얘긴 없지만 좀 두고 보자. 내 말은, 잘 들어, 더그는 나이가 적어도 칠십이잖아, 그래서 이번이 마지막이란 식으로 덤벼들고 있다고."

"너 경찰 다 됐다."

"다 됐지 그럼. 우리 결혼한다고 내가 말했니?"

"바보같이 굴지 마," 완다 제인은 정색하고 말했다. "그자는 하이에나야, 헤더. 상황이 골 때려지면 어떡해야 하는지 알지?"

"최루가스 뿌리고 도망가기."

"아니면 그냥 도망가기. 내가 엘모한테 다그쳐놓을게. 최대 다섯 시간이면 거기에 도착할 거야. 어느 호텔인지 알게 되면 바로 문자해 — 이름이랑 주소. 조심하고."

"걱정 마, 얘. 나 거인이야."

리스 차인 에스컬레이드의 운전대 앞에서 — 이 캐디는 리스든 아니든 분명 그의 것이었는데, 왜냐하면 그가, 혹은 적어도 지역사회 국법이 매달 큰돈을 지불하고 있는 걸 하느님은 아시기 때문이었다 — 더글러스 커터비는 어느덧 로이스와 헤더 토트하우저에게 거의 동시에 얘기 중이었다.

로이스에겐, 머릿속으로, 이렇게 말하고 있었다. 나를 봐, 사랑벌레! 새처럼 자유로운 모습을!

헤더에겐, 입말로, 은행 예금자들은 저희의 월간 명세서를 거의 확인하지 않는다고, 이중 인출을 거의 눈치채지 못한다고 설명 중이었다. 그러니까 예를 들어 조 블로라는 고객이 52.50달러의 수표를 끊는다고 해, 그러면 명세서엔 정확히 52.50달러가 찍히는데, 그러고 한 달이 지나면 블로의 명세서에 52.50달러가 또 한 번 찍히는 거야, 하지만 게으른 멍청이 조 블로는 똑같은 수표 금액이 이미 인출된 걸 잊으니, 캬 이것 봐라, 지역사회 국법이 52.50달러의 돈을 쏠쏠히 긁어모았네. 그걸 이런다고 해보자 — 그냥 재미로 말이야 — 당신 은행이 3000명의 고객한테 1년에 두 번 그 짓을 한다고 쳐, 그리고 사실상 열두 명의 고객만이 이중 인출을 잡아낸다고 쳐 보자고. 자, 그런 경우 당신이 할 일은 죄송합니다, 저희가 실수했네요, 라고 말한 다음 52.50달러를 도로 대변에 기입하는 게 전부인데, 그래도 당신이 보는 순이익은 — 잠깐만, 어디 보자 — 당신이 보는 순이익은 연말이면 거의 2만쯤 되는군. 이 짓을 30년 동안 해봐, 케이맨제도에 나만의 섬도 마련하지, 로이스랑 나처럼 — 아차차, 그냥 나처럼.

로이스에겐, 머릿속으로, 이렇게 말하고 있었다. 오케이, 그 사기 행각을 고안한 게 당신이란 거 나도 **잘 알아**, 하지만 토트하우저 양은 그걸 모른다고 해서 상처받지 않을 거야. 그녀의 눈에 깃든 별들을 봐. 과거의 당신이 떠오르잖아, 휠 뚜껑 토비 이전의 당신, 내가 상황을 바로잡을 필요가 없었던 시절의 당신이……. 깜짝 놀랐다니까, 안 그래? 내가 사탕 주면 안 잡아먹지, 하니까 당신이 더그, 라잖아, 그래서 내가 이거나 먹고 떨어져, 하니까 당신이 12구경짜릴 보고 뭔가 딴소릴 하려는데 입이 어디 제대로 떨어지나."

더글러스는 타호로 향하는 89번 국도 남쪽 방면으로 꺾고서 속도를 살짝 줄이곤 헤더 토트하우저에게, 입말로, 말했다. "게으른 고객들 말인데, 매월 예정 이자를 계산해보는 사람이 실제로 얼마나 될 것 같아? 한번 맞혀봐."

헤더는 고개를 들더니 말했다. "모르겠는데요."

"맞혔어," 더글러스는 말했다. "자기도 모르고 나도 몰라. 하지만 제로에 아주 가깝긴 해. 오마하 어느 구두쇠라면 알지도 모르지. 그 밖에는 백이면 백 **은행**은 은행이 할 일을 하고 있다고 생각하는데, 바로 거기에 달콤한 진실이 있는 거야. 지역사회 국법에서 우리가 하는 일은 개인 맞춤형 은행 업무인데, 그건 누가 얼마나 멍청하길래 그에 상응하는 이자를 납부하는지를 우리가 정한다는 뜻이야. 다시 말해 우리의 친구 조 블로가 당좌예금 계좌로 매달 받는 돈이 원래 받아야 할 이십 달러가 아니라 육십 센트라는 거지. 조가 눈치챌 것 같지? 조가 신경 쓸 것 같지? **다들** 그럴 거 같지? 여기도 육십 센트, 저기도 육십 센트. 30년을 빼먹잖아, 내 장담하는데, 그럼 에스컬레이드 스무 대를 리스하고도 룰렛 할 돈이 주머니에서 넘쳐난다고. 자긴 룰렛 좀 해?"

"룰렛 안 해요," 헤더는 말했다. 그녀는 똑바로 앉아 더블민트 껌 포장을 벗겼다. "포커라면 몰라도 — 확실한 걸 하죠. 그런데요, 어머나, 당신 참 똑똑하네요."

"바보는 아니지, 나도 인정해. 은행 일의 즐거움이란. 연말에 나오는 1099-INT 명세서* 알지? 누가 그걸 귀찮게 ──?"

"나중에요. 우리 어디서 묵어요?"

"리츠지, 아가씨. 최고 중의 최고."

"안 될 것 같아요," 헤더는 말했다.

더글러스는 그녀를 힐끗 보았다. "리츠가 안 될 것 같다고?"

"수행불안증** 때문에요."

"에헤이," 더글러스는 명랑하게 말했다. "야외에서 그걸 하고 싶은 건 아닐 거 아냐, 안 그래?"

호수 남쪽 기슭을 순항하다 북동쪽으로 꺾어 네바다주에 들어서자 헤더는 주 경계 외곽에 있는 콘크리트블록 모텔을 골랐고 그곳에서 둘은 함대급의 야마하와 할리 들 곁에 주차를 했다.

둘의 방은 ── 신혼여행자용 스위트룸으로서 ── YMCA 샤워 칸 냄새가 났다. 그 방은 아이보리 미니 비누, 선남선녀(Stud and Studess) 목욕 가운, 버튼을 누르면 케니 로저스 버전의 〈끝없는 사랑Endless Love〉이 터져 나오는 폭주(Joy-Ride) 침대가 특징이었다.

"아늑하네요, 그렇죠?" 헤더는 말했다.

둘은 길 바로 아래편의 나쁘지 않은 스테이크집에서 식사를 했다. 애피타이저를 들 때 헤더는 제 휴대폰을 꺼내더니 문자를 확인

---

* 이자소득에 관한 내용이 담긴 문서. 이를 바탕으로 이자소득에 관한 세금이 산정된다.
** performance anxiety. 관중 앞에서 제 실력을 발휘하지 못하는 걸 가리키는 무대공포증(stage fright)의 다른 말.

하는 척 녹음기 앱을 켜곤 화면이 밑으로 가도록 제 앞 식탁에 올려놓았다.

"진지하게 얘기해보죠," 그녀는 말했다. "로이스에 관해 말해줘요."

더글러스는 양어깨로 거부하는 동작을 했다. "과거는 과거야. 오징어튀김은 어때?"

"훌륭해요. 그런데 로이스를 잃었으니 당신은 틀림없이…… 왜 그렇잖아요, 그녀의 장례식이 그리 오래되지 않았으니까요."

"그렇지," 그는 말했다. "그러니 백미러에 비치는 데다 둬야지. 게다가 물론 로이스도 날 위해 이걸 원했을 거야" —— 그는 팔을 쫙 움직여 헤더, 레스토랑, 이웃한 모텔, 그리고 타호의 모든 걸 아우르는 큰 동작을 했다 —— "내 지갑을 쥐어짜내면서 날 응원했겠지."

"당신이 그녀를 죽였어요?"

"내가 누굴?"

"로이스요. 당신이 죽였어요?"

더글러스는 웃음을 터뜨렸다.

골똘히 와인을 한 모금 한 뒤 그는 말했다. "인상 깊은걸. 패를 전부 까다니 —— 그게 자기 스타일이구나, 그렇지?"

"대체로요."

"흠," 더글러스는 소곤거렸다. "내가 지금 무슨 생각 하는지 알고 싶지?"

"그럼요. 뭔데요?"

"이런 생각. 외모도 훌륭한 서른 몇 살짜리 크로스핏 여자애가 왜 나처럼 늙은 영감탱이랑 오징어튀김을 먹고 있지? 그게 지금 내가 하는 생각이야. 실은 자기가 피자랑 그 엉덩이 문신을 갖고 나타났을 때부터 쭉 생각해왔어. 쭉 생각해왔는데, 어이쿠야, 이거 드문 일 아닌가? 불가능이나 마찬가지로 드문 일이잖아. 일어날 수 없는 일."

"드물다는 게 그 뜻이에요?" 헤더는 말했다.

"내 경험상, 응. 덧붙이자면, 내 경험이 꽤 돼."

헤더는 그의 우롱하는 듯한, 내가 너보다 똑똑해 하는 웃음을 돌려주었다.

"당신 아내는요," 그녀는 명랑하게 말했다. "차갑고 계산적이고 사람을 조종이나 하는 탐욕스러운 년이었어요. 나도 그런걸요. 당신은 싱글이에요. 당신은 부자죠. 나도 싱글이에요. 난 가난해요. 줄맨 앞에 서는 게 뭐가 잘못이에요?" 그녀는 운에 맡기기로 하고 손을 그의 무릎으로 가져갔다. "패를 전부 까죠. 당신이 그녀를 죽였어요?"

"와우," 그는 말했다.

"와우란 그렇다는 뜻?"

"와우란 당신을 보니까 로이스가 생각난단 뜻이야."

"다만 난 1피트나 더 크고 스무 살이나 젊죠. 게다가 내 손은 당신 무릎에 있고요."

"그 점들만 아니면."

"더글러스."

"왜?"

"당신이 로이스를 죽였어요?"

"내가 그랬다면 어떻게 되는데?"

"그렇다면 오늘 밤 둘이서 폭주 한바탕 해야죠."
"그럼 내가 안 그랬다면?"
"그럼 내가 당신을 과대평가한 거고요."

42

 호로 호숫가에선 보이드 핼버슨이 뒤꿈치로 딛는 연습을 했다. 그는 『일리아드』를 대충 넘겨 보면서 아킬레우스의 발 문제를 위안으로 삼았다. 그는 반(反)자살 생각을 했다. 그는 엄격한 반거짓말 캠페인에 착수했는데 그 투쟁은 어느 날 저녁 앤지가 그에게로 몸을 돌려 이렇게 묻자 무력화되었다. "당신 어쩌다 아이를 떨어뜨리고만 거예요?"

 로스앤젤레스에선 짐 두니가 캘빈의 저녁밥 접시 밑으로 여행안내 책자를 밀어 넣으며 말했다. "조만간 내가 자카르타 보여줄게."

 마을 건너편 로데오길에서 반 블록 떨어진 거리에선 에벌린이 제요가 스승에게 마음의 고요를 이룬 사람이 진짜로 있긴 있었느냐고 물었다. 에벌린은 신중히 듣더니 말했다. "왜 아니겠어요?"

· · ·

미네소타주 파크래피즈에선 랜디 재프가 트리플 에이를 기다리며 서 있었다. 그는 밤이 절반이나 지나도록 기다린 참이었다. 프랜은 여전히 무소식, 그의 커틀러스는 여전히 시동 불능이었고 이젠 순간접착제가 된 온열 패드는 그의 욱신거리는 복근에 빠르게 얼어붙었다. 이젠 나한테 존중심을 보여도 되잖아, 라며 그는 우주를 욕하고 있었다.

같은 순간 네바다주 타호호(Lake Tahoe)에선 출렁출렁하는 폭주 침대에 오른 더글러스 커터비가 케니 로저스에게 가세해 〈끝없는 사랑〉을 감미로운 듀엣으로 열창 중이었다.

그리고 크리스마스가 임박한, 연설문 작성자들은 머리를 싸매고 목사들은 설교를 하는 광활한 북아메리카의 어느 어두운 공간에선 허언증이 어쩌면 까마귀일 수도, 어쩌면 캔자스주의 어느 간호사일 수도, 어쩌면 오하이오주의 어느 박사 지원자일 수도 있을 제 3000만 번째 희생양을 요구했다. 그즈음 남미계 남성을 혐오하던 어느 텍사스 주민은 불운하게도 대체(代替) 거짓말을 덥석 물었다—스물두 명의 사람이 엘패소의 월마트 대형 할인점 바닥에 후드득 널려 있다는 거였다. 가뜩이나 그즈음 미합중국 대통령은 스킨헤드, 나치, 배타주의자, 그리고 정통파 백인 지상주의자 들을 미국을 대표하는, 인정 넘치는 "매우 훌륭한 사람들"의 동지로 열렬히 맞이한 참이었다. 허언증은 국민 특선 음란물이 되어 있었다. 체서피크만 동부 연안서부터 샌디에이고 해군항공기지에 이르기까지 인터넷 채팅방들에선 조국의 갈인종화*와 흑인종화와 황인종화와 유대인화

442

와 무슬림화에 대한 자경단원들의 분노가 휘몰아쳤다. 루이지애나주의 어느 자동차 정비공은 열다섯 대의 한국산 자동차에 대형 망치를 가했다. 미스 아메리카 어느 결선 후보는 이브닝드레스 심사 때 스팽글로 장식한 KKK단 의복을 선보였다. 텍사스 동부의 어느 바비큐 식당은 스시를 제공했단 이유로 소이탄 공격을 받았다. 버지니아주의 어느 TV 전도사는 수전 B. 앤서니** 암살 실패가 미국 여러 문제의 "시작이기도 하고 끝이기도 하다"라고 선언했다. 새너제이(San Jose)에선 어느 감금된 앵무새가 거짓말을 하기 시작했다. 워싱턴 D.C.에선 상원의 미국정화위원회가 자유의여신상을 해체해서 나무 상자에 싹 담아 선박에 실어 개구리***들한테 돌려보내기로 표결했다. "지친 이들과 가난한 이들과 가엾은 인간쓰레기들로 우리를 희석하려는 또 하나의 음모"라고 상원 여당 지도자의 대변인은 말했다. 엘리스섬****은 미국의 체르노빌로 공표되었다.

한편 캘리포니아주의 작은 마을 풀다에선 시장인 첩 오닐이 12월 25일을 "진실가의씨앗의 날"로 선포한 참이었다. 특정 종교와는 무관한 진실 말하기 경연 대회, 즉 목자들과 현자들이 자릴 가득 메운 가운데 얼 펜스터마허가 집필한 대본을 암송하는 화려한 오락물을 위한 계획이 진행 중이었다.

---

*   원문은 "browning"으로 남미, 중동, 아메리칸인디언 등 피부색이 갈색 계통인 인종을 묶어서 이르는 말.
**   Susan B. Anthony. 19세기의 미국 여권운동가이자 인권운동가.
***   Frog. 프랑스인에 대한 멸칭으로 프랑스인들이 개구리를 음식으로 삼는 데서 유래한 말.
****   Ellis Island. 미국 뉴욕항에 자리한 섬으로 과거 이민자 통관 심사가 무척 활발했던 곳. 자유의여신상이 여기에 있다.

"문장력은," 첩 오닐은 제 형 딩크에게 말했다. "끔찍하지만 아기 예수가 〈성조기의 행진〉*을 불러젖히는 부분은 참 좋단 말이지."

"그 사람 너무 유대인스럽지 않아?" 딩크는 말했다.**

"좀 그렇긴 한가," 첩은 말했다.

43

네 시간이나 기다리긴 했지만, 랜디가 회원 탈퇴를 하겠다고 트리플 에이에 협박 전화를 걸고 나서인 자정께에는 검정색 소형 견인차가 월그린 주차장에 있는 그의 커틀러스 뒤로 다가와 섰다. 차에선 잠옷 바지에 파카 차림인 사내 하나가 내렸다. 그 남자는 30대 초중반으로 랜디의 또래였다. 그는 커틀러스 운전석으로 기어들어 엔진 시동을 걸어보다가 포기하더니 제 휴대용 배터리 충전기를 가지러 다녀왔다.

"궁금해서 그러는데," 커틀러스가 일단 움직이자 랜디는 말했다.

---

* Yankee Doodle Dandy. 1942년작 미국 뮤지컬 영화 또는 그 수록곡의 제목. 'Yankee Doodle'은 미국인을 가리키는 말이자 미국독립전쟁 때 미국 병사들의 군가 제목이다.

** 〈성조기의 행진〉의 주인공 역을 맡은 제임스 캐그니(James Cagney)를 가리키는 것으로 그는 아일랜드계 이민자 집안에서 태어났지만 영화에서 이디시어를 그럴듯하게 흉내 냈다.

"오늘 밤 이걸 끌고 베미지까지 갈 수 있겠어요? 최고의 차이긴 한데 속도 문제가 있어요. 시속 삼십(시속 48킬로미터 남짓)을 못 내요."

남자는 어깨를 으쓱하는 둥 마는 둥 했다. "반반 같은데요, 보아하니. 한 시간 있으면 또 눈 올 거예요. 도박꾼이세요?"

"타고났죠," 랜디는 말했다. "그래서 언제쯤 일어나서 달리게 할 수 있어요?"

"말하기가 몹시 어려운데," 남자의 눈길이 커틀러스를 죽 가로질렀다. "열흘, 열이틀."

"네?"

"크리스마스 전까진 확실히 돼요."

랜디는 격분의 숨을 내뿜었다. "뭐, 오케이, 크리스마스 전, 하지만 내가 지켜보고 있을 거예요. 질문 하나 더. 온열 패드에 관해서 좀 알아요?"

북쪽으로 한 시간 거리인 호로 호수에선 앤지가 반거짓말 캠페인을 재개한 보이드를 격려하더니 지금은 그에게 자기 정화의 기회를 선사하고 있었다. "거짓말하는 건 방귀 뀌는 거나 같아요," 그녀는 진정성 있게 말했다. "누구나 하지만 누구도 고백하질 않죠. 고백, 그게 저주받는 자와 구원받는 자를 가르는 거니까 당신도 슬슬 털어놓지 않으면 훗날 삼지창을 피하고 있게 될 거예요. 정화란 당신 스스로가 똑똑하고 자비로운 고백자임을 깨닫고 상당한 시간을 들인다는 뜻이에요. 이실직고하자면, 난 그리 자비롭지 않지만요."

"좋아요, 까짓것, 한번 시도해보죠," 보이드는 말했다. "고해신부 누구 아는 사람 있어요?"

"당장은 없죠. 하느님한테 해봐요."

밖은 잔잔한 눈이 꾸준히 내리고 있었다. 둘은 난롯불이 타오르는 두니의 큰 거실에 앉아 있었는데 보이드는 꾸리다 만 여행 트렁크로 발을 받친 모습이었다. 날씨와 관성과 헐어버린 발가락 탓에 그들의 캘리포니아행은 미루어진 상태였다.

"이게 도움이 될진 모르겠지만," 5분이 지나자 앤지는 말했다. "개인적인 예를 들어볼게요. 예전 언젠가 교회에서요 — 우리 아빠네 교회요, 신도 수가 적어서 딱 우리 일곱이었어요 — 내가 설교 시간에 꾸벅꾸벅 조는데 엄마가 날 붙잡더라고요, 그렇게 나도 얼떨결에 올라가 제단 옆에 무릎을 꿇었는데 — 내 여동생 루스 있죠, 내가 정신없이 고백을 하고 있으니까 걔가 인상을 쓰면서 눈을 희번덕거리지 뭐예요. 그걸 보고 막 화가 나서 나도 그 자리에서 고백을 철회했어요. 신도들 모두한테 난 무아지경이었다, 종교적으로 그러했다, 대천사 클라우디아가 내 영혼에 들어와 아빠의 설교를 교열해주더라, 환각을 깨주더라 말했고, 그래서 그 뒤 한두 해 동안은 응분의 벌로써 응당 철회를 철회해야 했어요. 그러다 내가 하지 않은 일들도 고백을 해야 했죠, 이를테면 자위를 했다든가 남의 감자전을 먹었다든가 하는 거요. 고백만 하고 끝났으면 한결 나았으련만." 앤지는 곁눈으로 그를 보았다. "요점을 알겠어요?"

"알죠," 보이드는 말했다. "당신이 거짓말쟁이라는 거."

헤더는 해러스*의 여자 화장실에서 완다에게 전화를 걸었다. 더

---

*   Harrah's. 미국 카지노 호텔 체인.

글러스는 룰렛 휠 앞에서 육천 밑으로 떨어져 애를 먹고 있었다.

"빨리 해야 돼," 헤더는 말했다. "방금 녹음 파일 첨부한 거 받았어?"

"받았어. 차에 있을 때 네 목소리가 꼭——"

"더블민트로도 어떻게 안 되더라. 아무튼 아직까진 더그가 재롱을 부리고 있어, 아주 미스터 수수께끼라니까, 자기가 살인에 천부적이라 생각하는. 그래도 나한텐 생각이 있지."

"엘모 거기 있지?"

"바에 있어. 지루해 보이더라."

"오케이, 잘 들어," 완다 제인은 말했다. "뭐든 안 좋은 일이 생기면 벽을 마구 두드려. 엘모가 네 옆방에서 대기 중이니까."

"엘모가 뭘 할 수 있는데?"

"소리치기. 6연발 권총 흔들어 보이기. 생각이란 게 뭐야?"

"응?"

"생각이 있다며."

"아, 맞다. 더그가 룰렛을 하잖니, 죽 쑤는 게임을, 돈을 왕창 잃어가면서. 포커 판이 어디 있는 것 같았는데, 그 사람 돈을 만회할. 잘하면 대박 치는 거지. 섹스하고 돈 따고."

"더글러스한텐 그 역순이야," 완다 제인은 말했다.

헤더는 한숨을 쉬었다. "그럴 테지. 근데 그거 아니? 나 그 사람 존경스러워질라 그런다. 왜냐곤 묻지 마라."

"왠데?"

"그 사람 완전 도롱뇽이거든. 도덕적인 척을 안 해."

"헤더?"

"왜?"

"넌 더 잘할 수 있어, 얘."

"풀다에서 말이니?"

완다 제인 엡스타인은 이후 스물네 시간을 커터비의 집을 들쑤시면서 보냈지만 아무것도 나오지 않았다 — 산탄총도 현금 더미도. 아침 5시, 피로로 눈앞이 반은 캄캄해진 그녀는 제 작은 원룸 아파트로 돌아가 커터비의 때를 씻어내곤 저 아래 타호에 있는 헤더에게 전화를 넣었다.

헤더의 폰은 즉시 메시지 모드로 넘어갔다. 20분을 기다렸다 다시 걸어보아도 헤더는 여전히 무응답이었다. "전화해," 그녀는 기계에다 말했다. "더그는 우리 생각보다 머리가 좋아. 우리 둘 다 이 일을 재고할 필요가 있어."

달걀 두 개를 튀긴 그녀는 먹으려고 앉았다가 식욕을 잃었다. 뒤늦은 비판이 그녀 스스로를 야금야금 갉아먹고 있었다. 실제로 그녀가 가진 거라곤 더그가 자기 아내를 은행 천국으로 날려버렸다는 뼛속 깊은 확신이 전부였다. 그런데 그마저도 반감 한 큰술이 배합된 직감에 지나지 않음을 그녀는 깨달았다. 마누라 살해는 젖꼭지 얘기랑 차원이 달라, 하고 그녀는 속으로 자꾸 되뇌었다. 객관적인 사실은 오직 두 가지만이 더글러스를 지목했는데, 완다 제인은 그 두 가지 모두 쉽사리 소명 가능한 것임을 알았다. 하나는 랜디 재프의 지문이 괭이 곳곳에, 토비의 우스꽝스러운 카우보이 변장 곳곳에 묻어 있을 걸 그가 미리 알았다는 점. 아니나 다를까 지문은 곳곳에 있었다. 하지만 그래서 뭐? 더글러스는 경험에서 우러난 추측이나 뭐 그런 거였습니다 하고 말할 것이고, 그러고 나선 랜디가 은행 주변을 배회했었다는 둥 뭐가 되었든 머릿속에 떠오르는 뻥을 늘어놓을 터였다. 또 하나는 자기 아내와 토비가 정기적으로 체액을 나누고 있음을 더글러스 자신도 알았다고 인정했다는 점인데, 이는 동기는 암시해주지만 그의 손에 12구경짜리 총을 쥐여주진 않았다. 열린 결혼 생활이었다고 심지어 자랑삼아 내뱉는 그의 말이 그녀는 귓가에 울리는 듯했다.

내 경력이 내 사고를 흐리도록 방치했던 게 사실이야, 그녀는 달걀을 내던지며 시인했다. 젖가슴이 터질 듯이 부풀더니 또다시 부풀어버린 중학교 이른 시기부터 그녀는 자부심과 분노와 권력감과 자기혐오가 뒤섞인, 일종의 네 겹의 삶을 견뎌온 터였다. 어느 날엔 그걸 과시했다가 어느 날엔 에이스(ACE) 붕대로 납작하게 감고 다녔다. 헤더는 유머보단 시샘을 담아 그걸 "쌍둥이"라고 부르곤 했지만 얼마 안 가 저 자신도 나름의 급성장을, 그녀의 경우 위쪽으로 겪어, 고등학교 1학년 즈음해서는 6피트 4인치에 이르렀다. 두 사람 모두 크기가 정체성이 되어버린 것이었다. 헤더는 죽마(竹馬)가 되었다. 완다 제인은 쌍둥이가 되었다. 두 사람 다 행복하진 않았다. 사실 비참했다. 비참한 것 이상이었다. 아무렴, 그녀와 헤더는 아주 다른 식으로 어마어마했지만 문제는 어마어마함 자체였고, 따라서 두 사람을 무도회와, 주차된 차에 들어앉아 있는 남자애들과 멀어지게 만든 것도, 그 둘을 20년이라는 우정의 세월 동안 하나로 묶어준 것도 바로 그 어마어마함이었다. 둘은 수업을 함께 빼먹은 사이였다. 둘은 코 피어싱과 엉덩이 문신을 함께한 사이였다. 둘은 남을 잘 돌보는 농구 코치 한 사람에게 — 정확히 말해 함께는 아니었지만 — 결국 순결을 잃은 사이였다. 둘은 헤더보다 키는 3인치 작고 지능지수는 70 낮은 남자와 헤더의 짧은 결혼 생활 내내 적어도 영혼 면에서는 함께 괴로워한, 그래서 자멸로 향하기 쉬운 저희의 비뚤어진 충동에 관해 함께, 빈번하고 세세하게 상의를 한 사이였다.

방금 헤더의 폰으로 다시 전화를 걸어본 끝에 완다 제인은 속에서 끓어넘치고 있던 무엇, 형태도 없고 형언도 안 되는 무엇에 충격을 입었다. 차 열쇠로 손을 뻗을 때에야 그것은 형언이 되었다. **배신**, 그 한 단어였다. 친구를 위험에 빠뜨리고, 친구를 이용해먹고, 친구를 먹잇감으로 넘기고. 풀다 경찰서로 넘어가는 여섯 블록의 짧은 주행 중에 그녀는 엘모와 닿으려고 노력했으나 이번엔 기계의 응답도 없이 그저 뚜 하는 소리에 이어 버튼음과 신호음이 뒤따랐다.

대뜸 스스로에게 화가 난 완다 제인은 서 문을 따고 들어가 토비의 은퇴한 공무 집행 권총을 문서 캐비닛에서 찾은 다음 총알 한 상자를 움켜쥐곤 첩 오닐의 휴대폰에 음성 메시지를 남겨 혹시 당신이 경찰력을 원한다면 면접 절차에 속도를 내서도 괜찮다고 알렸다. "당장은 한 사람도 없으니까요," 그녀는 말하곤 제 캠리로 종종종 돌아가 타호로 출발했다.

세 시간 반 뒤 그녀가 휘발유를 넣느라 멈추었을 때 엘모는 결국 전화를 받았다.

"이봐, 진정해, 자기야," 그는 그녀에게 말했는데 그의 목소리는 바보스럽고 동떨어지게 들렸다. "여기 전화 상태가 끊겼다 붙었다 그래. 맑은 공기가 지장을 주는 것으로 보이는데——"

"난 누구의 자기도 아니에요, 자기야. 헤더는 어때요?"

"헤더는 헤더지, 더할 나위 없이 좋아," 엘모의 목소리는 기가 꺾인, 주눅이 든 단조로운 음색으로 낮아졌다. 그는 잠시 뜸을 들였다. "마지막으로 봤을 땐 포커 판에서 싹쓸이 중이었어, 밤을 새가면서, 챙 모자에 선글라스 낀 사람들은 걸어 들어왔다 다 털려서 나가는데. 커터비는 여성 현금인출기에 묶여 있는 사람처럼 보이더라고, 왜 무릎에 과자 부스러기 질질 흘리는 부류 있잖아."

"마지막으로 봤을 때라고요?" 완다 제인은 말했다. "그게 언젠데요?"

엘모는 주저주저했다. "어, 있지, 그게 문제야. 걔가 게임을 언제까지 했느냐면—글쎄—새벽 4시까진가, 얼추 팔천을 땄어. 그 이삼십 분 뒤에 내가 둘을 침대에 쑤셔 넣고 눈까지 감겨줬지. 한 시간 전에야 깼네. 그 둘은 체크아웃했더라고."

완다 제인은 잠시 조용히 서서 캠리 연료 통에 휘발유 5달러어치를 더 주유했다.

"여보세요?" 엘모는 말했다.

"그 사람 캐디 없어졌어요?"

"없어졌어. 내가 두 사람 방을 몰래 들여다봤어. 청소가 돼 있던걸. 에어컨은 죽은 사람까지 깰 정도로 아직 시끄럽게 돌아가고 있었는데, 그래서 내 추측은 뭐냐면 그 둘이 호텔을 옮긴 것 같아, 더는 바퀴벌렐 못 견뎌가지고설랑은."

"당신은 변호사잖아요. 클렘 사촌*처럼 말하지 좀 마요."

"버릇인걸," 엘모는 말했다.

"안 좋은 버릇이죠. 이건 장난이 아니에요."

"그래, 나도 십분 이해해," 엘모, 지금은 엘모어가 말했다. "그런데 내가 보기엔 자기도 진짜 경찰 흉내를 내고 있는 것 같아, 그러니까 우리 둘 다 균형감 있게 접근해보자고."

"알았어요, 미안해요."

엘모어는 잠시 뜸을 들이곤 말했다. "내가 주차장을 최대한 빨리 훑어볼게, 캐디가 있는지. 내가 말하듯이, 커터비는 핫도그 빵에 든 피클처럼 보여. 헤더는 무사해."

"그러길 희망합시다," 완다 제인은 말했다.

"되는대로 와."

"한 시간, 한 시간 반 더 걸려요. 어디서 만날래요?"

"해러스," 그는 말했다. "찾기 쉬워."

완다 제인은 다시 395번 국도 남쪽 방면으로 차를 끌면서 나쁜 생각은 밀어내기로 마음을 다잡았다. 헤더도 서른넷, 몸무게는 백구십 몇이었고 폭스바겐의 앞머리를 사람의 힘으로 들어 올릴 수 있는 사람이었다. 똑똑하기도 했다. 게다가 아주 냉소적이어서 더그 커터비 같은 능구렁이들을 경계할 줄도 알았다.

도로를 10마일(약 16킬로미터) 달린 완다 제인은 진지해지라고 스스로에게 말했다.

똑똑하고 냉소적이어도 소용없어.

폭스바겐도 소용없어. 산탄총은 제압이 안 돼. 해러스 주차장에서 엘모의 픽업트럭 옆에 차를 댈 즈음 그녀는 안절부절못하는 상태가 되어 있었다.

"부탁 하나만요," 그가 걸어오는 사이 그녀는 말했다. "시골뜨기

---

* Cousin Clem. 만화영화 〈스펀지밥〉에 나오는 캐릭터로 시골에서 온 눈치 없고 순박한 불청객 유형.

엘모는 지금 필요 없어요. 나한텐 엘모 님이 필요해요."

"엘모어 말이군," 그는 점잖게 말했다.

"네, 그거요. 내가 내 죽마고우를 팔아먹었다고요. 나는 안 갈 곳에 걔를 보내버렸죠."

그는 고개를 끄덕였다. "나도 그런 생각이 들었어. 일단 들어가, 이걸 어떻게 해결할지 궁리해보자고."

둘은 카지노 본관 로비에서 조금 떨어진 바에 앉아 커피를 들었다. 엘모는 주 경계 주변의 여관과 호텔을 자기가 이미 살펴봤는데 커터비의 캐딜락 흔적은 없더라고 극소량의 단어로 차분히 설명했다. 그는 저희 둘이 갈라져서 호수 맞은편으로 올라가보고 인클라인 빌리지 부근에서 만나자고 제안했다. "스타라이트 엠프레스로 해. 아무것도 못 찾으면 거기서 만나 — 냉정을 잃으면 안 돼, 알았지? 아마 남은 하루쯤 시간이 걸리겠지만 우린 그들을 찾게 될 거야."

완다 제인은 고개를 가로저었다.

"내 머리엔 톱밥만 들었나 봐," 그녀는 말했다. "나 뭐 잘못 먹었나?"

"잘못 먹긴. 정의감에 그런걸."

"내가 걜 이용해먹었잖아요."

"그럴 수도 있고 아닐 수도 있지," 엘모는 말했다. "분명한 사실은, 자기는 커터비랑 진흙탕 싸움을 하고 싶지 않았다는 거야. 헤더는 그런 싸움에 조금도 개의치 않았고." 그는 웃음을 짓곤 손을 뻗어 그녀의 손을 한 차례 꼭 쥐었다. "기본적으론 자기 생각이 옳았어. 더 그는 뿔나팔쟁이야. 아마 침대에만 들어가면 비밀을 지껄여대기 시작할 거야."

"그러니까 당신도 그가 그랬다고 생각해요?"

"로이스한테? 물으나 마나지." 엘모는 눈을 깔아 그녀의 손을 잠시 뜯어보곤 다시 눈을 들었다. "최악의 결론으로 넘어가진 말자고. 더그는 어젯밤 사명이 있었던 사람이야, 포커 칩이랑 독일계 탕녀에 관한 몽상 말이야. 우리한텐 시간이 있어, 내가 보기엔."

완다 제인은 일어서더니 말했다. "톱밥 같으니. 가요."

엘모는 호수의 캘리포니아 쪽을, 완다 제인은 네바다 쪽을 맡았다. 둘은 반 시간마다 연락해가며 진척도를 확인했는데 호수 양편 모두 진행은 느렸다. 열두 살 때 딱 한 번 이곳에 와보았던 완다 제인은 패스트푸드집들과 카지노들과 값비싼 곳부터 잘 곳이 못 되는 곳까지 모텔들로 들끓는 이곳의 풍경에 경악했다. 12월 하순의 금요일인 지금도 크리스마스 스키 차량이 글렌브룩 위에서 북동쪽으로 꺾어질 때까지 50번 국도를 거북이걸음으로 만들었다. 그런 가운데 그녀는 대여섯 곳의 주차장을, 심지어 면적이 좁은 두어 곳까지 들어가 살폈지만 커터비의 휘발유 먹는 하마 같은 차는 없었다.

어둠이 깔린 지 한참 지나 잔잔한 눈이 내리는 가운데 그녀는 인클라인 빌리지의 스타라이트 엠프레스에 들어 엘모 옆자리에 차를 댔다. 둘 다 반가운 소식은 없었다. 둘은 엘모의 픽업트럭 옆에 몇 분을 같이 서서는 리무진급 캐딜락을 뺀 온갖 차가 빽빽이 들어찬 주차장을 둘러보았다.

"당신은 변호사잖아요," 마침내 완다 제인은 말했다. "조언해줄 거 없어요?"

"내 조언은 추위를 피하자는 거야," 엘모는 말했다. "여기 바깥은 후려치는 날씨군."

"그런 다음에는요?"

엘모는 잠시 생각에 잠겼다. "좋은 질문인걸. 자경단 짓은 중단하자는 게 전 변호사의 대답이야. 도움을 좀 받아야지. 당구집 엘모가 하는 말은 가서 뜨거운 치킨 수프를 주문하잔 거야, 뭐든 간에 뜨거운 거, 그러고 내일 아침에 다시 노력해보자고. 걘 아마 그 전에 연락이 올 거야. 거의 확실해."

"그렇게 생각해요?"

"응, 그렇게 생각해."

"난 아닌데," 완다 제인은 말했다. "들어가요. 난 산책 좀 할게요."

400피트(약 122미터) 떨어진 곳에선 더글러스 커터비가 다소 과하게 익힌 룸서비스 티본스테이크를 먹어치우면서 로이스와 대화를 나누었다. 그의 앞 탁자에 놓인 헤더의 휴대폰은 녹음기 앱이 열려 재생되고 있었다. 헤더는 호텔 분실물 보관소를 확인하러 아래층에 내려간 참이었다.

이 저질 아가씨가 모르는 무엇이 결국 그녀를 해치게 되겠군, 동의해? 더글러스는 지금 로이스에게 발언 중이었다.

뭐가 어찌 되건 로이스는 아무런 의견이 없었으므로 더글러스는 하릴없이 웃음을 짓곤 입속이 꽉 차 말없이 말했다. 당신이 최근에 갖게 된 양가감정은 내겐 음악이야, 귀염둥이. 당신이 지독히도 그립지 않다는 건 아니야. 한두 가지 후회가 없는 건 아니라고. 당신 얼굴에 서렸던 그 표정 기억나? 흠, 물론 기억 안 나겠지 — 어떻게 기억을 하겠어? "어디 하기만 해봐!" 하려다가 이내 펑! 심박수 한 번도 못 갈 양가감정! 더 이상의 의견은 됐어! 자, 고백하건대 당신이 맞은 산탄은 자업자득이었지만, 그럼에도 불구하고 난 당신이 지금 여기에 있었으면 참 좋겠어—고분고분해진 당신, 형체는 훼손됐지만 무지막지하게 개선된 당신—그래, 그리고 난 당신이 보다 부드러운 섹스를 호소하는 당신의 더기를 지켜봐주었으면 참 좋겠어, 비록 곡예가 토트하우저 씨에겐 부드럽단 말이 어울리지 않지만 말이야. 그녀의 취향이 그런가 보지, 대략. 아니면—그림을 그려 보일 필요는 없겠지—아니면 우리 헤더를 6과 3분의 1피트 키의 생기발랄한 콘크리트라고 묘사해도 되겠군. 인정해, 여보, 당신은 여기저기가 흐물흐물해지고 있었어. 술배나 출렁출렁 흔들어대고. 산탄총은 당신을 살짝 손봐준 거야. 하여튼 흐물흐물은 제쳐두더라도, 심통은 제쳐두더라도, 물론 또 서방질은 제쳐두더라도, 당신은 내진 설계가 된 나의 새 배우자랑 공통점이 많아. 헤더도 보니까 숫자 전문가더군—그녀의 경우엔 포커에서 말이지—게다가 운동 전문가라서 지역사회 국법의 최우수 부행장이 되고 말 거야. 혹은 그런 생각이 들었었지. 방금까지는. 한번 들어봐.

더글러스는 휴대폰 볼륨을 높이곤 10여 건의 금융 사기를 상술 중인 저 자신의 쾌활한 바리톤 음성이 담긴 짧은 파일 토막을 재생했다.

그는 로이스에게 말했다, 이것이 녹음된 게 우리가 한창…… 음, 용서해줘, 우리가 앞으로 **불놀이**라 부르게 될 것을 한창 하던 중이었거든. 나 진심으로 상처받았어. 그녀를 좋아했으니까. 그리고 불행하게도 지금은 그 이상이니까. 들어봐.

그는 스테이크보단 구운 감자를 더 만끽하면서 좀 더 긴 녹음 파일을 재생했다.

당신한테 사과해야겠군, 그는 로이스에게 말했다. 하지만 그녀가 죄다 녹음 중인 걸 내가 어떻게 알았겠어? 내가 뭐 독심술사야? 그래도 역시 사과는 해야겠지. 내 말은, 그건 당신과 나, 남편과 아내의 은밀한 부분이었잖아, 당신이 "어디 하기만 해봐!" 하고 말할 뻔했을 때, 내가 "이거나 먹어, 여보" 하고 말했을 때 당신 얼굴에 서렸던 그 표정 말이야, 당신이 날 위해 바로 그 똑같은 것을 계획 중이었음을 우린 둘 다 알았던 거야 — 아니란 말 하지 마! 우리 참 크게 한바탕했다, 자기야. 비밀을 누설해서 미안해. 비밀일 것도 없지만, 그래도 그 때문에 우리 관계가 좋나긴 했네. 누설일 것도 없지만. 내 말 무슨 뜻인지 알 거라 믿어. 이제 질문, 토트하우저 씨를 우리가 어떻게 처리해야 할까? 아이디어 있어?

로이스에겐 늘, 아니 더러 아이디어가 있었으므로 더글러스로선 침묵을 받아들이기가 힘들었다. 그는 녹음기 앱을 닫고서 휴대폰을 제 주머니에 도로 집어넣은 다음 구운 감자를 마저 해치웠고, 그러고 나선 해결책을 찾는 데 전념했다. 서두를 이유가 없었다. 구사일생이긴 하지만 아무런 피해도 없었다.

10분 뒤 헤더가 걸어 들어오자 더글러스는 말했다. "휴대폰 찾았어?"

"아니요," 헤더는 말했다. "당신 열쇠가 필요해요. 차 좀 둘러볼게요."

"좋은 생각이야," 더글러스는 말했다. 그는 그녀에게 열쇠를 휙 넘겼다. "그럼 자기 돌아오면 포커 한판? 초저녁이니까."

완다 제인은 스타라이트의 주차장을 헤치며 캐딜락들을 다시 한

번 확인한 다음 호텔 전체를 빙 돌았다. 밤 10시 가까운 시각, 얼음장 같은 추위에 그녀는 트렁크에 있던 낡고 추레한 담요로 몸을 감싼 참이었다. 20분 뒤 그녀는 시작점에서 일단락을 지었는데, 카지노 정문 근처에선 크리스마스 불빛이 눈부시게 깜빡이고 있었다.

걸음을 멈추고 지선 도로 쪽을 내다보게 만든 게 무엇인진 그녀도 확신이 안 섰지만 — 별것 아닌, 그저 둘러볼 만한 곳이었겠지만 — 도로 건너편엔 제법 큰 주차장이 딸린 제법 큰 레스토랑이 있었는데 거기엔 멀리서 보기에도 커다란 커터비의 검정 캐디가 제 난쟁이 친척들 사이에 서 있었다. 완다 제인은 도로를 건넌 다음 두 손을 동그랗게 말아 조수석 창문에 대보았는데, 그렇게 등을 내놓고 있으니 헤더가 뒤에서 종종종 다가와 말했다. "관음증 환자니?"

둘은 포옹을 나누었다 — 완다 제인은 까치발이었다.

"나한테 15분 있어, 다 해서," 헤더는 말했다. 그녀는 차 문을 따고 안을 몇 초 들여다본 다음 꽝 닫았다. "얼른 커피 한잔 때리자."

레스토랑이 앉을 데 없이 붐비는지라 둘은 테이크아웃으로 주문해 계산대 근처의 작은 벽감에 서서 커피를 마셨다. 15분은 금방이었다. 헤더는 호텔 주차장이 꽉 차 있더라, 길 건너편에 대리 주차를 했다, 내 휴대폰이 사라졌다, 더글러스가 거의 전부를 시인하도록 만들었다 — 꼭 시인했다고 보긴 그래, 꼭 전부라고 하기도 그렇고 — **흡족은 하다** 정도가 맞겠네 — 그리고 다 괜찮다, 난 즐기고 있다, 너도 걱정 그만해라 하고 설명했다. 더글러스가 여기 시에라네바다산맥 위에 둘이서 샬레*식 오두막을 구입하자고 말하는 중인데,

---

*　　chalet. 스위스 높은 산중에 있는, 통나무 벽에 돌 지붕을 얹은 오두막.

그 인간은 살인자치고 있잖니, 쫓겨날 은행가치고 어떤 허세스러운 조이 드 비브르*가 있더라, 신사다운 멋 말이야, 마티니랑 차랑 섹스랑 돈에 대한 왕성한 욕구.

"휴대폰이 사라져?" 완다 제인은 말했다.

"그래, 그 부분이 발목을 잡네. 차에 있을 줄 알았는데."

"그러면 그 자백은 ─?"

"헛수고하긴 했는데 걱정 마. 살살 긁어주면 새로 태어난 늙은이처럼 알아서 주절거리니까. 나한테 새 폰만 있으면 돼."

"내 거 가져가," 완다 제인은 제 폰을 뒤적뒤적 꺼내어 헤더에게 건넸다. "엘모 번호 알지, 응?"

"당연히 알지. 야, 나 돌아가야겠다. 슬슬 의아해하고 있을 거야."

완다 제인은 꿀꺽꿀꺽 두 모금 만에 커피를 끝냈다. 실내인데도 그녀는 얼어붙듯 추웠다.

"알았어," 그녀는 말했다. "근데 이번엔 연락 좀 잘 받아. 걱정돼서 죽는 줄 알았어."

"너도 참 겁쟁이다. 더그는 아무것도 몰라."

스타라이트 엠프레스로 돌아가면서 헤더는 완다 제인에게 팔짱을 꼈다. 정문에서 둘은 또 한 번 포옹을 나누었다.

"그거 아니?" 헤더는 말했다.

"뭐?"

"네가 웃을까 봐 좀 그런데, 난 여기 위에 샬레식 오두막도 아주 괜찮을 것 같아."

더글러스와 헤더가 카지노 포커실에 입장하려는데 그의 폰에서

〈감상적 여정Sentimental Journey〉이 흘러나왔다.

"로이스의 주제곡이지," 더글러스는 말했다. "이건 듣고 가는 게 좋겠군."

그는 자리를 뜨더니 그녀에게 등을 돌리곤 몇 분을 주로 듣기만 했다.

어느 시점에 그는 말했다. "내 은행은 판매하지 않소만."

얼마 지나지 않아 그는 말했다. "얼마요?"

그러더니 거의 즉각적으로 그는 말했다. "주니어스라고 불러도 되겠어요?"

---

* joie de vivre. 삶의 환희.

44

주니어스 키라코시안은 당신!의 꼭대기 층 제 회전의자에 앉아 빙글빙글 돌면서 캐털리나 쪽을 바라보고 있었다, 조금은 서글퍼서, 조금은 화가 나서, 그리고 대단히 우울한 채로. 아내를 아내로 붙잡아두기 위해서 남자가 은행까지 사야만 하나, 그는 자신을 꾸짖었다. 혹은 샌쿠엔틴* 출신인 아내의 전남편을 떨어뜨려놓기 위해서. 혹은 밤잠을 푹 자기 위해서.

사탕업자가 시시한 은행을 사서 뭘 한담? 하고 그는 의아해했다. 그것도 부정직한 은행을. 그것도 벽지에 틀어박힌 부정직한 은행을. 그는 은행이 선박과 선적보다 훨씬 덜 좋았는데, 수치로 따지자면 무섭게도 제로에 가까웠다.

그가 좋아하는 건 에벌린이었다.

그녀가 꼭 최후통첩이란 표현을 사용한 건 아니었다 — 오히려 이것도 저것도 아닌 쪽에 가까웠다. 미네소타에서 돌아온 뒤로 그의 아내는 매우 다정하다 못해 사랑이 넘쳤지만 — 사실상 여느 때 이상이었다 ─ 이젠 그 딸 속에 제 아버지가 떡하니 들어앉아 마구 심통을 부리고 있었다. 은행이요, 내가 원하는 건 그거예요, 그녀는 단호히 말한 터였다. 그러고는 그 웃음. 그러고는 그 두니 같은 눈빛.

주니어스는 빙글 돌더니 인터폰 버튼을 때려 제 비서에게 저 위 타호로 가는 항공권을 가져오라고 요구했다.

"세 가지 더," 주니어스는 인터폰에다 말했다. "팔만 천짜리 수표를 하나 끊어줘, 더글러스 커터비라는 남자한테 내보내는 걸로 ─ C-U-T-T-E-R-B-Y야. 그러고 나서 내 장인 연결해줘. 헨리더러 들어오라고 하고."

"헨리는 지연됐답니다," 그의 비서는 말했다.

"지연?"

"비행기에서 만난 누구한테서 병이 옮았대요. 원하시면 미니애폴리스 래디슨 호텔로 연락 넣어드릴 수 있어요."

"래디슨에서 뭘 하는데? 라킨타는 뭐 잘못됐대?"**

"회복 중인가 봐요, 대표님."

"에?"

"마사지 치료요. 효과가 있다고들 하던데요."

주니어스는 캐털리나 쪽으로 도로 빙글 돌았다. "헨리는 무시하고 두니나 연결해줘. 내 비행긴 몇 시지?"

"정옵니다. 세 시간 남았는데 그게…… 크리스마스이브라서요.

---

* San Quentin. 악명 높은 사형수가 많이 수감된 미국 캘리포니아의 주립 교도소. 흔히 '쿠엔틴'으로 줄여 부른다.
** 래디슨(Radisson)과 라킨타(La Quinta) 모두 호텔 체인으로 래디슨이 라킨타보다 고급.

공항이 혼잡해요."

"그건 어쩔 수 없고, 내 아내한테 전화해서 내가 일주일 내외로 돌아온다고 해, 시간이 좀 걸리는 일이라고. 어쩌면 두 주, 알 수 없지. 귀갓길에 은행 몇 개 더 주워 왔으면 하는지도 물어보고. 피만 잔뜩 보겠군."

"네?"

"아니야. 그것도 무시해."

"무슨 말인지 알겠어," 두니는 스피커폰을 통해 직직 긁는 움푹한 소리로 말하고 있었다. "자네한텐 은행이 골칫거리니까 JC페니를 갖고 제안을 해봐. 어디서부터 시작해야 할진 나도 잘 모르겠군."

"진척은 있어요?" 주니어스는 말했다.

"그냥저냥. 어느 정도. 지금 캘빈이 플레이노* 쪽하고 통화 중이야. 잠깐 있어봐." 1, 2분 뒤 두니는 말했다. "오케이, 다시 받았어. 플레이노가 어디야?"

"루이지애나던가?" 주니어스는 말했다.

"농담은. 내가 아는 건 오늘 밤 내가 거기에 있을 거라는 거야."

"짐, 쭉 생각해봤는데요," 주니어스는 말하곤 잠시 망설였다. "여기 위쪽 풀다에 있는 이 은행이요, 제가 재무적인 것들을 살펴봤어요. 싸게 산다고 해도 바짝 굴려봐야 10센트나 떨어질까. 근본적으로 돈이 없는 은행이에요. 씨가 말랐어요."

"맞아, 나도 눈치챘어," 두니는 말했다.

"그러니까 인수 건은 폐기해버리는 게 어때요? 그냥 팔만 천 줘버리고 끝내기로 하죠? 그러면 핼버슨도 곤경은 면하잖아요 — 대출

상환이나 마찬가지예요, 아시죠? 모두가 행복한 길이라고요."

"에벌린은 아니지. 은행 사, 주니어스."

"하지만 짐, 그건 사기도박이에요. 그들은 스스로한테 돈을 대출해준다고요 —— 당연히 가짜 이름으로요 —— 그러고선 스스로한테 대출해준 즐거움 값 8퍼센트를 은행 앞으로 달아놔요. 빙산의 일각이죠. 틀림없이 다른 사기도 열 건은 진행 중일걸요, 더 많으면 많았지. 사은품 토스터라니까요, 무슨 말인지 아시죠? 공짜 토스텁니다, 평생 해온 저축을 무이자로 예금만 하십쇼."

두니는 웃음을 터뜨렸다. "아주 영리하다니까, 그거. 내 스타일의 사업이야."

"신경가스 팔고 다니신 거요?"

약간의 정적이 돌았고, 그러고 나서야 두니는 말했다. "그거 비난이야, 주니어스?"

"아니요, 저는 ——"

"하긴 내가 들려줄 얘기가 있으니까. 토고의 어떤 가난뱅이 거지가 원한을 청산하고 싶어 해, 제 아내의 명예를 지키지 않으면 안 돼서인데, 내가 뭐라고 그걸 훼방 놓겠어? 나는 물건을 선적하면 말이야, 그 물건을…… 그 물건을 **규정**짓지 않아. 아무튼 난 늙은이야. 난 내 딸과의 일을 바로잡고 싶어. 은행 사."

"저는 그게 잘 ——"

"나랑 말씨름하자는 건가?"

"말씨름이라니요, 짐. 그게 아니라……"

---

*   Plano. 미국 텍사스주의 도시.

두니는 일부러 목 가다듬는 티를 냈다. "자네가 기억해야 할 게 몇 개 있어, 주니어스. 우선 PS&S가 보잘것없는 소형 은행을 감당할 여유가 된다는 거, 그건 분명해. 내 말 맞지?"

"지당하시죠. 한결같이."

"잘 짚었어. 두 번째는, 에벌린이 그 뭐시기한테 깨끗한 경력을 주고 싶어 해 — 버드송인지 뭔지한테 — 그러니까 그건 은행을 사면 해결돼. 자네가 소유하고 자네가 통제하라고. 깨끗한 경력을. 그리고 명심해, 내가 자넬 CEO로 앉힐 때 우리가 했던 거래 전체를 말이야. 회전의자는 자네 차지고 지휘는 내 몫이야. 내가 은행을 사라고 하면 자넨 은행을 사는 거야. 내가 내 딸을 행복하게 해주라고 하면 자넨 갤 행복하게 해줘야 돼. 그리고 마지막은 — 이걸로 끝내도록 할게 — 마지막은, 나도 성질 고약한 정신이상자 거짓말쟁이한테 별의별 데를 다 쫓겨 다니느라 지쳤어. 긴장, 그게 캘하고의 관계를 망친다니까. 은행 사. 알았지?"

"잘 알았습니다," 주니어스는 말했다.

"그리고 주니어스?"

"네, 듣고 있어요."

"그 야구팀. 내려놔. 자네가 웃음거리야."

12월 호로 호숫가의 나날은 비정상적일 만큼 온화하고 햇살이 좋았다. 앤지와 보이드는 이제 둘뿐이었다. 둘은 호수를 독차지했다. 보트도, 어부나 행락객도, 그 어떤 사람, 어떤 움직임도 없이 그저 바람이 물과 나무에 남기곤 하는 게 전부인지라 보이드는 지역사회 국법을 털어 길을 건넌 8월 하순 이래 처음으로 어떤 종류의 야심도 없는 상태로 지냈다.

   그것은 무기력이 아니었다. 그것은 욕망의 부재였다. 그는 아무 것도 원하지 않았고 12월은 그에 응해주었다.

   수년을 결핍으로 들끓던 보이드의 꿈조차 지금은 이 인적 없는 인디언 여름*만큼이나 차분했다. 그는 사랑도 기쁨도 복수도 구원도 에벌린도 원하지 않았다. 그는 살기도 원하지 않았다. 그는 죽기도 원하지 않았다. 그는 가끔씩 호수를 내다보면서 저 호수도 원하는 게 없긴 마찬가지구나, 가만있질 못하는 저 깊은 물도 제 아름다움이나 부력이나 최후의 운명엔 관심이 없구나 하고 마음을 빼앗겼다. 그럴 때면 보이드는 깜짝깜짝하는, 믿기지 않는, 한때 자기가 격렬히 좋아했던 회상에 사로잡혔다. 바보 같긴, 번번이 그는 생각했다. 하지만 최근까지도 그가 평생 해온 거짓말을 머릿속에서 날려버리길 간절히, 심지어 필사적으로 원했던 건 사실이었다. 그는 짐 두니가 그걸 목격하길 원했었다. 그는 두니가 공범 의식과 후드득 터지는 뇌에 푹 절길 원했었다.

   그 모든 게 한땐 타당했었다. 이젠 그것 때문에 쪽팔렸다.

   자살은 다 그런 얄팍한 공상에서 나오는 걸까? 그는 궁금했다. 기껏해야 두니는 언짢아서 한숨을 쉬고 옷을 갈아입은 다음 청소업체나 불러 현관 계단 좀 박박 닦으라고 시켰을 테지.

   본격적인 겨울 이전의 그 사기 같은 나날, 보이드는 선창에 나가

---

*   Indian summer. 북아메리카 특정 지역에서 겨울이 시작되기 전인 10월에서 11월 중 고요하고 맑게 이어지는 일종의 늦더위 시기.

얼토당토않은 햇살 속에서 앤지의 지시대로 차가운 물속에 고분고분 발가락을 담근 채 목적도 바라는 것도 없는, 만족스럽지도 불만스럽지도 않은 시간을 보냈다.

그 치료가 도움이 되는 모양이었다. 통증이 점점 줄어 그는 날마다 열 발짝에서 열다섯 발짝을 더 절뚝거릴 수 있었다.

그의 마음속에 목적지가 있는 건 아니었다. 목적지는 결핍이 그러하듯 미래를 필요로 했는데―어떠한 미래든―미래라는 그 관념은 그에게 기이한 인상을 띠었다. 자살 가까웠던 것이 불러온 결과란 게 있다면 그건 내 안의 이 공허감, 아주아주 수수한 열망조차 없는 이 상태일 거야, 하고 보이드는 막 깨달은 참이었다. 다음 식사, 다음 하루, 다음 무엇―다음은 없어. 다음이 어떻게 있을 수 있어? 미래도 없고 다음도 없어.

그리하여 그 나날은 다른 나날로 하염없이 흘러들었다. 12월은 크리스마스를 향해 관성대로 나아갔다. 앤지가 저희의 캘리포니아 귀환을 미룬 것은 벌써 두 번째였다. 앤지는 얄팍한 핑계를 지어냈다. 그녀는 큰 거실을 소나무 가지로 장식했다. 앤지는 이상하리만치 조용해졌는데 그건 앤지 자신보다 박제사가 생각하는 앤지에 더 가까웠다. 그녀는 두려운 모양이었다. 잠도 보이드는 캠핑 밴, 앤지는 두니의 큰 거실 벽난로 앞에서 따로 잤지만 한번은 그가 깨어나서 보니 그녀가 플레저웨이 안 그의 곁 몇 인치 면전에서 새롭고 낯설고 조금은 무서운 무언가를 보듯 그를 관찰 중이었다. 그녀는 아무 말 않았다. 조금 뒤 그녀는 등을 붙이고 누워 어둠을 바라다보았다.

다음 날 아침 두 사람 누구도 그 일을 입에 담지 않았다. 그러는 대신 앤지는 말했다. "당신한테서 뭘 좀 돌려받아야겠어요, 보이드. 뭐건 간에요. 당신이 날 잃을까 봐 염려돼서요."

보이드는 고개를 끄덕였다.

그는 종일 그 말을 곱씹었다.

그날 저녁 그는 모질게 굴려는 뜻 없이 말했다. "미안해요. 난 패배자예요. 그런 줄 모두가 알죠. 심지어 나도 알아요."

그녀는 그를 쳐다보았다. 한 시간이 지나갔다.

"나를 잃는 건," 그녀는 지친 목소리로 말했다. "비극일 거예요."

눈이 내리고 있었다. 바람이 울부짖고 있었다.

불빛이 나가버렸다.

이어지는 밤낮들 내내 완연한 겨울이 찾아들더니 이번엔 그대로 머물렀다. 12월 16일엔 눈이 5피트 반(약 167.6센티미터)이나 쌓여 있었다. 배관이 터졌다. 바깥의 나무들에선 타닥타닥 소리가 났다. 캠핑 밴은 더 이상 머무를 데가 못 되었고, 그래서 보이드가 구경하는 가운데 앤지는 이발소 의자 하나를 큰 거실로 아등바등 내려 그를 위한 임시 침대를 벽난로 앞에다 설치했다. 저택은 연중무휴의 구조물이었지만 — 그런 장소로는 호로 호수에서 유일했다 — 집을 데워주는 건 불붙길 거부하는, 아니 내켜야만 불이 붙고 쨍쨍 소리로 불만을 표시하는 기름보일러 삼형제였다. 부엌은 전기 오븐으로 따뜻함을 유지했지만 열한 개의 방, 미용실, 당구실이 있는 위의 두 층은 차라리 창을 활짝 열어놓는 게 나았다. 심지어 큰 거실 벽난로도 무난하다 싶은 온기를 겨우 몇 피트 발산할까 말까였다.

낮이면 두 사람은 스웨터와 외투를 입었고, 통조림 칠리 스튜를 먹었고, 번갈아 이발소 의자를 차지했고, 뭐가 닥쳐오든 닥쳐올 일을 기다렸다.

깊은 밤, 특히 동트기 전 독수리들의 시간이면 보이드는 제 악행의 역사를 되돌아보았다. 발가락은 기억의 훌륭한 매개물이었다. 놀랍게도 이따금 통증에선 찌릿찌릿 작은 즐거움이 배어났는데 그것은 빚을 갚았다는, 용서는 받지 못했지만 해명은 했다는 즐거움이었다. 그는 제 어머니를 뚱뚱하다고 부르지 말았어야 했다. 그는 미식축구 공을 이리저리 던져보라는 제 아버지의 권유를 거절하지 말았어야 했다. 그는 폴로가 취미라고 주장하지 말았어야 했다. 그는 퍼플 하트, 뇌종양, 공상으로 채워진 이력서를 날조하지 말았어야 했다. 그는 버드송을 핼버슨으로 바꾸지 말았어야 했다. 내가 용기 있는 사람이었다면, 하고 보이드는 되뇌었는데 ─ 이젠 독수리들이 어둠 속에서 쉭쉭대고 있었다 ─ 스스로 어떻게든 미래에 대한 믿음을 가질 수 있었다면 그는 어느 날 사랑스러운 페기와 더 사랑스러운 엔니를 쳐다보면서 ─ 둘 다면 또 어때? ─ 발가락을 또 한 번 으깨달라고 애원했을 것이다.

어쩌면 두니를 보고도 그랬을 것이다. 웃어요. 템프테이션 꺼내서 지난 일 좀 짚어봅시다.

언젠가 새벽 4시 역사 수업에 한창 빠져 있던 보이드는 앤지가 잠꼬대 중임을 알아차렸다. 그녀는 그를 자기 옆 바닥에 떠맡기고 이발소 의자를 강탈해 간 터였는데, 불이 사그라져 캄캄해질 즈음이 되자 그녀는 경련에 신음을 하고 반쯤 일어앉더니 정확히 말해 횡설수설은 아닌, 의미가 없지는 않은, 차라리 그녀 자신의 언어에 오롯이 가까운 짐승 소리 같은 탄성을 살짝 토했다. 그것은 2, 3분 지속되었는데, 그러다 그녀는 이발소 의자에 도로 누워 손 하나를 입으로 가져가더니 입을 다물어버렸다.

하루이틀 지나 또 언제는 앨빈이 식료품 봉지를 네 개나 들고서 문 앞에 나타났다. 그는 말수가 적었다 — 말이 없다시피 했다. 그는 발을 굴러 부츠의 눈을 털고 보이드에게 고개를 끄덕하더니 앤지에게도 끄덕하곤 봉지를 부엌으로 가져가 조리대 위에 두었다.
"자 이만" 하고 그는 웅얼거리더니 앤지를 잠시 쳐다보곤 현관 쪽으로 다시 걸어갔다.
보이드는 그를 불러 세웠다.
"뭐 좀 물어봐야겠는데," 그는 조용히 말했다. "고백 상담해본 적 있어?"

"랜디가 왔어요," 크리스마스를 사흘 앞둔 쨍한 일요일 아침에 앤지는 말했다. "지금 여긴 아니고요. 하지만 베미지이긴 해요. 나한테 문자 폭탄 중이에요. 그는 끝내 이곳을 찾을 거예요."
"오케이," 보이드는 말했다.
"오케이?"
"네. 나한텐 으스러질 발가락이 남았으니까."

그리고 또 하루이틀 지나 보이드는 절뚝절뚝 호수로 내려가 그곳의 눈을 일부 치우더니 부츠와 양말을 벗곤 선창에 조심조심 앉아 멍든 두 발을 검게 빛나는 얼음장에 꾹 대었다. 이날 아침은 불가사의할 만큼 환해 —— 열기 없는 환함이었다 —— 그를 둘러싼 세상천지가 반짝거렸다. 보이드는 선글라스를 가져올걸 하면서 잠깐 눈을 감았는데, 그러다 고개를 들어 보니 후드 달린 적색 파카 차림의 형체 하나가 언 호수를 건너 자기 쪽으로 저벅저벅 걸어오는 게 눈에 들어왔다. 남자인지 여자인지 분간이 안 되었다. 겨울의 반짝이는 빛을 배경으로 까맣게 번져 보이던 그 형체는 4분의 1마일(400미터 남짓) 거리에서 설상화로 짐작되는 것을 신은 채 슬로모션처럼 움직였다. 5분에서 10분 뒤 그 형체는 호수 한가운데 부근에서 멈추어 길고 가느다란 연장을 파카 밑에서 쑥 꺼내더니 몸을 수그리곤 잠시 그대로 있다가 자기 앞의 눈과 얼음에다 연장을 찔러 박았다. 그는 —— 혹은 그녀는 —— 이 행동을 되풀이했다. 한 차례 금 가는 소리가 들렸다. 그러더니 여러 차례 들렸다. 보이드는 제 양말과 부츠에 손을 뻗어 그것을 발에 씌우곤 비틀비틀하면서 당겨 신었다. 호수를 돌아보니 적색 파카도 연장도 설상화를 신은 그 형체도 한 조각 덧없는 반짝임 속으로 사라지고 없었다.

이게 현실 맞나?

보이드는 의심이 들었다.

모든 게 덧없어지면 이런 일이 생기는구나, 하고 그는 생각했다.

랜디 재프는 크리스마스 당일에 나타났다. 그는 자동차 문제, 눈보라 문제, 돈 문제, 그리고 앤지의 행방을 밝히는 어마어마하게 큰 문제로 지체된 참이었다.

"나 랜디예요," 보이드가 문을 열어주자 그는 말했다. "장담하는데 같이 재미있는 시간을 보내게 될 거예요."

45

 "산책 가요, 가서 두어 시간 있다 돌아와요," 앤지는 말했다. "저 사람이랑 사적으로 할 얘기 있으니까."

 "두어 시간?" 보이드는 말했다. "밖은 화씨 12도(섭씨 영하 11.1도)예요."

 "뜨거운 커피를 가져가요," 그녀는 말했다. "보온병에."

 보이드는 곤란함을 피하고자 부엌문으로 나가서는 플레저웨이로 건너가 추위를 면했다. 그는 히터를 가동한 다음 JC페니 스웨터 세 벌을 껴입고 한동안 하염없이 앉아만 있다가 아직 못 끝낸 처칠 자서전을 집었다. 그 책을 힐끗도 안 한 지가…… 언제부터더라? 8월? 멕시코서부터? 382쪽 귀퉁이가 누렇게 접혀 있었다. 앞으로 900페이지가 빽빽이 대기 중이었다.

 소름이 여전하고 덜덜 떨리는 와중에 자세를 잡고 보어전쟁 편을 시작한 보이드는 보어가 무엇인지 대뜸 궁금해져 검색해보자고 생각했지만 그러다가 또 괘념치 말기로 마음먹었다. 그것에 대해서든

딴것에 대해서든. 그는 자서전들이 으레 비슷비슷한 입장으로 끝을 맺는 마지막 몇 페이지로 넘어가버릴까 하는 유혹을 받았다.

한 시간이 넘어 433페이지에 다다르자 캠핑 밴의 히터가 미네소타에 항복, 스스로의 전쟁에서 패배하기 시작했다.

보이드는 일등급 아크릴로 된 스웨터를 두 벌 더 껴입은 다음 낡은 코듀로이 재킷과 울 양말 세 켤레를 덧걸쳤고, 그러고 나서 더는 할 일이 없자 자기가 허깨비라고 여겼던 적색 파카에 설상화 차림의 형체를 조사하고자 얼어붙은 호로 호수를 가로지르러 출발했다. 가는 길은 더디고 힘들었다. 밑에 매끈한 얼음이 자리한, 외피 같은 깊은 눈. 늑대 같은 바람은 그의 귀와 코를 씹어댔는데 어떨 땐 코듀로이와 다섯 겹의 JC페니 아크릴조차 이빨에 뚫렸다. 그의 발가락은 무감각과 감전사를 왔다 갔다 했다. 어쩌면 이건 배신행위와 공상허언증으로 점철된 삶에 대한 자연의 보복인지도 몰라, 하고 그는 사색에 잠겼다.

그는 제 발걸음 수를 세었다. 그는 멍키렌치를 든 엔니, <상류사회> 앞에서 밀크셰이크를 꿀꺽꿀꺽 들이켜는 어머니, "폴로라니 설마?" 하고 말하는 에벌린을 떠올렸다.

검은새 수십 마리가 눈밭에 딴딴하게 얼어붙어 있었다.

호수 한가운데 부근에서 그는 찾지 못하길 바라던 것을 찾았다. 얼음이 노출되도록 눈(雪)이 작고 들쭉날쭉한 원형으로 뜨여 있었다. 근처엔 싸구려 막삽, 얼음용 철흑색 나사송곳, 그리고 금속 대롱에 부착된 끝 같은 것이 반쯤 눈이 덮인 채 놓여 있었다. 그 원의 한가운데는 구멍이었다. 혹은 한때 구멍이던 것이었다. 이제 그것은 얼음으로 딱지가 져 그 광택이 주변의 얼음보다도 환하고 투명한 특성을 띠었다.
 보이드는 외면했다. 그는 보고 싶지 않았다. 보지 마, 그는 생각했지만 그러다가 또 보고 말았다. 회적색 파카가 얼음 딱지를 밑에서 밀고 있었다.
 보이드는 어부바의 기억을 불러냈다. "이봐요, 아빠" 하고 앨빈은 말하곤 했었다.

 짐 두니의 부엌에선 문 열린 전기 오븐 앞에 스툴 한 쌍이 끌어다 놓여 있었다. 그중 하나엔 앤지가 앉아 있었고 다른 하나는 공석이었다.
 "제임스 딘은 어디 있어요?" 보이드는 막 물은 참이었다.
 "누가 어디요?"
 "당신 친구요. 카우보이."
 "랜디는 친구가 아니에요. 카우보이도 아니고요. 제임스 딘은 또 누구예요?"
 "별 볼 일 없는 사람이에요, 죽었으니까," 보이드는 말했다. "하지만 우리 엄만 그에게 연애편질 보내곤 했죠."
 앤지는 어깨를 으쓱했다.
 그녀는 기진맥진함과 초조함으로 얼굴이 더 안 좋아 보였다. 그녀 앞의 바닥엔 여섯 켤레의 신발이 있었다. 그녀의 무릎엔 고무 끈 팬티가 놓여 있었다.
 보이드는 부츠와 재킷을 벗고 공석인 스툴로 절뚝절뚝 걸어가 어쩌면 두 번 다시 일어설 수 없을지 모른다는 생각을 하며 앉았다. 오븐의 열은 이 세상 것 같지 않았다.

한동안 둘은 하는 일 없이 서로의 눈을 피한 채 스툴에 앉아 있었다. 적색 파카 생각에 젖은 보이드는 무슨 말을 어떻게 꺼낼지 몰라 무슨 말이든 하자고 생각했지만 이내 앤지가 먼저 들리게끔 한숨을 내뱉더니 투덜거렸다. "당신이 다 망쳤어요, 안 그래요?"

"망쳤죠," 보이드는 말했다.

"난 캘리포니아로 돌아갈 거예요. 곧이요. 같이 가든 말든 그건 당신 마음이에요. 난 그만할래요."

"캘리포니아로? 제임스 딘이랑?"

"그 사람 이름은 랜디고 그 사람은 날 필요로 해요." 그녀의 목소리가 낮고 쌀쌀하고 멀어진 음색이 되었다. 그녀는 제 무릎을 내려다보면서 말했다. "그 사람한테 캠핑 밴을 사용해도 된다고 했어요. 임시로요. 내 생각이 정리될 때까지."

"히터를 고쳐야 할 거예요."

"괜찮아요. 랜디는 고치는 데엔 선수예요."

"오케이, 좋아요, 근데 한 가지가 더 있어요." 보이드는 망설였다. "그러면 일이 악화될 수도 있어요."

"돌리지 말고 말해요."

"당신이…… 글쎄요. 당신이 이 말을 들을 상태가 아닌 것 같아서."

"말 안 하면 소리 지를 거예요. 당장 말해요. 소리 지르고 싶은 기분이니까."

"그 끈 팬틴 뭐예요?"

"그 얘기예요?"

"네, 그래요. 웬 끈 팬티?"

"선물 받은 거예요!" 그녀는 버럭 말했다. "랜디한테서. 그 사람은 나를 생각 중이었어요, 나한테 **관심**이 있었다고요. 색깔도 내 색깔이죠── 내가 제일 좋아하는 노란색. 내가 백만 번을 말해봐야 당신은 **그런 줄도 모르잖아요!**"

"잘 맞아요?"

"뭐라고요?"

"편하긴 해요?"

"보이드," 그녀는 느릿느릿 말했다. "나 미치는 꼴 **보고 싶어서** 그러는 거죠?"

"아니요," 그는 말했다. "난 당신의 다른 남자 친구가 저 바깥 4인치 두께의 얼음 밑에 있다는 얘길 하지 않으려고 노력 중이에요. 이제 소리 질러도 돼요."

앤지는 얼음으로 덮인 구멍을 서서 내려다보았다. 보이드는 그녀 곁에 서 있었다. "앨빈인지 잘 모르겠어요," 그녀는 말했다.

"저 파카," 보이드는 말했다. "앨빈이에요."

"사고였던 것 같아요?"

"아니요."

"아, 그렇군요."

"할 수 있는 말이 그게 다예요?"

"지금으로서는 그런 것 같아요."

눈과 까마귀 두 마리가 하늘에서 떨어져 내렸다. 앤지는 벙어리장갑을 벗은 두 손바닥을 투명한 얼음 딱지에 대고 눌렀다. 춥고 바람 부는 반 시간이 지나갔다. "가끔은," 그녀는 중얼거렸다. "하느님한테 따끔한 소릴 하고 싶어요. 그분도 그렇게 바보 같을 수가 없거든요."

"그가 내 고백을 들어줬어요," 보이드는 말했다.

"하느님은 항상 들으시니까."

"난 앨빈을 말하는 거예요. 둘이 서로 고백을 나눴어요. 밤샘 고백이었죠."

앤지는 얼음 딱지를 내려다보더니 고개를 돌리곤 말했다. "큰 도움이 됐겠네요."

그날 밤 그녀는 할 말이 많았다. 그녀는 다시 잠꼬대 중이었다. 보이드는 손을 뻗어 그녀의 어깨를 한번 흔들곤 말했다. "일어나요, 꿈이에요."

"일어나 있어요," 그녀는 짜증스럽게 말했다. "이건 사적인 일이에요. 하느님하고 앨빈하고 나 사이의 일."

다음 날 아침 화씨 영하 12도(섭씨 영하 24.4도)를 찍은 호로 호수의 기온은 열이레 동안 1도도 오르지 않았다. 50톤짜리 나무 한 그루는 줄기가 반으로 뚝 부러졌다. 동력도 끊겼다. 휴대폰 서비스도 간헐적이었다. 큰까마귀 한 마리는 저택 뒤쪽 현관에 돌처럼 죽어서 떨어졌다.

노스다코타주에서 또 하나의 한랭전선이 밀려오는 데다 플레저 웨이의 히터도 꼼짝없이 얼어붙은 탓에 앤지는 랜디 재프를 도와 큰 거실 벽난로 앞에다 누비이불과 쿠션으로 침대를 마련했다. 규칙이 있을 거라고 그녀는 설명했다. 협박 금지. 째려보기 금지. 상스러운 언어 금지. 랜디는 보이드에게 말을 걸 생각도 안 했다. 보이드도 마찬가지여서 만약 둘 중 누가 상대방과 소통하고자 하면 중간에서 앤지가 요지를 통역해 전달해줘야 했다.

랜디는 허공을 손으로 팩 젓곤 "내 방식이네" 하더니 보이드에게 씩 하고 친절한 웃음을 지어 보이며 이렇게 말했다. "그 영감한테 혹시 포도 주스 통에 처박혔다 왔느냐고 물어봐줘."

앤지는 말했다. "보이드, 혹시 ― ?"

"나도 들려요," 보이드는 말했다. "혹시 그 사람 제임스 딘이냐고 물어봐줘요."

앤지는 말했다. "랜디, 자기 제임스 딘이야?"

랜디는 말했다. "그 쌍놈의 제임스 딘이 누구냐고 물어봐줘."

"쌍놈은 고상하지 못한 단어야," 앤지는 말했다. "하지만 물어는 볼게. 보이드, 랜디한테 제임스 딘이 누군지 말해줘요."

두 발을 높이 두고 고개는 면도를 받듯 뒤로 젖힌 채 대여섯 장의 담요를 덮고 이발소 의자에 누워 있던 보이드는 말했다. "그 무식한 흑 덩어리한테 제임스 딘은 과거 1956년에 미국에서 세 번째로 유명한 ― 유명했던 ― 인물이라고 알려줘요. 매튜 매커너헤이랑 거의 비슷한데 봉고는 아니라고."

랜디는 말했다. "아주 대단하신데, 그 사람한테 나는 잘 ― "

앤지는 말했다. "나 아직 통역 안 했거든. 보이드가 보기엔 자기가 매튜 매커너헤이 같다는 거잖아. 고맙다고 해."

"그래, 고마워," 랜디는 말했다. "이제 봉고가 뭐냐고 물어봐줘."

"그건 북이잖아, 제발," 앤지는 말했다. "굳이 왜 물어?"

"어쨌든 물어봐줘," 랜디는 말했다. "그게 규칙이니까."

"보이드, 봉고가 뭐예요?" 앤지는 물었다.

보이드는 말했다. "봉고란…… 텅 빈 통에다 가죽만 쫙 펴서 씌워 놓은 거라고 할 수 있죠, 그 백치의 머리같이."

앤지는 한숨을 지었다. 그녀는 랜디가 커틀러스 트렁크에서 공수해 온 기다란, 날이 물결 모양인 타코바 검으로 마시멜로를 굽는 중이었다. "보이드가 봉고는 텅 빈 통에다 가죽을 펴서 씌워놓은 거래, 자기 머리처럼."

"그렇게 말한 거 맞아? 그렇게 말한 거 맞느냐고 물어봐줘."

"그렇게 말한 거 맞아요?" 앤지는 말했다.

"들은 그대로," 보이드는 말했다.

"그렇게 말한 거 맞대," 앤지는 말했다.

"좋아, 부탁 하나 하는데 애인한테 로데오마는 타봤는지 물어봐줘. 십중팔구 로데오마가 **뭔지도** 모를 테지."

앤지는 한숨을 짓고 말했다. "보이드, 랜디가 알고 싶다는데——"

"로데오마란," 보이드는 말했다. "학대당하는 말이지. 얼간이한테 폴로는 해본 적 있느냐고 물어봐줘요."

"둘 다 마지막 경고예요, 나잇값들 좀 해요," 앤지는 짜증이 나서 말했다. "랜디, 폴로 해본 적 있어?"

"그럼, 당연하지."

"폴로를 해본 적이 있다고?"

"거의," 랜디는 말했다. "큰 개 타고서 괭이로 뭘 때리고 그러는 거 아냐? 그런 시합이라면 나도 한두 번 해봤지."

"폴로를 해봤대요," 앤지는 보이드에게 말했다. "그만들 하죠."

"1분만요," 보이드는 말했다. "그 로퍼 어디서 주웠느냐고 물어봐줘요. 저기 어디 청년 회관에서 발레 가르치느냐고."

"안 묻는 편이 낫겠어요," 앤지는 말했다.

"그 사람이 발레라 그랬어?" 랜디는 말했다. "물어봐줘."

"이건 고상하지 못해. 우리 모두 그만해요."

앤지는 일어나 검에서 마시멜로 두 개를 빼 먹더니 한 쌍의 촛불을 끄곤 짐 두니의 침낭 중 하나로 기어들었다. "머리 아파. 오늘 밤은 여기까지 해요. 내일은 우리 캘리포니아로 가는 짐 싸요. 모레는 출발하고요, 눈이 오든 안 오든."

"하나만 더 해도 돼?" 랜디는 물었다.

"고상한 거라면," 앤지는 말했다.

랜디는 보이드에게 아직도 씩 하는 친절한 웃음을 지어 보이고 있었다. "그냥 궁금해서 그래. 여자를 먼저 찜했단 게 무슨 뜻인지 아느냐고 그 태곳적 인간말짜한테 물어봐줄래?"

"규칙은 관두자," 앤지는 말했다. "직접 물어봐."

밤이 절반쯤 지나서야 보이드는 자릴 잡았다. 그는 제 이발소 의자에서 뒤척거리고 돌아눕고 했다. 앤지도 마찬가지였다. 그녀는 불 가까이에서 침낭에 싸인 채 말이 안 되는 잠꼬대를 했다. 어느 순간 그녀는 보이드 쪽으로 돌아눕더니 영어로 이렇게 속삭였다. "그만 엿들어요. 나 예배 중이니까."

랜디는 몇 피트 거리에서 검을 안고 누워 있었다. "못 들었어요?" 그는 말했다. "교회라잖아요, 애인 양반."

"내가 뭐 놓치고 있는 거 있어요?" 보이드는 말했다.

"있지 없겠어요," 앤지는 속삭였다.

⋯

그들은 크리스마스 이후 며칠을 떠날 준비를 하면서 보냈다. 랜디와 앤지는 긴 자갈 진입로를 삽으로 퍼냈는데 그들의 작업은 폭설로 두 번이나 헛수고가 되었다. 1월 중순 랜디는 새 배터리를 낚아 와 베미지 시내까지 페라리 시운전을 다녀왔다. "길이 안 들었는데," 그 뒤에 그는 말했다. "커틀러스를 타본 적이 없다면야 이만하면 뭐."

보이드는 제 소지품을 여행 트렁크와 비닐 쓰레기봉투에 가득 담았다. 앤지는 저희의 현금을 꾸렸다 — 얼마인지 그녀는 말하지 않을 셈이었다. 플레저웨이는 실패한 명분으로 남았다.*

"차 두 대로 갈 거예요," 앤지는 말했다. "랜디는 고물 차, 내 섹스 자동차. 당신은 나랑 같이 타요, 보이드. 캠핑 밴한테 작별의 인사하고요."

"잘 있어," 보이드는 말했다.

"신나셨네. 인생은 모험이니까요, 그죠?"

그들은 다음 날 아침 동이 트자마자 출발했다.

랜디는 제 커틀러스에 올라 길을 이끌었고 앤지는 암청색 페라리 812 슈퍼패스트의 운전대를 잡고 뒤를 따랐으며 앤지 옆자리를 배정받은 보이드는 다분히 과민해져 다리가 뻣뻣해 있었다. 도로는 매끄러웠다. 배수로엔 죽은 새들이 수북이 쌓여 있었다. 앤지는 좌석을 앞으로 당기고 입술을 굳게 다문 채, 소파 쿠션을 사용해 시야를 운전대 위로 높인 채 두 손으로 조심조심 차를 몰았다. 얼마 지나 파크래피즈에 절반쯤 다다랐을 때 보이드는 불현듯 담배 욕구가 치밀었다. 그는 옛 버릇처럼 주머니들을 두드려보더니 글러브 박스를 열었고, 그러다 유서로 싸인 제 템프테이션을 발견했다. "앤지에게 전해주세요," 앨빈은 적고 있었다. "천국에서 도둑질을 못 하면 난 열이 받을 거라고."

보이드는 유서를 담배가 있었어야 할 제 주머니에 슬쩍 넣었다.

가는 길은 더뎠다.

그들은 6월 초까지 캘리포니아에 다다르지 못할 터였다.

---

* "플레저웨이(Pleasure-Way)"는 '즐거운 길'.

46

댈러스포트워스 국제공항에서 저 위 플레이노까지 리무진을 타고 가는 길에 짐 두니는 캘빈에게 JC페니는 나쁘지 않은 인수일지도 모른다고 말하고 있었다. "사람들은 먹어야 하잖아, 똥도 싸야 하고 옷도 입어야 해. 내 말이 틀린지 어디 말해봐, 캘. 내 말 안 틀려. 우리 선박들이 죄다 가라앉는다고 해봐, 천 대가리*들이 죄다 신경가스 구입을 관둔다고 해보자고, 그래도 우리한텐 팔아치울 속옷이 있는 거야. 신발도 있고. 양복저고리도 있고. 양말, 벨트, 큰 사이즈의 팬티스타킹, 고급 화장품, 저급 핸드백, 그리고 온갖 포목을 쌀 수 있는 아주 적당한 품질의 여행 가방류. 게다가 모조리 땡처리를 하는 거지."

"얼만데?" 캘빈은 물었다.

"체인 전체? 땅콩값이야. 몇 십억."

"몇이 몇인데?"

"칠, 구, 누가 알겠어? 협상해야지, 그래서 우리가 이 리무진에 있는 거잖아, 안 그래?"

캘빈은 두니의 손을 잡았다.

"당신 참 좋은 아버지네," 그는 말했다.

"그래?"

"남의 직장을 되찾아주는 데 구십억을 쓴다고?"

"그래, 아마도. 그걸로 에벌린이 기쁘다면 나도 기쁘니까." 두니는 캘빈의 손아귀 힘을 꾹 돌려주었다. "물론 개인적인 욕심도 끼어 있고."

"어련하실까," 캘빈은 말했다. "당신은 사업가인데."

두니는 어깨를 으쓱하곤 창밖을 유심히 내다보았는데 흘러가는 텍사스의 풍경은 주로 쇼핑몰들이랑 랜드로버를 몰고 다니는 가짜 카우보이들이었다. "주니어스한테도 얘기했지만 지금 당신한테도 말하자면, 내 어깨 너머를 돌아보기엔 나도 너무 늙었어. 옛일은 옛일로 두자고."

"좋은 지적이야. 그래도 면도는 할 수 있었잖아."

"그렇게 생각해?"

"귀 주변 정돈도. 당신도 부랑자처럼 보이고 싶진 않을 거 아냐."

"그래 보여?"

"나한텐 아니, 지미. 나한텐 뜨거운 사람으로 보여."

한동안 말없이 달리고서야 두니는 말했다. "이번 같은 인수 말이야, 캘, 난 이럴 때 **뜨거움**을 느껴. 그랜드캐니언도 냅다 가질 수 있고 워싱턴 기념탑도 살 수 있을 것처럼 느껴진다니까. 그 느낌 알

---

*   raghead. 머리에 터번을 두르는 아랍, 이슬람 사람을 가리키는 멸칭.

아? 시카고도 사고, 옐로스톤도 사고, 적대적 인수 합병에 입찰도 넣고…… 온갖 것에 대해서! 미국독립선언서? 사버려. 미 헌법? 사버려. 온갖 학교, 온갖 도서관 — 그 유감스러운 것들을 몽땅 집어삼키면 다윈도 없고 금기어도 없겠지. 전부 사버리는 거야! 그게 내 꿈이야, 캘, 그게 내 공상이고, 그게 이 나랄 다시 위대하게 만들어줄 거야."

"그러지 마," 캘빈은 말했다. "크게 생각해."

타호에선 완다 제인이 스타라이트 엠프레스 커피숍에 엘모와 들어앉아 서로 빈 잔을 만지작거리며 헤더의 전화를 기다렸다. 헤더는 이미 지각이었다. "정시마다 하라고 내가 그랬는데," 완다 제인은 말하고 있었다. "헤더랑 약속했어요."

"세상엔 별의별 일이 다 끼어드니까."

"그래서 두려운 거예요."

완다 제인은 엘모의 어깨 저편의 슬롯머신 동전 통이며 도박판 들을 쭉 훑었다. 밤 10시 가까운 시각이었다. 그곳은 크리스마스를 치른 인파로 만원이 되어갔고, 여태 걸려 있는 명절 장식들과 환전 중인 도박자들의 웅성거림에 깃든 무엇은 다들 능력에 부치는 일들을 하고 있다고 완다 제인에게 일러주었다. 행운의 여신은 용감한 자의 편이지만 도박장과 붙을 땐 예외거든, 그녀는 생각했다.

"여기 있어요," 그녀는 조금 뒤 말했다. "아무래도 내가 가서 — "

엘모의 폰이 울렸다.

그는 전화를 받고 귀를 기울이더니 완다 제인을 보며 씩 웃음을 지었다.

"자기 전화야," 그는 말했다.

헤더의 목소리는 다급했다. 그녀는 위층 비즈니스 스위트에서 통화 중으로 겨우 1분의 시간이 있었다. "잘 들어, 늦어서 정말로 정말로 미안한데," 그녀는 말했다. "여기에 그 남자가 있어, 왜 그 깡마르고 늙은 사람, 그 사람이 우리 은행을 사고 싶다거든, 현금 거래로. 더그랑 내가 압박을 가하곤 있지만 그 사람이 구두쇠라 자꾸 깎으려고만 하는 거 있지. 엄청 흥미진진해. 돈도 빵빵하면서. 그리고 이 비즈니스 스위트 말인데, 내가 지금 보고 있는 이 만찬을 너도 봤어야 돼, 훈제 연어랑 함께 펼쳐진 곁들이 하며 요 앙증맞은 바닷가재 샌드위치를. 샴페인도. 헤로인도. 뭐 하여간."

"헤로인?"

"농담이야."

"너 전화하기로 돼 있었잖아, 헤더. 정시마다."

"어떻게 하니? 은행 팔잖아, 얘. 시간 걸려. 아마 앞으로 두세 주는 걸릴 거야, 분명."

"너 **우리** 은행이라고 했어."

"내가 **우리**라고 했어?"

완다 제인의 눈길이 살며시 엘모 쪽으로 이동했다. 그녀는 그에게 고개를 한 차례 살짝 저었다.

"속도 좀 낮춰."

"못 낮추겠어. 더그가 서두르라잖아. 우리 지금 긴장 상황이야, 중대한 상황, 뭐라 부르건 간에."

"헤더?"

"응?"

"'우리'라니 무슨 소리야?"

"그냥 우리," 헤더는 말했다. "더그랑 나. 난데없이 그 LA 출신의 졸부가 굴러들어서는 지역사회 국법을 덥석 사겠다잖니. 허둥지둥에 안절부절. 원칙적으론 다 같이 합의를 봤지만, 내가 볼 때 그 졸부는 우리 재정이 썩 달갑지 않은가 봐 ― 그 왜 ― 우리 실자산이."

완다 제인은 잠시 눈을 감더니 생각을 짜보곤 말했다. "나 혼란스럽다. 지난번만 해도 넌 그를 도청 중이었어. 이젠 네가 그 사람 사업 파트너라고?"

"사업만이 아니야," 헤더는 말했다.

"농담이지?"

"어느 정도는. 난 중립적인 입장이야. 더그가 케이맨제도를 언급 중이거든. 신혼여행지로."

"그 사람은 살인자야."

"나도 알아. 옥에 티지."

다소 정적이 돌았다.

완다 제인은 말했다. "거기서 나와. 당장. 헤더."

"아이고, 잘 모르겠다. 사랑을 못 건진다면 몸이라도 나눠라. 몸을 못 나눈다면 부자라도 돼라. 내가 쏠 차례다."

"로이스처럼 쏴."

"그럴 것까지도 없지," 헤더는 말하더니 웃음을 터뜨렸다. "이런, 나 뛰어가야겠다, 얘. 되면 전화할게."

완다 제인이 폰을 도로 건네주자 엘모는 말했다. "알다가도 모를 여성이라니까."

...

에벌린 또한 통화 중으로 그녀는 미네소타주 파크래피즈의 어느 신발 가게 앞에 이중 주차를 하고 앉아 있는 앤지와 깡통같이 먼 소리가 나는 무선 연결로 대화 중이었다. "랜디랑 보이드는 안에 있어요," 앤지는 말했다. "나한테 맞을 것 같지도 않은 신발을 잔뜩 반품하러. 시간이 끝도 없이 걸리겠어요 — 랜디가 구매 전표를 잃어버려서요. 아무튼 마침내 다 같이 집으로 돌아가고 있어요, 화창한 하늘 밑으로요."

"잘됐네요," 에벌린은 말했다. "하지만 서두르진 마요. 신발은 중요해요."

"**그보다** 중요한 것은?" 앤지는 말했다.

"없죠," 에벌린은 말했다.

"발찌요," 앤지는 말했다. "어쩌면 약혼반지도."

"어쩌면일 뿐이에요," 에벌린은 말했다. "신발이 먼저죠. 날씬 어때요?"

앤지는 페라리의 히터 노브를 향해 손을 뻗었지만 찾질 못했다. "나아졌어요. 화씨 영하 10도(섭씨 영하 23.3도). 페라리 몰아본 적 있어요?"

"두어 번이요," 에벌린은 말했다. "어렸을 때."

"맹세하는데, 조종사 훈련이 필요하다니까. 히터 노브는 어디 있어요?"

"없는 것 같은데. 터치스크린일걸요."

"터치스크린이 뭐예요?"

"내가 내 부가티랑 헷갈리나 보다," 에벌린은 말했다. "당신이 팔아버린 차요."

"아, 네. 실은 앨빈이 팔았어요. 앨빈은 이제 죽었고요."

"앨빈이 죽었다고요?"

"적어도 그의 파카는 죽었죠. 보이드는 그게 내 잘못이래요, 나한테 욕정을 품게 만들었다고. 완전 실없는 소리죠. 앨빈은 길 잃은 영혼이었는데."

에벌린은 연민 어린 소리를 내곤 말했다. "그래서 신발이 존재하는 거죠. 보이드는 어때요?"

"다시 걸어요. 어느 정도는요. 다루기 참 까다로운 사람이에요."

"당신은 잘 다룰 거예요."

"네?"

"여자 대 여자로서 하는 말이에요, 앤지. 내가 언제까지나 그를 사랑하리란 건 당신도 알아요, 그렇죠?"

"물론 알죠."

"나도 당신이 안다는 걸 알아요. 분명히 말하는데, 난 주니어스에겐 이 얘길 안 하고, 어지간해선 혼자 되뇌지도 않아요, 속으로 삼키지, 하지만 무언가 불가능하다고 해서 그게 아무것도 아닌 것은…… 흠, **무슨 말인지** 당신은 알 거예요. 그러니까 내가 하려는 말은 — 나도 무슨 말을 하려는 건지 잘 모르겠지만 — 그를 위해 내가 길을 반듯하게 닦아놓은 것 같아요. 반듯하진 않네, 그 말은 취소, 하지만 전보단 반듯할지 몰라요."

"이제 끊어야겠어요," 앤지는 말했다. "보이드가 오고 있어요."

"내가 재시작 버튼 눌렀다고 그에게 말해줘요."

"버튼?"

"재시작. 말하면 알 거예요. 언제 우리 둘이 쇼핑 가요."

플레이노에선 협상이 교착상태에 빠진 지 3주 만에 두니가 세 번째이자 마지막으로 제안을 했다. JC페니 측 변호인단은 그를 말똥말똥 쳐다보았다.
"좋소, 분위기를 풀어드리지," 두니는 말했다. "사십억."
변호사 셋은 퇴장해버렸다. 자릴 지키는 이들은 헛기침을 하고 허공을 관찰했다.
두니는 등을 푹 기대앉았다.
"이렇게 합시다, 내가 내 이발사랑 협의해보기로. 잘하면 십억 더 내놓을 수 있을 거요."

타호 스타라이트 엠프레스의 꼭대기 층 비즈니스 스위트에선 더 글러스가 나름의 노련한 웃음을 지으며 헤더의 손을 제 무릎에 가져다 놓더니 생초짜를 평가 중인 사기꾼의 다 안다는 표정으로 고개를 절레절레하곤 주니어스더러 간은 그만 보고 진지하게 임하자고 노골적으로 말했다.
"우리가 끝도 없이 이러고 있군요," 주니어스는 말했다. "난 크리스마스를 놓쳤소. 새해맞이도 놓쳤고. 우리가 기다리는 게 뭡니까, 마멋*? 서로 합의를 봤다고 생각했소만."

---

*   groundhog. 겨울잠을 자는 다람쥣과 동물. 영화 〈사랑의 블랙홀Groundhog Day〉에도 나오듯 미국과 캐나다 곳곳에서는 매년 2월 2일 이 동물을 통해 겨울이 얼마나 남았는지를 점친다.

"원칙적으로," 더글러스는 말했다. "아직 세세한 합의가 남았죠. 성공을 결정지을 추가금 이백만."

"추가금 이백만 얘긴 전혀 **없었잖아요**. 3초 전에야 그 말을 하셨소."

더글러스는 눈썹을 능글맞게 치켜들었다.

"자, 자," 역시 능글맞게 그는 말했다. "과장해봐야 무슨 소용이 있습니까. 원칙적 합의에 관해서 주요한 점은, 원칙적 합의는 합의가 아니란 겁니다. 잉크가 마를 때까지는 말이죠. 그러면 우리 이백만을 얹을까요 아니면 바닷가재 샌드위치나 더 먹을까요?"

"저도 하나 먹을게요," 헤더는 말했다.

래리네 신발 및 슬리퍼에선 랜디 재프가 고객이 영수증을 분실하는 건 있을 수 있는 일이라는 분명한 사실을 설명하고 또 설명하느라 지친 터였다. 그는 몇 분 더 걸릴지 모르니 나가서 앤지에게 알려주라고 보이드에게 말했다.

O. J.의 주장이 맞았어, 랜디는 생각 중이었다. 신발이 안 맞는다, 그럼 사건 종결이지.* 그는 보이드가 페라리에 무사히 들어갈 때까지 가게 앞창으로 지켜본 다음 래리를 돌아보곤 말했다. "마지막으로 한 번 더 말하는데, 그 신발들은 꼭 카누를 신은 것 같다니까. 내 환불금 넘겨주시지."

래리는 말했다. "영수증이 없으면 환불은 안 돼요. 문자로 적혀 있잖아요."

"문자로 어디에?" 랜디는 말했다.

"영수증에."

"오, 그렇군. 문제가 뭔지 알아?"

눈에 띄게 초조하다 못해 겁까지 먹은 래리는 피의자를 확인하듯 랜디를 삭 훑었다. "내가 몇 번이나 설명해야 합니까? 그 신발들을 당신한테 판 건 내가 아니에요. 형이 팔았죠—그게 당신 주장이잖아요." 그는 머뭇거렸다. "우리 가게 강도당한 거에 대해 뭐 들은 거 없는 거 확실하죠?"

"박새 우는 소리만큼도 못 들었는데," 랜디는 말했다. "그러니까 이 신발들 말인데, 전부 래리네 신발 및 슬리퍼라고 적힌 상자에 들어 있어. 아주 분명하잖아. 당신 형에 대해선 안타깝게 됐어, 멜을 좋아했거든, 하지만 입막음 누더길 빨고 싶어 하느냐 마느냐, 그건 그 친구 사정이지. 쾌유를 빈다고 전해줘."

"어떻게 전합니까?" 래리는 말했다.

"그가 깨어나면. 그때 전해줘."

"형이 깨어나질 않고 있다고요."

랜디는 한숨을 과시해 보였다. 왜 다들 남을 속여먹으려고 할까? 그는 의아했다.

"좋아, 잘 들어," 그는 말했다. "내가 신발 판매원이라고 쳐. 내가 이 맞지도 않는 신발들과 함께 안에 있다 치자고, 내가 '저기, 신발 사시게요?' 하면 그쪽은 '둘러볼게요' 하게 돼 있고, 그렇게 둘러보다가 싼값에 달라는 제안을 해, 그러면 나는 '그렇겐 안 돼요, 호세, 하

---

* 전 미식축구 슈퍼스타 O. J. 심프슨은 1994년 6월 전 부인을 살해한 혐의로 기소되어 이듬해 무죄 판결을 받았는데, 당시 사건 현장에는 O. J. 심프슨의 것이 아닌 신발 자국 등이 남겨져 있었다고 알려졌다.

지만 흥정은 해보죠' 하는데, 그렇게 잠시 흥정을 하고 나서 마지막에 그쪽은 나한테 백여 달러를 건네곤 악수를 나눈 다음 나랑 같이 뻘소리나 지껄이는 거야, 밖이 지랄맞게 춥다느니 어쩌니 하면서, 그러고 나면 나는 백 달러를 들고 여길 유유히 걸어 나가는데 그걸 우린 환불이라고도 안 해, 미국식이라고 하지."

"십 달러 드릴게요," 래리는 말했다. "나가주시면요."

"이제야 길이 좀 트이네," 랜디는 말했다. "이십으로 하지."

"오로 하죠."

"십으로 해. 신발은 내가 갖고."

"깜빡할 뻔했는데," 도로를 여섯 시간 하행하고 앤지는 보이드에게 말했다. "에벌린이 전화했었어요. 그녀가 재시작 버튼을 눌렀다고 한 걸 당신한테 전하기로 돼 있었는데, 그게 무슨 뜻이건 간에요. 말하면 알 거라던데요."

"알긴 아는데," 보이드는 말했다. "그 말을 믿지는 않아요."

"그녀는 확신하듯이 들리던데요."

"에벌린은 그랬겠죠. 꿈을 꾸고 있으니까. 재시작 버튼 따윈 없어요."

그들은 노스다코타주 경계에 가까워지던 중으로 길은 랜디가 이끌었고 속도는 느렸다. 100야드(약 91미터)를 앞선 커틀러스가 주문형 쌍둥이 배기구로 콜록콜록 연기를 내뿜었다.

"뭐 좀 물어봐도 돼요?" 앤지는 말했다.

"내가 안 돼 하면요?"

"안 돼는 부정적이잖아요, 보이드. 실은 그게 내 질문이에요—

매사에 꼭 그렇게 —— 아주 **암울하게** —— 부정적으로 구는 이유가 뭐예요? 와, 내가 슈퍼패스트를 탔네, 길이 뻥 뚫렸네, 발이 편해졌네, 저녁엔 램 찹 먹어야지, 에벌린이 재시작 버튼을 누르다니, 이러면 덧나요? 그러면 어떻게 돼요?"

"앞에 봐요. 랜디가 차 빼잖아요."

견인을 맡긴 뒤 10번 국도 서쪽 방면을 벗어나면 바로 나오는 '잭과 재키의 마지막 기회 자동차 수리점' 옆 파파이스에서 랜디는 말했다. "내 커틀러스는 내가 타는 말 같다니까, 반속(半速)*이 뭔지를 몰라요, 전속력으로 질주하거나 졸거나지. 이해했어? 당신들이 모는 똥차에 힘 좀 불어넣으라고. 내 수레, 저건 그렇게 천천히 못 가니까. 야생마는 **방방** 뛰어야 한다는 거야, 이해했지?"

"자기 소음기가 문제였던 것 같은데," 앤지는 말했다. "배기 장치 전체가 푹 주저앉은 것 같았어."

"그래, 근데 그건 **소음**할 게 없었기 때문이지. 쩨쩨하게 시속 60마일(시속 약 97킬로미터)이니까 커틀러스 소음기가 집어치우라고 스스로 터져버리잖아. 자동차의 자살이랄까."

길 건너에 있는 숙면(Sleep Sound) 모텔에서 그들은 그날 밤, 그다음 날 밤, 그러고도 열일곱 번의 밤을 더 묵었다. 알고 보니 커틀러스의 부품은 확보하기가 어려웠다. 그들은 TV를 보고 파파이스에 붙박여 있을 뿐 달리 하는 일이 없었다. 랜디는 심통이 났다. 앤지는 그에게 얌전히 굴라고 말했다. 피앙세가 둘인 게 드문 일은 아니라

---

* half speed. 최고 속력의 절반.

고 그녀는 말했다.

2월 아흐렛날, 앤지가 1400달러의 수리비를 지불하고서야 그들은 10번 국도 서쪽 방면 하행을 재개, 캘리포니아에 대해 낙관적인 눈을 뜨고 노스다코타로 넘어갔다.

"저것 봐요, 보여요?" 앤지는 보이드에게 말했다. "또 한 번 재시작이에요. 꿈꾸고 있는 게 누구라고요?"

완다 제인은 첩 오닐과 통화 중이었는데 그는 타호 경비는 부담할 수 없다면서 그녀에게 단호히 안 돼 하고 전했다. 3주가 지나 4주 차였으므로 첩은 그녀가 풀다시를 파산시킬 속셈인지 알고 싶었다.

완다 제인은 전화를 끊고 엘모에게 휴대폰을 돌려주었다.

"실패예요. 첩의 말을 인용하자면, '자네 미쳤어?'"

"그게 다야?" 엘모는 말했다.

"다는 아니에요. 이러더라고요 ─ 또 한 번 인용하는데 ─ 이렇게, '빌어먹을 자넨 자네가 뭐라고 생각해, FBI?' 그러더니 본인의 말마따나 '풀다 지역사회의 지주'를 그만 좀 괴롭히라던데요. 핫도그에 올라간 머스터드소스 값도 부담하지 않겠대요 ─ 첩이 한 말이에요, 내가 아니라."

"좀생이," 엘모는 말했다.

"우린 당신 픽업트럭에서 자면 될 것 같아요. 몇 달러 아끼죠."

"그러면 되겠네. 아니면 결혼을 해도 되고."

"뭘 한다고요?"

"자기랑 나랑. 그냥 해본 생각이야."

"프러포즈하는 거예요?"

"방안을 제시하는 거야."

"엘모," 완다 제인은 말했다. "당신한테선 당구장 냄새가 나요. 난 당신을 거의 몰라요."

엘모는 이마에 주름을 잡고 잠시 생각에 잠겼다가 고개를 끄덕였다. "맞아, 그런 것 같아. 하지만 필시 우린 서로 알게 될 거야."

"익살 부리는 거죠? 옥수수빵*의 유머인가?"

"맞아," 엘모는 말했다.

"그래서 우리 어떡할까요?"

엘모는 제 시계를 들여다보곤 말했다. "자정 지났네. 내가 방 두 개 값 치를게. 내 폰은 우리 둘이 번갈아 맡기로 해. 혼례 어쩌고 하는 얘긴 무시하고."

완다 제인은 말했다. "서둘지 맙시다."

LA에서 타호까지 이번이 두 번째 비행인 주니어스는 2월 중순 기온이 영하로 떨어진 어느 밤 8만 1000달러의 수표를 꺼내어 탁자 저편의 더글러스 쪽으로 내밀었다.

"질질 끄는 건 그만하겠소," 그는 말했다. "당신 은행은 강도를 당했어요. 당신은 그걸 알리지 않았죠. 알릴 수가 **없었던** 거지. 이유는 우리 둘 다 압니다."

"아," 더글러스는 말했다.

"거기 그 수표, 그거 전액 변제요. 그걸 현금화하길 원치 않으시면 난 델타 편으로 LA에 돌아갑니다. 아주."

---

*   cornpone. 미국 남부 촌사람을 희화화하는 말.

"아," 더글러스는 또 한 번 말했는데 이번엔 웃음을 짓고서였다.

주니어스는 말했다. "내가 뭐요, 입에 풀칠해주는 사람*?"

그가 수표를 회수하려고 손을 뻗자 더글러스는 제 손바닥으로 얼른 그걸 덮었다.

"계속 말씀 나누시죠," 그는 말했다.

새벽 3시였다. 샴페인은 줄어 있었고 헤더는 반쯤 졸고 있었으며 스타라이트의 비즈니스 스위트에선 냉장이 식은 바닷가재 냄새가 났다.

주니어스는 제 서류 가방을 끄르더니 서류 세 종을 뽑아 그중 둘을 더글러스 쪽으로 들이밀었다.

"그 첫 번째 거, 그건 대출 계약섭니다. 사후 일자예요. 그쪽이 지난 8월 나한테 팔만 천을 대출했다고 적혀 있소. 서명해요. 그다음 건 영수증이에요. 대출이 상환됐다는. 서명해요. 그게 당신네 장부를 바로잡아줄 거요."

"난 우리가 은행 매매를 얘기 중인 줄 알았는데요?"

"그랬죠," 주니어스는 말했다. "당신이 날 푸대접하기 전까진."

"그럼 그 마지막 서류는 뭡니까?"

"이 두툼한 거요?" 하고 주니어스는 말하곤 3인치 두께의 재무 자료를 집어 들었다. "이건 당신이 서명할 필요 없는 거예요. 이건 당신이 그 두 서류에 좇나 빨리 서명하지 않으면 FDIC**로 송부되는 서류지. 당신을 감옥에 넣을 서류."

"그것이?"

"바로 이것이," 주니어스는 말했다.

"은행 살 마음 아직 있어요?"

"봐서요."

"뭘 보시려고?"

"글쎄, 내 기분이랄까. 난 사고 싶은 마음이 **없어요**, 명백히는 ─ 더 가치가 있는 막대 사탕을 만들던 사람이니까 ─ 하지만 내 아내가 말이죠, 그녀가 은행을 몹시도 원하지 뭡니까. 그래서 이렇게 됐죠. 서명 안 하시면 나 비행기 잡습니다?"

"이자," 더글러스는 말했다.

"무슨 이자?"

"팔만 천에 대한. 내가 당신한테 저 8월에 대출을 해준 거니까요, 맞죠? 거의 반년 치군요. 5.6퍼센트. 거기다 우리가 이미 얘기한 추가금 이백만까지."

주니어스는 일어서더니 말했다. "만나서 반가웠소."

더글러스는 말했다. "앉아요. 유머 감각은 얻다 두시고?"

노스다코타를 반쯤 가로질렀을 때 백미러로 페라리를 힐끗 돌아본 랜디 재프는 일순 억만 가지 생각이 들었다. 그는 숨도 잘 안 쉬어지고 도로를 주시하기도 힘들었는데, 그나마 노스다코타는 눈과 울타리와 전신주와 1000마일마다 한 번씩 나타나는 앙증맞은 농가를 보기가 즐겁지 않으면 딱히 볼 게 없기는 했다.

폴로라니, 그는 생각했다. 먼저 찜했단 건 또 뭐고?

---

*   원문은 이비인후과 의사를 뜻하기도 하는 "throat doctor".
** Federal Deposit Insurance Corporation. 연방예금보험공사. 은행 고객을 보호하고 은행 시스템의 신뢰를 증진하기 위한 일 등을 하는 정부 독립기관.

그는 앤지가 고마워하지 않는 듯한 고무 끈 팬티를 생각했다. 그는 자기가 털지 않게 될 그 은행을 생각했다. 그는 사이러스와 칼을 생각했다. 그는 친절한 우리 멜을 생각했다. 그는 제 차 트렁크에 있는 **타코바** 생각과 그걸 하느님이 내리신 타고난 목적대로 사용한 뒤 보닛 장식물로서 커틀러스에 용접하는 생각을 했다. 하느님 생각에 이끌리고 보니 그는 자기라면 공간 낭비 없이 캘리포니아나 오리건을, 하다못해 와이오밍을 더 발명했을 텐데 어째서 하느님은 노스다코타를 발명하셨나 하는 의문으로 이어졌다.

미안해요, 하느님, 근데 도대체 폴로 따윌 하는 사람이 어디 있어요? 하고 그는 생각했다.

랜디는 백미러를 또 한 번 들여다보더니 200야드 뒤처져 있는, 앤지가 운전 중인, 폴로 따윌 하는 은행털이가 거드름쟁이 나리처럼 그녀 옆에 앉아 있는 쓸모없는 페라리를 지켜보았다. 먼저 찜했단 건 가서 너만의 난쟁이를 찾으란 뜻이었어.

얼마간 그는 12볼트 배터리와 구리선으로 할 수 있는 일을 생각했다.

그는 노스다코타를 캐나다인들한테 팔아버리는 생각을 했다.

그러다가 그는 생각했다. 저 경찰은 왜 점멸등을 켜놨지?

47

　헨리 스펙의 증상은 가벼웠다. 낮은 등급의 열, 두통, 기침, 운동 과잉 탓으로 보이는 처지는 느낌. 미니애폴리스 래디슨 블루 호텔에서 그는 정력적인 스무사흘을 보낸 터였다. 왜 블루(Blu)라고 쓰는지 그는 아는 바가 없었다. 베미지발 비행기에 탑승해서 만난 젊은 숙녀에 관해서도 그녀가 룸서비스를 이용할 줄 안다는 점, 저 건너 세인트폴에서 물리학을 가르친다는 점, 그리고 경사각에 관해 말이 많다는 점을 제외하곤 아는 바가 별로 없었다. 하지만 핫소스만은 실패가 확실했다. "난 그게 은유인 줄 알았어요" 하고 그녀는 말했는데 그 말에 그가 은유가 뭐냐고 묻자 그녀는 유머라곤 모르는 정서로 이렇게 말했다. "뒹굴다가 당신 머리가 어떻게 됐다, 그렇죠?"
　얼마 안 되어 그녀는 떠나버렸다.
　그건 아마도 잘된 일이었을 것이다. 오한도. 인후통도. 헨리는 제일지에 그 교수에 대한 필수 사항을 적었다, '익명'이라고 기입한 그녀의 이름을 포함해 두루두루 따져보건대 10점 만점이라는 드문 점수 가운데 7점 이상을 주면서. 그러더니 그는 이틀을 꼬박 잠들었다가 몸이 아주아주 더 안 좋아졌음을 깨닫고 일어났다. 그 젊은 숙녀를 '치명적'이라 고쳐 적어야겠다고 그는 생각했다.

그는 길고 무익한 샤워를 한 다음 오한에 땀을 흘리며 창가에 서서 두 층 아래의 미니애폴리스를 불신감에 빠히 내려다보다가 한숨을 짓곤 주니어스에게 뒤늦은 전화를 넣었는데, 그러자 싸가지 없는 비서가 전화를 받았다. "대표님 타호에 계신데," 그녀는 말했다. "근데 지시 사항을 남기셨네. 연필 있죠?"

"내가 아파서 그러는데," 헨리는 말했다. "다정하게 합시다."

"첫째, 그쪽의 이기적인 플레이보이 엉덩이를 래디슨 밖으로 끌어내라. 하룻밤에 삼백팔십, 스물세 밤이면 얼마나 되는지 알죠?"

"병아리 눈물만큼. 질병 수당이지."

"구천 가까이 돼요. 둘째, 대표님은 질병 수당 안 줘요, 그러니까 LA행 비행기 예약해요. 셋째, 일반석으로. 넷째, 책상 빼라. 다섯째, 상사의 부인한테서 떨어져라."

"당신은?" 헨리는 말했다. "떨어지란 명단에 당신도 있어?"

"우린 노력했잖아요."

"우리가 노력을? 일지엔 당신 이름 안 보이던데."

"내 이름을 **모르시는구나**."

"'무매력'난에 넣어서 그런가 보다," 헨리는 말했다. "잠깐만, 한번 들여다보고."

진절머리가 난 노스다코타 고속도로 순찰관은 랜디에게 깨진 미등, 운전 불가한 앞창 와이퍼, 차단된 번호판, 안전벨트 미착용, 걸

쇠 풀린 트렁크, 만료된 운전면허증, 그리고 일촉즉발의 무모한 운전에 대해 딱지를 발부했다. "그리고 내 귀에 '평발*'이란 말이 한 번 더 들리면," 경관은 말했다. "같이 판사랑 얘기하게 될 거야."

"무모하다니 어째서요?" 랜디는 말했다. "오십(시속 80킬로미터)으로 달리고 있었구먼."

"엄지로 운전 중이었잖아."

"그게 불법이라고요?"

"그건 더럽게 멍청한 거지."

"멍청한 게 불법이에요?"

"자네의 경우," 경관은 말했다. "멍청함은 사형이지. 노스다코타에 있으니까."

랜디는 어쩌다 백미러를 슬쩍 엿보았다. 앤지는 경찰차 뒤에 차를 세운 터였다. 진정해야 할 때야, 그는 판단했다.

"좋아요, 경관님, 그쪽이 이겼어요," 그는 말했다. "문제는, 그쪽 생김새가 ─ 화를 내지는 마세요 ─ 그쪽이 빨간살**일지도 모르겠다 싶었거든요. 평발족이요."

"그렇게 생각했다는 거지?"

"그럼 어떻게 생각했겠어요."

"검은발(Blackfoot)."

"뭐가요?"

"내 부족. 검은발이라고."

---

*   flatfoot. 현장직인 순찰대원, 교통경찰 등을 가리키는 속어이기도 하다.
**   redskin. 아메리칸인디언을 가리키는 매우 모욕적인 멸칭.

"그럼 내가 잘 짚었네요, 그렇죠? 그렇다면 평발 검은발이 되겠네요, 아니면 거꾸로 검은발 평발이거나. 그거나 그거나, 뭐."

"내려."

"물론이죠. 근데 이 용무 처리하고 나랑 경주 한번 안 할래요?"

앤지는 아이큐 문제도 거론하고 약간의 추파도 던지면서 일을 무마했고, 그러자 조금 뒤 경찰은 모자를 살짝 들어 보이고 그녀에게 딱지를 건네더니 랜디를 노려보곤 차를 몰고 떠났다. "아이큐가 어쩌니 하는 얘긴 할 필요 없었잖아," 랜디는 툴툴거렸다. "나도 감정이 있는 사람이야, 안 그래?"

"그래?" 앤지는 말했다.

"거참, 당연하지."

"어떤 감정, 예를 들면?"

"왜 있잖아, 배가 고프다든가 뭐. 그리고 공정하고 멋진 경주였으면 저 사람 나한테 발렸을 거야."

앤지가 페라리로 앞장을 섰다. 랜디는 부루퉁하면서도 커틀러스로 반 마일 뒤를 따랐다. 보이드는 두 차가 94번 주간 고속도로에서 정남향으로 방향을 꺾어 사우스다코타주로 진입하는 동안 앉아서 전신주들을 구경했다. "그건 좋은 예였어요," 앤지는 말하고 있었다. "기독교도가 참아야만 하는 경우의. 랜디는 랜디다움을 포기할 생각이 없다니까요. 게다가 내가 랜디다움을 포기시킨대도 용납하질 않아요. 당신이랑 똑같은 경우죠. 당신도 내가 보이드다움을 포기시키게 용납하질 않잖아요. 듣고 있어요? 지금 이 순간에도 당신은 날 없는 사람처럼 여기고 창밖만 빤히 바라보는데, 그게 바로 내가 포기시키려고 부단히 애를 쓰는 보이드다움이죠. 내가 아무 일도 자원하지 않았다면 어땠겠어요? 내가 대화 한마디 시작하지 않았다면 어땠겠어요? 결코 한마디도? 내가 나의 가장 깊숙한 영혼을 터놓지 않았다면, 까발리지 않았다면 어땠겠어요? 그러면 어땠을까요? 당신이 만약 착하고 도덕적인 사람이었다면 말이죠, 보이드─당신이 진화 외에 다른 무언가를 믿었다면─아마 여자깨나 꼬셔 본 사람이 돼서 이렇게 말하고 있었을 거예요, '앤지, 당신에 관해 얘기해줘요, 당신의 가장 슬픈 비밀을요, 겁내지 말고', 그러면 난 '쪽팔려서요' 하고 말하겠지만, 당신은 내가 열 살 때 간 여름 캠프니 수영과 모닥불이니 하는 걸 얘기할 때까지, 결식아동들한테 나오는 특별 장학금 받은 걸 털어놓을 때까지 날 채근하겠죠─결장금, 그걸 그렇게들 불렀어요─난 결장아였고요.* 우리는요, 우리 가족은 두 줄짜리 이동 주택에서 살았어요, 보이드. 속바지 살 형편도 안 됐으니 여름 캠프는 언감생심이었죠. 그래서 결장아인 거죠, 남의 양말이랑 팬티를 걸치는─그게 안 쪽팔렸겠어요? 내가 사과랑 포크 촙을 훔쳐서 밤중에 방에 몰래 갖고 들어가 내장에다 진짜 음식을 쑤셔 넣지 않았을 것 같나요? 그건 **추잡한 춤****이 아니었어요. **추잡한 앤지**였지. 내가 가난이 내 인생을 망치게 놔뒀느냐고요? 놔뒀죠. 한동안은요. 한참 동안은. 근데 그거 알아요? 10학년 때 내가 어떤 끔찍한 꿈을 꿨는데 그게 내 태도를 통째로 바꿨어요. 당신이 귀담아듣

---

* 여기서 "결장금"과 "결장아"의 원문은 각각 "SIK(scholarship for indigent kids)"와 "SIKie".
** 패트릭 스웨이지 주연의 1987년 영화 〈더티 댄싱〉의 제목을 직역한 것으로 '더티 댄싱(dirty dancing)'은 브라질 춤 람바다를 뜻한다.

고 있다면 좋겠네요, 이건 당신도 인정하게 될 좋은 얘기니까. 그 꿈에서난 천국에 막 나타났어요, 중세의 커다란 출입문 앞에서 그걸 열어줄 누굴 기다리고 있죠, 성베드로나 그 조력자 같은 이들을요, 그렇게 천년만년 기다려요 ── 말 그대로 천년만년을 ── 기다리고 또 기다리는데 날은 어두워지기 시작하지, 몸은 춥고 얼어붙지, 근데 문지기는 코빼기도 안 보이지, 그래서 그 철창살 틈으로 넘어다보니 천국은 천국인데 온 거리가 텅텅 비어 있는 거예요, 영혼 하나 없이 ── 말 그대로요 ── 궁전들은 다 버려졌고, 하프는 잠겨 있고, 유령도시인 거죠. 난 어떻게든 문을 비집고 들어가 여기저기 돌아다니기 시작했어요, 대체 무슨 일이냐고 물어볼 사람을 열심히 찾아다녔는데, 그러다 천국의 오락실을 살짝 들여다보니 핀볼 머신들이 전부 깜빡거리고 있어요, 버저들도 울리고 있고, 하지만…… 영혼들은 없더라고요, 성자들도, 예수님도, 성모들도, 거물 한 분이. 알현실을 보니 누구의 은퇴 잔치가 막 끝난 것처럼 완전 난장판이었어요, 샴페인 잔은 오만 데 널브러져 있고, 그래도 계속 돌아다니려니 이젠 점점 무서워지는데…… 주차장이요, 보이드, 주차장에 셀 수 없이 많은 차가 들어차 있는데 하나같이 녹슨 데다 고장이 나 있고, 그러다 또 보육원으로 가면, 거긴 사산된 아기들이 전부 가는 곳 같은데, 그곳은 죽은 듯이 조용해요, 10억 개쯤 되는 비어 있는 아기 침대 말곤 아무것도 없어. 정지등은 하나도 작동을 안 하지, TV 화면은 방해전파뿐이지, 초인종은 끊어졌지, 전화기를 들면 나중에 다시 걸어보라는 그 녹음기 소리만 들리고. 내 말 무슨 말인지 알겠어요? 집에 아무도 없다고요."

전방에 데드우드(Deadwood) 표지판이 나타났다.

"여기서 빠집시다," 보이드는 말했다. "데드우드가 보고 싶어요."

"요지를 알겠어요?" 나중에 블랙힐스* 높이 올라 앤지는 말했다. "그날 밤 두니의 집 문간에서요, 그건 당신의 암흑기였죠. 가장 암흑기였던 것 같아요. 내 꿈하고 거의 같달까—아주아주 암흑천지요—천국에 있지만 빛은 한 줄기 없는. 게다가 철저히 외로운데, 그게 제일 무서운 부분이에요, 천국에 턱걸이로 올라온 하급 천사의 도움조차 없으니. **영원토록** 외롭다고요."

"알아요. 설명할 필요 없어요."

"하지만 당신에게는요, 보이드, 밝은 부분이 기다리고 있어요."

"그게 뭔데요?"

"구원이요, 확실해요."

"앤지—"

"내가 너무 오순절교도스럽게 보인다는 건 알아요, 하지만 밝아지려면 암흑이 있어야 된다, 내가 말하려는 건 그뿐이에요. 더구나 당신은 이제 내리막에 있어요, 입에 술도 안 대고 있고, 버스를 쏘지도 않고 있고, 자기 머리에 총알을 박아 넣지도 않고 있고. 당신 영혼은 고요해요. 잠도 많이 자죠. 전신주 구경도 해요. 벌을 받고서 불평도 안 했어요. 에벌린한테도 친절하게 굴었죠. 그녀한테 키스도 했어요."

"그쪽에서 한 거예요," 보이드는 말했다.

---

* Black Hills. 미국 대평원(Great Plains) 가운데 사우스다코타주 서부에 솟아 있는 산맥.

"그게 그거죠."

데드우드로 가는 길은 구름 속으로 오르막을 탔다가 더 짙고 깊게 고인 구름 속으로 내리막을 탔다.

"당신의 그 꿈," 보이드는 말했다. "당신이 지어낸 거 맞죠?"

"그게 어때서요?" 앤지는 말했다.

블랙힐스는 엄밀히 말해 암흑(black)이 아니었다. 짙푸른 흑색, 어떨 땐 불그스름한 흑색이었고 구름이 유령처럼 따라다녔다, 보이드 어머니의 몸무게가 305파운드(138킬로그램 남짓) 나가던 시절, 보이드의 아버지가 아들더러 밖에 나와 미식축구 공을 이리저리 던져보라던 시절, 보이드가 제 수치심을 수치스러워하던 시절 어머니가 제일 좋아하던 영화 〈브리가둔〉*에서처럼.

그들이 '히콕 리조트 겸 포커실'에 체크인한 지 사흘 뒤부터 사람들은 죽기 시작했다. 데드우드에선 아직 한 사람의 사망자도 없었지만 시애틀과 맨해튼 등 각지에선 사람들이 하나둘로 시작해 몇 달간 끊임없이 죽어나갔다. 마스크는 품귀였다. 앤지는 멕시칸 셔츠를 셋으로 찢어 각각 접은 다음 옷핀으로 고정하곤 "숨을 안 쉬는 것보단 나으니까요" 하고 말했는데, 하필이면 이후 잔혹한 몇 달 동안 데드우드에서 그들이 한 일, 혹은 한 것과 다름없는 일이 바로 숨을 안 쉬듯 꼼짝 않고 지내는 거였다. 보이드는 앤지가 또 미루고 있다고 어느 정도 의심했다 — 그녀는 무언가에 말도 못 하게 겁먹어 보였다. 그녀는 말을 꺼내려다가 멈추곤 했다. 그녀는 그를 그늘 속에 있는, 어슴푸레해 보이는, 점점 흐릿해가는, 별로 실제 같지 않은 사람

보듯 쳐다보았다.

그들은 세 개의 각방을 썼다. 그들은 앤지가 반어적 뉘앙스 없이 저희의 개조 비용이라고 일컫는 돈으로, 다시 말해 볼링장, 부가티, 기타 다수를 처분해 모은 금액으로 지냈다. 저녁이면 그들은 대체로 아래층 취사마차실(Chuckwagon Room)에 모여 식사를 같이했고 밤중엔 앤지의 특실로 자리를 옮겨 CNN으로 임종을 했다. 삼인조 활동은 편치 않았다. 어떨 때 앤지는 어린아이처럼 랜디의 무릎에서 그를 부둥켜안곤 보이드를 향해 엄숙한, 얼른 행동을 하는 게 좋을 거다 하는 눈길을 던졌다. 또 어떨 땐 두 남자와 사회적 거리두기를 했다. 랜디로 말할 것 같으면 그는 보이드에게 거의 말을 걸지 않는* 대신 보이드에 관해 얘기할 땐 세븐일레븐을 사전 답사할 때처럼 입술을 계산적으로 비튼 채 삼인칭으로 말했다. "그 오줌싸개도," 그는 말하곤 했다. "비닐 랩을 뒤집어쓰면 볼만하겠군."

"묶을 땐 로퍼 술로 묶고," 보이드는 그렇게 말하곤 했지만 본심은 아니었다.

사망자들이 쌓여가는 걸 지켜보면서 랜디는 정치적 견해를 달았는데 그건 대통령 못지않은 무식과 악다구니 같은 권위의식의 혼합이었다. "자기가 이 날조된 바이러스 사기극을 믿는다면," 어느 날 저녁 그는 자발적으로 말했다. "재키 로빈슨**이 진짜로 검둥이였다거나, 누군가 달을 밟았다거나, 혹은 —— 글쎄 —— 여기 있는 그 멍텅

---

* '브리가둔(Brigadoon)'은 앨런 제이 러너(Alan Jay Lerner)의 동명의 뮤지컬에 나오는 스코틀랜드 도시로 100년에 한 번씩 모습을 드러낸다. 이 작품은 1954년 영화로도 공개되었다.
** Jackie Robinson. 20세기 최초 메이저리그 흑인 선수.

구리가 진짜로 은행을 털었다고도 아마 믿겠군."

"에이, 털었다니까," 앤지는 지체 없이 말했다. "내가 도왔는걸. 주로 도주하는 걸."

"그렇다고 하자," 랜디는 말했다.

"그렇다고 하자는 무슨 뜻이야? 보이드는 은행을 털었거나 털지 않았거나 둘 중 하나야. 근데 털었어."

TV 소리는 낮추어져 있었고 랜디는 울프 블리처*를 몇 초 가만히 관찰했다.

랜디는 마침내 "그럼 난 이렇게 말할게" 하더니 아무 말이 없었다.

"그럼 결판났군," 보이드는 말했다.

"아주 확실히," 랜디는 말했다.

이따금 그들은 — 앤지의 입장에선 주저하면서 — 캘리포니아행을 밀어붙이는 게 어떠냐고 얘길 나누었지만 전염병은 그들에게 반란을 꾀했다. 보이드의 발가락은 빨갛게 흑투성이가 되었다. 데드우드의 솜씨 없고 까탈스러운 의사는 금속 부목을 대주곤 항생제를 처방하더니 장기 요양 내지 평생 휠체어 신세가 대안인데 그 둘 모두 보이드에겐 나쁘지 않다고 이야기했다. 시간은 서서히 흘렀다. 세상은 폐쇄되었다. 마을 위 산에서 독수리들이 제 가까운 동족들의 사체를 맴도는 동안 보이드와 앤지는 서로의 주위를 맴돌았다. 그들 사이에 무슨 일이 벌어지고 있었다. 그들의 선택안은 좁아져 있었다. 쓸쓸한 기운 그리고 끝이란 예감이 감돌았다. 그것은 어느 정도 정체였다. 어느 정도는 권태였다. 사우스다코타주 데드우드는 역사적인 유명세**치고 아주 작은 마을로 — 이에 비하면 풀다조차 특대형으로 보일 정도여서 — 카지노가 취향이 아니라면 선택 가능한 놀거리는 다종다양한 진흙 웅덩이뿐이었다. 보이드는 침대에서 두 주를 보냈고 발은 호전되었다. 나중에 그는 절뚝절뚝 발뒤꿈치로 딛고 다녔다. 그달 말 가까워 허언증과 사스(SARS)가 나름의 추악한 짓을 저지르고 있을 때 그들은 와일드 빌과 컬래미티 제인***의 무덤에 나가보기로 감행했다. 그들은 변경의 옛집을 관광했다. 그들은 열네 개의 버펄로상을 하나하나 살펴보았다. 그들은 황량한 서부의 골동품점들을 둘러보았는데 거기서 랜디는 저희가 묵는 호텔의 외관이 담긴 알록달록한 엽서를 샀다. 그날 저녁 그는 LA 경찰서 소속 보크라는 경찰 앞으로 엽서를 적었다. "연락하고 지내는 게 좋거든," 그는 앤지에게 말했다. "내 친구들이랑."

똑딱똑딱 시간이 흐르면서 사상자는 증가했고 미국 전역에 퍼진 허언증은 그날그날의 전사자 명단을 제공했다. 어머니들은 딸들에게 부끄러움도 없이 거짓말을 했다. 아버지들은 아들딸 **가리지 않고** 거짓말을 했다. 변호사들은 고객들에게, 항공사들은 발이 묶인 여행객들에게 거짓말을 했고 우두머리 거짓말쟁이는 온갖 것에 관해 거짓말을 했다. 보이드는 책임감을 느꼈다. 어떤 면에선 **그에게** 책임이 있었다. 내가 내 나라 지경이 되다니, 아니 내 나라가 내 지경이

---

*   Wolf Blitzer. CNN 기자로 오래 활동한 신뢰받는 미국 언론인.
**   데드우드는 1876년 블랙힐스산맥에 골드러시가 일면서 생겨난 마을로 무법적인 채광소가 있어 악명을 샀다.
*** 와일드 빌(Wild Bill Hicock)은 미국 서부 개척 시대의 군인, 법 집행관, 소도둑, 총잡이 등 여러 이력을 지닌 민중 영웅. 컬래미티 제인(Calamity Jane)은 약자에게 연민이 강했던 명사수이자 개척자.

되다니 이렇게 놀라울 데가, 그는 생각했다. 내가 이 모든 것의 시초요, 원조 거짓말쟁이, 원천, 공상의 파라오, 이 바다 저 바다 시끄러운 곳마다 거짓을 심고 다니는 조니 애플시드*라 믿어도 그리 억지스러울 게 없겠어, 그는 사색했다.

4월 초엔 그들도 카지노는 **원래** 내 취향이다 하는 자기최면에 마지못해 빠져 있었다. 판돈은 앤지가 개조 비용으로 꼬불쳐둔 몫에서 나왔다. 랜디는 공짜 음료에 탐닉했고 블랙잭은 보이드를 발에서 멀어지게 해주었다. 공식적으로 카지노는 주 전체에 걸쳐 폐쇄된 상태였지만 호텔 고객들을 위해 ── 그리고 전 미국의 이익을 위해 ── 히콕의 매니저는 장님이 되었다. "와일드 빌은," 매니저는 눈썹을 엉큼하게 튕기며 말했다. "콧물이 나도 법석 한번 안 떨고 콧방귀 한번 안 뀌었어요. 닥치고 패 돌려, 그게 빌의 좌우명이었는데 그건 우리의 좌우명이기도 하죠. 자유의 나라잖아요, 아닙니까? 적어도 한땐 그랬잖아요. 접때 아프리카 사람더러 뭘 운영하라고 맡기기 전까지는요."

4월의 죽이는 나날이 흘러가는 동안 그들은 불빛이 어둑한, 인적이 철저히 끊기다시피 한 히콕의 도박실에서 운명에 도전, 실제론 1, 2달러를 챙기는 데 불과한 도박꾼의 부질없는 꿈을 품고 열다섯과 열여섯을 때려댔다. 그들은 졌다. 판돈을 올렸다. 그들은 또 졌다. 블랙잭에 첫째로 흥미를 잃은 사람은 덧셈에 애를 먹던 랜디였다. "이 게임은," 그는 물 탄 버번 아이스를 마시며 이를 갈았다. "틀림없는 법률 위반이야. 도둑된 돈을 도로 도둑질하는 게 어떨까 싶은데?"

"도둑된?" 보이드는 말했다.

"오케이. 도둑되어진."

"도둑맞은."

"그거 아시나?" 랜디는 말했다. "나한테 더 좋은 생각이 있는데. 그쪽을 내 검에 꽂아서 꼬창이구이로 즐깁시다."

"아저씨들," 앤지가 말을 낚아챘다. "입 다물고 카드나 들죠."

그러던 4월 18일 마침내 태양은 연례 방문 차원에서 블랙힐스에 모습을 드러냈다. 구름이 걷히고 기온이 화씨 50도대(섭씨 10-15도)로 오르자 앤지는 보이드에게 같이 산으로 산책 나갈 마음이 있느냐고 물었다. 보이드는 늙었다느니 발가락이 욱신거린다느니 하는 핑계를 들어가며 사양했다. 그는 호텔의 유리온실 베란다에서 한잔하는 걸 제안했다.

"늙었다, 거 새롭네," 주문이 끝나고 앤지는 말했다. "전엔 **안 늙었다** 그러더니."

"그땐 임무가 있을 때였고," 그는 그녀에게 웃음을 지어 보이며 말했다. "지금은…… 무임무니까. **늙었다고** 해도 돼요. 세상 참 모를 일이야, 안 그래요? 예컨대 윈스턴 처칠 하면 젊었을 적을 떠올리지 않잖아요, 늙고 뚱뚱한 남자를 떠올리지. 하지만 물론 위니(Winnie)도 뚱뚱하지 **않던** 시절이 있었어요. 늙지 **않았던** 시절. 젠체하지 않던 시절도. 고인이 아니던 시절도. 한땐 전쟁 영웅이었지. 한땐 어린아

---

* Johnny Appleseed. 길도 제대로 나 있지 않던 서부 개척 시대에 그 일대를 돌며 사과씨를 심었다는 전설적 인물.

이였고."

앤지는 고개를 절레절레하곤 말했다. "누가 뭐래요? 당신 **대체** 몇 살이에요? 진실을 말해봐요."

"마흔일곱," 보이드는 말했다.

"쉰셋이라면서요. 마흔아홉이라고도 하고."

"나 팔팔하잖아요, 안 그런가?"

"보이드, 진실이란 게 당신한테 중요하긴 해요? 조금이라도?"

"우습게 굴지 마요. 어째서 진실이 중요해야 하는데요?"

"진실은 진실하니까요."

"뭐, 그럴지도," 보이드는 말했다. "하지만 시간이 지나봐요. 뚱뚱하다, 홀쭉하다, 늙었다, 젊다, 임무, 무임무. 아주아주 많은 시간이 지나보라고요, 무한한 시간이, 그럼 모든 게 진실해져요. 혹은 아무것도 진실해지지 않거나. 자살에 대한 좋은 반론인데요."

앤지는 어깨를 으쓱했다. "그럼 방금 당신이 주문한 위스키는 어떻게 돼요? 내가 알기로 당신은 맹세를 ——"

"모래쥐는 한결같아요, 앤지. 난 그보다 못한 생물이고요."

보이드의 위스키와 앤지의 펩시가 나왔고, 그러자 둘은 최고로 아름다운 언덕들을, 지구상에서 최고로 아름답지만 최고로 험악하고 최고로 불가사의하고 최고로 마음 평안해지기도 하는 산들을 한동안 내다보았다.

다시 말을 꺼내는 앤지의 목소리에는 그가 요 몇 주 감지해온 공포 어린 떨림이 있었다. "캘리포니아 얘기 하고 싶죠? 그 뒤엔 어떻게 될까요? 우리가 돌아가면?"

"돌아갈 때 얘기죠."

"에벌린은 당신을 사랑해요."

"그럴 거예요. 나도 그녀를 사랑하고."

"하지만 불가능한 일이라고 그녀는 그러던데요."

"그럼 그녀 말이 맞아요. 사랑은 진짜예요. 불가능도 진짜예요. 그게 진실이에요."

"그렇구나."

"그렇긴 뭐가 그래요, 앤지."

"안 그래요 그럼?"

"긴가민가해요."

"우린 같이 살 수 있는데."

"난 그렇다 생각 안 해요."

"당신 방금 '그렇다'랬어요. 그럼 그렇게 압니다."

"'생각 안 해요'라고 했거든요. 그럼 그렇다는 게 아닐걸요."

"보이드, 나 목매달아 죽는 꼴 보는 게 당신의 새 임무죠?"

"내 임무는," 그는 다정하게, 유리잔을 드는 손에서조차 다정함이 배어나게 말했다. "이걸 한 잔 더 하는 거예요."

나중에 베란다를 가로질러 로비로 들어가면서 보이드는 그녀 등의 잘록한 부분에 손을 짚었는데 그건 과거로부터의 반사 행동이었다. 그는 얼른 손을 거두었다.

"대는 게 한결 나은데," 그녀는 말했다.

곧이어 그녀는 말했다. "저거 랜디죠?"

그러더니 그녀는 말했다. "저거 수갑이에요?"

48

 타호에서도 그렇고 로스앤젤레스에서도, 텍사스주 플레이노에서도 인생 이야기들은 궤도 밖으로 방향을 틀었다, 혹은 막간 휴식을 가졌다, 혹은 휴지기에 들었다, 혹은 바이러스로 인한 브리가둔의 어스름 속에 휘말려 들었다.
 타호에서 어느 추운 밤—오전 4시 정각, 그러니까 시간상으론 더 이상 밤이 아닐 때—완다 제인 엡스타인은 스타라이트 엠프레스 2층 복도 242호실, 즉 엘모어 하이브의 방 문 앞에서 망설이며 이런 생각을 했다. 너 어쩌려고 이러니?
 그녀는 손을 들어 노크를 한 다음 문을 당겼다.
 한 층 위에선 주니어스 키라코시안이 에벌린과 통화하고자 일곱 번째 시도를 하고 있었는데 그녀는 지금까지 하루 반이 넘도록 응답을 않는 중이었다. "나 여기에 갇혔어," 그는 그녀의 응답기에 대고 말했다. "이 염병할 전염병, 이거 꼭 쌍둥이 빌딩이 주저앉았을 때 같다니까, 항공긴 취소에 호텔은 고립돼, 개미 새끼 한 마리 안 움직여, 그 커터비라는 바보도 그렇고 말이지. 계약을 할 만하면 꼭 새로운 걸 하나씩 요청한단 말이야. 내가 그 망할 은행을 소유해도 은행장으로 있고 싶다나…… 당신 어디야?"

몇 칸 건너 305호실에선 헤더가 더글러스에게 총 꼭 붙들고 있으라고*, 서둘 이유가 없다고, 이건 판매자시장이라고, 게다가 타호에서도, 이 나라 어디에서도 누구 하나 어딜 나다니지 못하는 상황이라고 — 더구나 — 당신한테 원칙이 없다면 원칙적 합의란 딱히 의미 없는 거라고 말하고 있었다. "당신한텐 원칙이 없잖아요, 그렇죠?" 하고 그녀가 말하자 더글러스는 샤워실에 들어서면서 말했다. "산탄총엔 있지 않을까?"

"알아들을 줄은 몰랐네요," 헤더는 말했다. "그래서 당신이 로이스를 죽였어요?"

"등이나 밀어줘," 더글러스는 말했다.

700마일(약 1127킬로미터) 남쪽 벨에어에선 헨리 스펙이 에벌린에게 말했다. "당신한테 CFO는 내가 처음인가요?"

또 텍사스주 플레이노에선 짐 두니가 캘빈에게 말했다. "망할놈의 백화점 안 사, 그 값엔. 그 재수 없는 변호사, 그놈이 날 칭하길…… 뭐랬댔지?"

"고약하다," 캘빈은 말했다.

"어, 그래."

"그리고 화석이다. 사기꾼이다."

"맞아, 그러니 인수는 관두자고. 다른 수단을 강구할 거야. 그쪽

---

* stick to one's guns. 관용어로 '입장을 고수하다' '억지를 부리다'란 뜻.

에서 제일 아끼는 자선단체에 기부를 한다든가 ─ 미국 저능아 변호사 모임 같은 데 말이야. 돈이면 다 돼, 내 장담하지. 햄버슨은 그 형편없는 직장을 되찾게 될 거야."

"알았어, 알았으니까," 캘빈은 말했다. "그 구레나룻이나 손봅시다."

랜디는 로비를 가로질러 제 쪽으로 다가오는 앤지와 보이드를 보곤 방긋 웃음을 내비쳤다. 랜디는 저렴한 회색 정장에 흰 마스크를 걸친 신사 넷에게 둘러싸여 있었다. 마찬가지로 흰 마스크를 썼지만 FBI라는 글자가 등사된 파란 바람막이를 입은 다섯째 신사는 랜디에게 수갑을 채운 다음 그를 굽어보면서 어리석은 짓은 말라는 식으로 무뚝뚝하게 토닥였다. "다리 벌려," 남자는 말한 다음 랜디의 양쪽 로퍼를 발로 차서 벌렸다.

"살살 좀 해요," 랜디는 말했다. "항복이라잖아요."

호텔 접수대 근처에선 전원 사우스다코타주 스피어피시 출신인 늙은 슬롯머신꾼 무리가 호기심에 구경을 했다.

"날 붙잡지 뭐야!" 앤지가 다가오자 랜디는 소릴 질렀다. 그의 목소리는 들뜨다 못해 신나 있었다. 그는 바람막이 사내를 콕 찔렀다. "무단 횡단 때문이잖아요, 내 말 맞죠? 어디 처벌하려면 해봐요!"

슬롯머신 노파 하나가 주먹을 내질러 보였다.

"늑장 좀 부렸우다!" 랜디는 의기양양하게 말했다. "인정한다고요!"

"그래, 늑장을 부렸더군," 회색 정장 요원들 가운데 가장 키 크고 가장 냉혹해 보이는 사람이 말했다. 그는 랜디의 허리띠를 끌러 벗졌다. "더하기 무장 강도로 기소 일곱 건. 더하기 살인으로 기소 세 건인데, 셈은 아직 멀었어." 남자는 보이드와 앤지를 돌아보았다. "이 자식 압니까?"

"저는 몰라요," 보이드는 말했다. "전 변변찮은 사람이라."

"전 살짝 아는 사이예요," 앤지는 말했다. "제 피앙세거든요. 피앙세들 중 하나요."

랜디는 웃음을 터뜨리더니 음악을 짓듯 수갑을 찰랑 흔들었다. "그거 알아요?" 그는 말했다. "지금 신원 파악에 오해가 있는 걸로 보이네요. 난 매튜 매커너헤이예요."

"누구?" 회색 정장들 가운데 가장 연장자가 말했다.

"매튜 매커너헤이가 누구냐고 묻는 거예요 지금?"

"그래."

"뭐, 난들 어떻게 알겠어요? 저기 저쪽에 있는 은행 강도한테 물어봐요 — 저 사람이 매튜 매커너헤이 전문가니까."

눈들이 보이드에게 쏠렸다. 보이드의 눈은 앤지에게 쏠렸.

앤지는 말했다. "실례할게요, 우리가 블랙잭에 늦어서."

회색 정장들 가운데 셋째, FBI다운 눈알을 가진 건장한 사내가 상의를 열어 허리띠에 걸린 배지와 권총집에 든 글록을 내보였다. "은행 강도가 누군진 우리가 아는데, 그 은행 강도는 수갑을 차고 있군. 네 지문이 말이야, 친구, 괭이 곳곳에 남아 있어."

"내 괭이가 그쪽한테 있어요? 그거 언제 돌려받죠?"

"너는 묵비권을 행사할 — "

"네, 네, 가서 이 문제를 명확히 합시다." 랜디는 슬롯머신 청중에게 고개인사를 하고 앤지에게 윙크를 한 다음 보이드에게 악의 어린 눈총을 건넸다. "후딱 돌아오지."

그가 문밖으로 나선 뒤 사라지자 보이드는 말했다. "살인?"

앤지는 말했다. "랜디는 욱할 때가 있거든요."

완다 제인의 노크에 엘모는 그녀를 안으로 들였고, 그러자 그녀는 말했다. "지금부터 난 당신을 엘모어라고 부를 거예요. 만약 내가 깜빡한다면 — 혹시 내가 실수를 한다면 — 날 멈춰 세워요. 익숙해지는 데엔 시간이 걸릴 거예요."

"알았어," 엘모는 말했다.

"무엇이 이 일을 재고하게 만들었는지 알아요?"

"알지."

"뭔데요?"

"뭐, 우선은," 엘모는 말했다. "내가 자기 가슴을 쳐다본 적이 없다는 거."

"좋은 짐작이네요."

"짐작은 무슨. 전략이지."

"잘 먹혀들었어요," 그녀는 말했다.

은발에 거들먹거리는 표정의 더글러스 커터비는 주니어스에게 웃음을 지으며 말했다. "내가 은행장을 쭉 해요 말아요?"

"맙시다," 주니어스는 말했다. "나한테 은행을 팔고 사라져요."

"그게 최종이에요?"

"아름다운 최종이죠."

"내가 알기로 최종은 아름답지가 않던데," 더글러스는 말했다.

"구매 가격에 오십만을 추가로 얹는 게 어떨까요? 내 은퇴 자금으로?"

"내가 여기서 나가는 건 어떻소?"

헤더는 더글러스 곁에 앉아 생각에 잠겨 있다가 말했다. "여기 다른 아이디어가 있어요. 절충을 해서, 저를 은행장으로 임명하세요. 저는 지역민이고 사람들은 저를 알아요 — 깔끔하고 부드러운 인사이동이죠. 틀림없어요, 허수아비로는 제가 딱이에요." 그녀는 더글러스를 쳐다본 다음 주니어스를 쳐다보았다. "그냥 아이디어랍니다. 옥신각신은 그만들 하시죠. 모두가 행복해지는 거예요. 모두 집에들 가는 거라고요."

"흥미로운데," 더글러스가 말했다.

"경험은?" 주니어스가 말했다.

"체육관을 하나 가지고 있어요. 흑자 중이고요."

주니어스는 자리에서 일어섰다. "채널 고정. 전화 한 통 해야겠소."

절반의 좌석이 빈 미니애폴리스발 로스앤젤레스 국제공항행 항공기에 어느 때보다도 아픈 몸으로 탑승한 헨리 스펙은 이 절호의 기회를 이용할 정력이 다 어디서 나오는지 의아스러웠다.

"마스크 쓰고 있어요," 에벌린은 말했다. "바짝 올려 써요. 당신 얼굴 보고 싶지 않으니까."

반 시간 뒤 헨리는 물었다. "맞아요 아니에요? CFO로는 내가 처음이죠?"

"깡패로는 처음이에요," 에벌린은 말했다.

"깡패는 좀 심한데," 열감은 있지만 흐뭇해서 헨리는 말했다.

"그럼 고릴라?"

"정비공으로 하면 어떨까요? 난 정비공이 좋은데."

"무언가를 고친다는 뜻?"

"당신을 고쳤잖아요, 아닌가?"

에벌린은 이런 일이 오리란 걸, 이런 일이 오길 자기가 원했단 걸 알고 있었지만 지금 그 일은 왔다가 떠난 참이었다 — 어딘가 지각없는 일이었다. 그 지각 탓에 그녀는 진이 빠져 있었다.

"**정비공**이 딱이네," 헨리는 말했다. 그는 무릎에서 힘이 빠지는 걸 느끼곤 곧 기절하려나 싶었다. "아스피린 있어요? 몸이 좀 별론데."

에벌린은 그를 쳐다보더니 말했다. "이제 말하면 어떡하라고."

헨리는 말했다. "그거 당신 전화기 울리는 거 아니에요?"

체포당하기에 멋진 장소를 1에서 10까지 점수 매기면 데드우드는 아마 9점, 필시 8점은 된다고, 저기 저 시카고와 툼스톤과 도지시티는 꺾되 위치토한테는 안 되고 디트로이트보단 나을 거라고 랜디는 가뜩이나 판단했던 터라, 훌륭한 경치에 널찍한 차내 머리 공간, 또 FBI 무장대 전원이 저를 마치 샘 배스나 닥 홀리데이* 보듯 눈을 떼지 못하는 꼴은 래피드시티까지 승합차를 타고 가는 40분간의 여정에 일등석을 탄 기분까지 불어넣어주었다.

페닝턴 카운티 구치소는 알고 보니 훨씬 나은 곳이었다. 누가 예상이나 했을까? 제법 괜찮은 고깃덩이. 하루 세끼. 더운물 샤워, 다량의 비누. 재키 로빈슨은 검둥이가 아니고 JFK는 필시 검둥이일 거란 지적에 토를 다는 사람도 전혀 없었다. 무엇보다도 좋은 점은 랜디가 거기선 거물이라는 거였다. 살인 하나로 기소 세 건. 경쟁자가 없었다. 혹시 거기에 별 감흥을 느끼는 사람이 없더라도, 음, 뭐 어때? 하고 랜디는 속으로 되뇌었다. 그에겐 남몰래 숨겨둔 끝내주는 기소거리가 잔뜩 있었다.

전부 다 하면 그리 나쁘지 않았다. 칼과 사이러스, 질퍽하게 죽어버린 그들의 영혼에 은총을 바라나니, 그들은 이를 되게 짜릿해할 터였다. 멜도 그럴 터였다. 오리건주 유진의 함몰된 어떤 부자도, 어떤 포도 농부도, 그리고 랜디가 피치 못할 경우 또는 내킬 경우 이름을 댈 수 있는 그 외 한두 명도 그럴 터였다.

그의 신경을 건드리는 건 사실 구치소가 아니었다. 그건 앤지였다.

주 1회 20분간 주어지는 지명 통화를 그녀는 나의 징글맞은 은행강도가 어쨌다느니, 그가 하느님을 발견 중이라느니, 적어도 그가 나에게 길을 터주고 있다느니 하는 잡담으로 자꾸만 허비했다.

"이것 좀 물어봐야겠어," 그는 결국 말한 터였다. "그하고 같이 자?"

"자기는 하느님이 사람하고 잔다고 생각해?"

"내 말은 그게 아니라—"

"보이드도 그렇더라. 진짜야, 내가 시도는 해봤지만."

"시도해봤다고?"

---

*   샘 배스(Sam Bass)는 갱단을 이끌던 19세기 미국의 열차 강도이자 무법자. 닥 홀리데이(Doc Holliday)도 19세기 미국 사람으로 치과의사자 도박사이자 총잡이.

"랜디, 정신 차려! 시도를 한다는 건 내가 **그걸** 하겠단 뜻이 아니야, 그가 나랑 결혼해야만 한다는 뜻이지, 당신하고 똑같이."

"음, 개떡 같은 소릴 하는데, 만약 그런 일이 —"

"지저분한 얘길 하고 싶으면," 앤지는 말한 터였다. "악마하고나 통화해."

그녀는 그의 통화 시간이 아직 11분이나 남았는데 끊은 터였다.

"그거 아나 모르겠네," 더글러스는 야심한 시각 어두운 가운데 스타라이트 엠프레스 객실 침대에서 헤더에게 말했다. "요즘은 뭘 따기가 얼마나 어려운지? 땅콩 캔을 사잖아, 케첩 통도, 그럼 항상 비닐로 봉해져 있어서 그 잡히지도 않는 걸 잡고 벗겨내야 하거든, 그래서 결국엔 칼로 찌르거나 이빨로 뜯지. 피클 단지도. 진공포장 커피 봉투도. 건전지 봐 — 그 아담한 녀석들의 포장을 뜯다 보면 결국 병원행이라니까. 파인트들이 감자 샐러드도 그렇지. 장난감도 그래. 잔디 비료도 그렇고. 산탄 상자는 또 어떻고."

"안전 문제일 수 있잖아요," 헤더는 말했다. "소비자 보호, 뭐 그런 거요."

"물론 안전 문제지. 내 요점은 그게 아니야. 사업이라고, 자기야. 자기가 지역사회 국법을 운영하는 데 진지해, 그렇다면 첫 번째 교훈은 뭘 따기 어렵게 만들어야 한다는 거야. 이해돼?"

"안 돼요."

더글러스는 낄낄거렸다. "스스로에게 이 질문을 해봐. 사업의 목적이 무엇인가? 돈을 버는 거야, 맞지? 은행가라고 하면 그 개념은, 따라서 돈을 은행에 **가둬두는** 거야, **빠져나가지 않게** 하는 거. 누가 십만 달러를 인출해서 벳시 이모한테 이체하길 원한다고 쳐. 훌륭한 은행가는 그걸 어렵게 만들어. 운전면허증 내놓으라 그러고, 비밀번호 요구하고, 비밀번호가 맞는데 틀렸다 그러고. 케첩 통이랑 마찬가지지. 사람들의 노후 자금에다 그 비닐 봉인을 씌워 똥 뿌리는 짓을 하는 거야. 누가 현금인출기 안의 현금을 원한다? 죄송합니다, 영업일로 7일이 소요됩니다, 12일이 소요됩니다, 고객님이 얼마를 갖고 꺼지든 간에요. 죄송합니다, 부인, 조기 해지라서 90일 동안의 이자로 유지될 겁니다. 죄송합니다, 저희 서류철에 고객님의 서명 카드가 없네요. 오, 그런데 자금을 인출하시기 전에 계좌 인증을 위해요 두세 개의 질문에 답변을 해주셔야겠는데요. 고객님 배우자의 할아버지의 어머니의 가운데 이름은 무엇입니까? 고객님의 왕왕고모부께서 제일 즐기셨던 취미는? 등등. 넣기는 쉽게, 빼기는 어렵게."

"내가 은행장이 될 거란 얘긴가요?"

"아직은 아니." 더글러스는 한쪽 유방을 움켜쥐고 생각을 모았다. "두 번째 교훈. 항공사에 전화를 걸면 매번 이러는 걸 알 거야—그러니까 **매번**, **매 항공사**가 예외 없이 말이야—그 왜 녹음된 음성이 예컨대 이런 식으로 말하잖아. '지금은 여느 때와 달리 통화량이 많사오니 부디 기다려주십시오.' 그런데 '지금은 여느 때와 같이 통화량이 터무니없이 많사오니 부디 기다려주십시오' 하는 법은 **한 번도** 없어. '매번 그렇듯이 통화가 완전 밀려 있고 앞으로도 매번 그럴 것으로 보이니 닥치고 기다려주십시오' 하는 법이 **한 번도** 없다고. '전화 상담원을 고용하기엔 우리가 너무 싸구려니까 씨발 좀 기다려주십시오' 하는 법이 **한 번도** 없다 이거야. 내 말 틀려?"

"열받게 하는데요," 헤더는 말했다.

"온 우주를 열받게 하지. 하지만, 이런, 뛰어난 상술이지 뭐야! 전화 상담은 돈이 들어. 내 말은, 사람을 고용하고 급여를 줘야 하니까 말이야. 부수적인 전화를 담당할 부수적인 직원 모두한테 컴퓨터랑 책상이랑 헤드셋도 사줘야 돼. 퇴직연금, 병가 중 급여, 세금, 관리자. 끝이 없어. 펑, 이익이 저리 멀어지네. 그러니까 지역사회 국법은 항공사랑 똑같이 한다 이거야—— 기다리게 만든다. 단 한 명의 출납원만 근무 중인 거지. 오전 11시부터 오후 1시 30분까지는 그마저도 자리에 **없어**. 그리고 우린 **절대로** 전화를 안 받아—— 철석같은 방침이야. 우리가 **확실히** 제공하는 건 뭐냐, 우리가 제공하는 건 특별 자동 응답 거래인데, 연 구십구 달러 구십구 센트의 소액 요금을 내잖아, 그럼 우리가 여느 때와 달리 매우 바쁘다, 죄송하다, 모쪼록 다음에 걸어달라 하는 녹음된 음성을 듣게 돼. 컴퓨터 프린터랑 같아. 그 작은 부수품들 말이야—— 예를 들어 잉크. 비싸고 좋은 프린터를 산들 잉크가 없으면 아무것도 인쇄가 안 되는데, 그 조그마한 잉크 카트리지, 그게 돈주머니인 게, 달마다, 해마다 다들 자기 프린터한테 **실제로** 인쇄를 시키겠다고 금값인 그 반 온스짜리 잉크에 거액을 들이잖아. 지역사회 국법도 똑같아. 우리도 나름의 부수적인 것들이 있어. 수표 끊고 싶어? 우리의 사십구 달러짜리 수표책을 사, 그럼 여섯 주 지속되니 그 뒤엔 또 한 부를 사고. 입출금 내역서를 원해? 그건 십오 달러일 거야. 우편환을 원해? 그건 2.5퍼센트일 거고. 지급정지를 원해? 그건 이십오 달러. 대여금고를 원한다? 그건 얼마가 됐든 시장이 감당 가능한 선에서인데…… 아무튼 빙산의 일각이야. 기업의 대출 만기는 아직 언급도 안 했어. 그게 엑기슨데."

헤더는 시트를 끌어 올려 자신을 보호했다. 자정이 족히 넘은 시각이었다. 세계적 유행병이 번지고 있었고 호텔은 으스스할 만큼 조용했다.

"그림이 그려지네요," 헤더는 말했다. "고객을 등쳐먹어라, 맞죠?"

"뭐, 그런 식으로 홍보하진 않지만 제대로 짚었군." 더글러스는 시트를 끌어 내리곤 다시 움켜쥐었다. "어쨌든 세 번째 교훈 —— 이건 기본 원칙이야. 예금은 저금리, 대출은 고금리. 어떤 은행이든 그게 심장이고 영혼이지."

"그러니까 아파요," 헤더는 말했다.

"당연히 아프지. 세상이 다 그래."

"아니, 쥐어짜는 거요. 아프다고요."

"아, 맞다. 미안. 내가 흥분을 했네. 하지만 우리가 지금 돈 얘기 중인 걸 어떡해. 고저 원칙은 있지, 만약 고객이 돈을 빌린다, 그를 후려먹는 거야. 고객이 예금을 한다, 그를 후려먹는 거야. 혹은 그녀를. 기본 개념이 구식이긴 한데, 그래도 지역사회 국법에선 그걸 커터비 법칙이라 불러 —— 후입선출(後入先出)을 말이야."

"섹시하게 들려요," 헤더는 말했다. "당신이 로이스를 죽였어요?"

더글러스는 주저하더니 가벼운 꾸지람을 담아 그녀를 쳐다보았다. "은행장 하고 싶어 안 하고 싶어?"

"하고 싶죠. 당신이 죽였어요?"

"로이스를?"

"잘 아네요. 로이스요."

"음," 더글러스는 말했다. "그건 주제를 벗어난 사소한 일인데, 안 그런가? 난 자기를 교육 중이었어. 길을 닦아주고 있었다고."

"그 점은 고마워요, 더그, 그런데 당신이 그녀를 죽였어요?"

그는 이번에도 주저하다가 어깨를 으쓱하더니 그녀에게 은행가의 웃음을 환하게 지어 보였다. "어쩌면—순전히 어쩌면—가설로서야 불행한 동반자 관계를 파기한 게 나라고 추정할 수 있겠지. 곧 디테일한 얘기를 들을 수 있을 거야. 케이맨제도에서. 배우자 된 걸 기념하여 특전으로. 좋아?"

"더글러스, 난 결혼 못—"

"마음 쓰지 마. 우리 과외나 마무리 짓자고. 선입후출. 역사적으로—26년 연속—지역사회 국법은 대출 금리 인상과 예금 금리 인하를 나라에서 **제일 먼저** 시행해온 은행이야. 그리고 대출 금리 **인하**와 예금 금리 **인상**을 제일 나중에 시행해온 은행이고. 그 미학이 보여? 우리처럼 후려먹는 곳은 어디에도, 진짜 어디에도 없어."

"그래서 당신이 그녀를 죽였군요, 맞죠?"

더글러스는 웃음을 터뜨리곤 고개를 대각선으로 절레절레하더니 말없이 즐거움에 젖어 헤더를 잠시 감정했다. "아주 고집 센 여자라니까. 100만 명 중 한 사람. 뼛속까지 은행가."

아니, 난 토트하우저인데, 하고 헤더는 말할 뻔했다. 똑바로 봐, 인마.

그러는 대신 그녀는 그에게 꿈지럭꿈지럭 다가붙었다.

"키스해줘요," 그녀는 말했다. "혀로 많이."

49

 동트기 직전 완다 제인과 엘모는 아침 식사를 찾아 스타라이트 엠프레스의 황량하다시피 한 카지노를 지난 다음 방향을 꺾어 영업 중으로 보이는 커피숍 쪽으로 나아갔다. 둘은 높직한 카운터 앞의 스툴에 앉아 전자레인지로 데운 달걀 샌드위치를 먹은 다음 룰렛 휠 앞에서의 긴 밤을 끝낸 구레나룻 폭주족 삼인조를 구경했다. 혼자뿐인 관리인이 카지노의 밧줄 쳐진 구역 바닥을 진공청소기로 빨았다. 경쾌한 음악이 천장에서 울려 나왔다. 코비드(Covid)의 쓸쓸한 아침이었다.
 "돌아보지 마," 엘모는 말했다. "근데 저기 오는군."
 "누군데요?"
 "자기 뒤."
 완다 제인은 뒤돌아보았다.
 서로 팔짱을 끼되 마스크는 끼지 않은, 누가 봐도 활기찬 분위기인 더글러스와 헤더가 카지노 저편의 포커실에서 성큼성큼 걸어 나오고 있었는데, 헤더는 보라색 칩을 한 움큼 들고 있었고 더글러스는 행운의 여신을 동반하는 특권을 누린 자의 혈색 좋고 능글능글한 표정이었다.

"있지," 엘모는 생각에 잠겨 말했다. "난 더그를 항상 거구라고 여겼어. 헤더가 그보다 5인치는 크군."

"납작이(flats)네요," 완다 제인은 말했다.

"납작이라니 뭐가?"

"신발이요. 플랫 슈즈를 납작이라고 해요."

"납작 뻗겠군."

"그 말 몰랐어요?"

"처음 듣는 말 같은데. 그럼 발끝이 뾰족하면 뾰족이라고 불러?"

"엘모어, 그 촌스러운 신소리는 치워요. 우린 그 단계 넘어섰어요."

"버릇이라서," 그는 말했다.

둘은 헤더가 칩을 현금으로 바꾸곤 지폐를 더글러스에게 넘기더니 깔깔깔 웃으며 그에게 다시 팔짱 끼는 모습을 지켜보았다.

"귀여운 커플인걸," 엘모는 말했다.

"저게 진짠지 의심스러워요."

"나도 그래."

로비 초입에서 더글러스는 걸음을 멈추더니 자신이 입은 것과 거의 쌍벽을 이루는, 그러나 더 고가에 더 맞춤복다운 비즈니스 정장을 걸친 단신에 노령에 수척하다시피 한 사내와 이야기를 나누었다. 조금 뒤 그 셋은 엘리베이터에 들어섰다.

엘모는 완다 제인의 손을 잡았다. "괜찮아?"

"딱히요."

"자기 친구 말이야, 보기에 어째 좀 너무……"

"만족해해요?"

"그보다도 살짝 과해 보이는데."

"나도 그런 생각 들었어요. 쟤도 나름 앞뒤가 안 맞네요."

"그러게. 달걀 샌드위치는 어때?"

"끔찍해요. 당신 건요?"

"끔찍해." 엘모는 그녀의 손을 놓고 뒤로 기대더니 그녀를 쳐다보았다. "뭐 하나 말해야겠어. 헤더가 어젯밤에 보내온 그 음성 파일. 그를 금융 사기로 끌고 가기에 충분해졌어. 당장 끝내버리지. 10년, 15년은 집어넣자고."

"그는 자기 아내를 죽였어요."

"하지만 증거가. '동반자 관계를 파기' 어쩌고 한 건 여러 의미를 띨 수 있잖아."

"그건 변호사로서 말하는 거죠?"

"응, 맞아."

"제안할 만한 거라도 있어요?"

"대장은 자기잖아. 내 제안은 안 좋아할걸."

"아무튼 얘기해봐요."

엘모는 제 생각에 몇 초 귀를 기울이는 듯했다. 그는 제 커피를 저어 한 모금 들이켠 다음 잔을 조심스레 내려놓고 말했다. "전에 얘기한 적이 있긴 한데, 우리 능력에 부치는 일이야. 우리가 헤더를 붙잡는다, 재갈을 물린다, 걔 차에 욱여넣는다, 그리고 집으로 간다 하는 게 내 제안이지. 이 일이 행복하게 끝나진 않을 거야."

"하루 더 있어보면요?"

"그 제안은 싫어, 안 돼."

"고마워요. 지당한 의견이에요. 하루 더 있어보죠."

엘모의 방으로 돌아가는 길에 완다 제인은 말했다. "그나저나 결혼하자는 당신의 그 아이디어, 그거 너무 갑작스럽던데, 그렇지 않아요?"

엘모는 어깨를 으쓱했다. "자기 입장에선 그랬겠네. 내 입장에선 몇 년을 꿈꿔왔어."

"그렇게 합시다."

"그럴 줄 알았지."

4월은 지나갔다. 5월이 도래했다.

앤지는 랜디의 커틀러스를 몰고 산길을 올라 기어를 중립에 넣곤 확 떠밀어 차가 300피트(91미터 남짓) 낙하하는 걸 지켜보았다. 그녀는 히콕 리조트 겸 포커실까지 4마일 길을 도보로 거슬러 가서는 얼마간 눈물 바람을 하더니 빈둥빈둥 기다리는 건 의미가 없다고, 모험은 끝났다고, 오후엔 길을 달리고 있을 거라고 보이드에게 말했다. "카지노는 끝이에요," 그녀는 말했다. "리노에 들를 필요가 없다면 말이지만. 라스베이거스라든가. 경로를 짜보죠. 어디가 좋으려나 — 북쪽 아니면 남쪽?"

"난 그냥 따를게요," 보이드는 말했다. "선택은 당신이."

"당연히 선택은 **나죠**. 리노가 더 짧네요. 라스베이거스엔 예배당이 더 많고요."

5월 17일에 데드우드를 나선 둘은 와이오밍을 뚫는 남쪽 경로를 달리다가 80번 주간 고속도로를 타고 솔트레이크시티에 들어섰는데 그 전부가 긴 하루 만의 일이었다. 다음 날 아침 둘은 15번 주간 고속도로를 타고 라스베이거스 쪽으로 남행했다. 앤지는 하루 반 내내, 심지어 잘 때조차 쉴 새 없이 떠들었는데 프로보(Provo)를 통과하는 동안엔 숨을 고르더니 보이드를 힐끗 넘겨다보곤 이런 소리를 했다. "그래서 당신 의견은 뭐예요?"

"무엇에 관한?"

"내가 지금까지 말한 모든 거요. 처음부터 다시 말해줘요?"

"날 위해 요약을 해줘요."

앤지는 언짢아서 이를 딱딱거렸다. 그녀는 소파 쿠션으로 좌석을 높인 페라리의 운전대를 잡고 랜디가 일러준 도로를 달리고 있었다.

"우선, 어젯밤 에벌린의 이메일 어땠던가요? 기적 같지 않나요, 그쵸? 풀다에 가면 당신의 예전 일자리가 당신을 기다리고 있잖아요, 아무 조건 없이. 당신이 턴 은행도 아무런 문제가 없다 그리고 ── 이젠 기본적으로 그녀가 그곳 소유자니까요, 아니면 그녀의 남편이, 아니면 그녀 남편의 회사나 누가. 하늘에 계신 아버지께 감사합니다 안 할 거예요?"

"하늘에 계신 나의 아버지께선 보청기를 끄셨는걸요," 보이드는 부드럽게 말했다. "그분을 원망한다고 하긴 그렇지만."

네 시간이 흐르도록 그녀는 그 이상 별말을 하지 않았다. 자동차 라디오는 독설이 섞인 거창한 말을 숨도 안 쉬고 떠들어댔다. 팔로알토의 어느 지긋한 한국계 여자가 한국계란 이유로 총에 맞아 죽었던 것이다. 알래스카 교육위원회는 『맥베스』를 여성주의가 과하단 이유로 금서로 지정한 터였다. 이제 미국 여권을 신청하려면 정신병

자라는 증거가 필요했다.

그리고 나서 라스베이거스 70마일(약 113킬로미터) 밖, 엄지로 운전을 하고 있던 앤지는 홍 하는 소리를 내더니 말했다. "우리에 관해서는요, 보이드? 당신한테 내 인생 얘기를 전부 들려줬어요, 좋았던 부분 모두를, 근데 당신은 그렇게 돌처럼 앉아만 있군요. 지금 아홉 달이나 됐는데. 제로라고요. 조금만 사적이면 드러내질 않으니 내가 하루이틀 내로 "네"* 하고 대답할 남자가 어떤 사람인지 아는 바가 없잖아요. 그게 어떤 느낌일 것 같아요?" 그녀는 격하고 날카롭게 고개를 저었다. "에벌린이 나한테 주의를 주더군요. 당신이 입을 열게 만들어야 할 거라고 —— **진실한** 얘기, **진짜** 얘기를요…… 안 그러면 가망이 없다고. 안 그러면 여기 사막 한가운데다 당신을 내려줘야 할 거라고."

"차 대요," 보이드는 말했다.

"걸어갈 셈이에요?"

"차 대요."

에벌린은 돌아온 주니어스가 침대 옆자리에서 양말을 신은 채, 텐트 못처럼 뾰족한 골격으로 살 없는 팔을 아내에게 두른 채 타호에서의 고난을 설명해주자 안심이 되다 못해 행복하기까지 했다. 호텔이 텅텅 비다시피 하더라, 바깥 직원 중 절반은 아프고 절반은 사회적 거리두기 중이라 마티니 주문도 안 되고 주문하더라도 받을 수가 없더라, 게다가 교활하고 말만 번지르르하고 탐욕스럽고 쪼개고 은발이 풍성하기로는 최고일 개놈의 사기꾼한테서 은행을 사려는 중에 훈제 연어랑 일주일 된 바닷가재 샌드위치를 먹고 죽다 살아났다. "장부를 정상으로 해두는 데에만," 그는 말했다. "시원하게 백만 들어갈 거고, 그러고 나선 악성 대출 부담하는 데에 또 백만 —— 주로 그 인간의 죽은 아내가 진 거야 —— 그러고 나선 소송 예비금으로 또 백만, 그러고 나선 내 치유를 돕는 정신과 의사 비용으로 또 백만 들겠군." 그는 더 바짝 끌어안았다. "하지만 당신한텐 은행이 생기게 되지, 안 그래?"

"그래요. 그래서 고마워요."

"당신은 뭐 별일 없었어?"

"하나도요," 에벌린은 말했다. "헨리는 인공호흡기 뗐어요?"

"어, 뗐어, 좋아.*"

"그게 무슨 뜻이에요?"

"이런 뜻이지 않을까," 주니어스는 말했다. "그놈이 **나한테** 죽을 걱정을 안 해도 된다는 뜻."

앤지는 차를 대고 비상등을 켠 다음 차에서 내려 보이드와 사막으로 걸어 들어갔는데 거기서 2, 3분이 지나자 보이드는 걸음을 멈추더니 페라리를 돌아보며 말했다. "두 개의 샌타모니카가 있어요. 하나는 동화 속의······"

캘리포니아주 풀다의 작고 갑갑한 경찰 본부에선 완다 제인 엡스타인, 엘모 하이브, 그리고 첩 오닐이 지역 조례 집행의 부족한 역량에 힘을 쏟기로 —— 완다 제인의 경우 주저하면서 —— 합의한 터였

---

*   I do. 결혼식 때 평생을 함께하겠느냐는 물음에 대한 답.

다. 은행 강도와 살인 건은 논외였다.

"사실은 사실이잖아," 첩은 그런대로 사근사근하게 말하고 있었다. "우리한테 순찰차가 두 대인 것도 사실이고—그것도 한 대는 정비소에 갔고—경찰관이 둘인데 하나는 상황실 근무자, 하나는 거의 파트타임 근무자인 것도 사실이야. 살인 건? 턱도 없는 소리. 더욱이 그 건은 마무리됐어, 연방순사들이 저희 쪽 인물을 확보 중이니까."

완다는 마지막 시도로 말했다. "그래도 헤더의 녹음본이 있는데……."

"카운티 검사는 거들떠도 안 볼걸," 첩은 말했다. "금융 사기는 연방 관할이야. 살인은 주(州) 관할인 **동시에** 연방 관할이고. 지자체 관할이 아니라고. 게다가 그 녹음본은…… 좋게 봐준들 결정적이지가 않잖나. 최악의 경우 헤더의 증언 없인 채택이 안 되는 수가 있는데, 증언을 안 할 걸 우린 이미 알고 있지."

"걔가 그 개자식이랑 결혼을 했다고 해서," 완다 제인은 말했다. "커터비를 놔줘야만 하는 건—"

"놔줘야지," 엘모는 넌지시 말했다. "불기소란 뜻이니까. 자기야."

첩은 짝, 단호하게 손뼉을 치고 일어섰다.

"그럼 이만," 그는 말했다. "그리고 잘 들어봐, 저 아래 병원 앞의 교통 체증을. 그 세계적 유행병이 현실이구나 하는 생각이 들 거야. 가서 일들 하라고, 오케이? 이중 주차, 그게 현실이니까."

그가 떠나자 엘모는 말했다. "미안해."

"나도요," 완다 제인은 말했다. "하지만 이런 실수를 하다니."

"헤더를 믿어. 그놈이 값을 치를 거라고 헤더가 말하잖아, 대가를 치를 거라고."

라스베이거스 외곽의 사막, 아주 춥고 광활한 사막, 부자가 되는 길을 쌩쌩 질러가는 차들 곁에서 앤지는 말했다. "그래서 쪽팔렸어요?"

"부끄러웠죠," 보이드는 말했다.

동화였다고 그는 스스로 털어놓았다, 스팽글 장식의 야회복과 말도 안 되는 가슴과 타블로이드지에 등장하는 얼굴 들이 있는 동화…… 스케이트보드를 타는 상속녀들과 요가 스승들과 거리의 마술사들과 구원팔이를 하는 기획자들, 성형한 코와 큰돈이 있는…… 목욕 가운을 걸치고 헤어롤을 만 로즈메리 클루니가 크리스마스이브에 5달러의 팁을 건네주는.

보이드는 자기가 4학년이었을 때 어머니가 270파운드(122킬로그램 남짓) 나갔다고도 스스로 털어놓았다. 8학년 땐 320파운드(145킬로그램 남짓)였다. 고등학교 2학년 땐 390파운드(약 177킬로그램)였다. "아빠도 노력했어요," 그는 말했다. "엄마를 구슬리고, 뇌물을 바치고. 전혀 먹히질 않았죠. 나는요, 주로 물러나 있었어요. 이야기를 지어냈죠. 시늉을 했어요. 난 친구들을 집에 데려오지 않았어요. 누가 데려오겠어요? 집은 조그맣고 회칠한 방갈로 주택에 — 당신도 살아봐서 알 거예요 — 엄마 혼자만으로도 집이 꽉 차 보이는데. 내 말은, 그 집에선 **지방**의 냄새가 풍겼어요. 그 기름진, 단내 나는 블루베리 냄새, 그게 벽마다 배어 있고 엄마의 머리랑 실내복에도 배어 있었죠. 엄만 욕조에 들어가지도 나오지도 못했어요. 샤워 중에 뒤돌지도 못했고요. 아빠가 엄마한테 일주일에 한 번 소파에서 스펀지

목욕을 시켜줬는데 그 소파가 엄마가 사는 곳이었어요. 거실 소파요, 거기서 버터도 먹고, 히스(Heath) 초콜릿 바도 먹고, 살은 늘어가고, 영화만 몰아 보면서 윌리엄 파월이랑 헤디 라마랑 피터 로리랑 온종일, 밤새도록 살고, 살은 갈수록 늘기만 하고. 귀도 살이 찌던걸요. 변기는 이제 맞지도 않았죠. 허리도 안 숙여지고, 일어서지도 못하고, 닦지도 못하고. 욕실엔 그 쉬야 패드가 있었어요, 개들이 쓰는 그런 거요, 그래서 엄마가 그냥 거기 서 있다 가면 나중에 아빠가 그걸 치우곤 했는데…… 난 방과 후에 집에 가는 게 싫었어요. 문간에 서서 심호흡을 한 다음 숨을 참고서 내 방으로 달려 들어가곤 했죠. 글쎄요. 단지 부끄러움은 아니었어요. 경멸이었던 것 같아요. 엄마는 내 고등학교 졸업식 날 420파운드(약 191킬로그램)를 찍었어요 ― 졸업식 때문에 해낸 건 분명 아니었죠 ― 엄만 우리 고물 엘도라도에도 가까스로 들어가더군요 ― 밀크셰이크랑 머나 로이 영화에 중독돼서 말이죠 ― 〈우리 생애 최고의 해The Best Years of Our Lives〉, 〈마른 남자가 고향에 가다The Thin Man Goes Home〉 ― 타이론 파워에 중독되고 로맨스물에 중독되고 살찌는 데에 중독되었던 것 같아요. 엄만 그 거짓말들을 넙죽 받아 삼켰어요. 그 공상을 꿀꺽했죠. 나 역시 그걸 꿀꺽 삼켰고."

앤지는 그를 쳐다보았다.

몇 초 뒤 그녀는 말했다. "그 점은 나도 의문이었어요. 당신을 보면 항상…… 아주 복고풍 같았거든요. 1940년대나 뭐 그때 자란 사람처럼."

보이드는 웃음을 터뜨렸다. "나뿐이 아니죠. 모두가 그래요. 우리가 동경하는 게 그거니까 ― 그 망할 놈의 할리우드식 공상." 보이드는 사막을 얼떨떨하게 바라다보았다. "아무튼 버드송이고 싶은 사람이 누가 있을까? 난 싫어! 악!"

혹시 비행기가 충돌하면 양옆에 있는 이 우람한 허세쟁이 놈들, 바람막이에 찍힌 FBI 글자가 무슨 빌리 레이 콘서트 무료입장권인 양 구는 연방수사짭새 두 놈을 쿠션으로 삼아도 제법 괜찮겠다, 하고 랜디는 생각했다. 덴버에서의 기착 시간을 빼면 지금까지 두 시간의 비행이었다. 새크라멘토를 터치다운하기까지는 한 시간, 어쩌면 그 이상이 남아 있어 랜디는 좀이 쑤시는 중이었다. 수갑은 어떤 식으로도 도움이 되질 않았고 족쇄도 마찬가지였으며 팬티는 자꾸만 위로 바짝바짝 치켜졌다. 일등석 신세는 물론 아니었지만, 그래도 일반석 마지막 열은 기내에서 거의 으뜸으로 꼽을 명당이었으므로 랜디는 구름인지 아닌지 모를 것과 화장실 문이라는 괜찮은 풍경은 눈에 담을 수 있었다.

대화는 언감생심이었다. 대체 뭐가 이따윈지. 이 FBI 샌님들이 야생마 가누는 법을 한두 가지 알려준대도 싫다면야 그러라지, 그래봐야 저희들 교양머리에만 손해니까.

랜디는 래피드시티를 가뿐히 제압하는 고향을 향해 인도되어 가는 길이 기뻤고, 그렇다 보니 머잖아 그의 생각은 사이러스와 칼에게 닿아 있었다, 이젠 아무도 전기 처형을 당하지 않는 캘리포니아의 사형 집행에 관해 그들이 알았던 비화, 이를테면 펠리컨만 교도소 것들은 아주 겁쟁이니까 만약 전기 처형을 당하고 싶다면 샌쿠엔틴 주립 교도소로 쭉 내려가야 하는데 샌쿠엔틴에서도 전기의자에는 앉을 수 없다는 것, 전기처형실 입장을 위한 숨 참기 연습조차 불

539

가능하다는 것, 지지직 타거나 악취를 맡는 일 없이 그저 평범한 노인 의사와 약속이 잡힌다는 것. 사이러스가 참 안쓰러웠다. 그는 칼 없이도 잘 지냈을 텐데.

생각은 꼬리를 물었고, 그러다 비행기 타이어가 새크라멘토의 포장길을 밟을 때쯤 그는 우리 착한 멜을 생각 중이었다.

생각 좀 서두를걸, 그는 델타 항공을 원망했다.

질질 끄는 발로 통로를 지나면서 그는 저 위 펠리컨만까지의 공짜 여행을 성원하고 있었다 — 집하고 가깝고 기후도 좋고. 하지만 진짜 고수라면 샌쿠엔틴이지, 그는 헤아렸다.

e하모니*에서 가장 사랑스러운 남자라는 부담감은 물론이거니와 스펙가(家)의 업보까지 지고 다녔던 서른세 해, 헨리 스펙의 마지막 시간은 중간 길이쯤 되는 인생에서 가장 즐거운 축에 속했다. 의식 불명에 인공호흡기를 착용한 그가 해야 했던 일은 침상에 누워 기억들이 폐렴의 꿈속을 철퍼덕철퍼덕 지나도록 내버려두는 것이었다. 인공호흡기의 윙윙 소리는 피아노 바의 라운지 음악, 그러므로 인공호흡기가 인공호흡기인 줄 스스로는 몰랐더라도, 자기가 어디에 있는지 혹은 왜 거기에 있는지 스스로는 몰랐더라도 헨리는 질병의 조수(潮水)에 몸을 싣고 즐거이 떠다녔다, 감염병이 저를 어디로 데려가든 제 일지 속의 참여자들과, 즉 제 인생담에선 하나같이 초점 바깥의 조연이었던 인물들, LA의 여느 오후에 볼 수 있었던 그 변덕쟁이들과 총천연색으로 재회하며. 애니는 탭댄스를 추었다. 페기는 으르렁거렸다. 에벌린은 그의 이두박근을 깨물어댔다. 그는 낙원을 신나게 나아갔다. 그는 경주마**였다.

"그래서 USC를 중퇴하고 이름을 바꾼 다음 그냥 방황했어요. 이름을 바꾸니 감동이던데요. 아주 놀라워요. 자기 자신의 플러그를 뽑아서 다른 새로운 사람한테 끼우는 거잖아요, 무슨 컴퓨터 업데이트하듯이. 이름을 바꿀 수 있다면 못 바꿀 게 뭐가 있겠어요?"

앤지는 뜸을 들였다.

고속도로인지라 리무진이며 캠핑카며 트레일러트럭 들이 100야드 저쪽서부터 작은 도플러효과를 달고 쌩쌩 지나가면서 저희가 퍼올린 사막 공기를 뒤쪽으로 날려 보냈다. 앤지는 시동이 걸려 있는 페라리를 갓길에 놓아둔 채였다.

보이드는 그쯤에서 멈출 뻔하다가 — 그는 스스로를 믿지 않았다, 두어 가지 거짓말이 근처를 파닥파닥 맴돌고 있었다 — 진실하게 이렇게 말했다. "그러니까 당신이 버드송이 아니라면, 버드송이었던 적이 결코 없다면, 그럼 당신은 어느 하루 작정하고 영영 떠나 버린 아빠를 죽은 셈 칠 수 있어요. 당신 어머니 몸무게를 100파운드(45킬로그램 남짓)로 줄일 수도 있고, 어머닐 소파에서 끌어낼 수도 있고, 세자르 로메로를 빼닮은 신사다운 구혼자를 어머니한테 바칠 수도 있어요 — 또 모르죠, 그 구혼자가 **진짜** 세자르 로메로일지도 — 그런 다음 당신은 해병대에 입대하고, 몇 달 구른 뒤엔 전당포에서 주운 퍼플 하트 훈장을 달고 집에 돌아오는데, 그 뒤엔 누가

---

*   eHarmony. 2000년도에 미국에서 나온 데이팅 웹사이트.
**   Secretariat. 고유명사로는 실존했던 유명 경주마 이름, 보통명사로는 '비서관'을 뜻함.

신경이나 씁니까, 당신이 진짜 우라지게 가치 있는 사람처럼 보이는 이력서를 작성한들? 엑서터, 프린스턴. 당신은 버드송이 아니에요. 소설이지."

"계속해요, 울고 싶으면 울고요," 앤지는 말했다. "나 신경 쓰지 말고요."

보이드는 웃음을 터뜨리곤 말했다. "이건 슬픈 대목이 아니라서."

토트하우저 씨를 봐, 더글러스는 하마터면 입말로 내뱉을 뻔했다. 당신다운 당신을 떠올리게 하지 않아? 지금의 로이스, 최근의 로이스 말고 저 옛날 언제냐, 토비 이전의 로이스, 당신이 나를 당신이 있는 바로 그곳에 파묻으려고 작정하기 이전의 로이스 말이야, 기어나오기 어렵단 게 입증되고 있는 그 무덤에. 그 점은 의심의 여지가 없어. 헤더 속에는 로이스가 들어앉아 있다고. 당신도 동의하잖아, 안 그래? 숫자에 선수야. 잠자리에서도 선수고. 약삭빠를 만큼 영리하긴 하지만 본인 스스로 생각하는 영리함의 절반까진 못 돼. 그날 산탄총을 올려다보던 당신처럼 말이야. 그 어랏 하던 표정. 오해는 않았으면 하는데, 우리 천사님, 난 그 표정이 유다의 표정처럼 느껴지더군. 당신이 무슨 생각 중인지 알아. 누가 누굴 비난하느냐, 너야말로 은화를 마다할 사람이냐, 그런 생각 중이잖아. 그렇다면 당신 말에 일리가 있음을 인정할게, 왈가왈부 않고, 하지만 결국 당신이냐 나냐의 문제였다는 사실엔 서로 동의합시다. 당신으로 귀결됐을 뿐이야. 그 어랏 하던 표정. 미안, 진심으로 미안한데, 난 아직도 그것 때문에 웃음이 지어지지 뭐야. 지금도 웃는 중이야. 어랏! 여하튼 헤더에 관해서 말하자면, 혹시 잘 한번 봐봐, 중요한 건 그녀가 5

할은 로이스고 5할은 다른 무엇이란 거니까. 머리가 뒤죽박죽인 로이스다 이거야, 로이스가 뭘 원하는지 모르는 로이스, 머릿속에 무심코 크로스핏을 받아들인 로이스, 제 케이크를 가질 수도 있고 먹을 수도 있다고 생각하는 훨씬 부주의한 로이스, 겉모습도 ─ 용서해, 사랑벌레 ─ 신혼여행 비키니를 입은 모습이 끝장나는 로이스, 조각가의 대리석에서 깎여 나온 듯한 로이스, 갓 결혼한 로이스, 편법 없이 은행을 운영할 수 있다고 믿는 로이스, 타짜 앞에서 판을 뒤집을 수 있다고 믿는 로이스. 그녀를 보라니까! 그녀의 그 튜턴인 같은 눈알에 어랏 하는 빛이 팍 서리는 걸 상상해봐. 그 촉촉한 입술에 어랏 하는 주름들이 잡히는 걸 상상해보라고. 그녀에겐 깜짝 놀랄 것이 다가오고 있어, 안 그래?

당신이 그리워, 여보. 특히 초창기, 왜 예전에 우리 둘 다 젊었을 때 말이야. 기억하지? 우리만의 작은 은행을 운영했던 거, 당신이랑 나랑. 얼마나 재미있었게! 매년 봄 우리의 대청소 ─ 기억하지? 대여금고 정리 말이야, 손목시계는 여기, 크루거랜드*는 저기, 그리고 아무도 눈칠 못 채게 ─ 할머니의 목걸이며 엄마의 귀고리까지!

내 바람이 뭔지 알아, 로이스? 내가 헤더 눈에 어랏을 불어넣는 걸 당신이 여기에 와서 지켜보는 거야. 어랏, 할머니의 목걸이가 어디 갔담! 어랏, 내가 맛본 게 쥐약인가?

"마냥 방황했어요," 보이드는 사막에게 또 앤지에게 말했다. "헬

---

*   남아프리카공화국에서 발행하는 금화인 크루거랜드코인(Krugerrand coin)을 가리킨다.

레나에선 택시를 몰고 네브래스카에선 가축 차를 부리고 하면서 이력서에 공을 들였죠."

"인상적이었겠네요," 앤지는 말했다. "그 이력서."

"네, 그랬어요. 새로운 나였죠. 거기 어디서 첫 결혼 생활을 했어요—스무 살인지 스물한 살 때. 내 아내도 날 별로 좋아하지 않고 나도 그녀가 안 좋아서, 〈천국으로 가는 계단〉*의 작곡자가 내가 아닌 걸 아내가 알 때까지만 서로 잘 지냈죠. 그걸로 끝이었고요."

어떻게 보면 그 모든 방황은 안정요법 같은 것이었다고 보이드는 그녀에게 이야기했다, 마침내 샌타모니카에서 깨어난 2년 동안의 상쾌한 낮잠이었다, 새 이름과 새 역사를 지닌, 조금은 잠이 덜 깬 새사람이 되었다, 놀랍게도 어쩌다 보니 내가 한때 발 빠른 신문 배달원으로 일했던 신문사의 광역 편집부에 있더라. 아이쇼핑꾼인 건 여전했다, 그랬다, 하지만 그는 저널리즘에서 소명을 찾은 터였다. 결국 그는 남들의 삶에 추파 던지는 연습을 해온 거였다. 그리하여 시간이 흐르면서 일은 꼬리를 물었다. 패서디나, 새크라멘토, 멕시코시티, 마닐라, 한 해는 홍콩, 그리고 나서 자카르타까지 태평양을 날아가는데 에벌린이 옆자리에 앉아 있고—프린스턴 얘기, 폴로 얘기, 칸다하르 얘기—그리하여 그녀의 눈에 깃들었던 흥미는 결국 결혼식 종소리로 이어지고—아마 실제로 종은 없었을 테지만 PS&S 태평양 해역 본부 꼭대기 층에서의 근사한 결혼식이었던 건 분명했다—외교관에 투자은행가에 수하르토의 세 번째 석유 장관 등 근사한 사람들이 참석한 근사한 결혼식.

그렇게 자카르타에서 두 해 가까운 눈부신 시간이 지나자 이제는 믿기 어려운 말도 안 되는 얘기가 이어졌고, 그런 다음에는 일건서류가 식탁에 툭 놓였다.

"그즈음 우리한텐 어린 아들이 하나 있었어요," 보이드는 말했다. "우린 그 앨 테디라 불렀죠."

---

*　　Stairway to Heaven. 영국 록 밴드 레드 제플린의 곡.

50

"나 추워요," 앤지는 말했다. "앞으로 40분이면 라스베이거스에 닿을 거예요. 차에 타서 마저 얘기해줄래요?"
"물론이죠," 보이드는 말했다.
"더구나 차 안에선 우는 게 더 쉬울 수도 있으니까. 하느님하고 나 빼곤 아무도 못 들을 테니까요."
"두 분 다 걱정 마요. 나 안 울어요."
"누가 걱정을? 하느님이 걱정을 하실 분 같아요?"
"아니요," 보이드는 말했다. "그런 분 아니라는 확신이 강하게 들어요."

N95로 한 겹 또 '강황 및 크랜베리씨 광채 보강 마스크'*로 한 겹, 이중으로 마스크를 한 에벌린은 '내면의 당신'의 어두운 피부 관리실에 편안히 누워 있었다, 곁에선 전신미용사가 콧노랠 흥얼거리고 천장의 스피커에선 파도가 넘실거리는 가운데. 에벌린의 생각은 바다

와 함께 넘실거렸다. 헨리가 너무 안됐다는 게 한 가지 생각이었고 그다음 생각은 그래, 그는 징그러운 사람이었어, 그다음은 내겐 징그러운 사람이 필요했지 — **반드시** 징그러운 사람이어야 했어 — 징그러움은 치료제였으니까, 그 얼굴 붉어지는, 사람 무력하게 만드는 막무가내식 징그러움 — 그건 과민함의 대척점에 있으니 따라서 해독제가 아니었을까? — 그럼, 해독제지 — 비록 이두박근을 깨물어댄 건 쪽팔리지만, 격 떨어지는 일이지만, 그래도 이두박근을 마냥 깨물어대는 것, 나한텐 그런 게 필요했던 거야. 징그러움은 그녀가 받는 벌이었다.

보이드를 용서할 수 있다면 그녀는 스스로를 용서할 수도 있었다.

주니어스는 별개의 문제였다.

주니어스에 대해선 죄책감이, 그것도 많이 따랐지만 그건 배신이니 뭐니 하는 그런 게 아니었다. 주니어스는 홍보된 모습 그대로 다가왔었다. 그건 토스팅이 되는 토스터를 들이는 것과 다름없는 일이었다. 로맨스도 없고 애끓는 일도 없었지만 간섭 않는 애정은 많았다. 주니어스는 그녀보다 스무 살, 깐깐하게 따지자면 열여덟 살 위였고, 따라서 로맨스는 목적은커녕 고려의 대상이 된 적도 없었다. 목적은 한때 벌이었다. 그녀는 잊을 수 있다는 공상으로 스스로를 벌했었다. 그녀가 스스로를 벌한 데에는 타당한 이유가 있었는데, 그건 벌을 야기한 사람, 벌 받아 마땅한 사람이 저 자신이기 때문으

---

*   Turmeric & Cranberry Seed Energizing Radiance Masque. 키엘(Kiehl's)사에서 나온 화장품.

로, 제게서 공포를 멀리 치워주려는 보이드를 용납한 것도, 스스로가 거짓말을 믿도록 혹은 믿는 척하도록 용납한 것도, 보도에 떨어진 어린 아들, 그 악몽, 그 짐이 보이드만의 것이라는 공상을 두둔한 것도, 그리하여 아내를 아내 자신으로부터 지켜주려는 보이드를 용납한 것도 자신이기 때문이었다. 그녀는 벌을 요구했다. 그녀는 벌을 믿었다. 그녀는 벌 받을 걸 믿었고 벌이 집행되리라 믿었다. 하느님 말곤 누가 알겠어, 하고 그녀는 보이드를 벌했었다 ─ 용감한 거짓말로 아내를 구해준 대가가 그것이었다 ─ 혹독하고 무자비하고 고의적인 벌, 사랑을 죽이는 벌, 그것이 벌로 여겨졌던 건 당연히 그가 그녀를 사랑하고, 그녀도 그를 사랑하고, 따라서 그녀 자신에게도 벌이 될지언정 사랑을 죽이는 것만 한 벌은 없기 때문이었다. 용감한 거짓말을 살라, 그만한 대가를 치르리라.

마스크가 떼어지자 에벌린은 당신!의 엘리베이터를 타고 주니어스의 사무용 특실이 자리한 여섯 층 위로 올라갔는데 거기서 그녀는 스스로에게 조금 더 벌을 줄 생각이었다.

"해야 할 말이 있어요," 그녀는 말했다.

"하지 마," 주니어스는 말했다. "나 장님 아니거든. 나한테 어디 기침만 해봐."

페라리 812 슈퍼패스트는 **널찍하다**보단 **비싸다**라는 말이 어울렸고, 그래서 보이드는 낡고 딸딸거리는 플레저웨이를 어느새 애정을 품고 회상 중이었다. 느리지만 편안했던, 정처 없이 달렸던 여가용 자동차. 페라리에선 백일몽의 냄새가 났다. 확실히 슈퍼패스트하긴 하지만 정처 없긴 마찬가지인 데다 내리는 건 더 빨랐다.

보이드는 좌석을 젖히고 신발을 벗어 비행(非行)의 유품인 발가락을 내놓은 참이었다. 휙휙 지나가는 네바다의 고지대 사막은 지평선 바로 저편의 라스베이거스를 암울하게 경고했다.

자카르타는 소음과 디젤 냄새 속에서 제멋대로 뻗어나가는 백일몽이었던 것 같다고, 거의 다른 사람의 기억이나 마찬가지라고, 꼬맹이 때의 모래상자를 40년 뒤 어른 시절에 돌아보는 것과 같다고 보이드는 앤지에게 말하고 있었다. 아무렴, 자카르타는 현실이었다. 하지만 그러다가 또 어쩜 **그럴 수가** 있었지? 하는 기분이 드는 것이었다. "난 어쩜 그렇게 어렸을까요," 그는 말했다. "그토록 어리석고, 그토록 사랑에 빠지고, 버드송이라는 신문 배달원을 지우려고 그토록 열을 올리고? 그걸 피할 수 있을 거라 생각했나? 말하긴 어렵지만——"

"보이드, 그만해요!" 앤지는 말했다. "그건 다 **아는** 얘기잖아요. 당신은 뭔가를 빼먹고 있어요——중요한 것을요."

"나올 거예요."

"**안 나오게** 노력하고 있으면서."

"내가 이미 말했잖아요. 우리한테 어린 아들이 있었다고. 그 앨 테디라 불렀다고."

"그랬죠," 앤지는 말했다. "그 부근에서 자꾸 빙빙 돌고 있고요."

오전 8시가 조금 지난 시각이었다. 캘빈이 침대로 아침 식사를 가져다주었을 때 짐 두니는 제 꾀죄죄한 새틴 이부자리에 열 장쯤 되는 사진을 쫙 널브려놓고 주니어스 키라코시안과 통화 중이었다. 그는 노여움과 즐거움 사이의 어딘가에 붙들려 있었다. "좋아, 이해해,

몇 가지는 자네가 양보해야 했다는 거," 두니는 말하고 있었다. "여기서 백만, 여기서 백만, 그게 뭐 중요해? 결국 PS&S가 은행과 함께한다는 거잖아, 맞지? 그러니 그만 털어먹어. 자네 야구팀이나 얻다 넘기고 우리끼린 다시 에긴 걸로 해, 얼마 더 얹어서. 그 스타디움이 얼마쯤 나가더라 — 억? 부동산만 따져서?"

두니는 반은 흘려들으며 몇 초간 사진 한 장을 들여다보았다.

"주니어스," 그는 성마르게 말했다. "내 와플 다 식어간다고. 거기에 불평하고 자시고 할 게 뭐 있어? 우린 토트하우저한테 6개월 치 실권을 주는 거야 — 수습 기간 말이야, 다 그렇게 계약했다며 — 그 뒤엔 이렇게 플러그를 뽑는 거지. '미안해요, 아줌마, 아디오스, 다시 크로스핏 하세요.' ……그래, 이미 들었어, 그 여자가 은행 일에 관해선 깡통인데 그건 나도 그렇고 자네도 그래, 그러니 금융 일을 할 우리 쪽 놈을 임명하자고. ……그래, 우리 쪽 년이나. ……요점은, 그게 파투 날 뻔한 요인이었다는 거고, 그러니 우리가 참아주자고. 나한텐 더 큰 문제가 있어. **자네한테도** 더 큰 문제가 있고."

침실 문이 활짝 열렸다. 캘빈이 두니한테 인상을 쓰며 들어와 침대 가장자리에 걸터앉곤 아침 먹으라는 표정을 지었.

"내 문제?" 두니는 노발대발했다. "내 문젤 말해주지. 내가 지금 내 문젤 **마주하고** 있는데 말이야, 자네 아내가 보낸 이 엉망진창인 사진들. ……걔가 내 딸인 건 **나도** 알아. ……저기 미네소타에 있는 내 집 말인데, 꼭 흰개미들이 미쳐가지고 카펫이며 자동차며 차 들을 죄다 먹어치운 것 같군, 바닥도 먹어치워, 내 볼링장도 먹어치워, 칼의 이발소 의자에 침실에 테니스 코트에 보트에 선창에 최신 스노모빌에 그 망할 놈의 당구실까지 통째로 다." 두니는 흥 하고 콧방귀를 꾀더니 숨을 고르곤 딱딱하고 유머 없는 낄낄거림을 내보냈다.
"주니어스, 제발 닥치게. 지금 내가 말하는 중이잖아."
 캘빈은 포크를 집더니 경고 삼아 흔들어 보였다.
 "잘 들어, 답은 얄짤없이 노(no)야. 자넨 야구팀을 유지하지 않는 거야. ……해봐 어디, 사퇴하라고."
 두니는 전화를 끊었다.
 "사직했어?" 캘빈이 말했다.
 "되도 않는 협박질은. 저기 있지, 마스크 쓰고 디즈니랜드에나 나가보지. 놀이기구 타면서 노년을 즐기자고."
 "디즈니랜드 닫았어, 짐."
 "그래? 그럼 사버려."

 완다 제인은 제 새신랑을 따라 엘모네 당구 호프 위층의 방 네 칸짜리 아파트로 이사한 터였는데 알고 보니 그곳은 오랜 독신 생활치곤 깔끔한 데다 취향 좋은 가구가 채워져 있었고 그녀가 나름의 이유로 예상했던 것보다 훨씬 편안했다. 그녀는 나름의 이유로 예상했던 것보다 행복하기도 했다.
 둘은 리노에서 식을 올리고 그 아파트에서 신혼여행을 한 참이었다. 둘은 이미 자녀 얘기를 하고 있었다.
 상황실 근무가 없는 저녁이면 완다 제인은 바에 나가 기꺼이 일을 거들거나 어떨 땐 남편 혼자 에이트 볼에 나서 처음엔 단색 공, 그다음엔 줄무늬 공 넣는 모습을 하염없이 지켜보았다. 그는 한 판을 3분 내로 한 큐에 끝내곤 또 치고 또 치고 했는데, 그러는 내내 딱히 집중은 않은 채 엘모와 엘모어, 둘의 목소리를 자연스레 오가며 혼자 대화를 나누는 식이었다. 변호사직을 포기한 뒤론 프로 선수가 될까 긴 시간 고민했었다고 그는 그녀에게 말했다——"당구 말이야, 당구. 나도 기술은 좀 됐지만 훈련을 받은 적은 없었는데, 당연한 얘기지만 그 둘을 모두 갖춘 명사수가 어딘가엔 꼭 있더라고. 법하고 똑같아. 난 정의에는 신경을 써도 시간 비용 청구에는 콩알만큼도 신경을 안 썼거든. 변호사로서 큰 실수지, 정의에 신경을 쓰다니. 경찰 일을 하면서도 그런 면이 있었어. 자기와의 관계에서도 그런 면이 보이고."

인생이 빠르게 급커브를 돈 탓에 둘은 깨면서도 놀라고 잠들면서도 놀랐다. 사석에서의 엘모어는 완다 제인의 2016년도 추정에 따르면 누락되어 있던 품위와 신중함을 갖춘 조용하고 무게 있는 성격이었다. 그는 절대론적인 것들을 피했다. 그는 나라가 나락으로 가는 꼴을 케이블방송 뉴스로 지켜보는 동안 그녀의 손을 잡아주었다.

5월 하순의 어느 오후, 둘은 커터비 대로에 자리한 시청 시장실에서 첩 오닐을 만났다. 첩은 제 형 딩크를 풀다의 신임 풀타임 순찰관으로 선발한 참이었다. "딩크는 다 갖췄거든," 첩은 설명했다. "목 조르기도 알지, 무기도 알지, 검정고시(GED) 졸업증도 딸 뻔했지, 게다가 내 형이지. 내 형 맞지, 형?"

"아마 그럴걸," 안락의자에서 딩크가 말했다.

"유머는 별로군," 첩은 말했다.

"유머로 한 말 아니야. 엄마가 그랬는데 엄마는——"

"그래서, 자, 형은 우리 사람이야. 그에게 요령도 알려주고 훈련도 시켜줘. 자네들이 토비를 좋아했다면 딩크 형도 자네들 마음에 쏙 들 거야."

"저 문신이요," 완다 제인이 말했다. "저건······?"

"아니야, 아니야. 역만자로 **보이기는** 하는데 저건······ 그게 뭐였지, 형?"

"악마의 십자로," 딩크가 말했다.

"거봐," 첩은 말했다.

밖에서 엘모는 커터비 대로를 걸어 오르는 동안 완다 제인에게 팔짱을 끼곤 말했다. "자기 시장 출마 고민해본 적 없어?"

51

허언증은 신종 광견병이었다. 그것은 뇌세포를 녹였고 검은새, 스컹크, 그리고 오하이오 출신의 하원 의원 들도 감염시켰다. 메인주 락포트에서 근무 중인 지브 워커라는 바닷가재 어부는 "리버럴 도당"이 민병대 미사일의 타깃을 텍사스주 오스틴으로 재설정해 붙잡혔다는 뉴스를 트윗 했다. 플로리다주 탤러해시도 목표라고. 루이지애나주 배턴루지도 그렇다고. 남북전쟁은 머잖아 핵전쟁이 될 거라고 지브는 공언했다. 남부동맹군의 유니폼은 이미 지급된 터였다. 텍사스 주지사는 "팔팔한 신규 병력"을 공급하기 위한 임신 과정에 여성들은 박차를 가할 것이며, 그러는 한편 장벽과 기타 참호 선을 테네시, 앨라배마, 아이다호, 플로리다, 사우스캐롤라이나까지 두루 올리라고 주문했다. 켄터키는 해자를 파고 있었다. 워싱턴 D.C.에선 미주리주 수정 헌법 중 '필수 자녀 분만'* 조항을 위반한 혐의로 기소된 젊은 여성 건에 대하여 인신보호영장** 심사를 유보해달라는 소원에 미국 연방대법원이 5 대 4로 인용의 판결을 내렸다. 아이오와주 경계 바로 위쪽에 자리한 미네소타주 배스킨에선 시민권을 획득하려면 태아의 영상 자료 사본이 포함된 까다로운 증거 자료를 제출하라는 마을 의회의 강력한 요구가 있었다.

전염병은 유콘강을 휩쓸고 올라갔다가 미주리주를 휩쓸고 내려와 에버글레이즈를 가로질렀다. 그것은 후버댐을 뚫고 미드호(Lake Mead)의 물을 흐려놓았다.

캘리포니아주 풀다에선 딩크 오닐이 자신의 폭도들, 즉 개신교 극성쟁이 파를 대리인으로 임명, 시 경계 내에선 마스크 착용을 금지한다는 제 동생의 시행령이 준수되도록 관리할 권한을 그들에게 부여했다─비필수적이고 비우호적이고 비호감인 데다 비합법적인 비미국인에 대한 고발의 실천이었다. 딩크는 한 발짝 더 나아가라며 첩을 남몰래 닦달했다. "집단 학살(Final Solution)은 어때?" 딩크는 말했다. "유사시에 마스크가 효과가 있나 보자고. 트레블링카***식으로."

---

*   Required Child Delivery. 의학적인 이유로 질 분만은 안전하지 않으니 제왕절개술을 필요한 것으로 간주한다는 것으로, 의료 서비스의 개입을 정당화하는 명분이 되기도 한다.
** habeas corpus. 피구금자가 불법 구금에 저항할 권리로, 이를테면 우리나라의 구속적부심사 청구권과 마찬가지의 개념.
*** 제2차 세계대전 당시 인종 학살이 행해진 독일의 트레블링카 절멸 수용소를 가리킨다.

52

보이드와 앤지는 라스베이거스에서 고작 며칠을 보내며 예배당도 알아보고 앤지의 새 의상도 보충했다. 티파니사 티아라의 사치스러움에 관한 논쟁을 마치고 나서인 어느 일요일 이른 아침, 둘은 페라리에 휘발유를 채우고 95번 국도에 올라 북서쪽 풀다로 향했다.
"어쩜 그리 쪼잔하신지," 앤지는 투덜대는 중이었다. "결혼하고 싶어 안달이 났으면 혼수가 문제겠어, 자잘한 장신구 몇 개가? 우리가 둘러본 그 세 번째 예배당도 좀 그렇잖아요? 전부 조화(造花)였던 데? 그냥 그 자리에서 바로 해치워버렸어야 했나. 그 목사, 그 사람도 벌써 연습 중이던데."
"취해 있었잖아요."
"우리 때문에 들떠서 그런 거죠. 우리더러 절반은 귀여운 한 쌍이라잖아요."
"재수 없는 놈이었어요."
"하느님의 오른팔이었거든요."

"당신 엉덩이 움켜쥐었다고요, 앤지."

"날 **시험** 중이던 거예요. 내가 어쩌는지 보려던…… 당신과 나의 차이가 뭔지 알아요? 난 실제로 무언가를 **믿어요**." 그녀의 눈이 눈구멍 속에서 격렬히 굴러다녔다. "그리고 당신은 아직도 빙빙 돌고 있죠."

도로를 거슬러 달리길 88마일(약 142킬로미터), 장례산맥*이 가까웠을 때 보이드는 데드우드를 나선 이래 처음으로 페라리 운전대를 잡았다. 그는 평소의 자신으로 거의 돌아와 있었다. 왼쪽은 데스밸리, 오른쪽은 애머고사 사막의 자줏빛 평지, 보이드의 심장은 열네 타인 핸디캡을 줄이러 고향으로 돌아가는 JC페니 직원의 규칙적인 심박수를 띠었다. 자동차 라디오 볼륨은 중간에 맞추어져 있었다. 누군가 샌디훅의 초등학생 사망자 스무 명**에 관해 그들이 실제론 죽지 않았다며 불평하고 있었다.

보이드가 라디오를 끄자 앤지는 낮게 중얼거렸다. "왜 그래요? 당신의 신봉자라도 한 사람 끼어 있어요?"

보이드는 어깨를 으쓱하곤 말없이 있었다. 시간이 창자 속을 간질간질 통과하는 느낌이었다. 절망 때문일 수도, 무자비한 우주 때문일 수도.

나중에 그는 말했다. "우린 모두 자기만의 공상을 필요로 해요, 앤

---

*   Funeral Mountains. 미국 캘리포니아주와 네바다주 경계에 자리한 불모의 짧은 산맥.
**   2012년 12월 14일 미국 코네티컷주의 샌디훅(Sandy Hook) 초등학교에서 총기 난사 사건이 발생해 초등학생 스무 명, 교직원 여섯 명, 그리고 범인과 범인의 모친까지 총 스물여덟 명이 사망했다.

지. 당신조차도요. 하프와 영광*. 영원한 생명. UFO며 알코올이 가미된 쿨에이드며 나를 홍콩으로 보내주는 백마 탄 왕자님. 지구상의 모든 사람이 그래요—우린 현실을 갖다가 우릴 계속 살아가게 하는 무언가와 맞바꿔요."

"기만을 옹호하는 거예요?"

"아니요, 설명하는 거예요."

앤지는 끙 하곤 생각에 잠겨 앉아 있었다. "음," 그녀는 한두 마일 더 가서 말했다. "난 십계명이 어째서 거짓말을 눈감아주지 않았는지 늘 의아했어요." 그녀는 장례산맥을 내다보았는데 그것은 사파이어며 용해된 은으로 번쩍번쩍 빛나 보였다. "오케이, 그래서 정확히 하려는 얘기가 뭐예요? 거짓말은 영혼에 좋다?"

"내가 멈출 수 있을지 모르겠단 얘기예요. 내가 과연 멈추고 **싶어 하나** 싶다고요. 난 땅벌레가 아니잖아요. 망상이 없으면 그게 삶이에요?"

"그걸 진실하다고 해요, 보이드. 그런다고 안 죽어요."

"안 죽는다고요?"

"네, 안 죽어요. 또 빙빙 돌고 있군요. 당신의 어린 아들한테 무슨 일이 있었던 거예요?"

보이드가 300마일(약 484킬로미터)을 더 몰고 나서 앤지는 넘겨받았고, 그러다 어둠이 내린 뒤 캘리포니아로 넘어갈 때 보이드는 말했다. "경막하출혈이었어요. 난 그 앨 사랑했어요."

또 수 마일이 지나갔다.

"사고였어요—누구에게나 일어날 수 있었던. 난 해고된 상태였고 내 결혼 생활도 끝나 있었는데, 같이 산책을 하는데 에벌린도 열변 중이고, 나도 열변 중이고, 애는 꼼지락꼼지락하고, 그러다 내가 놓쳐버렸어요. 우린 아이가 괜찮을 거라 생각했어요. 잠깐 울다가 잠이 들더라고요."

"그러고 깨질 않았어요?"

"네, 그랬어요."

"보이드?"

"왜요?"

"거짓말하고 있군요, 그렇죠?"

---

*   Harps and Halos. 조니 에릭슨 타다(Joni Eareckson Tada)의 유명 가스펠 음반 제목.

53

보이드는 40만 달러 상당의 매끈한 부품들과 심야 청취자 연결 라디오방송과 미국 북서부를 가르는 전조등이 자장자장 얼러주는 페라리 조수석에서 졸던 중이었다. 그는 꿈에서 앨빈을 보고 깜짝 놀라 잠이 깼다. 얼음 밑의 빳빳한 적색 파카.

보이드는 일어앉아 주머니를 두드려보곤 앤지를 건너다보았다.

"이봐요, 거기," 그는 중얼거렸다. "나 담배 피워도 괜찮아요?"

그녀는 들리지 않는 모양이었다. 그녀의 얼굴은 계기반의 푸르스름한 불빛을 받아 영양실조처럼 보였다.

"당연히 안 괜찮죠," 그녀는 마침내 말했다. "담배 피우지 마요. 담배도 없잖아요."

"어디쯤이에요?"

"오리건이요. 한 시간 전에 풀다 지나쳤어요. 차 안 멈췄어요."

보이드는 질문을 할 만큼 어리석지 않았다. 그는 고개를 끄덕이곤 말했다. "담배 좀 피웠으면 좋겠네."

"아니요, 안 돼요."

"아니요, 돼요."

10마일에서 15마일(16-24킬로미터 남짓) 뒤 그는 말했다. "앨빈 꿈을 꾸고 있었어요."

"그랬어요?"

"좋은 사람이었는데, 안 그래요? 앨빈 말이에요. 그 친구랑 나랑 서로 고백 나눴던 거 내가 말했던가? 아주 긴 시간이었죠. 나도 내려놓고 그 친구도 내려놓고. 그가 ― 뭐라고 해야 하나? ― 스스로 얼어버리기 이틀쯤 전의 일이에요."

앤지는 무심하게 고갤 끄덕였다. 그녀는 기진맥진해 보였다.

"난 그 친구가 좋았어요, 어느 정도는. 날 아빠라 불렀죠. 날 보살펴줬고. 당신을 보살펴주기도 했고. 날 어부바해주기도 했고. 도둑이 맞겠죠, 아마, 근데⋯⋯ 그 친군 고백을 제대로 들어줄 줄 알더군요."

"다시 눈 좀 붙여요, 보이드. 나 집중 중이니까." 1, 2분 지나자 그녀는 말했다. "내가 풀다에서 차를 왜 안 멈췄는지 한번 물어봐요."

"왜 안 멈췄어요?"

"겁이 나서요."

"나도 마찬가지예요."

"당신 얘기 중인 거 아니거든요 ― 왜 겁이 나는지 한번 물어봐요."

"왜 겁이 나요?"

"풀다에서 차를 멈추면 이 모든 게 끝날 테니까요. 내가 납치당했던 얘기 전부가 ― 멕시코, 당신 어머니 집, 그리고 나서 텍사스랑 미네소타랑 데드우드랑 라스베이거스, 그리고 그 사이의 온갖 곳, 이를테면 전에 커빌에선 당신이 날 버리려고 했고, 또 매일 아침 둘이서 커피 마셨던 거 하며, 그리고 지금, 밤에 하염없이 운전을 하는 것도 그렇고, 이걸 멈추면 다른 모든 게 멈출까 봐, 모든 꿈이 끝나버릴까 봐 멈추기가 싫어요, 마치 행복하기만 한 어느 곳에 있는 듯이요, 내가 정말로 행복한 곳은 지금 여기 이 순간이지만. 멈추는 건 공정하지 못해요. 멈추는 건 부도덕해요."

"우리 둘 다 담배가 절실하네요," 보이드는 말했다.

랜디는 새크라멘토 유치장이 마음에 들지 않았다. 그가 제시한 개선책들, 이를테면 팝콘에 소금을 쳐달라는 쉬운 것조차 결코 반영되는 법이 없었다. 그는 기분이 언짢았다. 앤지는 무전 침묵* 상태가 되어 일주일에 한 번인 그의 전화를 통 받질 않았는데, 그러면 통화할 사람이 또 누가 있더라? 아마 그의 국선변호인이 있을 테지만 그 사람은 국선변호인이랄 수 없었는데, 그건 그자가 국선인 건 맞지만 딱히 변호를 하지 않는 데다 최선을 기대해봐야 가석방 없는 75년이 남은 인생에 주어진다고 말한 때문이었다. 랜디의 로퍼는 멜의 지문투성이였다. 괭이는 랜디의 지문투성이였다. 어떤 천재가 그를 절여진 포도 농부랑 엉망인 꼴로 고속도로에 널브러진 두 명의 전과자랑 오리건주 유진의 함몰된 부자랑 관련지은 터였다. "원하시면," 국선변호인은 말한 터였다. "정신착란을 주장해보겠지만, 정신착란이 정신박약과 같은 말은 아니랍니다."

국선변호인은 평균 이하였다. 스파게티도 평균 이하였다. 새크라멘토에서 지내지만 않는다면 남은 인생에의 75년도 그리 끔찍하게 와닿진 않았다. 펠리컨만 교도소, 그곳은 차원이 다른 통조림 수프였다.

그는 제 커틀러스를 앤지가 잘 보살피고 있는지 궁금했다.

그는 펠리컨만에서는 여자 친구와 섹스 면회가 허용되는지, 혹시 부부 사이여야 하는지, 아니면 하다못해 폰섹스 정도는 가능한지 궁금했다.

그는 풀다의 은행 범죄를 저지른 건 제가 아니라고, 저는 그냥 계획만 하고 있었다고, 그걸 저지르고는 싶었다고, 마지막 순간에 마을 밖으로 불려 나가지만 않았다면 제가 저질렀을 거라고 전부 자백해야 하는지 궁금했다. 힘든 결정이군, 그것참. 무고함을 자백하는 건 그의 기록에 오점을 남기는, 이를테면 콧대가 꺾이는 일이었다.

생각해볼 문제였다. 큰물에 입성을 하느냐 마느냐.

"멈추는 게 뭔지 내 말 알겠어요?" 앤지는 말하고 있었다. "당신하고 나, 우리가 함께한 기간은 웬만한 부부들보다 길어요, 지금 거의 1년이 다 돼간다고요. 우리가 멈추면 어떻게 될지 난 두려워요."

다시 보이드가 운전대를 잡고 있었다. 아침 7시였고 오리건주 코밸리스를 둘러 포틀랜드로 북행하는 중이었다.

"어떠냐면," 앤지는 계속했다. "뱃속이 텅 빈, 왜 그 조마조마한 느낌이에요. 중학교 때 언젠가 역사 시험에서 C를 받았단 확신이 강하게 들었을 때처럼요. 다음 날 되니까 수업에 가기가 싫더라고요, 결

---

*   radio silence. 군사 용어로서 적의 도감청을 피하고자 일정 기간 무전을 삼가는 것.

론을 마주하기가 싫어서. 그래서 **안** 갔어요. 거의 3주를 안 갔죠. 영어랑 수학이랑 미술 수업엔 갔지만 역사 수업은 땡땡이치고 화장실 칸에 숨어 있었어요 ─ 그게, 아무도 못 알아차리게 두 다릴 접어 올리고서 말이죠 ─ 하지만 결국엔 그 고자질쟁이 교감이 우리 엄말 불렀는데, 그랬더니 엄만 호통을 치면서 프라이팬을 막 내 쪽으로 휘두르고…… 나머진 당신도 상상이 될 거예요."

"B 받았겠죠, 보나 마나," 보이드는 말했다.

"D 받았는데요."

"이크."

"이크 소리 나올 만하죠. 풀다로 돌아가는 게 그 기분이에요, 결론을 마주하는."

"당신은 괜찮을 거예요, 앤지. 은행 강도는 나니까."

"**그 결론**을 말하는 게 아니에요. 내가 말하는 건 **우리의 결론**이라고요."

"우리한테 결론이 있어요?"

앤지는 그의 팔을 찰싹 때렸다. "귀 좀 열어요! 우린 지금 페라리 슈퍼패스트에 타고 있어요, 아니에요? 여행 중이고요. 뭐든 가능하다고요. 하지만 우리가 만약 멈추면…… 내 말은, 우리가 멈추면 그땐 모든 게 멈춘다는 거예요. 무슨 뜻인지 모르겠어요?"

"어쩌다 D를 받았담?"

"선생 잘못이었거든요. 말도 마요."

코밸리스를 10마일(16킬로미터 남짓) 지나서 둘은 아침을 먹고 페라리를 세차장에 돌린 다음 휘발유를 채우곤 앤지가 운전대를 잡아 북행을 이어갔다. 보이드는 한 시간 남짓 입을 다물었다가 말했다.

"왜 운전을 그렇게 해요?"

"어떻게요?"

"알면서. 두 엄지로 하잖아요."

"랜디가 가르쳐줬어요. 트집 잡으려고 그러시나?"

"그게, 그렇게 하니까 불안해서요. 그러지 말고 이렇게 —"

"랜디는 운전엔 선수예요. 내가 에벌린 트집 잡는 소리 듣고 싶어요? 좋을 때나 궂을 때나 에벌린이 당신 곁에 꼭 붙어 있었어야 했다고 내가 트집 잡는 소리 들리죠?"

"잊읍시다," 보이드는 말했다.

"이미 잊었어요."

"한 가지 더 물어봐도 돼요?"

"질투해서 그러는 것만 아니면요. 랜디가 운전 좀 잘하기로서니 질투는…… 물어볼 게 뭐예요?"

보이드는 고개를 절레절레하곤 말했다. "까먹었네요."

세일럼과 포틀랜드와 올림피아를 유유히 가로지른 뒤에야 보이드는 말했다. "아, 그렇지. 우리 어디로 가는 거예요?"

"알면서 그래요. 시치미 떼지 마요."

"이거 에벌린의 아이디어예요?"

"에벌린은 당신을 걱정해요. 그녀는 일을 바로잡으려고 애쓰고 있어요. 더구나 당신은 그 D가 왜 선생 잘못이었는지 알고 싶어 하지도 않잖아요?"

시애틀 그랜드 마제스틱 호텔 14층, 앤지와 보이드는 두 개의 퀸 사이즈 침대와 엘리엇만(灣)의 엄청난 경치에 물 쓰듯 돈을 쓴 다음 스무 시간이나 잠이 들었다. 둘 다 페라리 시차증을 앓고 있었다. 깨어나고서도 둘은 두어 시간을 빈둥거렸다. 앤지는 저희의 돈을 세어보았다 — 아직도 3만 2000달러 남짓이었다. 보이드는 제게 남은 선택안을 헤아려보았다. 몇 천 달러를 움켜쥔다. 엘리베이터를 타고 로비로 내려가 담배 한 갑을 산 다음 걷기 시작한다. 이 발가락이면 적어도 한두 마일은 걷겠다고 그는 어림했다.

"당신이 무슨 생각 하는지 아는데," 앤지는 말했다. "당신 여기서 못 빠져나가요. 당신 자신을 위해서예요." 그녀는 현금 다발들을 라스베이거스에서 직접 고른 이탈리아제 여행 가방에 슬그머니 집어넣었다. "에벌린이 나더러 강압적으로 나가라네요. 한두 시간만 있으면 돼요. 그럼 전투 준비 다 돼요."

"내 방식이 아닌데," 보이드는 말했다. "난 회피형이거든요."

"오, 진짜로 말하는데, 그건 세상이 다 알아요. 그래서 에벌린이 나더러 강압적으로 나가라는 거잖아요."

앤지는 여행 가방을 잠갔다.

"지금 랜디한테 전화해야봐야겠어요." 그녀는 여행 가방을 자기 침대 밑에 밀어 넣고 일어서서 그를 뾰로통한 눈으로 빤히 쳐다보았다. "사적인 통화 좀 할게요, 괜찮으시면. 가서 찬물로 시원하게 샤워하고 질투심으로 받은 열이나 식혀요."

"열 **안** 받았거든요."

"그래요. 가서 좀 적셔요. 발기부전에 노력 좀 하셔야죠."

샤워를 하면 누그러져야 했다. 그러기는커녕 샤워는 초조함만 주었다. 10분 뒤 보이드는 물기를 닦고 제 발을 가만히 내려다보았다. 문제는 현실임을 그는 깨달았다.

이 짓 난 못 해, 그는 생각했다.

우리 아버진 죽었어, 그는 그랜드 마제스틱 가운을 걸치곤 생각했다. 내 이름은 오티스 버드송이 아니야.

"문제가 생겼나 보군요," 그가 문을 열자 앤지는 말했다. "랜디는 훨씬 큰 문제가 생겼어요. 살인 문제요. 아마 그는——"

"우리 아버진," 보이드는 말했다. "죽었어요."

"방금 내가 한 말 들었어요?"

"내 이름은 오티스 버드송이 아니에요."

"랜디가 사람을 죽이고 있었다고요!"

"우리 어머닌 워너 브러더스에서 일했고 난 프린스턴에 다닌 전쟁 영웅이에요."

"사람을 죽였다니까요! 그거 불법이라고요!"

"난 안 해요, 앤지. 난 못 해."

앤지는 제 휴대폰을 벽에 내던졌다. "보이드, 당신 뭐 **어떻게** 됐어요? 살인이 뭔지 몰라요? 포도 농부래요! 포도 농부 **여사님**!"

"아무도 나더러 그 일 못 시켜. 당신도, 에벌린도."

"당신 정신 나갔어요?"

"아니," 그는 말했다. "비현실적이어서 그래요. 난 그 일 안 해요. 그는 괴물이니까. 현실은 괴물이니까."

54

헤더 토트하우저는 제 성씨도 간직 중이었고 더글러스의 음성 파일도 간직 중이었으며 지역사회 국법 금고실에서 발견한 산탄총과 10만 달러도 간직 중이었다. 산탄총은 한 해 대여료가 개당 300달러인 특대형 대여금고 두 개에 분해 상태로 보관되어 있었다. 10만 달러는 산탄총 부품들과 함께 숨겨져 있었다. 영리한걸, 그녀는 생각했다. 은행을 털고선 그 몫을 바로 그 은행에 숨기다니.

영리한 데다 대담하기까지 했지만 그 증거가 풀다 경찰서로 이송되어 완다 제인의 상황실 콘솔에 떡하니 놓이는 걸 막을 정도는 아니었다. "걱정 마, 장갑 끼고 만졌으니까," 헤더는 완다 제인에게 말했다. "임시 은행장의 특전 중 하나가 금고실 열쇠를 가지고 있단 거야. 네가 날 자랑스러워했으면 좋겠다."

"당연히 자랑스럽지," 완다 제인은 말했다. "네가 그 인간한테 쪼르르 가서 결혼한 것만 아니면."

"필요하면 해야지. 나 어중간한 애 아니다."

완다 제인은 산탄총을 내려다보았다.

"이거면 좋난 것 같은데."

"설마," 헤더는 말했다. "그래봐야 그를 감옥에 처넣을 뿐이잖아. 다음으로 난 그를 지옥에 처넣을 거야. 나 토트하우저라고."

"어련하실라고."

"오늘 밤 버섯 요리 어떠니? 은행장이랑?"

"잘하면 시장도 같이," 완다 제인은 말했다.

마스크를 바짝 쓴 주니어스 키라코시안은 퀴퀴한 숨을 쉬며 에벌린에게 말했다. "당신도 당신이 원하는 걸 얻었으니까 나도 이제 나 원하는 걸 얻을게. 나 야구팀 유지할 거야. 아빠한테 말씀드려도 돼. 그렇게 하시든가 새 CEO를 찾으시라고."

"왜 직접 말 안 하고요?"

"했어. 웃음을 터뜨리시더군."

"그건 놀라서 그래요 — 아빠가 당신을 존중한단 뜻이죠. 아빤 누가 자기한테 대들면 웃음을 터뜨려요."

"난 아빠의 시종이 아니야. 난 견실한 기업을 운영하는 사람이라고. 내 선박들은 안 가라앉아. 우린 허세나 부리는 애들이 아니거든."

"주니어스?"

"왜?"

"아무것도 아니에요."

주니어스는 리무진 창밖에서 흘러가는 한밤의 패서디나를 내다보았다. 그는 빌어먹을 마스크가, 자기가 먹은 저녁 냄새가 싫었다.

창에서 고개를 돌리지 않은 채 그는 말했다. "내가 뭘 배웠는지 알아? 나 자신의 헛소릴 믿지 말라고 배웠어. 그것도 진전이라면 진전이지, 안 그래?"

"그렇다마다요."

"내 야구팀처럼 말이야. 한 놈도 빠짐없이 죄다 패배자이긴 한데, 그거 알아? 누가 승자를 동정하겠어? 승자한테 환호하고 승자를 우상화하기는 해, 하지만 승자한테 **마음**을 쓰진 않는다고. 승리란 꿈같은 거야. 심지어 승자들도 자기가 패배자임을 알아. 미키 맨틀*──패배자였어. 닐 암스트롱──패배자였지. 영웅적이긴 했지만."

"당신도 그래요?"

"그럼, 우리 마님. 나도 빌어먹을 패배자 영웅이지."

"주니어스?"

주니어스는 창밖을 내다보았다. 그는 곧 듣게 될 말을 듣기가 싫었다.

"미안하단 말은 안 할게요. **미안하긴** 하지만 의미가 없으니까요. 당신을 사랑한다고 말할래요. 당신은 좋은 사람이에요."

"그래," 그는 말했다. "몸은 좀 나아졌어?"

"조금요."

"음, 마스크 쓰고 다녀, 거리두기 잘하고. 듣기론 한두 주면 지나간대."

해안에서 세 블록 거리에 있는 1950년대의 땅딸막한, 특별할 것 없는 건물까지는 호텔에서 도보로 20분이었다. 보이드가 40년 만에 서너 대째 줄담배를 피우는 동안 앤지는 함께 밖을 지켜주었다.

"그렇게 뻐끔거리다간 정자 상해요," 앤지는 말했다. "하지만 들어간댔으니까."

"한 대만 더," 보이드는 말했다.

반 시간 뒤 로비에서 그는 앤지의 팔을 꽉 쥐어짜며 말했다. "못하겠어요."

접수대 너머의 쾌활한 여자가 초라한 천갈이 의자 열두어 개가 비치된 대기실 쪽을 가리켜주었다. 그곳 조명은 어둑하고 우울했다. 배선 작업이 날림인 모양이었다.

"여기에 있어요, 차분하게," 앤지는 말했다. "나 좀 쪽팔리게 하지 말고요."

"이런 건 내 장기가 아니에요," 보이드는 말했다. "갑시다."

"5분 안에 내려오신대요."

앤지는 살며시 마스크를 걸치더니 접수대에 도로 가 안내원과 몇 마딜 조용히 주고받았고, 그러고 나서는 보이드 옆에 앉아 그의 손을 잡았다. 보이드는 벌써부터 담배가 또 간절했다.

"꼼지락거리지 좀 마요," 앤지는 말했다. "마스크 쓰고요. 재미있을 거예요. 기쁠 거라고요."

"내가 말했잖아요, 우리 아버진 죽었다고."

엘리베이터가 열리자 오티스 버드송이 로비로 발을 내디뎠다.

"마스크 올려요," 앤지는 구시렁거렸다. "당장. 가서 안아드리고. 뽀뽀해드려요."

---

*   Mickey Mantle. 뉴욕 양키스의 중견수. 메이저리그 역사상 가장 위대한 스위치 타자로 꼽히는 인물.

"뽀뽀를 어떻게 해요?"

"그건 당신 문제죠. 시늉이라도 해요."

안아주는 일도 없었고 뽀뽀도 없었다. 다 같이 엘리엇만에 조성된 공원으로 걸어 내려가는 동안 대화를 주도한 것은 거의 앤지로, 그녀는 수년 전 자기도 아버지와 해후해 아동 학대며 스테이플러며 하느님이 일부다처제에 관해 하셔야만 할 말씀이며 루비리지에서 벌어진 일의 실상이며 짐 존스*가 진짜 선지자였는지의 여부며 하느님이 결핵을 만들어낸 이유에 관해서 부녀간에 몇 가지 의견 조율을 했다는 설명을 해댔다. 미합중국에선 이제 결핵으로 죽는 사람이 많지 않지만 자기 아버지는 그리되었다고 — 그리되었을 때 그는 끽해야 쉰 살이었다고 — 그렇기에 서로 불화를 개선할 기회가 있어서, 아니 적어도 불화에 관해 허심탄회한 얘길 나눌 기회가 있어서 기뻤다고 그녀는 밝게 말했다.

그녀는 두 남자 사이에서 둘 모두에게 팔짱을 끼고 걸으며 아버지 쪽에게 말했다. "물론 저희 아빤 어렸을 때 백신을 안 맞았어요. 친가 쪽은 백신을 믿지 않아서 하나같이 수두며 홍역이며 폴리오며 볼거리 같은 온갖 것에 걸리고 말았죠." 그녀는 공원 벤치를 가리키곤 제 마스크를 벗었다. "버드송, 그 음이 너무너무 예뻐요. 맞혀볼게요 —— 웨일스 출신?"

"베니스," 노인은 말했다. "캘리포니아에 있는."

"진짜요?"

"60년대였지. 스스로 지었소. 새로운 이름으로 좋아 보였거든."

"**좋은 이름이 아닌데요**," 앤지는 말했다. "**아름다운 이름이지.**"

"그래요, 나도 그렇게 생각했어. 누군 아니었지만." 오티스 버드송은 보이드를 쳐다보지 않았지만 쳐다본 것이나 다름없었다. "지상의 평화, 러빙 스푼풀**. 머리띠에 염주에 그 온갖 지랄을 했는데 조금 튀는 이름 하나 짓는다고 뭐 대순가? 버드송, 그 이름 하니까 여자들이 질질 싸던걸. 발에 차일 정도였지. 확실히 오티스 존스 따윈 비교가 안 되더군." 그는 마스크를 내리곤 콜록콜록하더니 절레절레하며 넌더리를 냈다. "이놈의 역겨운 마스크. 신선한 공기가 무슨 맛인지도 까먹었다니까."

"저는 그 **질질**이란 말 별로예요," 앤지는 말했다. "그다음 단어도요."

"내 알 바 아니지," 노인은 말했다.

"저기, 아주 놀랍긴 한데," 앤지는 말했다. "저는 어르신이…… 정말로 다정한 분인 줄 알았어요. 보이드가 그런 식으로 얘길 하길래."

"누가?"

"보이드요."

"보이드라는 그 염병할 놈이 누군데?"

보이드는 마스크 안쪽에서 억지로 웃음을 지었다. 공원 벤치에는 그가 앉을 자리가 없었다. 그는 옆에 떨어져 서서 한마디도 내뱉지 말자고 되뇌었다.

"저기 있는 저 귀머거리 벙어리요, 저 사람이 보이드예요," 앤지는 말했다.

---

*   Jim Jones. 사이비 종교인 '인민사원(Peoples Temple)'의 교주.
**   The Lovin' Spoonful. 1960년대에 결성된 히피 성향의 미국 록 밴드.

"들어본 적도 없는 사람이군."

"어르신 아들인데요."

"**아들**은 염병. 블래키*가 내 아들인걸."

"블래키 버드송이에요?"

"뭐 어때서? 시적이잖소, 안 그런가?"

앤지는 보이드를 올려다보고 말했다. "블래키란 말씀이시죠?"

노인은 웃음을 터뜨렸다. 그는 보이드를 쳐다보지 않은 채 말했다. "그 담배 한 대 빌리지."

보이드는 응했다.

노인은 셔츠 호주머니에서 성냥을 꺼내어 불을 붙이더니 낄낄거리곤 말했다. "블래키는 별명이지, 당연히. 출생증명서에 올리긴 뭐 하잖소, 그건 잔인한 일이니까, 하지만 한 가지 말해주자면, 녀석에겐 블래키란 이름이 딱이었지, 언제 어느 때고. 녀석은 그렇게 튀어나왔소 — 내 말은, 론다의 자궁에서 말이오 — 암흑보다 검게 튀어나왔지 — 녀석의 분위기를 말하는 거요, 세상에 대한 녀석의 그 똥 같은 관점 자체를."

"항상 그렇게 욕을 하세요?" 앤지는 말했다.

"싫어? 싫으면 가, 론다."

"저 론다 아니에요, 앤지예요," 앤지는 말했다.

"1000파운드(약 454킬로그램) 차이만 아니면 쏙 **빼닮았군**." 오티스 버드송은 보이드를 음흉하다 싶은 눈으로 힐끗 올려다보았다. "뚱뚱했던 우리 론다 기억나니?"

"내가 엄마라고 부르던 분이죠," 보이드는 얼떨결에 말했다.

앤지는 자리에서 일어섰다.

"무슨 사이가 이렇담."

"사이만 좋은데 뭘," 노인은 말했다. "페리나 탈까? 나랑 오티스 주니어랑 서로 손잡고 화해할 겸."

"오티스 주니어요?" 앤지는 말했다.

"그냥 주니어요," 주니어는 말했다.

"당신 이름 보이드 아니죠?"

"이봐, 한 개비 더 빌릴까," 오티스 시니어는 말했다. "이거 재밌는 걸. 녀석에게 로즈메리 클루니도 물어봐요."

보이드는 페리 탑승을 거부했다. 셋이서 엘리엇 애버뉴 변의 카페로 가 점심으로 피자를 먹는 동안 보이드는 자신의 아들이 거짓말쟁이에 분별없는 반사회적 등신이었다는 노인의 추억담을 간신히 암말 않고 들어주었다. "버드송은 녀석 마음에 들지 않았소," 오티스 시니어는 보이드 쪽을 한 번도 힐끗거리지 않은 채 앤지에게 말했다. "나도 녀석 마음에 들지 않았고. 뚱뚱했던 우리 론다야 녀석에겐 개똥같이 맘에 들지 않았지. 우리 집? ─ 마음에 들었을 리가. 중고차 판매? 어림없는 얘기. 아유 이런 주 예수님, 내가 녀석의 아비랍니다. 집에 베이컨 가져다준다는데 중고차가 뭐 어때서? 내가 그 일은 빌어먹게 잘했다고, 참 잘했어. 중고차가 밀크셰이크값도 대줬지, 블래키가 날려버린 USC 첫해 학비도 대줬지. 그게 어떤 기분일 것 같아요, 아가씨 자식이 제 아비의 성을 버리면? 쥐도 새도 모르게

---

*   Blackie. '검둥이'라는 뜻도 있으며 말 그대로 검고 칙칙한 인상을 풍기는 이름.

사라져버리면 말이지—— 엽서 한 통은커녕 남들한테 내가 6피트 땅속에 묻혔단 얘기나 하고 다니고. 제 누이한테 한 거랑 똑같이—— 제 여동생도 내털리 우드*처럼 캐털리나섬 저쪽에서 익사하게 내버려뒀지. 론다한테도 마찬가지였는데…… 흠, 뻥치는 게 아니라, 녀석은 어미를 무슨 서커스 기인(畸人) 대하듯이 대했소, 뚱뚱한 기인, 어미를 쳐다보길 하나 어미한테 말을 걸길 하나 어미의 오줌 볼일을 돕겠다고 손 하나 까딱하길 하나. 세상에 그런 자식이 있소?"

"저한테 물으시는 건가요?" 앤지는 말했다.

"염병할 묻기는 내가 뭘 묻겠소. 그냥 말하는 거지."

"아유 이런은 뭘 의미하는 건가요?"

"아유 이런이라니?"

"주 예수님 앞에 붙이셨던 거요."

오티스 시니어는 조심하는 차원에서 그녀에게 방긋 웃음을 쏘아 보냈다. 그는 80대 중반, 어쩌면 그 이상이었지만 입놀림은 쌩쌩했다.

"내 입이 너무 거칠다고 생각하는구먼?"

"꼭 그런 건 아니지만," 앤지는 말했다. "누가 어르신을 식기세척기에 넣고 돌려야겠단 생각은 들어요." 그녀는 이 말에 겨워 웃음을 지었다. "어떻게 생각해요, 주니어?"

내가 뭐랬어요, 라고 보이드는 생각했다.

그는 어깨를 으쓱하곤 입술을 꾹 다물었다.

양로원으로 돌아갈 때 부자 사이에서 앤지는 극구 103파운드(약 47킬로그램)의 무게감을 유지했다. 그녀는 견해를 나누고 오해를 푸는 게 아빠와의 일들을 치유하는 데 얼마나 도움이 되었는지 모른다며 재잘거렸다.

로비에선 지글지글 끓는 정적이 돌았다. 노인은 올라가는 엘리베이터 버튼을 눌렀다.

"저," 앤지는 말했다. "이제 지나간 일은 지나간 일이잖아요."

"농담하오?" 오티스 시니어는 말했다. 그는 보이드를 쳐다볼 뻔하다가 말았다. "내가 이 자리에 있는 유일한 이유는 아들에 관한 내 합리화가 얼마나 비참했는지를 말하기 위해서요."

"그게 시작인걸요, 안 그런가요?" 앤지는 말했다.

"내가 뭐랬어요," 보이드는 말했다.

그날 밤엔 호우가 내리다 잠시 멎더니 더 큰 호우가 내렸다. 어느 시점인가 앤지와 보이드는 14층 발코니 한 쌍의 우산 밑에 서서 퓨젓사운드** 쪽이었을 방향을 애써 바라다보았다. 구름만큼이나 숨 막히는 분위기였다. "우리도 이제 끝이 보이네요, 그렇죠?" 앤지는 말했다. 그녀는 보이드에게 팔짱을 꼈다. "모든 걸 바로잡을 수 있는 사람은 없다고 봐요."

"이건 제법 확실할 건데, 언젠가 아빠가 날 사랑한다고 말한 적이 있어요. 나도 그를 사랑했죠."

"알아요."

"우리 둘 다 눈 좀 붙여야겠어요."

---

*   Natalie Wood. 미국 여배우로 마흔셋의 나이에 캐털리나섬 부근에서 의문의 익사를 당했다.
**   Puget Sound. 미국 워싱턴주 서북부에 위치한 만.

"항상 그렇게 모진 분이셨어요?"
"아니요, 버드송이었는걸요. 세상과 내가 그를 실망시킨 거죠."

다음 날 아침 둘은 시애틀을 벗어나 남쪽으로 차를 몰았다. 해 질 녘엔 캘리포니아주 풀다에서 30마일(48킬로미터 남짓) 밖이었다.
"수탉 기억나요?" 보이드는 말했다. "저 아래 멕시코에서?"
"아니요."
"장담하는데, 수탉이 있었다니까요. 눈이 작고 구슬 같았는데."
"안됐네요. 당신이 어떤 사람 탁자에 총을 쏜 건 확실히 기억나요."
"나도요."
"나 당신하고 결혼 못 할 것 같아요, 보이드."
"못 해요?"
"그럴 것 같아요."
"뭐, 놀랍진 않아요. 누가 **나랑** 결혼을 하겠어요?"
"누군간 하겠죠. 당신은 흥미로운 무신론자니까. 나 지금 눈물 날 것 같아요."

조금 뒤 풀다의 불빛이 시야에 들어오자 앤지는 말했다. "그냥 쭉 함께 달릴 수도 있는데. 절대 멈추지 않고."
"아마도," 보이드는 말했다.
"하지만 그럴 일 없겠죠," 앤지는 말했다.

55

 랜디는 자백하여 선처를 구했고, 변호사 비용을 절약했고, 100년의 형기를 받아들였고, 그러곤 스스로를 승자로 치부했다. 그는 펠리컨만으로 배정받고자 노를 들이댔지만*── 사실상 열심히 노를 저었지만 ── 옥(獄)도 독(毒)도 선택 가능한 것이 아님은 분명했다. 코코런으로 낙찰. 대박이었다. 코코런 주립 교도소라면 그럭저럭 성공이었다.
 그는 대뜸 푸시업을 집어치우고 크게 놀 준비를 하고 있었다. 코코런은 맨슨의 영토였다.
 그는 생각했다, 일없이 절차를 기다리자니 성가시구나, 가뜩이나 새크라멘토에선 마개비**들한테 따가운 눈총을 받을 때 말곤 아무도 안 걸치는 마스크를 밤낮없이 걸치라고 하는데, 그렇더라도 코를 풀

---

*   put in one's oar. 공연히 끼어들거나 참견한다는 뜻.
** screw. '교도관'을 뜻하는 은어.

거나 밀반입 본드 좀 불 권리도 안 주는 건 너무한 거 아냐? 잔인하고 드문 경우야, 누가 봐도. 이건 미니 가스실을 걸치는 거랑 다름없다고.

긍정적인 면을 보자면 랜디는 새크라멘토 유치장을 통틀어 단연코 제일 대접받는 수감자, 즉 작은 물 속의 거물이 되어 있었는데, 공갈죄와 폭행죄로 들어온 잔챙이들, 그러니까 자기를 동지라 부르는 옆방의 공산주의자 같은 녀석들이 자기한테 알랑거리는 데서 그는 짜릿함을 느꼈다. 들치기 주제에 동지는 무슨 동지냐, 꿈도 꾸지 마라 하는 설명을 시작으로 조만간 저 러시아 친구에게 현실을 똑바로 알려줘야겠다고 랜디는 생각했다. 당장은 저 불쌍한 녀석이 꿈에 젖어 있게 놔두지 뭐.

마스크를 제쳐두면—그것은 힘든 일이었다—유일한 걸림돌은 풀다 권총 강도에 대하여 선처를 구하는 거였다. 그 부분은 일이 꼬여 있었다. 대개의 사람은 제 알리바이를 망치지만 랜디는 대체로 결백했기 때문에 제 자백을 엉망진창으로 망쳐놓은 참이었다. 알고 보니 그는 몇 가지 사실 면에서 실수를 했는데, 거기엔 이를테면 그가 거기에 없었다는 사실, 600마일(약 966킬로미터) 떨어진 맥도널드를 강도질하는 그의 모습이 카메라에 잡혔다는 사실, 실제로 은행을 턴 건 토비와 로이스였다는 사실, 로이스가 토비를 제거했다는 사실, 모든 건 영상이 말해준다는 사실, 더그 커터비가 강탈질은 말할 것도 없거니와 자신의 12구경으로 로이스를 제거해 막 체포되었다는 사실, 산탄총과 완전 빳빳한 10만 달러의 통화, 고생고생해서 훔친 건 토비와 로이스이기에 커터비 자신의 물건도 아닌 그 통화 곳곳에서 커터비의 DNA가 검출되었다는 사실이 포함되어 있었다.

사실이란 건 성가시다니까, 하고 생각한 랜디는 그 그림에 저를 아득바득 끼워 넣느라, 제 지분을 주장하느라 그럴싸한 말을 다소 내뱉은 터였다. 하느님 감사하게도 팽이엔 그의 지문이 묻어 있었는데 그것은 가담 모의를 거의 기정사실로 못 박아 방조범 기소에 도움을 주었다.

그래도 역시 아마추어 떼랑 섞이는 건 쪽팔린 일이야, 그는 판단했다. 코코런에서는 입을 다물 셈이었다. 포도 농부랑 전과자들 얘기만 하자, 여차하면 신발 판매원도 추가, 딱 거기까지만.

지금으로선 푸시업을 하고, 옆방 러시아 친구를 외면하고, 감방 은어 사용에 공을 들이는 게 전부였다— 코코런에서 누가 뭘로 들어왔느냐 물으면 대답으로 내놓을 정확한 단어 연마하기. 밤에 휴식 시간이면 그는 100년의 형기가 끝나고 나서 할 새로운 일을 계획했다. 그는 생각했다, 이를테면 항공모함 강탈 같은 참신한 걸 하자, 아마 조력꾼이 필요할 테지만. 러시아 친구를 끌어들일까.

토요일이면 랜디는 앤지와 주 1회 20분간 주어지는 통화를 했다. 이제 그녀는 아주 많이 살가워진 듯했다. 목소리로도 알 수 있었다. 최근 통화에서 그녀는 다시 풀다로 돌아와 지역사회 국법에서 잔돈 바꿔주는 일을 하고 있긴 하지만 그가 코코런이라는 저 위 큰물로 이송되기 전에 한번 면회를 오겠다고 약속한 터였다. "100년 꼬박?" 그녀는 말한 터였다. 그 말에 그는 소름이 돋았다. 사람들이 숫자에 벌벌 떠는 게 웃겼다. 아무튼 이제 문제는 부부 면회*였다. 코까지 마스크를 올려 쓰면 그 일을 어떻게 치른담. 어쩌면 러시아 친구는

---

*   conjugal visit. 동침이 허용되는 면회를 가리킨다.

알 터였다.

7월 26일경 미국 내 코비드 사망자는 10만 명이 넘어 풀다 시장 선거 투표율에 영향을 끼쳤다. 2070명의 등록 유권자 중 510명의 표만이 투표함에 던져졌는데 첩 오닐에 따르면 그중 절반은 부정한 표였다. 선두를 차지한 건 256표를 받은 완다 제인 엡스타인이었고 첩은 253표를 받았으며 더글러스 커터비는 부재자 단기투표*로 단 한 장의 표를 받았다. 그즈음 더글러스는 일흔여덟 건의 금융 사기, 일곱 건의 공무집행방해, 한 건의 일급 살인으로 기소되어 있었다. 그의 표는 저 아래 애트워터**에 있는 공판 전 구류장에서 제출된 터였다. 그 엿새 뒤 더글러스는 폐렴으로 사망했다.

"난 그 사람한테," 헤더는 완다 제인에게 말했다. "키스만 왕창 했을 뿐인데."

"넌 토트하우저잖니."

"내가 주의도 줬어. 검색 좀 해보라고 했거든."

"넌 괜찮니?"

"열나고 기침이 심하긴 한데," 헤더는 말했다. "이겨낼게. 엘모는 어때?"

"한결 나아졌어. 그 사람도 이겨낼 거야." 완다 제인은 멈칫했다. "죽어나갈 만큼 키스했단 거야, 그럼? 더글러스랑?"

"그것도 범죄가?"

"모르겠다," 완다 제인은 말했다. "하지만 정의는 구현했네."

병원은 면회객들을 실망시켰으나 에벌린은 주니어스의 머리맡에 직접 얘기할 기회가 두 번 있었는데 거기서 그녀가 할 수 있는 일은 남편의 손을 잡아주는 것 외에 딱히 없었다. 둘은 침대도 따로 쓰고 거리두기도 하고 저택을 돌아다닐 때 마스크도 썼었다. 그녀는 스스로를 격리했었다. 그녀는 복도에서 서로 지나갈 때 숨을 참았었다. 그래도 얼마 못 가 주니어스는 환자가 되더니 상태가 점점 안 좋아졌고, 그런 남편의 오그라드는 모습, 병상에 점점 녹아드는 듯한 모습을 눈앞에 앉아 지켜보던 에벌린은 헨리 스펙의 병원균이 남편의 폐와 심장과 머리를 아작아작 남김없이 먹어치우는 장면을 떠올렸다.

세 주 만에야 그는 일어앉을 수 있었다. 세 주가 더 지나서야 그는 귀가했는데, 어느 때보다도 수척하지만 눈만은 광을 띠고 있었다.

"그건 걱정 마," 그는 말했다. "헨리는 약골이었잖아. 난 아니야."

퇴원 후 8월 초의 더위 속에서 둘은 이따금 저희 집 커다란 수영장에 들어가 이리저리 노를 저었다, 대개는 아무 말 없이, 또 어떨 땐 둘 중 하나가 더는 못 버틸 때까지 안전한 주제로 숨넘어가는 농담을 주고받으며. 둘 중 누구도 나눠야 할 대화를 나눌 길을 찾지 못했다. 한번은 에벌린이 운을 뗴었다. "난 독약이에요. 내 자식을 떨어뜨렸으니까. 이제는 당신까지. 나한텐 뭐가 있어요——" 하지만 주니어스는 성을 내며 말했다. "뭐가 없는 사람이 **누가** 있어, 빌어먹을. 혼자 우쭐대지 마." 그는 그녀를 측은함 없이 쳐다보았다. 조금 뒤 그는 말했다. "보이드가 떨어뜨린 줄 알았는데?"

---

*   투표용지에 피선거인 한 명의 이름을 직접 적어 넣는 투표 방식.
**   Atwater. 미국 캘리포니아주의 도시.

"아니에요," 그녀는 말했다.

"난 왜 그런 줄 알았을까?"

"내가 모두한테 그렇게 얘길 했으니까요. 보이드도 모두한테 그렇게 얘기했고요. 그가 날 위해 거짓말을 하곤 스스로 그렇게 믿어버렸어요, 다른 온갖 거짓말과 똑같이. 다만 그는 날 위해 거짓말을 하고 있었죠. 알겠어요? 2초였어요 — 2초 만에 벌어진 일이었어요 — 보도에서 — 우린 이미 안 좋은 상태였어요, 결혼 생활이, 그래서 화가 뻗치고 상처받고 또…… 그러다 그 사람한테 소리를 지르는데 테디는 내 품에 있고…… 2초도 아니구나, 1초 만에…… 품속이 따뜻하고 묵직했는데 좀 있으니까 묵직한 게 안 느껴지고…… 아직도 그래요, 어젯밤에도, 지금도, 내일도, 묵직한 게 있다가 없는, 바닥문으로 쑥 빠지는 그런 느낌이 드는데, 하지만 보이드가 날 위해 거짓말을 해서 나도 그 사람을 따라 바로 거짓말을 했죠, 그 거짓말이 조금은 도움이 됐거든요, 많이는 아니고요, 그래도 그 거짓말이 내겐 당연히 필요했으니까. 그 덕에 자리에서 일어날 수 있었어요. 그 덕에 아기 침대랑 유모차랑 그 염병할 테디 베어를 치웠는데, 그런다고 뭐가 바뀌지는 않더군요, 그 소리가 지워진 적은 단 한 번도 없어요 — 오도독하는 그 무른, 시끄럽지 않은 소리요. 아무튼 난 그 거짓말을 믿었어요. 적어도 믿는 척은 했죠. 머릿속으로 디테일을 지어냈어요. 그러니까 거짓말을요. 보이드는 지금도 날 위해서 그렇게 말하고 다녀요. 그게 진실이 아닌 걸 **알면서도** 끊임없이 그렇게 믿는데, 내 생각엔 그게 우리 둘 다한테 도움이 되는 것 같아요."

"허," 주니어스는 끌끌거렸다. "다 설명이 되는군."

이틀 뒤 정오, 주니어스의 생존도 축하하고 일이 아니라 즐거움을 위한 6개월간의 자카르타행도 알릴 겸 캘빈과 짐 두니가 들렀다. "그냥 범죄 현장 방문차 가는 거야," 두니는 웃음을 실어 말했다. "캘이 나라 밖으로 나가본 적이 없어서 말이야 —— 여기저기 보여주면 좋을 테지. 모든 게 시작된 곳을."

"마스크 쓰고 다니세요," 주니어스는 말했다. "그리고 저는 야구팀 못 팔아요."

"브라보!" 캘빈은 말했다.

56

 8월 초쯤에는 플로리다 주지사도, 텍사스 주지사도, 그리고 열두 마리를 뺀 아이다호주 찌르레기 전부도 허언증에 사로잡혀 있었다. 여권 신청이 부쩍 늘었다. 아기들 분유는 품귀 현상을 겪고 있었다. 자유의여신상은 본디 속한 곳으로 돌아가 루브르 지하 수장고에 궤짝째로 수장되었다. 그리고 11월, 수평선 바로 건너편 나라에선 총선거가 열려 방방곡곡의 진실가의씨앗들에게 재미를 보장해주었다.
 여름의 분발로 1월이 붕괴에 접어드는 동안 보이드 핼버슨은 제 골프 핸디캡을 겨우겨우 두 타 줄였다. 그는 밤이면 단잠을 잤다. 그는 JC페니 기강을 다잡았다. 그는 술을 적당히 마셨다—아침상에 위스키 한 잔, 점심상에 위스키 한 잔, 하루가 끝나면 위스키 두 잔. 화요일이면 그는 이름을 바꾼 지역사회 국법은행에 주급을 예치하러 가 앤지 빙과는 서로 추파를 던졌고 헤더 토트하우저와는 즐겁게 고개인사를 나누었다. 거의 매일 저녁 그는 윈스턴 처칠을 외면하는 대신 『일리아드』에 손이 갔는데 이 책은 선웃음에 고함에 노골적인 허위를 일삼는 남녀 신들이 주르르 나와 즐거움을 주었다.

어느 날 점심때 그는 타코 식사를 앞에 둔 자리에서 앤지에게 자긴 무신론자가 아니라고 알렸다. 자긴 그리스인이라고. 자긴 범신론자라고. 자긴 무수하게 일어나는 빅뱅을 믿고, 따라서 무수한 우주를, 그러므로 무수한 의제(agenda)를 지닌 무수한 신을 믿는다고. "한 10억 년마다," 그는 말했다. "신들의 임기가 만료돼서 다 같이 카우 팰리스*에 모여 새로 부임할 신들을 후보에 올려요. 포세이돈의 임기는 몇 세기 전에 끝났죠. 그는 지금 스테이트 팜**에서 보험사정사로 일해요. 아테나는 딜러드(Dillard's) 백화점에서 향수를 팔고요. 요점은, 운에 맡겨보라는 거예요 —— 당신도 끝내 어떤 신이 될지 모를 일이잖아요? 광대가 될지 괴물이 될지? 다 팔자소관이란 거지."

"영리하네요," 앤지는 툴툴거렸다. "하지만 이교도스러운 영리함인걸요."

"그래도 괜찮은 이야기잖아요. 신명 넘치는."

"거짓말은 이제 그만둔 거죠?"

보이드는 영리한 허언을 꿀꺽 삼켰다. "그렇기도 하고 아니기도 하고. 장기 프로젝트라고 할 수 있겠군요. 어쩌다 스스로 뻥치고 있는 걸 잡아내면 호흡을 고른 다음 다시 말을 시작해요."

"그 정도면 양호하네요. 다시 시작하는 게 시작이죠," 앤지는 말

---

*   Cow Palace. 1941년 캘리포니아주 데일리시티에서 개장한 경기장 겸 행사장.
**   State Farm Insurance. 1922년 미국 일리노이주 블루밍턴에서 설립된 상호보험회사 그룹.

했다.

8월 하순에 둘은 지역사회 국법의 돈을 들고 풀다 밖으로 드라이브를 나섰던 그 1주년을 기념했다. 원래는 진탕 마셔보자는 계획이었으나 앤지의 몸 상태가 좋지 않아 둘은 KFC를 한 버킷 포장해 그녀의 새 아파트에 자리를 잡고 다소 조용히 추억을 나누었다. 그녀는 가구를 아직 의자 하나도 구입하지 않은 상태라 둘은 담요를 한 무더기 쌓아 소파와 식탁으로 삼았다. "내가 집 꾸미는 데엔 젬병이라," 앤지는 살짝 소심하게 말했다. "그 점에선 당신이 운이 좋았던 것 같아요." 어떤 의미에선 어색한 상황이라 불완전한 문장들이 난무했지만 대체로 둘은 함께 있는 게 불편하지 않았다. 둘 사이에 무엇이 달라졌는지는 가늠하기가 어려웠다.

자정께 앤지는 보이드의 무릎을 베고, 다리를 담요 위에 쭉 뻗고 누웠다.

"당신을 뭐라고 불러야 할지 모르겠어요," 그녀는 말했다. "보이드예요 오티스예요 주니어예요 블래키예요?"

"지금은 블래키로 해요. 추억 삼아."

"그건 별론데, 그래도."

"아주 별로이긴 한데," 주니어는 말했다. "난 벌을 좀 받아야 하니까."

"에벌린하고는 연락 중일 테고."

"연락 중이죠. 자주는 아니고. 다음 달에 자기 미네소타 집을 내주겠대요."

"그러던가요?"

"몇 가진 교체해야 할 거예요."

"나 당신 무릎 베도 괜찮아요?"

"괜찮죠."

"나 키스 한 번만 해줄래요?"

"그럴까?" 오티스는 말했다.

둘은 길다 싶을 만큼 오래 키스를 나누었다. 나중에 앤지는 말했다. "내가 내내 당신을 가지고 놀았다고 생각하지 않았으면 좋겠어요. 나 안 그랬어요."

"안 그런 거 나도 알아요."

"나란 사람은 하나뿐인걸요. 난 선교사예요."

"그것도 알아요."

"키스 한 번 더? 그 뒤엔 부탁 안 할게요."

조금 뒤 그녀는 일어앉았다.

"당신보다는 그 사람이 날 더 필요로 했어요. 그의 영혼이 날 필요로 했죠."

"아, 그래요? 그에게도 영혼이란 게 있구나?"

"나랑 같이 그걸 수리 중이죠. 오래전에 당신이 ─"

또 한 번 불완전한 문장이 발생했다. 둘은 이런 일에 익숙한지라 함께 기다렸다.

"그러니까, 오래전에 우리가 방금처럼 키스할 수 있었다면 좋았을 텐데."

"나도 그렇긴 하지만 ─ 당신도 알잖아요." 보이드는 그녀에게 웃음을 지어 보였다. "선교사에게 키스하기란 어렵죠. 아무튼 당신을 더 필요로 한 건 **언제나** 랜디였으니까."

그녀는 그 말을 곱씹더니 말했다. "아마도요."

그녀는 다시 말을 멈추었다.

"한눈에 봐도 지금 당신 모습은 한결 나아요, 보이드. 지구상에서 제일 행운아 같아요. 이제 하산해도 되겠다."

"그건 행운 이상이었어요, 앤지."

"그랬어요?"

"당신 덕분에," 그는 말했다. "당신 덕분인 거 당신도 알잖아요."

"그랬으면 좋겠지만 운도 따라줬는걸요. 그날 밤 두니가 집에 있었다면 어떻게 됐겠어요? 그가 문을 열었다면?"

"그런 생각도 해봤어요. 내내 했죠, 실은. 그렇다곤 해도 주로 당신 덕이에요."

"교회에 갈 거죠, 보이드?"

"블래키."

"교회에 갈 거예요?"

"그럴 거예요. 싫은 일이니까. 끝내주는 벌로서."

"골프는요?"

"매일 칠 거고."

"키와니스 활동은?"

"두말하면 잔소리 — 봉사, 긍지, 자선. 지금 그들이 오래된 울창한 미로를 허물고 그네 세트랑 정글짐을 세우는 중이에요, 로이스가 죽은 그 자리에. 신임 시장의 아이디어죠."

"보이드?"

"주니어 말이군요."

"나한테 화났어요?"

"전혀."

"화내고 싶으면 내도 괜찮아요."

"당신이 안쓰러워서 그래요, 앤지."

"내가 그랑 결혼해서?"

"응."

"뭐, 그럴 만도 하죠. 교도소 결혼식, 그거 끔찍하거든요 — 메아리가 미친 듯이 울리는 거 있죠. 사랑하겠습니다(I do), 하겠습니다, 하겠습니다, 하겠습니다. 뒤에서 자꾸 받아친다니까요."

"오케이, 나 화났어요. 하지만 당신 때문은 아니에요."

"그럼 하느님 때문에?"

"당신의 향후 100년 때문에."

"그거야 뭐." 앤지는 잠시 침묵에 빠졌다. "치킨 맛있다, 그죠? 손가락까지 씹겠는데요?"

보이드와 블래키와 주니어와 오티스는 새벽 2시에야 JC페니 저너머에 자리한 작은 아파트까지 세 블록을 걸어갔다. 보이드는 잠시 부산을 떨었다. 그는 『일리아드』를 펼치고 자릴 잡았다. 반 문단 만에 그는 웃음을 터뜨리곤 책을 집어치우더니 지갑을 꺼내서 꼬깃꼬깃한 블루 플라이 명함을 끄집어낸 다음 휴대폰을 들었다.

막 끊으려는 참에야 그녀는 전화를 받았다.

"엔니?" 그는 말했다.

"엔니는 취침 중인데요. 저는 페기예요."

"엔니 바꿔요. 중요한 일이에요."

"누구신데요?"

"발가락 친구라고 하면 알아요," 보이드는 말했다. "그가 그쪽 둘을 다음 달에 저녁 자리에 모시고 싶어 해요. 더블데이트죠."

"진짜요?"

"네, 진짜요."

"끊지 말아봐요," 그녀는 말했다. "되는지 한번 알아볼게요."

작가와의 대화

『미국 환상곡』은 20년 만에 내신 새 장편소설입니다. 이 소설에 대한 아이디어를 한동안 우리고 계셨던 겁니까, 아니면 비교적 최근에 나온 아이디어입니까? 그 아이디어에 활기를 불어넣은 게 뭐지요?

네, 『미국 환상곡』은 20년 동안 제 안에서 끓고 있었어요. 새 장편을 쓸 때의 번민을 영원히 피했으면 했던 거지요 — 고립과 좌절과 숱한 담배로 이루어질 그 시간을요. 한데 그 등장인물들이 저를 계속 콕콕 찌르더군요, 저희 자신에 대해 자꾸 떠벌리면서요. 특히나 앤지 빙은 바락바락 악을 쓰듯 했어요. "날 봐요! 내 말 들으라고요! 난 웃겨요, 똑똑해요, 완고한 사람이고요, 오순절교도에, 전도사에, 귀엽고, 에너지 넘치고, 영혼을 구하고 미국을 구하는 일에 애를 쓰고 있어요! 나한테 기회를 줘요! 그 빌어먹을 문장들을 쓰라고요!" 이 소설의 히어로랄까 안티히어로랄까, 혹은 강박적인 거짓말쟁이라고 불러도 무방할 보이드 핼버슨, 그러니까 진실이 만족스럽지 않으면 저만의 진실을 제조하는 사내도 마찬가지였죠. "엉덩이 좀 들고 움직여요," 그도 툴툴거리듯 했어요. "나를 책에 넣어줘요. 난 독특한 사람이라고요. 난 온갖 거짓말을 하거든요—내 나이, 내 키, 내 이름, 내 역사. 거짓말하고 싶어서 이랑 편도선이 근질거리죠. 나에 비하면 미합중국 대통령도 완전 하수로 보일걸요. 미국의 절반은 날 떠받들 거고 나머지 절반은 날 비웃을 거예요." 결국엔 이 둘과 『미국 환상곡』에 나오는 그 밖의 인물들이 제게 아홉 달의 임신기를 보낸 듯한 느낌을 주었답니다—출산하거나 터져버리거나죠. 번민, 당연히 따랐죠. 하지만 이 책을 쓰느라 단어 하나하나가 고문인 와중에도 도착적인 재미를 느끼려고 노력했어요.

소설 초반에 '허언증(mythomania)'이란 용어가 소개되는데, "실망한 자들, 패배자들, 무시당하는 자들, 천성적으로 의심 많은 자들"이 제일 첫 희생양에 포함되지요. 『미국 환상곡』의 제1주인공이라 할 보이드도 이런 부류에 속합니까? 아니면 그런 부류의 사람들과는 동떨어졌나요?

　허언증, 아울러 그와 쌍둥이 용어인 공상허언증(pseudologia fantastica)은 현실을 공상으로 대체하는 사람들의 정신적 장애를 일컫는 말입니다. 우리 대다수는 그걸 강박적 거짓말이라고 부르지요. 그러니까, 네, 보이드 핼버슨은 아주 어린 시절부터 답답한 현실을 멋들어진 공상으로 바꿔온 사람이에요. 그에게 현실이란 참을 수 없는 것입니다. 현실은 괴물이에요. 확실히 보이드는 실망하고 패배하고 무시당하는 사람에 속해요——골 때리는 음모론을 덥석덥석 무는 상당수 채팅방 단골들과 상당수 미국인들처럼요. 현실은 추할 수 있어요. 반면에 공상은 매혹적일 수 있죠. 보이드는 강박적인 거짓말이 저 자신에게도 남들에게도 파멸이었던 걸 알아요. 기만 때문에 그는 제 사랑하는 아내, 제 직업, 제 평판, 제 자부심을 대가로 물었죠. 그는 스스로를 배신했고 남도 배신했어요. 그런데도 그는 멈추질 못하죠. 그는 멈추고 싶어 하질 않아요. 그에게, 또 다른 숱한 사람들에게 공상은 어떤 형태의 구원을 나타냅니다. 백마 탄 왕자님 공상. 영원한 생명에 관한 공상. 하프와 영광에 관한 공상. 카지노에 관한 공상. 복권에 관한 공상. 오래오래 행복하게 살았대요 하는 공상. 청부 살인업자에 관한 공상. 페라리에 관한 공상. 오지와 해리엇* 같은 공상. 포르노에 관한 공상. 패배한 선거에서 이겼다 하는 공상. 현실이 우리의 기대에 어긋나면 망상은 우리에게 나아갈 힘을 줄 수 있고 실제로 주기도 해요. 하지만 그건 우릴 죽일 수도 있지요.

우리가 사는 세상과 아주 흡사하게 이 소설 속의 인물들도 잘못된 정보와 거짓을 부단히 퍼뜨리거나 믿거나 혹은 퍼뜨리면서 믿거나 합니다. '객관적 진실'의 불안정화가 우리 문화에 만연했다고 생각하시는 이유는 뭔가요? '진실' 탐구는 여러 책에 걸쳐 여러 형태로 당신 글의 한결같고 지대한 특성이 되어왔습니다. 진실에 대한 『미국

---

* 1952-1966년 방영된 가족 시트콤 〈오지와 해리엇의 모험The Adventures of Ozzie and Harriet〉의 주인공들. 건전한 가족의 모습을 그린 드라마다.

환상곡』의 관심은 보다 포괄적인 의미에서 당신의 작업과 어떻게 부합하나요?

생물학자에겐 진실인 것이 복음주의 기독교도에겐 소름 끼치는 거짓일 수도 있어요. 흑인 또는 남미계 미국인에겐 진실인 것이 큐 클럭스 클랜 단원에겐 거짓일 수도 있지요. 1950년엔 진실이었던 것이 2023년엔 진실이 아닐 수도 있습니다. 화요일엔 진실인 것이 금요일엔 진실이 아닐 수도 있고요. 사람은 생각이 바뀌어요. 사람은 사랑했다가도 발을 뺍니다. 실제로 지금 참인 것이 — 텍사스주 오스틴이 오전 8시 40분이란 거요 — 똑같은 순간에 도쿄나 모스크바에선 참이 아니죠. 나는 이른바 '객관적 진실'이라 불리는 것의 가변성 내지 변덕에 수십 년간 매료되어왔고 내 책들 내 이야기들은 그런 매료를 반영해왔습니다. 『그들이 가지고 다닌 것들』과 『숲속의 호수 In the Lake of the Woods』처럼 『미국 환상곡』도 '진실'이 선언될 때 절대론이 가져오는 심리적 만족과 위험성을 탐구해요. 절대론엔 편안함이 있어요. 지독한 결과가 따르기도 합니다. 내 경우, 아주 개인적인 의미에서 말하건대, 나 자신에 관한 진실조차 확실한 파악이 안 돼요. 난 누구지? 전쟁에 나갔다는 점에서 난 용감했을까 비겁했을까? 간혹은 '용감했다'가 답이고 대체론 '비겁했다'가 답이지만 진실은 늘 알쏭달쏭해요. 그러니까, 지난 몇 년간 『미국 환상곡』을 집필하면서 어느덧 앤지 빙과 보이드 핼버슨을 응원하고 있었어요, 해피엔드를 바라면서 말이죠, 한데 두 사람은 결국 어떻게 될까, 두 사람의 '진실'은 과연 무얼까 하고 그 알쏭달쏭한 느낌이 똑같이 들더란 말이죠. 내가 할 수 있는 일은 유쾌한 이야기 속에서 그들의 공상이 전개되는 걸 작가로서 즐겁게 지켜보는 게 다였어요.

『미국 환상곡』은 은행 강도로 시작해 추적물 같은 서사로 읽힙니다, 전개가 빠르고 우여곡절이 많죠. 하지만 정신적 측면에선, 위대한 문학작품이 다 그렇듯, 그보다 큰 무엇을 갖고 있기도 합니다. 이 장편을 쓰시면서 우리 사회에 관해 어떤 해설을 달고자 하셨습니까?

    소설가에게 '해설'은 사형선고예요. 이야기가 전부죠. 우아한 문장이 도움이 되긴 합니다. 놀라운 문장도, 만약 놀라움을 제공하기만 한다면 놀라울 만큼 도움이 돼요. 소설가로서 내 경우, 우아함과 놀라움은(그리고 훌륭하기만 하다면 코미디도) 이야기, 단지 이야기에 늘 봉사하는 것이고, 따라서 나는 이런저런 등장인물 내지 이런저런 사건에 대한 내 의견을 억누르려고 노력합니다. 물론 개인적으로야 나는 은행 강도를 규탄하죠. 공공장소의 거짓말쟁이들을 규탄해요. 살인도 규탄합니다. 탐욕도 규탄하고 무모한 엄지 운전도 인종주의도 기업의 욕심도 규탄하며 실제론 항상 통화량이 많으면서 "여느 때와 달리 통화량이 많사오니" 하는, 따라서 여느 때랑 '다른' 게 아니라 '같은' 음성 녹음도 규탄해요. 적어도 내가 보기에 내 일은 우리가 사는 세상을 제시하는 것으로, 때로 재치를 담아 생생하게 제시하되 절대로 해설하진 않는 거예요. 설령 해설이 있더라도 그건 독자로부터 나와야만 합니다. 난 『미국 환상곡』에 등장하는 모든 인물을 사랑해요 — 특히나 은행 강도들과 살인자들과 공공장소의 거짓말쟁이들을요 — 비록 죄 많고 결함 많은 자식이어도 부모가 자식을 사랑하듯이 말이지요. 하느님이 용서하신다면 내가 못 할 게 있나요?

『그들이 가지고 다닌 것들』은 이제 고전으로 확고히 자리를 잡았습니다 — 여전히 널리 읽히고, 학교에서 가르치고, 베트남전쟁과 그 후유증에 관한 제일 훌륭한 문학작품으로 여겨지지요. 긴 세월이 지난 지금 그 책을 어떻게 보세요? 그리고 『미국 환상곡』은 『그들이 가지고 다닌 것들』과 서로 얼마나 소통한다고 보십니까?

나는 『그들이 가지고 다닌 것들』을 방금 말한 부모와 같은 심정으로 봅니다. 난 녀석의 결함은 용서하고 녀석의 인간애는 사랑하며, 녀석이 지난 수십 년간 세계 곳곳에서 제 앞가림을 해온 것이 자랑스러워요. 그 책은 아버지 격인 나와 함께하긴 하지만, 저만의 정체성을 찾았으니 더 이상 내 소유물은 아닙니다. 녀석은 낯선 사람이 쓴 책이에요 — 한때 나였던 사람이요. 그렇긴 해도, 『미국 환상곡』이 『그들이 가지고 다닌 것들』과 일종의 친근한 대화를 나누고 있구나 하는 생각은 듭니다. 새 소설이 옛 소설한테 말을 겁니다, 메모며 아이디어를 서로 비교하면서 어떨 땐 반대하고, 어떨 땐 부연하고, 그렇게 공상과 현실 사이, 진실과 거짓 사이의 변경(邊境)을 탐험하는 방법인 스토리텔링에 있어서 서로의 관심사를 나누죠.

보이드와 앤지는 캘리포니아 북부서부터 멕시코, 샌타모니카, 텍사스 남동부, 미네소타주 베미지로 여행을 합니다. 이 지역들이 당신께 어떤 특별한 의미가 있습니까 — 혹은 등장인물들에게?

음, 미국인들이 제법 흔히 하는 공상 중 하나는 "길 위의(on the road)" 삶이라는 상상된 자유와 연관되지요. 익숙한 것들을 뒤로하는 겁니다. 새로운 장소, 새로운 사람, 새로운 통찰, 새로운 감정, 새로운 눈과 귀를 찾아다니는 거예요. 탁 트인 길은 우리를 유혹합니다. 어느 시점에 앤지는 보이드에게 "난 멈추기가 싫어요" 하는데, 그건 트인 길 위의 여정이 끝나면 둘의 모험적인 관계도 끝나 따분하고 뻔하고 진부한 관계로 돌아가기 때문이에요. 승용차며 버스며 캠핑카며 고속도로는 앤지와 보이드에게 자유의 상징이듯 무수한 관광객들에게도 자유에 대한 호소로 다가옵니다. 잘못된 상징으로 밝혀지죠. 왜냐하면 우린 가는 길에 나오는 정거장마다 우리 자신의 역사, 우리 자신의 두려움, 우리 자신의 인격을 가지고 들르니까요. 트인 길은 유턴을 합니다. 여정은 즐겁고 웃길 수 있지만 결국 우린 우리 자신의 내부로 돌아오게 돼요.

보이드 핼버슨은 우화 작가가 따로 없던데요! 매우 재능 있는 강박적 거짓말쟁이에 관한 소설을 쓰시는 건 어떤 기분이었습니까?

해방감이요! 소설 쓰기는 나만의 길 위의 여정이었어요. (방금 언급했듯 결국엔 나의 내부로 돌아오고 말았답니다.) 앤지는 이렇게 말합니다. "거짓말하는 건 방귀 뀌는 거나 같아요. 누구나 하지만 누구도 고백하질 않죠." 아니면 헌터 S. 톰프슨은 이렇게 쓰죠. "우리는 진실을 사랑하는 국민이 아니다." 모든 소설이 그렇듯 『미국 환상곡』도 대담하고 정교한 거짓말입니다 — 결코 실제 있었던 일이 아니죠 — 하지만 모든 소설가가 그렇듯 나도 이 소설이 진실처럼 느껴지길 바라요, 이 소설이 진실할 경우 말이죠. 이야기의 진실(story-truth)요. 실제의 진실(happening-truth) 말고.

당신의 소설은 불운과 일탈로 가득한데, 그 점이 이야기에 유머와 긴장을 더하죠. 집필 중에 혹시 랜디(앤지의 피앙세)나 헨리(보이드 전처의 남편의 심복), 그러니까 보이드랑 앤지를 추적하는 그 두 사람을 응원하신 적이 있습니까, 그 둘이 임무에 성공하도록?

어떤 플롯적인 면에서는 랜디나 헨리를 응원했다고 할 수 없지요. 그보단 그들을 등장인물로서 응원했어요 ― 그들이 독자를 즐겁게 해주기를, 그들의 불운한(하지만 위험한) 악행이 독자에게 웃음을 선사하는 순간조차 혐오감을 불러일으키기를, 그래서 독자들이 CNN에 나오는 어떤 떠버리들 내지 손거울에 반사되는 모습들과는 다른 인격적 특성을 그들에게서 알아보기를 말이지요. 하지만 결국 『미국 환상곡』을 뒷받침하는 에너지는 조각이든 춤이든 무용이든 오페라든 문학이든 할 것 없이 여느 예술 작품을 뒷받침하는 바로 그 에너지로, 이를테면 가끔은 추하기도 한 세상에 미(美)를 들여오는 것이죠. 예를 들어 아름다운 그림은 브루클린의 싸구려 여인숙이나 로드아일랜드주 프로비던스의 암 병동을 주제로 삼기도 하잖아요. 작가도 화가라 치면, 미는 수천 번의 붓질, 혹은 절, 혹은 문장, 혹은 대사 조각으로 이루어지고, 매 붓질은 이미지나 감정에 녹아들어 인간의 마음에 영향을 끼칩니다.

『미국 환상곡』은 2019년 8월부터 2020년 8월 사이에 각종 음모론, 사망한 초등학생들, 나라의 정치적 분열, 극도로 논쟁적인 대선 준비 기간이라는 현 상황 속에서 벌어지는 이야기입니다. 하지만 소설 속의 이미지와 참조 들은 다수가 1940년대, 1950년대, 1960년대를 소환하죠. 그건 어째서인가요?

2019년과 2020년의 미국은 어느 날 허공에서 뿅 하고 튀어나온 게 아니에요. 총, 범죄, 복권, 카지노, 자동차, 돈, 캠핑카, 그리고 보통들 말하는 "행복의 추구"에 대한 우리 나라의 미혹은(아울러 공상은) 우리 역사에 깊이 뿌리박고 있다고 봐요. 보다 이른 시기의 더 통합된, 더 하얀, "더 행복했던" 미국에 대한 향수가 수백만의 내 동년배 시민들로 하여금 있지도 않았던 할리우드판 나라를 동경하게 만드는 것 같아요. 〈오지와 해리엇〉의 나라요. 지미 스튜어트, 로런 버콜, 존 웨인의 나라. 〈스미스 씨 워싱턴에 가다〉의 나라. 모든 이야기가 필연적으로 '오래오래 행복하게 살았대요'로 귀결되는 나라죠. 이런 것들과 그 비슷한 공상들이 내 마가* 친구들이 어느 정도 되찾길 바라는 것들 같아요. 매카시즘 지우기. 인종주의 지우기. 온정주의 지우기. 오염된 물, 오염된 공기 지우기. 어마어마한 소득 격차 지우기. 영원히 부엌에 틀어박힌 해리엇 지우기. 그래서, 네, 『미국 환상곡』은 1940년대, 1950년대, 그리고 1960년대 초반으로 테이프를 되감아주는 예쁘고 빤한 이야길

---

*   MAGA. 도널드 트럼프 미국 대통령의 선거 구호였던 "Make America Great Again(미국을 다시 위대하게)"의 줄임말로 그 지지자들을 일컫기도 함.

적어도 몇 개쯤 제시하려고 노력합니다. 과거는 죽지 않았어요. 그건 심지어 전주곡도 아니에요. 그건 지금도 우리와 함께 합니다.

옮긴이의 말

2023년 10월 이 소설이 출간되기 전까지 그의 마지막 소설은 2002년의 『줄라이, 줄라이』였고 그의 마지막 책은 2019년의 산문 『아빠의 어쩌면책』이었다. 『아빠의 어쩌면책』이 출간되었을 땐 그의 나이가 일흔셋, 잘하면 새 소설을 기대해봄 직했지만 그는 반세기 가까운 세월 동안 소설 일곱 권에 산문 두 권을 낸 과작의 소설가였던 데다 뒤늦게 얻은 두 아들로 베트남전쟁의 우울에서 웬만큼 멀어져 있었고, 더구나 예민한 골초였다. 요컨대 『아빠의 어쩌면책』이 그의 마침표가 될 수도 있겠다는 것이 중론이었으므로 2023년 늦여름 SNS의 책 홍수 속에서 어느 낯익은 사람의 신간 예고를 발견했을 땐 '응?'이 '응?!'으로 바뀌기까지 몇 초나 걸렸던 기억이 난다.

내게 팀 오브라이언은 머리보다 마음을 흔드는 소설가다. 사상, 현학, 순도 높은 이성으로 무장한 현기증 나는 소설을 쓰기보다 어렵지 않은 이야기를 어렵지 않은 말로 전하는 담백한 작가다. 그에겐 반드시 들려주어야 할 이야기, 베트남전쟁이라는 젊은 시절의 응어리가 있었으므로 그의 글은 어느 학구적 성취보단 만인의 공감에 더욱 방점을 두어왔을 것이다. 문학의 최종 목표는 결국 마음 흔들기로 향한다는 걸 물론 아는 사람은 알 것이다. 『미국 환상곡』을 작업하면서도 쭉 그런 생각이 들었다. 이 소설은 세월로 인증받은 그의 전작들과 소재도 주제도 감이 조금 달랐지만, 다 마치고 보니 심적 부분, 마음의 동요 면에선 낯익은 팀 오브라이언이었다. "미국은 제게 베트남을 줬어요. 전 그걸 돌려주고 싶어요" 하던 시절의 결기를 잃지 않았달까. 자꾸만 배반하려는 삶에 앙갚음할 수 있다, 삶은 모르는 것이고 따라서 아직 열려 있다, 그러니 조금 덜 절박해질 수 있다, 조금 더 너그러워질 수 있다, 그러므로 삶과 화해할 수 있다, 하는 믿음을 가지려는 그의 분투가 느껴진다. 여든이 다 된 그의 글에선 아직도 미래가 더 남은, 많은 게 미정으로 놓인 청년이 보인다.

그러나 『미국 환상곡』 출간 직전 그는 〈로스앤젤레스 타임스〉와의 인터뷰에서 이렇게 말했다. "다음 책을 쓰지 않을 거라고 100퍼센트 말은 못 하겠지만 새 책이 나올 확률은 아주아주 미미하지요." 적어도 세월은 확답을 가지고 있다는 것이고, 따라서 이 소설을 옮기는 동안 내 방점은 내내 '마지막'이라는 단어에 찍혀 있었다. 그것은 이런 물음으로 이어졌다. 마지막일지 모르는 소설에서 왜 은행 강도고 돈이고 범죄인가. 왜 거짓말인가. 왜 로드 트립인가. 난 이렇게 읽어보았다. 사람은 마지막에 이르면 제 땅이 그리워지는 법이고, 그러자면 자기가 가 앉을 곳을 한 번은 정리해야 한다. 세월이 흘렀다 해도, 돌아본들 부질없다 해도 그는 베트남전쟁이라는 일생일대의 사건을 자신에게 안겨준 미국을 또 한 번 돌아볼 필요가 있었을 것이다 ─ 나를 배반했던 이 땅은 과연 내가 묻혀도 되는 땅인

가. 그러나 미국은 역시 자본주의, 배금주의의 온상이고, 미국적 가치라 여겼던 정직은 사실 못 가졌기에 자꾸만 되뇌어지는 일종의 허영이었다. 하지만 모든 게 꿈이고 공상이었던들 세상모르던 시절 품어버린 애정은 어떡해야 하나. 드넓은 대륙 어디엔 오래전 꿈꾸었던, 실제로 가질 수 있는 세상이 있다는 믿음으로 떠날밖에. 미국은 미국인에게도 아메리칸드림인 것이다.

이 소설의 원제목에 쓰인 "fantastica"는 '공상허언증(pseudologia fantastica)'이라는 용어에서 온 것이다. 공상허언증이란 자기가 꾸민 거짓말을 자기가 믿어버리는 망상증을 뜻하는데, 사실 이 소설 속의 인물들은 모두가 그런 허위, 허구, 망상, 공상, 환상, 상상, 거짓, 뭐라 부르든 그런 것에 하나씩은 의존하고 있다. 예컨대 에벌린은 참척의 고통을, 짐 두니는 자신의 정체성을, 주니어스는 외로운 사랑을 어떤 거짓말로써 눌러둔다, 절박하게, 필사적으로. 소설 속 여러 위선자들도 절박하고 필사적인 심정만은 진심일 것이다. 팀 오브라이언의 말마따나 소설도 진심 어린 "정교한 거짓말"이므로 거짓말은 사실 진실의 다른 얼굴일 것이다. 화장한 얼굴, 파티용 얼굴, 또 다른 자아의 얼굴. 그 판타스틱한 발상에 다다라 나는 다시 팀 오브라이언이라는 사람을 생각하는데, 인생의 종반에 신나는 거짓말 하나를 남기겠다는 그 패기가 어느 할리우드 영화에서 본 듯 유쾌하고, 통쾌하고, 그래서 더 애틋하기 때문이다. 이것이 그의 마지막 소설일까? 아직은 열린 결말이다.

2025년 10월
이승학

이 책에 쏟아진 찬사

내게 팀 오브라이언은 최고로 기다려지는 작품을 쓰는 단 한 명의 미국 작가다. 그의 소설에 담긴 이라크 전쟁 이후, 코비드 중반, 트럼프 중반 세상에 대한 아이러니한 묘사는 비수 같고 면도날처럼 날카롭다.
무라카미 하루키(소설가, 번역가)

오브라이언의 20여 년 만의 신작 소설은 기다린 보람이 있었다. 허언증의 시대에 오브라이언은 이 나라에 동력을 제공하는 거짓말들, 그것들이 왜 또 어떻게 우리를 떠받치는가 하는 점을 겨냥한다.『미국 환상곡』은 미국 정신의 검은 심장을 곧장 들여다보며, 우리에게 눈총으로 화답하는 희극과 비극을 겁내지 않는다.
에스콰이어, '올가을 최고의 책'

진실이 도전받는 우리 시대에 대한 사회 풍자극으로, 강박적으로 읽히며 낄낄거릴 가치가 있다.『미국 환상곡』은 누구 하나 봐주는 일 없이 오염된 시대정신에 금 간 거울을 들어 보이면서 우리더러 어디 한번 웃음을 참아보라고 부추긴다. 저항해봐야 헛일이다.
보스턴 글로브

팀 오브라이언의 21년 만의 신작 소설. 현재 우리가 미합중국에서 살아가는 방식에 대한 익살맞고 독설스러우며 유쾌한 비난. 오브라이언은 자기 나라의 거짓말에 대해 더한 냉소로 돌아왔다. 이 소설은 부조리극 같은 풍자와 씁쓸한 국가 진단 사이의 어디에 자리한다.
월스트리트 저널

팀 오브라이언의 20여 년 만의 새 소설은 사회의 잘못된 정보가 초래하는 결과를 탐구하는 웃기고 슬픈 풍자극. 오브라이언은 여전히 가장 영향력 있는 작가 중 한 사람임을 입증한다.
AP통신

시의적절한 오디세이. 오브라이언은 미국적인 것들에 대한, 우리 현시대의 로드맵처럼 읽히는 불굴의 초상을 새로이 그려낸다. 팀 오브라이언보다 아름다운 문장으로 감정을 괴롭히는 이야기를 여느 미국 소설가들이 쓰고 있는가 하면, 과연 그러한지 난 모르겠다.
엔터테인먼트 위클리, '필독 목록'

기만이라는 역병에 걸린 나라를 종횡하는 풍자적 소동극. 개인도 국가도 못 미더운 속에서의 황당하고 어두운 추격을 담았던 그의 유명한 베트남전쟁 소설 『카차토를 쫓아서』의 반향이 있다. 『미국 환상곡』은 저자 스스로 즐거움에 젖은 걸 독자가 감지할 수 있는 책들 가운데 하나로, 그 여정에 올라타기가 즐거운 책이다. 대다수에게 매력적일 유쾌한 작품.
커커스 리뷰

미국의 비정직한 심장부를 향해 즐겁고 걱정스러운 로드 트립을 해나가는 이 책에선 헌터 S. 톰프슨이 사샤 배런 코언을 만난다. 오브라이언은 순 곤조*스러운 행복에 취해 모든 걸 수면 위로 띄워놓는다. 이것이 정녕 이 작가의 고별 소설이라면 그는 미국 특유의 기백으로 퇴장 중인 것이다.
퍼블리셔스 위클리

사회에 대한 신랄한 해설과 우리의 탈사실(post-fact) 문화에 대한 혹독한 고발을 무정차 폭주로 비벼내는 오브라이언의 익살스러운 풍자극.
북리스트

절박한 은행 강도물이 청부업자, 억만장자 거물, 질투하는 연인, 여러 전과자가 등장하는 국토 횡단 추격물로 변신한다. 오브라이언은 미국에 또 한 번 거울을 건넨다.
굿리즈(Goodreads)

베트남전쟁에 관한 그의 불타는 서술은 그에게 명성과 전미도서상을 안겨주었다. 소설 쓰기를 20여 년간 뜸 들인 지금, 오랜 기다림 끝에 나온 신작이 이 시대의 미국을 겨눈다.
GQ

시끌벅적한 동시에 놀랍도록 감정이입이 되는 소설. 만약 엘모어 레너드와 코언 형제가 협업으로 각본을 썼다면 아마 그 결과물은 『미국 환상곡』과 대략 유사할 것이다.

북리포터닷컴(Bookreporter.com)

『미국 환상곡』이 이토록 재미있는 데에는 팀 오브라이언의 톡 쏘는, 이야기를 빨리빨리 진행시키는 속어 중심의 대화가 한몫한다. 비정(hard-boiled)하면서도 유쾌하다.

미니애폴리스 스타트리뷴

자기 세대 최고의 미국 작가.

샌프란시스코 이그재미너

팀 오브라이언은 우리의 가장 위대한 이야기꾼 가운데 하나이고 그의 최근작 『미국 환상곡』은 단연코 뛰어나다. 우리 사회를 병들게 하는 '허언증'과 '거짓말 전염병'을 뚫고 나아가는, 예민한 지혜와 들썩대는 재치가 우러나는 이 풍자적 소동극은 한 남자의 상심과 그것을 빚은 진실에 관한 연구이기도 하다.

질 매코클(Jill McCorkle, 소설가)

---

*   Gonzo. 미국 저널리스트이자 작가인 헌터 S. 톰프슨이 주창한 '곤조 저널리즘'에서 따온 말로, 곤조 저널리즘이란 필요하다면 객관성과 중립성도 포기하는 자유분방한 취재 방식을 가리킨다.